大清王朝

青未了 著

① 冰雨的风暴

长江出版传媒　长江文艺出版社

图书在版编目（CIP）数据

大清王朝：全五册 / 青未了著. --武汉：长江文艺出版社，2024.2
ISBN 978-7-5702-3323-6

Ⅰ.①大… Ⅱ.①青… Ⅲ.①长篇历史小说－中国－当代 Ⅵ.①I247.5

中国国家版本馆 CIP 数据核字(2023)第 186680 号

大清王朝
DAQINGWANGCHAO

责任编辑：田敦国	责任校对：毛季慧
封面设计：颜森设计	责任印制：邱　莉　王光兴

出版：长江出版传媒｜长江文艺出版社
地址：武汉市雄楚大街 268 号　　邮编：430070
发行：长江文艺出版社
http://www.cjlap.com
印刷：湖北恒泰印务有限公司

开本：740 毫米×1060 毫米　1/16　印张：110.75
版次：2024 年 2 月第 1 版　　2024 年 2 月第 1 次印刷
字数：1645 千字

定价：258.00 元（全五册）

版权所有，盗版必究（举报电话：027—87679308　87679310）
（图书出现印装问题，本社负责调换）

目 录

第 一 章	老汗驾崩,二贝勒阴谋夺位	001
第 二 章	改革弊政,萨哈林推荐人才	021
第 三 章	新汗继位,崇政殿议定国政	032
第 四 章	把柄在握,刘兴祚难治阿敏	052
第 五 章	金蝉脱壳,蒙难人悲愤易主	067
第 六 章	手下留情,皇太极锦州惊魂	085
第 七 章	火上浇油,阿敏暗中弄是非	105
第 八 章	此消彼长,辽东明金易大势	124
第 九 章	声东击西,大金军震慑京畿	137
第 十 章	中反间计,袁崇焕蒙冤伏诛	152
第十一章	穷途末路,刘兴祚毅然赴死	169
第十二章	挑拨是非,基小小上蹿下跳	184
第十三章	敲山震虎,白巡抚严惩奸佞	204
第十四章	是非颠倒,商叔牙投火殉情	224
第十五章	斗智斗勇,两兄弟你来我往	238

第 十 六 章	罪恶昭彰，大金国公审阿敏	260
第 十 七 章	南面独尊，金朝廷废止议政	275
第 十 八 章	假借天命，白喇嘛降住莽汉	294
第 十 九 章	大海捞针，李承政心细如发	312
第 二 十 章	箭在弦上，莽贝勒终下决心	326
第二十一章	功亏一篑，冷僧机暗递消息	343
第二十二章	黄粱一梦，三贝勒自寻短见	355

第一章 老汗驾崩,二贝勒阴谋夺位

天命十一年八月十一日夜,辽东天空电闪雷鸣、风雨交加。风雨中,金国老汗努尔哈赤在沈阳西郊叆鸡堡晏驾。

当年夏天,努尔哈赤在宁远之战中受伤,随后到清河汤泉治疗,不久病势转危。八月返回沈阳,至叆鸡堡停下。当日,他传旨大贝勒代善、大妃阿巴亥前往接驾。但代善和大妃一到,他没有说一句话就合上了双眼。

噩耗传来,子侄们随即奔向叆鸡堡。一场争夺汗位的争斗也随即展开。

第一个浮出水面的是一只蛙,而且是一只毒蛙。这人就是阿敏。人们称他为蛙,是他的长相像一只蛤蟆:一双大而凸出的眼睛,下巴前伸,一张咧着的大嘴,上肢细而长,下肢短粗而有力,肚子大而鼓;称他为毒蛙,是因为此人一肚子坏水、残忍暴虐。

阿敏是努尔哈赤的侄子,努尔哈赤二弟舒尔哈齐的次子。他没有随从大队人马赶往叆鸡堡,而是独自一个人留在了府中。他在分析形势,思考对策。

老汗的去世,使大金国的局势出现了巨大变数。老汗生前曾两次立储,皆废。后来储位一直空缺。他有十六个儿子,三个侄子。三个侄子不存在继位的可能,汗位的争夺只能在他的儿子之中进行。而在儿子之中,长子褚英早逝,最有可能继承汗位的,一是八子皇太极,一是十四子多尔衮。但这是一般而论。如果出现变数,皇太极和多尔衮未必就能够得到汗位。

这是阿敏首先做了分析的。随后,他思考所讲的那个"变数"。

皇太极继位的呼声最高。老汗一直看重他,生前已经有让他继位的种种安排。老汗病重后,大家普遍认为皇太极是汗位最合适的继承人。但如今皇太极不在沈阳,而是在宁远前线,还不晓得老汗去世的消息。这样,如果不让他回来,这边有人谋得了汗位,他也只能承认既成事实。就是说,排除皇太极继位的可能性存在着。

再说多尔衮。老汗生前很喜欢他。多尔衮文武双全,深得众兄弟的喜爱,这是他能够继承汗位的有利条件。但他还年轻,存在难孚众望的一面。

还有一个新因素。老汗临终前独把大贝勒代善和大妃召了去,这意味着什么?一种可能是老汗有意让多尔衮即位,召代善,是向他交代自己的旨意,让他好好辅助多尔衮;召大妃,也是为此做一个交代。

这种可能性不是没有。但如果这样,就意味着老汗已经放弃了让皇太极即位的意愿。可近来并没有让老汗改变初衷的事情发生,所以老汗有没有让多尔衮即位的意图还两说。老汗召代善和大妃,或许另有用意。

阿敏明白,无论由皇太极继位还是由多尔衮继位,对他都没有益处,因为大金国一向存在着所谓嫡庶之争。阿敏承认,大金国的天下主要是努尔哈赤打下来的。但是他们的父辈,无论是他的父亲爱新觉罗·舒尔哈齐,还是他的二叔爱新觉罗·穆尔哈齐、四叔爱新觉罗·雅尔哈齐、五叔爱新觉罗·巴雅喇,也都立下了汗马功劳。无论是大金国建国前还是建国后,努尔哈赤都以嫡系自居,处处排斥阿敏的父辈和他的兄弟们,这让阿敏难以容忍。阿敏不会忘记,是他的父亲不能容忍努尔哈赤的霸道,要在黑扯木独居,却引起努尔哈赤的恼怒,遂将他的父亲囚禁,并杀掉了他的哥哥阿尔通阿和三弟扎萨克图,他也差一点被杀掉。这一切,阿敏看在眼里,记在心里,一直在找改变现状的机会。

当然,阿敏明白,这一改变是有限的。无论如何,他们兄弟绝不可能进入争夺汗位的行列。阿敏要做的,是争得有利的地位。

那现如今这有利地位的具体内容是什么呢?它如何取得呢?

阿敏的计划是把努尔哈赤的一个儿子推到汗位上去,然后他在幕后操纵。这样,大金国的权柄就等于操在他的手里。无疑,这样的地位对他们兄弟来说是最为有利的。这样的机会千载难逢。阿敏早就物色好了这样一个人,他就是莽古尔泰。

莽古尔泰是努尔哈赤的第五子,轮流执政的四大贝勒之一。这莽古尔泰,努尔哈赤生前说不上喜欢,但他有战功。据阿敏判断,这莽古尔泰不为努尔哈赤所喜,因此一直与父亲离心离德。而且莽古尔泰没有城府、缺乏主见,控制这样一个人是易如反掌的。

阿敏的计划是封锁老汗死讯,在皇太极不在的情况下策动莽古尔泰和他的支持者,支持莽古尔泰取得汗位,造成既成事实。

对付多尔衮,则要施计消除、打击他的锐气,让他心不在争位上。趁此机会,就可以迅速将莽古尔泰推上汗位。

阿敏已经把事情想明白了,于是走出前厅,到了院子里。

这时一道闪电劈了下来,随后是一声震耳欲聋的霹雳。阿敏抬头仰望天空,忽然想到有件极为重要的事情要做。于是,他从腰间掏出兵符,交给身边的基小小,吩咐道:"立即到大营调一千士卒,速速开往碳鸡堡村头驻扎。"基小小领令而去。

这里说的"大营"是驻扎在沈阳西郊的镶蓝旗军营,这是阿敏的旗。

这时,天空又一次响起了震耳欲聋的霹雳声。阿敏觉得这声霹雳是在预示,他已经天命所归。于是他拉马出府,带上几个亲兵直奔碳鸡堡。

碳鸡堡的村民已经全部被赶出庄子。莽古尔泰是当值贝勒,他已经为阿敏安排好住处。阿敏到后并没有休息,就直接去找代善和大妃。

碳鸡堡位于辉河之阳,代善在离努尔哈赤临时灵堂不远的一间小屋里安身。代善中等个子,挺挺的腰板儿,本一表人才,直到如今浑身上下还显得有一种干练劲儿,但精神头儿却大不如往。眼下他正为自己被召来而苦恼,心中一直惴惴不安。他是努尔哈赤的次子,与他一母所生的哥哥褚英原被立为太子,后获罪被贬,并惹来了杀身之祸。随后他被立为太子,也获罪被贬,先被降为庶人,后来复起,成了四大贝勒之首。他本就胆小自私,经这样一折腾,他也越发地变得自顾自了。几年来,他躲着矛盾走,顺着老汗的意愿办,倒是过了一段安静的日子。而他明白,老汗一死,朝中就要有一段不太平的日子了。他下决心远离权力争斗的旋涡,小心谨慎地应付各方,以求得自身的太平。但是,他被老汗召了来。从听到被召唤的那一声起,他就胆战心惊了起来。他知道,这样一来,自己便成了各方注目的中心。老汗没来得及讲一句话就咽了气,谁会相信?这还不够招致是非?唉!看来是难以安静了。

正思索之间,阿敏进了房,劈头第一句话便问:"老汗有何遗言?"

代善见阿敏一个人突然闯进来,先是吓了一跳,又听他如此问,全身立即浸出了汗来,飞快回答道:"并无遗言。"

阿敏追问道:"老汗急如星火召二哥,怎会无一言相告?"

代善怯怯地解释道:"我赶到后,父汗已经不能言语,因此……"

"那谁会相信呢?"阿敏听罢,表现出不肯相信的样子。

代善一见如此,赶快道:"不信去问大妃……"

"自然会去问她!"阿敏说罢,便离去了。

代善虽然胆小,但事理却看得清楚。他目送阿敏离去,暗中骂道:"好一个司马昭!"

阿敏接着找到了大妃,大妃已哭成了泪人。几句不疼不痒的安慰话后,阿敏问道:"老汗有何遗言?"

大妃道:"我们赶到时,老汗已经弥留、不能言语,并没有一句话留下来。"

阿敏厉声问道:"老汗疾如星火把大妃召来,怎么会没有一句话留下?"

大妃见如此逼问,沉下脸来道:"方才讲了,我和大贝勒赶到时,老汗已弥留、不能言语。你还想问什么……"

见大妃没有好气儿,阿敏告辞出来,心想他们讲的是真话。遂决定依计而行。

阿敏住在远离村中房舍的一个村东院子里。院子西面的树木繁茂,与村子最东头的房舍相连。院子很大,北面有三间房,一明两暗;西面有几间厢房,东面有一个棚子。院子东南角的院墙坍塌了一处,用几捆树枝堵着。阿敏住在北面,自住了东面的暗间,基小小住了西面的暗间。几名亲兵住了西厢房,马匹在院子的那间棚子里。房子四周、院门口和院子东南角院墙坍塌处都放了岗哨。

阿敏从代善和大妃那里出来后,叫基小小去唤莽古尔泰。他回到住处时,莽古尔泰已经在那里了。

不一会儿,基小小又进来汇报,说岳托、萨哈林、豪格和瓦克达正在大贝勒门前,他们叫了多时,看来大贝勒不想见他们。阿敏听罢暗暗笑了一阵,吩咐道:"注意大妃那边的动静。"基小小便应声去了。

事不宜迟,阿敏向莽古尔泰讲了自己的计划,之后又说要让大妃生殉。这话一出口，莽古尔泰便吃了一惊。

正在这时，一道闪电自高空划下，将大地照得亮若白昼。闪电之中，窗外一个人影映入眼帘。接着，是一声惊天动地的霹雳。阿敏先是受到了极大的震撼，随后心中产生了极大的疑惧。他迅速奔出房子向窗下望去，一个亲兵手里提着水桶正往东面的棚子走去。

"站住！"阿敏向那个亲兵大声喝了一声。

那亲兵被吓了一跳，转过身来问道："爷有什么吩咐？"

阿敏厉声道："你敢偷听爷的谈话？"

那亲兵听后吓得魂不附体，连忙回道："小的哪里敢偷听爷的讲话？小的也没有听到半句……"

阿敏逼问道："那你在窗下做什么？"

亲兵战战兢兢地回道："小的到缸里舀了些水，回来给马拌料。"

阿敏听罢往窗下看了一眼，见窗下果有一个水缸——当地的民宅大多是在窗下设一水缸——遂相信那亲兵讲的是真话，想必是他来取水，恰好他们在屋内讲了那些要紧的话。不错，这亲兵不会是故意偷听的，也许正像他自己讲的那样"没有听到半句"。但事情可不能照"也许"去办。万一他听到了呢？想到这里，他大吼道："来人！"

这一声吼，将那亲兵吓得魂飞天外，水桶从手中脱落，人也跪在了地上。其余亲兵闻声赶来，不由分说将那亲兵按倒在地，听候阿敏的训令。

阿敏吼道："没了规矩，竟敢偷听爷与人的谈话，就地砍了！"

阿敏一声令下，便有一个亲兵抽出刀来手起刀落，那可怜的亲兵的脑袋便滚落于地。

莽古尔泰被刚刚发生的一幕惊呆了，他晓得阿敏的用心、感叹他的手段，只是什么话也没有讲。

阿敏回到屋内，稍许整理心境，然后继续向莽古尔泰讲解自己的计划。

莽古尔泰从来没有成为大金国大汗的奢想，这次有人要推出他来继承汗位，他如何不兴奋？只是，他对阿敏的设计有顾虑，遂道："不……瞒二哥，"莽古尔泰本来就口吃，现在越发地口吃了，"小……弟以为这事……倒是做得。可事情究……竟能不能办成，这一层是……要二哥讲明白的。"

"五弟说得是，这一层二哥确实要给你讲明白。现在皇太极不在，老汗也没有遗嘱留下，这是天赐之机。事情就从这儿说开——先看看眼下的情势。'四大贝勒'我们占据其二，皇太极不在，代善不肯出头，咱们占着绝对优势；五弟还赶上当值，更是老天有眼；再看'四小贝勒'，多尔衮、多铎、岳托他们占三个，剩下的济尔哈朗，我不敢说能让他站在我们一边，总可以做到让他中立。这样，这一层人数上他们稍占优势。下面再看第三层，参加议嗣的宗室成年者，我们那一支中只有我和济尔哈朗，你们那边除你们兄弟，再就是代善的那一窝、杜度和豪格。你们兄弟咱可以从头数起。第一个是代善，他的情况不再讲了。接下来是老三阿拜、老四汤古代、老六塔拜，这都是站在我们一边的。老七阿巴泰吃不准，咱先放一放。老九巴布泰、老十德格类、老十一巴布海更不用说，是咱们的铁杆儿。老十二阿济格自然是他们那边的。老十三赖慕布吃不准，也可以先放一放。老十四多尔衮、老十五多铎自然也是他们那一边的，可老十六费扬果又是咱们的人。这样看，你们哥儿十五个，在场的咱们的人有八个，他们只有四个。在皇太极不在的情况下，阿巴泰、赖慕布可以断言，他们不是站到我们一边，就是中立。下一辈的人他们那边多些：岳托、硕托、萨哈林、豪格，可能还有瓦克达；杜度会中立。这样算起来，我们一边共九个，他们那边是八个，人数我们多。还有两点他们又比不了：一是我方有我们两个领头，且五弟沾着当值的光，可以发号施令；他们则群龙无首。二是我们兵强马壮，不愁没人冲锋陷阵；他们则萎靡不振，力量分散。在此情况下，我们出招，那还不是稳操胜券？"

经阿敏这样一讲，莽古尔泰心里有了底，气也跟着粗起来，连道："干……得，干得！"

阿敏见莽古尔泰如此，便道："现在要做的第一件事就是封锁消息，不让皇太极知道。为此，就以不让松锦敌军知道老汗晏驾的消息为由，封锁叆鸡堡，不许任何人出庄。第二件事，就是让大妃生殉，打击多尔衮，让他没有精力争夺汗位。第三件事，就是按照刚才分析的情况分头去做，一旦条件成熟，就以当值贝勒的名义召集众人把你推出来，迅雷不及掩耳，完成汗位的继承大业。"

莽古尔泰兴奋地离开了。他照计而行，首先下令旗兵封锁村庄，并宣布不许任何人出村。

岳托、萨哈林、硕托、瓦克达、豪格再次来到代善的院子前。岳托是代善的长子,贝勒,二十八岁,中等身材,仪表上继承了父亲的干练劲儿;硕托是代善次子,台吉,身体瘦弱;萨哈林,代善的第三子,贝勒,二十四岁,也是中等身材,与众不同的是,在他身上,有着强烈的儒气;瓦克达是代善的第四子,贝子,十六岁,他的外表与其他兄弟们不同,单薄瘦弱,一副病恹恹的样子;豪格是皇太极的长子,贝勒,十八岁,长得像他的父亲,身体高大,面目英俊。

他们曾在此敲门,代善并不应声。莽古尔泰召集大家宣布封锁村子时,代善没有出院子。之后,五个人再次来到代善院门前,代善依然不开门。把门的亲兵说道:"大贝勒有话:'老汗过世,心中悲伤,什么人都不见。'"五个人急得团团转。这时多尔衮也赶了来,他也要找代善。

在莽古尔泰宣布封锁村子时,多尔衮就曾向莽古尔泰提出派人将父汗晏驾的事通报给皇太极,让他回来跟大家一起治丧。当时一提起这事,莽古尔泰就一阵紧张。随后是阿敏做了回答,说老汗初丧,前方不宜无帅,故而不能调皇太极回来。这使多尔衮看到,封锁一事,针对的正是皇太极。这也让他想到,在继承汗位的事情上,阿敏、莽古尔泰等人必有筹划。多尔衮警惕起来,于是要找代善商量对策。他见岳托等人也是为此事而来,便把大家召到大妃那里。

大妃乌拉那拉氏,名阿巴亥,当年三十七岁。她二十五年前嫁与努尔哈赤,后被封为大妃。她美且贤,深得宠爱。努尔哈赤定有规矩,后宫不得干政。许多事情大妃有见解,但不关己的,她从不讲什么;关己的,她也只是明明白白地讲出自己的看法,绝不采取任何手段施加影响。老汗生前疼爱大妃生的儿子多尔衮和多铎,在他们还没有多少战功的情况下便将二人封为贝勒,而且让他们成为"八王议政"的成员。对此,大妃就提出过自己的见解,说这样对他们并没有好处,反会树敌招怨。老汗不听,反而说道:"我看谁敢动他们一根毫毛!"在这之后,老汗又将亲领的两黄旗分给阿济格、多尔衮、多铎各半旗,使他们成为领旗贝勒,并让多铎建府自立。对此,大妃又提出过自己的见解——这恐怕是大妃唯一就某事讲过两次看法了。

为了消除老汗这些举动所造成的负面影响,大妃对其他阿哥格外关照,对年纪幼小的阿哥譬如费扬果,更是特别爱怜。但是,无论她如何做,她总是感觉到不少阿哥,尤其是那些庶出的阿哥对她有明显的不信任感,甚至带有敌意。

这使她非常害怕。阿济格大了，军功不少，可以自立，大妃稍稍放心些；只是对他暴躁的脾气有些担忧，怕他惹出祸端来。对多尔衮、多铎，她一直鼓励他们与其他阿哥多多亲近，要他们学会忍让。现在，真正的惧怕正猛烈地折磨着她。老汗死了，庇护多尔衮兄弟的大树倒了，他们兄弟需要自立；可周围投来的很可能是更多的嫉妒、疏远，甚至是敌意，而不会是怜悯和关照。自然，并不是所有的阿哥都是如此。多尔衮兄弟也有自己的朋友，这些人会怜悯他们、关照他们，能够让他们自立、成才。但是，那么多的疏远甚至敌意，加上处在宫廷的风口浪尖，这真够让人难以安生了。

近来，有件事想起来就让她感到不寒而栗。从老汗召她来瑷鸡堡那一刻开始，那种可怕的情绪就一直控制着她。她怕老汗把她叫来，是要亲口告诉她把汗位传给谁。她一直思考着，如果那种事真的发生该怎么办。

谢天谢地，那种事情并没有发生，她赶了来，老汗没有能够讲什么就闭上了眼睛。但是，她内心的紧张并没有消失。由于这一趟瑷鸡堡之行，她极有可能成为即将展开的汗位之争的棋子。果然没有错，阿敏一来就找她问老汗遗嘱的事，司马昭之心暴露无遗。在这场争斗中，保全两个幼子，使他们不受伤害，是她做母亲的天职。她的内心不得不向孩子们敞开了，她向多尔衮讲了自己的想法，并让两个人一起商讨摆脱危难的办法。

随后，多尔衮兄弟被召了去。他们回来说莽古尔泰宣布了封锁村子，不许任何人进出。多尔衮还告诉她，莽古尔泰和阿敏坚决拒绝向皇太极通报老汗晏驾的消息。这使大妃看到了阿敏和莽古尔泰的险恶用心。多尔衮说需要找代善商量一下对策，对此，大妃处于矛盾之中。不让多尔衮去吧，牵涉汗位继承的大事。大金国往何处去的问题又不能任阿敏这些人去闹；让多尔衮去吧，显然，这就必使多尔衮处于争斗的旋涡之中，与她保护三个儿子的意愿背道而驰。她不晓得如何是好。

多尔衮回来了，还带来了岳托等人，这让大妃越发紧张起来。

多尔衮和岳托等分析了阿敏、莽古尔泰的阴谋，大体看到了这个阴谋设计的轮廓：封锁消息，不让皇太极回来；他们网罗力量，强行推举莽古尔泰上位，造成既成事实，阿敏则幕后遥控。

这样，众人要做的一是尽快派出人去，让皇太极赶紧回来；二是防止阿敏他们突然召大家议事,推举并确定汗位的继承者。

现在,急着要做的是立即派出人去。他们封锁了庄子,阿敏不许任何人出庄。如何得以出庄送信呢?这时,瓦克达站了出来,说只有如此如此了。

大家一听大惊。但瓦克达已经开始行动。他拔出剑来一挥,左手的三个指头被切了下来,血流不止。按瓦克达所设想的,硕托立即陪他出门直奔莽古尔泰那里。莽古尔泰见了忙问是怎么回事,硕托回答说,二人比剑,不慎削了瓦克达的手指,需要快马回京,让御医包扎诊疗。莽古尔泰答应了。

二人刚要出门,阿敏进了院,问是怎么回事,硕托又把刚才的话说了一遍。阿敏近前看了看瓦克达的手,遂吩咐硕托道:"你留下,派两名士兵护送便了。"

瓦克达刚刚要走,阿敏又对硕托道:"你还是陪他回去吧。"

硕托和瓦克达遂出院飞身上马,两名士兵紧紧跟随,四人出庄而去。

岳托等人继续分析阿敏、莽古尔泰的阴谋,话题集中到阿敏等可能召集大家推举汗位继承人的问题上。开始有人主张要等皇太极,说皇太极不来,大家便抵制不出席。随后有人提出这样不妥,说咱们不出席,他们可以纠集他们的人硬行决定,如果那样,岂不更糟糕?此议被否。最后大家议定,届时咱们推举咱们的人选,他们推举他们的,双方争论无果,便可拖下去,等皇太极到来。

大妃看着大家议论,没有讲什么。她感到恐怖,她看到了大金国的危险。对方有备而来,而这边毫无准备,没有领头人,一盘散沙。

多尔衮也有同样的思虑。他盼望代善能够带领大家渡过难关,但代善却做了缩头乌龟。他把岳托等人召了来,但他并不认为自己有资格充当这个领头人。好在大家采取了一定的措施。但他总觉得未必有效,他多么希望皇太极尽快出现!

大家散去后,多尔衮一夜未睡。好不容易天亮了,多尔衮仍忧心忡忡,不晓得要发生什么事。

早饭过后,大家就被通知到祠堂集中。祠堂在村子的中心,老汗的遗体就安放在祠堂前的穿堂里。

大家陆续到达,阿敏和莽古尔泰早早地等在了那里。有人来报,说大贝勒差人前来告假,说心中悲痛,路上又着了些风寒,回来后便发起热来,不能议事了。

阿敏道："大贝勒怕是要请过来……"

莽古尔泰道："就是，八抬大轿恐怕也得抬了来。九弟、十弟，辛苦你们去一趟，无论如何也要把二哥请过来。"

巴布泰、德格类应声去了。

在等待的时间里，殿内很静，交头接耳的小动作都会十分显眼。岳托、硕托、萨哈林、豪格、多尔衮、阿济格等人坐了下来，个个紧张异常。而巴布海、阿拜、汤古代等人却都是一副摩拳擦掌、等候胜利的样子。

代善住的地方离祠堂不远，等了没多久，代善到了。是真的有病，还是心中害怕？代善被搀扶着哼哼唧唧进了祠堂，然后歪斜地坐了下来。

等代善坐下，莽古尔泰突然问道："二哥，父汗生前对大……妃可留有遗言？"

代善听罢一愣，心中迅速地转起圈子，思考着莽古尔泰到底要干什么，嘴上有气无力地反问："五弟有何所指？"

莽古尔泰道："我听说父汗有'天下唯美阿巴亥，世上无双虎将军'等……语，二哥可……还记得吗？"

代善听罢支吾道："记得。"

莽古尔泰问："还有……什么？"

代善一下子想到，莽古尔泰等要向大妃开刀了，嘴里嘟囔道："一些陈芝麻烂谷子，如今又抖搂出来做什么？"

莽古尔泰道："我想知道……还有……哪些？"

代善摇头不语。

莽古尔泰道："'她是……我的心肝儿，是……我的灵魂，……甭说我活着，就是……我死了，定要……她随了我去。'这话可……有吗？"

代善道："有的。可那是句……"

莽古尔泰打断他，厉声道："二哥想说那是……句戏言，对吗？"

这时，多尔衮猛然明白，阿敏、莽古尔泰等要向母亲开刀了！

顿时，殿中气氛紧张了起来。阿济格坐不住了，气冲冲地站起身来，质问莽古尔泰道："五哥想干什么？要让母后生殉吗？"

莽古尔泰见阿济格如此，大声呵斥道："朝中议事，你如此放肆，就……不怕王法吗？"

阿济格并不在乎莽古尔泰的警告，大声嚷着问为什么。

莽古尔泰接阿济格方才的话茬儿道："不是我要干什么，是父……汗要我干什么。父汗尸骨未寒，我等不尽其事，焉……能曰忠？不……遵其训，焉……能曰孝？今恰我值月，此事……必办。我是绝不会背上不……忠不孝之名，招人唾骂的！"

此时，天空一声霹雳，大雨自天而降。众人大惊失色。

多尔衮浑身的血都凝固了，这突然的打击使他难以承受，他觉得心内发慌，感到神志都有些不清了。

这时岳托道："按祖宗规矩，有幼子需要抚育的可免殉。十四弟年轻，需要母亲教养；十五弟年幼，需要母亲抚养，当……"

莽古尔泰打断岳托的话道："祖宗是有这条规……矩。可有父汗明命在，吾等岂敢违……抗？"

此时殿中德格类、巴布泰、巴布海、塔拜等一干人都大叫了起来："让大妃随父汗去，了了父汗心愿！"连费扬果都跟着大声嚷嚷了起来。

多铎也明白了要发生什么事，他骂了身边的费扬果一句，便奔出大殿，去了母亲那里。

阿敏向莽古尔泰示意，莽古尔泰站起来宣布道："议定，请大妃生殉，了父汗之愿！"

德格类一干人齐声狂吼："议定，请大妃生殉，了父汗之愿！"

随后莽古尔泰不由分说离开座位，领众人走出祠堂。

阿济格见状大吼着，发疯般地先行奔出了祠堂。多尔衮脑子里一片空白，被裹挟着向外走。

岳托也好，萨哈林也好，豪格也好，都被这突如其来的事变惊呆了，没来得及讲一句话，事情就这样过去了。他们留在祠堂内，一时不知所措。

济尔哈朗、阿巴泰、赖慕布等原以为还要议下去，事情不能就如此定夺；可见莽古尔泰等领着大家出殿就去办了，皆惊愕不已，也呆呆地坐着没有动。

出祠堂时，阿敏悄悄对莽古尔泰道："拉上大贝勒，逼他去里面通报。"

莽古尔泰会意，回头吩咐德格类、巴布泰、巴布海将代善拉扯着赶了过来。

莽古尔泰对代善道:"怕还得……劳烦二哥进去向大妃转达……众人议定之事。"

代善听后又气又惧,这回病真的来了——瘫倒在地。阿敏心中暗喜。

代善晕倒了,谁去向大妃通告呢?正在这时,就从外面传来大妃的声音:"我来了!我自十二岁起就侍奉先汗,丰衣美食已足足二十五个年头了。先汗终日在外征战,我想与他形影不离而不得。现在先汗长眠地下,想是该安安静静地歇一歇了。我愿相从,与他过一段消停日子。"

大妃讲话时,多尔衮早已奔到了她身前跪下去,大哭了起来。多铎跟着大妃,也在一旁跪着大哭。大妃双手一边一个扶着多尔衮和多铎,随后又对众人道:"唯独我的几个儿子,特别是老十五年幼无知,让我放心不下——望尔等善待之。"言罢,头也不回地去了。

多尔衮和多铎跪爬着跟着大妃。大妃又转过身来对他们道:"阿济格呢?他去了哪里?"

这时人们才发现阿济格不知去向。多尔衮和多铎无法回答,依然向前跪爬着。大妃找不到阿济格,又见多尔衮兄弟如此,大声道:"多尔衮、多铎,你们站起来,站稳当,做一个顶天立地的男子汉!"

多尔衮和多铎站了起来,强忍内心的悲痛,停止了啼哭,目送大妃离去。

不多时,宫女们的号啕声传来了。多尔衮和多铎听到后,大哭着奔了进去。

而午饭之后,阿敏和莽古尔泰又传众贝勒、台吉、其他宗室人员到祠堂集中。看架势,要最后摊牌了。

大妃的事弄得岳托等人措手不及。之后,他们又凑在一起议了一番。多尔衮受到沉重打击后,一直悲痛万分,大家没有再找他。阿济格不知去向,他也不在场。其余人商妥,大家要振作起来,迎接阿敏和莽古尔泰的挑战,争取好的结果。

这样,接到通知后,岳托、硕托、萨哈林、豪格,还有多尔衮、多铎等早早地到场,并坐在了一起。他们也曾做了阿巴泰、赖慕布和杜度的工作。三人没有表示什么。但此次他们也早早地来了,并和岳托等人坐在了一起。代善也到了。

人已到齐,莽古尔泰宣布议事,推举大汗。

他话音刚落,阿拜、汤古代、塔拜、德格类、巴布海等就尖叫起来:"推莽古尔泰！推莽古尔泰！"叫声此起彼伏。

岳托这边一见如此，也大声叫喊："推皇太极！"

两方喊了半天，阿敏做手势让大家静下来。

阿拜等人静了下来，岳托这边也静了下来。

"我推荐莽古尔泰。"随后，阿敏讲推荐的理由。

阿敏讲完后，岳托讲推荐皇太极的理由。实际上，他无法讲下去。他一开口，阿拜等人就起哄。岳托数次让主持议事的莽古尔泰制止他们，莽古尔泰批评几句，但阿拜等人依然故我。

吵就吵好了，岳托继续讲他的理由。岳托讲完后，莽古尔泰就宣布表决。

就在这时，外边传来一阵哭声。随后听人喊道："贝勒爷皇太极回来了！"祠堂里顿时爆发出一阵欢快的呼叫声。

皇太极，五尺半以上的个子，身着便装———一件绛紫色长袍，腰里系一条同样颜色的带子。他面庞清癯，宽大的额头和突出的下巴上满是尘土。平时他的胡须总是修剪得齐齐整整，脑门儿总是剃得干干净净；如今胡子看上去已经多日没剪了，脑门儿已经多日没剃了，那长长的辫子也显得十分蓬乱。他先是在努尔哈赤的遗体前跪了下来，哭得死去活来。

议事会被冲散了。岳托等奔了出来，他们也跟着跪在地上哭了起来。

皇太极渐渐平静下来，遂问父汗病重及晏驾细情，莽古尔泰一一作答。

皇太极听罢又哭，转向努尔哈赤遗体泣道："儿臣不孝，未得父汗疾重之情，来迟一步。否则，或许不至……"随后呜咽得不能再说下去。

众人听皇太极如此说，不觉一愣；但不知皇太极何所指，亦不便动问。

这时，两个亲兵搀着代善过来了。皇太极见代善面如土色，身子歪歪斜斜难以站定，遂大声问："出了什么事？"

这时，岳托才答道："一言难尽！"

这时，多尔衮大哭着上来道："阿娘生殉了……"

"生殉了？怎么回事？"皇太极听罢大惊。

岳托回道："八叔可问五叔。"

这时，莽古尔泰不得不说话了，道："是众人共……同议定……"

皇太极沉了一沉，看清了事情的大致轮廓，遂挺身仰头，眼泪复又夺眶而出。如此过了片刻,皇太极问莽古尔泰道:"父汗葬仪之事议定了?"

莽古尔泰道:"尚……未议定。"

皇太极道:"父汗晏驾,葬仪之事是第一要紧之事。此事放着不议,后妃生殉倒成了头号急事,这是什么道理?"

莽古尔泰支吾道:"殉葬之事事小,顺便做……了。父汗葬仪之事事大,当从容计议。"

皇太极听罢冷哼了一声,过去扶代善。代善顺势用他的手在皇太极的大手上拍了一下。

这时,阿敏的脑袋瓜儿正急速地旋转着。太突然了,在这关键时刻皇太极如同天降!皇太极的出现打乱了他的一切安排,顿时改变了双方的力量对比。事情变得难办起来,原来的如意算盘将难以实现。他眼下所思考的,是看有没有办法挽救。他思索着,一个想法跃了出来——皇太极属私自返回,凭这一条就可治他的罪。

对!想到这里,正好有司拿来了孝服给皇太极穿戴。阿敏遂悄悄对身边的莽古尔泰道:"问问他是如何回来的。"

莽古尔泰也在为同样的原因而感到泄气,现在一听阿敏这话,立即明白了他的用意,遂大声问道:"敢问八……弟,此次回京,预先可……得到了先汗驾崩的通报?"

皇太极答道:"不曾接到通报。"

莽古尔泰接着问道:"可有人前……往宁远告知?"

皇太极答道:"也没有。"

莽古尔泰又问道:"八弟身处边防……重地,此次返回,那边的事交……给谁了?"

皇太极回道:"既是返回,小弟自会做出妥善安排,谅不会出事。"

莽古尔泰又道:"八弟无命而返,愚兄不知其……可?"

皇太极听罢冷笑道:"战时父汗身陷敌阵、情势危急,为救父汗,需得领命而往吗?同样的道理,父汗疾重,为救得父汗,也得领命而返吗?"

莽古尔泰道:"八弟有何神……通,大言救得父汗?"

皇太极听罢道:"小弟没有什么神通,但并非不得神通广大之人。只可恨小弟并不知父汗近日病情日重,耽误了时日,未能及时赶回救得父汗。"

莽古尔泰一听又没了词儿。阿敏在一边见了这种状况,觉得再不出头不成了,遂问道:"八弟说的神通广大之人,所指何人?"

皇太极叹道:"去者已不可追,说有何益?"

阿敏道:"既为神通广大之人,愚兄愿闻。"

这时莽古尔泰也明白了阿敏的用意,遂道:"说来……听听。"

"一道士自中原来宁远前线,执意要见小弟,说可以治得父汗之症。小弟感到奇怪,问他怎么知道父汗得了病,他笑而不答。小弟问道士可知父汗所患何疾,他所说的竟确切无疑。小弟将信将疑,在军中找了一名身患恶疮的军士让他治疗。那治疗之术,见所未见,闻所未闻。经道士救治,那士卒之症立见好转。道士言,父汗之疾发展甚快,争取时间是第一要做的。他道只有小弟陪他前来方可取得信任、争得时日。小弟不敢怠慢,便携道士返回。朝中未告父汗之情;如告,小弟知道,必不吃不睡赶回的……"皇太极说着,又落下泪来。

阿敏仍抓住不放,问:"道士现在何处?"

皇太极道:"小弟已将他安置在村中。"

阿敏问:"可否召来一见?"

莽古尔泰会意,忙命人召那道士。

不多时,道士到了。众人望去,见那道士头上一顶黑色的道冠,身上是一件半旧的灰色道袍。腰里系了一条灰色的带子,两条带头在左侧垂下,直到足面。腰里挂着一口宝剑,背上有一个很大的葫芦。道士进殿后并不下拜,而是拱手环视了一周,然后站在那里,等候询问。

阿敏问道:"你是哪里的道士?"

道士不懂满语,萨哈林见状站出来做了翻译。

道士答道:"贫道历在中原,并无固定道院。"

阿敏又问道:"道长如何知道我先汗的病症?"

道士笑了笑,摇头不答。

"此人或是明国奸细亦未可知。"德格类说的是满语,萨哈林未翻译。皇太极看了他一眼,并未答话。

等了片刻,阿敏对那道士道:"正好我那里有一包衣生了恶疮,终日呻吟等死,或许该他有福……道长肯发慈悲,给他医一医吗?"

道士听罢笑了一笑,道:"愿意当场一试。"

正在这时,就听有司大声喊道:"十二阿哥率领人马抵达庄外!"

皇太极忙问细情,有司大声报告:"回贝勒爷,十二阿哥领正黄旗士卒数千人停在庄西大喊,要保全大妃性命,要不就杀进庄来!"

众人一听大惊。皇太极赶快上马向庄西飞奔,多尔衮、多铎、岳托、萨哈林、豪格上马随后。阿敏和莽古尔泰以及德格类、阿拜等也跟着上马,奔向庄西。

镶蓝旗的一千人已经骑上战马,箭上弦、刀出鞘,站在庄头大路边。不远处,就是阿济格的人马。

皇太极越过镶蓝旗阵列,奔向阿济格那边。多尔衮、多铎和岳托也跟了上来,其余的人留在了镶蓝旗阵前。

皇太极离阿济格越来越近了。只听阿济格喊道:"你们停下!快快收了残害我额娘的恶意,保全她的安好。不然的话,莫怪我阿济格的双刀不再认得你们!"

皇太极一马当先,向阿济格喊道:"十二弟,八哥在此!"

多尔衮、多铎也跟了上来。多铎首先搭话道:"十二哥,还讲什么保全额娘的安好,额娘已被生殉了!"

阿济格没有想到皇太极会这么快回来,他没有看清楚皇太极,也没有听清楚皇太极的话,只是注视着多尔衮和多铎。听了多铎的话,他不相信地问道:"你讲什么?"

多尔衮重复了多铎的话,阿济格听后大叫了一声,然后紧抽战马,在军前急促地转起圈子来。转了两圈儿,他马鞭一挥,几千名正黄旗士卒一齐跃马冲了过来。

皇太极一见大事不好,旋风般拍马向前,然后站在了阿济格马前。

"怎么是八哥?"阿济格这才看到了皇太极,急促勒马大叫道,"八哥,你闪开了,不杀这弑母之贼,我誓不为人!"

这时,皇太极下了马,多尔衮、多铎、岳托也下了马。阿济格见状,也只好下马,正黄旗士卒们停止了前进。

皇太极奔过去,身子停在阿济格与其坐骑中间道:"十二弟,这使不得!"

"有什么使不得的？"阿济格拉住了缰绳，双目圆瞪，要强行上马。

皇太极死死地抓着缰绳，岳托、萨哈林、豪格也上来劝解。

阿济格大声道："兴他们胡作非为，不兴别人治他们的罪是吗？额娘都死了，还有什么这不得那不得的！冲进城去，宰了那个恶人再说！"

多铎也在一旁大叫："冲进去，宰了他们再说！"

皇太极对阿济格道："十二弟息怒，事情不能这么办……"

多尔衮哭着对阿济格道："十二哥，听八哥一句话……"

阿济格见多尔衮也如此说，怒从心起，大吼道："难道额娘就这样白白死了不成？"说着，他强行推开皇太极，飞身上马。

皇太极见阿济格如此，死死地盯着他大声道："任你去吧！正黄旗，再添上镶黄旗，去与两蓝旗拼杀去，杀它个血流成河、昏天黑地。什么大金的江山，爱新觉罗的社稷，统统不必去管了！父汗领着我们兄弟用鲜血打下的这点家底儿，就这样断送在我们兄弟手上了！"

阿济格听了这些话，在马上大声号啕起来，哭得像个孩子。

皇太极见此继续道："只是有一样，你们要去杀，就先从八哥的身上踏过去。八哥不能活着成为罪人！"

阿济格听了这话，大叫起来："难道额娘就这样白白死了……"

这时，岳托等人凑过来再次解劝。多铎看来仍不死心，要讲什么。多尔衮狠狠地瞪了他一眼，多铎这才缩了回去。

岳托等人边劝边扶阿济格下了马。阿济格对皇太极道："八哥说怎么办？"

岳托在一旁道："他们让大妃生殉，不叫八叔回来，全都是为了一件事，那就是让五叔继位，而阿敏在后面操纵。这样，我大金将会是什么样子？可我们无法阻止他们。他们突然发难让大妃生殉，打了我们一个措手不及。他们死不松口，绝不让八叔回来。我们用尽了心思……可天不亡我大金，八叔回来了……"

闻言，阿济格的气慢慢消了。这时，皇太极落下泪来，道："额娘是我们兄弟共同的额娘，我们都会想念她，记住她……"

多尔衮又把大妃自缢前向他和多铎讲的话给阿济格讲了一遍，并说当时额娘曾找了阿济格。

阿济格听后大哭，道："额娘，儿子把事情看易了。在瑷鸡堡额娘说我'就忘不了两黄旗'！额娘,您讲得对,靠两黄旗没有救了您的命,最后连看一眼都没能够！额娘,儿子们记着您的话,做顶天立地的男子汉！"

多尔衮和多铎也走过去,三个人再次抱在一起大哭起来。

随后,皇太极对阿济格说道:"快些,咱们回去。"

阿济格道:"回去可以,但将士们要留在这里！"

"只是要退一箭之地……"

阿济格答应下来,发布了退军的命令。

皇太极舒了一口气,上了马,领着岳托、阿济格、多尔衮、多铎奔向村子。

快到镶蓝旗阵前时,阿济格勒马停下道:"让他们退去,不然我不进村。"

皇太极和岳托先行赶到阿敏马前,要他下令军队退走。

阿敏问:"阿济格的队伍怎么办？"

皇太极道:"队伍已经退后。"

阿敏这才下令镶蓝旗让出大道。

阿济格在多尔衮、多铎的陪同下,坐在马上缓缓向庄子走了过来。皇太极等阿济格到达,便和大家一起进了庄子。

回来后,大家还记着那道士。有司给皇太极递上一张纸条,皇太极打开,见上面有一首诗——

天命送君返宫阙,勿论救父早与迟。

秋分时节掌金柄,清明更替待来时。

皇太极问那道士在哪里。

那士卒回道:"他说在这里已经没事可做,离去了。"

对此,阿敏无心再追究什么。皇太极又把那诗看了一遍,暗暗感谢那道士的帮助。

回来的路上,岳托曾悄悄问皇太极可见到了硕托。皇太极没有机会详谈,只说在路上碰到了。

原来,硕托和瓦克达出庄后,趁两名士卒不备,刺死了他们。而后,二人分手,瓦克达回沈阳,硕托则奔向宁远。硕托快马加鞭,一刻也不敢停顿,一直奔到天明,正好在路上碰见了皇太极和那道士。皇太极听后十分感动,为了大金江山,关键时刻瓦克达竟不惜断己之指!皇太极觉得自己肩上的担子沉重,立即飞马赶向叆鸡堡。

随后,大家走进祠堂,继续原有的议程,议决汗位的继承问题。

阿济格挺直腰板,故意做出雄赳赳的样子。他经过莽古尔泰身边时,狠狠地把脚一跺。

等他们落座之后,嗣立之议重新开始。德格类、巴布泰、巴布海等依然大声喊叫着:"推五哥,推五哥!"

就在他们大喊大叫之时,阿济格站起身来,声音如霹雳般响起,一下子把德格类等人的叫声压了下去:"叫什么叫?这次还想跟逼死我额娘那样?收了吧,再也别来你们那一套!听好,我推八哥,看哪个敢说一个不字!"随着他的吼声,殿内立即变得鸦雀无声。

阿济格接着道:"我们兄弟仨,我、多尔衮、多铎,自不待说,都是推举八哥的!岳托、萨哈林、豪格。"他一一喊着他们的名字,"你们呢?"

三人齐道:"赞成!"

之后,阿济格又问阿巴泰:"七哥,你呢?"

阿巴泰道:"赞成!"

随后,阿济格又点了杜度,杜度也做了肯定的回答。这时,赖慕布主动道:"我也赞成。"

阿济格听后向四周看了一圈儿,突然对阿敏道:"你呢二哥?今天你得明明白白讲出你的意思,是赞成八哥还是赞成五哥?"

阿敏听后毫不犹豫地说道:"自然是八弟!"

对阿敏的回答,在场的人没有一个想得到。阿济格知道阿敏暗地里是支持莽古尔泰的,他本来想将他一军,且看他如何对付。没承想,阿敏竟有了这样的回答,他不由得吃了一惊。

正在阿济格发愣之时,殿中又响起了一声霹雳。——这回是德格类发怒了,他指着阿敏大吼道:"住口,二哥!你真是一个两面三刀的小人!"

阿敏一听立即止住他道:"十弟,你老实待在那里,闭上你的嘴!"

德格类听后又要发作,被身旁的莽古尔泰给制止了。莽古尔泰蜡黄的脸已经变得纸一样白。原来,在回来的路上,阿敏就告诉他,阻止皇太极继位的行动已经失败,眼下需要鸣锣收兵,以保存实力。阿敏还告诉莽古尔泰现在要转弯子,以便撤退,眼下将由他唱一唱白脸儿。阿敏特别嘱咐莽古尔泰要管住德格类,别让他生事,以免打乱仗坏了大事。莽古尔泰也看到了形势的危急,见阿敏如此嘱咐,只好答应。只是他并不晓得阿敏的白脸儿将怎么唱,现见阿敏如此,他心中骂道:"呸!你这弯子转得可真是不小!"但他还是把德格类拉住了。

巴布泰、巴布海兄弟本想讲什么,见莽古尔泰阻止了德格类,又见德格类安静下来,便也把想讲的话咽进了肚里。

阿敏表态后,济尔哈朗也主动表了态,申明赞成皇太极继位。

没想到事情进展得如此迅速,阿济格见局面如此,便没好气地对莽古尔泰道:"五哥,你看怎么办?"

莽古尔泰听阿济格如此逼他,心中纷乱如麻,支支吾吾讲了些什么,众人也没能听清。阿济格大叫道:"听不清,听不清!"

莽古尔泰这才道:"我也赞成八弟继位……"

殿内响起了一片掌声。之后,本该由莽古尔泰正式宣布由皇太极继承汗位,因为他是主持当日会议的当值贝勒。但他心中乱成了一团麻,忘记了自己的职责。阿济格出不了那口恶气,就抓住他不放,大声道:"五哥,你别忘了,今日你可是主持。"

这时,莽古尔泰才有气无力地宣布:"议定,由四贝勒皇太极继承汗位。"

随后,殿内再次响起了掌声,一阵比一阵热烈。

阿敏对这次较量做了一个总结,认为皇太极的到来是天意,几乎不可抗拒。此外,他承认自己失了招儿。第一,阿济格离开不久,封锁庄子的镶蓝旗士卒曾来向他报告,说阿济格匹马闯了出去,他当时竟没有放在心上。第二,他后悔自己当时只派了一千名镶蓝旗的士卒。阿济格率领的正黄旗士卒不过三千人,如果他当时派的是五千人,哪怕是三千人也行。那样的话,阿济格调来的人马就不会是他失败的主因,而是他成就大业的一招好棋。因为那样,他就可以以平叛为由杀他个天翻地覆,从而堂堂正正地登上汗位,而不会像开始那样,推莽古尔泰上去,自己躲在幕后。

第二章　改革弊政，萨哈林推荐人才

伴随祠堂内经久不息掌声的是一场秋雨。这场雨酝酿已久，一个霹雳过后，便倾盆而下。它尽情地挥洒着，像是一个憋了数日没有机会哭的孩子，一旦哭了起来，就非哭个痛快。

老汗和大妃的遗体在瑷鸡堡入殓之后，在众人的护送下停在沈阳宫内的大政殿。

皇太极急需做的就是着手改革大金国的弊政。他先找了岳托、萨哈林、多尔衮、济尔哈朗、杜度和范文程。范文程是由萨哈林通知的。接到通告之后，范文程便对萨哈林道："这次召我们必议大事，看来推荐完我的时机到了。"

"届时见机而行。"萨哈林也以为是。

两人到时，其余应召之人均已到达。

皇太极道："今日召大家来，是议'挽国既倒'之策。事关重大，愿大家坦言。"

众人听罢，面面相觑。

范文程向萨哈林送了一个眼色。萨哈林会意，对皇太极道："既议'挽国既倒'之策，侄臣推荐一人。此人有管乐萧陈之才，他对此来必有深谋。"

皇太极听罢，心想在如此的场合萨哈林推荐贤能，其意非同一般，便问："此人何名何姓？现在何处？"

萨哈林回道："侄臣所说的人就是宁完我。"

皇太极道："哦？众人所传'石嘴山四杰'，就他一个我没有见过了。快快去请。"

范文程起身道："臣愿前往。"

皇太极首肯后，范文程离去。其间，皇太极又问了宁完我的一些情况。过不多时，宁完我就到了。

这宁完我看上去三十岁不到，个子矮小、相貌黑瘦、但精神抖擞。他向皇太极行了叩见礼，又逐一见过在座的各位贝勒。

皇太极大喜道："早就闻得你的大名，今日才见你，说明我素无大志……"

宁完我笑道："今日召臣，便说明大汗将做大事了。"

皇太极也笑了笑，道："鸭子被赶着上了架，不打鸣也得叫两声。萨哈林说先生知我必有大事召众人，敢问先生何以知之？"

宁完我起身回道："先汗起于白山黑水之间，出生入死，开疆拓土，创业垂统，留大域于爱新觉罗氏。臣纵观百代，大凡继位者可分作两类。一类继而继之矣，终无大作；另类则不然，继而创之、续而拓之，因此必出新政、大政兴国，大汗便属此类。今国有三危，故知大汗必召贤能者议挽之。"

皇太极示意宁完我归座，问道："先生说国有三危，指的是什么？"

宁完我回道："域内汹汹，国将不国。一危也。"

这八字一出口，将在座诸人都吓出了一身冷汗。但众人见皇太极并无愠色，遂稍稍放心。皇太极思索了片刻，然后问道："先生所说的'域内汹汹，国将不国'，指的是什么？"

宁完我回道："国之本在基业，基业之本在百姓。今我域内天怒人怨、民不聊生，焉能不汹？国本既伤，焉能保国？"

这回措辞越发厉害了。众人再看皇太极，仍不见他脸上有丝毫的愠色！皇太极道："那就请先生列出'汹汹''怒怨'之象，让大家听一听。"

宁完我回道："不必一一列举，国中'司农称匮，仓无积粟'，饿殍遍野、人竞相食之惨景，已足矣，足矣！"

皇太极道："可大家却说，这是天灾造成的。"

宁完我摇摇头道："非也，此恶政使然。"

众人听罢复又大惊，有人简直就要发怒了。但皇太极的态度使大家立即安静下来，他思索了片刻便请教道："愿先生解释这种说法。"

宁完我听罢回道:"治国之要,莫不先安民,然我反其道而行。一曰屠之。初,我攻占汉人之地,男丁尽屠之,掠其妻子财物而返。后又屠其老幼,收其壮丁。取抚顺后,汉民杀之无尽,遂留之。然我之杀戮未停,凡逃逸者不分青红皂白,缉捕后一律诛杀;抗拒者更是统统格杀勿论;对汉民,宣布'无粮者非我盟友',数次'甄别',屠之。二曰强令迁徙。天命六年,我得辽沈。为'计丁授田',腾出海州良田十万亩,南起松山北至铁岭,西起辽西东至东州良田二十万亩,授予八旗,强令此地汉人迁出;天命七年,强令广宁、义州汉民东迁;天命八年,强令辽南汉人迁往耀州、海州。汉民以耕种为业,不比满人以游牧为生。满人迁徙如家常便饭,于汉人实为灭顶之灾也。三曰奴役。迁徙定居之后,又强令'编庄为奴'。满汉同吃、同住,牲畜共同喂养,田地共同耕种。实际则是满人全由汉人供养,汉人苦不堪言,满人养尊处优。凡此种种,恶果累累。其一,汉人拼死抵抗,汉地难以攻取。其二,每得一地,几为空城。天命六年,我派员到金州招降,金州人员早已逃光,'仅剩秀才二人,光棍十人'。下凤凰城、镇江、汤山、长甸、镇东五城,皆'空无一人'。据计,拥入关内之汉民有两百万,进入朝鲜者不下几十万。其三,汉人为避灾祸,纷纷逃亡。逃亡者被追杀,仍伺机逃亡,可谓恶行往复。如此,一是造成我臣民锐减,二是留者不得安生。臣民锐减,生产者寥寥;不得安生,便不得各乐其业。汉民,我之子民也。愿其众,抑或愿其寡?愿其安,抑或愿其扰?愿其强,抑或愿其弱?愿其富,抑或愿其贫?其众,满民亦众;其安,满民亦安;其强,满民亦强;其富,满民亦富。此前之政,反道而行,极令其寡,极令其扰,极令其弱,极令其贫。此致域内汹汹、国将不国。如是,以何谋得天下?即或得之,又以何保得社稷永固?请大汗明察。"

大堂内鸦雀无声。皇太极思索良久,转向范文程道:"文程,你以为如何?"

范文程忙离位回道:"这是完我先生与臣近日共同议论中得出的结论。"

皇太极听罢点了点头,又转向萨哈林问道:"这也是你与他们共同议论中得出的结论?"

萨哈林闻言起身正准备回答,范文程连忙插言道:"贝勒不曾参与……"

皇太极示意萨哈林复坐,又转问多尔衮道:"十四弟,你以为如何?"

多尔衮已经十五岁,皇太极觉得他聪慧无比,日后必是治国栋梁。现虽已参政,然年纪尚幼,涉世不深。为使他尽快成长,需格外提携。而此时所议之事,关乎社稷命运,众人之言,必能启其心智。所以,皇太极问了他。

宁完我针砭时政的一席话,往日多尔衮闻所未闻,种种事实令他触目惊心;宁完我所下结论令他心惊胆战;宁完我大胆直言给他留下了极好的印象。随后,他又十分吃惊。一惊新汗面对宁完我如此重的针砭态度坦然,毫无愠色;二惊宁完我之胆略;三惊宁完我出众的才华。随着事情的发展,他越来越明白,宁完我之所以如此大胆,实在是国势到了非如此讲明不可的地步。大汗之所以采取坦然的态度,是因为宁完我所论直指时弊,说得有理。难怪大汗召众人来,开宗明义,就说是议"挽国既倒"之策。当时他听新汗如此说曾大吃一惊,现在他明白了。宁完我的一席话,使他看清新汗继位伊始就抓住了要害。幸好众人选定了八哥,要是让五哥得逞,他会想到这些吗?

多尔衮见问,忙回道:"臣弟以为是。社稷确已处于险境,应当全力挽之。"

皇太极听罢点了点头,又转问济尔哈朗:"六弟以为如何?"

济尔哈朗在前一段大金的权力争斗中保持了中立,这并不完全是在瑗鸡堡听了其兄阿敏的"劝告"。济尔哈朗是有头脑的,他看到了情况的复杂。尽管自己是"八王议政"的成员,但作为爱新觉罗氏的旁支,他认为自己以保持中立为佳。另外他还有自己的打算:他明白当时的形势,在皇太极不在的情况下,莽古尔泰很可能获胜;尽管自己平日更喜欢皇太极,但局面如此,他也无能为力。后来皇太极回来了,他也暗中庆幸。当晚,皇太极召他来,知道议论的内容后,他又感到了庆幸:皇太极并没有因为他前一段的表现而疏远他,议论如此重大的问题还是把他叫来了。看到皇太极抓住了大金国存在的严重弊端,他再次庆幸皇太极继了位。现在见皇太极问他,他立即道:"臣弟也以为是。"

皇太极听后又点了点头,遂转向宁完我道:"先生所说'二危'是指什么?"

宁完我道:"明朝虎视眈眈,它岂能容我安在?此二危也。"

这一层众人没有异议。皇太极又问:"三危呢?"

宁完我道:"有道是'国有新皇,不强则亡'。今新汗继位,内有宗亲异志,朝有大臣二心。国疾、敌强、不图进取,国将如何?此三危也。"

皇太极听罢大喜道:"想不到完我先生竟将国势阐述得如此清楚明白!言辞偏颇不去管它,其意与吾意深合。我先在辽沈,后去广宁,所看到的是域内动荡、农务不兴、商贾绝迹、民不聊生。广宁是一片肥土沃壤,俗称粮仓,可现在官粮一两一升,高出平日十倍。价钱这么高,可并无粮食可以出售;即使有粮食出售,百姓又去哪里找银子?这次赶回来正值秋收,可见到的是什么呢?只见赤地千里,不见粟棉蔬豆。路边的榆杨,皮被剥光,叶被摘尽。饥民伏倒,惨不忍睹。我不除此弊,何以为汗!"

就这样,当夜很晚很晚,诸人才一一离去。

众人离去后,皇太极仍无睡意。他独自留在厅中,前思后想,越想心中越不平静。他一直在厅中不停地踱步,管家马达站在一旁,无言地看着他。马达几次催促皇太极进屋去睡,皇太极都不加理睬。大福晋第三次出房来唤,皇太极像第一二次一样,说了一声就去,却仍然没有进屋的意思。马达无奈,只好再次去把摆在几上的那碗蘑菇汤端出去加热,这是大福晋一个时辰之前为皇太极炖好端来的。

近期事态的发展变化不能不叫皇太极思虑万千,心潮澎湃。

与明朝袁崇焕宁远一仗,给他留下了不可磨灭的记忆。胜败乃兵家常事,可宁远之败令人感到窝火。父汗因此闷出一场大病,而且亡故了,这是一笔怨债。他没能赶上父汗的辞世,想到这里,他就压抑不住内心的悲愤,眼泪夺眶而出。

让他心中最不能平静的,是回到沈阳之后所看到的一切。

《三国志》他看过不止一遍了。以往每每看它,总是注意那些讲战争战略战术的内容,而并没有留意那些宫廷倾轧、尔虞我诈的东西。他也看过《战国策》《史记》,近来他正在读《左传》。对于这些书籍,他所注意的方面大致与《三国志》相同。明廷的宫廷倾轧、尔虞我诈的事,他听到了不少。他原本十分庆幸,不断发展、壮大的金国内部虽然有些芥蒂和纠葛,但尚未见到什么宫廷倾轧、尔虞我诈一类的东西。可……这些东西一下子就来了,而且来得如此凶猛!

一想起刚刚发生的事,他便感到毛骨悚然。大妃不但是阿济格、多尔衮、多铎的好母亲,也是众兄弟的好母亲。她年龄不大,文静、贤惠,对于儿辈,不管是嫡出的还是庶出的都一概疼爱、关照。这使大家获得了多少家庭的温暖!可就是这么一个好母亲,却成了宫廷倾轧、争夺权力的牺牲品!

皇太极清楚,用来治死大妃的那些"遗训"是先汗多年前在一个特定的场合讲的几句戏言,却被当成必须执行的"金口玉言"!人之初,性本善,可权力却抹杀了人性。就不想一想被逼去死的人心中的滋味是怎样的吗？就不想一想三个弟弟，尤其是幼小的弟弟多尔衮、多铎失去亲娘的滋味是怎样的吗？自然不会想。在他们看来，汗位是最要紧的，一个人的生命不在话下！皇太极看得很清楚，父汗临终前召了大妃，五哥便怀疑父汗有意将汗位传给这几个幼弟中的一个，于是先下毒手先断了这条线！

　　皇太极又想到了自己。他与五哥并未结怨。小时候，他的母亲尚在，五哥之母因得罪父汗被赶出宫廷，五哥和十弟失母。他的母亲便将五哥和十弟收在身边，教养如同亲子。他自己则推食食之，解衣衣之。那时的关系是多么融洽啊。五哥不是没有把汗位抓到手里的欲望，但他并没有这样的胆略，心也未必有如此狠毒。光凭他自己，再加上一个德格类，干起事来不会如此雷厉风行、心狠手辣。其中，阿敏的怂恿是关键。皇太极回想起，阿敏幼时被收于父汗身边，抚养如同亲子。当年阿敏之父生分裂之念，到黑扯木独居。父汗盼阿敏不负多年教诲，念多年一起生息的亲情，能阻其父。谁知，这阿敏是表面一套，背后一套，实际上"外藩独居"的主意还是他出的。父汗了解真相之后，严惩了阿敏。自那以后，阿敏像是悔悟了，多年还算本分，遂又受到父汗的重用。可他未必真心悔悟，或许环境一变，他的旧习、恶念就会复萌。

　　想到这一切，皇太极深深地叹了一口气。唉！如果有人能在父汗辞世之后挑起大梁，他甘愿像过去辅佐父汗那样忠心耿耿地辅佐新汗，何必卷入这种令人厌恶的争斗旋涡！可他清醒地看到，眼下也只有他来收拾局面了。但有一点，他心里绝不忍"以其人之道，还治其人之身"。他只想治国，而不想倾轧。

　　马达已经撑不住了，上了年纪，如何能像自己这样，快鸡叫了还熬着！看见他站着打盹的可怜劲儿，皇太极便叫他去热那碗蘑菇汤。等他热好端来之后，皇太极草草地喝了几口，道："歇了。"

　　和岳托、宁完我等人议论时决定草拟几道诏书，范文程、宁完我承担了起草诏书的任务。皇太极躺下后仍然想着这事。他想到讨论诏书时必然会遭到阿敏和莽古尔泰的强烈反对，为减少阻力，必须在文辞方面多加斟酌。另外，他还要再做一做其他人的工作，目标是既让诏书得以颁布，又要尽量避免加剧与阿敏和莽古尔泰的矛盾。

　　多尔衮也彻夜未眠。从皇太极那边回来之后，他也无法入睡了。这些天他一直沉浸在悲痛之中,自小教养他的父汗死去了,百般疼爱他的母亲也去了。对父汗的死,他是有准备的。可母亲的死来得突然,他毫无准备,而且母亲是在怎样的情况下死的呀!

他觉得自己是做了一场梦,觉得自己天天处于梦幻之中。这是怎么一回事?他一直独自一个人思考着。

其实,他也并不是真的不明白这是怎么一回事,不明白这一切都是由于什么。他虽阅世不深,但也十五岁了,在宫中,他是以聪慧出了名的。尤其是他自幼刻苦,别看年纪不大,汉语水平尤其是阅读水平在弟兄中却是数一数二。他读了不少的汉文书,其中有不少的典籍。经史子集浩如烟海,但凡重要的他都试着浏览过了,眼下他正在再次阅读《资治通鉴》。他不但注意到了这些书籍里有关兵法的记述与描写,同时注意到了一朝一代兴与亡的记述与描写。他注意到,从远古到大宋,尽管圣人教人们以道德维护亲情,并且规定了君君、臣臣、父父、子子的种种秩序,但弑君、杀父之事还是不断。而这几天发生的一切使他看清楚了,这种生杀争斗已经来到了自己身边。

为什么会如此?从所读之书的字里行间他看清楚了,权柄这个东西决定着人的生死荣枯,因此,人们都苦苦追求着。看到这一点,他就看明白了五哥他们为什么要把额娘置于死地。人心恶呀!生在穷苦之家,兄弟抢食,会为半块窝头打破脑袋;生在富庶之家,兄弟争业,会为一间房子拼命;生在帝王之家,兄弟谋位,会为得到它而杀兄、弑父!

但也不尽其然。也有好的,别人如何他不敢讲,他多尔衮就是一个好的!他曾发誓要做一个和善的人,一个诚实的人,一个光明磊落的人!经过这次惊心动魄的经历,他再次发誓要做一个和善的人,一个诚实的人,一个光明磊落的人!还要像额娘临终前嘱咐的那样,做一个顶天立地的人。

想到这里,一个问题沉甸甸地压在他的心头:八哥会如何做?

他自幼就深深地爱着这个哥哥,并且佩服他,把他作为自己的榜样。在这次宫廷剧变中,是八哥止住了已经出现的可怕局面,挽救了金国,避免了进一步的杀戮。对自己而言,则要深深地感激八哥。五哥他们逼死了母亲,如果不是八哥的出现,那很可能仅仅是他们走上杀戮之路的开始。五哥要母亲生殉,无非是扫清他争夺汗位的障碍,接下来便会轮到他们兄弟。而在此期间,不仅他们兄弟，其他人有哪个胆敢不从，怕也必然是死路一条。他晓得，自己这位五哥是什么事都会干出来的。当年，其母富察氏获罪失宠，五哥受到牵连，地位下降。在这之后，是任凭地位江河日下，一如既往地热爱自己的母亲，还是维系自己的地位，不顾亲情，从而疏远自己的母亲？这位五哥在相当长一段时间内处于激烈的矛盾中。而最后，他竟选择了后者——疏远了母亲。富察氏偏偏又是一位性情刚烈的女人，她受不了儿子的背叛，自尽了。五哥保住了自己的地位，得以成为正蓝旗一旗之主，并且得到值月大贝勒的高位。自然，他也因此付出了代价。他母亲死后，他很快就落下了一个逼死生母的罪名。万幸此人没有掌得金国的权柄，不然如何得了？

可八哥日后会如何？八哥地位改变之后，特别是他在治理国家有了成效、站稳了脚跟之后，会不会……会不会利用所掌权柄"以其人之道，还治其人之身"，反过来对五哥他们下手，形成兄弟相残的局面？

眼下所幸的，是从八哥的所作所为、所思所想来看，金国找到了一位合适的继承人。就拿当天所议论的、按八哥讲的"挽国既倒"之策来讲，八哥是一个决心把国家治理好的大汗，也是一个英明的大汗；他看到了国家所面临的危难，并且有把事情办好的能力。多尔衮承认，不是八哥提出，他自己是看不到这一层的。八哥把他叫了去，使他明白了许多道理。八哥需要帮助，需要支持。不管日后八哥会怎样，但眼下他支持八哥。

当晚所议的问题极端重要，不失为巩固江山之策。八哥讲了，要颁布几道诏书推行这些国策。可这些诏书如何实施？对此，他没有听到八哥说过一句话。他自己对此倒有一些想法。顺着这一问题想下去，关于一个今后对八旗的治理的问题，他也有一些想法……

次日，议政八王聚在一起商讨老汗殡葬的问题，大家很快便达成了共识：老汗的灵柩暂时丘起，将在沈阳择地建陵，待陵墓建成再行安葬。阿巴泰被派往安排丘灵事宜。

两日后，皇太极及诸贝勒、贝子、台吉、文武百官护送老汗灵柩离开汗宫。当日午时，哭号声自宫中发出，哀乐徐起，老汗灵柩起动。

八子皇太极、次子代善、三子阿拜、四子汤古代、五子莽古尔泰、六子塔拜、七子阿巴泰、九子巴布泰、十子德格类、十一子巴布海、十二子阿济格、十三子赖慕布、十四子多尔衮、十五子多铎、十六子费扬果、长孙杜度、次孙岳托、侄儿阿敏扶灵,哭出崇政殿。随后是其他侄孙、众福晋,随后是众额驸、出嫁之公主及未嫁格格,随后是蒙古各部贝勒,随后是文武百官。大妃的灵柩也同时被抬了出来。

出大清门后,灵柩被置于灵车之上。这意味着老汗将永远离开汗宫了。皇太极等人大哭不止。

约莫过了一炷香光景,皇太极等人才渐渐平静下来。他们垂着泪上了马,福晋和公主们上了车。老汗的灵车在前,大妃的灵车在后,缓缓向东行驶。灵车一动,皇太极等人哭声又起。

在文武百官的队伍过后,有八旗的步骑将士八百人组成的方队跟了上来。这些将士是专门挑选的,他们都是多年跟随老汗南征北战的英雄。

灵车之后是殡仪队伍,纸幡麻帘在微风中飘动,哀乐声、哭声、风声、幡动声随着大队的前行不时地传向四方。

当日,沈阳并未戒严,但事先派出了八旗兵维持秩序。百姓们从未见过如此的场面,大家挤在灵车经过的街道两边,静静地看着。

灵车和送殡的队伍经过时,引起了民众复杂的内心反应。

满民几乎个个内心悲痛。老汗是他们心目中的英雄,是他们的精神支柱,他们无法接受失去这一精神支柱的现实。灵车、送葬的队伍与他们亲身经历的种种情景,一幕幕交替着在他们脑际闪过。他们处于现实中,又处于幻境内,但眼前的事是真实的。正因为如此,他们伤心、悲痛,甚至绝望,有人竟毫不加控制地放声大哭起来。

相比之下,汉人则理智些。在当时的大金国,汉人是被征服、被奴役的百姓。多少年之前,尽管他们中的大多数是穷困的,日子是悲惨的,但他们是自由的。自从女真出了个努尔哈赤,他们的安定日子就过到了头。辽东失陷,辽西失陷,沈阳失陷,他们的自由日子也过到了头,他们成了奴隶。

从老人们的故事中,他们听说过"奴隶"这个词。但听则听矣,谁也没有上过心,谁也没有想更多地知道"奴隶"是怎样的人,"奴隶"所过的是什么样的生活。在大家的心中,"奴隶"正像地狱中受煎熬的死鬼,那是传说中的东西,世上并不存在。

然而，回想起来犹如昨天发生的事一样，几乎是一夜之间，他们自己却成了奴隶。尽管他们抗争过、逃避过，但是抗争、逃避均告无效——他们成了奴隶，过上了奴隶生活。

在皮鞭的抽打下，在粗声恶气的恐吓下，他们拼命地干活，所获的一切也不受自己支配；吃的是猪狗食；不许有个人的意志，一切都要听从主子的安排。一切的一切，包括个人的小命在内，统统不是自己的。老婆孩子，主人说要哪个，就得给他们哪个；主人说要杀哪个，哪个就甭想再活。

面对眼前灵车、送葬队伍经过的情景，汉人的反应自然不同。他们面容呆滞，内心却有无限的满足。

灵车、送葬队伍出大清门先往东，然后再折向北，然后再折向西……

就在出大清门不远的一条街上，百姓之中有一名汉族妇女。她三十岁不到，从打扮上看，是一名农村妇女。她身前有一个不满十岁的男孩子，那妇女的两只手搭在那男孩子的胸前。

这娘儿俩是不久前从乡下来到沈阳的，他们的家在辽西义州与广宁之间大凌河边上的石佛堡。她得到主人的恩准，带着八岁的儿子来沈阳探视在多尔衮府中做工的丈夫。她的丈夫名叫孙宝，是一名铁匠。因为手艺出众，他可以以半奴隶的身份生活在贝勒府中。

孙宝媳妇来时正赶上努尔哈赤病死，京城气氛十分紧张。她住在贝勒府的下房，孙宝怕出事，整日不叫娘儿俩出门。这天努尔哈赤出殡，场面千载难逢，孙宝破例让媳妇和儿子到大街上看看。但他千叮咛万嘱咐，要媳妇到街上后说话、做事处处小心，同时要看好儿子，不要惹出麻烦。他还特别向儿子嘱咐了几句。

孙宝媳妇是个本分人，儿子也是一个老实的孩子。他们从乡下出来，本就胆小，再加上孙宝的一再叮咛，他们如何会不照"说话、做事处处小心"去做呢？另外，孙宝媳妇虽是一个妇道人家，但并不是一个糊涂人，其中的利害她心里清清楚楚。因此，她如何会不"说话、做事处处小心"？

由于孙宝在贝勒府内做工，村上的满人自然对孙宝媳妇另眼看待。因此，她在家并没有受过虐待，生活过得也算可以。这次得以进京探视丈夫，就是她在村中能得到特殊待遇的一种体现。

灵车过来了，人群之中发出了号哭声。

孙宝媳妇不太关心国事，但村中其他汉人受奴役，她当然看在眼里。她的心是与那些汉人相通的，她同情他们，但爱莫能助。对京城汉人的情况，她也一概不知。

女人就是女人，每当有殡葬之事，当灵柩和送葬人等哭着从她的面前经过时，她总是忍不住掉下眼泪。

因此，当努尔哈赤的灵车、哭着喊着的送葬队伍打她的面前经过时，她想到丈夫一句半句对她说，老汗的一位年轻妃子不知什么缘故竟抛下三个孩子——其中一个才十二岁，自尽随老汗去了。眼下看到第二辆灵车过来，断定那一准就是那位妃子的灵车，她哭了。

眼泪模糊了她的眼睛，她对周围的变化都没有感觉到。过了片刻，她用手擦了擦眼泪。无意之中从手指间看了看左方时，她不由得一愣。她看见有两个汉人向她投来鄙夷的目光，她赶紧收回目光，全身像挨了雨浇般抖起来。

灵车和送葬的队伍远去了，她的周围开始骚动。孙宝媳妇趁有人走动，就拉起儿子要赶紧离去。就在俯身的一刹那，她觉得有人从身后挤她。她受了很大的力，身子向前跟跄了一下，几乎摔倒在地。她牵着儿子没有放手，并意识到自己遭到了暗算。她并不去看挤她的到底是什么样的人，便站起身来，拉着儿子飞速离开了人群。

第三章 新汗继位，崇政殿议定国政

皇太极一直在太史祠守孝。这期间，努尔哈赤的其他子侄也轮流前来。第五日和第七日，大臣们前来祭吊，有的有事向皇太极禀奏，有的被皇太极留下有事相商。一时，太史祠成了金国的政治中枢。

一日，皇太极将议论"挽国既倒"之策的人员召了来。

五道诏书已经他再三斟酌、修改。他把修改后的诏书草稿叫众人看，看看还有哪些不妥之处。而此次召大家来，主要是议一下诏书颁布之后的实施问题。

前一日，宁完我前来向他建言，要设立一个机构把八旗的旗务管起来。他认为眼下主旗贝勒各自拥据一旗，一方面会刺激私利，最后各自为政、尾大不掉；另一方面，朝中政令因此不能畅通，难以形成一统的局面。设立这样一个机构，就是要改变这种状况。

皇太极早就看出了这一问题。努尔哈赤在世时，他就向父汗提出了这一问题。努尔哈赤也觉得这里面有一些毛病，但他所看到的只是由此产生的一些矛盾。而这些矛盾往往在分兵遣将和分配地盘及战利品时才表现出来。当时，努尔哈赤的权威掩盖了许多问题，所以，皇太极的进谏并没有引起他的重视。皇太极继了汗位，但他并不具备父汗那样的绝对权威。五哥莽古尔泰掌有正蓝旗，他独断专行的性情无人不知，德格类一直在支持他。他也得到了塔拜、巴布泰、巴布海等一班所谓庶出、不得宠的兄弟们的支持。父汗驾崩，莽古尔泰夺位企图昭然若揭。如任其不加节制发展下去，他拥兵自立的可能性不能排除。而更难对付的则是二贝勒阿敏,他掌有镶蓝旗。眼下情况变了,他肯定会蠢蠢欲动。

皇太极心中顿起波涛,大金毁于一旦的可怕前景呈现在他的眼前。如果父汗和叔兄子侄经过千辛万苦、流血牺牲打得的大金江山在他手中分裂、削弱、最后灭亡,他如何向皇考交代?如何向叔兄子侄交代?他要的可不是金国的分裂、削弱,乃至灭亡。他要的是金国的团结、发展、壮大和强盛;并且实现父汗的遗志,打进中原去,夺得大明的江山。他觉得必须想办法闯过难关,让大金的社稷得以巩固,让大金的山河不断壮大。

宁完我一走,多尔衮又来找他了。

多尔衮提的问题是,合议诏书虽会遇到一些麻烦,但诏书的颁布不当成为问题;问题是诏书颁布后如何实施。

皇太极了解十四弟,他知道十四弟来提问题,问题怎么解决必是成竹在胸了,于是问道:"十四弟可有良策?"

多尔衮回道:"臣弟觉得应当在汗下设署,专职其事。"

皇太极听罢想了想,又问:"事过之后,此署散去呢,还是常设呢?"

多尔衮肯定道:"其意义正在于常设。"

皇太极听罢惊了一下:"此署常设,何以为用?"

"处理各旗之事。"

"各旗已有主旗贝勒,又设此署,不多余吗?"

"主旗贝勒处事多为本旗着想,此署处事则为社稷。"

话说到这里,隐意皆明。皇太极又喜又惊,深思起来。这十四弟年纪不大,思虑朝中之事却能抓住关键!汉人有一句话,叫"英雄所见略同",他觉得十四弟、宁完我在治国安邦的方向上,和他想到了一块儿。他再次体味到了由此而产生的愉悦感、自豪感和安全感,他不是在孤芳自赏,他有贤能者为助。

难得难得!十四弟是一旗之主,年纪又不大,却能站在社稷的角度思考问题,确是一个可塑之才。看来,父汗生前器重十四弟不是没有道理的。

于是他把宁完我的建言一五一十说给了多尔衮,多尔衮听罢道:"原来完我先生已经先想到了。"

皇太极又将自己的考虑讲给多尔衮听:各旗设大臣两名,先协助旗主办理实施诏书诸事,事后在八旗赞理庶务,听其讼狱。

"妙!"多尔衮随后又道,"原来八哥也已成竹在胸了。"

这次,皇太极把众人召来,议论的中心已不是设立什么样的机构,而是这些机构的人员构成。对此,他已有了一个初步的名单。

大家就那名单议论了一番,只是对少数人做了一些调整。在议到正蓝旗和镶蓝旗的庶务大臣时,岳托提出所拟两蓝旗的大臣中各有一名"不是我们的人",而是与阿敏、莽古尔泰"一个鼻孔出气的"。

皇太极笑了笑,而后严肃道:"清一色弄成'我们的人',他们如何依得!就是这样怕也会大费周折。"说罢,他转向济尔哈朗道,"此事涉及国家大计,望六弟在二哥面前多做解释。"

济尔哈朗连连点头。

最后,萨哈林与济尔哈朗提出,眼下要实施诏书,庶务显得异常突出。但长久而论,八旗军务较之庶务更为重要。因此,当在设十六庶务大臣的同时,设十六军务大臣。

他们的建言得到皇太极的同意和在座诸人的赞成。众人七嘴八舌,又凑齐了十六军务大臣的人选。最后,皇太极道:"人选容我再想一想。大家回去也再行斟酌一番,有什么见解,明日殿议之时提出便了。"

多尔衮在太史祠待了两日。他从皇太极那里回来后,管家呼布图便上来滔滔不绝地向他禀报这两日的府务。

他听了听,倒没有什么要紧的事情,于是问道:"府上是不是进了新人?"

管家想了想回道:"不曾进新人。"

多尔衮见管家这样回答,也就表示罢了。

可老管家并不放过,问道:"贝勒爷是见到了什么生人吗?"

多尔衮见问,口中随便说道:"没什么,只是一个小孩子——或许是什么人的亲戚……"

老管家并没有离开,想了想又道:"爷说的可是孙家的孩子?"他怕主子听不明白,忙又补了一句,"就是从乡下来看孙宝的那个孩子?"

说起孙宝,多尔衮知道,他想了想进门时看到在前院和呼布图的孩子一起玩耍的那孩子的模样,又想了想孙宝的长相,遂笑了笑道:"看来是那孩子。"

这样,老管家退下了。不久,多尔衮又把老管家叫了回来:"去把孙宝喊过来。"

老管家呼布图是一个蒙古人,他是大妃从蒙古带来的。从多尔衮懂事起,他就跟着。多尔衮离宫自立后,又跟来做了管家。

大妃的生殉对呼布图是一个沉重的打击,他按规矩不谈不问,但内心的悲痛无法掩饰。这几日,他的眼睛都是红肿的。

孙宝是一个手艺超群的铁匠,在府上小有名气,待人又一团和气,深受府中下人们的喜爱。呼布图是半个主子,孙宝是半个奴隶,但两人却是十分要好的朋友。呼布图有一个儿子与孙宝的儿子年龄相仿,孙宝的儿子来后,两个孩子很快成了好朋友,终日在一起玩耍。

呼布图听说要去喊孙宝,心中七上八下,不知是吉是凶。

孙宝见贝勒回府就喊他,吓得魂不附体,以为媳妇那天的事犯了。

那天,孙宝媳妇扯着孩子急忙回到府中,将所遇到的事一五一十讲给了他听。孙宝听罢寻思了一会儿,心想什么事都想到了,什么话都嘱咐到了,就是没有想到媳妇会哭这一层。但他转念一想,也没有什么大不了的。他安慰了媳妇一番,又嘱咐她少出门,事情就过去了。可没想到……

孙宝还从来没有单独与贝勒爷说过话,这一次又因这类事,心中不住地翻上翻下。但是福不是祸,是祸躲不过,他硬着头皮进了厅。

进厅后,他跪下给多尔衮请了安,然后等待吩咐。呼布图放心了,主人只是问了问孙宝老家的情况,家里几口人,和什么人住在一起,等等。从口气看,对孙宝没有任何不利。孙宝也放心了,看来贝勒爷找他并不是为了那天他媳妇出的事。问过之后,多尔衮就让孙宝退下了。虽然没有任何不利的情况出现,但没来由把他召来问了一番家事,这叫呼布图和孙宝两人丈二和尚摸不着头脑。

皇太极有意等了数日。除了要做充分的准备外,他还在等三贝勒莽古尔泰值月结束,轮到他本人值月。值月就要主持八王的议政会。决定如此重大问题的会议,他自然不愿由莽古尔泰来主持。

尽管皇太极事先做了充分的准备,但他还是充分估计到了困难,做了最坏的打算。诏书涉及各旗的利益,特别是第二号、第五号诏书减少了汉民奴丁的数目,实行"满汉一体",如果只考虑旗主利益,就不可能采取支持的态度。

还有一层,莽古尔泰争位不得,憋着一肚子气。减少汉民奴丁数目,他会认为这是对他权利的侵害,必不赞成。

还有阿敏,他本就把镶蓝旗看成自家的财产,现在要把汉民奴丁减去六成,他怎会依从?再加上众多迹象表明,莽古尔泰争位就是他在暗地支持的,虽没有成功,但他绝不会善罢甘休。皇太极还估计,这次阿敏不会再隐在幕后,而是会跳到前台来拼命抗争一番。

之前,皇太极找到了莽古尔泰,对他说次日将有事议论,请他辰初到崇政殿。莽古尔泰情绪不佳,更不想与皇太极多话,听后便懒懒地点了点头。

随后,皇太极又找了阿敏,同样对他说次日将有事议论,请辰初到崇政殿。阿敏一听便警觉起来,忙问:"明日将议何事?"

皇太极道:"先议定将要颁布的几道诏书,后议诏书之实施,并将封赏一批大臣。"

阿敏又问:"诏书涉及什么内容?"

皇太极道:"一道诏书事关处置汉人逸逃之事,一道诏书为满汉编庄之事,一道诏书为徭役之事,一道诏书为兴商、收税之事,一道诏书为编庄定制之事。"

阿敏遂问:"能否先看一下草稿?"

"诏稿尚在草拟中,明日议时二哥有话可当场讲明。"

皇太极讲完,阿敏又问:"都是哪些人参加?"

"议政八王加上其他贝勒、贝子和台吉。"

阿敏听罢,立即想到这是把塔拜、巴布泰、巴布海等人排除在外了,因此建议道:"既涉及各旗大政,怕还是要召宗室人员一起议定为好。"

皇太极早就想到阿敏会提出这样的要求,便回道:"那样也好。"

事关重大,当日议事在崇政殿进行,宗室成年者俱已到齐。五道诏书的草稿摊在了他们案前——

国中汉官汉民,从前有私欲潜逃者,事属已往,虽举首,概置不论。嗣后唯已经在逃而被缉获者,论死。其未行者,虽首告,亦不论。

先是，我国以汉人每十三丁编为一庄，分与合住满人为奴，由一备御管辖。今后每备御只给五丁、牛二；其余汉人，分屯别居，编为民户，择汉官之清正者辖之。

工筑之兴，有碍农务，从前因城郭边墙，事关守御，故劳民力役，事非得已，我深用悯念。今修葺已竣，嗣后有颓坏者，只令修补，不复兴筑。

通商为市，国家经费所出。自今而后，境内贸易自由，都城设市八处，由八旗分管。典当自如。改旧制什一之税为每两缴税三分。漏而不纳者罚；不告所属贝勒私往外国贸易者罚。

满汉一体，毋或异视。讼狱差徭，务使均一。村庄田土，八旗移居已定，今后无事更移，万民可各安其业，专勤南亩以重本务。

开始，大家均在传看诏书草稿，殿内鸦雀无声。

皇太极仔细观察着，他见莽古尔泰看了一遍就不再看了，而是一会儿抬起身子扭向左一会儿扭向右，脸上青一阵红一阵，看来是再也按捺不住了。阿敏呢？皇太极看到，别的诏书阿敏只看了一眼就放下了，唯有第二号、第五号诏书稿，他拿起来看一阵后放下，然后又拿起来看一阵放下，一连数次，最后狠狠地将它们摔在了案上。

是的，阿敏怒了。之前他听皇太极说要议的事"涉及重要旗务"，便意识到皇太极极有可能有大的动作，因此当时就想问个明白。皇太极做了笼统回答，阿敏便提出要稿子看看，以便做出应对。但他的要求也被堵了回来。无奈，他只好对皇太极那几句笼统的话琢磨了再琢磨，只是无论如何也难以想得具体。

但在做法上他倒是想清楚了，并且拿定了主意。既然事涉重要旗务，倘若有削弱旗权之举，他就要公开站出来抗争一番。上一回他在幕后指挥莽古尔泰争位，事情没有办成，他临时转了舵，莽古尔泰心中对他有了怨气。在此情况下，为了紧紧拉住莽古尔泰，他也有必要公开站出来。另外，前一段他躲在幕后，想必皇太极已经查到了一些蛛丝马迹。何况这次皇太极没有给他准备时间，这是逼他站出来呢！但他并不想当出头鸟，莽古尔泰的表现他看到了，他要等莽古尔泰第一个冲出阵来。

果然，莽古尔泰按捺不住了。由于激动，他的口吃加重，言语差不多难以成句了:"这些东……西是哪里来……的?"

这本是一个不成问题的问题。皇太极看了看莽古尔泰,缓缓道:"是小弟邀几个巴克什所拟。"

莽古尔泰问:"什……么意思?"

皇太极又看了看莽古尔泰,道:"与五哥说过了,即将颁布,照此执行。"

闻言,莽古尔泰气得再也说不出一句话。

此刻,阿敏说话了:"我可绝不赞成把这样的东西弄出去颁布,绝不赞成照这东西去执什么行!'满汉一体,毋或异视!'谁爱和他们一体谁就和他们一体去,反正我绝不与奴才拴在一条绳上!'每备御只给五丁、牛二;其余汉人,分屯别居,编为民户,择汉官之清正者辖之',什么意思?与其如此,不如明讲剥去大家六成汉民奴丁更爽快些!八弟,想必你不会忘了,先汗可有言在先,立有规矩,继位大汗要保兄弟们的权益无损。请问,你们把这些货色拿出来,先汗的那条规矩要放到哪里?"

莽古尔泰一看阿敏站了出来便来了精神,又道:"就……是!'毋或异视',叫我把自己与庄……上看牲口的奴才一样看待,那我岂不也成了奴才?"稍停之后,他又道,"白……白地去了六成的人丁,我等的血岂不白流了?父汗的血岂不……白流了?父汗活着的时候,哪里讲过要把用血汗换得的奴隶白白地放出去?又在哪里讲过要我们对那些狗奴隶'毋或异视''满汉一体'?"

德格类也憋不住了,他大叫起来:"父汗的棺材刚刚从这里抬出去,你们就搞这一套!由不得你们!"

这时,塔拜、巴布泰、巴布海等也跟着叫了起来:"不像话!不像话!"

莽古尔泰又道:"凡是与父汗相……悖之政,统统都不能通过——'即将颁布,照此执行'?没门!"

"先汗一世英明,最后留下了一堆糊涂事,要八弟来收拾了!"阿敏说完,殿内一片沉寂。看来,他们的头一批箭矢到此为止了。

皇太极静观着,没有讲什么。皇太极回来之后,大贝勒代善的心中感到踏实了许多。后来皇太极顺利继位,他为大金庆幸、为他自己庆幸,大金可以太平一阵子了。这次所议之事,皇太极事先已详细地向他做了通报,并讲明了利害。他对别的诏书都赞成,连第五号诏书中那个"满汉一体"他都勉强可以接受,但第二号诏书他却难以赞同——减掉六成的汉民奴丁呢！但他也挡不住。到时候莽古尔泰、阿敏他们一定会反对，他不能与他们一起反对皇太极。这样，他心中虽有保留，嘴上却说"赞成"。现在莽古尔泰、阿敏起劲儿地反对，代善自然也不想讲什么。

岳托很想讲话，尤其是听了阿敏最后的话，也觉得气不打一处来，不吐不快。但他不是议政贝勒，不好出来打头阵。尽管不是议政贝勒的德格类等讲了话，但他不想学他们乱规矩。因此，他一直忍着，注视着事态的发展。

杜度与岳托的想法一样，也坐在那里一言未发。

阿济格听了莽古尔泰等人的讲话后也十分生气。殿议嗣立之事时，他曾凭了一股怒气大闹崇政殿，事后，皇太极与他对是非曲直议论了一番。阿济格虽粗，但也不是一个不顾一切之人。他认识到了自己的莽撞，承认动用正黄旗一事做得鲁莽，坏了规矩。这些天他一直在压制怒气，以便遇事冷静对待，避免捅了娄子。当日要议的事皇太极已向他讲明，他表示赞成。皇太极告诉他，这次要以理服人，让他冷静从事。他觉得此次所议事关重大，自己不善辞令，万一说得不对头，不但于事无补，反坏了大事。因此，虽见阿敏等嚣张如此，他憋了一肚子的气，也拼命压抑着，不言不语。

事先，皇太极与多铎解释了诏书的内容，给他讲解了利害。多铎虽不全懂，但大体上明白，知道这样做是为了社稷。因此，他表示"绝无异议"。他的哥哥多尔衮也与他谈了几次，要他支持八哥，不要做任何不利于八哥之事。对当日所议之事，多尔衮也详细地向他做了分析讲解，嘱咐他支持颁诏，并叮嘱他会上要多看少讲，免得讲错了被对方抓住把柄，于事不利。多铎听后一一答应。眼下，他见莽古尔泰、阿敏和德格类等气势汹汹地各自说了一通，心中便有了气，又见接下来哑了场，非常着急。但哥哥的叮咛他没有忘记，他看着多尔衮，后者表现了一副难以忍耐的样子。

多尔衮将形势看得一清二楚，刚才说话的那几个人的个性和处境他都心中有数，知道他们不便站出来讲话。除这些人之外，还有一个济尔哈朗。作为阿敏的亲弟弟，让他第一个站出来反对，那也并不现实。所以，多尔衮意识到，只有他才是合适的打破沉默的人。

近来经历了不少事，多尔衮成熟了许多。对这场较量，他做了认真的思考和准备。从对方的状况看，他们一是要用气势压人，二是打出了老汗这张牌，妄图以此封住大家的嘴。针对这些图谋，他要以柔克刚，再就是打掉他们手里那张牌，于是他道："二哥、五哥、十哥，有话当讲，但请息雷霆之怒。今日廷议之事，涉及国本，需平心静气才能议清、议定。"

多尔衮这样的开场白收到了成效，对方再没有反驳，还安静了下来。于是他接着道："为什么要颁这样的诏书呢？诸位兄长想必已经留意，现如今大金国已显出凋零之象。深秋本是仓盈廪满、万民居家享乐之时，可我们所见到的却是鸡犬僵声、牛羊绝迹、庄无遗老、路有饿殍。这种种险象是怎么来的？汉人的经典上说：'厚地之大，有其里丈；皇天之高，犹可度量。九州之广，山川为理；桑麻纷纷，阡陌为界。'也就是说，凡事凡物不管它有多么大、多么高，都是可以掌握的；凡事凡物不管它是多么复杂，也都是可以界定的。有人说这种种险象是苍天所致。不错，倘若风调雨顺，何愁不五谷丰登、仓廪不实呢？可是，时雨起于千里之外，并不是人力所能及的。可人力对灾害就毫无办法吗？那也不是。不错，没有雨就绝收，雨不及时就歉收，这似乎是天经地义的。可国家这么大，没有雨，难道就举国处处无雨？地这么广，雨不及时，难道举国都不及时？可这几年来，有许多的地方还是风调雨顺的，像辽西就是。可因何缘故就弄得全国都闹起了灾害、酿成了饥荒？大家知道，辽西一向是被称为谷仓的。可百姓一年忙到头，没有一点剩余。更有甚者，不少地方得靠赈济度日了。去年风调雨顺，灾害之说难以令人信服。有人便说，饥荒是百姓刁、百姓懒造成的，他们总是依赖官家养活。事实是不是这样呢？想上一想就不难明白，世上会有这样的百姓吗？今日，我就劝诸位兄长和在座各位平心静气思考一番，不要动怒，不要赌气，大家议出一个结果来。这就是'思由其静，言由其衷，察有其明，议有其终'的道理。"

说到这里，多尔衮停了下来，殿中鸦雀无声。看到这般情景，多尔衮接着说道："我思考的结果是，往日所行之政是需要好生检讨一番了。八哥想必也是看到了这一点，便提出了眼前的诏书来。可是要改变往日之政，必然涉及往日之人。今天我等所议，便涉及父汗。对于父汗，我等敬爱有加，这是无须誓证的。可有道是亲不恋其痈、仇不舍其精，这是历代贤明所坚持的至圣明理。方才说了，现在国中的饥荒并不是全由灾害造成的，而是施政也出了偏差。这种偏差一日不除,国家便一日不得安宁。依我之见,这几道诏书统统都是除误、安民的良策,望诸兄诸弟诸侄熟思之。二哥说'绝不与奴才拴在一条绳上',这是赌气的话。就说'满汉一体',我等如何就成了奴才,奴才如何就成了主人?满汉一体,说的是大家共存于一国之内,你中有我,我中有你,谁也离不开谁。先汗就曾讲过:'没有诸申,哪会有贝勒?'满人中有主亦有仆,汉人为何不能如此?他们也是有主亦有仆。故而不能一说'满汉一体',就没有了主仆之分,不能一说'满汉一体',我等就成了奴隶。编庄是头号重要的事,诸位特别关切实属自然。可对这件事,我自有看法。编庄之后,少了六成奴丁,表面看来,多有所失。可往远处想,却正是我等利益之所在。常言道,欲将取之,必先予之。方才说了,汉人因何忙碌终日却食不果腹?此无他,为奴之故也。他们忙了一年,到头来一切都不是他们的。故而必然想,与其忙着,不如闲着。打他们,骂他们,他们干一阵,你一转眼,他们又歇了。满人、汉人纠缠在一起,到头来,他们没有了吃喝,满人也就断了烟火。现在把他们的一部分分出去,自己干,干完了归己,他们就有了奔头。他们生产的东西不再归满人,但我们可以收租收税。他们生产的东西多了,国家就富了。这譬如果木,众多的苗子纠缠在一起,没有一株是能够结果的;把它们分出去,它们得到了阳光,得到了水分,就会开花结果。大家算一算,是挤在一起,什么果子也结不了对我们合算些,还是分它们出去,让它们在那里开花结果,对我们合算些?"

多尔衮停了下来。大殿之中依然鸦雀无声。

阿济格、岳托等人兴奋起来。阿济格第一个接了茬儿,道:"十四弟说得好,我等应当机立断,把诏书公布出去。"

济尔哈朗也讲话了:"十四弟所言极是。大金现状不容我等乐观。现在国有饥荒,汹汹之象迭出。外之强敌,虎视眈眈。倘若明朝趁机起兵,东有毛部,西有袁旅,两面夹击;内有不附之汉民,重则内外呼应,倾我社稷,轻则席卷汉民而去,伤我根本……"

弟弟会站在皇太极一边,阿敏已经想到了,议立汗位的当天夜里,他便得到了济尔哈朗被皇太极召了去的消息。他还知道,同去的还有岳托等人,后来还召去了宁完我。阿敏次日没有找济尔哈朗,想看他会不会主动地把那边议了些什么给讲出来。结果,济尔哈朗没有这样做。阿敏盘问,济尔哈朗承认去了皇太极府，但所议内容死活不讲。后来阿敏了解到，济尔哈朗又多次与皇太极接触，谈了些什么一律没跟他讲。阿敏问起来，济尔哈朗反劝他支持皇太极。阿敏本来就有气，现在见济尔哈朗站出来帮皇太极，便没好气儿地打断了他："未免耸人听闻！"

济尔哈朗见哥哥打断了他的讲话，停了片刻才继续道："此等险象，非弟凭空臆想。汉民不附之状非自今日起。今举国大饥，汉民怨声载道。此况之下，明军攻来，汉民必视之如亲人来救，如何不起而响应？"

阿敏再次打断了他："那我八旗将士就是吃素的？"

济尔哈朗又停了片刻才道："举国皆叛，我八旗纵有千军万马，又有何用呢？"

阿敏没想到济尔哈朗竟敢顶撞他，怒从胸起，大声吼道："那就杀！今日杀不尽明日再杀，明日杀不尽后日再杀！"

济尔哈朗绝不想与哥哥对抗，但阿敏一步步逼他，他内心也有了气，遂道："杀杀杀！今日的危局就是杀出来的！我大金治国，难道除了一个杀字，就不会别的吗？"

阿敏怒了，他站起来用颤抖的手指着济尔哈朗喝道："放肆！"

济尔哈朗不想再跟哥哥顶下去，也不想旁生枝节。他垂下头去，不再言语。

大厅之中沉默了片刻，阿巴泰讲话了，道："二哥压一压火气，殿堂上议论国事，为何堵别人的嘴？当……"

嘿，真是世道变了，阿猫阿狗也教训起人来——你阿巴泰还不够格儿！没等阿巴泰讲完，阿敏便转向阿巴泰道："自家弟弟教训几句，又犯了哪家的规矩？我……"

想不到阿巴泰并不好对付，道："二哥这样讲就不在理了，现在是在崇政殿，可不是在你府上……"

阿敏又要讲什么，可皇太极讲话了，眼下的争论陷入了枝节，他要让它"言归正传"。因此他道："二位哥哥都停一停。刚才十四弟讲得好，'诸位兄长和在座侄弟平心静气''好生思考''畅所欲言'，不要动怒，不要赌气……我看还是照十四弟的劝诫行事为好。"

这时，岳托也说话了："敬请二位叔父息怒，侄儿现有几句话讲，对与不对，请长者斟酌。我祖父辈初起白山黑水,至今祖汗驾崩,凡四十三年。其间,祖辈、父辈历经千百战,其辛劳苦难无可计数。今疆域东抵鸭绿江畔,西至辽西之地,也算得上一个泱泱大国了。可依我观察,祖汗并不以此为限。祖汗在时,耳提面命,谆谆教诲,诫我等莫停于天之一隅,而要跨城越河,夺明之天下。他老人家的话犹在耳边……"岳托是一个容易动情的人,说着便流下了泪来,"听先汗之训,扬先汗之奋,戒骄弃满,何敌不克?以国事为重,摈一己之利,何议不成?古人道:明察者为圣贤。国今有危,观其象,究其由,察之,纠之,国运亨通,圣贤之道也。不计一得一失,全国为上也。倘我等锱铢必较,其于国何?依我之见,草诏所定,悉为国利,当早日颁布,以安民心。"

杜度也表了态,附和道:"草诏所定,悉为国利,当早日颁布,以安民心。"

方才多铎见多尔衮讲后殿中鸦雀无声,他以为阿敏、莽古尔泰他们被说服了。可在济尔哈朗讲话时,阿敏几次插话反驳,最后竟气急败坏地训斥起来,他就知道自己的判断过于简单。这样,他憋着的一肚子气越发膨胀起来,大声道:"父汗在时,议论事情痛痛快快,事情很快就定了下来。今天为什么这样,比女人生个孩子还难?父亲不在了就没有了规矩?八哥这个大汗在你们眼里就这么不值得尊重了吗?"

这话自然是对着莽古尔泰、阿敏他们讲的。他们激动了起来,齐道:"十五弟说哪里话……"

阿敏见莽古尔泰有话说,就停下来。莽古尔泰继续道:"我等说话,与尊不尊……重新汗又有何干?方才八弟自己也说'殿堂之上议论国事,当……畅所欲言,言者无罪'。二哥对六弟说了那话,也被问了罪……难道兴……别人说话,就不兴我们张口?我们张口就是对新汗不尊,这是哪家的道……理?"

多铎哪里让得:"少给我来这一套!你们讲得还少吗?你们讲了那么多,讲得那么凶,我才讲了一句呢!你怪别人堵你的嘴,我看你是在堵别人的嘴!说了那么多,说得那么狠,说完了却想让我闭嘴,没门!"

莽古尔泰气得炸了肺,道:"好……样的!你说,你讲!"

多铎大叫:"不错!就说!就讲!"

这时皇太极发话了,道:"十五弟也须息雷霆之怒,有话好好讲。"

多铎听罢道:"好好讲?他们是好好讲的吗?好,好,好,他们不让讲,你也不让讲,那就不讲好了。闭上嘴,让他们讲去!"

皇太极听罢笑了一笑,没再说什么。可莽古尔泰并不愿善罢甘休,又道:"八弟,我等说句话,你严声厉气加……以制止;十五弟说出这……样着三不着二的言语,你先是放纵不管,后不得不说,还和颜悦色,无乃其不公乎?"

皇太极以为事会过去,不想莽古尔泰又来此一招,这使他警惕起来。他控制着自己,尽量避免节外生枝,缓缓道:"十五弟年纪幼小,如何与他相比?"

莽古尔泰道:"年纪幼小,可八王议政他也是一席。决……定事少不了他,分东西他不少……要。眼下,为何如此放……纵他?"

皇太极看出莽古尔泰在借题发挥,要将这事抓住不放。他不能与之纠缠,要想办法绕过去,以免贻误大事,遂又缓缓道:"五哥言重了。"

坐在多铎身旁的多尔衮侧身过去,制止他再说话。莽古尔泰见皇太极如此说,也找不到继续攻击的理由,才偃旗息鼓。

皇太极以为风波平息了,谁知阿敏那边又发了难:"今日之事,我已经看得分明,一切都是我们的错。一句好话你们也听不进去,一切都要照你们的办。既然你们口口声声说此事于社稷如何如何,那有句话我就不得不问了:如若我等不听你们的,结果会是如何?反过来,如若你们不听我等的,结果又会是如何?"

莽古尔泰也听出了阿敏的弦外之音,急忙附和道:"就是,就是……"

问题提得尖锐异常。话之所以这么说,是因为其中有一个背景。

努尔哈赤晚年确立了"八王议政"的政治体制,但他对日后八贝勒能否长期和衷共济心里没底,终日忧心忡忡。八贝勒也弄不清努尔哈赤心中所想,也终日惴惴不安。在此情况下,努尔哈赤阐明了六项八贝勒共治国政的设想,即八道"汗谕"。其中第一道是:"继父汗为国主者,毋以强势之人为之。恐以其人为国主,恃力妄为,获罪于天。且一人之识见何能及众人之议?以尔等八子为八王,八王共议庶可无失。八王视不拒尔等之言者,继尔等之父为国主。若不纳尔等之言,不尊善道,八王可将所立之汗易换,另择不拒尔等言语之贤者任之。"

阿敏的这些话实际是为搬出努尔哈赤的这道"汗谕",要问罪皇太极"不纳尔等之言"。

皇太极对阿敏的意图自然看得清楚,对此他已经有了准备:"今日之议,要旨有二。一是为什么要颁布这些诏书;二是这些诏书内容妥否。对于第一条,十四弟、六弟、岳托贤侄等均已阐明，此不赘述。我要讲的是，为政者当如何对待过时之政，抑或失察、谬误之政。诸位想必记得，父汗颁《七大恨》后与明宣战，起初攻下汉城汉镇，一律毁之，屠其老幼，虏其壮丁而归。后来攻下大片汉地，毁之不尽，屠之不完，虏其壮丁国无纳处，父汗遂一改旧政，留其城镇与老幼，壮者亦不掠归，而是派八旗满人往治。还对汉人说：'即使把你们杀尽，我会得到什么？拿光你们的东西，也是有限之物。留下你们，让你们活下去，财物就源源而来了。'父汗告诉我们，如此可以'增国人，添兵力，积财富'。在这里，父汗所做的就是改变过时之政。再后来，满汉共编一庄，满人进入汉户，耕牛同使，田地同耕。一年之中，满人坐享其成，汉民劳苦不堪。汉人暗反，投毒暗害之事层出不穷，逃亡者日多。先是将肇事者尽屠之，汉人怕了，但逃亡的非但没能减少，反而数以万计，结果田地荒芜了，满人则断了生计。父汗遂令满汉分作，'各用各的牛，各耕各的田'。在这里，父汗所做的就是改变失察之政。往日，父汗视无粮汉人为'非盟之人'，每每'甄别'。今年，父汗在时却放粮赈济——在这里，父汗所做的就是改变谬误之政。父汗屡改其政为圣，我等改过时、失察、谬误之政，如何就罪不容诛？诸位不会忘记父汗有关'八王议政'的几道'汗谕'。第一道'汗谕'曰：'八王视不拒尔等之言者，继尔等之父为国主。若不纳尔等之言，不尊善道，八王可将所立之汗易换，另择不拒尔等言语之贤者任之。'我自认为不是父汗谕中所说的继父汗当为国主者。奈何诸位苦苦推举，终不敢不应。今虽初定，倘诸位判定我当属易换者，则情愿请另择不拒诸位言语之贤者继任之。"

话说到这里，阿济格、岳托、多尔衮、多铎等人忙道："大汗正是我等所推举的、符合父汗谕中所说的继父汗当为国主者，何出易换之论？"

济尔哈朗、杜度也道："绝无易换之理。"

德格类、巴布泰、巴布海根本就没有明白阿敏讲话的意思，因此也就听不出皇太极的话外之音，所以待在那里没讲什么。莽古尔泰及阿敏见这招并未奏效，也便不再讲什么。

皇太极接着道："父汗还有第二道'汗谕'，说的是'尔等八人共理国政时，若一人有得于心而言，另外七人当会其意而发明之……'"汗谕下面是"若己不能会意又不能发明他人之所得，唯缄默无语……"

下面的话皇太极虽然没有再引,但莽古尔泰及阿敏知道它。皇太极接着说道:"我心有所得,草拟诏书,可所得……"他停下来,摇了摇头,然后又言归正传,"对于第二条,众人亦有所论,有两点引起了异议。一是二号诏书分汉人单独编庄事,二是五号诏书所谓'满汉一体'事。抽出一定数额的汉人单独编庄,确使我等失去了不少的人丁,利益受损。可凡事收、放、得、失,需从大处看去,才能看得明白。譬如打仗,为将者想要看到全局,必置身于高处。为政,道理是一样的。做一个设想,假如正黄旗不'去六成人丁',各旗再将各自的六成人丁给它,可国家衰了,最后亡了,那正黄旗得到了什么呢?古人云:'明得失之道者,智也。'出征打仗,是难免有伤亡的,我八旗将士却最盼着出征,什么道理?这是因为这种损失会换来胜利,会得到人丁,得到牲畜,得到财物——得之其广,失之可也。再譬如说,仗打起来,取舍之道我们兄弟没有不明白的,放弃一部,似有所失;可放弃它,争得全局的胜利,何乐而不为?为政,道理也是一样的。舍一部而得到全局的胜利,善之善者也。分汉人编庄之事,就是这样。这一点,希冀诸位明察。再讲五号诏书'满汉一体'的事,十四弟等均已论及,我仅有一句话作为补充,此诏旨在安定汉人,让他们把家看成自己的家,把国看成自己的国。唯其如此,他们方能安居乐业,从而换得国富民强。这样的目标达到了,又有何难不为我解、何敌而不为我克呢?"

这时,一直没有吭声的代善说话了。代善的半生中,经历了几次惊心动魄的时刻:一是他的兄长褚英太子之位被废、被赐死,当时闹得人心惶惶,他作为一母所生的弟弟,经历了惊涛骇浪的拍打,刻骨铭心;二是他被立为太子之后被废,并被降为庶人,更是经历了生与死的磨难;三就是这一次,由于四大贝勒中他被老汗独自召去而站到了风口浪尖。有一段时间,他的精神差不多要崩溃了。后来,随着形势的不断变化,他也渐渐缓过神来。诏书涉及各旗利益,能否顺利颁布,作为独掌一旗的大贝勒代善态度如何,是至关重要的。皇太极等人讲得入情入理,莽古尔泰和阿敏等人怕是再难讲出什么道理来反驳;但他们未必心服口服,让他们赞成颁诏,恐怕也不是那么容易。想到这里,代善便有了一个主意:来一个折中,或许双方都可借梯子下房——接受下来;如果他们接受了,也更多地保住了正红旗自家的利益。这样,他做出了决定,出头道:"大家议论已经足足有两个时辰,阿敏兄弟和莽古尔泰兄弟所忧虑的是利益受损。蓝旗之利，也是我金国之利，对别的旗同样如此。八弟草拟诏书，自然是为确保父汗开拓之业兴旺发达，使天予之基恒定，使天赐之福永承。可如今双方各执一词，互不相让，何时算了？现在我有了一个主意，使双方之争得以协和，大政得以推广。双方之争归于一点，是诏书的第二号有关分汉人单独编庄之事。依我看来，汉人单独编庄之事照行不误，而所分出的汉人数目可以减少。草诏之中规定十三丁中去其八，留其五，即去六成，留四成。我看可做改动——十三丁去其七，留其六，即去五成五，留四成半，如何？"

事态在沿着代善所引导的方向发展，他的话音刚落，就听莽古尔泰喊道："不！将原定的倒过来！留……六成，去四成！"

一见莽古尔泰如此，阿济格喊道："一成不变！去六成，留四成！"

多铎也喊起来："对！一成不变！去六成，留四成！"

莽古尔泰喊道："留……六成，去四成！"

多铎喊道："留四成，去六成！"

皇太极没想到代善会来这一手，但细细想来，这倒也好。他见代善在数量上打了折扣，又见莽古尔泰和多铎在争，说明如依了莽古尔泰，除数目多少之外，他们就接受了诏书。留下六成就留下六成，多一成少一成倒不影响全局。想到这里，他打断莽古尔泰和多铎，道："五哥、十五弟不必再争，我看就依五哥，十三丁中留八去五！"

这一招还十分管用，莽古尔泰觉得得到了满足，马上安定了下来。再看阿敏，也并不想再讲什么。可多铎却憋了一肚子的气，便要与皇太极争执。多尔衮制止了他。

事情就这样定了下来。此后，事态发展加快，皇太极讲明为实施诏书，加强对旗务的管理，将设十六庶务大臣、十六军务大臣。随后，他宣布了名单。

莽古尔泰和阿敏不好事事反对，又见蓝旗所设人员均乃蓝旗旧部，遂都表示了赞同。

当日，皇太极在沈阳举行了隆重的继位仪式。天公作美，当日一扫多日的阴雨，一轮艳阳高照，使得"天气澄明，风日清美"。虽在先汗丧葬之期，但"国中百官万民皆欣欣然有喜色"。满朝文武掩饰不住内心的喜悦，个个喜气洋洋。

先前面临危机，文武大臣中的绝大多数均忧心忡忡。在老汗活着的时候，大臣们已经有了议论。他们眼看着局势日复一日地恶化,个个心急如焚。老汗辞世了,大臣们的心情并没有得到缓解。

宫廷继位之争的一鳞半爪,免不了传到大臣们的耳朵里。他们先是担忧,生怕汗位落到莽古尔泰手里。后来,皇太极继承了汗位,让他们喜出望外。

随后,皇太极提出了改变先汗所遗"恶政"的措施。这些事虽是皇太极在暗中进行的,但消息还是传到了众人的耳朵里。讨论诏书的那天,大臣们三三两两聚在一起,那心情比宫中争论的贝勒们还要紧张些。

皇太极胜利了!大臣们如何会不兴奋呢?皇太极已感觉到了这种气氛,他也兴奋异常。按老汗立下的规矩,皇太极首先拜了四大贝勒中的三位兄长,然后在群臣山呼之中与三位兄长一起登上崇政殿原来只有努尔哈赤才能登上的平台,与他们并排坐了下来。随后,三大贝勒的代表代善宣读了贺词,多尔衮等代表群臣宣读了誓词。

当日规定,年号暂仍为"天命"。待明年元旦起改为"天聪"。为此,发《继位诏书》,昭告天下。

次日,议定之第一号诏书颁布。之后,每日一诏,一连五日。

接着,举行了两黄旗和两白旗的易帜仪式:原正白旗改为正黄旗,原镶白旗改为镶黄旗,原正黄旗改为正白旗,原镶黄旗改为镶白旗。

当日下午,多尔衮命呼布图再次叫过了孙宝。孙宝见又叫他,仍旧不知是吉是凶,遂怀着忐忑不安的心情来见多尔衮。

孙宝请过安,多尔衮便从案上拿起一信递到孙宝的手里,并告诉他次日起身,拿着这封信带着老婆孩子赶回家去。孙宝以为自己被贝勒爷打发掉了,不免一阵辛酸涌上心头。随后,又听多尔衮吩咐道:"回到家中,即将此函交给管庄备御,他们将按信中吩咐做出安排。等事成之后,安顿下来,你便赶回。"最后,多尔衮说了句"去吧",便回内室去了。

呼布图和孙宝均闷在葫芦里,不知道贝勒爷要孙宝拿着信去办的是什么事。但从贝勒爷的口气看,从贝勒爷要孙宝"安顿下来,你便赶回"的吩咐看,孙宝并不是被打发了。

他们正发愣之时,从内室又传出了多尔衮的嘱咐:"要多加小心,不得把信弄丢了。"

孙宝忙答:"记下了。"

而后,又听多尔衮吩咐呼布图道:"支一百两银子给孙宝,回去备用。"

呼布图高兴地应声。孙宝这边却向内室跪了下去,道:"谢贝勒爷恩典。"

次日,孙宝保护着那封信,带着老婆孩子上了路。

孙宝赶到家的次日,皇太极的《继位诏书》也传到他的家乡。

按照多尔衮的吩咐,孙宝已在到达的当天把多尔衮的信交给了村中满人备御。备御见贝勒爷有信给他,甚感意外。当着孙宝的面,他拆开了那封信。看完那封信,他愣了片刻,然后看了一阵孙宝周身上下,便客客气气地说道:"回家等着吧,我一定照贝勒爷的吩咐办理。"

孙宝依然是摸不着头脑,听罢便谢过转身告辞。在他将要出门时,他又听到备御道:"有啥难处尽管讲。"

孙宝转身又谢过,就走了出来。

孙宝返家并没有引起村里人的特别注意,只是他带回来送给邻里的东西引起了乡亲们的一阵议论。

他带回送给邻里的也并不是什么稀奇之物,无非是一些白面饼之类的东西,这些东西是呼布图给孙宝等人在路上吃的。孙宝媳妇想,这次进城并没有给亲戚邻人带些什么回来,眼下饥荒之年,这白面饼之类倒成了稀罕之物,回去给亲戚邻人分一分,是再好不过的礼物。所以,在路上他们有意省着,只吃了自家带着的高粱面饽饽。贝勒爷赏的那一百两银子,他们是分毫未动。一来他们舍不得动用它;二来,他们觉得这次被打发回家有点莫名其妙,不知到底回来干什么,说不定会需要一些打点。因此,他们也不敢花。临行时,呼布图除了给他们准备白面饼之外,还叫厨房给他们做了两包糕点,让他们带回以便送给亲友。

那两包糕点中的一包,孙宝给备御送信时带给了他。剩下的一包,打开又分了几小包,送给了亲戚、朋友和邻居。

村上人对孙宝的回村有不同的猜测,但没有一个晓得真情。又过了一天,惊天动地的消息传开来,说要放汉人了! 又过了一天,正式的消息到来了——第一号诏书下达。又过了一天,第二号诏书下达。

村子里沸腾了,但每个人又怀着十二分的担心——只放四成,自己是否留在那六成之内,仍然受苦受难,继续当牛做马?

备御把孙宝召到了家里,告诉他按贝勒爷的吩咐,会将他们一家安排在四成之内,让他们成为单独编庄的汉民。备御还告诉孙宝,像他这样在外做工的庄户,其村中的家属因户中已无壮丁,是不会被编到庄里去的;这是他的造化,遇到了一位好心的贝勒爷。

到此刻孙宝才明白,这次贝勒爷让他回村是要做怎样一件大事,对他们全家来说,贝勒爷给了怎样的恩典!

听了备御的话后,他不由得流下了眼泪。

没几天,五道诏书均已在庄上宣布。

满旗牛录派出的官员进村了,他们是奉十六庶务大臣之令来到村里帮助、监督备御实施诏书的。

汉族村民有喜的,也有悲的。被放出来单独编庄者自然喜不自禁,留下来继续为奴者自然万分失望。

当然,毕竟走出了第一步。有了这一步,或许就有第二步。等着吧。那些留下来继续为奴的这样安慰自己;那些单独编庄的,也这样安慰他们。

不管怎么说,这些天来村里出现了过节一样的气氛,各种各样的消息在飞快地传递着。人们在紧张地活动着,千方百计想挤进那四成之中……数日后,孙宝与分出来组成新村的若干户汉民到了指定地点。

离安顿下来的目标还很远,房子需要在入冬之前建起,眼下要用土坯搭起临时房舍。丈量完毕属于自己的土地,需要在封冻之前平整、耕耙,以备明春播种;需要添置一些农具;需要与人合伙买一头耕牛……

这些都不是一天半天能够做完的。贝勒爷吩咐孙宝"安顿之后即刻赶回",他不想违命。他把"安顿"做了简单理解——被分了出来,有了日后的安身之地,这就算安顿了下来,他要回去了。

妻子同样感激贝勒爷的大恩大德,她了解丈夫的心思、理解丈夫的苦衷,对他说道:"回去吧,这里还有我。我会把所有的事办好,多受点累罢了。干不了的,还有乡亲们。有了自己的家,所有的事都不在话下了。"

乡亲们也都说道:"贝勒爷那边有事就回去吧,这里还有我们呢。放了出来,就什么事也用不着发愁了。"

新上任的汉人备御则道:"回去侍奉贝勒爷要紧,这边的事就包在我身上。"

就这样,孙宝回去了。

临从原村搬出来时,最难过的莫过于孙宝的儿子。他不只是恋着那个村子,恋着生他、养他的那处房子,还恋着与他一起长大、一起玩耍的那些伙伴,尤其是恋着邻居家的好友铁汉。那铁汉比他大一岁,与他一起长大,终日形影不离。他在沈阳特意给铁汉买了一把木板刀,刀面上刷着铁粉,像真的一样。他知道,铁汉很想有这样的一把刀。

回来之后,在母亲分那包糕点时,他特意向母亲要了两块,说是单独给铁汉的,母亲依了他。那白面饼,他也从母亲那里得了半块,给了铁汉。

可铁汉与家人属于那六成,被留下了。

他们小小的年纪,大人的事还不懂得。他们要永远分离了,一连哭了好几天。他们伤心就是由于要分离,铁汉留下来意味着什么,他们一概不知道。他离开村子时,铁汉一直在送他。

铁汉走了很远很远才回去。分别时,他们紧紧地抱在一起,很长很长的时间才分开……

第四章 把柄在握,刘兴祚难治阿敏

议颁诏书这一仗,莽古尔泰和阿敏没有打赢。两蓝旗的利益受到了损害,平白无故地就丢失了四成的汉民奴丁。但莽古尔泰想皇太极的本意并不是针对两蓝旗来的,说受损,八旗一个样;既然事情过去了,就让它过去,这里损失那里补。当时,皇太极正在酝酿征伐朝鲜,莽古尔泰认为领军伐朝将是良机,仗打胜了,将获得大功。他本想争取领兵挂帅,但后来决定将这个机会让给阿敏。

对领兵征伐朝鲜,阿敏早有了主意,决心争到这个机会。见莽古尔泰愿意推举他,他心里感到高兴,嘴上却道:"不,不,不,我是想举荐五弟的,这一机会还是五弟……"

莽古尔泰不容他讲下去,他还越发来了劲儿:"不,不,不,五弟,这样的事我怎么会抢到五弟的前头去,绝对不成……"

最后莽古尔泰都要恼了,道:"不要再讲了——这次要……听小弟的!"

阿敏心中窃喜,假装出无奈的样子答应下来。

这样,莽古尔泰次日便去找了皇太极,举荐阿敏为征朝主帅。皇太极听莽古尔泰讲后很痛快地就答应了,他的想法是这样可以缓和一下彼此间的矛盾,而且阿敏执掌这个帅印也是够格的。

事情就这样定了下来。阿敏心中甚为高兴,积极投入到组建队伍、训练士兵、筹集粮草的事务之中。

这时,驻守广宁的硕托传来消息,说明朝辽东巡抚袁崇焕欲派使团来沈阳吊唁老汗逝世、恭贺新汗继位,问是否允行。

眼下,要不要接受使团前来,皇太极费了思量。从当时大金与明朝的关系来看,双方都有暂且相安的现实要求。袁崇焕派使团来,就说明了这一点。当然,袁崇焕还有打探虚实、对大金下一步动向进行实地侦察的意图。从大金这方面来讲,现时是要费不大的力气征服朝鲜,解决左翼的问题。而要想顺利地解决朝鲜问题,就得稳住明朝。从这样的角度思考,明朝的使团可以接受。但是他们真来了沈阳,又有了新的问题。金国正在大规模备战,使团来了,这一行动便会很容易地被侦察到。朝鲜是明朝的藩属国,袁崇焕知道后必会加以干涉。这便如何是好呢?

皇太极召众将及众谋士问计。

阿敏不想让使团到来搅了他的挂帅大计,但他知道皇太极是倾向于接受使团的,只是担心使团来了会发现金国备战。阿敏很快想出了既能接受使团前来,又可使他们得不到真实情报的计策,道:"这有何难!八弟如何就忘了明修栈道,暗度陈仓之策?近来听说蒙古扎鲁特部肆虐,骚扰邻近各部,当派兵讨伐。我们以讨伐扎鲁特部掩人耳目,不是现成的好办法吗?"

皇太极听罢大喜,立即回复硕托欢迎明朝使团前来。

不几日,明朝使团到了,范文程被指定负责接待。他率领五十余人到沈阳郊外二十里迎接,让使团在刷洗一新的驿馆住了下来。

使团来后,很快就发现了金国备战的事。范文程便解释道:"蒙古扎鲁特部屡犯周边各部,杀人掠地,无恶不作,我欲伐之。"

对此,使团将信将疑。

随后,金国征伐朝鲜取得完胜。有功人员受了奖晋了爵不提。但对一个人来说却是一场灾难,这个人就是刘兴祚。

战争结束后,刘兴祚升了一级,从三等副将升为二等副将。这倒多亏了阿敏的提携。

刘兴祚是生于辽东的汉民,原在辽东为明军将领,因会讲朝鲜语,被明军派往朝鲜做联络官员。天命四年,萨尔浒之战朝鲜派兵援明,刘兴祚随朝军往战,阵前被皇太极生擒。皇太极知道刘兴祚熟悉朝鲜情况,另知他有些才华,便收入帐下。刘兴祚降金后,与范文程、宁完我等一干汉民文士结交,初露头角。范文程当时已受招于努尔哈赤,在其帐下做巴克什。宁完我是范文程的好友,原是贝勒萨哈林府上的包衣,因才华出众,受萨哈林赏识,在府中做了巴克什。库尔缠是满人中的秀才,精通汉语和汉语经典,受命创建满文,多有成就。范文程、宁完我、库尔缠性情不同,但文气相通,便成了好友。刘兴祚归降后便主动与他们结交,范文程、宁完我、库尔缠等人见刘兴祚为人不错、有才华,便也多与他交往。

且说阿敏挂帅东征,刘兴祚自然是少不得的人物。阿敏让刘兴祚随军,这一要求顺理成章,皇太极自然答应下来。阿敏起劲地要刘兴祚是有小算盘的,就是趁机对他进行拉拢,在自己帐下增加一个有用之才。出征后,阿敏凡事都找刘兴祚,表现出一副礼贤下士、言听计从的样子。

在战争中,刘兴祚确实表现突出。他因懂朝鲜语,便做了阿敏的翻译。凡是与朝方打交道的活动,刘兴祚均在场。这样,阿敏在朝的主要活动没有刘兴祚不知道的。

大军出发前皇太极曾有训令,战胜朝鲜,当与朝鲜国王签订和约,逼他与明朝脱离关系,向大金纳贡表示臣服;为日后岁岁和好,要朝王以世子为质,并没有在朝鲜驻军的安排。要在朝鲜驻军是阿敏的主张,他要借此达到永久在朝称王的目的。这一企图虽没有成功,但刘兴祚忘不了那场景。

当时,金军占领了朝鲜都城汉城,朝鲜国王逃到了海上,而朝鲜世子却落到了金军手中。阿敏把堂中人支走,只留下了刘兴祚当翻译。他对朝鲜世子道:"我等恭喜世子!"

朝鲜世子一听莫名其妙,问:"贵军入境,国家破碎如此,喜从何来?"

阿敏道:"转眼世子就是朝鲜一国之君了,怎么不是喜事?"

朝鲜世子一听越发地感到诧异,道:"这是从哪里说起?"

"我国使节到江华岛见了你的父亲刚刚返回,你父亲讲,朝鲜国王他再也不做了,决定把王位传给你。这样你不就是朝鲜一国之君了?"

朝鲜世子听罢摇头道:"国难临头,父王绝不会如此行事的……"

"这样的事情,我等还编造不成?"阿敏以手指刘兴祚道,"就是这刘将军去的江华岛,你父亲亲口向他讲了……"

这样的弥天大谎阿敏讲起来连磕巴一下都没有,这使刘兴祚的心惊得像被一只大手猛然攥了一下一样,他一时转不过弯子来。可阿敏在等他"证实",

他只好应道:"是,我去了江华岛……"好在他这句含糊话是用朝语讲的,阿敏听不出刘兴祚打了埋伏。

朝鲜世子并没有听出刘兴祚话中有话,依然重复着刚才讲的那句话:"不,国难临头,父王是绝不会如此行事的……"

阿敏不想再在这事上纠缠,道:"信不信由你。既然你被指定为一国之君,那我们就只好与世子你打交道了……"

朝鲜世子打断阿敏,态度表现得坚定了起来:"这不可能!刚才我讲了,我不相信国难临头,父王会如此行事。退一万步讲,就是父王决定让位,也必会派出重臣见我,当面宣布旨意。仅凭你方一介使节的话何足为凭?这种伎俩想骗我,难!"

阿敏见朝鲜世子硬气了起来,先是一愣,接着哈哈大笑道:"给你搬了个梯子,你不上房。也好,那咱们就拿真格的跟你玩儿。你的父亲逃到了海上,今日你做了我大金国的阶下囚,咱们打开天窗讲亮话。我等要把你的那个父王废了,保你坐上国王的宝座。你就与我大金国签订和约;我方当做的是确保朝鲜的安全;你们要与明朝脱离关系,转而向大金称臣纳贡。为确保和约的执行,为了防止明朝加兵,你们当允诺我方在此驻军,并让一宗室成员去沈阳为质。咱们痛快人办痛快事——讲妥了,今日就办事。你登你的基,咱签咱的约,如何?别忘了你是我阶下之囚,别说河山,就是你的小命,也在我手中捏着。"

朝鲜世子一听气得浑身抖了起来,指阿敏骂道:"好不知耻的贼子!无故进犯,逼迫父王弃京奔逃,又用计套我,提出苛刻条款逼我就范!不错,我的命被捏在你的手中,可别忘了,中国有句古话:民不畏死,奈何以死惧之!要杀要剐任你,想得到那样的什么'和约',妄想!"

阿敏被激怒了,他没想到一个十五六岁的娃娃会如此坚强。朝鲜世子的叫骂让他无法容忍,他忽地站起身来将右臂挥起,手掌向眼前的案上拍了下去。

朝鲜世子显然是不晓得的,但刘兴祚晓得。这阿敏别看瘦小枯干,臂力却是极大,有"铁臂阿敏"之称。刘兴祚先是听到"呼"的一声,接着听到"啪"的一响,再看,阿敏身前的那桌子已经散了架。这样的场面朝鲜世子从来没有见识过,早已吓得魂不附体。

"看到这张几了吗?"阿敏稍稍沉默了一下,大声对朝鲜世子道,"你看到这张几了吗？"

朝鲜世子惊魂未定，听阿敏大吼，不知讲了些什么，便看着刘兴祚。刘兴祚把阿敏的话给翻译了，朝鲜世子这时心境渐渐镇静了下来，道："看到了，愿与这条几一样粉身碎骨！"

这话刘兴祚等了半天才翻译给阿敏听。阿敏听罢，先是愣了一下，接着狞笑道："那好，会成全你的，倘若你不改变主意的话！"接着，他提高了嗓门，"拉出去，给他一袋烟的工夫……"

朝鲜世子大叫道："不必了，现在我就回答你。还是那句话，要杀要剐，任你！"说着，昂头挺胸，做出了一副视死如归的样子。

阿敏注视着朝鲜世子足足有喘十口气的工夫，朝鲜世子则依然保持那种昂扬的神态。最后，狞笑再次出现在阿敏的脸上，他把手一挥，亲兵押着朝鲜世子出了营帐。

帐中只剩下两人，刘兴祚的那颗心已经提到了嗓子眼儿。他正在担心之际，就见阿敏转过身来，大吼道："来人，传令三军杀进城去！"

阿敏没有办法让朝鲜世子屈服，只好派人去找朝鲜国王。朝鲜国王派出使者与金国签了约，条约中没了驻军的条款。朝鲜世子不晓得国王派使者的事，就在条约谈妥后，自刎身死。这样，知道此事的就剩下了刘兴祚一人。事后，阿敏嘱咐他道："此事再也不要向任何人谈起。"

这样的大事怎么处理，成了刘兴祚的一块心病。当然，回来之后，实际让刘兴祚放不下心的，还有达姬的事。

阿敏下达屠城的命令后，刘兴祚拉了一匹马，单骑进了汉城。原来刘兴祚在降金之前，作为明军与朝鲜的联络官曾久驻汉城。当时，城中名叫紫云轩的艺馆中有一歌女名唤达姬，不但有倾城倾国的姿色，而且歌舞一流，刘兴祚十分倾慕。但那达姬是朝鲜出了名的艺妓，连朝鲜国王都为之倾倒。刘兴祚只是一名身寄汉城的小联络官，既无权又无势，因此不敢有任何非分之想。

这次征伐，刘兴祚又想起了达姬，但恨没有机会进城。现在一听阿敏下达了"杀进城去"的命令，便先于大军进了汉城。

汉城已是不设防的城市，百姓大部也已逃走，只剩下了妇女和老弱病残。刘兴祚快马加鞭赶到紫云轩，正怕找不到达姬，巧的是他一进门便看见了她。

刘兴祚喜出望外,不由分说就将她夹在腋下,上马返回。

金军大兵压境,汉城百姓人心惶惶。达姬没有闹清楚是怎么回事就被擒上了马,无论她如何喊叫、如何挣扎,也难以摆脱刘兴祚的那双巨臂。

刘兴祚一手抱牢达姬,一手扬鞭催马赶路回营。快到城门时,蓝旗军已经杀了过来。刘兴祚一边大叫着"让开,让开",一边紧抽坐骑飞奔向前。

呀,远远奔过来的竟是阿敏!刘兴祚不敢如此奔去,他连忙撩起战袍将达姬遮了,勒马等阿敏奔过。

此时阿敏已看到了刘兴祚,他走近笑道:"嘿嘿,你小子捷足先登了。得了什么宝贝,还怕我抢了你的不成,如此藏着掖着?"

刘兴祚笑着回道:"现在不能让爷看,回去好给爷一个惊喜……"

阿敏听了哈哈大笑了一阵,道:"好,到时候倒看看你小子拿什么宝贝儿孝敬我……"

刘兴祚奔出没多远,觉得事情弄成了这个样子,不能再让阿敏火上浇油,于是紧急折回喊道:"贝勒爷,小的大胆提醒,此去只能在城外监视,不可亲往城中,'亲率大军进城'的名声是不值当背的。"

阿敏听到刘兴祚的喊话停了下来,他原本很冲动,一定要基小小陪他进城去看一看王宫。现经刘兴祚这一喊,他冷静下来。刘兴祚讲得有道理,下了屠城令,就应让下面的人去烧杀,他不应亲自进城去,否则落一个"亲率大军进城抢掠烧杀"的名声,那确是极为不妙的。他大声对刘兴祚道:"那是自然,爷又没有发疯!"

刘兴祚见阿敏冷静下来,顺势问道:"还有,贝勒爷,今日之事,爷打算如何收场?"

这话又提醒了阿敏,他转过马来问道:"你说呢?"

刘兴祚道:"要不要再派一个使者前往江华岛?"

阿敏想了一下,道:"那你就再辛苦一趟好了。"

"这次用不着小的亲自去了——派我的小弟前去便可。"

"任你安排……"阿敏说着,拍马去了。

刘兴祚回营后将达姬安顿好,又带了几名亲兵进城抢了一个有姿色的朝鲜女人回到营中,而后就献给了阿敏。

按大金规定,参战人员是不得私纳俘虏的。虽然刘兴祚曾借机向阿敏报告要求"私藏一个",并得到了允诺,但他清楚,其实阿敏也没有权力允诺。因为战俘要悉数上缴,最后统一分配,连主帅也得如此。

还有,据刘兴祚所知,他给阿敏献的那个朝鲜女子初期虽为阿敏喜爱,但很快阿敏就有了新欢,故而回国后便将那个女人献了俘。于是,相当一段时间之内,刘兴祚没有让达姬露面,一直是金屋藏娇。达姬的事如何处理,也是他的一块心病。

石嘴山在沈阳东郊,位于辉河之阳。这里有百顷的松林,大多数松树树干得两三个人合抱方可,枝叶繁茂,郁郁葱葱。范文程的柴室就建在石嘴山东麓的松林之中。平日,这里宁静异常,有的只是涛声,偶尔传来白鹤低沉的啼鸣,云雀婉转的尖音,麋鹿柔声柔气的咪叫和银狐似断又续的长嘶。只是,如今山头昼夜不停的施工打破了往日的宁静——努尔哈赤的陵墓选在这处风水宝地,大规模的建设已经启动,成千上万的工匠正山上山下忙碌着……

范文程、宁完我、刘兴祚和库尔缠又聚到了那几间柴室。四人到齐后,刘兴祚将达姬的事与朋友们讲了,但隐去了阿敏企图与朝鲜签订驻军协定之事。

大家听后,宁完我脑子一转便有了主意,他对刘兴祚道:"既然阿敏看见了,硬瞒是瞒不住的。这样吧,我们之中不论哪个去鸭绿江边买一个朝鲜女人回来,然后通过调包之策假装把她送给你,这样,达姬就有了新的身份。日后如若有人追究,就说当时一时冲动弄了来,见那女人哭天抹泪,软了心,放松了看管,让她逃了;又以为小事一桩,便没有向上讲明。"

众人连称妙策。范文程道:"完我住在萨哈林贝勒府,事做起来不便;库兄一向远离声色,不便做这事。因此,此事只好由我来办了。"

回去后,范文程派人去鸭绿江边的宽甸买回一个朝鲜女子,拣了一个好日子,约了一批好友,演了一出"送娇"的热闹戏。达姬摇身一变成了昭姬,事情办得妥妥当当,刘兴祚的这块心病也渐渐隐去。只是事过不久,刘兴祚又碰上了一件窝心事。

一日,四人再次相聚柴室。平日这里留有一个看门人,大家每次到这里,这看门人便成了厨师和侍者。这次他们是午后到的,看门人事先并没有得到通知。范文程等每次来,酒是必吃的。这看门人到四周转上一圈,下酒的东西便有了——两只野兔,几只松鸡,新鲜的松蘑。有时烧,有时烤,多数情况下,范文程等人为了寻求乐趣,会把亲自烤制的美味送到嘴边。

且说这次范文程等人到后,看门人给大家拴了马,解去了外衣,侍奉好了洗脸水,收拾了一下院子,然后烧了一锅水,便又出去寻那下酒之物。

范文程等各自洗了一把脸,洗去一路的灰尘,顿觉清爽无比。完了谁也没有进屋去,而是在院子里的一张将要散架的木桌前坐了下来。四人抬头看去,天空无比蔚蓝,西下的太阳余晖灿烂,片片白云被染上了金色,几只雄鹰在云端自由自在地翱翔着。细细听去,满耳皆是松涛之声,不远的石嘴山上传来铁钎凿石的铮铛声……

四个人谁也不愿意开口打破这令人陶醉的宁静。时间一分一秒慢慢过去,还是宁完我第一个站起来道:"我想起两个人来,由这两个人又想到一件事。"

范文程一听来了兴趣,问:"哪两个人?一件什么事?"

刘兴祚却道:"得得,别再给大家出题目。今日来这里,国事家事天下事,一概不想、一概不谈,好生轻快轻快可好?"

宁完我一听笑道:"说得也是,那咱们何不去外边寻些野味过来?"

库尔缠道:"又来?咱们没弓没箭,难道去用手抓不成?"

宁完我道:"那就出去找些松蘑来,总比在此干坐着强些。"

刘兴祚听后笑道:"好不安分的爷,你自去,我是宁愿在此干坐的。"

"得得,我自己去。"宁完我说罢,出门去了。

此时范文程悄悄捅了库尔缠一把,然后跟了出去。库尔缠发现刘兴祚有心事,晓得范文程是向他暗示问问刘兴祚究竟有什么苦恼。

院内只剩下了两人,沉默了一会儿,库尔缠问道:"你有什么心事吗?"

刘兴祚见问,缓缓道:"不说也罢,说了又会惹得大家白生一肚子的气。"

库尔缠一听觉得事情还比较严重,便道:"那也不好一个人闷在心里。"

"像是吃了一只苍蝇,讲起来叫人恶心……"刘兴祚讲给库尔缠的事是这样的——

刘兴祚有一祖传宝剑称"大鱼肠",削铁如泥、锋利无比。一日,费扬果找到刘兴祚道:"近日我得一剑,人称'小湛卢',可吹刃断发、削铁如泥。久仰刘公之

'大鱼肠',不得一睹其妙。明日略备薄酒宴请刘公,请刘公带'大鱼肠'一见,聊慰爱慕之意。"这费扬果是老汗第十六子,终日以强欺弱、不干正事。

费扬果名声不佳,刘兴祚听他要请他吃酒,并说要带"大鱼肠",便想他是打"大鱼肠"的主意。最初刘兴祚的反应是拒绝,干脆不与这种人打交道。但随后一想也罢,即便是费扬果要索,我坚持不予,难道他敢动手抢不成?遂应了下来。

届时,刘兴祚取了"大鱼肠"便来费扬果府,满怀信心要来一个完璧归赵。入席后,费扬果并不提看剑之事,而是一个劲儿地劝酒。刘兴祚心想,这是要将我灌醉强取。但他是个大酒量,心中有底,只管一杯接着一杯喝下去。

喝到酒酣耳热之时,费扬果道:"刘公要拿'大鱼肠'换我'小湛卢',不是要占我的便宜吗?"

刘兴祚一听惊了一下,道:"我何时说要拿'大鱼肠'换你的'小湛卢'?"

费扬果一听也装作惊了一下,道:"只几杯下肚,刘公不至于就醉了吧?"

刘兴祚道:"我好好的,如何就说醉了?"

费扬果道:"既不醉,刘公怎讲醉话?昨日个,你分明讲了拿你的'大鱼肠'换我的'小湛卢',我不肯,你却一而再再而三对我纠缠。无奈,我答应了,你说今日前来送剑。事刚过了一夜,全然抛到了脑后,要不是醉了且怎么讲?"

刘兴祚道:"昨天是你约我前来吃酒,怎么就成了我说要前来换剑?"

费扬果道:"真是痴人说梦!我与你非亲非故,银子没处使了,平白无故约你来吃酒?"

刘兴祚有口难辩,道了声"无法与你明言",就要起身。

这时听院中有人道:"我来迟了一步,是不是你们没有等我,便迫不及待喝上了?"说着,那说话人便进了客厅,原来是巴布海。

这巴布海是老汗第十一子,平日声色犬马,但他的地位在那,大家不得不惧他。费扬果见巴布海到了便道:"还讲什么迫不及待?倒是喝了两盅,可……可……"

巴布海道:"你一向快言快语,这回如何就吞吞吐吐起来?难道刘公惹了你不成?"

费扬果道:"你自问他。"

刘兴祚见巴布海到场，便忘了他们本是一丘之貉，以为可以申辩，于是道："昨日十六爷说近日得一剑，人称'小湛卢'，可吹刃断发、削铁如泥。说今日略备薄酒，请小的带'大鱼肠'一见，聊慰爱慕之意。可今日来后十六爷却道是小的昨日提出要以'大鱼肠'换他的'小湛卢'，并约定今日前来送剑。请十一阿哥明断，'大鱼肠'乃祖传之物，小的岂肯答应易他人之剑？再说，十六爷说他的'小湛卢'吹刃断发、削铁如泥，可小的都未曾见过，如何就答应易剑？"

这时就见巴布海吃惊道："这就对不上茬口了！昨晚十六弟特意告诉我说刘公提出易剑，一而再，再而三。他想推辞，但想到同朝为官，终日低头不见抬头见的，不便执拗，只好顺从。并说约定今日备酒，双方交割，还千叮咛万嘱咐要我务必早早到场。可我昨天疲惫，夜里未曾睡好，早晨便又睡过了头。睁眼一看自知失约，这不，爬起来就急急忙忙奔了来，还是迟了。只是现在刘公讲，易剑并非由刘公提出——这样一来，费扬果！"巴布海厉声叫费扬果的名字，"你小子莫非又不着调，欲收刘老爷的祖传之剑无方，想是将我唤来，以阿哥之势强行霸占不成？"

费扬果忙忙叫苦，哭道："十一哥将这不着调的帽子终日扣在我头上，就像那唐三藏将金花帽扣在孙悟空头上，不住念那紧箍咒儿。——十一哥的用心小弟心里明白，无非是让小弟能走正道，终成正果。小弟一向把十一哥的教训记在心里，淡泊名利、奉公守法，这是十一哥知道的。可今日老哥却为何不分青红皂白硬派小弟的不是，断定小弟是什么'欲收刘老爷的祖传之剑无方'，以'阿哥之势，强行霸占'，这不生生冤死了小弟吗？"

闻言，刘兴祚一下子愣住了，心想好一个巧嘴薄舌下三烂！他正要说什么，就听巴布海道："起来，起来，这真是清官难断家务事了。一方是自家的小弟，一方是本朝副将；一个说黑，一个说白，要我如何是好？"

费扬果道："老哥如此作难，我也不必难为老哥了。既然此事别无对证，那作罢就是了。只是从今天起，我又认得了一个人！有道是季布一诺可值千金，又道君子一言、驷马难追。今日我才晓得，有的人嘴里说出的话臭屁不如，还谈什么值千金呢！一言说出口，早不知去了几个十万八千里，别说驷马，驾上四十马、四百马拉的车子，你却上哪里追去！送客！"

刘兴祚是一个刚直的汉子，哪里吃得住这顿骂？他本要发作，但转念一想，自己面对的是宗室,他这条胳膊怎拧得过这样一条大腿呢?没办法,他一气之下便掏出了怀中那把"大鱼肠",把它摔在了桌上,然后愤然起身,就要离去。

巴布海却将他一把拉住,并把费扬果的那把剑递了过来。刘兴祚本不想接,但见那剑上勒有一行小字,便接了去,见上面写着——

大金天聪元年春三月,以此剑易刘兴祚之大鱼肠,喜以志。

爱新觉罗·费扬果

再看那剑,就算普通的一口剑也称不上,其粗制滥造达到了惊人的程度,简直就是一块烂铁条!刘兴祚觉得手中捏住的犹如一块被烧红了的铁片,急急将那宝贝儿掷到了地上。那剑虽次,总归是一块铁,落地依然是铿然有声。

刘兴祚愤然离去,回家的路上,便有绝句一首——

鱼肠虽曲性非柔,人到低处须低头。
天生铁质锵银器,只是多添世间仇。

库尔缠听后半天没有讲什么,他心中想不明白,这是一个孤立的事件,还是某些人——他首先想到的是阿敏——又想做什么文章。可他想不明白,一把剑又有什么文章好做呢?

正在思考之时,范文程、宁完我与看门人一起回来了。库尔缠道了声"怪事",然后悄悄对刘兴祚道:"想想再说……"

宁完我欢天喜地,指着看门人手中提的三只松鸡、两只野兔大叫道:"一顿好餐!"

范文程注意观察库尔缠和刘兴祚的神情,见两人皆脸色凝重,便知刘兴祚心病不轻,自己进了院子,没有讲什么。

宁完我也发现库尔缠和刘兴祚神色不对,他冲着刘兴祚道:"又有什么大不了的事?从朝鲜回来,我就发现你劲头不对。——究竟出了什么事,叫你如丧考妣?"

刘兴祚听后笑了笑,道:"还能有什么事?先前是为达姬,现在无非可怜这些飞禽野兽罢了——刚刚还欢天喜地,转眼间却做了箭下之鬼。"

宁完我道:"这便是天下第一号假慈悲了,一会儿看你吃还是不吃!"

刘兴祚没有再讲什么,拉库尔缠走到看门人那边帮他张罗。范文程、宁完我也跟了过来。几个人一起动手,煺毛的煺毛剥皮的剥皮,不多时,松鸡和野兔均已收拾干净。大家决定烤着吃,看门人便在院子当中点起了火来。范文程等人手中或松鸡,或野兔,每人一只,用铁钎穿着,精心地烤着。看门人则在忙着将所采的松蘑洗净,和一只松鸡炖在一起。

院子里先是燃烧松木发出的清香,不多时,松鸡和野兔的香味也散发出来。看门人已在那个要散架的木桌上摆了碗筷、碟子、酒壶和酒盅。酒是"长白白",是当时大金国最有名的烧酒,香醇柔和,深受众人喜爱。

宁完我自认为手中的松鸡已经烤好,便问其他人道:"你们的如何了?"

三个人还没有来得及回答,就听院外有人道:"我想是好了!"众人转身看去,都大吃一惊,原来是皇太极!

皇太极说着已经进了院子。范文程等手中不是有一只鸡,就是有一只兔,一时不知如何是好,都喃喃道:"大汗这是从哪里来的?"

皇太极看到他们的尴尬劲儿,笑道:"庙堂之上,你们个个行动自如、自自在在,可到了这柴扉之内你们却矜持如此,亏了这还是你们的一亩三分地呢!"

看门人一见赶快过来,要接范文程等人手中的东西。皇太极止住道:"不要,火候不到的接着烤——我来可不是要吃你们的半生不熟的东西的……"皇太极虽这么讲,看门人还是将范文程手中的那只鸡接了过来。

范文程腾出了手来,走到桌前,请皇太极在一个凳子上坐了,再次问道:"大汗怎么到了这里?"

皇太极这才道:"我在东校场演兵回来路过,便想到上山来看看先汗的陵园工程进展如何。在山上,看见这边炊烟袅袅升起,又听到这里马嘶,便想到你们在这里,于是就走过来看看。不想碰上你们有这样的美味,真是口福不浅!"说着又拿起桌上的酒壶,打开盖子闻了闻,"长白白!"

范文程默默地点了点头。宁完我、刘兴祚、库尔缠烤的松鸡、兔儿都上了桌。宁完我道:"难得大汗能够在这样的地方与臣等共饮。"

皇太极笑道:"那就叨扰了。只是有一样,大家需都在这里坐下来……"

四人面面相觑,最后由范文程出面道:"那成什么规矩呢?"

"柴扉中的规矩。如若不然,这顿饭吃起来还有什么味道?"皇太极说完,指着桌前的几个凳子让范文程等人坐下。四人只好从命。

刘兴祚坐到了皇太极的对面。他刚刚坐下,皇太极便道:"兴祚,别人欢天喜地,唯独你眉宇之间有压抑不住的怨气表露出来,近来有什么不舒心的事吗?"

刘兴祚听后心乱如麻,见自己的苦涩心境被皇太极看了出来,想硬说没事,怕反会引起不必要的猜测,便道:"是臣刚刚出了一桩家事……"

既是家事,就不便细问。皇太极点了点头,然后道:"你那个炮械营怎样了?"刘兴祚要开口回皇太极,却被皇太极止住了,"今日不谈,明日吧,明日我去你们那里看看……"刘兴祚点了点头。

这时,范文程已经给皇太极的盅中斟满,道:"大汗先干一杯。"

皇太极并不端杯,道:"大家满了。"众人又从命。刘兴祚给范文程等斟满,最后将自己杯中斟满。

皇太极让大家端起酒杯,道:"天一杯……"说罢先干了,然后示意四人也干了。接着,仍由刘兴祚先给皇太极杯中斟满,然后斟满了四个人的酒杯。皇太极再次举杯道:"地一杯……"自己先干了,又让四人干了。刘兴祚再次将众人的酒杯斟满,皇太极让众人举杯,道:"爹一杯……"众人一起干了。酒杯再次被斟满,皇太极又叫众人举杯:"娘一杯……"众人开始大笑,干了。酒杯再次被斟满,这次范文程抢先道:"汗一杯……"皇太极端起杯来一饮而尽,然后道:"卿一杯……"众人又笑,四人干了。酒杯再次被斟满,皇太极道:"桌上一杯,再一杯就会桌下去饮了……"众人一起大笑起来。刘兴祚笑得呛了嗓子,一口酒喷了出来;好在扭头麻利,并没有喷在桌上。

酒算喝了一轮,开始吃菜。看门人要将那鸡兔切了,皇太极阻止了他,道:"一劈两半儿,啃着吃才够味儿。"

看门人上来将鸡和兔劈了,皇太极抄起半只松鸡道:"我是反客为主了!"一边说着,一边津津有味地吃起来。其他人也动了手。

皇太极边吃边对库尔缠道:"你还记得天命七年咱们在察哈尔那场劫难吗?"

库尔缠道:"那是终生也忘不了的。"

宁完我一听忙问:"有何动人的故事?"

皇太极道:"并不动人——动心!我们在大漠中迷了路,人马转了整整一天也没有走出那沙漠。渴,饿,累,我当时觉得完了。可众人看着我,要是我的绝望被看出来,也许真的就完了。最后我们获救了,可这并不是今天我想到了的,我想到的是那顿餐——烤黄羊。那味道,库尔缠你还体味得到吗?"

库尔缠道:"终生难忘的美味!"

皇太极道:"自那以后,我便明白了一个道理,东西的美与不美、香与不香,原来都与受用者的心境、感受连着——饿得没法再饿了,什么东西吃到嘴里都是香的;吃得酒足饭饱了,山珍海味看了都是腻的;心里烦躁,再好吃的东西也不想往嘴里放。而像眼下,别说是松鸡、野兔了,就是吃着糠窝窝,怕也觉得蜜一般甜了!难怪你们总往这里跑——神仙的日子!今后,烦了,腻了,我也就到这里来,没资格加入'四杰',可临时做一个清客,你们总不会不纳吧?"

听到这里,范文程不得不讲了一句:"大汗这样说是折杀了臣等……"

范文程、宁完我、库尔缠三人从皇太极的这一番话中似乎看到了他的心迹,他们共同想到,这番讲话表现了皇太极作为一国之君,对在这难得的闲暇之中所得到的安适、恬静和愉悦的感受。但这种安适、恬静和愉悦,却难以压制住心头那不断涌现的有关政务的思绪,其中再明显不过的,是对某些尚未理出头绪的朝事的令人不解所引起的烦恼。三个人谁也不想由于自己的言行不慎破坏了皇太极的这种情绪,而且还希望他的这种情绪得到增强,来驱除朝事所带来的烦恼。想到这里,三个人倒放开了,一盅盅喝着酒,大口地吃着肉。

刘兴祚却是另外一种心态。他想不到皇太极是在努力排除干扰,享受着难得的安适、恬静和愉悦,一方面他在想自己的事、想达姬的事,想朝鲜驻军的事,想这些事会被皇太极追问、发觉;另一方面他还放不下费扬果夺他的剑的事,想这事会不会与阿敏有关,会不会和达姬的事、驻军的事连在一起。他看着皇太极,想着面对这样一个人、一个大金国的大汗、一个心地坦荡的人,他不该瞒他,更不该骗他。可讲出心中秘密的后果是什么?这时他似乎看到了阿敏那张狰狞的脸,想到他在汉城外大营向朝鲜世子示威的情景……惹得起吗,这样一个狠毒、狡诈、无所不用其极的人?他心中乱成了一团,他要以喝酒掩盖自己的内心。他也在一盅盅喝着酒,大口地吃着肉。

皇太极见四人如此,越发高兴起来,也一盅盅喝着酒,大口大口吃着肉。

就在这时,放养于院外的那群鸡突然一起乱飞乱叫起来,打破了松林的宁静。大家看去,先见一只鹰穿越树间从南面闪电般飞来,接着,几只不知从哪里冒出来的凶犬也像一股旋风自南奔来。说时迟那时快,转眼之间,那只鹰已经扑到了一只鸡,那些凶犬也赶上了鸡群。众人再往南面看去,就见一支人马也旋风般奔了过来,为首的乃二贝勒阿敏。

阿敏来到柴扉前勒住了马,一看大吃一惊。他想不到竟是皇太极在这里;再细细看去,又见是范文程等人,心越发惊了。

阿敏一面赶紧令侍从发出号令收了鹰犬,一面下了马大步走进院子,边走边道:"大汗在这里……"走到桌前,用他那一双鹰眼迅速把桌上扫了一遍。

皇太极没有动,范文程等站起身,垂手侍立。阿敏四处扫了一眼,道:"人道的'石嘴山四杰'原来就是聚在这里的,真是个幽静的所在。"

范文程这才道:"请贝勒爷坐,小的敬爷一杯……"

"谢了,我是待不住的。"阿敏说着,又对皇太极道,"扫了大汗的雅兴。你们在这里待着,我继续北上……"

"我也该走了。"这时,皇太极也站了起来,然后对刘兴祚道,"明日……"

这时的刘兴祚脸色已变得纸一样白,这一切阿敏都看在了眼里。

皇太极的侍卫早已把马牵来在院外候着,他出了院子,上马向南而去。

皇太极走后,阿敏对刘兴祚道:"明日我也要找你……"说罢,领着他的随从,架着鹰引着犬,呼呼啦啦往北向松林深处去了。

众人转身再看刘兴祚,见他一副失魂失魄的样子,便吃惊地摇起头来。

第五章　金蝉脱壳，蒙难人悲愤易主

刘兴祚一夜没有合眼，他断定皇太极找他就是为了询问征朝期间阿敏的一些事。他先是考虑究竟要不要继续向皇太极隐瞒下去的问题；左思右想，他还是决定硬着头皮继续瞒下去。他认为自己无法承受讲出来的后果，而继续隐瞒下去并不是不可能的。接着，他分析皇太极会问哪些问题、从哪里入手，他当如何对付。

刘兴祚想到，对朝鲜驻军的事，尽管阿敏计划得是周密的，做得是诡秘的，事后也做了较为妥当的安排，整个事情好像已经天衣无缝。但细想起来，还是有不少的疑点，事情传到精明睿智的皇太极的耳朵里，不能不引起他的怀疑。皇太极会查、会问，随着时间的推移，他了解的事实会越来越多，怀疑会越来越重。

刘兴祚从头至尾把事情梳理了一遍，对每一个环节逐一进行了分解，设想了皇太极可能提出的问题，并想好了答案。经过梳理，刘兴祚发现整个事件中，别的事都可照实回答，而只有江华岛之行中逼朝鲜国王同意金国驻军、朝鲜世子被解至大营后逼他同意金国驻军这两件事与自己有关；其他事情，如下令屠城、暗杀世子等可由阿敏去向皇太极解释。但是，阿敏暗杀朝鲜世子的事牵连着逼他同意金国驻军的事，而朝鲜世子的死极有可能成为突破口。

朝鲜世子死的事与自己无关，皇太极问起来，自然可以回答说不清楚。但是，精明的皇太极接下来就会问，朝鲜世子死前被解至大营，在阿敏的大帐中究竟谈了些什么。因为那次谈话动静很大，帐外的许多人虽然听不到帐中具体谈了些什么,但都知道有那样的一次谈话。

刘兴祚当然可以照阿敏的口径向皇太极回复那次谈话。但皇太极极有可能让他讲一讲那次谈话的具体内容,阿敏是怎样问的、世子是怎样答的,哪些事在前、哪些事在后,各方的表情如何,等等。皇太极如此问他,也必然如此问阿敏,如果真的这样,他与阿敏便难以一致,从而露出编造的痕迹。

刘兴祚事前没有想到这一层,两个人统一口径已经来不及,而且从本心讲,他也不想这样做。因为往日他和阿敏只是心照不宣,如果这样干了,那就变成了串通一气,他还不屑与阿敏这样的人发生这样的关系。

可怎么办呢?只好听天由命了。刘兴祚努力想阿敏如果被问可能做出的回答,依此想出了向皇太极的答话。除此之外,自然还有一个达姬的问题。刘兴祚拿好了主意,如果皇太极问起来,他将照与他的朋友们商定的办法回答。

就这样,在巨大的恐惧笼罩之下,刘兴祚早早地到了炮械营,等候着皇太极的到来。

皇太极果然到了,而且到得很早。尽管放不下心事,但对皇太极对炮械营的视察,刘兴祚事先还是做了精心准备。皇太极已经有较长的时间没有来炮械营了,他先是转了转,边转边听刘兴祚给他讲解。刘兴祚组建炮械营已经有两年的时间,炮械营初具规模。皇太极知道炮械营已经可以铸造铳子炮、可以制造红夷炮弹,正在试铸红夷炮。

刘兴祚让多尔衮贝勒府里的铁匠孙宝演示了铸造铳子的过程。孙宝有一手好技艺,且肯于钻研,经多尔衮推荐,便加入了制造大炮、炮弹的行列。进炮械营后,孙宝成了刘兴祚的重要帮手。孙宝见了皇太极,叩下头去道:"草民孙宝拜见大汗……"

皇太极一听这个名字,想了想道:"孙宝……你就是十四贝勒府上那个孙宝?"

孙宝应了声,皇太极命他起身。随后孙宝将一炉预先熔化好了的铁水,浇注在了一个铳子的模具里。不多时,打开模具,一个发着红的铳子便出现在了皇太极的面前。刘兴祚让孙宝演示浇注铳子的主要目的,再向皇太极说明铸造红夷炮所面临的困难:"红夷炮的浇注需要大量的铁水,现已经解决了熔炉的问题,但浇注的技术解决不了。"

皇太极一看就明白了，铳子的铸造所需铁水少、熔炉小，一个工匠就可以掌握熔炉，较为自如地将铁水注入模具之中。但工匠不能掌握那个巨大的熔炉，使铁水按照要求流速均匀地注入模具之中。他们想了许多办法，已经试注上百次了，都没有成功。

"这些难处有没有办法解决？"皇太极又问，"南朝那边是怎么解决的？"

刘兴祚回道："臣曾经派人暗地里到那边了解过，但红夷炮的铸造是极为机密之事，外人难以进入现场了解铸造技术。"

皇太极听后点了点头，道："我们一定要造出自己的红夷炮，让八旗军也添上翅膀。"

将近一个时辰过去了，刘兴祚讲得很是投入，皇太极也很兴奋。但随着皇太极的视察接近尾声，刘兴祚的那些心事便再次在心底浮现，恐惧渐渐向他袭来。刘兴祚最怕皇太极坐下来，因为一坐下来，皇太极的询问就要开始。可他越是怕，怕的事越是来了，皇太极道："站了半日累了，坐一会儿……"

刘兴祚的脸色立即变得惨白。无奈，他只好引皇太极到了一个厅里。这里虽说是厅，但简陋无比，就是一个棚子。里面有一张案，几把凳子，几个装资料的柜子。皇太极在案前坐了下来，刘兴祚怯怯地说道："臣这里没有茶……"

皇太极一听笑了笑道："幸好忍得过……你也坐。"

刘兴祚一听让他坐下，那七魂便先走了三个，心想询问开始了！

刘兴祚心神不定地等着，不敢去看皇太极。可过了片刻，仍不见动静，刘兴祚便偷偷看了皇太极一眼，见皇太极正在沉思。刘兴祚怕皇太极发觉他在窥视，赶快将目光移向他处。

就在这时，刘兴祚猛然听到皇太极的声音："兴祚，有件事我想问你……"

对皇太极只喊他的名、没有带上姓，刘兴祚没有注意到。他只注意到了那句"我想问你"，便浑身颤了一下，忙道："臣在……"他的眼睛低低地垂着，不敢正视皇太极。

皇太极又道："你要如实告诉我……"

刘兴祚剩下的四魂登时又走了两个，浑身也筛起了糠来，吞吞吐吐道："臣岂敢瞒大汗……"

"那就好。我来问你，宁远那边会铸炮的，你可有认识的？"

刘兴祚听了浑身一下子松弛下来,那飞走的五个魂也回到了躯体之内,连忙回道:"这事臣思虑过,难就难在没有认识的人会铸造……"

皇太极听后沉思了半晌,道:"那就另当别论了。原想如有认识的,花多大的本钱也在所不惜,给他一座金山都是可以的,只要他肯过来帮咱们把炮铸出来……"

刘兴祚听后道:"臣当尽力,一定想法把炮铸出来!"

"也只有靠你们了!"皇太极说罢起身。刘兴祚越发放心了,但皇太极扭身又问:"还有一件事……"

这下刘兴祚刚刚附体的五魂立即又飞了出去,静静地听着皇太极往下讲。

皇太极继续问道:"你老家还有没有族人?"

刘兴祚摸不着头绪,回道:"说起族人倒还有几家,有一个亲叔伯弟弟就在那边……"

皇太极问:"是单独编庄的?"

刘兴祚回道:"是。"

皇太极道:"既如此,近日你可回去看看,看看他们的情况如何。汉民单独编庄,镶蓝旗那边动手迟了点儿,不少的村民分到了地后便封了冻,没有来得及耕种。你们那边是属镶蓝旗的,不知情况如何?"

刘兴祚回道:"听说也是这种情景,我的那位弟弟就曾来求我接济。"

皇太极道:"是吗?现开了春,牛要下地了,他们的情况如何?有没有牲口?有没有种子?要是这一茬依然种不上,怕就要吃苦头了。"

刘兴祚听后放下心来,连连答应改日就去一趟,回来回奏。

皇太极走了,刘兴祚仰面朝天,长长地舒着气……

几乎是皇太极刚走,阿敏就派基小小来叫了。刘兴祚进入阿敏府后被领进了后院,刘兴祚从来没有到过这里。院子不是太大,中间埋有几十个树桩,每个树桩有碗口那么粗,三尺多长,原来这里是阿敏练功的地方。刘兴祚被领进后,阿敏正赤着上身,在那些梅花桩间一边飞快地穿插着,一边用他那只右臂砍打着身边的木桩。

基小小将刘兴祚带到后就退出去了,刘兴祚一个人站在廊下瞧着。半天,阿敏那边有话了:"大汗去过了?"阿敏是边练边问的。

刘兴祚回答道:"去过了。"

阿敏又问道:"昨日个,在松林那处破房子里,你们都讲了些啥?"

刘兴祚淡淡地回道:"没有讲什么……"

阿敏提高了声调:"没讲什么?我和大汗是一起在演兵场的,完后他匆匆去了那里。你们是商量好的,还没讲什么?"

刘兴祚都懒得回答了,沉默着。阿敏以为刘兴祚被问住了,道:"讲了些啥?"

刘兴祚不能不答了,因道:"没有讲什么。大汗讲,演兵结束后,他去石嘴山查看了先汗陵墓的工程,在山上看到我们那里起了烟,并听到了我们的马嘶,便过来了。讲了些闲话贝勒爷就到了……"

阿敏听后道:"就算是这样,今日大汗专门去了炮械营,且一待就是一个多时辰,就不能光讲闲话了吧?"

刘兴祚道:"自然,大汗询问了红夷炮铸造上的一些事,并看了铸造铳子的演示。"

"我不问这些……"

刘兴祚回道:"除去这些,就再也没有别的了。"

听到这里,阿敏停了下来,他用他那双鹰一样的眼睛盯着刘兴祚,如此半天一动不动。刘兴祚也看着阿敏,两个人对视着。突然,阿敏做出了一个骑马蹲裆的动作,然后大吼了一声,身子一转,那右手早已劈在身旁的一个桩上。咔嚓一声,那木桩从底部断裂。阿敏的身子继续旋转着腾向半空,然后面冲刘兴祚落在了原处,口中道:"隐瞒我者,犹如此桩!"

刘兴祚也感到了害怕,但内心的愤怒远远地压倒了恐惧。他觉得自己受到了极大的侮辱:做错了事的是你阿敏,凭什么你对人威逼如此?还不因为你是一个贝勒!这样想着,他浑身哆嗦起来。

阿敏以为刘兴祚怕了,道:"有话就讲!"

刘兴祚没有吭声。阿敏以为刘兴祚尚未缓过劲儿来,才道:"你是说,你讲的是真话,没有瞒爷?"

刘兴祚讨厌死了眼前这位爷,恨不能转身离去,但他控制住了自己。因为他恨可以,骂也可以,但那都是心中可做的事,他不能一气之下就去找皇太极,把事情统统讲出来,图一时之快。他必须忍受,忍受来自阿敏的恐吓和羞辱。

就在这时,阿敏又有了话:"你要想明白,我们的事情这个世上只有三个人晓得:我、你,还有基小小。基小小是我肚中的一条虫,即使他想把事情讲出来,还隔着我的这层肚皮呢。就是说,事情你不讲,我不讲,这世上就没有人会知道。我自然是不讲的,我劝你也不要讲。你讲出去不会有什么好处,坏处却摆在那里。大汗知道了,顶多罚没我两个牛录,而你……"

刘兴祚赞成阿敏的这番话,只有一点除外,那就是他把事情讲出来并不是没有好处,至少他解脱了,不必再为了这些事而终日提心吊胆。就算没被发觉,向一个他所崇敬之人隐瞒真相,这样的滋味也使他食不甘味、夜不成眠。但是,这只是事情的一个方面,随之而来的将是巨大的不幸。这就是阿敏所讲的,到头来,阿敏只会受到无关痛痒的惩处,还会继续做他的贝勒爷;而他刘兴祚将落到了这位贝勒爷的手里,汉城城外大营中的那张几、这棵断了的梅花桩,确实就是他的下场。唉,我刘兴祚哪一辈子干了缺德之事,落到了这样的可悲境地!想到这里,刘兴祚一阵心酸,落下了泪来。

阿敏无法理解刘兴祚感情的急剧变化,他见刘兴祚伤心,以为是委屈所致,于是走上前来道:"那就是委屈了你。跟着爷好好干,没你的坏处。"说着,他喊基小小,"来,领刘大人去客厅,我洗一洗就过去。"

基小小把刘兴祚领到客厅,献了茶。不一会儿,阿敏出现了,他换上了一身便装,基小小在一旁侍奉着。阿敏坐下后,对基小小道:"你曾在我耳边唠叨,说什么来着……刘大人的什么剑……"

基小小回道:"是刘大人的一把名叫'大鱼肠'的宝剑,按照那边十六爷的说法——他说是听大贝勒那边十一格格讲的……"

"哦,想起来了,他们说是刘大人提出换剑的……"阿敏说着,转向刘兴祚道,"兴祚,到底是怎么回事?"

刘兴祚见问,便把事情一五一十讲了一遍。

阿敏听后道:"我说嘛,就不相信你会做出那种出尔反尔的事,相信一准是他们在搞名堂。好啊,欺负谁也不能欺负到我们的头上!基小小,你现在就去找费扬果,告诉他立即把那口剑老老实实地送到刘大人府上,当面向刘大人赔礼道歉。这样做了一切作罢;否则,饶不了他!"基小小闻言,领命去了。

厅中留下了阿敏和刘兴祚，阿敏又问道："你那个朝鲜宝贝如今如何了？"

刘兴祚回道："当时一时冲动弄了来，后见那女人哭天抹泪，软了心，放松了看管，让她逃了。以为小事一桩，当时便没有向贝勒爷说明。"

阿敏很认真地听着，随后道："这倒也好，留下来也许是个祸害。"

刘兴祚笑了笑，这才辞了出来。

次日，到了刘兴祚府中的不是费扬果而是巴布海。巴布海解释说费扬果"没脸见人"，他代费扬果送剑来了。刘兴祚将巴布海请入府，命人献了茶。巴布海将剑取出，并道："费扬果浑人一个，可办起这类事来倒是个高手，跟我讲是刘大人要换他的剑，讲得有鼻子有眼儿，连我也被他骗住，几乎为虎作伥。经二贝勒干预，他才讲了真话，现在弄清楚了，我也向刘大人赔个不是。"

刘兴祚客套了几句，接过剑看了，果是自己那把"大鱼肠"，便又向巴布海讲了几句感谢的话。

"往日交往不多，有此契机，日后就可渐渐熟悉了。"巴布海说完告辞。

刘兴祚倒看不出巴布海有什么恶意。次日，巴布海又来，并带了些礼物。刘兴祚客气了一番，不得不收了。之后，巴布海便成了刘府的常客。但刘兴祚并没有因此就信任了这个名声不佳的阿哥，尤其提防是不是阿敏暗中指使他做什么文章。此后，巴布海隔三岔五总过来坐坐，刘兴祚百般警惕，巴布海并没有什么不轨之举。这样，刘兴祚那根绷紧了的弦便渐渐松弛下来。

有一次，巴布海道："听说刘大人得了一个叫昭姬的美人，善歌善舞，是吗？"

昭姬这个名字是敏感的，刘兴祚心里一阵紧张，像是受到了电击，周身哆嗦了一下，忙道："有这事，是好友范文程所予……"

巴布海道："传说她是一个'绝代尤物'，刘大人能不能把她请出来也让我见识见识？"

刘兴祚婉拒道："一个侍女，唤出来侍奉阿哥本是应该的，只是这昭姬近日身体不爽，行动不便。"

这样一讲，巴布海道："既如此就算了，来日方长。只是不知她害的是什么病？"

刘兴祚道："她道只觉周身无力，头晕，不思吃喝……"

巴布海又问道："为什么不请个好的郎中瞧一瞧？"

刘兴祚道："也瞧过几个郎中，都未见效。"

巴布海点了点头，便辞去了。

次日，巴布海又来，身边带了一人，向刘兴祚介绍道："这是胡先生，京中有名的妇疾郎中。昨晚到府上看我，闲聊之中我提到府上昭姬之症，他便……"

那郎中与刘兴祚相互点了点头，算是彼此认识。接着郎中打断巴布海道："阿哥，那是玩笑话，岂可当真？"

巴布海不听，依然道："他说像那样的病症，不用诊脉，开一个方子，倘若三剂药下不见效，就剁去他的三个指头，叫他永远别再吃这碗饭。就这样，我就冒昧把他带来了。成与不成，可让他试试。只是倘若依然无效，别真的剁下他那靠它们混饭吃的手指就是了。"

刘兴祚毫无思想准备，听后觉得无法推辞，便道："阿哥说笑了。"然后转向那胡郎中，"那就有劳先生了。只是并非急症，喝茶后再劳烦。"

郎中拱手道："看病要紧，回头再叨扰便了。"

刘兴祚叫过一个婆子，吩咐道："去告知昭姬姑娘，蒙十一阿哥牵挂，费心带来郎中，要给姑娘诊脉开方，请姑娘稍做准备，郎中随后便到。"

那婆子应命去了。

片刻，那婆子上来回话道："姑娘说，感谢阿哥想着，如方便，现就可请先生过去。"

刘兴祚领那郎中出厅。巴布海在厅中等候，他的几名跟班则在厅外站定。在院中，刘兴祚问郎中："胡先生大名？"

郎中答道："单名一个里字。"

刘兴祚道："敢问先生是汉姓吗？"

郎中道："小的汉民，医道是祖传的，已然有五代不绝了。"

"得回去陪阿哥，失陪了……"刘兴祚叫那婆子领那郎中去了，自回厅来陪巴布海。

不一会儿，郎中出来了，刘兴祚与巴布海忙问病情如何。

郎中道："倒没什么有妨碍的大病，受了点风寒，又劳累了些，虚火攻心，未免闹出些症候来。三剂药是保好的。"说罢便开了方。

巴布海仍和刘兴祚继续谈着。刘兴祚见当日情景，谅不太可能出现不测之事，心中踏实下来。

过了一会儿，郎中提出要去方便一下。刘兴祚唤出一家童，领郎中如厕。

刘兴祚仍和巴布海留在厅中。但过不多时，就听后院传出吵闹之声。刘兴祚正要出厅，就看到了惊人的一幕：几个大汉——正是随巴布海一起来等在厅外的那几名随从，其中还有那个郎中——正拖着喊叫着的达姬奔出院去。再回头看那巴布海，正一边夺门而出，一边狂笑不止。

刘兴祚一见顿觉大事不好，便奔出厅去，要强力将达姬夺回。家里人都聚了来，但为时已晚，达姬已被拖到门外。街上突然出现巴布海的几十名家丁，他们站成了一排，将刘兴祚等死死挡住。就这样众目睽睽之下，达姬被拖上早已准备好了的一辆车，而后消失在光天化日之中。

此事迅速传遍全城。受到震动最大的，自然是刘兴祚的三位朋友，他们很快聚到了刘兴祚的府上。

见阿敏的情况，刘兴祚已经向他们讲过，自然隐去了阿敏就驻军之事对他威胁的内容。大家只知道巴布海是受阿敏之命替费扬果还剑来的，认为阿敏肯定黄鼠狼给鸡拜年无疑，要刘兴祚加以提防。但是，大家没有一个把他与达姬的事联系在一块儿。此刻，三个朋友立即肯定是大色鬼阿敏在打达姬的主意。

由于刘兴祚隐去了驻军之事，朋友们自然就往这方面想。刘兴祚见如此难以让朋友们拿出有针对性的主意，便道："这次怕不是如此……"

三人听后愣了一下，齐问："却是为何？"

刘兴祚道："谈话中阿敏流露出要控制我的意图，想必是他们对咱们四人所演的'送娇'之计有了怀疑，要抓把柄……"

四个人分析，他们所导演的"送娇"戏，达姬是晓得的。这便有两种可能：一种是达姬宁死也不说出真相；另一种是在威逼之下，达姬把真相讲出。在此情况之下，另一个问题便明显不过地摆在了众人面前：藏在范文程府中的那个真正的昭姬是否藏得住？倘若出现第一种可能，达姬宁死也不说出真相，他们就会在范府所藏的女子身上打主意——即使出现第二种可能，他们也不会放过在范府所藏的女子，以便掌握更多所谓的"证据"。

对此，宁完我道："看来我们没有想到面对的竟是一群凶狠、毒辣、诡计多端的人,他们无所不用其极,'送娇'事我们做得粗糙了。我们斗不过他们,不光是权势上斗不过,就是计谋方面,我们也得甘拜下风。看来我们怕是要做一件对不住那位朝鲜姑娘的事了。"

大家心情沉重,听后谁也没有立即表态。

宁完我见众人如此,便想进一步解释自己的主张:"我们这是在打仗,应付一场恶战,容不得妇人之仁。"

事关自身的生死存亡,按说对宁完我的绝招儿,刘兴祚首先应该表示赞同。可第一个出来反对的倒是他。他想达姬这样一个柔弱的女子如何经得住阿敏、巴布海这些如狼似虎的凶残之人的折磨?第二种可能的出现是铁板钉钉之事。既然如此,又何必再枉送另一条性命呢?他讲出了自己的见解。

宁完我听后道:"我倒觉得第一种更有可能些。我看那达姬人虽柔弱,但性情坚强,未必会在他们的威逼之下低头。"

库尔缠从一开始就不赞成宁完我的做法,道:"即使如此,难道那是唯一的万全之策吗?"

范文程见三个朋友就要争执起来,道:"这事不必再费唇舌,那名朝鲜女子,我早已做了处理……"

众人听了又惊了一下,忙问:"是怎么处理的?"

范文程道:"已经把她悄悄送回了原籍。"

宁完我一听连连道:"悬了,悬了!"

库尔缠疑惑地问:"有什么悬的?他们会去那边寻去?就是去寻,宽甸那么大的一块地域,他们且上哪里寻去?"

宁完我拍案道:"说我们弄不过他们,就是弄不过他们。因为我们都喜欢以常人之心度人的,而那些人却偏偏是蝎蛇之心、豺狼之性!瞧吧,某一个早上,那被遣返的朝鲜姑娘就会出现在阿敏或者巴布海的大堂之中……说不定他们还会请我们去看她呢!"

库尔缠笑了笑道:"那可真的就是一篇惊天动地的传奇了。"

经宁完我这一说,范文程心中便不踏实起来,道:"有必要再去一趟……"

宁完我冷笑道:"那便无异于给人带路了……"

四个朋友确实就像宁完我讲的那样,是斗不过对手的。达姬的事不敢过分张扬,营救是根本做不到的,就是打听消息的手段都是不存在的——因为他们在那边没有眼线。既然刘兴祚讲了,阿敏是要抓把柄控制人,那还不至于立即发生什么必须对付的事。因此,四个朋友商定的唯是"多加注意""别再上当"一类的书生文章,拿不出任何应对对手的有效办法。大家曾商定由刘兴祚去找阿敏,看看阿敏会有怎样的表示。一开始刘兴祚断然拒绝,经众人好说歹说,刘兴祚才同意去找阿敏。但就是这样软弱无力的一招儿也不见半点的效果——一连两天刘兴祚也没有找到阿敏的人影儿,显然,阿敏现时不想露面。

无论是阿敏府上,还是巴布海府上,一点风声都没有透出来,达姬的情况如何一概不明。"抓把柄,控制人",朋友们以为那是日后之事,唯独刘兴祚晓得事情的缓急,终日失魂落魄、惶惶不安。由于出了这事,刘兴祚去扎木谷的事也给耽搁下来。

且说一日刘兴祚早起,心中烦闷,便骑马离开府邸,要去那位于城西北角靠近太史祠的炮火研造厂走一趟。这炮火研造厂便是炮械营管辖下的一个作坊,快到之时,突然听到前面一声巨响,惊天动地。接着看去,便见浓烟冲天。刘兴祚判定是研造厂那边出事了。他忙抽了几鞭,飞马急奔那研造厂。众人见是刘兴祚,连忙让开一条路,让他进入现场。

一管事牛录章京向刘兴祚报告,说孙宝一人在此,想必是在拆卸炮弹时不慎引爆,已死于非命。

刘兴祚知道这孙宝平日住在这里,听管事牛录这样说,便进入现场察看。炮弹爆炸时曾引起大火,幸而人们及时赶到,将火扑灭了。现场血肉模糊,孙宝身躯已被炸飞。在一个铁柜之下有半只胳膊,刘兴祚走上去将那半只胳膊捡起,细细地看了一番,然后命人收尸、并清理现场。

分管汉将事务的总兵官额驸佟养性已经听到了爆炸声,差人前来问明情况后,便报与多尔衮得知。多尔衮念孙宝的好处,便派人将孙妻及其幼子接来府中,让孙妻做些针线,并叫其子孙童儿与管家呼布图之子图尔格一起跟府中子弟上学识字。

且说就在当日,刘兴祚接到九阿哥巴布泰、十一阿哥巴布海的请柬,写明三月十三日是他们母亲五十寿辰,届时将在巴布泰府上举办堂会庆祝。范文程、宁完我、库尔缠也收到了请柬。

范文程平日与巴布泰、巴布海兄弟交往不是很多，但其他阿哥有类似的活动，范文程也并没有多想，将请柬丢在一边，意思是去与不去，届时再看情况。宁完我声明，这样的活动他是绝对不去凑热闹的。库尔缠是满人，平日与巴布泰、巴布海兄弟有些交往；巴布泰、巴布海之母为庶妃，努尔哈赤生前一直失宠，半生郁郁，现逢五十寿诞，看来巴布泰、巴布海兄弟要好生庆祝庆祝，让母亲风光风光。在此情况之下库尔缠不去，会惹得巴布泰、巴布海兄弟不快，所以库尔缠决定前去参加。范文程是去亦可，不去亦可，库尔缠拉他做伴，范文程也就答应下来。

且说三月十三日这天天气爽朗，库尔缠、范文程踩着点儿到了巴布泰府，见了巴布泰、巴布海兄弟，献了礼单，随所到之人到大堂给巴布泰、巴布海兄弟之母拜了寿，便被领入后院。这里搭了一个台子，台上已在热热闹闹吹打着。库尔缠和范文程被安排在前排的一张桌前坐了下来。不一会儿，就见一阵骚动，原来，寿星在两个儿子的搀扶之下到了现场，后面跟着一大群显贵。范文程和库尔缠看去，见其中有六阿哥塔拜、十阿哥德格类、十五阿哥多铎、十六阿哥费扬果，还有大汗的长子豪格、大贝勒代善的四子瓦克达等人。

巴布泰、巴布海兄弟之母在正对着戏台的一张几旁坐了下来，两兄弟在两边一边一个陪着这位寿星。塔拜等坐在了与范文程等所坐的桌子对称的那张桌子边。节目正式开始，吹打一通之后便开始了杂耍儿，热闹异常。

巴布泰、巴布海兄弟的母亲，原为努尔哈赤的妃子，寿诞之际如何弄出这些吹吹打打、杂耍儿一类俗不可耐的东西来？原来，这巴布泰、巴布海兄弟之母嘉穆瑚觉罗氏，是努尔哈赤得于民间。她虽有些姿色，但狭隘自私，因此并未得到努尔哈赤的特别宠爱。她得不到恩宠，便妒意大发，努尔哈赤越发地不喜欢她，她因此郁郁半生。这是努尔哈赤死后她过的第一个寿辰，儿子们知道母亲半生的苦衷，一定要好好把她的五十大寿办出个样儿来，让母亲舒舒心。这嘉穆瑚觉罗氏虽几十年在宫中，但仍旧喜欢乡下吹吹打打、杂耍儿一类热热闹闹的玩意儿。儿子们便依了母亲的心愿。每一个杂耍儿都令嘉穆瑚觉罗氏乐不可支。特别是那个耍猴的，逗得身边那只猴子做出各种滑稽的动作，让嘉穆瑚觉罗氏笑得前仰后合，光银子就赏了两次。

杂耍之后是弹唱。对吹拉弹唱，嘉穆瑚觉罗氏一向不感兴趣。她不晓得儿子为什么要安排这些无聊的东西,但如此多的客人在场,她也只好硬着头皮听下去。

出场的是一个朝鲜姑娘,一身打扮都是典型的朝鲜服饰。司仪介绍道:"下面请昭姬姑娘给福晋助兴、向众位宾朋献技。"

这样的名字一报,令在场者中许多人心中一震。震动最大的自然是范文程和库尔缠,还有多铎、豪格和瓦克达三人。他们晓得范文程"送娇"那出戏,知道送给刘兴祚的那个朝鲜歌妓就叫昭姬,所以听后他们心中都想:"朝鲜昭姬何其多,怎么又出了一个?"

门帘儿一动,那朝鲜姑娘出来了。范文程一看,浑身一下子哆嗦了起来,好像冷不防被人浇了一身水,又像晴天头上劈下一声雷。

范文程的这种表现,在座有四个人立即收入眼中。其中一个自然是库尔缠,他从朋友的身上看到了问题的严重性。那昭姬长得什么样,库尔缠并没有看到过。听到介绍"昭姬"时,他与范文程曾相互看了一眼,交换了一下眼色。现他见范文程如此,判定这昭姬便是那昭姬无疑了。另外三个人,一个是巴布泰、一个是巴布海,另一个是费扬果。他们偷偷看着范文程,见他如此,感到十分开心。

那朝鲜姑娘落座后,费扬果先叫了起来:"先来一个《主奴怨》!"

巴布泰、巴布海窃喜。那朝鲜姑娘开始弹奏。曲终之后,费扬果指着范文程道:"人道曲有误,周郎顾。范大人是我大金最谙音律的,弹得如何,就请范大人指点了。"

满场的人目光转向了范文程。那朝鲜姑娘自然也看到了范文程,她不知内里情景,便站起身来说道:"老爷也在这里……"

范文程尴尬异常。费扬果看着他的窘劲儿,暗自发笑,又大声问那朝鲜姑娘:"怎么,你们认识?"

朝鲜姑娘正要讲话,范文程连忙道:"并不认识。"

那朝鲜姑娘便要分辩,范文程止住她道:"只管弹你的琴……"

费扬果哈哈大笑着,道:"好,好,好,弹琴,弹琴——《女儿怨》可会吗?"

那朝鲜姑娘点了点头,又弹《女儿怨》。

范文程这边再也无法自持了,他站起身来离席而去。库尔缠却没有动。

多铎、豪格和瓦克达目睹了这一奇异的场景,都感到莫名其妙。他们自幼与费扬果一起鬼混,声色犬马,是酒肉朋友。努尔哈赤死后,由于汗位之争,他们与费扬果之间曾闹得甚不愉快;但如今事过境迁,彼此又重归于好。费扬果花天酒地,开销很大,亏空多由阿敏贴补。阿敏则利用这种关系拿费扬果做枪使,夺刘兴祚之剑便是由阿敏导演,巴布海、费扬果演成的。后来,阿敏让费扬果把剑退回去,并给刘兴祚赔礼道歉,费扬果说什么也不依。下面的戏,便只好由巴布海一个人来演了。阿敏认为这也许更妥当些,因为他并不希望后面的事有更多的人知道。

　　范文程还没有走出后院,费扬果和巴布泰、巴布海便发出一阵狂笑。其实,费扬果也好,巴布泰、巴布海也好,并没有一个人晓得阿敏的真正意图。阿敏早就看破了范文程等人上演的那出"送娇"好戏,暗中探得了范文程"遣娇"的动静,范文程刚把那昭姬送回,阿敏就将昭姬弄了回来。费扬果、巴布泰和巴布海参与了暗地监视范文程"遣娇"的活动。但阿敏只是告诉他们,"要整一整这些不可一世的汉民",并嘱咐他们事情要秘而不宣。更深的事,阿敏是一个字也不向他们透露。

　　这里的堂会一散,库尔缠便奔向范府,宁完我和刘兴祚都已经在那里。大家垂头丧气,范文程则不住地表示后悔。刘兴祚则说事情由他而起,是他连累了大家。

　　事出之后,刘兴祚反倒平静下来,但他表面上的那种平静无法掩盖淤积在他内心的愤怒和怨恨。大家不断地劝慰着他。

　　随后,刘兴祚一连数日没有出面。朋友们知道,他的夫人病了,他要在家守着。不日,便听到了噩耗——刘兴祚夫人去世了。三位朋友到刘兴祚家中悼念,刘兴祚哭成了一个泪人。

　　随后,刘兴祚提出要到扎木谷待几天。朋友们也希望他换一换环境。就这样,刘兴祚启程去了扎木谷。

　　不到两日,刘兴祚便回来了。这时的刘兴祚好像变了一个人,神情上不但没有了往日的光景,身子也消瘦了很多。接着,情况越来越糟,刘兴祚变得不吃不喝,呆呆的。大家给他看了郎中,郎中也看不出名堂。又过了两日,刘兴祚的状态似有好转,可以起身在院子里遛遛。朋友们心里感到欣慰。

到了第三日的三更,范文程躺下刚刚睡着,便被一阵急促的敲门声惊醒,接着,便听到有急促的讲话声。随后,家人轻轻地敲卧室的门,并听报告说:"刘老爷差人送急信给老爷……"

"三更半夜的,又出了什么事?"范文程愣了一下,遂穿了衣裳出了室门。就见家人领刘兴祚的一名家丁守在那里。

家丁递过信来,范文程接过一看,便出了一身冷汗,忙吩咐家人:"备马!"

原来,刘兴祚的信是这样的——

刘兴祚,罪人也,愧对大汗,愧对祖宗,愧对挚友……愤懑、羞辱,或许还有恐惧,难以使我继存于世。至此,唯有一死而已矣。乞展书思旧,急奔敝舍,殓我尸骨耳。

另有一书乞请汗启。

给皇太极的信是封好了的,不知写了些什么;但从事态判断,应尽快让皇太极看到为妥。范文程遂在信封上写了"急呈汗展"四字,并署上了自己的名字,然后立即差人送向汗宫。随后,他出门上马,直奔刘府而去。

离刘府甚远,范文程就看到了从刘府射出的火光,心想大事不好,便朝马背狠狠地抽了两鞭。到了刘府大门,见宁完我、库尔缠也在刘府门前下了马。三人一溜烟地直奔刘兴祚后堂。

四邻正聚过来救火,后堂已经坍塌。刘兴祚的尸体被三个人找到了,库尔缠发现刘兴祚生前一直戴着不摘的那颗猫儿眼戒指,依然在他的无名指上。三个人大哭不止。

宁完我和库尔缠也是接到刘兴祚的信后赶来的,信里写着:

罪人刘兴祚致挚友有言:吾不久于人世矣。吾死之后,望念往日友情,葬尸于边外扎木谷——唯其遗愿乞就。

很快,皇太极便召范文程、宁完我、库尔缠进了宫。

原来,皇太极刚刚睡下便被唤醒,看到了范文程转呈的那封信,见信上写着：

  罪人刘兴祚再拜大汗：相知之恩难报，相随之愿难了。怆怆然愧情难述，凄凄然悲心难表。死后倘得见谅于大汗，乞念旧情，望大汗留我全尸，掩之于愿归之所……

  范文程等到后奏报了刘兴祚的死讯。皇太极先是感到震惊，想到往日刘兴祚的好处，想到与他相处的种种情景；又听了范文程所讲刘兴祚惨死的情景，内心涌起了一阵压抑不住的悲恸，接着忍不住流下了泪来。
  皇太极是否听到了阿敏在朝鲜干了一些不该干的事的奏报？他是不是想到刘兴祚受阿敏的指使参与其中？他听到了，他也想到了，但皇太极没有再向任何人追问。他总的想法是，仗打胜了，打得还算漂亮，最终解决了左翼的问题，这是大局；至于屠城等事，虽然不该，但按阿敏的说法，不如此，朝鲜国王不会很快就范，这也讲得过去了；至于朝鲜世子之死，这样的事并没有引起什么风波，朝鲜方面不追究，自己这边何必追问？尤其是，皇太极对这位哥哥实在是太了解了，他所做的事，只要认定是不被人知的，他一定安排得妥妥当当，你是很难查出破绽来的。由于汗位的继承问题、汉民编庄的问题，他与阿敏之间发生了摩擦，在此背景下，他不想再因这些事再加深彼此的矛盾。
  至于刘兴祚，皇太极的期望是他能稳下心把红夷炮铸出来，但他绝不想从刘兴祚的嘴里问到有关阿敏在朝鲜的什么情况。他想起在石嘴山的松林柴室，他见刘兴祚似有心事，便问了一句。刘兴祚说他遇到了不痛快的家事，现在看来，刘兴祚的家事确也令他痛苦。皇太极还想到，刘兴祚的苦可能还与近来传得沸沸扬扬的"夺姬"一事有关。他便对范文程等道："一个可怜的人……一个干将，就如此毁在了一群小人之手。"
  范文程等听后，以为皇太极话中有话，个个心中惶恐。宁完我此时则数目范文程；范文程了解宁完我的意思，是趁皇太极陷入悲惜刘兴祚之际，把达姬的事情挑明，以求彻底解脱。但范文程有自己的想法，他没有讲什么。随后，皇太极吩咐按刘兴祚生前遗嘱，将他葬于扎木谷。
  差不多两个月后，有司送来发自锦州的情报，说刘兴祚出现在锦州。这消息皇太极会相信吗？其他人会相信吗？但他们不得不相信，因为写情报的人是他们绝对信任的人。

皇太极等人看完情报，半天时间便是你看我我看你，谁也讲不出一句话来。原来，刘兴祚并没有死，而是金蝉脱壳了。

达姬被抢之后，刘兴祚料定难以再在大金待下去，便生了潜逃之意。后来昭姬出现在巴布泰的府上，他的去意便更加坚定了。这下刘兴祚从不振的状态之中走了出来，心想不走便罢，要走就走个利落的，把全家的事安排妥当。这样，他首先安排了妻子生病去世的假象。妻子的情况三个朋友知之甚少，妻子生病去世，很容易骗过朋友。随后，他借去扎木谷的名义，让妻子和弟弟刘兴治提前去了锦州，并在一家客栈安排了自己去锦州的马匹。出走的当日，他写好了给范文程、宁完我、库尔缠的信，又写了一封给皇太极的信。

往日一有空，刘兴祚总喜欢听一个家住不远的单身盲人弹唱。当日，他又把那盲人招入厅中，对那人讲："你来一段《十面埋伏》，如果唱得好，我就把戒指赏你。"

那盲人一听，很是卖力。刘兴祚十分高兴，把戒指摘下戴在了那盲人的手指上。

此时，刘兴祚又叫来三名家丁，让他们分别去给范文程、宁完我和库尔缠送信。随后，他又指定了一曲《盲人怨》。等那盲人弹得入了境，刘兴祚便轻手点脚离开大厅，放起火来。

因刘兴祚早就做好了准备，所以那火势不起便罢，一起便一下子蔓延开来。那盲人感到火起时，火势已猛，他上哪寻路去？可怜那盲人不明不白就如此身陷火海，做了一个屈死鬼。

刘兴祚见事已妥，便溜到了客栈，安安静静睡了一夜。次日他结了账，取了行李上了马，与第一批出城的民众出了西门，快马加鞭奔向锦州。

刘兴祚诈死后，皇太极对费扬果和巴布海做了处理，这时旗务大臣起了作用。经他们查验，费扬果和巴布海巧取豪夺、敲诈勒索、骄奢淫逸之事便暴露于光天化日之下。

这期间，阿敏紧张了好一阵子，生怕从费扬果和巴布海这边打开缺口，抖搂出自己的事来。他几次让人向被困于府中的费扬果和巴布海捎话，让他们承认难以遮掩的部分,如此,即使治罪也不会很重,过后,他还会想办法给他们赎罪减刑;相反,如若讲出内里实情,必是罪上加罪,那他就再也没有办法了。

别看费扬果和巴布海臭不可闻,却都是极讲义气之人,他们让人给阿敏带话,说就是死也绝不会连累别人。这样,抢劫达姬的真正用意旗务大臣并没有调查到。当他让巴布海交人时,巴布海却说:"达姬性情刚烈,劫回不久便已自尽,早已埋了。"当时刘兴祚已死,事情上哪里查去?最后,达姬命运究竟如何,便无人追究。

贝勒、贝子、台吉议罪时有了两种意见,其一为:费扬果和巴布海罪行累累,数罪并罚,当诛;其一为:革除宗室头衔,降为庶人,家产罚没。

报到皇太极那里,皇太极念费扬果为父汗幼子,既不处死,又保其宗室头衔,只罚银千两;为使他牢记今日之事,令他居府反省,三年不得出门。在此期间,其他宗室人等不得与他往来。

对巴布海的处罚是,凡巴布海之满人、蒙古人、汉民牛录及包衣并库中财帛、牧群牲畜,皆依法籍没。其中有田庄二十三处,户下满人奴仆一百五十八名、汉民奴仆一百八十六名、蒙古奴仆二十名,马二百九十匹,驼十三头,牛二十头,羊三百二十只,拨归其兄巴布泰。巴布海夫妇只给侍妾、衣服,令其在巴布泰府居住,严加约束。

在这期间,蒙古喀喇沁部再次派来使节,说蒙古多罗特部依仗林丹汗的支持又一次进犯;虽然多罗特部已经退兵,但不日必再次前来侵扰,求皇太极出兵征伐。

多罗特部仗林丹汗之势屡屡生事,多次扣押和杀害大金派往大同、宣府等地的互市人员。皇太极早就想收拾这多罗特部,现在又听多罗特部依仗林丹汗的支持进犯喀喇沁部,越发愤怒,遂决定兴兵。经过几个月的厮杀,金国取得了胜利。回到沈阳后,皇太极赐多尔衮勇号墨尔根戴青,赐多铎勇号额尔克楚虎尔,封赏其他有功人员,并犒赏三军,设酒宴庆祝,诸事从略。

第六章　手下留情，皇太极锦州惊魂

且说刘兴祚逃到锦州时，正好袁崇焕在那里，对此十分高兴。有将领怀疑刘兴祚是诈降，但袁崇焕一概加以否定，并给予刘兴祚重任，十三个炮械营，有五个置于他的麾下。

一日，刘兴祚到所辖炮械营的炮械厂察看时，一个人出现在他的面前。那人就是孙宝。孙宝也瞧见了刘兴祚，忙问："大人怎会到了这里？"

刘兴祚并没有回答孙宝，而是道："你原来到了这里！"

孙宝一听，小声道："听大人这口气，好像并不信小的已经……"

刘兴祚笑了笑，亦小声道："不信你去了阴曹地府，只是想不到你到了这里。"

孙宝听后点了点头，没再说什么。他正拆卸一颗炮弹。

刘兴祚见状道："这回当小心了，免得真的炸开，不是玩儿的。"

孙宝听罢笑了。刘兴祚也笑了，接着又道："放下手中的活，陪我走一走。"

"从那边过来一名副将"的传言已在锦州不胫而走，但孙宝不晓得是哪位副将。现在一见到刘兴祚，才知道是他。孙宝不晓得刘兴祚来锦州的底细，是逃出来的，还是像他那样前来诈降。但他知道，自己诈降刘兴祚并不知情。他假死的事统统是由多尔衮安排的，多尔衮曾告诉他，此事是经大汗同意了的，没有向任何人透露。现在刘兴祚立即就要他陪着走一走，便知道是想趁他毫无心理准备时盘问。他立刻安置好拆开的炮弹，便跟着刘兴祚走出了炮械厂。

路上，刘兴祚道："讲讲你逃跑的事。"

孙宝听了回道："事发前一天夜里，是小的母亲忌日。小的自幼就死了父亲，全由母亲一人拉扯大。小的长大后学得了手艺，正可尽孝让老人家过几天好日子时，满人却杀来了——爷知道那是什么生活。老人受不了煎熬，去世了。那一天，小的前思后想，睡不着，便出来走走。周围漆黑一片，小的转了一圈儿，心里好了些，便要回去。回去的路上却踩到了一个人——一个饿死在路上的人。小的当时并没有管他，就回去睡了。可睡下后总想着那死人，又睡不着了，接着便东想西想。想着想着，不觉想了个主意出来。之后，小的就神不知鬼不晓地把那具尸体运到了厂里。后来小的又想，活人炸开一定是血肉模糊，这死了的人却没有血出来，难瞒得了人。而厂外东边不远处有一个杀猪的，他每天早起总杀上两头猪，赶着去卖。这样，血有了。一直等到鸡叫，小的便拿了瓦盆去那杀猪的家中买了猪血。一切都准备妥当，小的便用火索引爆了炮弹……"

听到这里，刘兴祚道："你想得倒是周全，可还是露出了破绽。"

孙宝一听大惊，问道："大人说露出了破绽，难道那事泄露了不成？"

刘兴祚道："不必惊慌。破绽是出了，只是事并没有泄露。否则，多尔衮如何会厚葬那死人，还将你的家小接到府中养了起来？"

"那倒是。"孙宝叹了一声，然后又问，"大人既然说有破绽，事却没有泄露，这小的可就弄不明白了。"

刘兴祚道："是我看出了破绽，不曾报官。"

孙宝一听忙跪了，道："小的在此就多谢了。"

刘兴祚将孙宝拉起，道："同病相怜，谈什么谢不谢的！"

孙宝听罢想了想道："事既如此，小的倒极想请大人给讲一讲，那事是哪里露了馅儿？"

刘兴祚道："那天早起，我正去那炮械厂，走在路上便听到了爆炸声。赶到了那里，众人说你在拆卸炮弹时不慎引爆了炮弹，被炸身亡。我察看现场，却发现了三处破绽……"

孙宝一听惊道："竟有三处？"

刘兴祚道："其一，那炸开的炮弹不是一颗，而是三颗，你说是吗？"

孙宝道："大人断得是。小的想到，倘若只爆一颗，那尸体是极难做到粉身碎骨、让人难以辨认的。"

刘兴祚道："这就是了。其二，我看到了你所说的那瓦盆的碎片。我想，咱们的炮械厂内是不用瓦盆的，为什么有一瓦盆在这里？再细看那碎片，便看到那瓦片多是向里的一面沾满了血，而外表却很少沾有血迹。我就断定，那瓦盆是用来盛血的。其三，我在一处看到半条胳膊。捡起来细看，那上面竟没有血迹，肉里的血是早就凝了的。这样，我就看出你所造的假现场的轮廓了。"

孙宝听罢道："大人神心奇窍，果然不错。可就没有别人看出破绽吗？"

刘兴祚道："我是第一个到达的管事人。在别的管事者没到之前，我就让人收了尸、清理了现场，他们上哪去查破绽去？在现场的那些人已断定你是拆卸炮弹不慎引爆被炸身亡的，他们自然也并未看出破绽。"

孙宝听罢又跪了下去，道："真是亏了大人。"

刘兴祚又将孙宝扶起。他们一起到了城墙下，刘兴祚要到上面去看看，孙宝陪他登上了城墙。

在登城时，刘兴祚对孙宝道："这件事，你做了我的先生。"

孙宝听后一时不解，刘兴祚笑了笑道："我后来学了你。"

孙宝倒想听听，但刘兴祚没有说的意思。孙宝也不便追问，便笑了笑。

两人已到城头。这里是北城，向北望去，一马平川，全是青纱帐。几道新挖出来的做防敌之用的深沟宽壕横在青纱帐中格外显眼。天已经热了起来，登上城头有一股微风吹来，始觉一丝凉意。

刘兴祚扶着垛口问道："你事先想过没有，逃到这边来，这里如何会接纳你？"

孙宝道："回大人，早先小的听说有一师兄在这里当差，但不知还在不在。前些时这边派了使团去沈阳，小的与里边的人有接触，打听到小的那师兄还在这里，这样来时心里就有了底儿——他一定会替小的说情，把小的留下来。"

刘兴祚听罢惊了一下，问："你那师兄定是有些声望，不然使团里的人怎会知道他？"

孙宝道："小的那师兄就在本营，是千总之职，名唤铁首的便是。"

刘兴祚又问："那使团中告诉你的那人后来可曾见过吗？"

孙宝回道："未曾见过。初来乍到，也不便打听。"

刘兴祚道："他叫什么名字？我来替你查一查，你也好酬谢人家。"

孙宝道:"那就有劳大人了。他像是姓史,名叫史无册。"

"倒是一个极好记的名字。看来,你的预谋不是一两日了。"

孙宝听罢,笑了笑。

他们下了城墙,又在附近转了转。刘兴祚又说道:"这样好了,你在此少有依靠,我也孑然一身,往后你就在我府中当差,也是一个帮手。"

孙宝听了忙跪下去,谢道:"多谢大人关照。"

此后,孙宝便跟了刘兴祚,成了一名跟班。

对孙宝的讲述,刘兴祚将信将疑。孙宝是诈降的吗?他一个铁匠,哪里会有这等智慧干出这样的事?是不是皇太极和多尔衮他们安排的?次日,刘兴祚派人做了了解,炮械营中果有一个名叫铁首的,靠手艺修理枪炮立了奇功,因而被袁崇焕看中,提拔他做了千总。孙宝也确是投奔铁首而来,是铁首向袁崇焕报告后,将孙宝留了下来。

另外,随使团去沈阳的那位史无册也被找到。那史无册也证实在沈阳时与一个叫孙宝的铁匠有过接触,那孙宝向他打听过铁首的事。

这些情况又表明,孙宝的假死的确像是他自己安排的。但刘兴祚仍不相信一个铁匠会有如此精心的安排。刘兴祚一直提防着这个令人难以捉摸的铁匠。

刘兴祚来锦州到底是皇太极安排的,还是叛逃而来,孙宝拿不准。他早就想到应该给皇太极捎个信去,只是一时找不到机会。事情不是闹着玩的,有一点闪失,不但自己性命不保,来偷学铸炮的事就断送了。后来机会终于到来,他给皇太极带了一个条子过去。皇太极与多尔衮所看到的有关刘兴祚出现在锦州的那份情报,便是孙宝送回来的。

且说皇太极征朝、蒙取得胜利,解决了两翼的问题,随后便筹划向明朝发起进攻,为老汗报仇。

镇守锦州的袁崇焕有紧急公务要去宁远处理,他临行之前还没有得到金军来攻的消息。但他心里明白,皇太极一旦得到锦州等地筑城的准确情报,一定会趁城池尚未修好便率兵来袭。临行之前,他把诸将召集在一起,督促众人抓紧时间,将城防在皇太极来攻之前抢修完毕。

皇太极的大军比袁崇焕想象的要来得快得多。几乎是袁崇焕前脚刚走,皇太极的大军后脚就到了。

右屯、大凌河的筑城工程尚在进行之中。打探到皇太极的大军已经逼近，赵率教遂与副将左辅、参将朱梅及监军太监纪用商定，将右屯、大凌河那边的军民撤到了锦州。

皇太极于五月二十五日到达大凌河，他遣济尔哈朗、德格类、岳托、阿济格为前队，自与代善、阿敏、莽古尔泰、多尔衮等居中，向锦州进发。

济尔哈朗等人到达锦州城下之后，赵率教考虑援兵未到，便遣一名千总携另一人自城上缒下，佯与金军讲和。济尔哈朗等知赵率教此举为缓兵之计，但考虑到皇太极尚未到达，不知他对此有何主张，便扣住来使，等候皇太极到达。皇太极到后亦知此为敌缓兵之计，但大军初到，周围情况不明，便将计就计，放回来使，修书致赵率教，劝他归降。

过了两日，赵率教估计援军可到，便立于城头喊话："城可攻，不可说也！"

皇太极闻报大怒，遂下令攻城。

金军分两路架云梯抬挨牌，马步军轮番攻击西北两隅。赵率教领副将左辅、参将朱梅御之。炮火矢石交下如雨，两个时辰，金军积尸城下。看来城一时不能攻下，皇太极遂命退军。

明军援军到了，一支由总兵满桂率领，一支由袁崇焕亲领。

满桂率领三千明军到达金篱山。

皇太极知敌援军近日必到，便令豪格引本部人马三千扎于松山之侧，监视援军动静。并命阿济格率本部三千人赶到南城外作为机动；一旦豪格那边有了援军的动静，便调过去参加打援。

豪格探得满桂率军过来，便一面部署迎击，一面快马飞速向皇太极禀报。阿济格奉命赶往金篱山。

豪格与满桂战了近一个时辰，阿济格率部赶到。满桂受到了夹击，渐渐不支。战不到两个时辰，明军已死伤过半。满桂见有全军覆没之险，便急切收兵。金军穷追不舍，满桂大败，向宁远退去了。

袁崇焕趁金军与满桂厮杀、南城金军力薄之际杀到城下，由赵率教将袁崇焕及其所率三千人马接入城中。锦州城内原有马步军三万，加袁崇焕所带来的三千人，共三万三千人。

次日，皇太极命金军骑兵万人环城而行，以示军威；又分兵在四城攻城。袁崇焕、赵率教、左辅、朱梅分在四城防守。一日下来,矢箭如织,挨牌翻飞,落石如雹,滚木狂泻。金军虽有多人登上了那高高的城头,却没有一个人在上面站住脚跟。

锦州依然稳如泰山,在其脚下却留下了数百名金兵的尸体。皇太极将兵力集中于西城一隅,结果仍不能突破锦州那坚固的城防。由于金军相对集中,明军的炮火发挥了威力,被炮击致死致伤者不比攻城伤亡者少。

一连数日,皇太极虽然下令猛攻。但战局不但没有好转,反而越来越糟。天气炎热,许多人中暑。金军大炮除北部的几尊尚存外,都被明军击毁。

另一边,守城将领在袁崇焕行营会商下一步御敌之事。

议到步骑兵与炮兵进一步协同作战时,赵率教向刘兴祚问道:"请问刘大人,敌军西、南两面之炮均被摧毁,唯大人所用兵之北城,敌炮完整无损,致敌攻城之前每每发威轰我。大人既有'神炮眼'之称,为何就找不到敌军炮位,将那些炮摧毁呢?"

原来,赵率教一直怀疑刘兴祚诈降,力劝袁崇焕慎用之。袁崇焕对赵率教的劝谏非但不听,反委刘兴祚重任,将对守城至关重要的炮营几乎半数交刘兴祚指挥,这越发地激起了赵率教的恼怒。"神炮眼"一说就是袁崇焕就此与赵率教争执时,袁崇焕评价刘兴祚的话。

刘兴祚站了起来,回道:"赵大人,敌军之炮,是末将有意留在那里的。"

众人一听大愕,连袁崇焕一时都未能析解刘兴祚之意。

赵率教一听惊道:"什么?莫不是本官听错了?"

刘兴祚平静地重复了一遍:"赵大人,敌军之炮是末将有意留在那里的。"

这弄得赵率教一时不晓得说什么才好,他站起身来,摊开双手,吃惊地环顾四周,断续道:"这……这……"

刘兴祚倒坐下了。

过了片刻,赵率教缓过了神来,问道:"敢问将军,如此是出于何意?"

刘兴祚道:"末将不才,有了一计,不能全歼攻城之敌,亦保重创之,解锦州之围——留敌炮不摧,为施计耳。"

赵率教听罢大笑,道:"我等与敌周旋多年,尚不敢大言有什么本事一保重创顽敌,二保释锦州之围,更不敢说全歼敌军了。将军初到,竟有何等妙计口出大言？将军可知军无戏言，城边运筹，不比纸上谈兵，将军慎言为妙。"

刘兴祚听罢笑道："多谢大人提醒。然末将胸无妙策，岂敢出言！"

赵率教大声激道："既如此，将军之策可说出来吗？"

刘兴祚回道："若督台有令，末将自然会将破敌之策献于帐下。"

袁崇焕还以为他们在打嘴仗，他见刘兴祚并未被赵率教压住，心中有一线宽慰。可眼下刘兴祚向他叫了板，这如何是好？不表态是不成了。可就让刘兴祚如此地开讲，万一是吹大牛，又怎么办呢？

袁崇焕脑子转了片刻，便有了主意，道："既刘将军有破敌之策，不妨讲出来大家听一听。以本督多年作战所积之经验看来，大凡大计，初总为轮廓、雏形，难能一次成就者。故而刘将军把胸中之策讲出，我等虽不才，切之磋之，如此终可得也。"

袁公你用心良苦，可知我没有金刚钻，如何敢揽你的瓷器活儿！刘兴祚一听心中暗笑，道："多日来，末将见敌军攻城总以炮击为先。攻时敌军四面八方而来，蜂拥而至，战线分散，兵员漫布；我炮兵制敌受限，每炮打去，只杀伤数人。待敌攻到城边，一是我投鼠忌器，怕伤及我军，不得发炮；二是射程短，发炮极难。末将见后一直在想，若造一场景使敌集中，且源源不断而来，我一炮打去，岂不快哉！如何才能营造这一场景，是末将一直在思考着的。末将曾想到倘城墙被敌方炸一豁口，敌必奋勇从此豁口而入，且后续部队会源源不断而来，必然形成我炮兵得以发威的那种场景。但敌军炮少弹寡，并不能将我坚城炸开。末将曾想，用兵之道，诈术为先，虚实变化耳。如若必需，敌不能，我使能之。但有一层未曾想好该如何办，一是敌军的分布亦是远处稀疏，近处稠密，而我之炮击却正好相反，远处强劲，近处难击；二是敌军鳞次而进，我炮击之，敌军受挫，极可能及时收兵，使我不得痛快淋漓地打他。如何想出一个办法，使近我而集结之敌遭受重创，致敌将于发狂之境，必欲报复拿下已破之城，令后续部队鱼贯而来？正由于想到了这些，末将才留下了敌之炮队，未曾动它。"

刘兴祚说得众人入了神，厅中鸦雀无声。

袁崇焕见刘兴祚停下，便问道："这么说，现将军所说的那办法已经有了？"

刘兴祚道："已然有了。今晨末将早起，去炮械营途中想散散步，绕了一个圈儿。经过一个大院，向里望了望，见里面满是蒙古兵。一问，方知是前时劫获的多罗特部、敖汉部的俘虏。我方知敌军来攻之前，让他们筑城修路，敌军来攻之后便被收到了几处，无所事事，此院便是收容所中的一个。看到这里，末将忽有一计上了心头：何不将这些人派上用场，让他们充当重创迫近城池之敌、致敌将于疯狂执意报复的杀手？渐渐地，制敌之计酝酿成熟。选一千骑，马上各驮若干装有火药、铁蒺藜的葫芦，选一千名蒙古俘虏骑了。等金军炮轰时，我将城墙炸开一豁口。烟尘弥漫之中，敌军难辨是谁打开了缺口，还以为是他们自己打开的，单见城缺，必奋勇攻来。这时，我将敌炮摧毁。待敌杀到离城不远时，我放一千名蒙古俘虏出击，出城前，让他们跨上战马，他们不晓得战马身上是挂满弹药的。这样，敌军势众，必将出击之蒙古兵一个个放倒在地。如此，那些装药的葫芦会绵延在金军的来路之上。等到适当时间，我以炮击之。如此，药葫芦便连番爆炸，令金军一路人仰马翻。眼看到手的饽饽拿不到，进军又受挫，金军将领必狂怒不止，令后续部队源源而来，猛攻猛打。如此，我炮兵即可发威了。"

讲到这里刘兴祚停了下来，厅内依然是鸦雀无声。待了片刻，刘兴祚继续道："千名催命的夜叉何时放出固然重要，炮兵何时激活那些夜叉更是第一要紧之事。敌军之炮已在放出他们之前被毁，不必担心那边一炮打来，在不当之时将那千名夜叉中的一个击中，引起连番爆炸，毁了我之大计。我军之炮则必须避免乱打乱放。为此，在施计的当日，十三营炮队须统归末将一人统制。"

刘兴祚说完，厅中依然是鸦雀无声。赵率教本人也没有再讲什么，事情就这样定了下来。

六月初五日上午，金军在锦州四城组织了佯攻，目的是以竖梯攻城为掩护，将城北横于城外的道道深沟夷平，为接下来的主攻扫清障碍。

北城是主攻方向。皇太极亲自到炮兵阵地，要佟养性把最好的炮手用上，集中火力轰击城头。

佟养性遵令做了安排，之后他请皇太极离开阵地。往日发炮后敌军炮兵没有还击，炮队未曾受创，实属侥幸，故而这次不能不防。

皇太极笑道："炮击之后，我即离去。届时你叫我待在这里我也难以从命了。"

预定发炮时间已到，皇太极就在旁边。佟养性也好，炮手们也好，个个既兴奋又紧张。皇太极指了一个方向，佟养性望去，只见城头之上有一棵小树。佟养性下令开炮,远远望去,炮弹正好落在城头那棵树边。

皇太极连连叫好,阵地上一片欢呼。

接着,第二炮,第三炮,第四炮……炮炮命中。皇太极心中也跟着开了花。

佟养性催皇太极赶快离开。皇太极似乎看到那边情况有些异样,立即要过单筒望远镜看了片刻,便做手势停止炮击。佟养性不解其意,但遵照皇太极的命令做了。

远远望去,那城头之上的硝烟渐渐散去。黑黑的城墙闪出了一个缺口,犹如一块竖放着的饼,被咬去了一个很大的口子。皇太极看罢叫了起来,将望远镜丢给佟养性,拍马去了。

就在这时,明军的第一发炮弹落在了佟养性的炮兵阵地之上。接着,整个炮兵阵地被淹没在了烟尘之中。皇太极头都未回,催马赶往前锋那边去了。

此次承担攻城的是济尔哈朗率领的镶蓝旗、阿济格率领的正白旗。两部人马准备了大量的云梯、挨牌等登城器械。将士个个摩拳擦掌,等待着进攻时间的到来。

在佟养性发出第一发炮弹时,济尔哈朗、阿济格的两部将士便呐喊着冲出。往日,进攻中的金军并不注意自家炮击城墙的情景。在大家的眼里,炮击充其量也就是烘托一下气氛罢了;要攻城,还得靠云梯挨牌。

这次济尔哈朗与阿济格两部人马依然如此。炮打他的,他们架着云梯、持着挨牌冲他们的,他们甚至没有注意到自家的炮击突然停了下来。

当前方的城头之上那弥漫的硝烟散去时,他们惊呆了,城墙出现了一个巨大的豁口。全线一片欢呼声。没等济尔哈朗和阿济格下令,兵士们便抛掉了云梯,喊叫着向那巨大的豁口冲去。阿济格一马当先,但到了离城墙半里路的地段时,就看到一股人马自那豁口冲出,呼啸杀来。

袁崇焕在北门城楼指挥着全城的保卫战,这里发生的一切全在他的视线之中。他目睹了城墙的被炸开,他目睹了金军的冲锋,他目睹了刘兴祚称为"夜叉"的那一千名蒙古兵冲出,他的目光集中在蒙古兵身上。

突然,他看到了一个无法相信的场景,一匹高大的枣红马上面骑着一个身穿黄袍的人,从金军的队伍中向前冲出。那人后面是一匹白马,也极其高大,上面骑着的是一员身穿白袍的将领。

袁崇焕难以相信自己的眼睛,不错,是皇太极!是多尔衮!

刘兴祚在一座塔上指挥着。这塔建在北城的一座土山之上。土山是洪武年间的佛家子弟为使新建之塔更加高大,平地起土堆积而成的。因此,在土山之侧便留下了一个很大的水池。

塔七级,是全城最高点。登上最高一级,可以俯视城外十余里的范围。刘兴祚有一个单筒望远镜,这样,一切的动静他就可以尽收眼底了。

一个上午的进攻,那全是佯攻,这刘兴祚早已看在了眼里。快到中午时,金军退去,锦州城周围原来的青纱帐均已伏倒,一片狼藉。在北门以西,金军将城外的沟壑的一些地段填平了。远远望去,自然地形成了一条通道。

刘兴祚判定金军午后必发起总攻,而那填平了的沟壑形成的那条通道,便是金军的主攻路线。他做好了一切准备。

金军向城头上开炮了,那方位正冲外面那条路。硝烟弥漫之中,刘兴祚向第一炮营发令,轰击金军炮击之处。

城墙之上豁口出现了,他看到金军向那豁口蜂拥冲来。

选好了时机,刘兴祚下令那千名蒙古人骑马从豁口冲出。

那边的情景他比袁崇焕看得清楚得多。

他看到蒙古人一路冲出,并没像原来担心的那样冲出豁口之后四散而去,而且在一个极为理想的地段与冲过来的金军交了手。

一切顺利。

但是,接下来让刘兴祚吃惊的事情发生了。他看到一个身穿黄袍乘坐着一匹枣红马的人从金军队伍的后面正向前冲,另有一身穿白袍骑着一匹白马的人紧随其后。刘兴祚的心咚咚地跳了起来,他立刻架起了望远镜。

不错,是皇太极,后面的是多尔衮。

一时间,他心乱如麻……

怎么办?

眼见着皇太极、多尔衮已经冲到了一千名蒙古人的中段,他必须立即做出抉择。

城上被炸开了巨大的豁口,这对攻城是极为有利的条件。这是天赐良机,不能有片刻的犹疑,要调足人马及时冲过去。不然,敌军见城被炸开,必然向那里调集军队进行堵击。

要赶在敌军在那里集结之前冲过去,这是当时皇太极唯一考虑的事。他下令第二、第三梯队立即出动。他自己则凭借马快,赶到前面来督战。

多尔衮原在中军,与代善、阿敏、莽古尔泰在一起。皇太极赶过他们向前冲击,多尔衮一看,便催马紧紧跟定皇太极,亦向前冲来。他们的马快,很快便赶到了队伍的最前头。

阿济格本来一马当先,此时正与冲过来的蒙古兵厮杀,见皇太极、多尔衮冲了过来,担心皇太极有失,便催马跟了上来。

多尔衮一路与蒙古兵交锋,一路用心地观察着,早已看到了蒙古兵的马上那一串串的葫芦。葫芦多用来装水,可在这样的场合,装水有什么用呢?他百思而不得其解。

突然,他的心中一震,接着他吓得魂不附体。

皇太极的坐骑被称为山中雷,多尔衮的坐骑被称为原上风。说时迟那时快,多尔衮用枪柄对准山中雷臀部猛地击了一下,那山中雷便向前奔去。等多尔衮与皇太极二马并辔时,皇太极马在外,多尔衮马在内。多尔衮便猛然向外拨马。这样,皇太极的坐骑便被逼朝外转过头去。就在这一刹那,多尔衮拿枪柄朝山中雷臀部打去。山中雷猛然受击,便高高跃起,向外奔了出去。

多尔衮也催马跟了过去。

多尔衮又向山中雷击了一枪柄,那山中雷便又向前奔去。

皇太极不晓得发生了什么事,见多尔衮如此,正要发问,便听后边一声巨响。接下来,顺着那冲出来的蒙古兵一路噼噼啪啪、轰轰隆隆响个不停,瞬间,那边的人马完全笼罩在了浓烟之中。

站在城楼上的袁崇焕目睹了这一幕。他兴奋之余又有些紧张,不太相信今日成就了另一番大事业。先前,可以说努尔哈赤是死在了他的手里;眼下,又要死去一个皇太极、一个多尔衮?

他很是着急,为什么刘兴祚还不点燃那条火龙阵?还在等什么?炸死敌酋已是最大、最大、最大的胜利了,还有何奢求?

接下来的情况他也看到了。

皇太极脱了险!

多尔衮脱了险!

唉!刘兴祚呀,我知道你贪功,以为皇太极、多尔衮已是鱼游沸鼎、巢在飞幕,想让他们靠近些,想让更多的虾兵蟹将冲上来……

可结果如何?

唉!刘兴祚呀,刘兴祚!

刘兴祚正在心乱如麻之时,那边出了多尔衮促皇太极远离险境的一幕。那时刘兴祚的感觉,就像人们常说的压在心头的大磨盘一下子被掀了去。他见皇太极及多尔衮已远离险境,便命令旗手传下命令,发炮点燃袁崇焕所说的那火龙阵。

与此同时,他亦下令对金军全线实施炮击。

赵率教在刘兴祚不远处,对战局一目了然。他也注意到了金军冲在最前面的那支队伍,他也看到了身穿黄袍的皇太极,他早就将弓搭箭,瞄着皇太极。皇太极最近的一将挤出大队,他也看到了。刘兴祚的炮队引爆火龙阵,城下那边火龙相继点燃,掀起一股浓烟。浓烟稍落,皇太极的身影再次显现出来,这时,赵率教放了箭。

箭射中了皇太极的右肩,皇太极没有理会。

在那塔上,当皇太极、多尔衮出现在人们的视线中时,心中受到惊吓的,绝不是刘兴祚一个人。

孙宝一直跟着刘兴祚。关于刘兴祚大摆"火龙阵"的事,虽然刘兴祚没有告诉他,但他从他的师兄铁首千总那里听到了。铁首是给那些葫芦装填火药、铁蒺藜等物的督办者。孙宝晓得那火龙阵的厉害,所以,当他看到皇太极和多尔衮冲进"火龙阵"中时,那七魂便统统出了窍。他浑身战栗着,最后不能支撑,倒了下去。

当时,刘兴祚来不及顾他。

后来,刘兴祚自己心头的那大磨盘被掀去,接下来做完那开炮的事后,便命人将水喷在孙宝的脸上。孙宝醒后第一句话便是哭语:"十四爷……"

过后,刘兴祚问起此番情景,孙宝解释道:"小的恨死了满人。可十四贝勒待小的恩重如山,小的便一直记在心上……"

刘兴祚听罢道:"可怜世上还有你这样一个没有忘恩负义的。"

紧跟皇太极及多尔衮的阿济格,在皇太极及多尔衮拨马跃去的一刹那,正与一蒙古兵厮杀。他看到了皇太极及多尔衮跃出的那一幕,却没有弄明白究竟发生了什么事。他一枪戳杀了那名蒙古兵后,便向皇太极这边奔过来。就在这时,那火龙阵被点燃。幸而阿济格未被那飞出的铁蒺藜所打中,但是,那爆炸产生的气浪将阿济格连人带马掀翻在地。阿济格站起身来,他的坐骑也爬了起来。坐骑向阿济格奔了来,阿济格飞身上马,追赶皇太极与多尔衮去了。

镶蓝旗紧随正白旗之后向前冲击。固山额真顾三台冲在镶蓝旗大队人马的最前头,前面有一道沟,他刚刚跃马而过,一颗炮弹正好在他的身边爆炸。他被巨大的气浪掀下马,坐骑被炸死,他的肩上受了伤。亲兵们赶紧凑过来找了一匹马让顾三台骑上。顾三台强忍疼痛,继续向前冲去。明军的炮弹在他的前方、后方相继落下。顿时,爆炸声隆隆,人仰马翻的惨景随即出现。他立即意识到,金军进攻队伍的长蛇阵,成了明军炮击的目标。他火速下令人马散开,继续向前冲击。

济尔哈朗处于镶蓝旗大队的中央部位,他的身后是副将觉罗拜山和参将巴西。济尔哈朗没有注意到皇太极和多尔衮跃出的那一幕,他正奋不顾身地向前冲。那火龙阵被点燃时,他正处于一道被填但并未完全被填平的深沟的底部。爆炸引起的巨大气浪将沟边的泥土掀起,济尔哈朗与他的坐骑被气浪推倒,随后,连人带马被掀起的泥土所埋。虽然有深沟做掩护,济尔哈朗的左臂还是被那翻飞着的铁蒺藜击中。好在他神志尚清醒,被埋之后,他挣扎着站起身来,抖去了身上的泥土。再看那坐骑,半个身子被埋在了土里,在马脖子的部位,泥土已渗出大片的鲜血。周围硝烟弥漫,呛得人喘不过气来。济尔哈朗强忍伤口的疼痛,爬上沟来,看看到底是发生了什么事。

在沟边,他看到一具尸体,血肉模糊。仔细看去,那是拜山。

济尔哈朗立即命拜山的亲兵将拜山的尸体收了,送回营去。接着,他似乎还听到一个人发出了微弱的呻吟声。他趁烟尘被风吹开的那一刹那,看清了,一个人被一匹马压在了身下。再看去,是巴西。

济尔哈朗快速地奔了过去。

巴西见是济尔哈朗,便伸出一只手,死命地抓住不放。

济尔哈朗要把压在巴西身上的那匹马掀开,好让巴西脱身。他摆脱了巴西的那只手,用尽全身的力气把那马掀开了。可就在掀开的那一刹那,血从巴西腹部的伤口涌了出来。

原来,那马压在巴西的身上,便也压住了巴西腹部的伤口;等那马被搬掉了,大量的鲜血便涌了出来。

巴西一下子昏迷了,接着,脸上出现了极其痛苦的表情,随后,他的头歪了下去。

巴西死了。济尔哈朗站起身来。就在这时,一匹马慢慢地走了过来。济尔哈朗认得那是拜山的坐骑。他便命巴西的几个亲兵将巴西的尸体抬上马,送回营去。

一个亲兵把自己的马匹让济尔哈朗骑了,他要看明白究竟发生了什么事,于是拨马奔出硝烟区。

出了硝烟区,济尔哈朗看明白了战局:紧跟皇太极、多尔衮、阿济格和他本人的先头部队已进入了明军设下的炮弹爆炸链、烟阵之中,后续部队还向这炮弹爆炸链、烟阵之中冲来;皇太极等人的情况不明。想到这里,一种极为可怕的感觉袭来。他立马呆呆地站在原地,一时不知如何是好。

皇太极、多尔衮离开火龙阵后,策马折向队伍后方,阿济格也赶上了他们。行至一个高冈之下,皇太极、多尔衮和阿济格催马上了那高冈。这时,大家才发现皇太极肩上的那支箭。

众人围上来进行了处理。这时,皇太极才觉得了疼痛,但他强忍着。

整个战局一目了然。皇太极急命阿济格前去传令停止进攻,全线后撤。

阿济格回道:"传令后臣弟愿殿后,掩护大军撤退。"

皇太极摇摇头道:"你部伤亡惨重,不宜殿后,领军撤吧。殿后之事我自有安排。"

阿济格去了,进攻停了下来,金军在明军的炮火之中撤向后方。

多尔衮见有一将从后队赶来,看去像是包尔沁。多尔衮大声呼叫着。在当时的情况下,到处是喊声,到处是炮响,哪里听得到?因此那人还继续催马向前奔。多尔衮见状,只得催马下冈去赶那人。

果然是包尔沁。多尔衮引他到了冈下。他说奉岳托之命前来询问前方的情况。皇太极说了一句"中了贼计",便命包尔沁返回向岳托传达军令,令他部作为殿后,掩护大队人马撤退。

然后,皇太极与多尔衮下冈后去追赶后撤的队伍。

顾三台率领他的镶蓝旗大军继续前进。一颗炮弹打来,他第二次落马,肩上、腿上多处被击伤;要命的是他的小肚子被一颗铅丸击中,血从伤口中涌出,他失去了知觉。身边的亲兵有几个也受了伤,有一个当场死去。没有受伤的亲兵再次凑了过来,用刀割下战袍,给顾三台包扎。但无论如何,亲兵们也无法止住顾三台肚子里涌出的鲜血。

就在这时,停止进攻、全线撤退的命令传了下来。亲兵们赶紧找了一匹马,将顾三台抬上了马鞍。有一个亲兵跃上马背,将顾三台揽在怀中,拨马后撤。

在济尔哈朗等人救助拜山和巴西的时候,曾有固山额真"成散兵队形继续前进"的命令传过来。随后,当济尔哈朗拨马跃出大队人马观看了全局,不知如何是好之时,传令官飞马大呼着"停止进攻,全线撤退"的将令。前面的人马停了下来,开始折向后方;但不见有顾三台让本部人马后撤的命令传来。

济尔哈朗正不知顾三台发生了什么事,便见一匹马上一个兵士怀里揽着一个人向这边飞奔而来。等那匹马走近,济尔哈朗看清楚了,马上被揽着的是固山额真顾三台。他立即大声问那兵士道:"固山额真受了伤?"

那士卒见是济尔哈朗,赶紧勒住马回道:"正是,固山额真受了重伤。"

就在此时,一颗炮弹飞来,不偏不歪正好落在顾三台所乘坐骑之上。一声巨响之后,一片烟尘爆起,那匹马眼看着就飞在了半空。济尔哈朗大惊失色。随后,他看到那匹马狠狠地被摔在了地上,顿时气绝。再找顾三台和那揽他的士卒,已不知去向。只见地上一片殷红,两个人已不见了完整的躯体。济尔哈朗内心受到了极大的震动。

济尔哈朗肩部已是鲜血一片,他的亲兵下了马,割开战袍要给他包扎。济尔哈朗坚决拒绝,因为固山额真已死,他耽误不得,得赶快指挥镶蓝旗大队人马的后撤。

　　萨哈林、豪格所部原是第三梯队,但进攻开始不久就接到汗令,立即参加攻城。

　　城墙那边出现的那个巨大豁口,他们都看到了。他们晓得这一豁口的出现,便是皇太极改变原来打法、下令第三梯队立即加入攻城的原因。

　　在向前冲击的过程中,萨哈林的脑海里曾闪现过一个问号:城上那巨大的豁口是如何出现的?不错,进攻之前,自家的炮兵对那里进行了炮击,而且弹弹击中目标。可仅凭那几门炮,轰了那短暂的一阵,就能把那边炸出那么大的一个缺口?虽心有疑问,但战局的发展由不得他多想。

　　在他身边的是瓦克达。大军出发前,瓦克达执意要求前来参战,说要"战场立功"。皇太极应允了。

　　萨哈林的左翼是由豪格率领的镶黄旗。

　　前方便是原做第二梯队的由岳托率领的正红旗和由博尔晋、图尔格率领的正黄旗。

　　萨哈林和豪格的人马开动不一会儿,就听到了前方的炮声和连续不断的爆炸声,同时看到烟尘平地而起。萨哈林判定前方出了变故,但没有将令,他依然催促人马向前冲去。他冲到一片洼地,脚下土很松软,一颗炮弹打来,气浪和泥土夹裹着弹丸和铁蒺藜飞向四方,萨哈林消失在烟尘之中。烟尘散后,他转身一看,不见了身边瓦克达的身影。随后,他先是看到倒下的一匹马,那是瓦克达的坐骑。接下来,他看到了倒在地上被泥土埋了半个身子的瓦克达。

　　初看时,他以为瓦克达死了。但他急忙下了马奔过来时,发现瓦克达动了一下。他于是转悲为喜。

　　瓦克达受了伤。颈部被三颗弹丸击中,耳朵被一颗弹丸击穿,好在都不是太重。但一块弹皮击中了他的左腿,主动脉被打断,血涌如泉。

　　有几名士卒也下了马,给瓦克达包扎。

　　包扎完毕,萨哈林忙命一名士卒将瓦克达扶上那士卒的马匹,并指定其余二人与那士卒一起,将瓦克达送回营去。

人马仍继续前进。萨哈林复又赶了上去。

萨哈林一直惦记着皇太极和多尔衮。此前,他曾见到皇太极在前、多尔衮在后,不顾一切地冲了过去。现在前方出现了变故,也不知道他们的情况如何。

这时,前面的人马已经停止前进,并开始折回。不一会儿,"停止进攻,全线撤退"的呼喊声传来。萨哈林连忙将传令官拦住问道:"是汗令吗?"

那人道:"是汗令。"

萨哈林听罢,便稍稍宽了心。可就在此时,又有一颗炮弹在离他不到十步的地方爆炸。气浪将萨哈林从马上掀下,他的坐骑也几乎被掀翻在地。萨哈林一直处在清醒的状态之中,他感到左手疼痛难忍。举起手来,他看到了满手的鲜血,手掌已被一颗弹丸击穿。

有几个士卒过来,下马将他扶起。见他手上受了伤,士卒们用剑割下一条战袍给他包扎了。萨哈林复又上马,与大队一起向回撤去。

多铎上午率领正白旗士兵参加了佯攻,下午这支人马便歇了。事前皇太极已有将令,此次主攻定要将锦州拿下。主攻没有自己的份儿,多铎感到甚不自在。他等将士急匆匆吃过午饭,便下令全队披挂出营,在离前队不远的一片高地之上待命。

没有皇太极的将令,多铎不敢贸然出击。他等待着时机,打算一旦战局出现变化,稍有出动的理由,就一声令下冲将上去。

城那边出现的那巨大缺口,多铎所在地离得尚远,因此无法看到。但那一豁口出现之后,在他前方不远处第三梯队按照皇太极的将令发起冲锋的动作多铎看到了。他忙令探马前去打探,看看前边究竟出现了什么情况。

去不多久,那探马回来了,报告说前方一处城墙被炮火击毁,大汗下令第二、三梯队攻了上去。

多铎一听振奋起来,他飞身上了战马,下令全军开动,向前冲锋。

亲兵提醒他没有披甲戴盔。可即使如此,多铎也并不想耽误工夫,将手一挥,命全线出动。

他率队急行刚刚赶上第三梯队的尾部时,就听到了前方一阵紧似一阵的炮声。又过了不一会儿,就见萨哈林、豪格的队伍掉头撤了过来。

有一发炮弹在附近炸响。

多铎拦住一名退下来的士卒问:"出了什么事?"

那士卒停下回道:"有汗令传来,全军后撤。"

多铎闹不明白是怎么回事,遂令自家人马停下,分列两边。

不一会儿,豪格过来了,多铎问他发生了什么事。

豪格停都未停,在马上道:"我也不清楚发生了什么事。"说罢,拍马去了。

又过了一会儿,萨哈林过来了。他见多铎无盔无甲,先问道:"老叔这是怎么啦?"

多铎没有回答他,反问道:"出了什么事?"

萨哈林回道:"我军中计,有汗令传来,全军后撤。"

多铎道:"既有汗令,那就说明大汗并无险情。我十二哥、十四哥怎样?"

萨哈林回道:"并不知情。"

这时,明军炮弹开始向这边轰击。

多铎道:"你领军撤去好了,我前去接应他们。"

与萨哈林分手后,多铎命自领人马成散兵队形,向前冲击。向前奔了一段,碰到了岳托的正红旗。远远地,多铎望见了岳托,向他奔了过去。

岳托见多铎无盔无甲,亦感到诧异。多铎向岳托问了情况,岳托便把自己知道的向多铎回了,并说自己奉汗令殿后,在此等候人马撤离,迎击敌之追兵。

就在此时,远远地,多铎看到了奔过来的皇太极。接着,看到了多尔衮。再看,阿济格的身影也出现在后撤的大队人马之中。多铎一颗悬着的心放了下来,与岳托一起奔了过去。

皇太极与多尔衮也注意到了多铎无盔无甲。皇太极一见面就问道:"你这是怎么啦?"

多铎道:"听到前边出现险情,没来得及披挂就奔了过来。"

皇太极忙道:"跟我们回去!"

多铎回道:"臣弟要率队与岳托一起殿后。"

皇太极拒绝道:"你这样的打扮,岂能让人放心!"

此时岳托亦道:"有臣侄一部在,断后足矣!"

炮弹不断地在附近炸响,岳托催促皇太极等人赶紧离开。皇太极嘱咐了岳托几句,便与多尔衮、阿济格、多铎离去。

多铎的队伍亦跟了过来。

岳托辖四千人马,接到皇太极做殿后的命令之后,立即将人马拉向两侧,便于前军的后撤。

皇太极等人离开不久,已有两支明军分别由那豁口和北门杀出。

岳托部严阵以待,先是弓箭手发了威风,明军死伤众多。随后,岳托命骑兵发起冲锋,将明军的先头部队冲散。随后,两军展开了激战。

城上袁崇焕见金军阻击顽强,料明军占不了多大便宜,便鸣金撤回。

皇太极的箭伤已经做了处理,但他中了暑,而且鼻血不止。

济尔哈朗受了伤,萨哈林受了伤,瓦克达受了伤,顾三台战死,拜山战死,巴西战死。整个战役中,金军死亡两千六百人,光死于最后一战的就有一千八百人,其中有牛录额真以上将领近十人。另有近三千人受伤,其中失去战斗力的近千名。战后,又有不少人中了暑。

皇太极下令大军撤回沈阳。回沈阳的路上,皇太极决定要退位。

他知道,自己此次出的错非同一般。金军惨败,不少的将领战死、受伤,几千名八旗士卒丧了命,几千名八旗士卒受了伤。虽说胜败乃兵家常事,但这次的惨败,他要负全责。

他也思考过,他提出退位,众人会不接受。但那是众人之事。他出了错,出了大错,他必须提出退位的请求。

一路之上,他吃不下,睡不好。几个熟悉的身影,顾三台、拜山、巴西……不论他是醒还是睡,一直活动在他的脑海里。有时,他会想象他们在怀着无限的怨恨与他对话,问他为什么会如此鲁莽出兵。

一日,大军行至辽河西岸名唤山梨红冈的地方。由于上游连日大雨,辽河水位猛涨,原有的一座木桥已被冲垮。河上只找到了几只渡船,大军滞于此处。

天已过午,乌云从西北方涌来。皇太极命大军扎营,架设浮桥。

扎营后,皇太极又想起了顾三台等人,悲愤不已。他在帐中待不住,便骑上山中雷出营。护军们急忙跟了。

天上闷雷阵阵,乌云自西滚滚而来。一阵狂风吹过,大雨瓢泼而下。护军们倒是准备了雨具,急忙给皇太极身上遮了一大块油布。

雨被风卷着,油布飘荡不定,犹如一棵大树上的一片叶子,如何挡得了风雨?大家怕皇太极箭伤着水,催促皇太极赶快回营。皇太极不理。无奈,护军们抓紧了山中雷的缰绳,把马拉在了一棵高大的橡树之下。

雨更大了,风依然在怒吼。方才脚下的河水还能看见,眼下却天地一色,全然成了水的世界。

山中雷一动不动,面对辽河,站在那里。

皇太极坐在马上,一动不动。

众护军围着皇太极站着,也一动不动。

如此过了半个时辰,先是风停了,接着雨也停了。随后,乌云散去,温暖的阳光从西方射来。

啊!多么清澈的雨后世界!

远处的群山被刷洗得清新易辨,周围的树木也被风雨拂去了身上久积的灰尘,显出其青翠的本色,脚下的河水泛着白色的波涛滚滚而下……

一首诗在皇太极心中酝酿成熟,他默诵道:

诸子依稀含怨去,影子声绝令人悲。
重咎难辞召天怒,冷雨倾盆作泪挥。
收尽怨怒付辽水,紧勒铠甲正金盔。
明日重振刀兵动,不作凯旋不作归。

默默吟罢,皇太极正要回营,多尔衮、济尔哈朗等寻了来。

皇太极在营外之时,莽古尔泰正在阿敏的帐中。这次皇太极带兵征战,大败而归,造成八旗士卒重大伤亡。他们商定回到沈阳之后,要抓住这个机会,逼皇太极让位。

回军的路上,他们已经有了一套完整的计划,大金国一场严重的宫廷争斗又不可避免了。

第七章　火上浇油，阿敏暗中弄是非

且说顾三台的福晋是贝勒杜度之妹，称瑞香格格。她的母亲，也就是先汗努尔哈赤的长子褚英的大福晋，与阿敏的大福晋是同胞姐妹。

大军刚刚回到沈阳，瑞香格格就从她的姨母那里最先听到了顾三台战死的噩耗。

这瑞香格格自幼娇生惯养，养成了许多臭毛病，别的不用说，唯我独尊这一条，就表现得异常强烈。嫁给顾三台之时，褚英正为太子，这瑞香格格如此高的地位，额驸顾三台自然处处让着她，对她的所有坏脾气不敢讲半个不字。后来褚英被废，赐死，瑞香格格的地位一落千丈。

地位变了，自己应该放下格格的架子来待人接物，不能仍然摆出受宠时的谱儿来，以便减少与周围人的摩擦，自己至少能图一个心静。另外，世事炎凉，自己地位变了，周围的人对自己的态度自然会产生变化，对此，自己也应该以一种平常之心对待。但常言道："江山易改，秉性难移。"自幼形成的脾气哪里就能轻易改正？总之，这瑞香格格的脾气非但没有变好，反而变得更坏了。她动不动就又哭又闹，稍不顺心就要死要活。在外面没有人再敬着她、让着她，可在家里，她仍是大福晋。下人们虽然背地里三长两短地数落她，可面儿上谁也不敢过分。顾三台是个老实人，处处依着她、事事让着她，已经成为习惯，又想到她死了父亲失了宠，觉得她可怜，仍处处让着她。

如今，噩耗自天而降，原有的毛病加上过分的悲伤，这瑞香格格便失去了理智。

皇太极知道这个侄女不好惹，回来的路上便思考告知噩耗、进行安慰、实施抚恤等一连串的事如何做。他想到了瑞香格格与阿敏大福晋不同寻常的关系，估计顾三台的死讯瑞香格格很可能早于通告而从阿敏那边得知。皇太极想回到沈阳之后，就叫人去请瑞香格格，要把她请进宫来，亲自向她告知顾三台的死讯，好安抚她。他原本想把拜山和巴西的福晋一起召来；随后又想到，一来瑞香是一个格格，二来顾三台是固山额真，夫妇地位上不同一般，本来瑞香格格脾气就差，这次别让她挑出理儿来。这样便决定先召瑞香格格一个人。

可皇太极在返回沈阳要做这事时，却发起烧来。在辽河停留时，皇太极在大雨中站了很长的时间。他肩上带着箭伤，外面雨淋，内有火攻，那箭伤便感染发作起来。回来的路上，他就已经感到了不适，一回到宫中，他就发起了高烧。

御医在伤口上敷了药。皇太极原想挺一挺，把该做的事做了，尤其需要处理瑞香格格的事。谁知派出的人员出宫不久，皇太极的病情便猛然加重，周身高烧，已经难以支撑了。

众人七手八脚地把皇太极扶入暖阁，安放在榻上，用凉手巾敷在他的额头上。派人去召瑞香格格的事没有一个人再提起。

瑞香格格被姨母教了一肚子的话，准备见到皇太极时一股脑讲出来；而且姨母还教了她"不成就哭闹给他看看——他是你的亲叔，你失了亲人，他能把你怎么样"这样的话。谁承想，刚一到大清门，她就被挡了驾。

把守宫门的护军不知皇太极染病，只接到了"汗免朝见"的命令。护军不知内情如何，自然无法向她解释因由。

明明是召她，却把她自己拦在了宫外，你说瑞香格格气不气？何况她作为一个刚刚为国捐躯的固山额真的福晋、一个堂堂的格格，自认身份是何等不同一般，而她又是怀着一种怎样的心情前来见大汗的！不由分说，她雷霆大怒，先是执意闯宫，被挡后便指着护军破口大骂。由于身边无人，她便强令轿夫去与护军理论，轿夫不敢从命，她便大骂轿夫。随后，她坐在轿子上，爹一声娘一声地大哭大闹了起来。

好在护军们虽不知道眼前到底是一个怎样的人，但看她所乘的那顶轿子的规格，从她那压倒一切的气势便断定她是一位极有地位的福晋，因此，对她的撒泼一直忍耐着。与此同时，有人报了进去，以便请里面管事的出来处置。

正在这时,由于皇太极突然患病而被召来入宫的阿敏到了大清门。他远远地就听到了瑞香格格大吵大闹的声音,下马走近,故意询问了瑞香格格吵闹的缘由。按说,身为朝廷重臣,作为瑞香格格的姨夫,对瑞香格格的大闹应该加以制止,可他没有这样做。瑞香格格被召,她姨母告诉她的那些话实际上都是阿敏教的。对瑞香格格的行动,他心里有通盘的计划。皇太极得病,瑞香格格被挡,是临时出现的新情况。他因皇太极突然得病而被召来,却并不晓得皇太极病情如何,他原有的计划如何实施,需看看再说。但有一点他明白,瑞香格格在大清门吵闹是意想不到的好事,应该继续下去。因而,他对瑞香格格道:"大汗不见你自有缘故,我进去看看便知。"说罢,他进宫去了。

瑞香格格见阿敏来,以为自己定会受到一顿训斥;后见阿敏没有制止她的意思,便变本加厉地闹了起来。

代善也因皇太极突然得病而被召入宫。到大清门后,他自然也看到了瑞香格格大闹大清门的一幕。他问瑞香格格为何在此哭闹,瑞香格格哭哭啼啼向他讲明了缘由。从瑞香格格的讲述来看,显然皇太极是由于突然得病取消了这次召见,而瑞香格格尚不知道皇太极得了病。代善同样不晓得皇太极病情如何,他心里明白,皇太极得病的事不便由自己告知瑞香格格,他又挂念着皇太极的病,便想快快进宫,于是对瑞香格格规劝了几句,也进宫去了。

把守宫门的护军找来的一名护军参将,在代善与瑞香格格对话时已经赶到。他经向内请示,得到"汗现无法接见,请格格回府待召"之命。代善进宫后,他便向瑞香格格做了传达。

召代善、阿敏进宫是国母大福晋下的懿诏,同召的除了三个大贝勒,还有贝勒多尔衮。

多尔衮当时正在阿济格府上,被找到以后立即赶了来。他到大清门后,那护军参将正向瑞香格格传达内廷的旨意。多尔衮问明了情况,认为现虽尚不知皇太极病情,但从自己紧急被召入宫看,大汗的病肯定不轻。瑞香格格虽然脾气不好,她之所以在这里大闹,实在是由于没有人告诉她大汗不能见她的缘由。他问了在场护军,知道阿敏和代善已经入宫。多尔衮感到奇怪,虽有汗病保密不宣的老规矩,但眼下对这样一位格格,为什么不把汗病不能见她的情况讲清楚,而使她在大清门胡闹呢?

从瑞香格格的讲话中多尔衮听出,她已经知道了顾三台的死讯。多尔衮便对瑞香格格道:"对额驸不幸阵亡,大汗伤心至极,回到宫中第一件事便是召你进宫,要亲口告诉你这一噩耗,这表明大汗的一片诚心。只是大汗现无法见你,你不问青红皂白就在这里吵吵闹闹,像什么样子?快快回去……"

多尔衮年纪不大,却是一位叔叔,他有资格如此教训这个侄女。

瑞香格格脾气不好,却不是一个糊涂人,一听多尔衮如此说,便停止了哭闹,道:"十四叔说大汗现在无法见我,怎的没人告诉我?两个叔叔刚刚过去,怎么也没告诉?"

多尔衮正色道:"现告诉你了,还不快快回去。"

瑞香格格边拿眼斜看着多尔衮,嘴里边嘟囔着什么。

多尔衮见瑞香格格已有离开的意思,便和颜悦色道:"听十四叔一句话,回府吧,等大汗腾出空来,自然还会召见你。额驸战场之上英勇无敌,死得壮烈,他为国捐躯,是我们大金国的荣耀,自然更是额驸全家的荣耀。额驸生前与我来往甚密,对他的死,我是极为悲痛的……"多尔衮说着,眼里落下泪来。

多尔衮虽比瑞香格格年龄小,但为人正直,在宗室之中口碑好,瑞香格格一向不敢在多尔衮面前撒泼。加上多尔衮这一番入情入理的话,瑞香格格感动得又哭了起来,抽噎道:"我听十四叔的话,这就回去……"说着上轿离去了。

这时莽古尔泰已经赶到,多尔衮便与莽古尔泰一起进了宫。

阿敏赶到清宁宫时,御医正给皇太极把脉。皇太极仰躺在榻上,神志已经不清。他嘴里断断续续地呼着一些人的名字,时而发出疼痛的呻吟声。国母大福晋守在一边。阿敏先向大福晋请了安,大福晋向阿敏讲了皇太极突然发病的情况。阿敏等御医号完脉,问是何病症。御医道:"外寒内火,彼此相攻,箭伤发作,致使经络紊乱不调,且来势猛烈,发烧仅是表征……"

御医这样一说,阿敏心中暗暗高兴,嘴里却道:"莫讲这些吓唬人的话。仗没打好,大汗心中是别扭些。可大汗豁达异常,哪里就谈得上有了'内火'?在辽河大汗被雨淋,受了些风寒,箭伤作了怪,常年在外征战的人,风吹雨打是家常便饭,怎的就经不住这点'外寒'?"

大福晋对御医道:"贝勒爷讲的是大汗身体一向强健……这是讲平常的状况。你讲大汗'外寒内火,彼此相攻',箭伤发作,经络已'紊乱不调',想必是大汗遇到了特殊的状况。你可照你的诊断速速给大汗诊治,防备伴来的病症。"

阿敏心性毒辣,原见皇太极病症严重,且来势凶猛,又听御医讲"发烧仅是表征",但愿皇太极就此一病不起,最后呜呼哀哉。他本想讲那些话干扰御医的诊断和治疗,不想大福晋向御医讲了那一番话,使那御医又镇静了下来。那御医点了点头道:"臣将竭尽全力。"

阿敏一看如此,便赶紧收兵,遂道:"不要拿空话吓人,还好福晋不是你一两句话就被吓了的!快快开方抓药是正经……"

这时代善到了,他也向福晋请了安,看了皇太极。皇太极仍然像方才那样嘴里时不时地喃喃呼唤着一些人的名字,发出的呻吟声越发地大了。阿敏向代善讲了御医诊断的情况。代善听后顿时心情沉重了起来,眉头紧锁,站在一边想自己的心事。

不多时,多尔衮和莽古尔泰也到了。他们也先向大福晋请了安,问了病情。大家聚在了皇太极榻前。

这时国母大福晋道:"事情你们都看到了,朝政是一时不能理了。把你们召进宫来,就是劳烦你们四个人暂且主持,该办的事别耽搁就是了。"

听了这话,希望之火在阿敏心中油然而生。他和莽古尔泰已经商定,这次较量,最高的目标是逼皇太极让位,最低的目标是恢复八王议政、恢复大贝勒值月。由于皇太极的突然染病,国母大福晋这一招使最低的两个目标毫不费力地达到了。现在看来,逼皇太极让位,也是不难实现的。或许,事情到头来用不着逼,目标就可达到。但愿皇太极的病情一日重似一日,最后寿终正寝。

总而言之,新的情况对取得胜利极为有利,只需对原来的设想略略做些调整罢了。像鼓动瑞香格格的事,由于皇太极的病,便出现了意想不到的好势头,没费多少唇舌,她已经疯了起来,大清门一时被闹得天昏地暗。

阿敏在琢磨,这大福晋所说"暂且主持"是什么意思?往日,四大贝勒主政有两种形式:一种形式是四大贝勒(原为代善、皇太极、莽古尔泰和阿敏)轮流主政,大事四人商定;一种形式是四大贝勒共同主持,凡事四人共议。现"暂且主持"采用什么形式?四大贝勒现在只有三人,有一个空着。但国母明确讲"你们四个人",那"四大贝勒",多尔衮实际上已经补上了。阿敏想,这国母大福晋不是等闲之辈,不愧在皇太极身边多年,事情思虑起来真是太像皇太极了。他佩服国母大福晋的心计，但是嘲笑了国母大福晋的用心。他想，如果不是在特殊的情况之下，国母大福晋的这一招还真难对付。他心中清楚，现在他有办法使国母大福晋的心计变得毫无意义，甚至还可以说，这正好可以用计，以便他更容易地达到目的。

国母大福晋守着皇太极，代善、阿敏、莽古尔泰和多尔衮出了暖阁，聚在了清宁宫。他们要解决的是，这临时主持朝政采取什么形式。

莽古尔泰提出恢复轮流主持。阿敏没有讲话，多尔衮也没有讲话。

代善是大贝勒，要轮流主持，第一个会轮到他。现在风云突变，皇太极病得不省人事，刚刚战败归来，许许多多棘手的问题等待着去处理——代善的脑海里不时地闪现着瑞香格格在大清门哭闹的场景。皇太极战败后，代善听说阿敏、莽古尔泰在回军的路上多次暗中接触，回京后，莽古尔泰府前车水马龙；看样子，他们必然乘机大干一场。现皇太极病倒，在此情况之下轮上主持朝政，那还不是坐在了火山之上？因此，代善第一个提出了反对意见。

不过，他的话刚一出口，就被莽古尔泰给堵了回去："那二哥是讲要四人共同主持？"

代善心中想的正是共同主持，因为那样只带两只耳朵就成了；遇上剑拔弩张的场面，他还可以称病待在家里。他便道："四人共同主持未尝不可……"

阿敏依然没有讲话，多尔衮也没有讲话。

逼皇太极同意恢复大贝勒值月曾是阿敏和莽古尔泰原先商量定要达到的目标之一。先前在莽古尔泰的心中，要想达到这一目标，得经过一番艰苦而激烈的争斗。眼下，这一目标却就在眼前，心里自然是欣喜异常。可令他不解的是，阿敏却对此事无动于衷，对他的动议也不表示支持，而是站在那里一言不发。这样，与代善的争执便失去了劲头。代善讲了"四人共同主持未尝不可"之后，他没有再坚持己见，而是站在那里，看看阿敏到底拿的是什么主意。

突如其来的变故令多尔衮心中感到极度的不安。他被召入宫，被召的四人，唯独他是原"四大贝勒"之外的。后又听国母大福晋讲在皇太极生病不能理朝的情况下让他们暂且主持朝政，他便理解了国母大福晋的良苦用心，意识到了自己责任的重大。多尔衮知道，出兵锦州前，阿敏和莽古尔泰也曾提过不可出兵的意见，皇太极不听，结果大败而归。这样，回军之后，阿敏和莽古尔泰必然挑起事端,一场争斗不可避免。现又出现了意想不到的情况,皇太极突然病倒,而且吉凶未卜。这样,阿敏和莽古尔泰会变本加厉地胡来,以售其奸。大金国又要面临一场危机。他意识到自己的责任,第一要牢牢地为大汗抓紧权柄,不能让阿敏他们给篡了去;第二要保持住局面的安定,不能让他们搞乱;第三要竭尽全力医好皇太极的病,使大金国渡过难关。

多尔衮认为国母大福晋做的是对的,在大汗染病不能理朝的情况下,召大臣进宫临时办理朝政,不能不找阿敏和莽古尔泰,因为他们是大贝勒。作为国母大福晋,排除他们于理不合。另外,即使在特殊情况之下把陈规放在一边,排除他们,也于事无补,因为那样他们就会首先闹将起来,正好合了他们的意愿。明知他们怀有二心,又要把他们召来参与主持朝中政务;另一位参与主政者大贝勒代善又是那样一种精神状态,顺水行舟风平浪静,他可以优哉游哉;而一旦风急浪高,他便会感到头昏脑涨,躲进舱中。在此情况之下,国母大福晋自然想到了他。

眼下的事如何定夺,多尔衮还没有拿定主意。大贝勒轮流值月是被皇太极废掉了的制度,如果同意莽古尔泰的意见,就是恢复那一制度;而如果没有阿敏和莽古尔泰怀有二心这样的因素在内,大汗生病不能理政,临时恢复那种制度未尝不可。多尔衮知道,皇太极取消这一制度,做起来是小心翼翼的。如现在恢复,以后要取消,还不知道费多少周折。因此,莽古尔泰的建议不好接受,代善提出的"共同主持"也不好赞同。四个人一起处理朝政,阿敏和莽古尔泰占有两席,代善遇事往往缩头,那样只有他自己一个人在前面对付阿敏和莽古尔泰,他没有把握凡事都能战胜他们。怎么办?阿敏还没有表态,他要看看阿敏会拿出怎样的方案,然后再做定夺。

阿敏已经思考成熟,说道:"以我之见,既不要轮流值勤,也不要共同主持。国家危难之际,我等当同心协力,为国分忧,使我大金渡过难关。我意请大贝勒出头把担子担起来,我等倾力协助。大家以为如何?"

三个人谁也没有料到阿敏会有这样的一个动议。

莽古尔泰不理解,在如此好的形势之下,眼看到手的东西,阿敏怎么一下子拱手让给了别人。他仍然站在那里,闭口不表态。

轮流主持代善都不赞成,怕自己首当其冲。这下按阿敏的意思,是让他一个人"担起担子",其他三人只是从旁"协助",这他哪里肯承担?至于阿敏为什么会有这样的建议,他尚来不及思考。他听后忙道:"实难承当,还是另行商议为妥。"

不管阿敏如此安排使的是什么心计,但多尔衮觉得此事很难实现,现在听阿敏如此说,他便立即表示赞同。

此时阿敏一个劲地向莽古尔泰递眼色。莽古尔泰像是看到了这一信号,便有气无力地说道:"那好吧,就由二哥出头……"

任凭代善拼命推脱,事情就如此议定。

而后,四个人再次进入暖阁。皇太极似乎烧得更厉害了,依然不断地呼喊着什么,呻吟愈加频繁,脸上的痛苦之状也越发明显。

四个人在皇太极榻前站了片刻,然后将国母大福晋请出暖阁,向她奏明了四人的决定。国母大福晋道:"那就这样去办好了。这边的情况我会让人随时通报。"

这样,四个人离开清宁宫,到了大政殿。多尔衮提出立即召贝子以上宗室大臣进宫,向大家讲明大汗的病情,并宣布按照国母大福晋的懿旨,四人进宫并做出在大汗染病不能理政期间,由大贝勒代善代理朝政、三人协佐的决定。他同时提出,征战回来,有关后事应该照往日定制做出处理;趁贝子以上宗室大臣进宫,可向他们讲明,以便让各旗照章办理。

召贝子以上宗室大臣进宫,向他们宣告前两件事,这其他三人都是赞成的。至于多尔衮提到的处理战后之事,阿敏听罢心中暗喜,他认为瑞香格格大闹大清门的事一定给多尔衮留下了深刻的印象。阿敏到现在尚不晓得多尔衮已经将瑞香格格劝走,他以为瑞香格格还在那里,心想贝子以上的宗室大臣入宫时一定会看到一出好戏。

代善自然也赞成多尔衮提出的处理战后之事的建议,他也想到了瑞香格格在大清门哭闹的情景,认为这方面的事处理不好会惹出麻烦。

莽古尔泰尚不晓得阿敏整个计划的细节,但回来之后,要把三个方面的人员鼓动起来向皇太极施压的大致轮廓,他与阿敏是商定了的。皇太极突然病倒,出现了新的情况,阿敏的计划会不会改变,莽古尔泰尚且不知。但有一点他是坚信不疑的,那就是阿敏不会饶了皇太极。多尔衮提出处理战后之事的建议,这涉及阿敏原定的计划。莽古尔泰不晓得阿敏会不会改变计划,对多尔衮的建议便保持着沉默,看看阿敏的态度再说。

阿敏决心照原计划干下去,他觉得照多尔衮所讲"按照往日定制做出处理"并不影响他的计划的实施,他表示赞成。他还主动提出,做法上也照原有规制,对死伤的抚恤由各旗去做。

这样做完全在理,代善和多尔衮都表示赞成。莽古尔泰虽不明白阿敏的用意,但他需跟着阿敏的步子走,因而亦不表示异议。

贝子以上的宗室大臣被召入宫。皇太极的病情被宣布后,众人无不惊愕,都要求到后宫探望。代善向大家讲,大汗的病情来势很猛,正在治疗之中,大家过去于诊疗不便。众人才作罢出宫。这中间包括皇太极的儿子豪格。

代善等四个人坐下来又梳理了一下眼下必做之事,又议了几件其他的事,此后又去了后宫。四个人在那里待了一会儿,便辞别国母大福晋,离开后宫。代善一个人留在了大政殿,阿敏、莽古尔泰和多尔衮出宫。

阿敏走到大清门,那里已是风平浪静。阿敏进入内廷后,基小小在宫院中等候,早已把大清门这边的事打听清楚。阿敏听基小小讲后停下脚步,站了片刻,但没有讲什么,就与莽古尔泰出宫去了。

第一日还算平静,除去瑞香格格在大清门闹了一阵,再也没有发生什么乱子。

这是表面的平静,暴风雨前的沉寂……

回去的路上,阿敏便向莽古尔泰讲解了让代善一个人主持的计谋,道:"现时,我们主持有我们主持之利,亦有由我们主持之弊。让他主持,我们可以放开手脚,大闹特闹,闹它个昏天黑地,弄得一发不可收拾,让他们吃不香、睡不着。最后,如若皇太极病情好转,我们照原计划逼他。他外面面对一个乱糟糟的世界,里面面对我们的威逼,看他如何动作。如若皇太极一病不起,最后呜呼哀哉,我们则向代善他们发起总攻,一问皇太极战败之责,二问他们处事不利、造成了国家危难之局,到时看他们如何招架!"

莽古尔泰明白了阿敏的意思,想到未来一场场好戏,心中自然高兴。

阿敏回到府上,瑞香格格正在向她的姨母那拉氏诉说自己进宫的遭遇。

阿敏知道后立即将福晋叫了过来,如此这般向她做了吩咐。福晋带着阿敏的锦囊妙计又回到了瑞香格格的身边。

阿敏设计了三条线,在三条线上,他同时有了行动。瑞香格格是一条线上的一个点,一个重要之点。这条线是这次战争中阵亡的将士的遗孀,可叫寡妇阵线;第二条阵线是战争中的伤残者,叫作伤残阵线;第三条是由同情和支持前面两种人的人组成的队伍,叫作声援阵线。

且说除镶蓝旗外,各旗固山额真领了代政代善之令,"按照往日定制"对战争伤亡者的抚恤之事进行处理,并没有遇到什么障碍。

镶蓝旗固山额真顾三台战死,一时还没能决定固山额真的人选,战争伤亡者的抚恤又是必须立即做起来的事。阿敏是镶蓝旗的主旗贝勒,平时由济尔哈朗协助阿敏处理旗务。这次,镶蓝旗的抚恤之事济尔哈朗包了下来。镶蓝旗许多伤亡将士,济尔哈朗都很熟悉,有些人就是在他的眼皮底下阵亡的,像固山额真顾三台、副将拜山、参将巴西,他忘不了他们。有的连尸首都没能收回来,像顾三台,他亲眼看着阵亡,身体被炸飞,尸首无法收回。他总是带有负疚感。他认为做好抚恤是他当履行的职责,只有全力把这一事情办好了,让将士们的亡灵得到安慰,让他们的家眷得到安慰。自己的心中才会好受些。对伤残将士的抚恤也是必做的,他亲眼看到了他们所表现出来的英勇气概,他们受了伤,都希望得到物质上的补偿、精神上的安慰,有些人虽然没有战死,但成了残废,以后怕是永远无法再上战场立功,同时也失去了劳动的能力,对他们的抚恤同样必要。

刚回到府上,家人便向济尔哈朗报告,说瑞香格格正在客厅等候。这瑞香格格本是济尔哈朗第一个要找的,顾三台惨烈地死在了他的眼前,事情虽已经过去了数日,但那惨烈的场景一直留在他的脑海之中;顾三台的尸首没能收回,他感到愧疚,本应对固山额真的未亡人做一个交代。另外,济尔哈朗心里明白,这瑞香格格是一个朝野闻名的难缠的主儿,处理不好,她会不依不饶。

济尔哈朗怀着一片诚心见了这位格格。他担心向瑞香格格讲述顾三台战死的具体情景,会让她受到刺激。但济尔哈朗又想到,瑞香格格虽然脾气不好,性情却有刚烈的一面,如实向她讲了,让她知道顾三台为了大金惨烈捐躯,也许会唤起她的自豪感,有利于安抚她。这样,济尔哈朗一五一十把顾三台战死的情景讲了一遍。济尔哈朗似乎没有想错,瑞香格格听后虽痛苦异常,但表现得非常镇定。只是,当最后谈到抚恤时,济尔哈朗作了难:瑞香格格要求给予双倍的抚恤。济尔哈朗一时拿不定主意,如按种种条件衡量,像瑞香格格这样的情况,给予双倍的抚恤是讲得过去的。还有一点,济尔哈朗觉得没能把顾三台的尸首收回,他有责任;如果给予顾三台家中双倍的抚恤,他的负疚感可以减轻些。

但代善等人已有明令,事情要按照往日定制办理。济尔哈朗想到如答应了瑞香格格的要求,就是破例,在这样的事情上尚需谨慎。但济尔哈朗答应她,此事等他与二贝勒商量之后答复。

瑞香格格这次表现出了理智,没有不依不饶地要济尔哈朗当场答复,原因是向济尔哈朗提出双倍抚恤这一要求,是她的姨妈给她出的主意。主意既然来自姨妈,她判定姨妈是讨了姨夫的口风的,济尔哈朗既说要与阿敏商量,那还不是铁板钉钉之事?

瑞香格格走后,济尔哈朗便去找了阿敏,把见瑞香格格的情景讲了一遍。

其实,情况阿敏已经全部了解,因为瑞香格格从济尔哈朗那里出来直接到了二贝勒府,把见济尔哈朗的经过给姨妈讲了。姨妈安慰了她,让她回去歇了。

这一切都是阿敏设计好了的,他装作并不知情。济尔哈朗讲后,他假惺惺地问了一些情况。当谈到瑞香格格提出的双倍抚恤时,阿敏装出遇到了新的问题的样子,思考了半天,然后问道:"你说如何是好?"

济尔哈朗没有新的见解。

阿敏又问道:"你更倾向于给她,还是驳她?"

济尔哈朗是一个诚心之人,便道:"倾向于给她。"

阿敏见济尔哈朗如此说,立马道:"就依你,给她!可以特例处理——谁能攀比?第一,她是一位格格;第二,阵亡的是一位固山额真;第三,阵亡者的尸首没有收回……就这些谁比得上?依你的意思定了,就给她双倍的抚恤。"

济尔哈朗感到心中痛快了许多,似乎觉得他在顾三台身上所欠的债还上了一部分,便道:"如上面提出异议,所加费用由我全部补上。"

阿敏听罢摆摆手道:"大可不必!这不是银子多少的事,是朝廷要不要对这样的为国捐躯者表示一番心意……"

事情就这样定了下来。济尔哈朗回去又把瑞香格格召到府上,向她宣布了决定。

　　瑞香格格从济尔哈朗府上出来又直接去阿敏府找到她的姨妈，向姨妈报告了好消息，并感谢姨妈给她出了好主意。

　　这时，那拉氏问瑞香格格，与拜山和巴西福晋关系如何。瑞香格格回道："彼此来往亲密。"

　　那拉氏遂道："这样说来，你得到双倍抚恤之事怕应向她们讲明。要不，她们预先不清楚，上面没给她们双倍抚恤，她们岂不怪你自顾自？至于她们听你说得了双倍抚恤后会不会也去找，同样争取得到双倍抚恤，那是她们自己的事了。"瑞香格格觉得有理，再次感谢姨妈出了好主意。

　　瑞香格格找到了拜山和巴西的福晋，向她们讲明了情况。两位福晋听后立即去了济尔哈朗府，向济尔哈朗提出了双倍抚恤的要求。济尔哈朗同样觉得拜山和巴西死得惨烈，职位虽不如顾三台高，但也是镶蓝旗的重要将领，生前与顾三台一样，南征北战，出生入死，给大金国立下了汗马功劳，死后得到双倍抚恤也是应该的。最后他又找到阿敏，与阿敏商量，阿敏照样表示了赞同。于是，拜山和巴西的两位福晋最后得到通知，给她们双倍的抚恤。

　　事情发展到这一步，一切都顺理成章，每一步都像是自自然然发展过来的。结果看来也是好的，瑞香格格平静了下来，拜山和巴西的两位福晋也心满意足。济尔哈朗的负疚感在很大程度上得到了缓解，他可以以较为轻松的心情来处理其余人员的抚恤工作了。

　　可就是这两件事埋下了祸端，阿敏阴谋的病毒正是通过这三个寡妇在向外传播的。除了阿敏，或许还有他的老婆那拉氏——没有什么人能够看得到他喷洒在瑞香格格以及拜山和巴西的两位福晋身上的病毒四散开来的情形，也不会有什么人会像阿敏那样，看到这样的情景心中窃喜异常！

　　在阿敏阴谋的病毒大规模扩散的同时，皇太极肌体中的病毒也在繁殖、扩散之中。

　　第四天，皇太极烧得有些烫人，昏迷中发出的呻吟声响得令人可怕。有的守在皇太极身边的嫔妃哭了起来。国母大福晋强行镇静，身边的福晋博尔济吉特·布木布泰也表现得镇静，她们制止了嫔妃的啼哭。

　　代善和多尔衮几乎陷入了绝望。

就在这时,有司来报,说几十名锦州战争中阵亡将士的福晋和几百名战争伤残士卒聚在了济尔哈朗贝勒府前,吵吵闹闹,不知是什么缘由。

代善和多尔衮一听大惊,心想这又是哪一出？真是火上浇油！

多尔衮正要去看看,就听有司报告,说济尔哈朗贝勒爷现在大清门,要求紧急进宫奏事。

济尔哈朗进宫后,代善和多尔衮在大政殿听他讲了事情的经过。济尔哈朗先把答应给瑞香格格和拜山、巴西的两位福晋双倍抚恤的经过向代善和多尔衮讲了一遍,说其他伤亡者大概听说给瑞香格格等双倍抚恤,便纷纷来到府外,要求给予同样的待遇,因此人越聚越多,吵吵闹闹。济尔哈朗说他到府前向众人讲,瑞香格格等三家属于特例,劝大家回去；但大家情绪激愤,不听劝告。他只好从后门出府,赶来奏报。

皇太极的病情恶化,已使代善心神不宁,现又突然冒出了这样的事,令他更感头痛。另外,他朦胧意识到这事的突然出现,多半与阿敏有关。按以往阿敏的性子,像遇到皇太极生病不能理事这样的事,一定会闹出些事情。别的不用说,临时管理朝政这样的事,阿敏是必争无疑的；这次却不争不抢,痛痛快快地把差使给了他代善,而且说得十分中听,讲什么"国家危难之际,我等当同心协力,为国分忧,使我大金渡过难关"。代善一直怀疑阿敏要搞什么名堂,可几天过来并没有发生什么事。这种状态代善一直认为是不正常的,他忧心忡忡地观察着,不晓得哪一天,会在什么地方冒出什么事情来。这下好了,事情果然冒了出来。代善心乱如麻,一时没了主张。

听济尔哈朗讲后,多尔衮似乎看到了一只黑手,闪出了阿敏看着济尔哈朗府前人山人海、乱糟糟的场景,狞笑着的可憎面孔。但毕竟阿敏是济尔哈朗的亲哥哥,而且自己认为阿敏是闹事人幕后的操纵者,只是一种猜疑、一种推测,并无证据。因此,当着济尔哈朗的面,多尔衮并没有把心里所想的讲出来。

其实,济尔哈朗听到报告说众多的战争中死难者的家属、伤残者聚于府前要求得到双倍抚恤的时候,他的脑子里早已对自己的哥哥阿敏产生了怀疑,怀疑他利用自己对战争中镶蓝旗部下阵亡将士的怀念之情,特别是对固山额真顾三台以及副将拜山、参将巴西之死所负有的愧疚感,在施计谋,把那些死难者的家属、伤残者鼓动起来闹事。这表面看来是在给他出难题,实际上是在向皇太极施压,以达其不可告人之目的。

现在,听多尔衮讲了皇太极的病情,他怕了起来:一是怕皇太极会有不测;二是想到,既然皇太极的病情在恶化,那代善与多尔衮就必然把这一情况告知阿敏和莽古尔泰,因为他们与多尔衮一样,是协助代善暂理朝政的。皇太极的病情有了变化,代善他们不能不及时告诉他们。但可怕的是,阿敏一旦晓得了皇太极病情恶化,必然加紧施展他的奸计。这样一来,朝廷还不晓得会出现什么样的局面。想到这里,济尔哈朗悔恨自己把事情看简单了,后悔自己仅凭一腔热情处置问题,糊里糊涂弄出了眼下这种局面。他注意到,多尔衮并没有对他报告的事情发表见解,而是向他通报了皇太极的病情。他想到,鉴于对阿敏为人的了解,经他讲了在同意给瑞香格格和拜山、巴西福晋双倍抚恤的过程中阿敏的表现后,足智多谋的多尔衮不会不想到阿敏从中施计的事。这中间有一层窗户纸,多尔衮不便捅破它。他想到,自己同样也不便把它捅破,免得叫人说自己平白无故地端出自己的哥哥,或许还被人看成是借此解脱自己。于是多尔衮讲后,他接着问道:"二贝勒和三贝勒可晓得了?"

多尔衮回道:"还没来得及去找他们,你就到了。"

济尔哈朗又问道:"什么时候告诉他们?"

多尔衮转向代善,问:"要不现在就召他们进宫,向他们通报大汗的病情,同时对那边聚众之事一起议一议?"

代善表示赞同。

阿敏和莽古尔泰被召进宫来,五人一起到后宫看了皇太极。御医已经配制好了新的敷疮之药,正在给皇太极洗肩部的患处。皇太极伤口红肿得越发厉害,面积比先前也明显扩大,依然大声地呻吟着。阿敏和莽古尔泰看到眼前景象似乎觉得,自己眼前所展现的,俨然两年前躺在这个地方呻吟着的努尔哈赤!

看到这种情况,阿敏内心那种兴奋劲儿无法形容,在暖阁中转起圈儿来。不过表面上看他倒像是见皇太极病情恶化心急火燎,他的目光一会儿从皇太极背上的患处移到站在一旁心如刀割的国母大福晋的脸上,一会儿又从表面镇静心底却被一座大山压着的多尔衮的脸上移到站在一旁哭丧着脸的代善的身上。如此转了片刻,他停在御医面前,厉声道:"要不计一切治好大汗的病。你需要什么只管开口，就是要天上的月亮，我们也会派人去取了来，听到了没有？"

御医道："回贝勒爷的话，臣必竭尽全力……"

"我要的不是你竭尽什么全力，"阿敏咆哮起来，"我要的是你一定把大汗的病治好！"

这时，国母大福晋的脸上出现了一阵痉挛，一种难以形容的隐痛便现于那种痉挛之中。

接着，五个人退了出来。他们聚到大政殿，皇太极的病情自然当是他们议论的重心。但代善刚一提起，阿敏却道："这事让御医想办法去，他给先汗治疗过，谅他会拿出全部手段来。"

在后宫，多尔衮曾对阿敏向御医讲的那番话琢磨了又琢磨，一时闹不清阿敏到底要表示什么样的感情和意思，现在听阿敏这样讲便明白了，他原来是想对皇太极的病撒手不管。

其实，多尔衮让阿敏他们知道皇太极的病情，是由于他们同是协理朝政的成员，不告诉他们皇太极的病情是不合适的。而让他们知道了，他们只能是幸灾乐祸，不会有什么好办法。让他们随便讲去，反正不要听他们的话，把大汗的性命仅仅交给御医算了。想到这里，多尔衮道："二哥说得是，我们不靠郎中，难道自己去医治不成？"

有关皇太极病情的议题就此完结，下面转入议论济尔哈朗府邸那边聚众之事。

阿敏的眼线已经向他报告，济尔哈朗从后门出府进了宫。看到济尔哈朗果然在这里，阿敏心想，这次让你们吃不了兜着走！

济尔哈朗府前数百人聚集之事很快传遍沈阳全城，朝野上下都受到了震动。阿济格、多铎、阿巴泰听后心中都十分恼怒，这蓝旗要干什么？特别是在大汗吉凶未卜之际，如此胡闹，是不是以为没有了王法？他们立即进宫，要求代善对这种无法无天的举动严加惩处。岳托、萨哈林听到聚众之事后，也进了宫。

阿济格等人冲进宫来，大政殿的议事被迫中断了。

多铎第一个跳起来咆哮道："反了，反了，大汗病了难道就没有了王法？"

阿济格到底年长了几岁，认为事情并不是这么简单。几百人一下子聚到了济尔哈朗府前,后面一定有人唆使,而这个人十有八成就是阿敏。多铎讲完后他没有吭声,他要看看别人怎么讲,看看阿敏本人怎么讲。

岳托、萨哈林、阿巴泰也有类似的看法,认为济尔哈朗府前的聚集是有人组织的,他们看出了事情的复杂性,也想看看情势再开口。

多铎看到这种情形急了,大声喊道:"你们都哑巴了?什么时候了,还这样斯文?讲话呀,就让他们胡闹下去?"

阿济格看了看多尔衮,希望他站出来讲话。多尔衮看到了阿济格那恳求的目光,然后微微摇头。阿济格未解其意,心里着急,便站起来大声道:"我看这里边有名堂!"

众人的目光都集中在了阿济格的身上,多铎瞪圆了大眼看着他的哥哥。阿济格继续说道:"我奉劝躲在这事背后的人放明白些,别以为这种挑起事端、制造麻烦、浑水摸鱼的伎俩别人看不出来!收了的好,收了的好。"

经哥哥这一说,多铎明白了过来,也道:"说得是。看来确是有人躲在了背后。好样的请站出来,别像只耗子,老在暗地里干那些见不得人的勾当!"

这时阿敏冷笑道:"今日咱们是殿上讲话,有话尽管讲到明处。二位小弟既口口声声讲有人躲在了背后,那何不把这个人明明白白地指出来?"

多铎正要讲话,被身边的阿济格按住了,道:"不做亏心事,不怕鬼叫门。我们一讲这事后面有人操纵,二哥何必就心跳?"

阿敏听后依然冷笑道:"我怎的就心跳了?常言道君子坦荡荡,我行事一向光明磊落,听你们讲两句就心跳了?你们既然认定幕后有人操纵,就请你们跟大家讲清楚,以便惩之。这本是常理,怎的就道我心跳?看来,十二弟怕是以小人之心度君子之腹了!"

这话把阿济格噎了个半死,他自知不是阿敏的对手,便道:"我讲的是心跳的,你既没心跳,何必往自己身上硬揽?"

在一旁的多铎吃不住劲了,他内心里认定阿敏就是幕后的操纵者,因而决不允许他如此猖狂,于是满脸通红道:"二哥,你莫卖乖!你是不是幕后的操纵者且不去管它,有句话今日你必须听清楚。有哪个想煽风点火、趁火打劫,那两黄旗、两白旗,还有两红旗手里的家伙儿全不是吃素的!他不想回头,那就让他往前走,最终他会看到什么,让他自己想去!"

阿敏一听,哈哈大笑起来,道:"任凭你们咋想,到头来事实会站出来讲话。现在不必费如此多的唇舌,还是商议最要紧的事。在此,我讨个旨意,对济尔哈朗府前的事究竟如何处置?有了明明白白的号令,我们照办不误。"

阿济格又顶起阿敏来,因道:"你们那边鼓弄出来的事自己不去了,往朝廷这边来讨什么旨意?"

多尔衮觉得意思讲得差不多够了,没等阿敏还嘴,便对代善道:"我的意思是,此事闹大,对大汗的治疗恐有不利,因此当化解为好。既是蓝旗那边出了事情,还是先请阿敏二哥和济尔哈朗六哥去做些疏导,劝他们遵守朝廷的法制,照规矩办事的好。如若不听劝解,到时咱们再行商议。"

代善一听忙道:"对对,就请二弟和六弟过去解劝解劝。"

阿敏离开了,接着莽古尔泰也离开了。

济尔哈朗也要离去,多尔衮叫住了他,道:"六哥回去多费心,这个时候以不让事情闹大为好。"

济尔哈朗道:"我一时不慎把事情办糟了,致有此局。我当竭尽全力稳住局面——只怕天要下雨,我等得做些预防才是。"

代善和多尔衮点了点头。济尔哈朗离去了。

殿内除代善、多尔衮外,就剩下阿济格、多铎、阿巴泰、岳托和萨哈林几个。多尔衮把皇太极病情恶化的事讲给了大家听,大家听后都想去后宫看看,又怕影响了治疗,都表现得忧心忡忡。大家看得明白,济尔哈朗府前的事是阿敏鼓动起来的,但令他们不解的是,多尔衮不可能看不到这一层。既然知道事端是由阿敏挑起来的,他却给代善出主意,要阿敏回去疏导。让放火的人去救火,那火岂能灭得了?

阿巴泰婉转地提出了问题,道:"这边大汗病成这样,那边闹成那样,如何算了?"

多尔衮知道大家会提出这样的问题,回道:"全力治好大汗的病是第一要紧事,那边让他们闹去。只要大汗的病医好了,就不怕他们翻天。"

话讲到这种程度已经够了。听者个个都是明白人,在他们心中自然会有这样的意思,那边平安无事,这边大汗有个三长两短,局面会是如何?

众人把注意力都转移到了皇太极的病情上。大家都不想离开,要等后宫的消息。

多尔衮和代善商量了一下，趁正白旗、镶白旗、正红旗、镶红旗主旗贝勒在场，请他们各自回去向本旗固山额真下令，不许各旗相关人员参与那边的聚集，违令者严加惩处。正黄旗、镶黄旗的命令由多铎去找豪格下达。另外，各旗注意警戒，以防不测。

代善赞同，便向大家讲明了。大家答应回去就办。

此外，多尔衮建议在汗宫两侧设立警戒。代善赞成，遂召来正黄旗汗宫护军参将当面做了安排。

不一会儿，有司进殿传国母大福晋懿旨，请代善和多尔衮入清宁宫。

大家一听，心情都异常地紧张了起来。代善和多尔衮几乎是一溜小跑出了大政殿。其他人也跟着出了大殿，心神不安地在殿外等待着。

代善和多尔衮急急忙忙来到后宫进入暖阁，走到皇太极身边。皇太极的身子依然热得像个火炉，但他已经停止了呻吟，浑身毫无气力。

代善和多尔衮紧张起来——天哪，怎么办？大金国能够没有皇太极吗？

这时，有司奏报，说在济尔哈朗府前闹事的人，已经转至大清门。

代善和多尔衮一听，头像炸了一般，一时不知所措。

御医名叫关百药。努尔哈赤受伤后，就是他治疗的。努尔哈赤一命归天，这对关百药来说是个很大的刺激。从那之后，他多方学习，掌握了治疗创伤的技术。他把那些技术在多人身上进行了验证，证明是有效的。

关百药的办法称为聚、表、煞、消、养五术。聚就是把创伤散发在身上的毒聚合起来，不让它危及全身；表就是让这聚合起来的毒从伤口发出来，这会表现为全身的高烧、疼痛等状；煞就是在"表"表现最厉害的时候，用猛药，杀绝毒气；消就是根据煞的程度，增减药量，使毒气渐渐消退；养就是此后的静养。

他给皇太极治疗，采用的就是这个"五术"治疗法。

前两天，皇太极的创伤处于"表"的诊期，他的高烧就是"表"的表现。随后，皇太极会处于"煞"的疗期。

正是这样，没过几日，皇太极的高烧退了，吃了点东西，并想坐起来。

见此情形，代善也好，多尔衮也好，都怀着踏踏实实的心情踏上了回府的道路；阿济格还哼起了小曲儿。多铎骑上马没有回府，而是沿着御街一直拍马向西狂奔。汗宫西侧几百步便是镶蓝旗那些请愿者的聚集之地,多铎厌恶他们,远远地便高声喊道:"让开了!让开了!"

在路上阻拦请愿者靠近汗宫的正黄旗护军认出是多铎,立即闪向两厢。聚集者听到了马匹的飞奔声,又听到了喊声,见前面的护军纷纷躲闪,也迅速让开。

多铎甩着鞭子,从那些人的中间穿了过去,发出了一阵狂笑。

阿敏的心情自然不同。他观察着,思考着,分析着。这是不是又一次的失败?

聚于汗宫两侧请愿的人的情况如何了?这些人绝大多数是盲从者,只有一小部分人是直接受阿敏、莽古尔泰、德格类、巴布泰、巴布海等人的指使。在现场,这些人最活跃,他们上蹿下跳,不断地鼓动大家做这做那,或带着大家呼叫,或散布谣言,唯恐天下不乱。现场没出现什么情况,他们就趁机鼓噪;如有的伤残者在现场有些不适,他们就凑上来假装同情,并趁机煽动,说为国伤残了,再没有人管了,等等。

大多数人原是被告知要到济尔哈朗府前聚会,说只要一闹,用不了两日,双倍的抚恤就可以到手。于是,大家去了。可不知怎的,又说应该到汗宫大清门那边去,大家稀里糊涂,一哄而起奔向汗宫,却被截到汗宫西侧,在那里待了下来。当时大家并不知道皇太极生了病,后来皇太极染病不能理政的消息传开,一些人认为大汗染病期间这样干不妥当,就撤离了。而这时,那些受阿敏等指使的人则充当了打手,恐吓和威胁那些撤离的人员。万般无奈,撤离的人又被迫返回。随后,聚众的镶蓝旗人听说皇太极病得不行了,大金国将换新君;大家又坚持下来,继续折腾。但闹腾了多日,没人理睬,精神头儿越来越差,有的熬不过,就准备回家。接着,他们又听到了皇太极病情好转的消息。大家心里明白,自己的做法是与大汗过不去,想到皇太极痊愈之后,一定饶不了他们,于是,更多的人酝酿着撤离。只是,他们还没有行动就受到了恐吓,众人害怕,便依然留在了那里。

第八章 此消彼长,辽东明金易大势

皇太极一日比一日好,他开始思考问题了。渐渐地,他了解了蓝旗聚众闹事的情况。他几次要爆发,但都忍下了。他记住御医劝告的话:要练冲达藏情性,勿效周郎迸金疮。

养了差不多半个月,皇太极上了朝。

大贝勒、贝勒、贝子、台吉以及宗室成年者、各旗固山额真、各旗庶务大臣、各旗军务大臣被召进崇政殿。殿内平台之上设有四把椅子,与以往一样,大贝勒代善坐了中间右边那把,他的右边一把三贝勒莽古尔泰坐了,左边最外一把二贝勒阿敏坐了。左边那把空着,往日是皇太极坐的。

几十名贝勒、贝子、台吉以及宗室成年者,七名固山额真,十六名庶务大臣,十六名军务大臣站在下面,差不多已经将大政殿挤满。

殿中多数人对皇太极病情的真实状况并不了解。有许多的传言,前些日子传说皇太极不行了,大家忧心忡忡。后来还有了离奇的传言,一个道士给皇太极治好了病。总而言之,皇太极被救了过来,大家紧锁了的眉头为之一展。看架势,却是大汗要临朝听政了;不然,下面人已到齐,上面三个大贝勒已经就座,可他们没有一个人又要讲话的意思。显然,他们在等待。等什么呢?汗位空着,是不是在等大汗?

离平台不远的右侧有一门,平日皇太极上殿临朝都是从这里过来。

不多时,门开了,先进来两名护军,稳稳地站在了门的两边。人们屏住了呼吸,目不转睛地看着那个门口。接着,门口那边似有强光一闪——果是皇太极进来了!

先是正黄旗、镶黄旗的固山额真、庶务大臣、军务大臣,口里喊着什么,呼啦啦跪了下去。随后,所有的固山额真、庶务大臣、军务大臣,包括镶蓝旗的庶务大臣、军务大臣都跪了下去。平台之下所有的人,包括德格类、汤古代和塔拜兄弟、巴布海和巴布泰兄弟也都跪了下去。

皇太极走上平台,向代善、阿敏、莽古尔泰点了点头,然后坐在了自己的位子上。

眼前这种阵势,使阿敏多日来第一次感到情况不妙——他甚至有生以来第一次有了心惊肉跳之感。众人不由自主向皇太极跪倒的这一场面,说明大家倾心于皇太极。他,爱新觉罗·阿敏虽然也在平台之上,与皇太极并排而坐,可大家膜拜的不是他。他的心开始变得寒冷……

皇太极坐定后,向下面道:"大家起来……"

随后,下面的人陆续起身,边起身边大声叫喊着。有喊"天佑大汗"的,有喊"愿上苍保佑"的,有喊"汗的康复是大金之福"的,有喊"汗龙体康复是臣等之福"的,喊声响成一片,半天方息。

等殿中静下来,皇太极道:"今天朝会,我有些话要跟大家讲。在这之前,先处理几件必做的事情。镶蓝旗固山额真战锦州时为国捐躯,现在镶蓝旗固山额真这个职务还空着,今日将补上这个缺。我意由篇古充任,二哥、六弟,你们以为如何?"

阿敏猜不透皇太极现时第一个要做这样的事是何居心,但在眼下这样的场合他不好表示异议,另加篇古是自己人,于是很快表态赞成。

济尔哈朗也表示赞同。

"那就定下来,这完了一件事。"皇太极说完,又转向篇古道,"那你就走马上任。"

篇古出班谢恩。

随后,皇太极道:"下面讲一讲锦州的战事。"

大家心里明白,锦州之战是一个敏感的话题,不晓得大汗要讲些什么。于是个个都等待着,殿内立即变得鸦雀无声。

皇太极继续道:"我们打了一场大败仗。仗打败,原因是以情制军,致使盲目出击,弃己之长,用己之短,以己之短,攻敌之长。而以情治军,责任在我。战前,不止一两个人提醒过我,我受情所牵,充耳不闻。我的鲁莽,致使大金国许多的英勇男儿抛尸疆场,还有许多的不屈将士负伤致残,我,皇太极,难辞其咎。赏罚严明是我大金的祖训,此败由我而起,故而我愿受惩处。一,所有战中死伤者,给予双倍抚恤,所需由我私产支付。"

这时下面开了锅,依然是正黄旗、镶黄旗的固山额真、庶务大臣和军务大臣先跪了下来,接着几乎整个大殿的人都跪了。德格类、汤古代和塔拜兄弟、巴布海和巴布泰兄弟没有跪下去,但他们站在那里显得十分显眼,因而也显得十分尴尬。

正黄旗、镶黄旗的固山额真、庶务大臣和军务大臣纷纷大叫:"胜败乃兵家常事,大汗承担了全部战败之责已属圣明,哪里还有受罚的道理!"

"大家少安毋躁。我意已决,绝不变更。"皇太极继续道,"这是我的第一项决定。第二,我自行退位,请胜任者继之。"

众人听皇太极讲了"此意已决,绝不变更"的话后刚刚安静了下来,这回皇太极一讲,简直就炸了锅。下面霎时间又黑压压跪了一片,惊愕、呼喊之声也响起了一片。大家的情绪激动到了极点,皇太极无论怎样劝解,都无法让众人安静下来。不一会儿,下面的喊声渐渐趋于统一,最后形成有节奏的喊声:"大汗绝不能退位!绝不能退位!绝不能退位……"

多尔衮、阿济格、多铎、岳托、萨哈林、硕托、瓦克达、阿巴泰等人也都不由自主地被卷入了这一狂潮。

呼声越来越高,皇太极又几次站起身来让大家安静。众人哪里依得?后来,当皇太极再次站起来让大家安静时,正黄旗、镶黄旗的固山额真、庶务大臣和军务大臣便一起高喊:"大汗不收回成命,我们就跪死在这里!"

皇太极的眼睛湿润了,声音哽咽了。他做出退位的决定,是真心实意的。他估计这一决定,很可能无论他如何坚持,大家(自然除去阿敏一伙儿)也不会接受。如果出现那种情况,他也只好顺应众人的要求,今后力戒冲动,更加稳妥地治国治军。眼下,他看得清楚,人们的思想情绪说明,大家需要他。对于大金国需要他皇太极这一点,他往日不是没有想到过;但是,此时此刻众人的情绪使他的思想集中到了这一点上,使他想到,他绝不能辜负大家的这一期待,他必须负起责任,全身心地投入到治国治军的事业中去。他也想起了锦州战场上死了的将领们,尤其想到了顾三台,想到了拜山,想到了巴西。他只有将所有的心思都用于治国治军上,才对得起他们。想到这里,他站起来让大家安静下来。这次大家听从了,纷纷安静地站起来。

皇太极道:"大家既然如此诚心诚意要我继续留在汗位之上,那我只好顺从。我将不辜负大家的期望,把全部的心思用在治国治军中去……"

这时,许多人当场跳了起来,欢呼声在整个大殿之中震荡着,如此过了有一袋烟的时光。

阿敏坐在高高的平台之上,目睹了事件的全过程。他进入大殿到现在,思想情绪也在变化之中。开始,他得知皇太极将临朝时,曾一阵慌乱,但很快便镇静下来。而当皇太极真的出现、下面的人呼啦啦一下子跪下去时,他顿时感到一阵胆寒。随后,皇太极宣布退位。可他听到的是,"绝不能退位"的声浪一浪高过一浪,"大汗不收回成命,我们就跪死在这里"的呼声震耳欲聋。这时他意识到,自己已经没有了向皇太极发起挑战的手段和力量。有一个场面很具戏剧性,当"绝不能退位"和"大汗不收回成命,我们就跪死在这里"的声浪在大殿中翻滚时,那些呼喊的人是跪着的;而德格类、汤古代和塔拜兄弟、巴布海和巴布泰兄弟等人却站着,十分显眼。而当皇太极答应众人之请,众人站起身来不由自主地欢呼雀跃时,德格类、汤古代和塔拜兄弟、巴布海和巴布泰兄弟等便被淹没在了欢呼的人群之中,不见了踪影。阿敏最终认为,在眼前这种情势之下,再与皇太极进行较量是愚蠢的。

等大家安静下来后,阿敏道:"大家表示了我大金国上上下下的心愿。我们要共同辅佐大汗,与大汗一起,把全部的心思,用在我大金的治国治军中去!"

这一次,没经阿敏的指点,大家的思路和行动达到了惊人的一致。德格类、汤古代和塔拜兄弟、巴布海和巴布泰兄弟等人再也没有讲什么。

大殿之中再次响起欢呼声。可这是对阿敏的响应吗?

皇太极生病期间,不管是不是情愿,在那样艰难的时刻,最后代善出头代政,让大金国渡过了难关,实属不易。为了答谢这个哥哥,皇太极两次与代善一起郊猎,兄弟二人共享手足之情,过得十分愉快。

而多尔衮也忠心耿耿,作为代善的主要助手,遇事沉着,为保持朝局的稳定起了重大作用。对此,皇太极感到甚为欣慰。

众人一直要求查办镶蓝旗闹事中阿敏的种种罪行。皇太极考虑再三,最后决定不动阿敏。事情复杂,牵涉面广,阿敏的手段相对隐蔽,查起来会闹得鸡犬不宁。因此,皇太极对阿敏等人一如既往,凡事该找他们的,依然与他们商量;该让他们去做的,依然交由他们去办。

仗打败了,人员伤亡,物资受损,八旗都需要休整。皇太极亲自抓了这件事。另外,仗打败了,不能白白地被打败。皇太极找了许多人,与他们一起总结教训,商量战胜袁崇焕、削弱明军力量、逐步铲除关外明军据点的办法。

此后朝中平静下来。光阴荏苒,秋去冬来,不觉一年过去。当年是一个丰收年,无论是满民,还是单独编庄的汉民,都是大囤满、小囤流,多年来头一次收了足够吃的粮食。大家都欢天喜地。

在此期间,明朝也出现了帝王的更替。原来的信王朱由检在其兄天启皇帝朱由校病逝后登上了皇位,是为崇祯皇帝。

崇祯是在大明日薄西山之时继承皇位的。当时,他只是一个十七岁的天真少年。他的祖父万历皇帝在位四十八年,长期不理朝政,已经潜伏下的危机进一步加深。崇祯的父亲泰昌皇帝继位不到一年驾崩,哥哥朱由校继承帝位,即为天启皇帝。天启年间,宦官魏忠贤的势力膨胀起来,所谓五虎、五彪、十狗、十孩儿、四十孙,依恃东厂把持朝政,首辅、阁员都成了唯阉党之命是听的傀儡。天启皇帝在位七年,最后将一个烂摊子传给了他。

崇祯皇帝登上皇位就表现出与皇祖、皇兄完全不同的风格。他"不迩声色,忧勤畅励,殚心治理",显出中兴皇帝的气度。他的《即位诏》也不同凡响,言简意赅,给人以耳目一新之感:"朕以仲人统承鸿业,祖功宗德,唯只服于典章;吏治民艰,将求宜于变通。"

随后,他先是不动声色地稳住魏忠贤阉党,接着,以迅雷不及掩耳之势,将阉党一网打尽。

他还诏谕决心严治贪佞、巩固边防、举贤任能、励精图治。早朝议事的制度认真执行着,废弛多年的经筵、日讲得以恢复并一丝不苟地实行起来。他对阉党余孽"除恶务尽",亲点"首逆同谋""结交近侍"六等三百余人,从处斩到充军、贬为庶民,进行了果断的处置。贪官、污吏,凡举必查,查实有贪污劣迹,严惩不贷。破除"非进士不入翰林,非翰林不入内阁"的制度,不拘一格选用人才,加强内阁,复召受阉党排挤的官员。整筑边防,起用制敌骁将……如此等等,给人以强烈印象,似乎千疮百孔、摇摇欲坠的大明江山,真的赶上了一位中兴之主!

崇祯既要励精图治、举贤任能、巩固边防,原来有些本领的、受到阉党排斥打击的将领,便被重新起用。而起用袁崇焕便是崇祯这种努力的一个部分。

辽东巡抚袁崇焕继打败努尔哈赤之后,又打败了皇太极,那是崇祯之兄朱由校在位时的事。虽然袁崇焕在战场上打了胜仗,却在朝中吃了败仗。他得罪了阉党,种种罪名加在头上,被迫致仕回乡了。辽东换将,天启皇帝命王之臣督师辽东,赐尚方剑,大帅以下听其节制。同时还任命了一位巡抚——毕自甫。

崇祯元年,也就是大金天聪二年四月,朱由检将王之臣免职,起用袁崇焕,任命他为兵部尚书兼右副都御史,总督蓟辽、登莱、天津军务。

当年袁崇焕四十五岁,复召入仕,得到重用,心中甚为兴奋。

崇祯没有见过袁崇焕,但对袁崇焕的事迹听推荐之人讲了不少。他觉得,袁崇焕正是他心中抗击东虏、收复辽东之人。

在袁崇焕到京的当日,崇祯就在平台召见了他。

袁崇焕叩见后,崇祯平静地说道:"卿万里赴召,一路风尘。朕不顾爱卿辛苦,急召进宫,为的是早日听到爱卿的破敌方略。"

"臣已就方略书就一疏,请圣上御览。"袁崇焕说罢,便将奏折呈上。

崇祯接过翻了一阵,道:"容朕过后再阅。现在卿可与朕简述之。"

袁崇焕回奏道:"恢复之计,不外乎臣昔日在辽'以辽人守辽土,以辽土养辽人;守为正着,战为奇着,和为旁着'之策。且在渐不在骤,在实不在虚……"

这样的论述,崇祯闻所未闻,感到深刻而新颖。只是听到"在渐不在骤"时有点不耐烦,没等袁崇焕说完,遂道:"卿之所论甚合朕意。然东虏跳梁,十载于兹,封疆沦没,辽民涂炭,朕其何忍!"

袁崇焕见崇祯嗟叹,遂道:"圣上勿忧。受圣上眷顾,敢不肝脑涂地!望授'便宜'之权。若此,计五年,全辽可复。"

这才对了崇祯的口味。他听罢甚为兴奋道:"只要能击退东虏,除其威胁,辽东可复,奖赏、封伯封侯在所不惜。卿的子子孙孙也会得到恩泽与封赏的。"

在旁阁员见状,齐声称颂袁崇焕"肝胆意气,识见方略,种种可嘉"。

唯独给事中许誉卿保持着清醒的头脑,待崇祯退殿休息时,便问袁崇焕道:"督台'以辽人守辽土,以辽土养辽人;守为正着,战为奇着,和为旁着'诸项看来深遂圣上之意;然敢问督台,答五年收复辽东,行得吗?人力、物力如何调集?众多的阻碍如何解除?"

袁崇焕道:"见皇上为辽东战事焦心,姑且许诺五年为期尽收辽东,以示慰意。"

许誉卿道:"皇帝英明果决,励精图治,如此大事岂能随便答对?倘不能按期收取,怪罪下来,公将如何是好?"

这时,袁崇焕似乎自迷雾中走出,自觉失言。

为了弥补轻率答对可能导致的意想不到的后果,在崇祯休息后重新询对时,袁崇焕提高了要价:"收复辽东,本是不易全成的重任,既蒙皇上委任,岂敢推诿?可五年之内,户部转饷、工部给械、吏部用人、兵部调兵选将,须中外事事相应,方克有济的。"

谁知这些难题崇祯全然不放在眼里,件件许诺下来,并立敕四部臣等,照袁崇焕之意从速办理。

这时,阉党的掣肘又重新出现在袁崇焕的记忆之中。于是,他趁此机会奏道:"以臣之力,制全辽有余,调众口不足。一出国门,便成万里。忌能妒功,夫岂无人?即不以权力掣臣肘,亦能以意见乱臣谋……如此等等,乞圣上做主才是。"

对袁崇焕的这一番话,崇祯表现得特别重视,竟然站起身来听他诉说,听罢即道:"卿无疑虑,朕自主持。"

崇祯赐给了袁崇焕尚方宝剑一柄,命他"便宜从事"。

在临上任赴辽之前,袁崇焕又上书曰:

恢复之计,不外臣昔日"以辽人守辽土,以辽土养辽人;守为正着,战为奇着,和为旁着"之说。法在渐不在骤,在实不在虚。此臣与诸边臣所能为。至于用人之人,与为人用之人,皆至尊司其钥。何以任而勿贰,信而无疑？盖驭边臣与廷臣异,军中可惊可疑者殊多,但当论成败之大局,不必摘一言一行之微瑕。事任既重,为怨实多。诸有利于封疆者,皆不利于此身者也。况图敌之急,敌亦从而间之,是以为边臣甚难。陛下爱臣知臣,臣何必过疑惧？但中有所危,不敢不告……

可袁崇焕出师不利,抵达辽东,就碰上了兵变。

兵变的直接原因是连续四个月未得军饷。

兵变从一处开始,很快有十三营响应。兵变士兵捉拿了巡抚毕自甫和总兵官朱梅等,兵备副使郭广只能急筹白银两万两,发给兵变的川湖兵。川湖兵军饷仍觉不足额,兵变未曾平息。袁崇焕到后命郭广向商民借贷,凑足了五万两发下,兵变才平息下来。

袁崇焕宽宥兵变首倡者杨正朝、张思顺二人,令他们充任前锋立功自赎,并对贪虐激起兵变的张世荣等人论罪。

巡抚毕自甫畏罪自杀。袁崇焕知辽东历来经抚不和,殃及战事,遂上书请求停设巡抚,并将宁远、锦州并为一镇。崇祯允准,加封袁崇焕太子太保,赐蟒衣、银币。袁崇焕十分得意,随后,他便干了一件惊天动地的大事。

毛文龙久踞东江,劣迹种种。但因他贿赂阉党,不但未被加罪,反由总兵晋升为左都督,挂将军印,赐尚方剑。

袁崇焕到任不久,就打听到自己前时被贬,实属毛文龙密报魏忠贤所致。袁崇焕知道后,益恨毛文龙。

袁崇焕上书朝廷,建议派文臣对毛文龙部加以节制。崇祯准奏,但派去的督使吞不下毛文龙设下的种种苦果,到袁崇焕处诉苦。五月,袁崇焕召辽东总兵议事,毛文龙不到。袁崇焕十分气愤,遂起诛毛之念。

六月初,袁崇焕到达双岛。这双岛在辽东金县之南,是毛文龙的地盘。它一面临海,三面被金军包围,由于有水军的支撑,是明军在辽东半岛唯一未被金军占领之地。

毛文龙见袁崇焕离开了大本营,来到了自家的一亩三分地上,便无所戒惧,从皮岛赶来。

毛文龙不把袁崇焕放在眼里,到双岛后竟不首先拜谒袁崇焕,而是到各部营中进行察看。

次日,袁崇焕召毛文龙。毛文龙迟迟不到,竟让袁崇焕等了多半个时辰。到来时,手中抱着天启皇帝赐给他的尚方宝剑,毫无抱歉的表示,反而反客为主,抢先说话,时时打断袁崇焕的讲话。见毛文龙骄慢如此,袁崇焕部下无不气得要死,个个摩拳擦掌。

袁崇焕不动声色,相与宴饮,如此两日。

两日已过,袁崇焕提出阅师。

对一般的人来讲,鉴于与袁崇焕的微妙关系,本当借阅师炫耀实力,压制对方。可毛文龙并不想这样做——他懒得这样做,因为他实在是不把自己的这位上司放在眼里了。

在他的管区检阅他的队伍,自然由他毛文龙来组织准备。可他哪里肯侍奉?于是,他把阅师的准备工作推给了手下的一名副将,自己则与一班相好的喝酒去了。

次日阅兵开始,队伍着装不齐、稀稀拉拉,有些人无精打采,有些人则嬉皮笑脸、打打闹闹,实在不像样子。

毛文龙则全不在乎,并排与袁崇焕坐在那里,东瞧西望,吊儿郎当。袁崇焕依然不动声色。

次日,袁崇焕请毛文龙观看将士骑射。这一次是袁崇焕组织的,帐篷设在山上,骑射场在山下。

毛文龙到了,他怀里依然抱着那把尚方宝剑。

入座前,袁崇焕道:"将军与本督受浩荡圣恩,时时当知图报。此设有香案,将你我所受尚方剑捧上,共拜……"

毛文龙仍旧大大咧咧,把尚方剑交出,走到香案前跪了。

两把尚方剑留在案上,二人就座。袁崇焕道:"昨日阅师大开眼界,将军练就了一支多好的军队!朝廷一年给你们数十万银子,统统填进了狗肚子!"

毛文龙一听味儿不对,待要狡辩,袁崇焕却拍案而起,大怒道:"你给我老老实实地听着,这儿再没你讲话的份儿!你有十二罪当斩,知乎?"

毛文龙站起身来要溜。这时,埋伏在帐外的参将谢尚政率领甲士一拥而上。

"我有圣上所赐尚方剑,谁敢碰我?"毛文龙冲过去要取自己的尚方剑。

这时,早有武士挡在案前,大叫道:"吾等奉督台之命讨贼,毛逆休走!"说着,三下五除二便将毛文龙绑了。

袁崇焕继续道:"祖制,大将在外,必命文臣监之。尔专制一方,军马钱粮不受核,一当斩;人臣之罪莫大欺君,尔奏报尽欺罔,杀降人难民冒功,二当斩;人臣无将,将则必诛,尔奏有牧马登州取南京如反掌语,大逆不道,三当斩;每岁饷银数十万,不以给兵,月只散米三斗有半,侵盗军粮,四当斩;擅开马市于皮岛,私通外番,五当斩;部将数千人悉冒己姓,副将以下滥给札付千,走卒、舆夫尽金绯,六当斩;自宁远还,剽剥商船,自为盗贼,七当斩;强取民间子女,不知纪级,部下效尤,人不安室,八当斩;驱难民远窃人参,不从则饿死,岛上白骨如莽,九当斩;荤金京师,拜魏忠贤为父,塑冕旒像于岛中,十当斩;铁山之败,丧军无算,掩败为功,十一当斩;开镇八年,不能复寸土,观望养敌,十二当斩。"

毛文龙不见自家人马动静,失魂落魄已不能言,只是跪伏在地,爹一声娘一声求饶。

袁崇焕取下自己的那把尚方剑,将毛文龙斩在帐前。让谢尚政提着毛文龙的人头,宣谕山下将士:"毛逆文龙,有十二当斩之罪,本督已着圣上所赐尚方剑斩之。下面由参将谢尚政历数其罪。"

谢尚政拿出纸来,照本宣科,宣谕了方才袁崇焕讲给毛文龙听的那十二条大罪。宣读完毕,袁崇焕道:"今只诛毛贼,其余人等无罪!"

袁崇焕就斩毛文龙事向崇祯上了一个折子,最后说:"文龙大将,非臣得擅诛,谨席稿待罪。"

崇祯并未因此加罪于袁崇焕,随后,还对袁崇焕的要求多多满足。

皇太极打听到袁崇焕斩了毛文龙的消息后十分高兴,道:"毛文龙死,我之左翼最终无忧矣。"

看来,对毛文龙所起的作用,皇太极比袁崇焕更加了解些。

毛文龙和他手下的几万军队,是当时辽东大环境下生出来的一个怪胎。

这毛文龙在辽东明朝将领中以独树一帜出名,他本性不受节制,独断专行。努尔哈赤势力的崛起,切断了辽东明军东西的联系,这为毛文龙崛起创造了条件。他原是一名参将,近年却步步高升,由参将而副将,由副将而总兵,最后晋升为左都督,挂将军印,还得到了天启皇帝给的尚方剑。他靠的是什么?靠的就是他的独立。袁崇焕斩他,数落他的罪状,第一条就是他不受节制,"专制一方"。由于他不受节制,他才可以明目张胆地干出诸如"奏报尽欺罔,杀降人难民冒功""岁饷银数十万,不以给兵,月只散米三斗有半,侵盗军粮""擅开马市,私通外番""副将以下滥给札付千,走卒、舆夫尽金绯""剽剥商船,自为盗贼""铁山之败,丧军无算,掩败为功"等事情来。

自然,他之所以能够在这边胡作非为,除去天高皇帝远这一客观环境外,还有朝廷腐败这一条。为了保住自己的既得利益,在朝中找到靠山,毛文龙便不惜重金,贿赂阉党。袁崇焕所说的"辇金京师,拜魏忠贤为父,塑冕旒像于岛中",就是毛文龙在这方面所干的极不光彩之事。

不错,毛文龙的存在对金国有有利的一面。袁崇焕说毛文龙"私通外番",这里所说的"外番",指的就是金国。在皮岛设马市,金国从中得到了好处。皮岛的马匹,是金国战马的重要来源之一。有时通过中间人,有时则是金国直接派人乔装过来买马。对此,毛文龙则睁一只眼,闭一只眼,双方心照不宣。

皇太极也知道,所谓的毛部,不过是一群乌合之众。而且金国已经摸清,毛文龙对于金兵一直是采取避战的态度,因此极少与金军进行实际接触。但是,不管怎么说,毕竟这是一支拥有数万人马的大军,从战略上讲,对金国是一种牵制。正因为如此,从努尔哈赤到皇太极,都是十分重视这支力量的。无论是努尔哈赤还是皇太极,对于毛文龙,总是软硬兼施:能战而胜之,则战之;能柔而得之,则怀之。

而除掉毛文龙所产生的后果,皇太极也比袁崇焕更了解些。

当时的辽东连年征战,使成千上万的人流离失所。他们之中大部分是汉民。这些流离失所的汉民有几种去处:原在辽西的,去了宁远、锦州,投奔明军。由于宁锦一带形势不稳,乡间难以站住脚,聚在城中又难以供养,官府便将这批人中的绝大多数送入了关内。原住辽东的,一部分进入了朝鲜,另一部分则被毛文龙部所接收。对后面这部分人来说,加入毛部,与其说是入了伍,倒不如说是入了伙。

毛文龙据守皮岛,得地理之利,皮岛成了明之山东、金之辽东以及朝鲜三方贸易的中转站。所以,有人说,皮岛"积货如山"。可那全是商人在皮岛储备的财物。毛文龙则是坐收其利,从中得益不菲。他在皮岛自设的马市所得,加上袁崇焕所指出的"奏报欺罔",骗得朝廷的军饷所得颇丰,故而有条件从中拿出一部分分给下属。可一遇战斗呢,毛文龙就设法避战,"溜之大吉"。故而袁崇焕指责他"开镇八年,不能复寸土,观望养敌"。这样,他手下几万人不但能得到他们所向往的安定和温饱,而且还有些钱在手里。这与辽西和关内士卒几个月甚至成年得不到一分饷银比起来,就很知足了。

毛文龙的部下有上百人因毛文龙的存在而平步青云。袁崇焕说毛文龙"部将数千人悉冒己姓,副将以下滥给札付千,走卒、舆夫尽金绯",指的就是这方面的事。"数千人悉冒己姓"是言过其实了,但至少有近百名毛文龙的亲信都改了"毛"姓,形成了东江镇的"毛家军",与辽西的"祖家军"同为闻名全国的两大"家军"。那些将领靠着毛文龙的"奏报欺罔",个个加官晋爵,有的成了千总,有的成了游击,有的成了参将,有的成了副将,成为"毛家军"的核心。副将以下的,大凡亲近者,也都风光了起来。

毛文龙骄横已惯,对袁崇焕完全失去了警惕。否则,别看对金军"毛家军"避而不战,可真的要是毛文龙知道袁崇焕想要他的命,他只要发出话来,那"毛家军"也并不是好惹的。

但是毛文龙被斩了,群龙无首,力量分散,毛部只能被重新整编。

怎么办?走!这真是树倒猢狲散。说了声走,一个早上,毛寨竟成空营。

毛家军散了伙,大明朝的一支乌合之众,最后只剩下了袁崇焕派去的光杆司令。

其时,蒙古喀喇沁部台吉布尔噶都率妻儿数百人前来朝贡。皇太极十分高兴,出城四十里迎宾。喀喇沁部台吉布尔噶都在沈阳连住数日。

谈起军事形势时,布尔噶都提到,袁崇焕复任后,集中全力营造宁锦防线,对关内防御却极不重视。他们那里不少人越过长城去关内互市,发现关内蓟、密一带驻军兵不满额,城垣倾塌。在此情况下,如一军突入,可直捣京畿。

常言道,说者无意,听者有心。经布尔噶都这一说,皇太极忽觉天开地广,遂有了一个征伐明朝、剪除袁崇焕的作战计划在胸中萌发。

当天,送喀喇沁部台吉布尔噶都回去后,皇太极极为兴奋,立召多尔衮、萨哈林、岳托及范文程、宁完我。

皇太极将自己的想法说了一遍，多尔衮等人听罢亦非常兴奋，都道："到底找到了治他的办法！"

皇太极想到的是什么呢？

去年进行的第二次松锦之战，由于受感情的支配，以己之短攻敌之长，犯了兵家之大忌，重蹈了前两年的覆辙，因此大败。所说的己之所短、攻敌之所长，就是用不善攻城的骑兵去对付敌人的坚城大炮。尽管将士们骁勇无比，但最后还是失败了，这是一个用八旗将士的血肉换得的教训。

这之后，皇太极对金军进行的战役曾逐个地做了回忆，并结合他所读过的兵法进行了分析。

他知道，金军的长处在于野战。他发现，凡是野战的，大多胜利了。

攻坚战也不是没有打过。但是，凡是成功的攻坚战，都是有条件的，都是靠野战消耗了敌军的有生力量，最终将城池攻下。抚顺、辽阳、沈阳的取得无不如此。

得出这一结论之后，皇太极就开始思考如何用自己的长处来与袁崇焕进行一场新的较量的问题。

但他几乎无计可施。因为要野战，就需将袁崇焕从城里调出来。可袁崇焕狡诈异常，绝不会弃己之长、就己之短，放弃凭坚城用大炮的战法。

那日，蒙古喀喇沁部台吉布尔噶都无意之中的一席话，让皇太极一下子想到，出兵蓟密，正是他所梦寐以求的调出袁崇焕的一步妙计。

第九章 声东击西,大金军震慑京畿

从六月到十月出兵,中间有几个月的时间,皇太极做了充分的准备。

这次出兵已不是金国独自的征伐。皇太极促成了蒙古科尔沁部、扎鲁特部、敖汉部、多罗特部、奈曼部、巴林部、喀喇沁部七部与金军会盟,共同用兵。八旗兵将经过了挑选,并进行了认真的训练。由于获得了一个多年没有过的好收成,粮草的征备十分顺利。百姓有了家底儿,军马、器械的添置很快达到了要求。

在大军行动之前,多尔衮已将数十名细作放入关内,他们都是经过训练的没有剃发的地道汉民。

事先,皇太极征求了阿敏和莽古尔泰的意见,问他们是否愿意随军出征。他们都说愿意随军。这样,大贝勒代善留守,其子贝勒岳托也留了下来。阿巴泰暂留,随后将率领人马作为后续部队入关。

一切准备就绪,金国大军于十月八日誓师出兵。

进入喀喇沁部地界之后,大军由该部台吉布尔噶都做向导。当月二十日,大军驻于青城,等候蒙古七部人马到齐。皇太极颁布军令:

此行蒙天眷佑,拒战者诛之;对归降者,虽鸡豕勿得侵扰。俘获之人,勿离散其父子夫妻,勿淫人妇女,勿掠人衣服,勿折人房舍庙宇,勿毁器皿,勿伐果木。若违令杀降者、淫妇女者斩;毁房舍、庙宇,伐果木,掠衣服,离本蠹入村落私掠者,从重鞭打……

二十四日，军至老河，皇太极命济尔哈朗、杜度率右翼四旗及蒙古右翼诸贝勒兵马攻大安口，阿巴泰、阿济格率左翼四旗及蒙古左翼诸贝勒兵马攻龙井关，自与阿敏、莽古尔泰及诸贝勒趋洪山口。三路人马以迅雷不及掩耳之势攻下大安口、龙井关和洪山口，会师于遵化城下。

金军突然突入，明军毫无戒备。金军没费吹灰之力，便将遵化拿下。

皇太极在遵化驻扎下来，观察京城和山海关那边的动静。

且说这遵化城中有一住户，户主名叫桂成林，原是辽西人，天命年间金军攻占辽西，为避金军杀戮，全家逃往关内，来到遵化投亲安了家。金军来得突然，他们没有来得及逃走，又不了解现时的金军，以为仍像往日一样，进城后会烧杀抢掠。谁知金军这次进城后秋毫无犯，令他们又惊又喜。

就在金军进城的当天傍晚，邻居来桂成林家问事。桂成林将那邻居送出门，正碰上一队金军由门前经过，桂成林想赶紧把门关上，以免招惹麻烦。就在他要掩门的一刹那，他向外瞥了一眼，就见队中一身材高大的金军官员，再看，认出原来就是别了多年的表哥范文程。

桂成林原住辽阳，早年丧父，小时和母亲一起生活，家境艰难，多受范家接济。后来母亲去世，桂成林渐渐长大，范文程资助他做起了生意，家境逐渐好转，并成了家。努尔哈赤兴起，时世不稳，桂成林的生意难做，便迁往辽西的广宁。金军占领辽阳之后，范文程投了大金。后来金军继续西进，辽西汉民人心惶惶，纷纷逃往关内，桂成林举家便到了遵化。打那以后，他便与范文程失去了联系。现在见到自己的这位表哥，桂成林也曾有一时的犹豫，想到是不是出去认这门亲戚——不知金军会不会常待？认了，会不会给自己带来什么麻烦？他接着想起范文程对自己的好处，觉得表哥到了家门口避而不认，良心上讲不过去，便顾不了许多，向范文程那边喊了一声："表哥，还认得小弟吗？"

范文程一看是表弟桂成林，便命随行的士卒停下，自己奔了过来，寒暄了一阵后问："表弟入关后一直在这里？"桂成林做了回答，便将范文程让进家中，并让妻儿出来见了。

范文程是应皇太极之召路过这里的，他待不住，便说道："我有公务急办，现时不能停留,回来后再细细叙谈。"

桂成林出门送走了范文程,他的邻居就赶了过来,细问刚才桂成林迎送之事。桂成林告诉这位邻居道:"他正是我常与先生讲的那位表哥范文程。"

这位邻居听后呆了半天,自言自语道:"上苍送了他来!"

桂成林的这位邻居姓白,名养粹,在遵化乃至蓟、永地面,是一位赫赫有名的人物。他曾做过永平知府,年前致仕还乡,与桂成林成了邻居。他不是不想有所作为,辞官是因为看到大明气数已尽、病入膏肓,非人力可挽。另加他看不惯明朝官场的腐朽,受不了无能且身居高位的上司的欺凌,便辞了官。白养粹遍查历史,得出一个结论,每当朝廷气数殆尽,必有新主出来收拾山河,开一代盛世。他观察着,看看哪一家符合新兴之主、贤明之君的条件,大金的君王是被他观察的对象之一。正因为如此,大金的变化一直吸引着他。努尔哈赤虽英雄盖世,颇有新兴之君的气概,但他的许多恶政很令白养粹失望。即便努尔哈赤进了中原,做了新兴之主,充其量是成吉思汗第二而已,白养粹心中的新兴之主却并不是那样的英雄。后来皇太极继位,白养粹依然观察着。皇太极成了他想象中的那种新兴之主、贤明之君,他的心中萌发了投奔大金的愿望,他决心投到皇太极的帐下成就一番事业。这次皇太极带八旗军突入中原,给他实现这一愿望带来了机会。

白养粹知道桂成林与范文程的关系,想到范文程是皇太极的重要谋士,很可能随皇太极前来。他想进一步打听范文程的情况,便到了桂成林家里。

这些抱负只是他的内心活动,身处那样的环境,自己的抱负是不能跟任何人透露一丝一毫的。他虽与桂成林经常来往,但心思同样不会向桂成林吐露。

白养粹如何不兴奋呢?他找桂成林,原本是想看看范文程来了没有;如果来了,他就会鼓动桂成林去见范文程,然后请桂成林出面介绍自己去见范文程,然后再请范文程向皇太极举荐自己。谁知,这范文程居然自己来到了面前,岂非上苍的恩赐?

白养粹遂向桂成林提出范文程来时请他引见的要求。桂成林虽然对白养粹见范文程的真正意图摸不透,但还是答应下来。皇太极住在城外金军大营,范文程被指派协助硕托驻扎城内守城,安抚百姓。当时有事召他,他在桂成林那里不能久待,见了皇太极后便赶了回来,和桂成林叙谈了离情别绪。后来,桂成林便向范文程谈起了白养粹要求引见的事。范文程问了白养粹的身世，便非常高兴地答应下来。经与白养粹晤谈，范文程十分吃惊，特别是讲到皇太极这次攻入中原的作战意图，白养粹竟讲得中肯无误，暗合皇太极深意。他遂判定白养粹是一个大用之才，便向皇太极推举了。

皇太极召白养粹晤谈，二人谈得十分投机。皇太极毫无保留地向白养粹说了此次入关的真实意图，还就此询问白养粹。白养粹的回答是肯定的，他说按照袁崇焕的性情，只要金军调配得当，他是一定要过来的。皇太极遂问当如何调配。

白养粹道："要让袁崇焕入关，八旗军必须在此打一个大仗，打一个大胜仗，使京师受到震撼。在此情况之下，袁崇焕鉴于责任，再加上他争强好胜的性情，必率军前来。"

皇太极又问："这样的一仗当选择什么样的目标去打？如何去打？"

对此，白养粹心中已有现成的方案，他道："这一仗自然要打三屯营的朱国彦。三屯营是京东第一要塞，总兵朱国彦手下有两万人马，把这支队伍吃掉，便达到了震撼京师、调袁崇焕入关的目的。"

皇太极又疑惑道："令我感到极为不解的是，我军攻下遵化已经两日，为什么这朱国彦仍然按兵不动？"

白养粹回答道："朱国彦为人一向谨慎，事情看不准不会贸然行动。八旗军突然破城而入，出他之预料；现大汗又屯兵于此，他摸不清八旗军动向，便按兵不动，想看准了大汗意图再说。大汗别看他没有动静，可遵化周围必有他派出的探马在到处打探。朱国彦受永平的严仪节制，严仪为副总督，三屯营和永平之间也必有他们派出的联络人员穿梭往返。"

"既然如此，打朱国彦这一仗，是调兵过去，将三屯营围将起来强攻，把他们歼灭呢，还是用计把他们调出来，在某一个地方吃掉？"

皇太极问后，白养粹笑了笑，道："自然是把他们调出来吃掉。三屯营经营多年，城防坚固，易守难攻，要强攻是会费些力气的。这一点大汗心里清楚。否则，有现成的饽饽，为什么不去吃呢？"

皇太极听罢也笑了笑，道："把他引出来，先生可有计吗？"

白养粹道："镇守永平的严仪是朱国彦的内弟，三屯营和永平之间也必有严仪和朱国彦派出的联络人员穿梭往返,这且不去管它。我即刻以避难为名前往永平,大汗可率大军前去佯攻,严仪必派人前往三屯营求救。届时我见机行事,亲往三屯营说朱国彦率军出动。朱军出动,必走迁安。迁安去永平有两条路,一条是大路,在北;一条是山路,在南。山路走下去有一谷地,名唤喇叭谷,两侧山并不高,但山中林木繁茂,易于伏兵。大汗可在那里埋伏,一举将他们歼灭。"

皇太极听后想了一想,问:"这朱国彦既然谨慎,知那山路地形,如何叫他不走大路,而冒险走上山路呢?"

白养粹回道:"此事大汗勿虑,届时我必让他钻入口袋。只是有一样,大汗切勿先行攻取迁安县城,要直去永平,舍下迁安不取;否则,朱国彦不但不走那山路,恐怕连迁安也不走了。"

皇太极点了点头,又道:"如此先生的安全如何保证?"

白养粹听后沉了一沉,道:"我自有办法脱身就是。"

白养粹的分析深合皇太极之意。随后,皇太极召集众将进行商讨,大家也都认为白养粹的建议可行,皇太极便以此进行了部署。阿敏自告奋勇,愿意打喇叭谷这一仗。皇太极便请白养粹见了阿敏,对双方的联络、配合问题做了商讨。阿敏的名字白养粹听到过,知道此人极端阴险狡诈。看了阿敏那张癞蛤蟆一样的脸,那双鹰一般的眼睛,白养粹有种说不上来的感觉——既带有三分惧怕,又带有三分厌恶。

之后,白养粹去了永平。皇太极随后引三万人马亦奔向那里,将永平围了起来。

阿敏则带了不多的人马去了迁安,他要先实地考察一下喇叭谷的地形。

白养粹先八旗军半日到达永平,他急促促地进城见了严仪,告诉他金军将发兵前来围困永平。严仪没有理由怀疑白养粹,一个致仕者,国难当头,得到军情前来通报是天经地义的事。他与白养粹是老相识,了解白养粹的为人。另外,他也有自己的情报来源,他派出的探马已经向他报告,说在遵化的金军已经启程向东进发,不知开往哪里。

金军向东移动,严仪已经考虑到了前来永平的可能性,现经白养粹证实,他加紧了对内城、外城的布防。另外便是赶在金军到来之前派人去三屯营,向朱国彦通报军情,搬兵求救。白养粹问严仪朱国彦会不会率军前来,严仪很有把握地道:"大难临头,作为至亲,朱国彦岂会见死不救? 况且还有王法呢——有危不救是死罪……"

白养粹笑了笑,道:"非常时期,人就有非常之心。现在的情况怕是他判定无险,便会前来救援;判定行动险恶,就会找出种种理由,按兵不动。或者做得聪明些,把队伍拉出,做出前来救援的架势,而屯于某地自保。他晓得金军擅长围城打援、路上多险,将军如此求救,十有八九他不会真的过来解救。"

这一席话,说得严仪没有了主张,他问白养粹道:"这便如何是好?"

白养粹道:"需给将军的姐姐修书一封,讲明这边的危急,请她出面恳求方有效果。"

严仪豁然开朗,道:"有理有理。我立即写信,让人一并带去……"

白养粹又道:"这样还是不行……"

严仪惊问:"却又为何?"

白养粹道:"将军可以想想,如此给将军姐姐的信必先到了朱国彦的手里,那朱国彦既不想出兵,那封信他如何会交到将军姐姐的手里让她看到?"

严仪想了想,觉得白养粹讲得有理,便问:"那又如何是好呢?"

白养粹假意沉思了片刻,道:"如将军信得过,我愿意走一趟。"

严仪喜出望外,道:"如先生肯劳动这一趟,还有什么可虑之事呢!"

白养粹进一步道:"白某不才,国难当头,愿意向将军领令。白某此去不但会将信交到令姊的手上,请令姊说动朱国彦出兵,而且还一定说得朱国彦亲自领兵前来救援,否则,请将军以违令论处。"

严仪听罢大喜,便要写信。

白养粹道:"将军可有家中珍藏之物——传家之宝更好,最好又是朱国彦不晓得的——让我携了,把它交给令姊。给令姊的信,要写得简要、平和。这样,信与东西方可到了令姊的手里。令姊收到东西后必知将军寄物深意,从而召见白某询问真情。这样,白某便可以面见令姊,向她陈意了。"

严仪以为是,便写好了两封信,将祖传的一个碧玉小如意取出,连信一起包好交给了白养粹,并派一参将率五百骑护送,前往三屯营。

白养粹到达后见到朱国彦,向他讲了如何如何探得金军发兵永平的消息、自己去永平向严仪报告的经过。

"严将军考虑到时局艰险,遂派白某前来见将军,务请将军出兵相救。"白养粹说完,拿出了严仪写给朱国彦的书信。

朱国彦看完书信道:"临镇有急,如何坐视不救?何况严将军还是末将的内亲呢!我已探得金军东进的消息,并已做好出动的准备。一旦准备就绪,即便发兵前往救援。先生一路鞍马劳顿,先到后面歇了。"

白养粹又将严仪给他姐姐的信和玉如意的小包交给了朱国彦,道:"这是严将军托在下带来交给尊夫人的。"朱国彦接了,将白养粹送出厅来,拆开包儿一看,见有一玉如意,不知此时送此物为了什么。再看那封信,上面并没有把永平那边的局势讲得如何如何危急。朱国彦放了心,便将信和东西交给一位亲兵,让他回府交给夫人。

金军突然打到朱国彦的眼皮底下,他是应该出兵拒敌的。但是,入侵的金军共有五万左右的人马,且不说金军英勇善战,就是数量上也远远超过了他所率领的三屯营之军。他不能贸然出兵;否则,自己那几万人马,只能成为金军的盘中之餐。另外,令他感到不解的是,金军并没有前来找他的麻烦,攻下遵化之后便屯驻下来。是金军第一次前来,两眼一抹黑,根本就不晓得有个三屯营,不晓得这里有几万人马吗?这不太可能,凭皇太极的精明,事前不了解清楚军情,就贸然闯入?皇太极素以知彼知此、出奇制胜著称,三屯营是山海关内京东第一要塞,他对此视若不见,还称得上什么知彼知此?可为什么金军不过来?这是朱国彦一直关注的问题。他不能一个劲儿地待在营中自保,但他要看准了金军的动向之后才能出动——做做样子让人看也罢。

白养粹到来之前,朱国彦已经探得了金军东进的消息,而且他判定金军进军的目标是永平。他并没有与金军交锋过,可他知道金军善于围城打援,金军围攻永平,目的正是要围城打援。三屯营受永平节制,永平被围,三屯营不能坐视不动。正因为如此,他必须率军出动,而又要避免与金军交锋。迁西离永平过远,出动后就在那里停住,有点讲不过去。迁安是最好的停留之处,那里离永平已经很近,在那里停下可以掩人耳目。迁安这边地势较为平坦,金军难以设伏。还有一个好处就是迁安的城池坚固,不宜攻取。迁安往东直到永平多为山路,宜于金军设伏。朱国彦给自己画了一条线,大军不得超过迁安一步。

接到严仪的信之前，朱国彦已经想好了策略，所以看信后，他便毫不犹豫地对白养粹讲了"准备就绪，即便发兵前往救援"的话，给人的印象是，他已经拿定主意去营救了。

白养粹自然并没有被朱国彦制造的假象所迷惑，他有自己的主张和计划，他在驿馆等待着朱国彦夫人的召见。

果不出他之所料，朱夫人派人来请他了。

白养粹没有见过朱夫人，但对她有所了解。朱夫人名叫严缨，比严仪大十岁。其父严洪是有名的明将，曾是山海关副总兵。严洪四十岁前无子无女，四十一岁才得了这么个姑娘，此后十年才有了严仪那个儿子。所以，生严仪之前，严洪以为自己就严缨这个姑娘了，便儿子一般对待。严缨自幼喜欢舞枪弄棒，稍大喜读兵书，虽没有带兵打过仗，却自认是穆桂英。

这严缨自幼聪慧，性情高傲，可到二十三岁才出嫁。这是因为她对父母讲，终身大事需由她自己做主，并宣称自己"非英雄不嫁"。这样，一直到了她二十三岁那年，她父亲手下来了一个参将，她的婚姻大事才有了动静。这参将便是朱国彦。朱国彦乃将门之后，其父老年得子，朱国彦在娇生惯养的环境中长大，也是一个凡事自己说了算的脾气，因此到了近三十岁了，妻室还没有着落。这朱国彦一表人才，又是一名参将，自然成了严缨心中的英雄。两人一见钟情。这是二十年前的事了，如今老将严洪已经作古，比严缨小十岁的弟弟，已经升任副总督。

严缨没见过这位卸了任的知府，但知道这个人，见面后彼此讲了些客套话。白养粹没费多少唇舌，严缨便明了弟弟处境的危难，她请白养粹退下，自己立马要去见丈夫。白养粹却没有走，问严缨道："敢问夫人，是前去见朱将军，请他出兵吗？"

严缨道："正是为此事去找他。"

白养粹又道："朱将军跟我讲，临镇有急，不会坐视不救，何况严将军还是内亲呢！并说他一旦准备就绪便发兵前往，看来让朱将军领兵出动并非难事。"

严缨听出话中有话，因此问道："听先生之言，他会只出兵不相救吗？"

白养粹道："现在生死时刻，我不想向夫人隐瞒内情。我以为朱将军必是只出兵而不相救的。实不相瞒，我向严仪将军自告奋勇前来下书，为的就是能够见到夫人,向夫人讲明这句话。"

严缨听后沉默了片刻,问:"先生有计让朱将军既出兵又去相救吗?"

白养粹回道:"无计。"

严缨听后道:"明白了。我必披挂随军,看他有什么法子不去。"

白养粹听后暗喜,道:"夫人别怪我多嘴,以我之见,朱将军之所以打定主意出兵而不去相救,是因对金军作战只看到了险的一面、不胜的一面,而没有看到利的一面、胜的一面,望夫人说与将军。"

严缨道:"愿听先生指教。"

白养粹道:"将军此去有险,这是肯定的。金军有五万之众,远远超过三屯营人马。金军善于围城打援,此次围攻永平,目的在于寻机攻打救援之军。三屯营受永平节制,他们料定三屯营不能坐视不动。这样,金军选定的打援目标正是三屯营之军。朱将军并非对严将军坐视不救,而是想到即使去了,不但救不了永平驻军,反会将三屯营的几万儿郎送命。因此,为了给朝廷做做样子,便取了出兵却避免靠近金军、避免与金军交锋之策。但事情还有利的一面,胜的一面。金军围永平既为打援,便不会很快攻城。我三屯营之军在路上要走走停停,使金军摸不清行进之轨,最后急速靠近永平。而金军绕道山海关破墙而入,袁总督听到动静,必率军入关。这样,我军便形成了对金军的夹击之势。金军腹背受敌,必败无疑。"

严缨听罢心中豁亮,觉得去说服丈夫出兵救弟弟,不但有了勇气,而且有了底气。

次日,朱国彦出动了。他留下五千人马由一副将统领镇守三屯营,自领一万五千精兵向西进发。他知道三屯营兵马的动静必然在金军探马的视线之中,向西是给金军一个错觉,以为他去的是遵化,使攻韩救赵之策,以解永平之围。行军半日后,朱国彦便率军折向东南。第一天,大军宿于迁西县城。

严缨实现了陪同丈夫一起出征的愿望,白养粹自然跟了过来。白养粹讲的那些话,严缨还没有向朱国彦讲。她不想鹦鹉学舌,按照白养粹的话给丈夫讲一遍,她要到关键时刻显示自己的本领,说服甚至威逼丈夫按照自己的意志去救弟弟。白养粹没有对朱国彦再讲什么,他认为这些话由严缨来讲,效果更佳。朱国彦的打算没有改变,他知道严缨自幼疼爱严仪,如果自己的打算让严缨知道了,她必不依,定要哭着闹着要他率军去救严仪。朱国彦知道严缨见了白养粹,肯定是那个玉如意引起了严缨的不安,想到要见一见送信的人,了解永平那边的真实情况。严缨要求随他披挂出征,是对弟弟放心不下。可有没有别的意图呢?白养粹足智多谋,他会不会想到我会出兵而避敌不相救的意图?他向严缨讲了什么?一路之上他都在思考着,构思着对妻子所提种种要求的对应方案。

第二天中午,大军接近了迁安地面。朱国彦派出多起探马,在大军前后左右十里的范围之内进行打探,看看有没有金军的踪迹。天起了风,而且风越吹越大。好在刮的是西北风,人马顺风而行,前进并不感到困难。这样一直到太阳西斜,探马的报告都是"平安无事"。此时风已经很大,日光昏暗,遍地飞沙走石。离迁安还有二十里不到,朱国彦一面要探马再探再报,一面下令急行军,要在天黑前赶到迁安。

行进不久,前方探马急报,说前方发现金军!朱国彦、严缨、白养粹顿时紧张了起来。朱国彦忙命人马停止前进。军情不断传来,最后朱国彦闹清楚了,前方十里有一镇名叫太平镇,是迁安第一大镇,有千余户人家。镇中有经商的,也有务农的。一股金军从西面到此,百姓闻风而逃。金军住了下来,人数不过两千。朱国彦听罢稍稍放心。

可白养粹心中犯了寻思,说得好好的,要保住迁安不动,以便使朱国彦放心前来就范,此时此地怎么出现了金军?是临时路过的一支队伍,还是……

正在白养粹犹疑之际,又有探马报告,说住于太平镇的金军急促撤离。这像是说明,这是一支过路的金军。接着,又有探马报告,镇中留有金军仓皇逃走的种种迹象:锅中的饭食有的熟了没来得及吃,有的还没有煮熟,铺开准备睡觉的东西乱七八糟,没有来得及收拾带走……

朱国彦问可知逃走的金军去向,探马回报说金军向东逃去。

朱国彦听罢,下令人马向太平镇开动,自己带了五百骑要亲自先行前去看个究竟。严缨和白养粹也跟了上来。

风比前时吹得更猛了,人马被风夹裹着艰难地行进着。朱国彦一马当先,冲进镇中,首先映入他眼帘的是路边一座被风吹倒了的破房子。他猛拍坐骑向镇中奔去,然后拐入一条小巷。他下了马,先走进一家店铺模样的房子,里面满地都铺着谷草一类的干草，上面有些破旧的被褥。进入院中，在一个低矮的房子里他找到了锅台。锅是敞开的，但已经破碎。他走出院子和铺房，进了一个人家。在这里，他发现了和店铺那边相似的景象，室内地面上铺有干草，上面只有一条破被子，一锅米饭还没有煮熟。他查看了这一人家的内室，发现里边的橱柜被翻过。他特别查看了被褥的情况——被褥不知去向。他又看了第三家，锅同样被砸破了，室内铺着干草，上面没有被褥；查看内室，也不见被褥的踪影。然后他上马随便走了一段，停下后，下马又看了几家，情况都大致相同。他陷入了深思，疑虑加深。就在这时，他发现了一口井，便立即奔了过去。天黑了下来，他看不见井中的情况，便命亲兵将火把掷了下去。他看清楚了井中情况：满是被褥，还有一些圆圆的口袋，那是粮食。百姓们实施了坚壁清野，临逃时砸了锅，将被褥和粮食丢进了井中。朱国彦看了这番景象，便命跟来的士卒分散开来，到别处去查看。士卒们找到了几名躲了起来的老者，他们向朱国彦讲述了经过。

  查看别处的士卒陆续前来向他报告，所到之处情况大同小异，只是有两个士卒报告在一个院子里发现了三个死去的金军士卒。朱国彦听后，带严缨、白养粹立即前去看了那三个死去了的士卒。其中一个士卒腿上裹着布，肯定是死前受了伤；再看肚子底下满是鲜血——看样子是被枪刺了肚子，肠子都流了出来。另外一个的脚上裹着布，也是被枪刺了肚子。还有一个身上并无伤残，也是刺破了肚子。

  看了这番景象，朱国彦判断金军并没有用计，而是探得明军的到来，仓皇逃走了。

  朱国彦随即下令大军进入镇中住宿，暂避风寒。大军到后，朱国彦又下令人不卸甲马不下鞍，士卒们分班轮流睡觉，以防敌人偷袭。

  严缨对丈夫的将令没有讲一个不字，所有的一切她都看到了。天黑了下来，风很大，大队人马要赶到迁安，将费很多的时间，而在这样的情况下赶路是十分危险的。太平镇这边，一开始她怀疑是敌军在用计，天黑、风高、遍地干柴，火攻的一切条件都具备了。可随后的发现使她渐渐释了疑，而那三个被弄死的金军则把她残留的疑问一扫而光。

  白养粹对朱国彦所下将令也没有讲一个不字。说实在话，眼前看到的一切把他给弄糊涂了。原说不要动迁安,保持这边的安定,以免吓得朱国彦不敢前来,现在这里却出现了金军。他曾用临时从此路过来解释金军在这里的出现,但随后进入太平镇之后所看到的景象,又使他心中顿起疑团,天黑、风高、遍地干柴,这分明是金军布置的火攻现场。真会是这样吗?金军改变了地点,要在此地吃掉明军?可是,那三个被刺死的士卒怎么解释?为了迷惑敌军,金军会如此残酷、干出如此丧尽天良之事?总之,白养粹失去了判断力,没有办法判断眼前所看到的一切。他只能随机应变。

风依然发狂地吹着,震撼着太平古镇的几百栋房舍,震撼着整个古镇。

朱国彦向四周十里路的范围派出了探马,下了死命令,几十匹探马轮番四处打探,有事无事,半个时辰回来报告一次。

他自己没有躺下,而是一直在四处督察他"人不卸甲,马不下鞍,士卒们分班轮流睡觉,以防敌人偷袭"的将令执行情况。

严缨则一直陪着朱国彦。

白养粹也没有睡,他还没有遇到过心中如此无底的时刻。一直挨到三更,白养粹依然没有合眼。他和朱国彦住在同一个院子里,听得出朱国彦夫妇出去了,回来了,又出去了,又回来了,再出去,再回来……探马也不停地前来向朱国彦报告,说未探得金军军情。

风把院子中的一间破棚子掀翻了。时已过三更,白养粹起来了。他拉了自己的那匹马骑上,要到各处走走。

在十字街上,他碰到了朱国彦夫妇。在马上,他们彼此点了点头。朱国彦夫妇回院中去,白养粹则向北徐行,他顶着风前进,想快也是快不起来的。

走了大概一袋烟的工夫,他觉得哪里射过了一缕强光。他下意识地抬起了头,向强光射来的方向看去。呀!一缕过后又是一缕,霎时间,整个天空满是那种强光,他似乎还听到了四周发出的爆炸声。随后,他周围几处起了火,转眼之间,整个太平镇陷入了一片火海之中。

白养粹这时才像刚刚睡醒的一般……

阿敏不想吃别人蒸熟了的馍,他要一次胜仗,但他不想落一个仗是在别人的设计下打胜的名声,尤其不愿在受到皇太极赞赏的新降汉民设计下打胜这一仗。另外，他亲自查看了地形，也不相信白养粹有如此的本领，能让朱国彦放着大路不走，而去走那条凶险的喇叭谷。他挑选了自己的伏击地——进迁安的必经之地——太平镇。

他设计好了一套打法。他的探马比朱国彦的探马脑袋更灵、耳朵更长、眼睛更尖、脚步更快，他们总能避开朱国彦探马的视线，探得他们想探知的一切。阿敏设计时并没有把风的因素充分考虑在内，但他确实想到了这一因素，因为入冬以来朔风总是有的。而实际上，当时他定下在太平镇进行伏击时，西北风正在刮着。只是，铸成朱国彦大错的那场风当时发威的程度，连阿敏都没有想到那样强。可以讲，是上苍帮了阿敏，误了朱国彦。中午时分风已经很大，阿敏大喜，他盼望着伏击计划就在当日实施，因为他已经探得，朱国彦率领大军由迁西出发，正向这边靠近。午后，探马不断向他报告朱国彦步步靠近的消息。在朱国彦的人马离太平镇还有四十里路时，阿敏开始部署。太平镇以北五里有一村庄叫五里堡，隐藏于五里堡北面扮作当地百姓的金军士卒慌慌张张进入五里堡，大叫："金军来了！"

金军入袭、占领遵化的消息早已传开，当地不少天命年间由辽西逃到这里的汉民并不晓得金国政策有了变化，也没有听到皇太极此次进入中原宣布对平民"不杀、不烧、不掠"的许诺，他们对金军的厉害记忆犹新。其余百姓虽没有领略过金军的厉害，但凭来此逃难的汉民的讲述，就已经被吓破了胆。

金军近在咫尺，百姓们早有准备，一听人喊"狼来了"，便携家带口，全村几百人逃出村来，奔向太平镇。临走时，那些扮作百姓的金军士卒喊叫着对当地百姓说："把粮食投入井中，让金军没得吃；把被子投入井中，让金军没得盖！"百姓们听从了，急急忙忙把自家的粮食和被褥投入了井中。

事情起了连锁反应，太平镇这边也全镇出奔，在大风之中奔向迁安城，太平镇很快腾空。那些从五里堡与当地百姓一起逃过来扮作百姓的金军士卒又喊了话："把粮食投入井中，让金军没得吃；把被子投入井中，让金军没得盖！"太平镇百姓也听从了，急急忙忙把自家的粮食和被褥投入了井中。

阿敏率三千人进驻，迅速做好了迷惑敌军、实施火攻的一切准备。他们砸了锅，在每个房间里铺上了干草，做供士卒睡觉之状。太平镇是一个农商杂居的镇子，农户家中都有供烧柴的干草，就连商户也是以柴草烧饭、取暖的，每家都备有大量的干柴。上千人的大村镇,总要落下一些老弱病残者,他们走不了,便藏了起来。阿敏下令不要惊动这些人,这一决策对迷惑明军起到了效果。士卒们用剩余的锅做了饭,如此等等。

最后让朱国彦上当的是阿敏撤退前对几名金军的处理——他找了几个士兵,强行将他们刺死了。他做得很真,自然也很毒。但在阿敏看来这没有什么,以几个人的死换来一个大的胜仗,这不值得吗?朱国彦也好,严缨也好,白养粹也好,心没有如此之毒,便难以看破阿敏之计,从而吃了亏、上了当。

阿敏对计划实施的思考是极为缜密的,他料定朱国彦心中不踏实,必派出探马在周围打探,所以他的大军在东、西两面离太平镇二十余里处埋伏,不让朱国彦侦察到。当朱国彦率军进驻太平镇后,他率领从太平镇撤出的三千人马正与埋伏在东面的大军在一起。他向埋伏在西面的大军下令做好进军准备,三更后,以最快的速度插入太平镇以北,向镇中实施攻击。西路军由镶蓝旗骑兵组成,他们出色地执行了阿敏的将令,进军速度之快,连朱国彦派出的探马发现后都没来得及回镇报告,便成了金军的俘虏。白养粹所看到的第一批火箭和流弹,就是西路军发射的。东路军在阿敏的亲自率领下,进军同样迅捷。很快,西路军和东路军便形成了对太平镇的合围,从镇中奔出的明军虽躲过了火攻,却又遇到了金军的迎面痛击。

天明之前,战斗结束,明军全军覆没。

白养粹靠了他的机智沉着躲过了火攻。他见了空中第一批火光后,便紧催战马,迎着风向北急驰。当时镇中起了火,但火尚未连片。而等火海连片后,他已经赶到了镇子的最北端。风是向南吹的,他所在的地方没有起火,他安然无恙,一直到金军杀到。碰巧,向他杀来的是篇古,来前在阿敏帐中议事时,篇古在场,他们认识。

战后,白养粹在镇南找到了朱国彦和其夫人严缨的尸体,这说明他们率领部分明军已经杀出镇来。朱国彦的战袍有烧着了的痕迹,他的妻子的战袍已经被脱掉。他亲自安葬了朱国彦夫妇。

对计划的改变,阿敏半个字也没有向白养粹解释。

皇太极也并不晓得阿敏改变了计划,报到他那里的是太平镇大捷,明军一万五千人全部被歼。皇太极感到疑惑,哪里又出来一个太平镇?

皇太极没有攻打永平,听到捷报后,就率领围城的军队撤到了遵化。他向阿敏下达了军令,立即撤回遵化。

这时,阿巴泰率领后续一万人马赶到,皇太极遂命阿敏和阿巴泰及硕托守遵化,并留下了范文程;原有人马兵分三路,向玉田、蓟州、密云进军。

皇太极没有动永平,也没有动迁安,留下了进京的通道,为的是解除袁崇焕率军入关的顾虑。

潜入京城的细作送来了第一批情报:京师人心惶惶,明廷一片混乱。

潜入锦州、宁远等地的细作则报来了令皇太极更加振奋的消息:袁崇焕挥军入关!

皇太极当时在玉田,闻报拔营西进。没想到袁崇焕比皇太极走得还快,入关后竟兼程从金军右翼擦过,在蓟州驻扎了下来。显然,袁崇焕的意图是截住金军,使金军不能靠近京畿。

皇太极见袁崇焕上了钩,便将三路军并作一路,潜越袁崇焕驻防之蓟州西进,直扑京师。袁崇焕闻报紧跟其后。皇太极连陷三河、香河、顺义后,又停下来观察袁崇焕动静。

袁崇焕日夜兼程赶过金军,驻于河西务。

第十章 中反间计,袁崇焕蒙冤伏诛

从闻报皇太极突然破墙入关的消息开始,崇祯就多次召大臣问询皇太极有无进攻京师的意图。首辅周延儒对军事不甚了了,说不出个子丑寅卯。兵部尚书王恰向无主见,对金兵入关的意图难以吃准,怕日后万一金兵杀到京畿,到时无法交代,所以对崇祯的询问笼统答道:"即使今无此意,事态发展或令其可。"

崇祯无奈,只得自己拿主意。在京城还没见金兵踪迹的情况下,他便急调宣府总兵侯世禄、大同总兵满桂勤王了。

皇太极西进连陷三河、香河、顺义后,崇祯越发待不住了。由他下令前来"勤王"的,又多了山西巡抚、总兵和保定巡抚、河南巡抚、山东巡抚所带的人马。

数万大军集于京畿,在指挥上首先乱了套。原先调入的侯世禄部,兵部令守通州,次日改调昌平,第三日又改驻良乡,三日三易地,弄得该部疲惫不堪,吃的却毫无着落。无奈,几千号人马只好到村中"就粮"。一人始俑,百家捏泥,其他类似处境的便都效法侯部,奔到乡村去,"大噪纵掠"。于是京郊的百姓尚未遭到金军的蹂躏,却受到了自家军队的摧残。

崇祯对大臣的任免加大了力度:兵部尚书王恰下了狱;被贬致仕的孙承宗调京升为阁员,令以少师兼太子太师、兵部尚书、中极殿大学士之职督理兵马,控制东陲;庶吉士金声推荐草泽之士申甫,崇祯立即召见。申甫口言知兵,遂授都指挥金事、副总兵,令监制战车;庶吉士刘之纶升任兵部右侍郎,协理戎政,并给四万金募兵；推荐申甫的金声迁为御史，给七万金造车募兵。

崇祯要做的，远非对大臣的任命与使用，军事上的指挥他也包揽了下来。

孙承宗刚刚上任，就尝到了这位刚愎自用的皇帝给他送上的苦果。金殿对策中，孙承宗说他要驻通州，阻金兵西进、遏金兵南下。崇祯不允，叫他留在京城"总督京城内外守御事，参与帷幄"。可当日夜半，孙承宗又接到御旨，要他前往通州。时烽火遍京郊，孙承宗率二十七骑出东便门赶赴通州。刚到不久，又有圣旨到，要孙"紧回京师"，弄得他无所适从。

且说当日乃十一月十五日，虽进冬季，但天气并不十分寒冷。黄昏时的一阵大风将多日笼罩在上空的乌云吹散。风停后，头上竟是一片碧空。

吃过晚饭，宁完我见天气放晴，又不太寒冷，便要出帐转一转。出帐后，他抬头一看，万里晴空中，东方冰轮高悬，四外繁星闪耀；低头望去，千里营火，红闪赤烁，连绵不绝。天星地火在四方的地平线上连为一体，整个世界变得缥缥缈缈、混混沌沌。看到这一切，宁完我多日来紧张的心情为之一扫，顿时产生了一种无比的轻松感，不由得叫了两声："美哉！壮哉！"

对这次入关远袭，宁完我是积极的，但是他的心情一直未能轻松。他知道不利因素甚多，危险始终存在。正因为如此，他一直让自己保持着清醒的头脑，观察每一步的利害得失，以便随时向皇太极进言。

上天保佑，事态的进展十分顺利，而且比他想象的要顺利得多。

下一步怎样走？这是他近几天一直在冥思苦想的。

他首先想的是，下一步的攻击方向是哪里？眼下，明军云集京畿，均无坚可守，个个成了金军出击的靶子。对金军来说，这是梦寐以求的歼灭他们的好时机。但是，金军不能打乱仗，不能见哪个打哪个，而应该是选好目标，拣哪个打哪个。无疑，袁崇焕部是首要打击的目标。关内的明军是如此不堪一击，而比较起来，关外的袁部倒还是有战斗力的。其次，从这一仗可以看出，袁崇焕本人在明将之中是极难对付的一个。另外，他是新汗的眼中钉肉中刺，皇太极挥军入关的主要出发点，就是要将袁崇焕调出坚城，寻机歼灭。

在当前的形势下，又如何有效实施对袁部、袁崇焕本人的重点打击呢？他背起手来，在帐外踱着步。

东方一颗流星自上而下,划过半个夜空,消失在地平线上。宁完我惊了一下。突然,他叫了一声"有了",便飞快地向多尔衮的营帐跑去。

多尔衮与宁完我在思考同一个问题。

眼下所出现的形势,令多尔衮无比兴奋,他也同样盯住了袁崇焕。以往在关外的宁锦一线,袁崇焕凭借坚城大炮,让金军无可奈何。如今他既然出来了,就不能让他再回去!这是多尔衮的思路。可如何才能做到这一点呢?这是多尔衮近几日所冥思苦想的。

当日入夜,他没有宁完我那样幸运,看到京郊的秦时明月和汉时繁星,他一直在帐内浏览《孙子兵法》。这是多尔衮的习惯,每遇到什么难题,他就看书。他所看的书,并不一定有针对性,只是他边看边思考。看着什么书,看到哪里,他可以离题万里,去思索他所想的问题。有时,他看到某处,也会有所联想。他翻着,想着,一下子停下了。他定了定神,让自己的思路发展下去。

"正是如此!"他一下子站起,披了一件衣服奔出帐来,与急急忙忙赶来的宁完我撞了一个满怀。

"贝勒爷哪里去?"

"干吗这样急匆匆的?"他们俩几乎同时问了一声。

两人笑了笑,宁完我便拉多尔衮进了帐。

宁完我兴奋得完全忘掉了礼数,进帐后就把多尔衮按在椅子上,道:"有了杀袁之策!"

多尔衮见宁完我如此,便知道了他的来意,高兴地说道:"我这里也刚刚有了一计。"

宁完我听罢想了一想,道:"既如此,咱也学那《三国》上的样子,各自在手上写上一字如何?"

多尔衮笑了一笑,道:"就依你。"

两人各自在手上写了,然后凑在一起展开了手掌,然后大笑。原来,他们手上都写有一个"间"字。

两人各自把自己的构想讲了一遍——所施步骤竟也大体相仿。他们又商量了一番,然后出帐奔向皇太极大帐。

正好莽古尔泰也在皇太极帐中。多尔衮、宁完我向他们见了礼。皇太极道:

"看你们的样子,一准是有了好事。"

多尔衮道:"完我有了杀袁之策……"

宁完我谦让道:"十四爷也有了,看看这个……"

宁完我提起多尔衮的一只手,自己也将手掌摊开,露出了二人手心之上那两个"间"字。

皇太极也高兴起来,道:"坐下,坐下,细细地给我们讲一讲。"

莽古尔泰问:"字写在手……上是怎……么一回事?你们事先……各自想了,学那孔明、周瑜……的样子?"

宁完我道:"是这样……"

皇太极听了笑了笑,道:"讲,讲……"

宁完我把他们商量好了的步骤讲了一遍。

莽古尔泰听罢连连叫妙,道:"这……下子袁蛮子不死也……得脱……层皮了。"

皇太极听完之后并没有立即说什么,听莽古尔泰如此说,便道:"这下一定要他死,而绝不能只是让他脱层皮!"过了一会儿他又道,"妙计!妙计……但要做到置袁贼于死地,还得到时见机行事。"

次日,大明京城内外很快传遍这样的谣言:袁崇焕私通金国,与皇太极约定除掉了毛文龙;现又引金兵入关,欲谋朝廷……

京城文武百官自然也听到了这些街谈巷议,其中有信的、有不信的、也有半信半疑的。

袁崇焕杀了毛文龙后,百官之中原受毛文龙好处的,肚子里憋着一股子气。但皇上允了,他们虽恨袁崇焕,也无可奈何。此时听到了上述谣传,便也不自觉地加入了倒袁大合唱,借机煽动,唯恐风声传不到崇祯耳边。三人成虎,于是,"袁崇焕私通皇太极,为金国除掉了毛文龙;现又引金兵入关,欲谋朝廷"的传言,竟有越来越多的官员、百姓信以为真。

这些谣传自然很快传到了崇祯那里,他属于半信半疑一派。

袁崇焕杀毛文龙,原是崇祯无论如何也没有想到的。就算毛文龙当斩,袁崇焕作为一名总督,也不能预先不奏,便把一个同样拥有尚方剑的总兵官、左都督给斩了!当时考虑到木已成舟,崇祯尚指望袁崇焕"五年收复辽东",于是强忍怒气回了袁崇焕那样的御旨,还加官晋爵。但事情并没有就此完结。袁崇焕为了什么做出这常理之外的事?问号一直挂在崇祯心头。

有了这样的传言,崇祯便想,难道袁崇焕真的私通皇太极,为金国除掉了毛文龙,并引金兵入关,欲谋朝廷?

十一月十七日,袁崇焕率九千兵马先行启程,由河西务去左安门,令前锋总兵祖大寿率领其余部队跟进。

当时由阿济格率领的正白旗金军在白子湾与侯世禄激战,侯部难支,正要退走,恰遇袁崇焕率军经过。阿济格一听来者是袁部,即刻下令鸣金,撤向大营。

侯世禄来谢袁崇焕,袁崇焕问道:"侯大人驻于何处?怎会在此与金军遭遇?"

侯世禄不满兵部指挥,道:"我等哪有固定驻地?无非今日在河东,明日在河西。没娘的孩子,乱冲乱撞罢了。"

袁崇焕想象到了眼下朝廷的混乱,但听侯世禄如此说,便笑了笑道:"既如此,就先要自保了。大人以为方便,可随我部出入左右,均可相互照应。"

侯世禄知道袁崇焕善战,手下又有几万人马,听罢大喜,遂随袁崇焕挥军西进,驻于左安门外。

当时满桂率军已在左安门驻扎,这里便有了三部明军。三部南北排列,满部在北,侯部在中,袁部在南。

次日,由莽古尔泰率领的正蓝旗、阿巴泰率领的镶白旗、阿济格率领的正白旗离开通州大营西行至左安门东,向满桂军发起了攻击。侯世禄闻讯出动,前来增援。杀了半个时辰,袁崇焕率兵杀到。天色将晚,金军又战了不到半个时辰,便收兵回营去了。

十九日,莽古尔泰引军又来,列阵于侯世禄寨前。侯世禄一面点兵,一面令人急报袁崇焕。

袁崇焕派人来告,可先出战,袁、满二部从敌两翼包抄。侯世禄便挥军杀出。

可侯世禄杀了将近半个时辰仍不见两翼动静,他难以招架,但又怕撤走误了军机,便苦苦支撑。如此又坚持了半个时辰仍不见袁军和满军的踪影,手下五千人马已死伤过半,侯世禄一看不成了,这才鸣金收兵。

金军哪里会放过他们?于是一阵穷追猛打。可怜这支明军,来到京城先是缺吃没喝,无奈"入庄就食",成了自抢自的始作俑者,捞了骂名;如今又遭不测,几乎全军覆没。

原定包抄金军右翼的满桂那边情况又是如何?

满桂听了袁崇焕的意见,同意参与包抄。他率军出营,行了不到二里地便遇到了阿济格率领的金军。

"老袁神机妙算,你们果然出来送死了……"阿济格说罢哈哈大笑,便挥军杀来。

金军的突然出现,令满桂大吃一惊。阿济格的一番话,一开始满桂也没有品出味儿,感到莫名其妙。

金军猛然杀来,满桂也顾不得多想,便连忙下令摆开阵形应战。

满桂所领的明军是一支颇具战力的部队,因此与金军拼命搏杀。阿济格得到的将令是"阻截满部,不令一人越出到侯部增援",因此,个个抱定全歼敌军的决心。这样,战斗进行得十分惨烈。

一个时辰过去了,又半个时辰过去了,战斗仍在进行。

不多时,传令兵来到战场,向阿济格传达皇太极的将令,说"那边大事已成",要阿济格撤出战斗。

顽敌尚未全歼,满桂尚未擒拿,如此就收了,阿济格甚不甘心。但将令不可违,阿济格又拍马追上一将,一鞭将那人打于马下;然后将弓搭箭,吼了一声,羽箭出弦,远方又有一名明将跌下马来。这时,阿济格才鸣金收兵。

满桂之军已死伤大半,对金军收兵大感不解。但此事正遂他意,因此他对撤离的金军并不追赶,也收了兵。

袁崇焕率军出营不到三里路,便有阿巴泰率领的镶白旗挡住了去路。阿巴泰立马叫道:"袁蛮子,还认得你阿巴泰爷爷吗?我在这等你多时了。"

袁崇焕一见暗暗叫苦,他忙思考如何应对。他并不知道这是皇太极用间的一部分,但想甩开这支人马前去救援侯世禄已不可能了。因此,眼前只有与金军大战一场了。他并不理睬阿巴泰的谩骂,便下令整理阵形杀了过来。

阿巴泰见袁崇焕挥军杀了过来,自语道:"娘的,你倒来劲儿了。"

他想与袁崇焕碰一碰,但想到了皇太极的将令:阻截袁部,尽量不与实战。于是他便命前排弓箭手放箭。

矢箭如雨,袁崇焕的前排士兵纷纷倒下。后排士卒转头后顾,意思是看看有无停止进攻的将令下达。

袁崇焕不但没有下达停止进攻的命令,反下令道:"后退者斩!"

将士们又冲了过来,倒下一片又上来一批,前锋离金军越来越近。

突然,隆隆的炮声响起,在近二里长的明军前锋线上铺天盖地打来,整个前锋线人仰马翻。明军哭爹叫娘,金军这边则笑声震天。

阿巴泰大叫道:"今天也叫你狗日的尝尝我们大炮的滋味儿!"

袁崇焕见状大惊,不知如何是好。只见士卒们纷纷退了下来。退却很快成了奔逃,袁崇焕无论再怎么阻止,都无济于事。

而就在这时,金军的炮一下子停了下来。

袁崇焕闹不清是怎么回事,呆了一阵后,被几名失魂落魄的亲兵夹裹着退了下来。

袁崇焕不由自主被推向营寨,半天他才清醒过来,第一句话就问:"金军掩杀过来了没有?"

"没有。"众将士都众口一词。

他们为什么不乘势杀来呢?袁崇焕不得其解。

就在满、侯二军遭金军重创之后,崇祯令满桂、侯世禄、袁崇焕入城面君。先宣满、侯,崇祯问了些情况,二人一一做了禀奏。两军入卫后所遇到的尴尬处境,崇祯听说了,他当着满、侯的面斥责了兵部。

崇祯尚不知两军与金军遭遇的详情,只知两人受了点委屈,召两人来做些姿态,以示关怀,好让二人更好效命。

谁知,崇祯说后,侯世禄竟呜咽起来。崇祯还以为侯世禄出于感恩,便道:"卿不必如此,你我君臣同舟共济,渡过难关就是。"

侯世禄听罢道:"风浪之中,恐有二心者……"

崇祯闻言惊问道:"侯卿何出此言?"

满桂目视侯世禄,侯世禄视而不见,遂将自己如何偶遇袁崇焕,如何听了袁崇焕的话随其左右,当日金军来袭,袁崇焕如何"设计",他所率之军如何拼命厮杀而袁军始终未来右翼策应等说了一遍,最后道:"最初一日,我部与金军战,金军正当势盛,袁部赶来,金军不战而退。当时臣以为金军见袁部人多。第二日,我三部驻于左安门外,满部在北,袁部在南,我部居中。金军又来,我部与满部先战,袁部刚一露面,金军又退。第三日,便发生了满大人所部与臣所部被金军重创之事。听说袁部假模假样出了营,却被金军'截了回去'。凡此种种,臣实担心,风浪之中,恐有二心者……"

崇祯没有说话。

开始时,满桂见侯世禄要向崇祯告袁崇焕的状,以为不可。他心想,告一名总督有通敌之嫌,是闹着玩的吗?你有多少证据?

后经侯世禄一说,他也确实觉得可疑。侯世禄讲完,在崇祯思索之际,满桂忽然想起当日他按照袁崇焕的部署出击金军右翼碰上金军时,一金将曾说"老袁神机妙算,你们果然出来送死了……"当时,他闹不清为什么对方说这些。经侯世禄这样一说,满桂也疑惑起来。难道真的像侯世禄所说的那样,这袁总督竟是一个"二心者"?想到这里,满桂觉得自己身上渗出了冷汗。

想归想,怕归怕,满桂并没有表现出什么诧异之态。

这时,崇祯问了一句话:"二卿可听到了京城百姓的传言?"

二人一直奔走在外,并不知道京城之中的什么传言之事,于是摇头。

崇祯见他们不知,便道:"不知也好。对袁督之事,侯卿也不必过于敏感。二卿连日辛苦,可统军来外城暂住。"

二人谢恩退出。

在二人退出之前,崇祯就想侯世禄既已怀疑了袁崇焕,且现与袁部驻扎在一起,可对袁崇焕起到监视的作用。但他又想侯世禄手下缺兵少将、已无斗志,即使袁有了什么不轨之举,他慑于袁崇焕兵多势众,届时是否肯出头,就吃不准了。可待二人退出后,崇祯忽然有了一个主意。于是他又将二人召回,对侯世禄道:"卿麾下将士多为国捐躯,朕凄凄然无以为慰。念卿忠勇而手下缺兵少将、难以报国,朕意将河北巡抚之军归卿统领,卿意如何?"

这是侯世禄求之不得的,他听罢连忙伏地谢恩道:"圣上如此体恤臣下,臣怎不为陛下肝脑涂地!"

崇祯命侯世禄起身,然后对满桂道:"卿部损失也大,可从河北巡抚军中抽两千人归卿统制。"

满桂乐得不得了,也连忙谢了恩。

二人退下后,崇祯又召袁崇焕。

袁崇焕要向崇祯奏报入关后的情况,并陈述却敌之策。

崇祯道:"卿部之事,朕略知一二。卿连日辛苦,朕也乏了,改日再说吧。"

袁崇焕为其部求驻外城暂歇,崇祯道:"卿部人多,城中拥挤,就在原处歇了吧。"

当时,袁崇焕并不知道崇祯已经叫满、侯二部进城歇息。他听崇祯如此说,也就没有多想什么。

临退时,崇祯还授了貂裘、银甲。袁崇焕大喜。

二十日,金军进抵南海子。

金军汉将高鸿中、鲍承先部与保定巡抚解经传部大战时捉到明廷派往该部监军的两名太监。皇太极闻报大喜,与多尔衮、宁完我一阵谋划后,便派多尔衮、宁完我二人来到了高、鲍营中施计。

两名太监一名叫杨春,一名叫王成德,他们被押在一个帐篷内。

帐中只点着一支烛,昏昏暗暗。有两个看守把着门,一边一个对坐着在闲聊。与帐篷门相对的一处,帐篷毡子靠地的一角没有连接牢,微风吹拂之下,那片毡角在不停地扇动。风从那里吹进来,本已冷冰冰的帐篷里,越发寒冷难耐了。杨春和王成德缩成了一团,心里不住地骂金军把自己关在这样一个恶劣的环境中;同时骂那两个看守,闲着没事聊大天,也懒得去把那块扇着风的毡子收拾好。

不大一会儿,两名看守那边再没有了动静。杨春和王成德偷偷看去,原来他们都在打盹儿。杨春和王成德把身子蜷紧,也要去睡。

忽然一阵大风吹来,把那一角没收拾好的毡子吹了开,形成了一个斗大的空洞,风从洞中呼呼地灌进来。杨春和王成德褥子底下的稻草被风吹起,帐篷的门被吹开,那被吹起的稻草随风飘到帐外。

两个看守醒来了,他们都骂了一句臭天气,然后一个到了那洞前一边骂着一边收拾那个毡角儿。

总算收拾好了。帐篷里顿时暖和了,也安静了。

经过杨春和王成德时,那金军士卒各向二人猛踢了一脚,道:"老老实实给我睡!"然后回到门口。

两位看守又坐着打他们的盹儿。

不一会儿,帐外,就在杨春和王成德的头顶部位,响起了某种声音——像是有人用壶将水浇在了帐篷的毡子上。由于有风,并没有听到人的走动声。正在他们心中感到诧异之时,帐外便传来了说话的声音。

"嘿,这儿背风,咱们在这儿待一会儿不好?"这声音听起来粗声粗气。

"你刚撒了一泡尿,那儿岂不熏死人?"搭腔的人细声细气。

这时杨春和王成德才闹明白,刚才那奇怪的声响到底是什么。再看地下,已有黑黑的东西流了进来,一阵阵恶臊扑鼻而来。杨春和王成德被熏得难以忍耐。

"我给你一锅子好烟,抽起来,别的什么味儿也没了。"还是那粗声粗气者的话,"你说怪不怪,上上次轮上咱俩值哨——刮风;上次轮上咱俩值哨——又刮风;这次又轮上咱俩值哨——还是刮风!是不是你与风神是亲家?我跟着也沾了光?"

细声细气者笑了一声,道:"我还埋怨你是风婆婆的孙子呢!少贫嘴薄舌。你说的什么好烟,还不快点拿出来!"

由那声音判断,原嫌尿熏人的那细声细气者也凑了过来。

"咱可在这里少待,免得碰上查夜的出麻烦。"还是那细声细气者的声音。

粗声粗气的那个道:"怎么会这么巧,偏在咱歇着的一刻就被查着?给你装上——地道的长白山货。还是我的一位朋友托人弄了一些给我,总舍不得抽。点了,点了。"

下面是打火的声音。随后细声细气的道:"地道,地道。"

半天没了声息。

过了一会儿,那细声细气的道:"你说说看,明军如此废物,挑哪个哪个软,何不痛痛快快地打一个?却这儿奔,那儿窜,今日在这儿,明日在那儿瞎折腾。"

粗声粗气的道:"你哪里知道这里边有敌军,也有友军,不小心一点,多挪些地儿,岂不伤了友军?"

细声细气的道:"你这就把我弄糊涂了。除了蒙古人,这里哪来的友军?"

粗声粗气的笑道:"你不知其中的奥秘,自然就糊涂。"

细声细气的问道:"奥秘?什么奥秘?再说,就有什么奥秘,你怎么会晓得?"

粗声粗气的笑道:"你忘了,我弟弟的小舅子可是随大汗当差的。"

细声细气的道:"怎会忘记?那个高个子的有一次还到营房里找过你……"

粗声粗气的有点骄傲道:"提起他来,你就不会再奇怪'就有什么奥秘,你怎么会晓得'了吧?"

细声细气的道:"这倒是。他给你讲了什么?"

粗声粗气的道:"事体重大,给你讲了,你可不能再说给……"

细声细气的截住话头道:"放心,放心,我向什么人露一句,天打五雷轰!"

粗声粗气的道:"也用不着起这么重的誓,知你嘴严才说的。要不,提都不会向你提一句。"

细声细气的道:"就是,就是……再来一锅子。"

粗声粗气的道:"这么快就完了?"

细声细气的道:"天儿冷,几口竟光了。"

窸窸窣窣的装烟声、打火声。细声细气的催促道:"快说,你弟弟的那个小舅子都对你说了些啥?"

粗声粗气的道:"前两天,我弟弟的那个小舅子随大汗出战,碰上了袁大人……"

细声细气的问:"哪个袁大人?"

粗声粗气的道:"就是镇守关外的袁崇焕……"

细声细气的道:"他又成了你哪门子的大人?"

粗声粗气的道:"你往下听呀——大汗与袁大人交手不多时,袁大人就落荒而去。大汗要追去,有几名明将上来将大汗围住。大汗与他们战了没几个回合,便冲出去追赶袁大人。我弟弟的小舅子他们也跟了过去——当时不知何故,那几员明将便没有过去。大汗骑的是山中雷,跑得快,很快就追上了袁大人。下面发生的事就让我弟弟的那小舅子大感不解:大汗赶上袁大人,两个人并没有再厮杀,而是像老朋友那样并辔而行。我弟弟的小舅子他们这才品过味儿来,便停下了,让大汗与袁大人安静地谈去。这你就晓得了,我为什么称袁大人了吧?"

细声细气的道:"知道了,可……你往下讲,往下讲。"

粗声粗气的继续道:"这样过了一袋烟的工夫,大汗才与袁大人分手。分手后,大汗还向袁大人喊着:'我要的是他的脑袋!'我弟弟的小舅子他们当时并不知道大汗要的是哪个的'脑袋'。昨天,大汗在帐内着急,嘴里不断地嘟囔:'看来这次是拿不到他的脑袋了……'我弟弟的小舅子他们自然不敢问到底发生了什么事。接着,多尔衮贝勒爷进帐。听他们二人谈,方知这中间出了变故,大汗与袁大人商妥的办法不能用了。因此,崇祯的脑袋——这才知道是他的脑袋——得不到了。"

细声细气的道:"这看来是真的。可这袁大人不是咱大汗的仇人吗?老汗死在了他的手里,大汗在上年也吃了他的大亏,怎么就……"

粗声粗气的道:"这就叫作……什么来着——对,此一时,彼一时。细情我也并不晓得,只是听说袁大人为打了胜仗反被撤职,灰了心。大汗不计前嫌,袁大人复职后,大汗即秘密派了人过去——竟成了。袁大人所做的第一件事,就是杀了毛……"

说到这里,粗声粗气的猛烈地咳嗽起来,叹道:"看来要伤风了……"

话音未落,帐内把门的守卫中一人被咳嗽声惊醒,叫道:"谁在外面?"说着出了帐。

"嘿,是表哥——你们在这里做什么?"是看守的声音。

"嘿,是表弟——你们在这里做什么?"是那粗声粗气的声音。

"抓了两个留不了种的,我被派在这里看守……"

粗声粗气的像是着了急,叫道:"什么?这里边押着俘虏?那……他们在睡着,还是一直醒着?得进去瞧瞧……"

那看守边走边说道:"紧张什么?讲了什么话怕让他们听到?"

"了不得,了不得……"这是那粗声粗气者的声音。

四个人凑上来,杨春和王成德觉得四个人在弯下身来细细地看着他们。

杨春和王成德装睡,像死狗一般。

"不成宰了算了……"是细声细气的声音。

"那怎么成?上边要人咋办?你们究竟说了些什么,就这样失魂落魄的?"是看守的声音。

就在这时,杨春狠狠地挨了一脚。他装作从梦中醒来,叫了声"什么人这么讨厌……"见四个人一字排着站在那里,便不再言语。

王成德也"醒"来了,他揉了揉眼睛后坐了起来。

四人看到这种情景,便松了一口气,转身去了。

四人出了帐,在门口悄声说了半天。两个看守回来在原来的位子上坐了下来。显然,那两个值哨的去了。两个看守向杨、王二人说了句"睡你的",便又合上了眼睛,继续打他们的盹儿。

风还在吹着,从两个看守那边传来了鼾声。

杨春捅了王成德一下,王成德会意。杨春故意动了一下,弄出了声响。

两名看守没有反应,鼾声依旧。

杨春爬了起来,悄悄靠近那个被收拾了的大洞。很快洞口被打开,风声正紧。杨春回头看了看看守,见那边没有任何动静,便慢慢钻出了帐篷。

王成德稍等了片刻,见没有什么动静,也爬起来从洞中钻了出去。

两个看守睁开了眼睛,他们不是被从洞中吹进的夹裹着稻草的风吹醒的,而是他们并没有睡……

这回崇祯可恼了。他听了杨春和王成德的禀奏后,立即传旨上早朝,除在京文武百官外,并急传袁崇焕、祖大寿、满桂、侯世禄等人。

文武百官早到。众人看到金殿内外全有武士把守,气氛不同往日,也不知道发生了什么事,个个敛声闭气,站在那里等候。

在袁崇焕、祖大寿、满桂、侯世禄等到来之前,崇祯出现了。百官皆跪伏,山呼万岁。

崇祯铁青着脸,没好气儿地说了"平身",自己便在御座上坐了。

文武百官起身站定,个个低头不语。

这样过了片刻,崇祯才问身边的太监王承恩:"去看看他们到了没有?"

王承恩应声退下。殿内又是死一般沉寂。

又过了片刻,王承恩回来了。他伏在崇祯耳边轻声说了一句。崇祯听罢在位子上坐直。

这时,袁崇焕、祖大寿、满桂、侯世禄等人进殿叩见,山呼万岁。

崇祯又道了声:"一边站了。"

袁崇焕等人起身,退在两旁,站定。崇祯单刀直入,对袁崇焕道:"袁崇焕,你知罪吗?"

袁崇焕一听大惊,连忙跪了,道:"臣不知。"

崇祯怒道:"朕哪一点亏待了你?你竟忘恩负义,投靠敌虏,妄诛朕封疆之臣。现又引狼入室,杀到京师来了,并与敌酋单独密谋,欲取朕首级,还说不知罪!"

袁崇焕大叫道:"杀毛文龙后,臣已上奏,并得恩宥。其余种种,臣一概不知,圣上何所指也?"

崇祯冷笑道:"事到如今还在演戏,朕可不是三岁孩子——拿了!"

这一声吼,地动山摇。

在金殿崇祯大吼将袁崇焕"拿了"之时,文武百官的视线均集中在了袁崇焕身上。就在这时,有一人悄悄退向殿门,没有一个人注意到他。这人退到殿门之后,便急促转过身子奔向午门。在那里,他找到了自己的马,然后飞身上马,向坐骑猛抽了几鞭,一溜烟地向左安门方向而去。

这人是辽东前锋总兵祖大寿。

祖大寿是辽东入关勤王明军中的二号人物,与袁崇焕同时被召入宫。刚上金殿,见崇祯龙颜大怒,责问袁崇焕知不知罪,他便大吃一惊。后见崇祯越来越恼,他便进而感到心惊肉跳了。袁崇焕说"不知",他也不知道袁崇焕到底犯了什么罪。袁崇焕是他的上司,自己是否会受到牵连?

事变发展极快,由不得他深想,接着是崇祯的一声"拿了"。看来是早已安排好了,几名武士便拥了上来。就在此时,一个"走"字便从他心底冒了出来。

祖大寿一路快马加鞭,来到了自家的营地。

走出城来,他的思路清醒了许多。自己不告而退,已经成了死罪。如此看来,既走了这一步,就只好顺着这条路走到底了。到营地之后,他要立即做出安排,把关东军完好地带回去。多年的事变,使他懂得了拥兵自重的道理。只要手下有了重兵,到了辽东,皇上也就无奈他何。眼下,关键是尽快把队伍拉出京畿,一防皇上派兵弹压,二防被金军吃掉。

当天夜里,京城的官兵和百姓全都看到了东南被映红了的天空。站在城门楼子上的士卒甚至看清,那边的大火共有三处。一处是三更时分烧起来的,不到半个时辰,另外两处也相继火起。

崇祯没有看到那发着血色的天际,三更时他早已睡下。早晨起来后,他听到了奏报,说城东南有三处火起,尚不知烧的是何处,也不知大火缘何而起,兵部已经派出快马打探。

崇祯忙命人前往兵部,督促他们快探快报。

卯末,第一个不幸的消息报到崇祯面前。此后,不幸的消息一个接着一个。祖大寿率部走至密云遭到金军伏击,祖部被金军打散,祖大寿等生死不明;奉旨追剿祖部的满桂率军刚过潮白河即与金军遭遇,满部全军覆没,满桂总兵为国捐躯;奉旨追剿祖部的侯世禄,路上知道祖部被创后回营,夜里遭金军火攻、偷袭,全军覆没,侯总兵不知下落;祖部空营和满部空营随后被烧。

兵部派去打探的人员从溃退下来的士卒口中都听到了这样的说法——最初,与金军遭遇时,金军并没有发动进攻,而是四面反复大呼:"留下来,解救袁督台!"后来不知怎的,双方便打了起来。

崇祯听了这些奏报后,对袁崇焕的怒气已经无法控制。

当日,崇祯在暖阁召见文武大臣,谕曰:

袁崇焕付抚不放,专事欺隐。市粟谋款,纵敌不战,散遣援兵……卿等已知之。今法司罪案云何?

一开始袁崇焕被禁,并不是所有的人都唯崇祯之命是从,不说一个不字。

就在逮捕袁崇焕的现场,阁员成基命见如此处置袁崇焕深表不安,随即叩头请示崇祯"慎重"。

崇祯反驳成基命道:"慎重即因循,何益?"

成基命再次叩请道:"兵临城下,非他时比。"

刚愎自用的崇祯认准袁崇焕通敌,别人的规劝如何听得进一个字!随后,顺天府尹刘宗周也上书提醒崇祯:

大小臣工,岂无一人足以当信任者,而以"情面"二字概从猜疑,识者忧之。

崇祯并不醒悟,绝不思考自己的判断是否有误。

袁崇焕被捕后,也有不少人出面保救。但是他们缺乏保救的证据,而金军制造的袁崇焕通敌的"证据"却是一个接着一个。这样,袁崇焕的命运被最终确定。

此时,崇祯又问"今法司罪案云何",诸臣只有顿首唯命。

唯有成基命出班奏了袁往日于国治军制胜的种种好处,又道其家人无罪云云,奏请崇祯开恩,留下袁家大小三百余口的性命。崇祯有所萌动,便准允"家属岁十六以上者斩,十五以下给功臣家为奴""流其妻、子、兄、弟""余不问"。

随后,对于袁崇焕,崇祯宣谕:

依律磔之。

最后还下诏公布于众:

袁崇焕谋叛欺君,结奸蠹国。斩帅以践虏约,市米以资盗粮。既用束酋,阳导入犯,复数援师,明以长驱,及戎马在郊,顿兵观望,暗藏夷使,坚请入城,意欲为何?致庙社震惊,生灵涂炭,神人共愤。

从诏谕中百姓们闹清楚了,原来金军杀入京畿,闹得鸡犬不宁,都是这袁崇焕"召敌"所致,因此对袁崇焕恨之入骨。

可怜袁崇焕落得如此可悲下场,不用说安葬,就是收尸也没有人了。

只是,这袁崇焕生前待部下一向厚道。他的屈死,得到了许多部下的同情。其中一位佘姓部下尤念袁崇焕生前的种种好处,同情之中便起了收尸之心。一日夜里,趁月黑风大,他将袁崇焕尸首收了,悄悄运至广渠门外埋葬。此后,这佘义士还终日守于墓前,要与长眠于地下的屈死冤魂为伴。佘义士临终之时叮嘱儿子,说袁大人有功于国,死得冤屈,今后佘家要一代一代在袁大人的墓前守下去。佘家后代遵照先人的遗愿办了。

皇太极等待京中消息，在火烧三营之后，挥军趋良乡，后至卢沟桥。守卫这里的正是副总兵申甫和御史金声，他们招募的数千人马多是市井无赖和游手好闲之徒。金兵绕其后发动猛攻，人吼马嘶，铺天盖地而来。申甫和金声率领的这些乌合之众哪里见过这等场面，未触即溃，新造战车均为金兵所获。申甫丧命，金声逃了。

　　金兵抵达安定门外，又与明军激战，便有副将孙祖寿及参将周旗等三十余人战死，总兵黑龙云、麻登云等被擒投降。

　　皇太极打听到了袁崇焕被磔市的确切消息之后，随即班师。

第十一章 穷途末路,刘兴祚毅然赴死

等袁崇焕入关之后,阿敏便向迁安、永平和滦州发起了攻势,先是用计取了永平,守将严仪战死,永平明军全军覆没;随后攻下了迁安、迁西和滦州。阿敏和范文程依然留在了遵化,阿巴泰、硕托守永平,白养粹也在那里,镶蓝旗固山额真篇古守滦州。

一日,阿敏到永平视事完毕,见永平东南山峦起伏,遂生出猎之念。当日天气晴和,他便带了自家亲兵三十名奔向东南。阿巴泰原说多派些人马护卫,阿敏谢绝了。

出城不远进入丘陵地带,便有几只野鸡成为阿敏的猎物,随后又有多只野兔和麋鹿死于其手。阿敏继续任马由缰,渐渐深入山间。前方出现一鹿,体呈白色,其角巨大如扇,众人称奇。阿敏放了一箭,被那白鹿躲过。阿敏拍马紧追,那白鹿在前翻山越涧,拼命奔逃。如此追了一炷香时间,那白鹿转过一个山头,已无影无踪。阿敏拍马登上山冈,四处观瞧。正在这时,一阵马嘶传来,他循声看去,见冈下一开阔地带,屯驻一彪人马,看上去有几百人的样子。

这时,他的三十名亲兵相继聚在他的身旁,他们也看到了那支人马。其中一个惊道:"明军!"

大家看清楚了,那确是一支明军。

就在这时,那支明军有了动静,一部分人马向这边奔来,看来明军已经发现了他们。

这如何是好?

与这么多敌军不期而遇,只有一条路好走:逃。阿敏向众人说了声"走",便拍马下冈,三十名亲兵也跟着下了冈,顺着一条山谷向西北奔驰。峰回路转,阿敏等狂奔了一袋烟的工夫,以为摆脱了敌军。但令他们吃惊的是,在前方不远处有大队的敌军挡住了去路。他们见此光景赶紧拨马而回,并上了一个山头——这时他们发现,自己被敌军包围了。

　　阿敏等人在山头上盘旋了一阵,无计可施。

　　敌军冲上山来,为首的一骑之上坐着一员明将。阿敏看去大吃一惊:竟然是刘兴祚!

　　刘兴祚看清出现在自己眼前的是阿敏,也大吃一惊。

　　仇人相见,分外眼红。刘兴祚二话没说,率领手下士卒向阿敏冲了过来,刘兴祚的弟弟刘兴治一马冲在前面。

　　刘兴祚喊道:"兴治当心他的铁臂!"

　　阿敏出来打猎,亲兵们除弓箭之外,只带了腰刀。明军冲上山头,亲兵们一阵狂射,待明军靠近,他们抽出腰刀与明军拼杀,有几个则不离阿敏左右。

　　阿敏也左手握紧腰刀,右手空着,随时准备使出他的铁臂本领。

　　刘兴治冲到后,先用枪将阿敏身边的两名亲兵戳下马。这时,刘兴祚又喊了一声:"当心他的铁臂!"

　　刘兴治曾经耳闻阿敏铁臂的厉害,但没有见识过,对它厉害在哪里并不真的清楚。靠近阿敏后,他对准阿敏前胸一枪刺了过来,心里还嘱咐自己多加小心。枪到之后,阿敏闪过。刘兴治没有刺中,马却已经到了阿敏的右侧,阿敏顺势向刘兴治的坐骑劈了一刀。马的臀部被砍中,身子跃了起来,刘兴治连忙勒马,这一下把自己的背部暴露在了阿敏的眼前。阿敏举起右臂,狠命地向刘兴治的背上劈下。就这一下,可怜刘兴治口吐鲜血,翻身落马,登时死去。

　　刘兴祚见弟弟已死,悲痛万分。贼人在前,新仇旧恨涌上心头,管你什么铁臂、铜臂,就你是三头六臂,今日落在我的手里,看你哪里逃去!

　　刘兴祚一声令下,明军士卒都冲了上来。阿敏和手下人再英勇,如何敌得过成百上千明军蜂拥而上的围攻拼杀?他的随从一个个被明军杀掉。明军知道阿敏有铁臂的本领,个个小心翼翼地靠近他,轮番向他发起攻击。他的马首先成了明军攻击的目标。最后阿敏落了马。但阿敏并没有失去战斗力,他靠了那把腰刀,靠了他的铁臂,左突右冲,顽强地战斗着。

三十名亲兵一个不剩,全部战死。

阿敏早已注意到,山头的南坡上是一片树林。树林连绵延续到一个山谷,那里就是他的逃脱之地。

他边拼杀边留心观察,注意哪一匹马是善跑的,最后他选中了目标。于是,他靠近了那匹马,顺手将马上的士卒一掌劈下来,一个鹞子翻身上了那匹马,杀出一条血路,向那片树林奔去。

刘兴祚见阿敏要逃,急忙将弓搭箭,拉了个满弓,瞄准阿敏后心发了一箭。那箭偏了一点,射中阿敏肩部。他再命士卒们放箭,阿敏已经进入树林,失去了目标。刘兴祚急忙拍马追了上去,阿敏已经在树林中消失得无影无踪。

原来,打探到皇太极率领大军从蒙古进入中原的军情之后,袁崇焕便率领本部人马入了关。刘兴祚劝他看看再说,至少要等皇上入关勤王的圣旨到后再行动。袁崇焕不听。

袁崇焕孤军深入,刘兴祚放心不下。他想金军大兵进入中原,不可能同时开辟两条战线,不会兴兵进犯松锦。于是他从留守的人马中选了三千人,要进入关内接应袁崇焕。当时,赵率教已调山海关任总兵官。刘兴祚本计划路过山海关时向赵率教再借三千人马。可赵率教不忘旧隙,任凭刘兴祚说破大天,也不为所动,拒绝借给刘兴祚一兵一卒。刘兴祚在山海关耽搁了数日,借兵未果,遂带了自家那三千人马入了关。

当时,迁安、永平、滦州已被金军占领,袁崇焕的后路已被金军切断,消息全无,刘兴祚处于进退两难境地。最后,他决定还是向前为妥,既是前来接应,就要把事情做到底。之后,他不便走大路,便在山间穿插,越过永平、迁安,进入迁西境内。

在这里,他接到了不幸的消息——他从密云那边溃逃下来的明军士卒的口中,知道了袁崇焕和所率明军的悲惨结局。刘兴祚大惊失色,觉得再待下去已经毫无意义,决定回军。他率领人马仍旧避开大路,从山间或小路穿插,已经神不知鬼不觉地绕过了永平城。但是,在永平的山间,他遇上了自家的冤家对头。结果,他不但让仇人走掉了,还丢了自己弟弟的性命。

刘兴祚知道阿敏定然不会善罢甘休,他决定撤离。向东走离抚宁最近,但他没有选择那条路,他判定阿敏一定认为他要走那条近路,会派兵追杀。他折向了南方,入滦州,要从那里进入昌黎、抚宁这些尚未被金军占领的地域。

阿敏单骑回城,说了与刘兴祚遭遇情况。阿巴泰和硕托急忙找军医给阿敏拔去箭镞,敷了金创药。阿敏边忍痛接受治疗,边向阿巴泰和硕托部署追杀刘兴祚之策。开始时,阿巴泰与硕托都认为刘兴祚定然率军向东,主张立即发兵追杀。阿敏却道:"刘兴祚知我恼怒,必去追杀他。向东逃窜离抚宁最近,而他料定我必朝这一方向追杀,故而偏偏不向东去。我料定他向南去了……"随后,他亲笔给滦州的篇古写了一封信,并让阿巴泰找来两个愿意以死获取重酬的士卒带了信,并布置说:"你们想法找到刘兴祚行踪,并故意让他抓获。此去成功与否,对我大金能否捕捉到贼人至关重要。如获成功,我等定然兑现承诺。如你们不听将令,打什么小算盘,会晓得后果的!"

两名士卒齐道:"我等既已决心赴死,绝无二心。"

阿敏又嘱咐了些注意事项,便让二人回去准备上路。

随后,阿敏又向硕托布置了亲去滦州城的事宜,讲明了在滦州城捉拿刘兴祚的整个计划。最后,阿敏向阿巴泰布置,令他率五千人马走西路,以最快的速度赶在滦州城以西屯驻,但等城中火起,便以迅雷不及掩耳之势将滦州城围住,不得放跑城中一个人。阿巴泰随即点齐兵马,率众奔向滦州。

且说刘兴祚率领人马抄小路紧赶慢赶,太阳西下时,到了滦州城东北三十里处,想选一处安全之地歇了。多日来,他们衣食无靠,一直是饥一顿饱一顿,艰苦异常。从迁安退回到永平境内,一天多来还没有一口热饭一口热汤进肚,只靠携带的少得可怜的那点干粮充饥。眼下,干粮都已吃尽,天气寒冷,士卒们已经精疲力竭。

真是屋漏偏逢连阴雨,不多时,北风开始呼啸,天空阴云密布,看样子一场大雪就要飘向大地。

士卒们诅咒着上天,在风中艰难地行进着。

风是越刮越紧,雪花飘了下来,路也变得难走了起来。

走到一片树林边,士卒们再也走不动了,刘兴祚只好让大家在树林里歇一下。士卒们歇了,挤在一起靠彼此的体温取暖。

如此过了一袋烟的光景,几名放哨的士卒押着两名金兵来向刘兴祚报告,说捉住了两名奸细!

两名金兵被押到刘兴祚面前。

过来的几名明军士卒中,一人将一封被揉了的信呈了上来,指着两名金兵中的一名道:"属下等捉到他们时,他们当时带着这封信。他们趁我等不备,取出信来要吞掉,被我等抢了过来。请将军过目。"

刘兴祚接过信来,展开一看,见上面写着——

二贝勒致书固山额真篇古将军:

刘逆兴祚率军出现于永平,谅他们会向东往抚宁境内逃窜,我已派大军追杀。你部人少,又刚得大量粮食,为防万一,急派快马通报,望多加小心。

刘兴祚认得是阿敏的亲笔,看罢动起脑筋来。他想了片刻,先下令将两名金兵砍了,然后便对大家道:"阿敏判定我向东去,已派大军追杀过去。他这里有大量的粮食,担心我来此,便派了快马前来通知守城的将领篇古,以防万一。弟兄们,天不亡我,给我们送来了粮食,使我们有了活路。滦州城城垣破损,守军人少,今晚大家辛苦一阵,悄悄赶到城下杀进城去,先夺了他们的粮食再说!"

听了刘兴祚的一番话,大家立即跳了起来,个个摩拳擦掌,跃跃欲试。刘兴祚大喜,立即下令向滦州城进发。此刻风雪都成了无碍之物,大家个个奋勇向前,恨不能一步迈到城下。

三千人马不到一个时辰就赶到了滦州城东门外的滦河边。虽然河床很宽,但时逢冬季,河水很窄且结了冰。士卒们很快就渡过河去,接近了城墙。离东门不远,南北的城墙都有坍塌,刘兴祚把士卒分为几路,分别靠近坍塌处。他们受到了顽强的抵抗,这些拼命抵抗的都是值夜的士兵。金军无法抵御明军势如潮水的攻势,且战且退。

就在此时,西城那边起了火——不止一处。

金军大约抵御了一顿饭时间,便传来鸣金之声。接着,金军纷纷退去。刘兴祚占领了全城。

经查,西城多处起火,是由于金军焚烧了粮食。火被救下了,相当一部分粮食并没有被烧掉。

从其他方面看来,金军确实对明军的突袭毫无准备。原来,刘兴祚一边领人马实施攻击,一边提心吊胆,担心中了阿敏的圈套。现在,他放下心来。

尽管如此,刘兴祚并不想在城中多待。阿敏那张狡诈、狠毒的脸,不时地在他眼前浮现,他怕在城中待下去,又会吃亏上当。他命士卒赶紧做饭吃饱,然后每人带上十斤粮食出城。

可经过这一番折腾,吃了饱饭,歇下来,士卒们再也没有力量爬起来。刘兴祚软的硬的手段用遍,也难以再指挥得动。他连连叫苦。

就在刘兴祚无可奈何之际,城上放哨的士兵纷纷来报,说城外四面发现敌军!

刘兴祚知道中了阿敏之计,悔恨不已。

次日,阿敏来到了城外大营。他在阿巴泰、硕托、篇古的陪同之下来到东门,让士卒们向城上喊话:"大金二贝勒在此,城中军民听了,速将逆贼刘兴祚献出,如此全城无事;如若不然,攻进城去,鸡犬不留!"

随后又在四门叫喊。城中半日不见动静。午后,金军下最后通牒:以当日未末为期,时辰到后,仍不献出刘兴祚,即刻攻城!

最后通牒下达半个时辰,城中仍无动静。阿敏等人集于东门之外滦河东岸。

时辰将到,城上射下一箭,箭上带着一封信。信上写着已取得刘兴祚首级,望二贝勒履行承诺,保全全城军民性命。

有司报与阿敏得知。阿敏叫士卒向城上喊话,让他们带着刘兴祚首级下城,倘若真的杀了刘兴祚,定会履行诺言。

不多时,城门果然大开。

先是有十余骑出城。骑兵出城后,在河堤之上分列两旁停在那里。然后,一簇军民组成的队伍出了城门,下了河道,向阿敏这边走来。

阿敏等站于河东岸的大堤之上。等那些人离阿敏等一箭之地时,金军士卒向前对他们逐个进行了检查,最后确定并没有暗藏伤人器械,方让他们靠近阿敏等人。

众人走近阿敏，篇古向众人介绍道："这便是二贝勒。"

众人上前跪了，其中一人手捧一首级献上。

阿敏身边一亲兵接了。

阿敏看了看那首级，确实像刘兴祚，便问来人："这确是刘兴祚的脑袋吗？"

那人回道："我等怎敢欺诈！"

阿敏道："讲一讲，你们是如何就杀了刘兴祚的？"

那人又回道："不敢向贝勒爷隐瞒。倒不是我等杀了刘兴祚，是刘兴祚自认难以逃活，为保全全城军民，他愿自刎而死，让我等将他的首级献来。"

阿敏问："你可亲见他自刎而死吗？"

那人道："这小的倒并未亲见。"

阿敏又问其他来人："你等之中，谁是亲见了刘兴祚自刎的？"

来人中只有两个人站出来道："我等亲见刘兴祚自刎而死。"

阿敏向二人看了一眼，随后叫来库尔缠问道："你过来看看，这可是刘兴祚的首级？"

见到眼前的场面，库尔缠早已落下泪来，他走上前向阿敏道："我有一事相求……"

阿敏道："讲。"

库尔缠道："臣判首级，如若不是，请赦未亲见刘兴祚自刎者死罪。"

阿敏听罢想了一下，道："依你。"

库尔缠这才将那首级抱在怀里，一边大哭，一边查看。

眼前的人都为库尔缠捏着一把汗。大家心里明白，从库尔缠的为人看，他并不怕当着阿敏的面对好友的悲惨下场表现出悲伤。大不了惹恼了阿敏，一死而已，他不能为了自己的存活而掩饰起内心的悲痛。

众人见到阿敏虽已不悦，但并没有说什么，便稍稍放心。

但大家知道，对库尔缠的考验并不在此。他曾是刘兴祚的好友，如果怀中的人头确是刘兴祚的，那倒好说，唯其悲痛一场而已。但是，如果那首级不是刘兴祚的，情况就复杂了。那样一来，是出于友情，将假的说成真的，以保全刘兴祚的性命，还是……库尔缠的正直是出了名的。他该怎么办？

实际情况究竟如何呢？

眼泪洒在了怀中的首级上，库尔缠透过泪水观察了片刻，道："真的！"

那群送人头的人喘出了一口大气。

阿敏沉思了片刻，对那些人道："既如此，我必履行承诺。你们回去向城中军民讲：百姓要待在家中，不要出门。士兵则要放下武器，到十字街集中，听候发落。我派人随你们先行，大军随即进城。你们先回，在府衙等我。"

众人听罢大喜，起身与篇古所带三百人一起返回城中。

阿敏开始部署进城事宜。众将担心道："贝勒爷当小心刘逆设下的圈套！"

阿敏回道："篇古前去，便是先行打探，我等且等他的报告。"

用了差不多半个时辰，篇古派人回报，说已搜遍全城，并无异常，阿敏遂挥军入城。

入城之后，阿敏立即下令封锁四门，城头放哨，不许任何人逃出城去。随后，他做的第一件事就是要送人头的那些人将刘兴祚的尸体找来。尸体被找来了，阿敏问那些人："这确是刘兴祚的尸体吗？"

众人做了肯定的答复。

阿敏这才走到尸体前，命亲兵将右胳膊扯起，撩起袖子。他看了一眼后，立即道："好一个刘兴祚，假的！"

那些送人头的人顿时一片惊叫声，并纷纷跪倒在地，大呼道："望贝勒爷明示，怎道就是假的？"

"刘兴祚右臂内侧有一长长的刀疤，此臂光滑无痕，足见是假。"阿敏说着，命将那两个说亲见了刘兴祚自刎的人绑了，又对其余人讲道，"你们未见刘兴祚自刎，属不知情者，我已答应，不管是真是假，不杀你们。"

众人连连磕头不止。

阿敏这才想到库尔缠，但左找右找都不见库尔缠的踪影。

阿敏询问左右，众人皆说并未注意到他去了哪里。于是几个人又分头去找，可这里那里找了个遍，仍不见库尔缠的影子。阿敏心想他自知得罪，已溜之乎也。

阿敏不再管库尔缠，下令将集中于十字街的明军士卒包围起来，要他们立即将知情人供出，知情者当立即交出刘兴祚，或讲明他的藏身之处；否则，将他们全部活埋。

与此同时，阿敏命士卒沿街喊话：隐藏刘兴祚者，立即将他交出，知他下落者，立即报告；否则将全城百姓统统杀戮，绝不留情。城中气氛立即紧张了起来。

且说大队人马在大堤边等候篇古进城打探城中情况时，库尔缠就悄悄离开了队伍。他先是在大堤靠城的一面坡上转了两圈。在一个矮树丛中，他找到一团马踏雪地的印迹。最后，他看到有一溜马蹄印在堤坡之上向南延伸而去。

在阿敏下令入城时，库尔缠就思考着如何是好的问题。他断定刘兴祚已不在城中，同时判定，到了黄昏时分送出一颗人头来，这说明刘兴祚先前并没有逃脱。他要逃出城，只有在打开城门金军把注意力集中在走上大堤的那些人的身上的那一时刻。库尔缠想到了打开城门之后出来若干骑的那一奇特场面：送出人头，原本是不要来那么多人的。可实际来的人数就有三十之多。无疑，这是刘兴祚所设的障眼法，好让这些人挡住视线，以便他金蝉脱壳。所以，当金军大队人马在堤上滞留之际，他查看了情况。雪给他帮了忙，他果然找到了痕迹。

库尔缠离开那片树丛时由于有树木的遮挡，又加天色已晚，并没有人注意到他。

他沿那条蹄迹向前行了大约一里路，马蹄印离开了大堤。远方是镶蓝旗阿敏的大营，蹄印即向镶蓝旗大营那边展去。行至镶蓝旗大营时，蹄迹拐向了大营，库尔缠又顺那蹄迹奔向营寨。

大营门前由于人马的出入踏出了一条通路，那马迹在这通路上消失了。

库尔缠大惑不解，难道刘兴祚进了营不成？

然后他一想，对，他进了营。金军大营营连营、寨连寨，不从一个门里进去，如何逃得出去？

库尔缠拍马向营门走去。

库尔缠经常随皇太极出入，是有名的巴克什。守门士卒认得他，见他到来便赔笑道："这么晚了，大人到此有何贵干？"

库尔缠问："天黑以来一直是你们守门吗？"

守门士卒答道："一直是小的们。"

库尔缠又问："天刚黑时，可有一单骑入营？"

守门士卒答道:"曾有一骑,说是受二贝勒所差,入营取什么东西……"

"你们就放入了?"

守门士卒答道:"放入了。"

好糊涂的小子!可库尔缠转念一想,也怨不得这些可怜的年轻人了,刘兴祚是乔了装的,说是阿敏亲派,谁敢挡他?想到这里,他便又问道:"他穿了什么服装?"

守门士卒答道:"自然是镶蓝旗的戎装。"

库尔缠又问:"讲的是什么话?"

守门士卒答道:"满语。"

库尔缠又问:"他还说了什么话吗?"

守门士卒答道:"没有。"

守门人见库尔缠连珠炮般发问,道:"我们做错了什么事吗,巴克什大人?"

库尔缠答道:"没做错什么,留心把守,我进去找他。"

库尔缠拍马进营,守门士卒也不好挡他。

进了营就再也不会受到营中士卒的盘问和阻拦,毫不费劲地穿过一个又一个营帐,直奔后寨。

后寨人马少有活动,雪未被踏。到达后寨,他便又找到了一行蹄迹。前方的远处,一匹带鞍的马映入他的眼帘。那马安静地站在寨墙边,一动不动。他到了那马的跟前下马察看。有人在此下了马。

库尔缠也下了马,攀过寨墙,到了寨外,察看脚印,见一溜脚印展向不远的一片树林。再细看那脚印,有一只脚似有拖拉之迹,库尔缠顺着那脚印直奔那片树林。

进入森林之后,库尔缠仍顺着脚印向前走。到了树林的深处,他停了下来。

万籁无声,只有风掠树梢的咝咝声。

库尔缠如此站了片刻后,向远方看去,见有一人躺在一个土坡的雪地上一动不动。库尔缠奔了过去,走近一看果是刘兴祚,便高声喊道:"兴祚!"

刘兴祚正在闭目想着自己的心事,忽听有人叫他,睁开眼睛看去,见不远处像是老友库尔缠,以为自己是在梦中。再看,见果是库尔缠向自己奔来。他便忘记自己的脚已经崴了,猛地站起来要迎接库尔缠,结果一下子摔在了地上。

他重新站起时,库尔缠已经到了身边。两个人紧紧地抱在了一起。

半天,刘兴祚才问道:"你怎么到了这里?"

库尔缠看出刘兴祚的脚崴了,便扶他坐下,向他讲述了来这里的经过。

刘兴祚听后半晌无语。库尔缠道:"快跟我走。"

刘兴祚问:"去哪里?"

库尔缠道:"大汗班师返回,不日到达永平。我们到那里去向大汗讲明缘由。"

刘兴祚听着摇了摇头,道:"那条路走不得……"

库尔缠听罢忙问:"你是说,大汗不会谅解你吗?"

刘兴祚道:"那倒不是。"

库尔缠再追问,刘兴祚不答,反道:"咱们倒应一同回滦州城去。"

库尔缠听罢感到大感不解,道:"你疯了吗?"

刘兴祚摇摇头道:"我倒没疯。这次出逃,原想既保住自己的性命,又保住三千儿郎和全城百姓的性命。可逃到这里后,我猛然想到,我粗心了。征朝时,阿敏让我和他一起住在了他挑选的一所院子中。外面天气很冷,但屋内火生得很旺,屋里很热。次日清早,阿敏到我屋内问事,我还没有起床,他到后我一边回答他的话一边穿衣,就在那时,他注意到了我右臂上的一块刀疤。凭阿敏的狡诈和多疑,他进城后定然查看尸体,而当他发现我假死之后,必然兽性大发,加害全城百姓。现在"走投无路"四字于我是最妥帖不过,只有一途好走——回去以我之命,拯救全城军民,还不知阿敏那只恶狗允不允。"

库尔缠打断刘兴祚的话道:"怎的就走投无路了呢?还是跟我去永平……"

刘兴祚只得向库尔缠讲了阿敏要挟他的事,然后道:"想想看,大汗即使谅解了我,也并不会因此把阿敏怎么样了。而阿敏在,哪里还有我的立足之地?"

库尔缠一切都明白了,他做出了一个决定,然后对刘兴祚道:"咱们回去,回滦州城!"

且说皇太极率领大军到达遵化后,让大军在那里驻扎,自己率众将和谋士来到永平。已经占领了永平等中原五地,是放弃还是据守,他有了新的考虑。

他到达永平的当日,正好阿敏去了滦州。永平只剩下了硕托手下一名正红旗参将留驻,他向皇太极奏报了刘兴祚出现在永平、阿敏与刘兴祚部遭遇并中箭脱险、阿敏使计将刘兴祚诓入滦州城、阿敏闻报前去捉拿刘兴祚之事。

锦州之战后,皇太极对刘兴祚出逃的事进行了思考。刘兴祚的"家事"曾被认为是他自尽身死的重要原因;既然刘兴祚逃到了锦州,且是举家一起逃到了那里,那所谓的"家事"就是子虚乌有。那是什么原因促成刘兴祚下了这样的决心,做出了逃脱这样的事呢?

养病期间,范文程、宁完我和库尔缠向皇太极讲了刘兴祚私藏达姬、三人与刘兴祚一起设计了"购假""送娇""藏姬"之计,而后达姬被费扬果抢走,遣回的朝鲜姑娘被巴布海等弄回诸事。这些事隐瞒不奏,便犯了欺君之罪。皇太极自然宽宥了,还问事到如今,他们还认为刘兴祚出走,仅是由于有了这些把柄,怕暴露治罪吗?范文程等曾经议论,刘兴祚出逃或许有阿敏的因素,也曾估计到除达姬的事外,阿敏还抓住了刘兴祚的什么把柄,受到了威胁,才一走了之。只不过这是一种猜测,阿敏是朝中重臣,他们知道皇太极与阿敏之间的间隙,在此情况之下,不便把一些捕风捉影的事拿来做证据向大汗讲。因此,凡是提到刘兴祚的事,三个人都没有涉及阿敏。

眼下,皇太极听说刘兴祚被困于滦州城内,遂生重新收容之念,因此叫过范文程和宁完我,问道:"如让刘兴祚不死,他会回心转意吗?"

范文程与宁完我知道刘兴祚被围、阿敏亲自去了滦州之后,认为刘兴祚只有死路一条了。现在听皇太极这样讲,觉得刘兴祚有了活路,心中无不高兴,连忙道:"如此汗恩浩荡,刘兴祚焉有不竭尽全力报效之理?"

皇太极听罢道:"你二人速速前往滦州见二贝勒,就说我要一个活的刘兴祚。"

二人大喜,即刻快马奔滦州而去。

金军将集于十字街头的明军团团围住,要他们举报知情人,讲出刘兴祚匿藏之处,可没有一个人出头。万般无奈,阿敏只好逼问那两个自讲亲见刘兴祚自刎者,可他们也闭口不言。阿敏气恼异常,正命亲兵拷打,外面忽报,说巴克什库尔缠求见。

阿敏听后一愣,心想他去了哪里?现在回来做什么?

阿敏做了一个让库尔缠进来的手势。

库尔缠进来了。阿敏怒目而视道："你去了哪里？"

库尔缠道："去找刘兴祚。"

阿敏冷笑道："可找到他了？"

库尔缠道："找到了。"

阿敏惊了一下，随后又冷笑起来，道："那他在何处？"

库尔缠道："就在院中。"

阿敏越发不相信了。库尔缠站在那里一动不动。

阿敏怒不可遏，大声吼道："滚吧，眼前我还有重要的事做！"

库尔缠平静地道："贝勒爷可到院中自看……"

这回阿敏动了心，要走出屋子看个究竟。但库尔缠拦住他道："臣擒他，应了他几件事。"

阿敏站定，道："讲。"

库尔缠道："一、饶滦城全城军民不死。"

阿敏问："二呢？"

库尔缠道："刘兴祚之子现在锦州，如日后他们重归大金，要赦刘子及家人不死，允他们去扎木谷务农——做自由人。"

阿敏没有作声，推开库尔缠到了院内。

果然是刘兴祚。

刘兴祚并不理会阿敏的出现。他既未昂首挺胸，也不垂头丧气，而是平静地站在那里，一动不动。

就在这时，范文程和宁完我到了。他们立即见了阿敏，把皇太极"要一个活着的刘兴祚"的口谕传给他。阿敏听后怒从心起，然后大吼道："拉出去剐了！"

阿敏解了恨，这才接受了库尔缠的请求，除杀掉了那两名说亲见刘兴祚自刎的明军士卒外，没有再杀其他的人，并答应向皇太极请求赦刘兴祚之子及家人不死，如他们日后重新归了大金，允他们去扎木谷务农——做自由人。

库尔缠出重金雇了两个当地人收了刘兴祚的尸体，并买了一口棺材收殓了。他在东门外滦河堤下选了一块干净之地，把刘兴祚埋掉。在回来的路上，刘兴祚已将随身带的那把"大鱼肠"交给了库尔缠，库尔缠将剑随葬了。

库尔缠一直留在刘兴祚坟前。等所有的人离去后，他转身向东北单腿跪定，取出宝剑横在颈上，仰天道："我库尔缠送了自己的朋友，已难自立于世。后世亦必唾骂于我，道我不仁不义。上拜父母在天之灵，告慰列祖列宗：儿死无怨，然我之苦衷又有谁知？儿已疲惫，无力再久于人世矣——今随双亲去也。"说罢自刎而死。

皇太极暂住永平。一天晚上，他设宴招待在永平五城诸战中降了的白养粹、孟乔芳、杨声远等人及京畿之战降将麻登云、黑云龙、李云等。

李云是金军截击祖大寿时被俘降金的。

席间，皇太极问众人道："我欲守所得永平、遵化、迁西、迁安、滦州五地，可得守乎？"

黑云龙先道："以大汗神威，无坚而不克，无地而不守。"

皇太极不悦，喟然道："我向诸位问计，出以诚。尔等当以诚相见才是。'神威'云云，空颂之言，似难解决诸事之难。百姓不服，以何调顺？粮草不济，如何筹集？明军袭来，怎样却敌？凡此种种，恐不是'神威'二字全可解的。"

黑云龙闻言，低头不语。

李云道："大汗所问，罪臣等先无所思虑，即言，亦非由衷之语也——可容臣等思考后奏闻。"

白养粹亦道："李大人所言极是，请容臣等思考。"

皇太极听罢道："你等斟酌，明日，我将逐个悉听高见。"

皇太极果然逐个听了众位降将的见解。其中，白养粹、李云所谈最合皇太极之意。白养粹道："永平、遵化、迁西、迁安、滦州自成一片，断明京城与山海关脐带，守之大益。只是三面处于明军合围之内，实属易攻难守之孤岛，长期据守不易；然而，北有大墙所依，有蒙古诸部后盾，大汗有意向关内汉民汉将展示大金治下福地，则可据守一时；为是，必勿扰民而爱之，行仁义之政、怀柔之举；务用汉官汉将，使民安乐业，以求满汉共治——其他不知其效也。"

李云也有类似见解。

皇太极纳其言。此时，阿敏提出愿意留守五城。皇太极考虑到拿下五城，大多是阿敏之力，遂同意他的请求，留下阿巴泰、硕托、宁完我协助，镶蓝旗固山额真篇古自然也留了下来。同时命白养粹为永平巡抚,对州事全管全治。

皇太极召众武将、文臣及所有降将,谕曰:

吾意在明廷水深火热之域中辟一领地,将五城建成汉民之福壤,以昭告天下,我大金国乃仁义之邦也。所留满官汉将,当同心协力,共守共治。勿侵扰百姓,而当鼓励他们安居乐业,力兴农桑。所需粮饷官资,皆由汉官筹措,严禁搜刮威逼抢掠。守军更不得擅离城镇,入村扰民害民。

律:杀害剃发降民,鞭一百,刺耳,并罚没安葬之银。行窃者,勒令赔偿所窃之物,鞭八十二,刺耳。抢掠者,亦按盗窃问罪。下属犯罪违律,牛录、额真、章京不知者,照失察之例,治以应得之罪;若知情不举,则与首犯同罪。知法故犯,必严惩不赦。

皇太极率领其余人马离开永平,到达三十里村时,他停了下来。

原来在出发之前,宁完我向皇太极呈了一封信,那信是库尔缠临死之前留下来让人交给宁完我的。信上写着,永平城三十里村,是明将祖大寿的老家,这里住着祖大寿的部分家人。他建议皇太极大军过时,随路收其家人,以备后用。

皇太极久知祖大寿善战,是"祖家军"的核心,早有收拢之意。行至三十里村,遂命多铎偕降将李云前往查看。多铎等得祖大寿兄之一子及其亲属而归,皇太极命将他们带回沈阳,盼咐有关人员于路厚待之。

回到沈阳后,皇太极庆功七日,大赏有功之人。

时东陵已于上年修建完毕,并将老汗灵柩移入安葬。同葬的有皇太极之母叶赫那拉·孟古姐姐,阿济格、多尔衮、多铎之母乌拉那拉·阿巴亥,莽古尔泰、德格类之母富察氏。皇太极率众兄弟前往祭奠,以仇人袁崇焕之死告慰其皇考在天之灵。

第十二章 挑拨是非,基小小上蹿下跳

阿敏留守永平有他的小算盘。他多次提出"外藩独居"都未能实现,这次趁皇太极率军入袭京畿,他靠自己的勇气和智慧拿下永平五城,为留驻打下了坚实的基础,使皇太极不得不同意他留下来。

为了使皇太极同意他留下,他保证将"不折不扣"地执行这块模范之地制定的一切规章、所有制度;皇太极有关据守永平的汗谕,他将句句照办。他甚至要立军令状,说若守不住永平五城,甘愿受军法处置云云。皇太极自然不会让阿敏立什么军令状,并同意他留了下来。

只是他天天想"外藩独居",可如何一个居法,其实他并没有认真思考过。所以,他的"外藩独居",实质上就是想搞独立王国,自家痛痛快快地过日子。

皇太极大军走后,白养粹到永平上了任。

最初,阿敏决定留在遵化,让阿巴泰和硕托照旧守永平。不久,他又改变了主意,决定把大本营移到永平,调阿巴泰守遵化。之后,阿敏的大本营正式移驻永平。

他到永平后碰到的第一件事就不愉快——众人迎接他时,只给他准备了一盖。可在他的心中,当给他预备两盖。当时,阿巴泰主其事,白养粹在此前询问道:"在金国,大贝勒在迎送场合当几盖?"

阿巴泰答道:"按律当双盖。"

白养粹提出是否备下两盖当日用之。

阿巴泰并没有多想,回道:"现在仅有一盖,连大汗出入多为一盖,何必讲

究陈规费力去制？一盖足矣。"结果，阿敏见只一盖来迎，甚为不悦，草草入城。

时基小小在侧看得清楚，回到住处，便对阿敏道："爷在为一盖赌气吗？"

阿敏冷哼道："他们也太不把我放在心上了！"

"爷何必把这小事放在心上？"基小小这句倒挺像人话，但接着道，"爷要成就一番事业，就得忍耐些儿——来日方长呢！"

阿敏觉得基小小说得有理，遂将此事放过了。

阿敏住的是阿巴泰住过的那所宅子。迎了阿敏，阿巴泰就去了遵化。住下后，白养粹来拜。次日，阿敏到巡抚府视事，见巡抚府比他住的宅子房高院大，心中不解，但嘴里没有说什么。回到住处，阿敏又发怨道："为何这白养粹倒住了一所大院落？"

基小小知道阿敏酷爱大院丽舍。他曾跟阿敏去了巡抚府，在那里早就看到了阿敏的不自在，现在见阿敏如此说，便道："这是阿巴泰贝勒安排的。听说白养粹曾提出他住现爷住的这院子，让贝勒去住那里。不知何故，贝勒爷未允。"

阿敏愤愤地说道："没道理。如何一个汉民却住得比驻防贝勒爷的房子还好些？"

基小小没有再说什么，心里却有了一个主意。

没有几日，这基小小已与白养粹的亲近随从名唤何碧的混熟。当晚，基小小找到何碧，约他到馆子里吃酒。席间，基小小问何碧道："你可想升发？"

何碧反问道："你有何主张？"

基小小道："倒不是有什么主张。只是眼下有一个让你升发的机会，不知你做何打算？"

何碧忙道："有这种机会，我哪能放过。"

基小小道："我家贝勒爷今天去了巡抚府，你也看到了。你可曾细看我家爷的神态吗？"

何碧摇摇头道："未曾细细端详……"

基小小笑道："我就看到了。爷见巡抚府房高院大，甚不自在，我就断定爷心中不悦。果然，回府之后，爷道：'好无道理！一个巡抚的官邸远远大于贝勒之邸，成何体统！'你看到了机会没有？"

何碧听罢想了一想，没有当即说什么。

基小小以为何碧不明白其中的奥妙，便道："好不开窍儿！我跟你透了风，你可说与巡抚知晓。他如果是个明白人，定然主动将院子让出，以遂贝勒爷之愿。你想想看，讨得大贝勒的喜欢，那白养粹日后还不是步步高升、前途无量？这样，你不也就跟着升发了？"

何碧这时才道："此事怕不像你说的这样如意。"

基小小听了惊道："难道那白养粹会不让不成？"

何碧点点头道："正是如此。"

听何碧这样讲，基小小越发吃惊了，忙问其故。

何碧叹了一口气道："你是不了解我们那巡抚爷，这里面有一个关节。当初，白巡抚倒是提出要阿巴泰贝勒住现在的巡抚府。可阿巴泰贝勒不允，说他在此驻扎完全是为建大汗所说的模范领地，不是乐享升平。巡抚府是一府之至高府邸，必堂堂然以镇其民，故当是城中最好的。白巡抚亦觉讲得有理，就在那里住了下来。白巡抚是一个众所周知的认理不认人的犟官。有此关节，他怎会中途改变，将院子让给二贝勒呢？"

基小小听罢想了一想，事情既然是这样，看来软来不成，硬来也是不成的，得慢慢行事。他遂道："既如此，当我白说。此事天知地知，你知我知……"他再三叮嘱何碧，切勿再向别人提起。

虽说"你知我知"，可事关重大，何碧回去就将事情原原本本向白养粹讲了一遍。白养粹听后沉思了半天，最后叹道："恐不会作罢。"

基小小也没有瞒着阿敏，他也把事情的经过向主子讲了一遍。阿敏并没有吩咐基小小去办宅第之事，但知道他做了之后，也并没有责备，而是顺势说了一句："再做道理好了。"

没过几日，城中商界大户封盛萱为其母八十大寿开堂会，阿敏成了第一嘉宾。这封盛萱做的是钱庄生意，永平州城内十字街西北角的"封记钱庄"就是他开的。在附近各县，"封记钱庄"都有分号。在京城，鼓楼西街的"时家钱庄"名义上是宫中某人的，实际股东也是封盛萱。

封盛萱经商，遵守的是"君子爱财，取之有道"的教条。他富有，但不吝啬，修桥铺路、济贫解困之举做了不少。所以，在永平州城内，大人小孩提起封盛萱，没有不知道的。

金军占领永平之后,他起初不知底细,逃出了永平城。后来见金军并不骚扰百姓,反而鼓励农耕,对于商贾、手艺人亦采取保护之策,又加上人是逃走了,但财产并没来得及带走,他便毅然回到了永平。他想,我一个生意人,如同一个农夫,难道金军来了,地也不种了,生意也不做了?

他原不想与金国发生什么瓜葛,自家做自家的生意。这样,即使有一天金军走了,他也落个一身清白。可实际上这是办不到的,别的不说,他是新任巡抚白养粹的朋友。常言道,为朋友两肋插刀。白养粹上任,遇到了难以想象的困难,他总不能袖手旁观。这样,他原不与金国发生瓜葛的打算就落了空。

在帮助白养粹做这些事时,他声明这是在帮朋友。对此,白养粹一笑了之。

封盛萱之母年轻守寡,当初为支撑"封记钱庄"的门面,历尽千辛万苦才保全了祖传的买卖。到封盛萱成年,"封记钱庄"交到了他的手上,才有了今天。因此,封盛萱要给母亲操办一个像样的寿诞。

一切顺利,只是在请客的问题上出现了周折。

按说,既要办一个像样的寿诞,在请客方面,客人自然是越显赫越好。在永平,最显赫的人物是谁呢?自然是阿敏。白养粹也讲:"无论如何得请阿敏贝勒。"可封盛萱有言在先,不与金方发生瓜葛,那请还是不请呢?

何碧之弟名叫何琨,是封盛萱的管家,基小小也认识了他。封盛萱为其母大办寿诞,动静很大,甚至一时成为永平街谈巷议的中心话题之一。这么大的动静,基小小自然知道了。

封盛萱"不与金方发生瓜葛"的决定,只有他和白养粹等极少数人知道。因为这话要传出去,那是了不得的事。即使是作为管家的何琨,封盛萱也并没有向他透露过这层意思。封盛萱只是嘱咐何琨,凡碰见直接与金国打交道的事,他不得擅自处理,而是要首先向他禀报。何琨这样做了,而且发生的几件事,都被封盛萱找各种理由回绝掉了。这样,封盛萱的心思就连何琨都没有猜到。

一日,基小小找到何琨,问道:"听说你家主人为母亲办八十大寿的堂会要请体面的宾朋,我使点劲儿,把我家贝勒爷给说去,给你家主人露露脸儿。你看如何?"

何琨一听高兴起来,道:"二贝勒爷是封老爷第一个要请的,只怕贝勒爷不赏这个脸。你要有本事请动贝勒爷,我家老爷还说不定怎么谢你呢!"

基小小笑道:"小事一件。你就回去回你家老爷,叫他好生准备着。"

何琨大喜,但转念一想,这是不是一准的事?倘若回禀了,二贝勒却不到,那不叫老爷说不会办事?他把这一层意思说给了基小小。基小小一听好不耐烦,心想这点事看他谨小慎微的劲儿!便懒得向何琨解释,随口道:"这种事我能凭空说白话?实是我家贝勒爷的意思,昨日个还问我呢,说封宅的堂会是什么日子?咱也去凑凑热闹如何?"

何琨听了高兴起来,道:"早这样说不就结了!"

何琨遂回去跟封盛萱说了基小小的话。

封盛萱正为请不请阿敏拿不定主意,听后沉吟了半天,最后,觉得既然阿敏主动要来,那就再也没法子不请了,遂没好气儿地对何琨道:"晓得了。"

何琨一见封盛萱如此,倒愣了一下:"老爷今日这是怎么啦?"

他觉得主人是因为别的事不痛快,也就并未深想。

当日,基小小没有花费很多的唇舌,阿敏就同意去封宅赴堂会了。

去的那天,基小小在阿敏左右精心地侍奉着,用心地观察着,唯恐阿敏有一丁点儿的不悦。还好,阿敏兴致很高。

但有两点,基小小看出了主子内心极有所动。第一点,封盛萱的宅子引起了阿敏的兴趣;兴奋之余,基小小还从阿敏的眉宇中间观察到了一种淡淡的怨愤之情。另一点,主人对场面上的女人甚为在意,观察得细致入微。

为封盛萱宅子的事心有所动,这不难理解。对白养粹的巡抚府,主人看后尚有所感,再看到这封盛萱宅第,主子怎么会无动于衷呢?

原来,封盛萱这宅子地处西门之内,坐北朝南,位置好是用不着说的。而这宅子最引人瞩目之处在于它的宽大、高雅、漂亮。

宅院是三进的,房舍高大、豁亮、雕梁画栋,宛如宫殿一般,差不多赶上了沈阳的汗宫宫院。最令人赏心悦目的是后花园,它大:从第三院,一直延伸到城墙的小西门;它美:有山,有水,有亭,有阁,花是百样花,草是千般草,树是万种树,就是在大金国的都城沈阳,除去汗宫和贝勒府,也不会再找到像封盛萱这样的宅第了。

基小小原以为巡抚府是永平的第一宅第,可与这封宅一比,那巡抚府就相形见绌了。在永平,贝勒的住处逊于巡抚府,巡抚府又逊于封宅。这种颠倒,如何不叫贝勒爷心中不平!

当日回到住处,阿敏就有话了:"一个大贝勒,其府邸不如一个汉民降将的宅子!说什么'有过节',这便罢了。可比一个汉民商贾更差得远,这成何体统!"他越说越来气,最后终于发作了,"赶他出去! 难道也有什么'过节'不成?"

基小小见阿敏来了劲儿,心里高兴,想这回可不是我一个人着急了,便道:"爷用不着为这个动怒,这事交给小的办去就是了。"

阿敏怒气未消,道:"我这就去找那姓白的……"

"此事何须爷出头,给他如此大的面子! 只要有爷一句话,奴才不出三天,就会把那宅子要过来。"基小小劝完又添油加醋道,"还有,爷,毕竟是穷乡僻壤,看堂会上那些娘们儿,一个个裹着绫罗绸缎,囊里头却是些白薯倭瓜……"

阿敏打断他道:"尚有几个有几分姿色。"

"不枉爷看得仔细。"基小小心想,嘴上却道:"奴才倒没细瞅,反正都是上了手的……"

说到这里,阿敏笑了笑。

基小小又道:"爷,有道是鸡窝里出凤凰。奴才正四处留意,死也要为爷找到那只凤凰!"

阿敏又笑了笑,无话。

说三日为期,基小小是吹了大牛。愣是让封盛萱从住了几十年的宅子里搬出,是一件说办就办的事? 好在投其所好,到期不果,也不会受到惩罚的,只是脸面上有些不好看而已。然而,基小小还是决心按期办好此事,因此他马不停蹄地到了何碧那里。

基小小曾想直接找到白养粹向他摊牌,但转念一想,去不得。那白胖子别看浑身肉软,可目直、脑壳硬、周身铁板、不能碰的。所以,还得先打打外围战,试探试探敌情再做道理。

见到何碧,他直截了当把事由讲了出来,最后问道:"先前要巡抚府,说是有'过节',不成。这次不会再有什么问题了吧?"

想不到,这次何碧那"不"字比上次说得还干脆麻利些:"这不成。"

基小小不由得吃了一惊:"怎么又不成?"

何碧道:"这封盛萱可不是等闲之辈,巡抚的许多事要靠着他。"

基小小不悦,道:"巡抚靠着他,与我家贝勒爷又有何干?我们又不靠他!"

何碧赔笑道:"你怎么这么糊涂?巡抚靠他是为啥?还不是为了让大金的几千人马够吃够花,让咱永平太平无事?"

基小小道:"我就不信他封盛萱有偌大的本领,大金的几千人马是靠他供养的?"

"有一句话说:杀鸡给猴儿看。那是讲杀一儆百,让猴群静下来。可有时伤一只猴子便惹恼了猴群,会自找不得安宁。现在要动封盛萱的宅子,就等于要他的命。这就是杀一只猴儿,且是一只老猴儿!你想想,如此一来,群猴儿还不闹将起来?当年,孙悟空一只猴儿竟大闹了天宫,搅得天界天昏地暗。要是群猴儿闹将起来,小小的永平城,还有安宁之日吗?"

这话基小小不爱听,道:"我就不相信他封盛萱竟有齐天大圣的本领!"

何碧道:"打个比方罢了。"

"不跟你费唾沫,看我有办法降住那封盛萱假猴王没有!"话不投机,基小小拂袖而去。

在何碧给他讲那些话的时候,基小小有了一个主意。既然按何碧所讲这不成那也不成,那就来一个绝的。为此,他找到了硕托。

硕托本是一个懒散之人,凡事能推就推、能拖就拖,总是玩字当先。可来永平之后,一切军务便都落到了他的肩上,他竟成了一个大忙人。

基小小好不容易找到了他,一上来就嬉皮笑脸,先说了些没正经的话。

硕托道:"得,有屎就拉,有屁就放!爷忙着呢,哪里有工夫听你瞎唠叨!"

基小小道:"那奴才就开门见山了——二贝勒爷要占封盛萱那宅子,要奴才来找爷,请爷去与白巡抚讲。"

硕托一听阿敏要封盛萱的宅子,先是吓了一跳。随后听说是让他去讲,他立即做出了反应:"为什么偏要我出头?"

基小小道:"因为事关军务。"

硕托不解,问了一句:"这事怎么关军务了?"

基小小道:"封府后花园有一土山——这昨日个爷去,想必注意到了?"

硕托道:"不错,那里有一土山。"

基小小道:"那土山顶是全城最高点,登上去不但可俯视全城,而且能够看到城外甚远处的动静——这爷就明白了吧？"

这倒是。硕托心里这样想，嘴上却道："这却有理，可……凭这就能要过那宅子？"

基小小回道："不是要，是征。"

硕托又吃了一惊："征？"

基小小道："对，二贝勒爷说的。"

硕托道："那得容我想好了词儿去说。"

基小小道："爷，等不得——要封盛萱三日内搬出呢。"

"三日？"硕托听了再一惊。

基小小见硕托犹疑，便道："对，二贝勒爷说的。"

硕托摇摇头道："就是军务所需，也用不着如此心急火燎。"

基小小见硕托仍然犹疑，便又道："有军情。"

硕托惊道："有什么军情急到这个份儿上？我怎么不知？"

基小小见仍不能释硕托之疑，便又道："有密报。"

硕托道："有密报？谁说的？"

基小小道："对，二贝勒爷说的。"

硕托听了，觉得越来越玄乎，思考了片刻后道："我得去找二贝勒……"

基小小一听硕托如此说，立即慌了神儿。心想他这边一连几个"二贝勒爷说的"，主子那边还不知道是怎么回事呢。让硕托去找二贝勒爷对证起来，岂不是闹得吃不了兜着走？他的小脑瓜儿一转就是一个主意，道："这回还真让奴才给猜着了。临来，奴才还跟二贝勒爷讲：'主子，这天大的一件事儿，就凭奴才身子顶着一个脑袋去硕托贝勒爷那里？好歹也该有个手谕什么的，万一硕托贝勒爷不相信，还得过来见您。那样一来，丢了奴才的面皮事小，来回往返，误了大事可就大了。'二贝勒爷说：'哪来的啰嗦劲！你只管去！他要疑你，就是疑我——哪家主人养狗不挑挑品性？花钱、下功夫，养一个不忠的、乱说瞎话伤主人的名誉的——硕托……'这是二贝勒爷呼的，恕奴才道了贝勒爷的名讳了。'……他懂这个！去吧，去吧！'遂催着奴才来了。贝勒爷，您看这事……"

硕托听罢不悦，道："滚你的吧，我这就去找白养粹。"

基小小把他为得到封家宅子做的事向阿敏回了一遍。当他讲到想起军务征讨的主意去找硕托的事时,阿敏一阵高兴,夸基小小道:"你小子鬼点子就是多,这一次倒真的想到了点子上!"

基小小见阿敏高兴,便忙跪下道:"可奴才为了主子得到宅子,却犯了大罪。"

阿敏听了一惊,问:"这怎么说?"

基小小道:"奴才……假传了爷的'圣旨'。"

阿敏怒道:"快讲明白,别这么吞吞吐吐、支支吾吾,叫人觉得难受。"

基小小道:"奴才对硕托贝勒爷说,军务之需是爷说的。"

阿敏听罢想了一想,道:"说我说的就是我说的,讲的又不是什么见不得人的事。起来慢慢往下讲。"

基小小见这一关已过,便放下心来,遂将他如何催硕托抓紧去办的事又禀了——自然隐下了硕托生疑,他编瞎话释疑的情节。

关于宅子,阿敏那天对基小小讲那些话,固然是他的真心感受,是他长期羡慕华居的心理真实流露,但也有一时生气说气话的成分。所以,时过境迁,他要占封宅的心思就渐渐淡了下来。后来他听基小小讲了何碧的那番话时,也觉得何碧讲得不无道理,已有了作罢之念。但后面接着又听基小小想出了军务之需的新招儿,觉得这不外乎是得到封宅的办法时,思想上便又出现了反复。基小小回完之后,他说道:"看看事态如何吧,只是你小子折腾的动作也忒大了些!"

关于封宅的事,何碧已与白养粹讲了基小小跟他讲的那些话。

"如陇不到手便取蜀,永平无救矣。"白养粹听罢心中暗暗害怕。他不理解,一个大贝勒为何如此不顾全大局,一意孤行。再说,这永平也不是你大贝勒能长久待下去的,最多一年,最短半载,你就被替换回去了,为何不能忍耐一时呢?

既然那基小小说得信誓旦旦,想必又想出了新招儿要封盛萱那宅子。会是什么新招儿?等着瞧吧。

果然硕托来找了他,开门见山地说道:"因军务之需,要征封盛萱的宅子,故来向巡抚大人告知,要封家搬出。"

一个"征"字出口,让白养粹惊呆了。果然有了新主意——可这是一个什么样的主意呀!

要人命的主意,要永平之命的主意!

按说,在有敌情之时,镇守之将提出某某宅子因军务之需而征用,一个巡抚是很难说出一个不字的。但白养粹知道,所谓军需者,无非是阿敏要占有封宅的一个借口而已。有鉴于此,又为了向皇太极尽委任之职,他白养粹一定要说这个"不"字。

硕托讲完,白养粹便道:"此宅征不得。"

硕托原听说白养粹执拗,但多次打交道,倒觉得还算随和。这次白养粹如此一说,硕托心想,牛劲儿来了。

硕托劝道:"此乃二贝勒之意,我看还是不要执拗为好。"

白养粹回道:"贝勒爷,臣的确执拗,却看看是为了什么——该办能办之事,臣顺畅而随和;不该办之事,即使能办,臣必执拗不从也。要征宅,臣是能够办到的。然此事不当办,故臣说'此宅征不得'。"

硕托便问道:"那你来讲讲这'征不得'的道理是什么。"

白养粹道:"要讲给别人听,或许是对牛弹琴。可讲给贝勒爷,当一点即明矣。贝勒爷来臣府之前,二贝勒府中有基小小者,刚刚找了我这里的何碧,当时他就提出了要封家给贝勒爷腾房子。何碧告诉他'腾不得',基小小不以为然;何碧给他讲了道理,那基小小仍不以为然。臣就将刚才他们之间的过话学上一遍,这样,贝勒爷就不难明白内里了。"

听完白养粹的复述,硕托知道自己上了当,便沉思无语。最后,他自言道:"可要真的是二贝勒的主意怎么办?"

白养粹听后道:"即使原来不是二贝勒的主意,眼下怕也成了二贝勒的主意了。"

硕托听后对白养粹苦笑了一下,问道:"那如何是好呢?"

白养粹回道:"可告知二贝勒,现无敌情,到了真需要的时刻再征不迟。"

硕托嘴上诺诺,心想你哪里知道,这里面还有"密报"哩!

白养粹又补道:"自然,最要紧的还是有劳贝勒爷走一趟,去说服二贝勒爷放弃进驻封宅的打算——何必呢,他在永平能待几日?"

硕托先是找到了索尼、宁完我,把阿敏要占封宅,让他去找白养粹的事向二人说了一遍。二人听后惊得都伸出了舌头。

硕托又问:"怎么办呢?谁去找二贝勒?"

索尼苦笑道:"此事是贝勒爷您一个人知道的,也只好辛苦您一趟了。"

硕托道:"自来到这永平州,我竟成了一个勤快的人——此次辛苦倒不在话下了,怕的是二贝勒不由分说就将我赶了出来。咱把话说在前头,我去若不成,你们得顶上去。"

索尼道:"到时再想辙好了。"

硕托去了,一进院,正好碰上了基小小。

基小小见硕托到来,十分高兴,迎上来道:"我的爷,如何了?"

硕托知道基小小问的是那宅子的事,他憋了一肚子气,便没好气地反问道:"什么如何了?"

基小小道:"那宅子呀。"

硕托怒道:"都是你小子出的馊主意,害得主子不仁,害得我们坐蜡!"

基小小委屈道:"爷,没来由这是从哪里说起呢?奴才出了什么主意,竟如此十恶不赦了?"

"还在这里装没事人儿!"硕托闻言更恼,说罢往里走。

基小小见来头不对,便要抢先进去见阿敏,故道:"爷慢些儿,待奴才进去禀了,也免得二贝勒爷怪奴才懒散、不知礼数。"

硕托喝道:"你就给我站在这里别动!说什么懒散、不知礼数!再勤快些,天也许要让你给捅个窟窿了!"

基小小见硕托真的怒了,只好站在那里,眼见着硕托进了屋。

事情真的像硕托所估计的那样,硕托刚提了个头儿,阿敏见他是来说项的,便道:"住了,我就不明白,你们个个昏了头不是?为什么凡事都站在汉民那边?军务所需,要征用一处小小的民宅就这么难,还道出许许多多的什么'过节'来——我不听!你办不了,我就亲自走一趟,看看这个白养粹究竟是何等的硬脑袋、铁身板,却不给我这个大金国的大贝勒一点面子!"

硕托还想解释几句,阿敏大呼大叫:"我不听!我不听!我不听!"

硕托进屋后,基小小便轻手轻脚跟了过去,站在窗前细听。硕托与阿敏的谈话他都听到了。最后硕托被赶出来,他心中暗暗高兴。硕托出来前,基小小赶紧返回站在原处,等硕托走到跟前,基小小又问道:"我的爷,如何了?"

硕托见基小小卖弄,大怒,唾了基小小一脸,转身而去。

硕托回到了索尼、宁完我处,把经过向二人讲了一遍。

索尼道:"执迷如此,实在是不好办了。"

硕托听了不悦,道:"光在这里说这话又有屁用!我有言在先,现在轮到你们了!"说罢,竟拂袖而去。

索尼看着宁完我:"如何是好呢?"

宁完我道:"我可没有答应'到时再想辙'的。"

索尼道:"什么时候了,还这么油油滑滑的!"

宁完我一笑,索尼无奈道:"也只有我再去试试了。"

索尼来见阿敏,未曾张嘴,阿敏就道:"是不是又是一位说项的?"

索尼趁势道:"贝勒爷,这……"

阿敏不让他说下去,打断道:"我明明白白问你,你来是不是要说不该征那宅子,要我放弃?"

索尼回道:"正为此事……"

阿敏一听便道:"那就免开尊口。我问了硕托,为什么你们个个昏了头,凡事站在汉民那边。他不能回我。你能回我吗?为了什么?"

索尼道:"贝勒爷,事情不是这么回事……"

阿敏道:"好,'不是这么回事',这毕竟是一种说法。可怎么见得它们不是一回事?我向硕托讲了,军务所需,要征用一处小小的民宅,就这么难,还道出许许多多的什么'过节'来。眼下,你这里又多出了一种说法——不是这么回事。可以想见,你会顺着这句话,讲出千条万条的理由来。可我现在告诉你,我没那么多工夫在这里听你饶舌。我跟硕托讲了,他办不了,我就亲自走一趟,看看这个白养粹究竟有何等的威严,就不给我这个大金国的大贝勒一点面子!我现在就去,你自便了!"

"真可谓胡搅蛮缠。"索尼不明白二贝勒是吃了什么药,到了今天的境地。他憋了一肚子气,只好退出。

回到下处,宁完我问道:"如何?"

索尼遂把经过一五一十向宁完我讲了一遍。

宁完我听罢笑了笑,道:"我去试试看。"

到了阿敏处,阿敏余气未消,见宁完我又来,怒道:"你又来说项吗?"

宁完我道:"不是。"

阿敏问:"那你来又有何贵干?"

宁完我道:"我来救贝勒。"

阿敏一听,冷笑道:"宁完我呀宁完我,你凭着那点小聪明,凭空闹了个二等梅勒章京——要晓得,摊上别人,冲锋陷阵、九死一生,苦等苦熬半辈子兴许也是得不到的。小子哎,有人服你,可我却不齿。今日你找了爷来,一进门就放了铳子炮,好不厉害!可我告诉你,你这次偏偏碰上了一个不识哄、不怕吓的!今日,小子哎,任你的嘴有多铁,任你的舌有多韧,你也休想说得动我!你说来拯救我,那我来问你,我掉在了屎坑里?我跌入了深渊里?我挣扎在了火海里?我被敌军重重包围,内无粮草、外无救兵,你从天而降,敌军望风披靡,将四散而去?我犯法当诛,被绑上了法场,午时已到,刽子手要手起刀落之际,你手持圣旨喊了声'刀下留人'?还是……也用不着你废这许多的唾沫。"

宁完我一听,抬起屁股,转身头也不回地走了。

这下倒傻了阿敏。他愣了半天,又冲已到了当院的宁完我道:"小子哎,就这样走了,是不是太便宜了你!"

宁完我不听,仍往外走。

阿敏大声喊道:"小子,你给我停住!"

这时宁完我停下,回头道:"贝勒爷有什么吩咐?"

阿敏道:"你小子回来,有话慢慢讲……"

宁完我回来了,仍坐在原来的座位上,等阿敏说话。

阿敏佯怒道:"你小子还敢与爷闹点小脾气,看我过后不打烂了你的屁股。"

宁完我笑道:"臣说来拯救贝勒爷,贝勒爷却不愿意听。臣放了一铳子,爷您就连珠炮打来了。"

阿敏道:"你吓唬爷,爷就吓唬你。我也想到你小子必有来头,几个人都叫我吓了回去,你又来,足见来者不善。吓吓你,看看是不是真的来者不善。"

宁完我道:"拯救贝勒爷这话岂是轻易说的?"

阿敏反问道:"爷真的到了绝境?"

宁完我道:"爷的前面有一堵墙,再往前就是火海一片。倘不回头,那就是深渊等爷去往里迈了。说被敌军重重包围,内无粮草、外无救兵的险境并不是不可能的;至于犯法当诛,被绑上了法场,这样的后果也并非耸人听闻……"

阿敏又冷哼道:"你小子还在吓唬爷?"

宁完我道:"臣来问爷,普天之下,爷为君上吗?"

阿敏哧道:"明知故问,自然不是。"

宁完我道:"就是说,爷有了不是,并不是无人可管的?"

阿敏道:"这个自然。爷再尊再大,上面还有一个大汗呢。"

宁完我道:"这就是事情的症结所在了。既如此,臣问爷,爷要求留下,可有要立军令状一事?"

阿敏回道:"有此一说。但最后并没有真的立那东西。"

宁完我道:"臣来问爷,对爷来说,立与不立,可有多大差别吗?"

阿敏想了一想,道:"大丈夫一言既出,便为约束。有军令状与否,并无干碍。"

宁完我又道:"臣还问爷,为了留下,爷对大汗可有承诺?"

阿敏道:"我已申明,对大汗之章程,件件遵循;对大汗之嘱托,句句照办。"

"那臣来问爷,大汗对满臣、汉将有何章程?"

阿敏道:"满汉一体,同心协力。"

宁完我又道:"臣还问爷,满官满将对所降汉民汉将,大汗有何约束?"

阿敏不悦道:"你小子要当考官吗?"

宁完我道:"问将起来,爷事事明白,件件清楚,可因何行起事来就把这一切忘了个干干净净?对于所降汉民汉将,大汗有明令,勿杀、勿盗、勿掠、勿扰。爷要住封宅,明征实掠……"

听到这里,阿敏又要发作,宁完我见状道:"爷暂息盛怒,听臣讲下去。爷是要辩此非掠也,乃军征也。可还是那句话,倘若爷是天下君王,若辩,臣下、百姓必听之。即使无辩,谁奈爷何?只可惜,这世上偏还有能管住爷的。爷辩说是征非掠,那还要看大汗是怎么说。此事到此并没有完结,爷图一时之快,占了那封宅,居之,大哉,美哉,悠悠乎乐在其中矣。可福分祸所伏,到头来,满汉失和、人心浮动、敌军乘虚而入,爷被敌军重重包围,内无粮草、外无救兵之势不会出现吗?届时,永平失守,爷向大汗所做种种承诺皆为乌有,到那会儿,爷就不会是犯法当诛,被绑上了法场?只可惜,到了那一步,即使臣等再喊多少声'刀下留人',怕是已无济于事了!"

阿敏一直在听着,宁完我的立论和推论他无法否认。另外,阿敏一直把宁完我看作皇太极的心腹,认为皇太极留下宁完我就是为了监视他。此事宁完我掺和进来,已不同寻常。宁完我讲了这一番大道理,如不依他,恐于己不利。还没有站稳脚跟就立于非胜之地,非智者所为也。于是,他道:"你说得对。我怎么干起来就犯了糊涂?回去跟他们讲,征宅之事再也不要提起。"

又过数日,宁完我闲暇无事,决定去街上转转。

路过索尼之所,他想起已多日未见索尼,便上了大门的台阶。

门人见他到来,便纷纷上来请安,并问道:"要与爷进去通报吗?"

"你们忙你们的。"宁完我说着便进了院。

索尼的宅子坐落在南大街一小巷之内,院落不深,是一座坐北朝南的四合院。宁完我一进院,正好索尼从屋内出来,伸着懒腰。索尼见是宁完我,便道:"大白天的,你如何来了,看上去优哉游哉?"

宁完我道:"今日闲暇,想到街上转转。路过贵府觉得口渴,便想来讨杯茶吃。"

索尼道:"昨夜写完一事批文,便看到了家人新买下放在案头的一本书,想拿起来翻翻。不想一拿起来竟被它吸引,再瞧窗子竟放了亮。一见如此,就干脆不想睡了——这才放下,出来动一动。"

宁完我道:"什么样的好书,竟如此迷了你?"

索尼把宁完我领入房内,拿起那书给他看了。宁完我一看是一本《千金记》,道:"早就听说中原有这本书,未得一见。你读完之后借我看看。"

索尼又道:"可真的想吃茶?"

宁完我笑了笑,道:"茶是吃好了的。"

索尼道:"那就坐一坐?"

宁完我道:"你是想睡呢,还是想出去走动走动?"

"既然你要到街上转一转,你我可同去——正有一些话说。"

索尼说完,二人便出了院。

宁完我听索尼"有一些话说",便问:"你是在为阿敏贝勒的到来担忧吗?"

索尼道:"正为此事。听说来时他要立下军令状,后虽未立状,却三番五次表白对大汗所立规矩必'条条遵守',对大汗所嘱必'句句牢记'。实情如何呢?别的不说,没来几日已与巡抚闹了个不痛快——这怕不是大汗之初衷吧?"

宁完我道:"看样子大汗又一次要失误了。"

索尼道:"眼下你就可断定了?"

宁完我道:"阿巴泰被派往遵化,硕托贝勒就是一个软柿子——此可能就是天意了。"

索尼问道:"依你之言,我等就用不着做什么,但等天罚就是了?要不要向大汗奏报实情?"

宁完我道:"千里迢迢,文牍往来,没有月把的工夫是不成的。你无据而奏,大汗如何会轻易改变决定?可等有了证据,大汗可下换将决心了,时间又来不及了。"

索尼以为是,嗟叹了一阵。二人到了南十字街头。

当日正值集市,西大街一派繁华的景象。这是由于西大门外的漆水,直通滦河。这漆水之上建有"大西门码头",漕运兴盛。夏秋两季,码头上舟楫穿梭往来;春冬两季,车拉畜载,沿漆水结了冰的河道通向四方。这西大街紧靠码头,自然跟着繁华了起来。

宁完我并不喜欢闹市,尤其不喜欢挤入摩肩接踵的人流中闻那铜钱的腐臭。但是这永平的集市中常有古物出现,有时会在不起眼儿的小摊之上摆出珍贵的古玩,范文程就曾寻到一方古砚。方才在索尼住处所看到的《千金记》,也是在这里的摊儿上买到的。宁完我生出了寻宝的兴趣,遂偕索尼步入人流,开始在摊上踅摸起来。

差不多走完了一条街,宁完我并没有看中什么宝物。这时他们已到了西大门。

初春时节,大地回春,万物复苏,城外春的气息自西门透过,吸引着二人不由得步出了城门。

漆水之中冰已消融,码头之上已然有舟船在活动。用巨石砌好的码头之上聚集了许许多多的人,有运货的,有赶着上船的,有凑在一起议论着什么的。

漆水的西岸有数排杨柳,一直垂到水面的发着青绿的柳丝在风中飘摇着,最先向人间报告着春的气息。沿漆水的西岸有一条官道,南来北往的大小车辆川流不息。

越过官道,便是万顷的良田。远方,重重青山隐约可见。

宁完我、索尼上了一条摆渡船,过了漆水,越过官道,站在田边上远眺西边的群山。黛色安详的山峦被飘浮着的层层白云覆压着,阳光斜射下来,天空分外清明、洁净,给人以温馨之感。田地里,土层之内,似有什么东西受到春的催促,在隐隐萌动。

两人无语地站着,看着,想着,差不多过去了一炷香的时间。

他们回转身,目光投向了城门之上。看罢,两人便相对笑了一笑。

原来,这永平西门之上刻有"望京"二字。其含义自然是"眼望京城,沐浴皇恩"。金军占领永平之后,这两个字无疑十分碍眼。尤其是皇太极决定久占永平等五城、把这里建成模范地域之后,这两个字就越发难容了。皇太极打算下令把这两个字铲掉,换上别的。但又想到那是前人遗留之物,字又写得苍劲有力,便有些不舍。犹豫之际,皇太极便把心事说与宁完我。宁完我听后道:"臣倒有一策,既可保得原字,又改变了它的含义。"

皇太极忙问:"什么主意?"

宁完我道:"只在上面加刻'得永'二字便可。"

皇太极想了一下,而后拍案叫绝。这样,在"望京"二字之上加刻了"得永"二字,合起来就成了"得永望京"。

眼下,索尼、宁完我所看到并引起会意之笑的,就是城门之上的这四个字。

在往回行至十字街时,索尼与宁完我看到了一处新景。

这里原有一座石塔,他们曾仔细进行过考证。这石塔名叫陀罗尼经幢,高三丈,觚棱八面,四围有十二栏柱;须弥座,八龙祥扶,共六级。最下的一级勒有《平州石幢记》;二、三两级勒有陀罗尼诸经;第四级勒有《北平石幢记》;五、六两级刻有佛像。经他们考证,此塔始建于唐,金大定年间重修。《平州石幢记》为金代之作,《北平石幢记》刻于明万历年间。

去时,这石塔空空地竖在那里,可回来时,塔上已有了东西挂在上面。

宁完我举目望过去,见那是几张字纸,遂拉索尼凑了过去。

原来是有人在卖字,其中的一幅特别吸引了宁完我的目光。上面写着的是一首诗,那诗是:

> 两个秃鹰盘枯木,一行鸿雁去北天。
> 窗含西岭千秋雪,门泊东吴万里船。

初看了,宁完我以为是戏作。但细细一想,觉得前两句对仗尚工,平仄亦顺。再一琢磨,又觉意境亦可。这时再看看那字,确颇有些功底——似书圣之劲,略去流畅;像东坡之韵,稍显苍糙。再看其他各幅,亦是一人之笔。

那卖字者身着一件褪了色的棉袍,头上是一顶毡帽。衣帽虽然不新,倒也整洁。他二十多岁,眉目清秀,气宇轩昂,是那种人见人喜的后生。

索尼也注意到了那幅字。他也凑近观看,并发现了另外一幅。那上面写的也是一首诗,其诗曰:

> 大风起兮云飞扬,威加海内兮归故乡,
> 风云变兮费思量,安得猛士兮守四方!

这写的是汉太祖高皇帝的《大风歌》,只是加了一句。索尼站在那里,在想加上的一句是否有其道理。

这时,宁完我上前与那书生搭话道:"先生请了。"

那书生连忙站起答了礼,问:"先生是看上了学生的字吗?"

宁完我指着那幅写有"两个秃鹰盘枯木"道:"这幅要多少钱?"

书生回道:"十文。"

宁完我笑了笑,道:"给你十两如何?"

书生听了并不吃惊,淡淡地说道:"只需十文。"

这次宁完我倒惊了一下,问:"为何多给不取呢?"

书生回道:"读书人不图分外之财。"

宁完我道:"可看那诗的风骨和境界,二十两也值了。"

书生听罢又道:"读书人于市卖字不卖文。"

宁完我又是一惊,道:"明白了。可一纸之上,这字和文又如何分得清呢?"

那书生回道:"学生卖字送文。"

宁完我听后又笑了一笑,道:"明白了。"

这时,索尼也注意到了这边的对话。他听书生如是说,也觉奇,便插进来道:"先生道'于市卖字不卖文',那先生之文又留待何用呢?"

书生道:"倘有命,报知遇,事明君。待价而沽也。"

宁完我与索尼听罢彼此对视了一眼。

索尼指着"两个秃鹰盘枯木"那幅道:"此文之妙,先生肯施教乎?"

书生听了一笑,道:"先生过谦,岂敢让先生讨一个教字。此学生雕虫小技耳。小时初学觉工部'两个黄鹂'一诗清新明亮,所谓诗中有画,读罢闭目,就像见到了幅幅画图一般,佩服得五体投地。及长,再读再思,却又觉得那诗前后两联意境并不是统一的。后阕宽广、苍劲,前阕窄小、婉约,有苏李糅合之嫌。这次出来,想起了这段情节,遂顺手胡抹了两笔,不想惹得先生如此瞩目……"

宁完我听了后道:"先生说'后阕宽广、苍劲,前阕窄小、婉约'。现在先生留了后阕,倘留得前阕,后阕又当如何改呢?"

书生听罢,想了一下道:"献丑,献丑。似可为:'窗含斜院半枝李,门停涓流一叶船。'"

索尼、宁完我闻言赞道:"妙极,妙极。"

宁完我又问:"先生是说工部那诗有瑕吗?"

书生听完宁完我这话,停了片刻道:"依学生之见,不是伪托,便是有瑕了。"

宁完我听了书生这话,心中自是喜欢。

这时,索尼又道:"这一幅'大风起',原有高皇帝三句,先生加了一句,又有怎样的讲究呢?"

书生道:"学生甚是喜欢高皇帝的《大风歌》,可每每咏之,总有意不连贯之感,故此加了一句。"

宁完我、索尼听罢思索后,觉得书生说得有理。

片刻后,索尼道:"先生说留得妙文'报知遇,事明主'。依我看,先生虽才学八斗,在明朝并未得以申用——怕连个举人也是未中的。今大金欲在此地创建福地,正是先生大显身手之际,为何就不寻一个机会出山呢?"

书生道:"金国大汗是不是明主,尚需观望;况此永平五城能否得保,尚在两可之中呢。"

宁完我道:"以先生之见,永平五城前景如何?"

书生回道:"长久保之不易;一时保之不难。然依眼下事态,丢之不日矣。"

宁完我闻言惊问道:"先生所言'眼下事态',系何指呢?"

书生道:"危在新帅之政,没来几日就要这要那,置巡抚于尴尬之地。此败之端也。如此不几日,便使满汉不和。满官汉将失和,就等于丢掉了守建之基。五城原就处于险恶之境,如此,必速丧之。"

宁完我听罢大喜,道:"领教,领教。尔之文'待价而沽',想来出头之日也到了。"

书生听了惊道:"敢问先生何出此言?"

索尼在一旁指点道:"此大金二等梅勒章京宁完我先生。"

书生一听惊出一身冷汗,忙跪倒在地道:"宁大人,小的有眼不识泰山,多有冒犯,请大人恕罪。"

"有功无罪。"宁完我扶起他,指着索尼道,"这是索尼大人。"

书生又冲索尼跪了下去。

索尼上前扶起他,问:"先生尊姓大名?"

书生道:"晚生姓商,复字叔牙。"

宁完我与索尼皆道:"好名字,好名字。"

索尼又对宁完我道:"是咱们留了,还是荐于白巡抚?"

宁完我想了一想道:"咱们留下辱没了书生,就荐给白大人好了,那里海阔天空。"

宁完我、索尼荐商叔牙于白养粹。白养粹与之交谈,果见商叔牙有远见卓识,大悦,恨相见得迟。时白养粹正感到缺少得力助手,遂将商叔牙留在身边,授州佐之职。

第十三章　敲山震虎，白巡抚严惩奸佞

且说那商叔牙进了衙门做了官，第一件要办的事便是去"浴玉楼"一趟。

这"浴玉楼"是永平城中的一家妓院。那这商叔牙刚刚上任，却急急忙忙去那妓院做什么？

原来，他是去那妓院找一名妓女。

那妓女名叫纪玉皦，原是商叔牙的一个邻居。不久前，纪玉皦刚刚被卖到这里。

纪玉皦不是本地人，她有一段不寻常的来历。

她原是京中人，父亲是明朝的官员，因与阉党有说不明道不清的瓜葛，全家被处斩。纪玉皦和她母亲找了一个偶然的机会逃出，来永平投靠她舅舅。她那舅舅在永平原有一个很大的店铺，但由于染上了赌瘾，近几年店铺渐渐被他输掉。纪玉皦母女来时，曾带有丰厚的家私。只可惜，两年多的时间，这些家私也被舅舅输光。纪玉皦的母亲见光景如此，知无活路，又加思念死去的亲人，便终日郁闷，最终身亡。舅舅无法养活这纪玉皦，又加赌瘾未消，便以百两银子的价钱将她卖入"浴玉楼"。

商叔牙与纪玉皦的舅舅家比邻，纪玉皦的事他全知道。当日纪玉皦在时，因她识文断字，商叔牙便与她有所接触。后纪玉皦生活艰难，商叔牙也有所接济。但一来男女授受不亲，二来时间不长，三来商叔牙自家也在艰难度日，并没有多大的力量来接济她。他眼看着这位既美丽又文静的淑女进了青楼，只有嗟叹而已。

眼下情况不同了,穷书生一步登天,商叔牙升任州佐的事早已传遍全城。

鸨儿的嘴脸大家都是熟悉的,只认银子不认人。不用说,一见商叔牙,这鸨儿就像看到银子在眼前,因此,献上的是笑破了涂粉的热脸,送上的是折断了腰板的殷勤。

大人不计小人过。商叔牙不再回想往日来时所遭到的白眼和冷嘲,先丢下了一包银子,然后谢绝鸨儿的陪同,只身径直来楼上看那纪玉嚁。

纪玉嚁早就听到了商叔牙的好消息,断定他会来。等见到了商叔牙,想到受辱的日子熬到了头,便放声大哭了一阵,发泄了这多年所受的委屈。

商叔牙告诉她先在这里住几日,他在衙旁看好了一所房子,等那里整修好了——多则五日,少则三日,便来接她出去。

临走,商叔牙让鸨儿好生照应,不日会来接纪玉嚁。

鸨儿已然料到会有此结局,心中一直盘算着如何大捞一笔。听商叔牙把话讲明了,便赔笑道:"这是爷的善举,姑娘的造化,也是小人的脸面。老爷只管放心安排,小人这里张灯结彩盼吉日,装扮丽人候佳音。"

此事过了一天,在阿敏的房里,基小小甜甜蜜蜜地对他道:"还有一件事要回爷,这次奴才到底给爷找到了一个绝色的!"

阿敏听罢笑了一笑,道:"前几次你都说那是绝色的。"

基小小笑道:"这次要不中爷的意,奴才就在爷跟前把脖子抹了!"

阿敏道:"休拿浑话哄爷,是不是绝色的,一见便知。"

基小小笑嘻嘻道:"只是爷眼界高了点儿,在这穷乡僻壤,有几分姿色也就将就了。"说着他来了精神儿,凑到阿敏的耳边悄悄道,"爷,这个却是一个在京城已然出了名的主儿。"

"哦?"阿敏听了,笑出声来。

这基小小所说的那"在京城已然出了名的主儿",就是那纪玉嚁。

他是如何打听到纪玉嚁的?

基小小什么都好,却就是不好色。这倒不是他心里干净,而是他自幼那东西就不受使唤。因此,一想到那事心里就怵得慌。这里头的事,别人自然并不晓得。

宅子的事平息之后,何碧怕得罪基小小,便约他出来在永平最体面的酒楼

"上星楼"喝酒。这"上星楼"与"浴玉楼"都在繁华的西大街上,两家斜对过儿。酒过三巡,何碧已有三分醉意。"浴玉楼"那边的繁华和热闹是不消说的,歌声、乐声、欢笑声、女人娇滴滴的挑逗声、男人不堪入耳的撒野声,一阵胜过一阵,这自然将何碧的话题朝这方面引。

何碧问:"你知道商大人吗?"

基小小问:"哪个?你是说那一步登了天的商叔牙?"

何碧道:"我说的正是他。"

基小小问:"他怎么样?"

何碧醉醺醺道:"人道'金屋藏娇',你看对过儿这楼上乌烟瘴气、群魔乱舞,却谁知鸡窝里面倒有了一只凤凰……"

基小小打断他道:"你刚要说那商叔牙,却怎的自己打岔,又说什么'鸡窝里的凤凰'?"

"你有所不知……"何碧遂把纪玉黻的身份来历、如何被卖到了"浴玉楼",以及这纪玉黻与商叔牙的关系说了一遍,最后他道,"商大人昨日入衙后立即去了'浴玉楼',告诉鸨儿要给纪玉黻赎身。"

听到这里,基小小一下子清醒过来,忙问:"他可赎了?"

何碧道:"商大人正在收拾房子,告诉鸨儿'好生照应,不日会来接她'。"

基小小一下子高兴起来,道:"就是说,那纪玉黻还在?"

基小小异乎寻常的认真劲儿令何碧吃了一惊,何碧便笑问道:"怎么,你还想去光顾光顾?"

基小小见何碧如此动问,便笑道:"哪里,哪里,岂敢夺人之美!"

基小小停了杯,满怀心事地望着那浴玉楼半天后,说了声"还有事,早一些回去",便急匆匆下楼去了。

他从上星楼出来,便将一个主意想得周全了。

他转了一个大圈,估计丢开了何碧,便回到了西大街的浴玉楼下。他将浴玉楼的环境查看了个明白,便回了府。之后他向阿敏讲的那些话,就是回府之后的事。

他并没有看到纪玉黻。他到了浴玉楼楼下时,想是不是上去看个明白。最后,他还是没敢上去。但有一点他不怀疑,这纪玉黻定然美色绝伦,有这一点就足够了。他原想当晚就实施他的计划,但他还是等到了次日。他怕夜里前去会引起怀疑,把事情弄砸。

当晚他一切准备就绪,让几个可靠的小厮连夜购得了一顶花轿,并挑了几人准备次日扮作轿夫。

次日,府中的几个婆娘也已梳妆打扮完毕。基小小带她们到了轿子旁,又嘱咐了两句,就让她们扶了轿子。他自己在前面带路,前往浴玉楼。

他原想找一些吹鼓手,以便把事情弄得像模像样。但又觉得那样动静过大,容易走漏风声,因此作罢了。

不多时,轿子来到了浴玉楼的门前。这青楼夜里生意旺,人们睡得迟,起得也迟。基小小到时,楼门仍然紧闭着。基小小让轿子停下,自己上前去轻轻敲门。不一会儿,一个粗壮的大汉开了门,见门前停一花轿,正不知何事。基小小忙过去道:"我等奉商老爷派遣,迎纪姑娘来了。请向妈妈通报。"

守门人一听不敢怠慢,说了声"稍候",便进里面去了。

过不多时,就听楼里传出了笑声:"我的爷可真会选日子——今日是怎样的黄道吉日呀?是哪一位大爷劳动了?还不快些儿进来泡杯茶暖和暖和……"说着,鸨儿已经出现在了门口。

基小小上前赔笑道:"本官是喜差,也是官差,不敢打扰。就请妈妈上去禀告姑娘一声,尽快收拾停当就过去。"

鸨儿心里有些纳闷儿,商大人不是说"不日会来接她",如何第二日就来了?她弯着身子躲过挡在眼前的基小小看那花轿和婆子们,丝毫不掩饰自己的不屑。

基小小见鸨儿如此,便悄悄地对她道:"看妈妈的神气儿,是认为我家老爷过于寒酸了?"

鸨儿忙送笑脸,道:"哪里,哪里。只是说,倘有吹吹打打的就更喜庆些儿。"

基小小听罢伏在鸨儿的耳边悄声道:"本官说出来妈妈不要介意,我琢磨老爷的意思,是不把这次当作一次迎娶。"

鸨儿听罢只好点头:"爷道的是……我这就去禀报姑娘。爷还是进里来……"

基小小道:"妈妈自去,本官在此候着便是了。"

只一袋烟的工夫,鸨儿便领着一个女子下楼来了。

基小小想,这女子就是那纪玉黻了,细细看去,果然美貌。

这时婆子们上来,有的接了包裹,有的过来搀扶。纪玉黻向鸨儿拜别,便上了轿。

鸨儿拉基小小进了楼,道:"爷,别怪小人啰嗦。小人干这一行,就靠了孩子们吃饭……"

基小小明白鸨儿的意思,为了把事情办得顺当,他已经经阿敏的同意,支出了三百两银子,并随身带了来。可在路上他又有了一个主意:银子自己留下来,却要鸨儿过后到商府去领取——反正很快商府就晓得了纪玉黻被劫之事。就算不知道,叫鸨儿前去报个信也好。因此,一听鸨儿的话,基小小便道:"妈妈又是不晓得我们爷的脾气!对我家老爷来说,如何就今日把银子带来,落一个一手交钱、一手交货的名声!老爷有话,请妈妈过去,少不了您老一分一毫的,还捞一个体面……"

鸨儿摇摇头道:"话虽如此说,可常言道,一入侯门深似海。那么一个大衙门,要我上哪里寻去?"

基小小听后假装不悦,道:"妈妈这话就不对了。我家老爷有名有姓,如何就没处寻去?本官想不明白,一个子儿都不会少的。放着体面不要,难道偏偏在黑处动作才好?您老要是一定让我放下银子再抬人,那我现就回去一趟,到商老爷那里取银子来……"说着,就往外走。

鸨儿这下慌了神,忙拉着基小小道:"爷不必动气。小人怎敢惊动老爷呢,只是表一表我们干这一行的难处罢了。快请,快请,敢问爷尊姓大名呢?"

基小小道:"本官今不改名、明不换姓,叫乌慈仁的便是。"

鸨儿听罢道:"乌老爷幸会!小的过府那会儿就有劳老爷了。"

"那没说的,您老放心就是。"基小小说罢出楼,挥手命轿夫们起轿。

当日,鸨儿来到巡抚府要她的银子,吵着闹着要见乌慈仁老爷。衙役们挡了驾,说衙内并没有叫乌慈仁的老爷。鸨儿一听,吵闹得更欢了,说怎么会没有乌慈仁老爷——是他带了轿子,说奉商老爷所差,接走了纪姑娘。商老爷早晨接了人,怎么现时就没有了乌老爷?没有乌老爷,总有商老爷吧?衙役们见鸨儿如此说,彼此看了一看,然后叫她休要吵闹,答应进去问问。

报到商叔牙那里,说浴玉楼的妈妈前来求见。商叔牙一听是浴玉楼的鸨儿,便问衙役她有什么事。衙役回报,说是什么乌老爷带了轿子,奉商老爷所差,接走了纪姑娘。

商叔牙一听觉得大事不妙,立刻吩咐身边的少年主簿名叫过镇尤的道:"你去把她打发了,就说老爷知道这事,只是有紧急公事出了城,现不在衙内。老爷回后,一定禀报。然后你去悄悄找她,从旁打听了细情前来禀我。"

过镇尤聪明能干,听了商叔牙这话知事有蹊跷,便照吩咐去办了。

鸨儿一听商叔牙认账,心中踏实了许多。再加过镇尤的软哄,鸨儿知在衙内吵闹不是玩儿的,便问过镇尤的姓名。没等过镇尤张嘴,就有一衙役道:"这是商老爷身边过镇尤老爷,州佐主簿的便是。"

鸨儿听罢品味了片刻笑道:"怎么就这么巧,跟说书的一样。隐去了一个无此人,却来了一位果真有。就这样了果老爷,您公务繁忙,这会儿我也不再打扰。一见老爷您的长相——瞧,又像那戏文里讲的,天庭饱满,地阁方圆。老爷您年纪轻轻,却已坐上了高位,这就不足为奇了——前途无量呢!老爷您一言既出,驷马再快,也就不能够追上。我就'坐待堂上一袋烟,敬候春雷一声响'了。"

过镇尤听罢笑了笑,看着鸨儿翩然而去。

当天午前,过镇尤去了浴玉楼找到了鸨儿。商叔牙曾有吩咐,要过镇尤"从旁"向鸨儿打听细情。又是找鸨儿本人,又是"从旁",这有一定的难度;但这过镇尤还是把事情办妥了。

回来,过镇尤向商叔牙回复了他所打听到的情况。

经鸨儿进入巡抚衙门闹了一通,这"劫艳"一案已经传遍了永平城。巡抚白养粹自然已经晓得,他来到商叔牙处询问此案的细情。

无论是商叔牙还是白养粹都已经想到,对方一定是知道商叔牙对鸨儿有"好生照应,不日会来接她"的吩咐,便趁商叔牙还未接之际接了去。从鸨儿的表现看,又不像是她做内应,串通了什么人搞的。既已知情,做起来又如此大胆,这"劫艳"一事,一定是金国人干的。

商叔牙将过镇尤打听到的事情向白养粹讲了一遍,白养粹听了越发肯定原先的判断。

回去的路上,白养粹决定问一问何碧,看他是否知情。

回到房内,他命人去唤何碧。半天,去找何碧的人回说他不在府内,亦不知他去了哪里。白养粹便命人到外边去找,最后何碧回来了。

白养粹问道:"去了哪里,唤你半天不见人?"

何碧回道:"小的去办了一宗重要的事情,现要回老爷。"

白养粹道:"我也正有一事要问你。"

何碧道:"老爷可说的是百姓们盛传的'劫艳'之事?"

见白养粹点头,何碧又道:"小的要回的,也正是这件事。"

白养粹见状,让何碧坐了,让他慢慢说来。何碧道:"今天浴玉楼的鸨儿来衙门吵闹,小的就想是什么人斗胆敢做出这等事来!后来一想,干这事得知情,就是要晓得商老爷有修整房舍,不日接纪姑娘一说,便赶在商老爷未接之前将人劫走。可什么人会知道此情又有天大的胆子,敢在太岁头上动土呢?想来想去,这永平城内只有金人才有此胆量。他们有胆量,可如何会知情呢?小的又想起,昨日在浴玉楼对过儿请二贝勒身边的基小小吃酒时,曾向他提到了此事。再想到他往日的所作所为,小的就把'劫艳'之事想到了他的身上。小的到了浴玉楼,向在场的人打听了当时的详情,然后又到了二贝勒府那边。恰好,在府门对过儿碰到一老翁,他说清晨开门之时,看见有一花轿进了贝勒府府门。问那花轿的颜色、装饰,就像小的在浴玉楼所打听到的一模一样。再问抬轿和相随人等的打扮、模样,也与浴玉楼那边的人说的并无差别。"

说到这里,有人推门进了房内。两人定睛一看,乃是商叔牙。

原来,过镇尤打听到细情向商叔牙报告后,商叔牙既痛苦又恼怒,便起身去了白养粹的办公处。

走到白养粹的房前游廊时,他听到了何碧的一句话:"昨日在浴玉楼对过儿请二贝勒身边的基小小吃酒时",不由自主地站定了。

尽管商叔牙已经有了一些准备,但此时听到了真情,那遭受的刺激和打击还是难以承受的。他摇晃着身子赶紧靠在了一根柱子上。等何碧讲完,他便进了房门。

白养粹与何碧一见商叔牙进屋,知道方才的话他都听到了。白养粹把商叔牙让进来坐下。何碧给商叔牙倒了茶,看了白养粹一眼,便退出去了。

白养粹道:"方才何碧去了浴玉楼……"

商叔牙道："大人，此事不谈了。下官来是向大人禀报，下官近有所思，且有些心得，说出来望大人指教。"

白养粹道："愿与贤弟切磋。"

商叔牙道："今永平等五城，守与否、建与否，第一要务是粮草。我五城虽有些积蓄，然一旦敌军来攻，仍恐难久支，故必囤粮以备不测。囤粮，便要产购并施。就产而言，冬小麦已然种下，但等夏收；从季节看，还可种上一季春小麦，此乃事之关键所在。一是料明军来袭不是太久之事，囤粮宜早不宜迟，等种秋粮，怕为时已晚；二是春小麦收后，还可抢种秋收作物，这便是多收了一茬。为鼓励农家多种，可允种春小麦之田免交田赋；农家缺种子者，可由官贷；收时，偿还实物，春贷一斗，夏多还两升。就购而言，可与诸钱庄相商，合伙集资贷与州府，州府以高出市面之价收购，如此本州及四周州县之谷必大量涌入。粮食大量涌入后，我不压价，会有更多的卖粮者拥来。如此，我之府库盈满不日矣。另外，我有钱庄做后盾，亦不怕奸商从中牟利。为解决春小麦麦种之缺，春小麦收价又更高于市价。至于向诸钱庄贷资事，只好劳巡抚大人筹措了。封老先生是大人挚友，他不至于坐视。另为宅第之事他必万分感激，大祸躲过，破费些钱财，他自然会不惜的，何况还是贷哩。他一出头，就不怕其余的钱庄不出资了。"

白养粹听完，既感动，又高兴。他感动的是，这商叔牙果是一个不可多得之才。恋人被劫，必痛苦万分，必愤怒异常。就在这样的情况之下，他竟割舍得私情已恨，去思虑州县的大事！他高兴的是，商叔牙的所思所想，竟是一篇好文章，可以毫不夸张地说，是永平等五城安定和兴旺起决定作用的应急大策。

白养粹听罢道："贤弟的主意极妙。说到向封老先生借贷之事，就包在为兄的身上了。事不宜迟，即刻行动起来。"

两人遂商量了一些细节问题，便布置有司行动起来。

再说那浴玉楼的鸨儿当日进巡抚府，一路之上美梦多多：少说也得五百两银子；以此为契机，巴结上了官府，有了靠山；把后面的院子买下来，地盘扩大一倍，再买些更有姿色的姑娘……可进衙后，一听众衙役说没有乌慈仁这个人，便意识到大事不好，一下子犹如五雷轰顶一般，浑身发软、眼冒金星，差一点儿就要栽倒在那里。后来，出来了一个过镇尤，事情又有了着落，她便紧紧抓住这个过镇尤。可回来之后,她越想越觉得不甚踏实。既然衙内众人说商老爷身边并没有一个乌慈仁,那就意味着有人冒充商叔牙的跟班儿将纪玉瞰劫了去。倘若商叔牙与她要人,她便没了辙,不但银子分文得不到,还可能落一个"私通歹人,劫持官妻"的大罪,到头来吃不了兜着走。可让她想不明白的是,既如此,怎么又出来了一个过镇尤,说"老爷知道这事",听那口气并不是问她的罪,还平平和和地说要"回老爷"。后来,过镇尤到浴玉楼来找她,说是要把当日的详情打听清楚,等老爷回府时好回话。既说"老爷知道这事",怎么又前来打听?难道这商老爷要"金屋藏娇",那乌慈仁是在那里,因此这衙内并不晓得,便来了个"无此人"?她想不明白,而且越想心里越乱,最后竟不能再理出一个头绪。她着了急,草草地吃过午饭,便下决心再去衙里,这回要找商叔牙本人!

她到了衙门大呼小叫,闹着一定要见到商老爷,自然又被挡了驾。衙役们说要见商老爷也得传进去,不能就这样闯衙。

就在这时,鸨儿睁大了眼睛,她在看刚刚进衙的一个人。她盯着那人,生怕自己的眼睛出了什么问题,便用手帕赶紧擦了擦。

不错!是他,是那乌慈仁!她大叫了一声:"天老爷,佛老爷,好老爷,乌老爷,您这会儿去了哪里?害得我心都飞去了九霄云外。"

来者确是"乌慈仁"——基小小。他并未想到鸨儿会在这里,进衙之后,听这边有人大吵大闹,便过来看看出了什么事。谁知,竟是鸨儿。见那鸨儿认出了他,基小小本能的动作就是走。

鸨儿一见他要走,便大叫道:"早晨劫走了纪姑娘的便是他。众位衙役爷,可别让他溜了。"

众衙役一听鸨儿如此说,又见那来的人害怕的样子,便认定那人心里一定有鬼,便一哄而上,追上基小小,不由分说便将他拿了。

基小小大呼无辜,衙役们哪里再听基小小的狡辩?将他绑起拖入院中。

鸨儿凑过来正想说什么,就听院内有人道:"放掉这位爷!"

众人一看,是商叔牙。

衙役们一听不敢怠慢,便给基小小松了绑。

等基小小松了绑,商叔牙对基小小道:"去吧。"

基小小并不认得商叔牙,正在着急不知所措之际,见有人出来命衙役们放了他。他先是吃了一惊。后来,在衙役们给他松绑时,他想,在这巡抚府内有如此大的威风的,除了白养粹,还有谁呢?

来不及想明白了,基小小向商叔牙拱了拱手,道了一声"谢谢爷",掸了掸被弄皱了的袍子,便转身去了。

那鸨儿看呆了。在她发呆之际,商叔牙叫身边的过镇尤将预先准备好的一包银子递给她道:"这一百两银子,妈妈收了,回楼去吧。此事已结,勿再纠缠。"说罢退去了。

鸨儿一时没了话,接过银子,还呆呆地站在那里。她缓过神儿来,要和过镇尤说话时,这过镇尤也已回去了。

原来,商叔牙知道鸨儿得不到银子必再来纠缠,遂支了一百两银子要过镇尤给她送过去。谁知刚支出银子,鸨儿就到了。商叔牙正要把银子交给过镇尤叫他给她送出去,免得闹得衙门内鸡犬不宁,便又听鸨儿认出了什么人。细细一想,知道被认出、被绑了的一定是基小小。他不想将事情闹大,于是出面了局。

衙役们不明就里,见商叔牙及过镇尤均已退去,便督促鸨儿离开了。

鸨儿捧着银子,慢慢地往外走。

这时恼了一人。

哪一个?白养粹。

白养粹正在厅内与封盛萱等议筹款购粮事。大厅紧靠着前院,他听得外面有人吵闹,便唤何碧问是何事。何碧叫不应,衙役也不应。他心中有气,站起来出厅唤人。出厅后,就见廊头的小门前有几个人站在那里,其中包括何碧。他见何碧等半探着身子,在聚精会神地看着外面,有的衙役还边听边交头接耳说着什么。他正要发作,一衙役恰好转头看到了他,赶紧过来叫了声"老爷"。这一叫,何碧自然也回头看到了白养粹,并转来听白养粹吩咐。白养粹不悦道:"院里吵什么,竟如此吸引你们,叫都叫不应了?"

何碧原听外面有人吵闹,怕扰了白养粹议事,想出去制止。可他一走出小门便赶紧缩了回来,原来他正看到那鸨儿在认基小小。他吃了一惊,半个身子探在外面看那边事态的进展,几个衙役也凑了来。白养粹来问时,外边的衙役们已将基小小绑了。何碧见白养粹问,便将所见说了一遍。白养粹听后惊了一下,思索了片刻,便走到小门之前看那边事态的发展。他走到门前时,商叔牙也正好出来。后面的事,白养粹全都看到了。

不见这基小小便罢,见了这基小小,一股无名火烧上了白养粹的心头。等商叔牙进去、鸨儿走出府门,白养粹吩咐衙役道:"将方才放了的那人捉了,把那鸨儿唤回。"

吩咐完毕,白养粹喊了声"升堂"!

封盛萱等人被请上了公堂。

衙役已将基小小捕回,那鸨儿也被召了回来。

基小小被抓回,不知底细,一看眼前的阵势,便怕了起来。鸨儿被召回,亦不明底细,怀里紧紧地抱了那银子包,静看事态的进展。

衙役们令两人跪了。

白养粹先对堂上的封盛萱等人道:"今日本府要审的是一宗劫亲案,请诸位乡绅到堂是要众位做一个见证。"说罢,厉声对鸨儿道,"鸨儿向本府报来,你因何闯闹府衙?"

鸨儿便将事情的来龙去脉从头到尾讲了一遍。虽讲得琐碎、啰嗦,白养粹却并未打断她。

鸨儿讲完,白养粹又问:"我来问你,你说是'眼前的这个人'将那纪玉瞰劫了去,你不会认错人吗?"

鸨儿一听道:"小人别的不敢夸口,这眼力自认是好的。早晨小人将眼前这人拉入楼门讨银子、问他的姓名时,小人就已然将他的特征看在了眼里:他的后脖子上被辫子压着的一处有一块横着的长疤,前额之上有并排着的两个大麻子……"

衙役们验过,禀道:"不错。"

鸨儿又得意道:"要是仅有这些外露的,一定说小人是刚刚看到的。还有一处是被遮了的,不信摘下他的帽子瞧一瞧,他的脑门儿右上方,有一颗枣儿大的麻子,光光的,一根头发都没有。再仔细看去,那三颗麻子长到了一条线上。当时小人看了心中就暗暗觉得好笑。常言道'三星高照',谁会想到,却叫这位爷在此应验了。"

衙役们摘掉基小小的帽子,果然,一个明晃晃的麻子露了出来。

鸨儿补了一句："也就是被小人拉进楼的那会儿,他摘掉了帽子。"

白养粹将惊堂木一拍,大声对基小小喝道："你哪里来的歹徒?光天化日之下明火执仗劫人妻室,是可忍,孰不可忍!今被本府擒住,又经鸨儿认出,还有何话说?"

在鸨儿讲话的过程中,基小小已渐渐地恢复了平静。他想自己已被鸨儿认出,当堂抵赖恐难奏效。他本想道出自己的真实身份,将白养粹镇住;但又想如果白养粹追问下去,就会把二贝勒拉了进来,而那自然不是玩儿的。所以他决定编造一些情节暂且蒙混过去,到堂下再做道理。于是,他回道："小的姓铁,名叫老虎,住在本州城东铁家庄。村里有一书生,名唤铁蜀生,自称相如在世,整日家想的是要讨一个文君那样的老婆。一次,我与他开玩笑,说我要为他寻得卓文君,他能出什么价钱。他说倘真是给他找来了文君那样的人物,他就给我一半的家产。谁知一句玩笑话,他却认了真。从那以后,见面就问寻到了没有。巡抚大人想想看,咱这穷乡僻壤,文君一类的人物上哪里寻去?可巧事情有了转机。前天我进城会一个朋友,约他在上云楼与他的几个朋友一起吃酒。酒席之间我作为笑谈,讲了这铁蜀生之痴。谁知说者无意,听者有心。这位朋友问我,这铁蜀生的事是瞎编乱造的笑话儿,还是果有其事。我向他说明这铁蜀生虽然可笑,这事却并非有假。那位朋友一听,想了片刻便拉我离开,问我要是他替我找到一位卓文君那样的人物送给那铁蜀生,他会得到什么好处。我哪里就相信他会找到卓文君第二。便答应他,倘若是那样,我便将所得与他二一添作五。后来,他便叫我准备了轿子,让我按照他交代的办了那事。去时的详情这妈妈都已讲过,只是稍有出入。"

基小小说罢,白养粹问："句句实情,并无编造?"

基小小重复道："句句实情,并无编造。"

白养粹将惊堂木猛地一拍,令堂上所有人为之一惊,道："满嘴胡言,还说句句实情!看来不上大刑,你是不会吐出半个真字的。来人,大刑侍候!"

白养粹一声令下,衙役们吼声顿起,堂上气氛骤然紧张了起来。

基小小赶紧问道："小的确实讲得句句实情,老爷凭什么就说小的是满嘴胡言?"

白养粹冷笑道："老爷从不让人挨'无名板',在打之前自然要向你讲明白。

我来问你,你说你家住本府铁家庄,那你可说得出这铁家庄在城东还是城西?离城多少里?"

基小小并不把这问题放在心上,心想把它说得离城远远的,一个小小的野村子,这里谁会晓得不成。便道:"这铁家庄在州城以东五十里。"

白养粹又问:"在洋河以东,还是在洋河以西?"

基小小只知滦河,大概其晓得永平州在滦河以东,并不晓得有条洋河,自然也不知洋河的流向。他想,白养粹既问铁家庄在洋河的哪一边,这洋河就一准是滦河的一条支流,亦在永平境内;既永平州在滦河以东,那铁家庄亦在洋河以东无疑了。于是回道:"在河东。"

白养粹又问:"它归哪个乡里衙门征收税银?"

这回基小小傻了眼,但他的小聪明帮了忙,道:"小的一贯游手好闲,在家不知柴米贵贱,在外不知税银多寡。小的从没有留意征收税银之事,也就难回老爷所问了。"

白养粹听后冷笑了一下,道:"确实乖觉。我来问你,方才本府所问你是听好了的?"

基小小道:"句句听得明白。"

白养粹又问:"那对本府的那两问你是全知的?"

基小小道:"生在那里生,长在那里长,本乡本土再有不知,就不能叫铁家庄的人了。"

白养粹听罢怒道:"这就是了。本府明白告诉你,大凡在堂者,不管乡绅还是衙役,都会明白你错在了哪里。洋河在抚宁之境,你说的那个铁家庄,按你的说法既在洋河的东面,那就出了永平的州界;可你又自称是本州之人。这本府道你个'满嘴胡言'又在哪里冤枉了你?给我狠打!不然,他怎会道出半个实字!"

基小小一听露了馅儿,就慌了手脚。衙役们上来按他,他先是挣扎了一阵,抵不过,便被按倒在地。

在永平府内当差,都晓得这里"板爷"的厉害。"板爷"就是堂上掌板子打人的衙役。说他们厉害,倒不是讲他们一味凶暴,凡人都往死处打。而是说,他们打起来颇有讲究。别的不说,这打板子的"排板""叠板"和"截板"之分,就很有一些名堂。何谓"排板"?"排板"就是先在屁股上打一下,接着向上,一板挨着一板,打到肩胛骨下再回来,然后一板接着一板,打到大腿的下部再往上打。这种打法的效果是"板板鲜",使受刑者疼痛难忍。何谓"叠板"? "叠板"就是在屁股上打了第一下后,继续在原处打,一板之上叠上一板。这种打法的效果是皮开肉绽,令受刑者伤口多日难愈。何谓"截板"?"截板"就是板子往小腿上打,落板时,板面是斜着的,一板不成,两板,最多三板,就叫那受刑者的小腿断掉;然后再在原处打,将已经断了的骨头打碎。这种打法的效果是使受刑者致残,终生带着耻辱。

使哪种杖法,由多种因素决定。别的不用说,这巡抚老爷当堂的态度便是板爷的指挥棒。如巡抚有"不打断你的狗腿,你还会东蹿西跳"一类的话,这就意味着要衙役使用"截板";若巡抚说"不给你点厉害,你就不怎么样怎么样",那就暗示衙役要用"叠板"。

这一次,白养粹说的是:"给我狠打!不然,他怎会道出半个实字!"这就意味着要受刑人吃些苦头,让他疼痛难忍,以便从实招来。因此,衙役们明白应用"排板"。

基小小被两个衙役死死按住,"板爷"便在他的屁股上来了第一板。第一板下去,基小小便杀猪般号叫了起来。接着是第二板,第三板,第四板……板板下去"板板鲜",疼得那基小小爹一声娘一声地叫个不停。如此打到了第十板,白养粹向衙役们招了招手。衙役们会意,停了下来。

基小小仍然号哭不止。

白养粹问:"如何?是否有了新口供?"

这基小小从小就没有正儿八经地挨过打——就是小时候,别看坏事不断做,但总因嘴上乖巧,父母都没有真正揍过他。稍大,他就到了阿敏身边,别说挨打,就是委屈也是极少受的。这次衙役们已经看出,巡抚大人是有意给这名受刑人点儿厉害瞧瞧,于是,那板子下得是又重又狠。如此仅十板,这基小小就受不了了。

但是,他并没有失去思考的能力。他后悔说假话挨了这顿好揍,倒不如当初就实说了。又听白养粹问他,他就打算站起身来,把胸膛挺直,恢复一向摆出的那半个主子的谱儿来。可他刚一动,便觉疼痛难忍,心里再有精神,身子也无法听使唤了。他如此试了几试均未成功,于是只好照旧趴在那里,道:"有话要讲……"

他的声音已经不大了。衙役们听得,报了过去:"受刑人有话要讲。"

白养粹道:"让他讲!"

半天,基小小才道:"本人一不是乌慈仁,二不是铁老虎,乃二贝勒爷身边基小小便是!"

堂上众人听罢哗然。

白养粹道:"讲下去!"

基小小道:"还要我讲些什么?"

白养粹哼道:"你此番改了名换了姓,如何便让本府不闻不问了?"

基小小回道:"再问,可去问二贝勒爷!"

白养粹冷冷一笑,道:"报出一个基小小,就让本府去问二贝勒爷。那你说自家是基大大,本府岂不就得去问大汗了!"惊堂木一拍,令人心悸。

基小小道:"白大人,我真的是基小小。不信,叫来何碧一问便知。"

白养粹道:"本县大凡不轨之徒,有哪个不知道本府身边有一个何碧!少给我啰嗦,你讲是不讲?不讲,衙役们——"

白养粹吼了一声,两个衙役凑上来,又按住了基小小的手脚。

这时,基小小道:"既然白巡抚一定要在这大堂之上见分晓,那我就把事情从头到尾、原原本本说上一遍就是了!"

白养粹道:"讲!"

衙役松了手。基小小立马开口道:"不错,是我今天早起用轿子把那纪玉嫩姑娘接到了贝勒府!"

这样一说,大堂之上又是一片哗然——而且一种紧张的气氛悄然而起。

白养粹对基小小道:"讲下去!"

基小小想,一不做二不休,既然讲开了头,就讲下去好了,看你白养粹有多大的本领,要用胳膊去扭那大腿!

当然,他不能什么都抖搂出来,他还要有所编造,继续道:"鸨儿讲得没有半句是错的。当时,我被她拉进了楼里——她要向我讨抵纪姑娘身价的银子。我想无非就是玩两天,给你什么抵身价的银子?要银子,就去找那赎身的人好了。这样,我没再说什么,就将纪姑娘接了出来。"

鸨儿在一旁道:"老爷,他又在胡乱编造。方才小人说过的,当时,他说的是商老爷差他前来,要我到府里来讨银子。"说着,她转向基小小追问道,"说这是给了我体面,一分一毫不会少了我的,还说那商老爷不愿意落一个一手交钱、一手交货的名声。难道这些都不是你说的,倒是我凭空编出来的不成?"

基小小道:"妈妈你这样说又有什么人为证?"

鸨儿一时哑了言,半天才道:"两个人之间说的话上哪里去找证人?凭的是天理良心罢了。"

基小小笑道:"论起哪个更有天理良心,我倒不清楚,会是贝勒爷的侍从哩,还是那地方的鸨儿?"

鸨儿受到了侮辱,便大哭了起来,连叫"请老爷做主"。

白养粹道:"这里再没有你的事了,下堂去吧!"

鸨儿一听顿时眉开眼笑,连声"谢过老爷",手里紧紧地抱住那包银子退出去了。走在基小小跟前,还小声骂了一句"挨千刀万剐的"。

白养粹又问基小小:"我来问你,你把那纪姑娘劫了去,是要自己受用吗?"

这时,坐在证人席上的封盛萱见白养粹如此问话,便大吃了一惊。于是,他悄悄转头唤过一名衙役,对那人耳语道:"去告诉巡抚大人,如此下去,恐难收场。"

那衙役去了,向白养粹转达了封盛萱的话。

白养粹听罢对衙役道:"去告诉封老爷,本府自有主张。"

基小小此刻正在盘算如何回答白养粹的问题。他绝对不能讲是自己受用,因为在大庭广众之中这样说了,无法向阿敏交代。可能说是为贝勒爷接进的吗?不能。那如何是好?

白养粹再次催促道:"讲!"

基小小想出了一句说辞,道:"府中之事大人就无须细问了。"

白养粹一听大怒,道:"本府问的是案子,你这歹徒说已将人劫入府中。既如此,老爷要查出主犯,就自然要问——看来还得打!"

衙役们一听又上来按头的按头,扭肘的扭肘,压腿的压腿。

一见这阵势,基小小喊道:"我讲!"

白养粹道："讲！"

基小小大声道："那纪姑娘是呈给了二贝勒爷！"

再次满堂哗然。

白养粹听后却哈哈大笑了起来，他的泪水顿时夺眶而出。是高兴的泪水，还是辛酸的泪水，抑或是悲愤的泪水？

白养粹笑罢，大堂之上死一般沉寂。片刻之后，白养粹发出怒吼："打！往死处打！"

基小小大惊，问道："为何……"

白养粹怒道："为何？你这狂徒，上得堂来，翻手为云、覆手为雨，短短的时间内，先是什么铁老虎，接下来又是什么基小小，要是再问下去，你就会是天爷爷了！这且不去管它！可你这歹徒千不该万不该，不该编造到二贝勒爷的头上。要是我不打你，不一会儿，你定然会把大汗也编造进来，说那纪玉皦已然飞车载往沈阳，给大汗送过去了。打！"

没等基小小再说什么，那板子已经打了下来。

这次板爷用的是"叠板"，因为他们看到巡抚真的恼了，而且明讲了"往死处打"。

板爷们也来了精神，开始几板那基小小还哭还叫。可待几板下去，基小小竟无声无息了。显然，基小小被打得昏了过去。

衙役们早有水预备在那里，一瓢水泼在基小小的头上。基小小便缓了过来，有气无力地呻吟着。

衙役们再看白养粹的眼色。白养粹又狠狠地道了一句"打"。

又是一顿臭打，基小小再次昏迷。衙役再次泼水使基小小苏醒，白养粹再次喊打。

一板板打下，那基小小已像死人一般，白养粹这才要衙役们停了手。

衙役又要上前泼水，白养粹止住了，转头对坐在下面的封盛萱等人道："今日让诸位看了一出好戏。"说罢宣布退堂。

白养粹一直坐在原位上，拱手将众人送走。

众人离去后，白养粹仍在位子上坐了半天。最后他吩咐备马，并将那昏迷中的基小小用一辆车载了前往阿敏府。

到达阿敏府门口，白养粹下马叫门人进去禀报过，就独自一个人进了府。

阿敏闻报，不知白养粹因为何事要"紧急求见"，很快到了前厅。

给阿敏见礼后，阿敏指了一个座位让白养粹坐了，道："今日是什么风把白大人吹了来？"话中明显地流露着对白养粹的讥讽和不满。

白养粹道："臣刚刚审了一个案子，事关贝勒爷，不得不禀。"

阿敏一听倒是一惊，心想什么案子会牵涉本贝勒，且让这小子跑过来"不得不禀"？于是问道："会是什么案子，竟把本贝勒扯了进去？"

白养粹回道："是劫持纪玉皦一案。"

阿敏这回可真的受惊了，忙反问了道："什么纪玉皦一案？"

白养粹重复了一句："劫持纪玉皦一案。"

阿敏镇静了下来，问："这是一桩什么样的案子，会牵涉本贝勒？"

白养粹道："衙中有一新上任州佐商叔牙，在赋闲时认得邻人纪玉皦，这纪玉皦前不久被其舅父卖与本城浴玉楼。商叔牙做州佐后与鸨儿讲妥，要接纪玉皦从良。恰在说妥之后未接之前，纪玉皦便被人冒商叔牙之名劫了去。臣知晓之后心想，这歹徒也忒狂了些，劫了州佐之亲，岂不是太岁头上动土？再说，臣作为一州之长，自己的下属被欺，也就是臣被欺了。最要紧的是，臣不才，却得大汗知遇，将一州之事相托，岂敢稍有懈怠而不肝脑涂地？大汗临行时定出规矩，有种种不可行者，并留了处罚明令。掠人妻女是种种不可行者中首要之款，况掠州佐之亲乎？故而臣决心将此歹徒缉拿归案。可歹徒形迹诡秘，偌大一个永平州一时叫臣哪里寻去？可巧，那浴玉楼的鸨儿今日午后进衙找商叔牙要纪玉皦的赎银——劫持者狡诈，接人时没有留下银两，却叫鸨儿去巡抚府找商老爷——正好，那劫持者亦入衙，被那鸨儿认了出来，臣这便升堂审问。"

阿敏有些坐不住了，道："那鸨儿就不会认错吗？再说，一个鸨儿如何就可轻信她？"

白养粹道："贝勒爷说得是，臣也是这样认为的。可偏偏这一次鸨儿没有认错。"

阿敏疑惑地问道："何以见得？"

白养粹道："原来那鸨儿是个颇有心计的，在接纪玉皦那会儿，她已经将劫持者的相貌特征记在了心里……"

阿敏打断白养粹,道:"那鸨儿都说了什么特征?"

白养粹道:"说他额上有两个麻子。"

阿敏摇摇头道:"额上的东西明摆着,定是鸨儿临时看了的,何足为凭!"

白养粹道:"臣当堂也是这样认为的。可那鸨儿道:'要是仅有这些外露的,一定说小人是刚刚看到的。还有一处是被遮了的,不信摘下他的帽子瞧一瞧,他的脑门儿右上方,有一枣儿大的麻子,光光的,一根头发都没有。再仔细看去,那三颗麻子长到了一条线上。当时小人看了心中就暗暗觉得好笑。常言道三星高照,谁会想到,却叫这位爷在此应验了。'"

阿敏听后,知那被认出来的定是基小小无疑了,忙问:"在那大堂之上他都讲了些什么?"

"他无法辩白,遂承认那劫案是他干的。"白养粹停下来,看阿敏的表情。

阿敏并没有注意到白养粹在观察着自己,一听白养粹说"承认那劫案是他干的",便急问道:"可问了他的名字?他又讲了些什么?"

白养粹暗自笑了一笑,道:"他道名叫铁老虎,住在本州城东铁家庄……"

阿敏料基小小不会就实实在在地讲出实情的,听白养粹这样一说,便稍许放心。随后白养粹道:"他说村里有一书生,名唤铁蜀生,要寻得一位卓文君式的人物才可婚娶。前天这铁老虎进城会一个朋友,约他在上云楼与他的几个朋友一起吃酒,席间讲了这铁蜀生之痴。谁知,铁老虎的那位朋友一听认了真,便拉铁老虎离开餐桌,问要是替他找到一位卓文君那样的人物送给那铁蜀生,他会得到什么好处。铁老虎便答应他,倘若是那样,会将所得分一半给他。两人讲妥,铁老虎那朋友便叫铁老虎准备了轿子,按照那朋友的交代办了那事。"

阿敏一听道:"既然那铁老虎已然如此承认下来,案子也就可结了。"

白养粹叹了口气道:"可谁知接下来就出了岔子。臣问他那铁家庄在哪里,以便前去找回那纪玉瓛。可三问两问,那铁老虎答得驴唇不对马嘴,露了馅儿,弄得全堂哗然。这样,臣就不得不再问他。结果,他一张嘴,就把臣吓了个七魂出窍。"

阿敏忙问:"他又讲了些什么?"

白养粹道:"这回那歹徒改了嘴,说他叫基小小,是二贝勒爷您身边之人。臣忙忙地将惊堂木拍了,叫他住口。谁知,他倒来了劲儿,非但不停下来,反道那纪玉曦是他替贝勒爷接进了府来的。"

阿敏一听既怕又恼,道:"你就让他在大堂之上胡言乱语不成?"

白养粹道:"自然不会。臣于是忙向众人讲明,是这歹徒胡说八道。我道,二贝勒爷奉大汗之命来守永平,怎会怂恿手下干出掠夺官妇之举。臣说了这话,那自称基小小者仍无收敛之意,无奈之中,臣只得动了刑……"

阿敏道:"打他几板子,吓唬吓唬倒也应该。"

白养粹道:"臣也是如此想的。一上来是轻轻地打,可那基小小大喊大叫,并不停下来。这样,臣就只好加重了板子……"

阿敏问:"那个自称基小小的现在何处?"

白养粹回道:"臣想到,既然那厮斗胆将贝勒爷扯了进来,也许贝勒爷会亲自治治那无法无天之徒……于是,臣便将那厮带了来。"

阿敏一听道:"你做得好,爷是要亲自问一问这个大胆包天的野种!"

有关种植春小麦的告示贴出的第二日,永平市面上便出现了比往日多得多的春小麦,但买的人并不是很多。如此一连三日。到了第四日,官府收购开始了,市场上的春小麦被收购一空。次日,市场上又涌入大量的春小麦,又是被收购一空。第五日,有人开始抬价购入,官府便把前两日购入的部分春小麦抛了出来,春小麦的价格回落。后几日,又反复了前几日的状况。官府始终掌握着春小麦市场的主动权。接下来,除春小麦以外的其他粮食市场也重复了春小麦市场的情况。

官府开始了有条不紊的粮食储备,扩种春小麦的事也进展顺利。

只是,在借贷麦种的问题上出现了原来未曾想到的情况。因到了青黄不接之际,不少家无余粮的农户为了应急——解决糊口的问题,便假借贷麦种赊贷了口粮。显然,这些农户赊贷的麦种到夏收时是无法还上的。

怎么办?

对此,白养粹与商叔牙多次商量,均未找出什么好的解决办法,最后决定由它去。反正借了不是去干坏事,总不好眼看着百姓饿死吧?

永平市面的活跃刺激了临县农家尤其是粮商的神经,抚宁、丰润乃至玉田、三河这些明朝治下的产粮区的粮商都出现在了永平的市场上。

随着明朝治下商人特别是粮商的到来,永平也便有了军情。

第十四章 是非颠倒，商叔牙投火殉情

皇太极撤军已经过去了三个月，崇祯才惊魂初定，便思虑收复永平五城的问题。

此前崇祯不断接到探报，说占领永平的金军如何如何，似有久占之状。近来，探报说永平粮食市场活跃，金军意在囤粮备战；且官府鼓励种春麦，农家纷纷响应，其意亦在囤粮备战。兵部上疏奏请崇祯早作良图，以免金军肉肥羽丰，除之艰难。

永平五城被金军长期占领，不但崇祯脸上无光，而且断了明军通往山海关的重要通道，令其联系梗阻，崇祯早想收复之。只是农民起义军王左桂部，王大梁余部，高迎祥、李自成部攻势加剧，朝廷平寇之战吃紧，难以腾出手来。现在兵部上疏，言收复永平五城的急切，崇祯认为兵部言之有理，便有了行动：命孙承宗为统帅，总兵马世龙副之，发兵两万众收复永平五城。

明军自京城出动的军情被金军细作所探得，情报很快便送到了遵化那里，永平自然很快得到了这一情报。

阿敏、硕托、索尼、宁完我等人立刻紧张了起来，白养粹及州佐商叔牙也得到了通报。

其实，对守卫五城的问题，无论是硕托、索尼、宁完我，还是白养粹与商叔牙，都已经商量过多遍了，他们也曾就此向阿敏禀报。但阿敏已将军务推给硕托，去处置自己的"内事"。

纪玉皦被接入府中后，阿敏一见如醉如痴。但那是剃头挑子一头热，纪玉

瞰那边却冷若冰霜，坚决拒从。这次，阿敏并未把欲火烧成怒火，而是耐着性子等待着。

白养粹提出了"舍二保三"之策。所谓"舍二保三"，就是一旦明军来攻，要首先舍弃遵化、迁西，将人马集中到永平、迁安、滦州三城。三城成犄角之势，相互策应；初以守为主，以便耗敌之力；待敌疲敌怠之时，请蒙古喀喇沁部出兵敌后，这样两面夹击，驱敌于境外，最终收复遵化、迁西。

在未曾得到明军来袭的情报之前，众人就初步盘算过，从当时的情况看，放弃遵化、迁西后，三城的粮草可供四个月之需。

"舍二保三"的方案曾由硕托报到了阿敏那里，当时，阿敏并没有说什么。这样，硕托等以为阿敏也赞同了这一方案。

等明军出动的消息真的传来，硕托去向阿敏请示实施"舍二保三"方案，下令撤遵化、迁西之军到迁安时，阿敏却反问道："什么'舍二保三'之策？"

硕托见阿敏如此提问大觉不解，道："舍二，就是舍弃遵化和迁西……"

阿敏立刻问道："舍掉遵化和迁西？是谁的主意？"

硕托只得回道："是白大人的主意。"

阿敏怒道："好一个白养粹！大汗将五城命一般看待，他却要我扔掉！"

硕托一听有些着急，道："不是这样的！这个计策早向叔贝勒讲过了……"

阿敏听了不悦道："你给我住嘴！用兵打仗，我不能听从一个书生的摆布！去吧，我自有道理。"

硕托被赶了出来，他找到索尼及宁完我，把见阿敏的情况说与两人。两人听罢大惊失色。

索尼自言道："他'自有道理'，那会是怎样的退兵之策呢？"

宁完我也道："这次比不了宅子、女子的事了——咱们得立即前去问个明白。"

这样，硕托引着索尼、宁完我又到了阿敏的住处。

阿敏无论如何都不赞成那"舍二保三"方案，说绝不能主动将遵化放给敌人。如果那样，第一个坏处就是涣散军心。

三人听阿敏这样说，都觉得站在他们面前的不是带兵征战多年的军事统帅，倒像一个关在书斋里苦读的书生。

三人问将如何御敌。

"硕托速去遵化,索尼速去迁西。"阿敏随后转向硕托道,"要严防死守,不得让敌军越雷池一步。"

三人听罢大惊。硕托摇头道:"遵化只有守军三千人,敌军两万人,我等纵有三头六臂,又如何能够严防死守?"

索尼则道:"诸城之间如何策应?"

阿敏道:"到时我自有良策。"

索尼又道:"遵化远离三城,且首当其冲,最易成为孤军。迁西只有守军一千五百人,自保尚难。倘主帅事前并无明令,属下实难施计策应。"

阿敏不悦道:"大敌当前,我五城只有这么多人马,事到如今,你等让我上哪里搬兵去?你等只看我军人少,不看城坚粮足;只看敌军人多,却看不到敌军乃为我军败将、惊魂未定。人尚未派到,个个就先叫起苦来!这如何领兵退得敌军?"

阿敏反而狗血喷头,将硕托、索尼数落了一个体无完肤,弄得他们倒不得要领。

走出阿敏府后,硕托、索尼埋怨宁完我道:"是你提出'咱们得立即前去问个明白',可到了那里,你却徐庶进曹营——一言不发,只叫我们挨了一顿数落,你也真是好意思!"

宁完我道:"先用不着怨艾如此。事急矣,你我当速速谋划挽救之策。"

硕托道:"如此派去,死路一条。我等死且不去管它,可五城将何以确保?"

宁完我道:"这样一来,五城各自为政,下场便是很快被敌各个击破。"

硕托叹道:"真令人不解,明明是一条绝好的却敌之策,为何就弃之不用呢?"

宁完我道:"贝勒爷再叹息一百次也是无济于事的。如今之计,就是贝勒爷速速启程,赶在遵化未被敌围、尚可脱身之前将人马撤出,与迁西人马一起撤向迁安,然后仍旧实施咱们的'保三'之策。"

硕托迟疑道:"那岂不违背'严防死守'的将令?"

"甚妙,甚妙。"索尼明白了宁完我的意思,向硕托解释道,"那等在那里被敌军杀光就不违背将令了?"

这一句话把硕托讲明白了。他连忙道："我被那糊涂老叔一糊涂棍子揍糊涂，尚未缓过糊涂劲儿来……"

三人顿时笑了起来。

硕托、索尼连夜快马，一个去了遵化，一个去了迁西。

明军丧失了一次全歼遵化金军的绝好机会。在硕托到达遵化时，明军也才到达，尚未来得及部署围城。当夜，阿巴泰和硕托组织了一次袭营。明军早有准备，金军没有占到什么便宜。但金军的用意不在偷营，而是以偷营做掩护，将人马撤向迁西。

次日，孙承宗知道上了当，但金军已经远去。他亦不再追赶，遂安排一部分兵力在遵化驻防，便率大队人马向迁安进发。

阿巴泰和硕托退到迁西时，曾给阿敏送去了战报，说"敌军人多势众，城池被敌攻破，经与敌苦战败绩，率残部撤至迁西"云云。

阿巴泰和硕托退到迁西后，索尼已到迁西，他们和原守将鲍承先商议，不能坐等明军来攻，遂由硕托及鲍承先率两千人潜师在忍字口设伏。孙承宗得报遵化金军已撤至迁西，忍字口离迁西尚远，便毫无戒备，遂中伏。金军虽以两千人击两万人，明军却伤亡一千余人，金军只伤亡二百余人。战后，硕托率军退去，孙承宗则放慢了进军速度。

阿巴泰和硕托报与阿敏说"在忍字口设伏，重创明军"，并说"明军不日将达迁西"，要求"寻机派兵前来，牵制敌军"。

孙承宗知金军狡诈，采取平推稳打、步步推进之策。在忍字口就因一时大意吃了亏，自那以后更是小心翼翼。他凭借兵力上的绝对优势取胜，绝不走一步险棋。

抵达迁西后，他自率大部人马驻扎于城东，以防永平金军来袭；命马世龙率余部驻扎城西，将迁西围了起来。

阿巴泰和硕托再次派人向阿敏告急。

孙承宗向东、南两面派出探马，日夜打探迁安、永平、滦州金军动静。一连两日不见三城的人马出动，心中甚为狐疑。金军与明军最为不同的特点是各部之间少有鸿沟，因而打起仗来能够相互配合，形成整体作战的优势。这次，为什么弹丸之地的迁西，守军不足三千人，却不见迁安、永平、滦州金军的配合？他们在玩什么花招?于是,孙承宗越发谨慎起来,加强了打探的力量,同时决定尽快集中兵力攻城。

围城的第三天,孙承宗集中炮火攻打西门。

阿巴泰、硕托及索尼、鲍承先登上城墙督战。明军炮火猛烈,而且炮手个个训练有素,金军仅有的两门炮很快就被打哑。之后,明军打过的炮弹几乎颗颗在城头之上开花;很快城墙多处坍塌,而且坍塌之处继续受到炮击,豁口越来越大。

此时此刻,阿巴泰和硕托等多么盼望有一支人马自东方杀来啊!可那样的一支人马始终不见出现。

天阴得很厉害,看来一场大雨就在眼前。阿巴泰和硕托等只好调配兵力,以便抵御自豁口冲上来的敌军。

明军并未立刻攻进城来,炮火开始向城内扩展,城中有多处起火。

就在此时,天空一声霹雳,接着暴雨倾盆而下。

城中的几处大火灭掉了,大雨给两军的作战带来了困难。

明军开始从被打开的城墙豁口登城,士卒的双脚深深陷在泥浆之中难以自拔。雨声压过了人们的呐喊声,指令不畅,后续的队伍被长官督促着拥了上来。前面的被阻,后面的被赶,在各个豁口形成了严重的拥堵。

相比之下金军的处境更好些。他们占据着城头,居高临下,手中的滚木、石块发了威。但是,明军毫无退却之意,后续大队不断地拥过来。豁口泥泞、松软的黄土之上垫满了尸体。尸体与由上面打下来的滚木、石块越积越高。明军后续大队所踏的再也不是原来那泥泞、松软的墙土。金军渐渐失去地形的优势,他们的滚木、石块也用尽了。

阿巴泰、硕托、索尼、鲍承先等人分散在几个豁口指挥阻击,混乱的场面使他们彼此之间失去了联系。但是,他们无论在哪里,情况都告诉他们,迁西城已经守不住了。

他们在不同的地点组织了撤离。其实,撤离早已开始,用不着他们组织。再说,当时那混乱的状况,他们早失去了对队伍的控制。

大雨之中,金军士卒或二十人,或三十人,结队溃逃出城,狼狈不堪。

在城东南的丁官营,溃散的金军士卒逐渐聚拢。阿巴泰和硕托、索尼、鲍承先等人也都到了那里。硕托在战斗时肩上中了一箭,下城后找到一匹马,由几十名士卒护卫着撤了出来。索尼是文臣,战斗前,硕托就向游击哈巴做出交代,寸步不离索尼。哈巴不折不扣地完成了任务,为保护索尼,他自己几处受了伤。

阿巴泰、硕托、索尼、鲍承先等人在丁官营等了一段时间,因为怕明军追来,便率领收拢到的残兵败将向永平退去。

当时清点了人数,共八百多人,其中大多受了伤。

得到迁西告急的军情后,尽管宁完我几次催促,阿敏却一直没有派兵出援。

宁完我知道迁西难保,便向阿敏提出了迁安、永平、滦州三城相互策应的问题,说如三城各自为政,正好应了敌军"平推稳进、各个击破"的战法;丢了迁西,不能再丢迁安,迁安丢失,永平、滦州也必难以自保。

最后,阿敏派出图赖、阿山、巴笃礼率五百人往救迁西,但对防守迁安并未做任何部署。

这时,宁完我判定,阿敏是要放弃永平了。

对阿敏是否要放弃永平的问题,宁完我一直在进行观察。本来,在当时的形势之下,"舍二保三"是唯一可行的确保五城的有效方略。因此,对带兵征战多年的阿敏来讲,如果没有其他方面的考虑,是很容易采纳并付诸实施的。可实际情况并非如此。永平是五城的关键和枢纽,为扫除放弃永平的障碍,阿敏将凡可对他撤离产生牵制的人——硕托、索尼、图赖、阿山、巴笃礼等纷纷派了出去。至于他宁完我,要不是皇太极原有"不离主帅"的明令,他会是第一个被支走的。

在派走图赖等人时阿敏曾有交代,倘迁西难保,要与阿巴泰和硕托等撤向冷口,不必再来永平,说辞是"敌倘追去,即分敌兵力"。

宁完我想起了在处理封宅时他见阿敏时的情景,这次他试图用同样的手段说服阿敏。但是千言万语,阿敏再不为所动。

为什么?

一个原因,守永平之军皆为镶蓝旗的人马,在危难之时,阿敏要保存自家实力。遵化也好,迁西也好,迁安也好,都是别旗之军,阿敏怕出兵救援会在路上遭明军暗算,所以不派兵救援。

对阿敏不顾大局的问题，宁完我曾婉转地给他指了出来。阿敏当时发了怒，道："保全五城也罢，保全军力也罢，本贝勒均是为了大金江山——此君子之腹，非小人之心可度也。"

对此，宁完我还有什么话好讲呢？

在收到遵化方面送来明军出京的情报之后，硕托等人已催促阿敏向皇太极送出六百里急报。按眼下时局的发展，这边是指不上皇太极发来的救兵了。

五月十三日，探马来报，说迁西失守，贝勒阿巴泰、贝勒硕托、文臣索尼、汉将鲍承先等人收残兵于丁官营，正向永平奔来。

次日，图赖等差人来报，说与阿巴泰和硕托等会于丁官营，已遵将令与阿巴泰和硕托等撤向冷口。

十五日，探马报告，说孙承宗占领迁安，大军向永平进发。

接到明军逼近的报告后，阿敏的第一个动作就是下令焚烧官仓；而第二处起火的，则是封盛萱的宅子。很明显，阿敏要走。

白养粹派人去封宅将火救下了。可火刚刚救下，又重新烧了起来，而且起了火的封宅被金军包围，白养粹派去的人无法靠近。

有几百人聚到巡抚府门前，问火烧封府之事，并请求给予保护。

白养粹心急如焚，他决定去见宁完我商讨对策，便骑马出府。

那聚集在府门的几百人见巡抚出了门，不知白养粹到哪里去，便跟在巡抚后面吵吵嚷嚷，惊动了越来越多的百姓。

白养粹心中思考着眼前的形势和对策，并没有想到这么多人跟在后面会有怎样的后果；因此没有制止众人，而是快马加鞭向前奔走。

去宁完我住处要路过阿敏的府门，府门之前已有大队的人马把守。众士卒见一人骑马领着这么多人奔来，以为是冲阿敏府来的，便赶紧列队，挡住了白养粹的去路。

白养粹道："我是白巡抚，自此路过，请放行。"

此时，后面跟着的百姓们赶到了。

众人见白养粹到了阿敏府前，以为白养粹就是来找阿敏的。又见阿敏的士卒挡住了府门，便七嘴八舌说了一通。其中有人大吵起来，道："要见贝勒爷！要听听焚烧官仓、火烧封宅且不让前去救火有什么说头！"

众人一听说得有理,便齐声道:"要见贝勒爷!要见贝勒爷!"

一士卒在前问白养粹道:"既说过路,怎的又要见贝勒爷?"

还未等白养粹说话,众人又喊道:"要见贝勒爷!要见贝勒爷!"

士卒们一听便赶快禀了进去。

不一会儿,里面传出话来:"放白巡抚一人进来!"

无奈,白养粹进了府。阿敏在院子里,白养粹见了礼。

阿敏问道:"你要造反吗,白养粹?"

白养粹一听味儿不对,便道:"贝勒爷此话从哪里说起?"

阿敏道:"我在问你,不想造反带如此多的人闯来是何缘故?"

白养粹道:"臣并没有带什么人来……"

阿敏一听大叫道:"想不到白养粹竟是一个睁着大眼说瞎话的人!明明几百人跟在你的后边,你反而说并没有带什么人来!几百人不算是什么人,难道你带来几千几万人把我一口吞掉,那才叫带了人来?"

白养粹见阿敏如此,觉得解释已无意义,索性连原不是要到这里来的事也不去提它了,便问道:"臣有一事不明,故来问贝勒爷,焚烧官仓可能是贝勒爷决定撤军不给敌军留下粮草,可火烧封宅且不允往救,这又是何故呢?"

阿敏听罢斩钉截铁道:"因为封盛萱通敌!"

"欲加之罪,何患无辞"就在白养粹的嘴边,但面对一位贝勒爷,他哪里会说得出口?只得道:"臣甚吃惊,可有通敌的证据吗?"

阿敏遂道:"他明里接济我军,暗里却勾结敌朝。别的不用说,他在这边的钱庄银两早已抽空,挪向京城的铺子了……"

又一句"莫须有"就在白养粹的嘴边,可他仍然咽下了,道:"依臣所知,此并非实情。"

阿敏听了冷笑一声,道:"你自然为他申辩。那封盛萱去了哪里?有人说他藏匿在了巡抚府,可是真的?"

白养粹回道:"他是在巡抚府,但并用不上'藏匿'二字。"

阿敏道:"不用这二字也好,反正你们是一狼一狈!"

白养粹听了气上心头,但他压下了,缓缓说道:"臣不明白贝勒爷如此讲实为何意……"

阿敏哼道："不明白？装糊涂！"

"臣确实大惑不解。"白养粹一面这样说,一面思考着。看来,今日之事是大为不妙了。不然,阿敏如何会有此种种的指责？

只听阿敏又问："我来问你,城南三十里可有你的祖坟？"

白养粹回道："臣家的祖坟是在那里。"

阿敏又问："祖坟园林很大吧？"

白养粹道："祖上所建,是有些规模。"

阿敏又问："坟院的大门之上可有勒刻？"

阿敏这样一问,白养粹便明白了阿敏的用意。

原来,白养粹降金前与钱象坤是忘年交。前年,钱象坤来为白养粹祖茔的匾额题了字,白养粹勒就。白养粹归金后,一直忙于公务,也未赶上祭奠的日子,便把那题勒之事忘在了脑后。不想,这被阿敏抓着了。他淡淡地道："有一刻勒。"

阿敏问："也是祖传吗？"

白养粹道："那倒不是。"

阿敏问："都是什么字？何人所书？"

白养粹道："勒有'铁骨忠魂'四字,由敌朝礼部尚书钱象坤所书。"

阿敏听罢自语道："'铁骨忠魂',雅而崇……"然后转向白养粹道,"或许本贝勒会成全了你,使你的'铁骨'与你家祖宗聚在一起,使你们的'忠魂'一起去那明朝的京城显示你们的忠心。"

听到这里,白养粹道："看来,贝勒爷必将置臣于死地了。"

阿敏轻蔑地说道："那又怎样？"

白养粹合上了眼睛,心想："天绝我乎？我白养粹投了明主,以为可以有所作为了,可谁知却闹了个身败名裂！"想到这里,泪水从紧闭着的双目中涌了出来。

这时,白养粹又听到一人道："白大人别来无恙？"

白养粹睁开双目一看,乃是基小小。白养粹不理他,站在那里一动不动。

这时又听基小小道："当日白大人好狠的板子！你说贝勒爷将你置于死地,可你不想想,当日你那狠劲儿,可不是欲置我于死地吗？"

白养粹听罢大怒,冲基小小啐了一口,骂道："助纣为虐的狗奴才！大汗的大计如此毁在你们的手上,却没有半点的愧疚,反自以为得计!此无血性、无廉耻之徒,吾实不齿!"

"放肆!"阿敏听罢,便向身边士卒狂叫,"砍了!"

白养粹一听,拔出剑来要自刎。士卒们以为白养粹要冲上去与阿敏拼了,便飞快地一拥而上,将白养粹砍倒在地。

基小小不解心头之恨,便吼叫着:"砍!砍!砍!"

这时,聚在外面的民众越来越多。白养粹得罪了阿敏,这在永平城已不是秘密。大家怕白养粹受到伤害,便吵着闹着要进来见阿敏。

喧哗声清楚地传到了阿敏的耳朵里。此时他已经丧失了理智,门外众人如此吵闹,他岂能容得?

正在此时,探马进院报告,说明军大队人马奔了过来,离城只有十里了!

门外的民众虽不知白养粹已经被杀,情绪却越来越激动。士卒一时拦挡不住,众人竟一窝蜂冲了进来。

阿敏见此光景,便将手一挥,道:"杀!"

这一声"杀"字出口,院中的士卒首先冲了出去。

聚在门外的百姓晓得皇太极下有严令,对降民不杀不掠,因此也没想到金军会举起屠刀。当他们看到院内的金军士卒冲出,举刀向大家砍去的时候,他们先是愣住了,接着拼了命地四散而逃。

从这里逃向四方的百姓不但将恐怖散开四方,而且将追杀的金军士卒带到了四方。屠杀范围越来越大,渐渐地,灾难扩展到了全城。

巡抚府是阿敏下令屠了的。他还点名商叔牙,务必将他杀掉。白养粹的家小、巡抚府的差人,统统死于金军的屠刀之下。但商叔牙并没有被找到。

宁完我没有想到事态的发展会如此迅猛,他事先并未想到阿敏会屠城。他想到的是白养粹、商叔牙处境不妙,有在撤军之前被暗害的可能。尤其是商叔牙,由于有纪玉瞰之事,阿敏绝不会把他带到沈阳去。

对商叔牙,他已经采取了措施。他派心腹守备金丸儿带了三十人暗暗将商叔牙保护起来,叫他们立即出城赶到冷口,把他交给索尼。

当杀声、哭声传到宁完我的耳边时,他还不晓得到底发生了什么事。走出门来,他还不相信自己的眼睛。

他急忙拉了一匹马,到了阿敏的府邸。一进门,他便看到了院中的那一片血肉。他来不及问那是什么,便找到了阿敏。

他问阿敏究竟发生了什么事。

阿敏不愿与他啰嗦,简单地回道:"白养粹听明军攻来,便起歹心,纠集了几百人谋反,冲到这里要与敌里应外合。"

宁完我听后吓了一跳,忙问:"白巡抚现在哪里?"

阿敏道:"他不再是什么白巡抚,而是大金的叛臣贼子。"

宁完我又问:"他在哪里?"

阿敏以手指院中道:"他在那里。"

宁完我好像挨了雷击,半天没有缓过神来。

他再想说什么,一看,阿敏已进内室去了。

灾难来得好快。宁完我在那堆血肉前站了片刻,眼中流下了泪来。

出府门后,他一时不知如何是好。站在门前,让自己定了定神儿。他渐渐地意识到,事到如今,已无"如何是好"可言了。

宁完我又想到了商叔牙,无论如何,他不能再丢了商叔牙。

他飞马向金丸儿的驻地急驰,到后,一名士卒迎了出来,悄声对宁完我道:"守备大人知道老爷放心不下,便叫小的等在这里向老爷禀报,说他把老爷交给他办的事办妥后,已出城去了。"

宁完我一听如此,知道金丸儿已找到了商叔牙,并保护他出了城,心中稍感踏实。

其实,商叔牙并没有出得了城。

金丸儿率三十骑将商叔牙护在队伍之内向北门奔去。快到北门之时,商叔牙看到前面不远处有一顶轿子停了下来,轿子前后左右有百余骑护卫着。这时从轿子内下来一人。商叔牙吃了一惊,那人不是纪玉皦吗?她怎么会在这里?

原来,阿敏至今还没有占有纪玉皦。决定撤兵后,他就谋划着把她带回去。出了屠城之事后,阿敏怕事有不测,便派了一名心腹家将率领百骑先于大队将纪玉皦送出城。这样,纪玉皦便到了这里。

商叔牙看清了,那果然是纪玉皦。他见纪玉皦下轿后站在那里,看着眼前道边起了火的房屋。

商叔牙一看那房屋就一下子明白了,那着了火的房屋,是纪玉皦舅舅的房子。他的房子就在旁边,而且也已是大火熊熊。纪玉皦停在那里,是要最后看它一眼。

可看着看着,那纪玉皦跺了跺脚,双臂举起,用袖子捂住头,投向那大火中去了。

那边顿时一片混乱,许多人下了马,奔向纪玉皦投火处。看样子纪玉皦已进入火海深处,那些想救她的人也只好望火兴叹了。

商叔牙受到了极大的震撼,他下了马,向那边走去。

金丸儿着了急,赶忙上前拦住商叔牙,道:"商大人,此地是不可露面的。"

商叔牙平静地回道:"这里没人认得我,我去去就来。"

金丸儿道:"我陪大人过去。"

商叔牙道:"那便越发引人注目了。"

金丸儿只好道:"那大人快去快回。"

商叔牙走近了纪玉皦投火之处,默默地站着,眼泪如注。

金丸儿搞不清楚商叔牙去那边的动机,但商叔牙与纪玉皦的一段情缘他是知道的。但他不认识纪玉皦,他只知道受宁完我之命,保护好这位商大人。他紧紧地注视着商叔牙,生怕那边出什么闪失。

他注视着,注视着,突然看到商叔牙缓缓地向那火海走了过去。一开始,他还以为商叔牙要走近一点。可令他惊恐的是那商叔牙越走越近,最后,那商叔牙竟然走了进去。

这时金丸儿才慌了神儿,立刻拍马奔了过去。可等他到达火海边时,已不见商叔牙的踪影了。

接到阿敏紧急求援的报告后,皇太极立即令岳托率领一万人马前往救援,并谕阿敏曰:

> 永平五城为我大金拟建教化模范之区,只要调配得当,当可力保不失。另:归顺之民,耕种田禾,宜严禁扰害。此五处降民,为汉民未降者所瞩目,岂可叫他们失望?又勿以形迹可疑,妄指平民为奸细,真奸细岂易查缉,恐反致官民惊骇不安。

岳托紧急率军出发,但刚到冷口便碰上了败下阵来的阿巴泰、硕托、索尼、鲍承先、图赖、阿山、巴笃礼等人。

众人向岳托讲了被击败丢城池、按阿敏的将令撤来冷口的经过。岳托大惊,忙命众人率部返回永平。到达彭店子时,大家看到永平那边浓烟滚滚、火光冲天,不知出了什么变故。

探马很快便报来了永平失守的确切消息。随后,阿敏率领的蓝旗军也赶到彭店子。

岳托问滦州的情况,阿敏说他已向那边发了撤退的军令,如无不测,一两日那边的队伍就会赶到冷口了。

岳托与众人商量明军追来如何却敌。索尼回道:"这大可不必了。孙承宗要的是五城,而不是追击我军。"

岳托遂派快马先行去沈阳向大汗报告。这时,众人发现未见宁完我随军归来,忙问其故。阿敏却平淡地说道:"他私通敌军,我已将他拘捕。"

众人听后无不惊愕。

大军在冷口等了两日,滦州的金军赶到了,明军果然并未追来。五月十六日,金军自冷口出关,返回沈阳。

在撤出永平之前,宁完我抓紧时间写了一份密折,历数阿敏杀害白养粹、封盛萱,逼死商叔牙,屠杀永平百姓的罪恶,交给回来向他复命的金丸儿,让他赶到冷口交给索尼。金丸儿向索尼讲述了商叔牙赴火身亡的经过,并把密折交给他道:"宁大人命末将火速赶来,当面将密折交到大人手中,并让末将转告大人速将密折送回沈阳,以防不测。另还叮嘱,请大人自身多加小心。"

索尼想到阿敏为掩盖罪责,嫁祸于人,定会下毒手;至于他本人,正像宁完我所提醒的那样,也处于危险之中。于是,他将阿敏不听劝阻、调配失当,致使遵化、迁西失守之事,急书密折一份,连同宁完我的密折悄悄交给岳托,请他速速派人送回沈阳。

密折刚刚送出,索尼便被叫到了阿敏大帐。

索尼进帐后,阿敏劈头便问道:"你知罪吗?"

索尼回道:"不知臣犯了何罪?"

阿敏冷笑了两声,遂命士卒将索尼绑了道:"你与宁完我私通贼人,最后,宁完我还把通敌的商叔牙放走,罪过不轻。"

阿巴泰和硕托对拘捕宁完我和索尼提出异议,可阿敏不予理睬。

岳托率领的援军是单独驻扎的,刚刚派人送走了宁完我和索尼的密折,阿巴泰和硕托便将索尼又遭拘捕的事向岳托讲了。岳托觉得阿敏此举不同寻常,便又立即派人快马回沈阳向大汗奏报。

阿敏率军到达沈阳西南三官庙西的白马寺,便吩咐大军停止前进,就地安营扎寨。

三官庙离沈阳三十里不到,当时太阳还高高挂在天空,大军在天黑前完全可以赶到沈阳。众人大惑不解,阿巴泰和硕托提出异议,要求在天黑之前赶回城去。阿敏不听。阿巴泰和硕托提出,即便是在此住下,搭起营帐便了,何须扎寨?阿敏亦不听,让众将照令而行。于是,大队人马停了下来,士卒们忙着搭建帐篷、埋桩扎寨。

随后阿敏下令,没有他的命令,任何人不得擅自出营,也不许放外面的人闯入。下了这些命令之后,阿敏暗中派人进城去找莽古尔泰,了解城中动向,并向大营的前后左右派出了探马,又派出心腹分别去了确山和十里堡打探——那里分别是正红旗、镶红旗的大营。

阿敏的大帐扎在了白马寺内,喇嘛们都被赶进了后院。寺外百步之内留作了空地,其余的帐篷都在空地之外搭建。共有三个牛录分成三班轮流看守。就是说,每一班总有三百人在寺内寺外站岗放哨,任何人不得靠近半步;不经阿敏本人允许,更是不允许什么人擅自进入寺院。

阿敏握有大营军权,阿巴泰和硕托名义上虽为副帅,对大军却没有指挥之权,他们的行动也处于监视之下,只好留在军营之中,连派人进城报信都不能了。他们也不知道宁完我和索尼的死活,三番五次要求见阿敏,均被拒绝。两人心急如焚。

岳托率军与阿敏大军分行,见阿敏不进城而在白马寺安营扎寨,心中感到疑惑。岳托去白马寺见阿敏,阿敏拒而不见,岳托连营门都没能进去。岳托意识到了事情的严重,急忙派人进城向大汗奏报。为防不测,他也下令驻扎在三官庙,以监视阿敏之军。

第十五章 斗智斗勇,两兄弟你来我往

接到宁完我、索尼发自冷口的奏折,皇太极意识到情况十分不妙。很快,他又接到了岳托的奏折,知道宁完我与索尼遭到拘捕,越发觉得事情非同小可。随后,他见到岳托发自三官庙的奏报,觉得与阿敏的一场激烈较量在所难免。

眼下的情势决定,他需要精心部署,全力避免内耗。为此,皇太极立即命令驻于确山的正红旗和驻于十里堡的镶红旗出动,在三官庙以南驻扎,命令正黄旗和镶黄旗各一万人马在三官庙以北驻扎。随后,皇太极急召代善、莽古尔泰、多尔衮、济尔哈朗进宫商量对策。

大家议定,要派钦差去见阿敏,看看他如何动作之后再做定夺。

莽古尔泰已经见了阿敏派进城来的人员,但事关重大,他心里没底,正想借皇太极派钦差的机会去与阿敏会面。于是,他主动提出请求去当钦差。

皇太极拒绝道:"情况不明,此去有危险,还是另派别人为妥。"

莽古尔泰还要坚持,皇太极又道:"钦差人选我已拟定,派豪格前往。"

这样,莽古尔泰才不再讲什么。

此时此刻进入阿敏大营凶多吉少,大汗决定派自己的儿子前去,令代善等甚为感动。多尔衮和济尔哈朗都提出自己前去,皇太极坚决不允。

豪格被召进宫来,听父汗派他这样的差事,晓得这次钦差实际上是一块问路的石子儿,心中不悦。自己此去即使无险,也处境尴尬。但凡此种种,他嘴里不便讲出,便领旨去了。

豪格到达阿敏大营,就命几名亲兵上前大声喊话:"大汗钦差到,请二贝勒

阿敏出迎。"

守门士卒报了进去。片刻，镶蓝旗固山额真篇古出来相迎道："二贝勒身体不适，让臣前来迎接。"

豪格心中惴惴不安，跟着篇古进了大营。在白马寺门前，篇古先让豪格等候，自己进寺去了。不多时，篇古出来说道："二贝勒有话，说先请爷歇了，到时他会见爷，问明白贝勒爷有何话讲……"

豪格却没有听出这话中有话，只想身为钦差，受到如此的接待，甚感不满。他被安排在一个帐篷里，镶蓝旗的十几个士卒手持刀枪，木头人一般站在帐篷的门口和周围。他想到外面走动走动，便受到了士卒们的阻止。直到这时，豪格才意识到自己实际上已经被软禁在了这里，成了阿敏的阶下囚。

阿巴泰与硕托听说豪格作为钦差到达的消息，随后，又听说阿敏将豪格扣押起来，惊得不知如何是好，只好再次要求见阿敏。阿敏依然拒绝见他们，他们虽急得团团转，但也无法。

且说豪格一去不回，再无动静，皇太极十分着急，又召代善、莽古尔泰、多尔衮、济尔哈朗商量。

代善、多尔衮和济尔哈朗都感到心情沉重。多尔衮和济尔哈朗再次提出前往阿敏大营。莽古尔泰也清楚阿敏这一作为的严重性，他弄不清阿敏究竟要干什么。见多尔衮和济尔哈朗再次提出去见阿敏，他也提出了前去的要求。

皇太极见莽古尔泰依然肯去，便道："既然五哥依旧愿往，现在只好辛苦五哥去一趟，看看二哥到底要做什么，有何话讲。回来咱们再商量如何就是。"

莽古尔泰又问见了阿敏怎么讲。

皇太极回道："自然是要二哥罢兵息事，放了豪格、宁完我和索尼等人。如宁完我、索尼有罪，也要交朝廷处置。再就是请二哥回来，有何话讲，回来后还可商量。"

莽古尔泰从皇太极的话里品出了绵里藏针的意思，遂没再讲什么，只问道："何时动……身？连夜前……去吗？"

皇太极道："明日前去即可。"

如此敏感时期派莽古尔泰过去，无疑是给他们提供串通一气、狼狈为奸的机会，代善第一个心里感到不踏实。等莽古尔泰走后，他讲出了自己的担心。

皇太极则解释道："此时不派他去,大家僵在这里如何算了？派他前去,是吉是凶,总会有一条路蹚出来……"

此后,皇太极又命多尔衮去找了范文程,他们一起对事态的发展做了一番分析,对可能出现的后果做了设想,并相应想了对策。

次日,莽古尔泰早早地离开沈阳前往阿敏大营。到达后,莽古尔泰命把守寨门的士卒向里喊话："三贝勒受大汗所遣来到营前……"

士卒向里报了,出来迎接的依然是篇古,也还是那句话——二贝勒身体不适,让他前来迎接。

随后,篇古将莽古尔泰接进营中,直入白马寺,莽古尔泰的亲兵们则被留在了寺外。阿敏出帐迎了莽古尔泰,并上来与他拥抱,然后两人携手进帐。

进帐后,阿敏立即给莽古尔泰跪了,大哭道："五弟救我……"

莽古尔泰见状,迅速将阿敏扶起,道："有话快……讲……"

阿敏道："大汗布重兵在我大营之外,堵住了我进城之路。谁都能够看得出,大汗即将置我于死地。五弟,你我兄弟在朝中功高压人,一向是群僚的眼中钉肉中刺,众人必欲置于死地而后快。特别是那些汉狗,他们的人为我奴役,心怀大仇,必想方设法加害我等。老汗在世时明白事理,朝中少有汉官汉将,即使有一个两个,也不加重用。新汗即位后可好,文的武的都有了,且把他们捧上了天。我等看不上,每每掣肘,自然首先招这些人嫉恨,也引起大汗的不悦。这次治永平五城,大汗命白养粹为巡抚,留下宁完我那小子在我身边形影不离,时时监视。那索尼也是一个浑人,竟然处处听宁小子的。在他们看来,白养粹放个屁都是香的,处处维护、万般纵容。那白养粹千方百计限制满人,作恶多端,详情以后空下来再细细说与你听。这还不算,他们还不知从哪里找到一个宝贝商叔牙,自然也是汉人,让他一步登天,从一个在街头卖字的穷小子一下子做到了州佐,结果上任第一天就从窑子里弄了一个婊子出来。上任之后,他便与白养粹沆瀣一气,限制满人之事做得越发变本加厉。有一个钱庄庄主叫封盛萱,他们处处为此人效力,不知搜刮了多少民脂民膏,也不知通过这个钱庄克扣了多少军饷税银。他们——包括包庇他们的宁完我、索尼,还有糊涂虫硕托——成了水泼不进、针插不进的联盟,连我也管不了了。对他们的所作所为稍加干预,宁完我等人就挥舞'汗谕'的大棒打过来,说这是符合'汗谕'的。那也是符合'汗谕'的,我进行干预倒成了违背'汗谕'的罪人。我这个主帅,成了一个任人摆布的傀儡。这几个月,怕是我一生之中最最窝囊的时日了。他们如此还算不上狠毒,原来他们都是假降的。在明军打来之时,他们的嘴脸便暴露无遗,与明军暗中勾结。一开始,白养粹便违背大汗定下的确保五城的训令,提出什么'舍二保三',即放弃遵化、迁西,让我军龟缩于其余三城;明为'保三',实际上是引狼入室。战事起后,他们便通了敌,我军行动敌军了如指掌,永平五城便毁在了他们之手。可恨宁完我等人,最后还将贼人商叔牙放走了。更可恨的是,宁完我等人喝了血,成了大金的罪人,却反咬一口、血口喷人,加害于我。他们给大汗写了密折,道我如何如何违背'汗谕'。不错,我杀掉了白养粹,我干掉了封盛萱,灭了永平城中的汉民。但那是他们咎由自取,罪有应得:白养粹策应敌军、聚众造反;封盛萱疯狂敛财、资敌通敌;永平汉民要与敌军里应外合。商叔牙那小子逃掉了,便宜了他。我被迫退出永平,保住了实力,宁完我等人却诬我乱杀无辜,不战而逃。五弟,凡此种种,如果遇上一个明白人,像五弟这样,是非不难辨明。可你晓得大汗是怎样一个人——唯宁完我之流之言是听。二哥我即使有一百张嘴,又怎么能够辩得清、讲得明?宁完我、索尼与敌串通一气,我已将他们拘捕。豪格入营,说是要劝诫于我。我心中不宁,让他暂且歇了,还没有见他……"

莽古尔泰一听到这便打断了阿敏的话,问:"豪格没讲他是钦差吗?"

阿敏假装吃惊,问:"他是钦差?怎么没有讲明?"

此事莽古尔泰也感到奇怪。阿敏连忙吩咐身边的基小小道:"快去告知豪格贝勒,就说我立即前去接旨……"

基小小去了,阿敏继续道:"二哥讲了这许多,五弟心里自然有了数。在此情况之下,当如何是好,我是没有了主张。五弟晓得,我一向可不是一个没有主意的人,可这次我是真的没有了主张……"说着又大哭了起来。

莽古尔泰被感动了,道:"大汗确实得到了宁完我等人的密报,先入为主,派我来要二哥罢兵息事,放了豪格、宁完我和索尼等人;如宁完我、索尼有罪,也要交朝廷处置。还要请二哥回去,有何话讲,回去后还可商量。豪格之事既是这样,自然谈不上放不放的话。宁完我和索尼之事,更不是难办的。二哥放……心,我回去定……要说服大汗相信二哥,摒弃宁完我不实……之言。如不成功,大汗……治罪于二哥,五弟愿与二哥……一同赴死!"

阿敏听后心中暗喜,知道自己的哀兵之计收到了效果,道:"如果五弟回去后向大汗陈述此情,大汗依然无动于衷、照旧加罪于我,那我就只好认命了。"

莽古尔泰见状道:"我现在就……回转去见大汗……"

"这就辛苦五弟了。"刚走到帐门,阿敏停下,故作思索之状,又对莽古尔泰道,"五弟稍等……我不是不想回去,所担心的是,大汗让我回去,实为诱我回去杀了我……"

莽古尔泰听罢停了下来,也在思索。

阿敏道:"看来需得到大汗的亲口保证才好……"

莽古尔泰道:"需得如此——如有亲口保证,我再来传达。"

阿敏道:"我是讲,要大汗当面向我保证……"

这话一出口,把莽古尔泰吓了一跳:"怎么,你不敢回去,又要大汗当面向你保证,难道你要大汗亲自来白马寺不成?"

见莽古尔泰如此问,阿敏道:"让大汗过来自然是痴心妄想,只是这表示了二哥一种惴惴之情,就请五弟一并向大汗陈述罢了……"

莽古尔泰点了点头。阿敏又道:"如果大汗肯来见我,自然就无须保证什么,我便将永平诸事细情,当面禀奏。如果大汗听后以为有理,自然一切皆不在话下;如果大汗不以为是,仍然决定杀我,我已向大汗讲了个明明白白。这样,也就死而无悔了。"

莽古尔泰道:"这些话,五弟一定向……大汗讲明。"

莽古尔泰离开白马寺回到沈阳,立即见了皇太极,原原本本讲了阿敏讲的那些话。他请皇太极认真考虑阿敏的申辩,不要单听宁完我等人的一面之词。他也照阿敏之言讲了豪格进大营后没有讲自己是钦差的事,特别讲了他被送出寺院之后阿敏向他表露的希望皇太极去白马寺的愿望。

从莽古尔泰讲话的情况皇太极判断,自己这位五哥并没有说谎,而是那位二哥过分狡诈,将这位五哥蒙住了眼,是非不辨了。皇太极尤其不相信阿敏讲的豪格前去不亮明身份的话,显然,那是不承认已将豪格拘留了的事实。皇太极重又召代善、多尔衮、济尔哈朗进宫,让莽古尔泰把方才讲的话又讲了一遍。

代善和济尔哈朗对豪格前去没讲自己是钦差之事深表诧异,多尔衮像皇太极一样,断定那是阿敏说假话,但他没有讲什么。只是,他与代善和济尔哈朗一样,对阿敏用狡猾的方式提出让皇太极去大营的事更为敏感。这是阿敏所设的一个圈套,万万不可上当。莽古尔泰倒不认为是阿敏设下了什么圈套,但他也并未要求皇太极真的前去,他只是强调,这反映了阿敏一种惴惴不安的心情,应该体察。

"我倒打算去大营与二哥见上一面。"

皇太极把想法讲出后,众人都大吃一惊,心中立刻意识到他是不是又冲动了,或者是被阿敏给气糊涂了。阿敏掌有镶蓝旗精锐,坐守白马寺,带多少人会与阿敏上万人匹敌呢?因此,此去无异于闯龙潭虎穴,这一点他不明白?

代善首先表了态,坚决不赞成皇太极前去,只是当着莽古尔泰的面不便讲明自己的担心;但他的真意皇太极是明白的。随后,多尔衮和济尔哈朗也表明了态度。

皇太极却道:"他担心我这里设了圈套,是诱他回来杀掉他。如果他不回来,他要我去我又不去,僵下来何时算了?他有这么多的道理要讲,我要是不去听一听,那岂不被说成偏听一面之词?"

阿敏是不讲信义之人,狗急跳墙,干出威逼、挟持甚至是杀害大汗的事,并不是不可能的。这是代善、多尔衮和济尔哈朗心中共同思考的问题。只是莽古尔泰在场,三个人都不好把问题挑明了。

皇太极说就这样决定了,要大家退下。

莽古尔泰走了,代善等三个人留了下来,向皇太极讲明了担心的缘由,并表示坚决不赞成皇太极冒险。

皇太极道:"眼下的事态只有把他逼到墙角儿,才会应了'狗急跳墙'那句俗话。"

三个人听后,依然放不下那个"险"字,但一时又想不出别的办法。皇太极又道:"既没有别的辙,就顺着这条路向前走下去好了。"

皇太极随后召众贝勒、贝子、台吉、各固山额真进宫,向众人宣布他去白马寺见阿敏的决定;并宣布他离开沈阳去大营期间,由代善坐镇沈阳,总领军政事宜,由多尔衮、岳托、济尔哈朗共同统领各旗。

众人,尤其是七旗的固山额真都意识到了事态的严重,均为皇太极的安全担忧。只是军令如山，大家眼下只有服从。

随后，皇太极留下多尔衮、岳托、济尔哈朗，对他们道："明日午时过后仍不见我出营，或者不见我派人出来通报，你们就调齐正黄旗、镶黄旗、正白旗、镶白旗、正红旗、镶红旗六旗人马进剿。可听明白了？"

三个人听了皇太极这话，心里都紧紧地收在了一起，齐声道："听明白了。"

次日，皇太极先到了三官庙岳托大营，然后在多尔衮、岳托、济尔哈朗的陪同下，带三十名护军，到了阿敏大营寨门。

皇太极决定去白马寺的事，莽古尔泰已经让人暗暗去镶蓝旗大营通报给了阿敏。

阿敏早就知道自己在永平的所作所为，已经惹恼了皇太极。这一次，皇太极一定饶不了他。他原想拉开架势，使皇太极有所顾忌，但皇太极并没有因此表现软弱。特别让他想不到的是，皇太极竟然不计风险，要到白马寺来会他。

无论如何，阿敏毕竟是一个过来之人，面临危机，他开始镇定自若、有条不紊地应对一切。

且说皇太极到达阿敏大营前，岳托所率人马离一箭之地原地停下。那三十名护军拍马行至营门之前喊话："汗驾莅营！"

皇太极骑在山中雷上，黄冠黄袍。后面三十名正黄旗护军则是金盔金甲，一色黄骠骏马，威风凛凛。

守门士卒一看傻了眼，汗驾到了，是立即放入呢，还是照将令办，进去回禀？阿敏有令传下，如不经他同意放人进营，定杀不赦。而如照将令办，那就把大汗拦在了门外，挡驾的罪过也是要杀头的。正在守门士卒两难之际，营中一彪人马飞奔而来，为首的赶到门前滚鞍下马，跪下同时口中道："臣篇古接驾！"

原来，探马已经打探到皇太极正在三十骑的护卫之下向大营而来。阿敏得报后，立即差篇古到营门去看个究竟。篇古还没到营门，皇太极就已经到了。

皇太极命篇古平身。篇古起身便对身边亲兵道："进去报与二贝勒得知。"转身又对皇太极道，"臣刚刚从二贝勒那边出来，二贝勒染了病……"

皇太极听罢惊问道："患了什么病症？"

篇古回道："二贝勒说感到眩晕难耐……"

"那咱们过去看他。"皇太极命篇古带路。

半路上，一名镶蓝旗牛录章京率领几个亲兵奔过来先朝皇太极跪了，道了声"给大汗请安"，然后转向篇古道："臣来向爷传达二贝勒的话。二贝勒说请爷代他向大汗请罪，因染病在身，无法出帐迎驾，请爷陪大汗过去。"

"知道了。"篇古说完，转向皇太极道，"臣代二贝勒请罪。"

皇太极点了点头，道："咱们走咱们的……"

不多时，众人来到了白马寺外。门口有十几名镶蓝旗士卒分列两旁，个个荷枪持戟；寺院墙外，每隔四五步便有一名镶蓝旗士卒站着，也是荷枪持戟。皇太极先下了马，又命随从们下马，完了站在那里，想看看篇古有何动作。

篇古请皇太极与三十名护军进入寺内，并命那前来报告的牛录章京进去报告，说汗驾已到。

皇太极在篇古引领之下进入寺院，院中更是三步一岗五步一哨。越过前院来到中院，便看到一个大的营帐，院内寂静无声。帐前几十名镶蓝旗士卒队列整齐，荷枪持戟站着。篇古紧赶了两步，来到大帐门口，亲手撩开了帐门门帘。皇太极做出一个手势，命三十名护军原地站了，自己单独一人进入帐中。

大帐中空无一人。皇太极进帐后刚刚站定，就听后帐传出了阿敏的喊声，喊是喊，但声音微弱："篇古，请大汗稍坐，我这就更衣完毕。"

皇太极一听，并没有在前帐等着，而是径直进了后帐。阿敏正在哆哆嗦嗦地穿衣，见皇太极进了后帐，便一骨碌下了榻，几乎摔倒在地。跟进来的篇古急忙奔过去，将阿敏扶了。皇太极站在那里，让篇古将阿敏扶上榻躺下。

阿敏反而坐了起来，一只手撑着榻沿，另一只手按在额上，半天才自语道："不中用了……"然后稍稍抬了抬头，对皇太极道，"这算什么事，不能出迎，竟让大汗……想不到，大汗真的来了……如此体贴臣下之心，怎能不让人……"说着竟抽噎了起来。

皇太极一直站在那里。有两个亲兵这时才从前帐搬过一张椅子，阿敏请皇太极坐了，并命篇古和那两名亲兵退出。

皇太极并没有问阿敏的病情，而是径直进入正题，道："五哥回去传了二哥的话，希望我前来当面听听二哥对事情的陈述，还想亲自听到我的保证。二哥希望我来当面听听二哥对事情的陈述，这有道理，所以我来了。至于二哥所要求的那种保证，不瞒二哥，在没有弄清楚是非之前，我不能做任何保证。今日咱们兄弟开诚布公,有什么讲什么。咱们先从眼前讲起,二哥回到京郊,无疑是在搞一场兵变!"

阿敏听到这句话后猛地惊了一下。显然,他没有料到皇太极会单刀直入,一下子挑明了问题。接着,就见阿敏全身动了一下,立即像一个健康人那样,在榻上挺直了身子,大声喊着:"怎的就说是一场兵变?"

皇太极平静地说道:"不率军入城,在这样一个地方驻扎;非得你的命令不得出入大营;缉捕朝廷大臣;扣押钦差;大汗命'罢兵息事'非但不听,反要大汗亲自来听你的教训,这还不是兵变吗?"

阿敏越发提高了声调儿,大叫道:"屯于此地,是想到宁完我等人给大汗发了密折……"

皇太极打断阿敏道:"既是密折,二哥怎会知道?"

阿敏只得道:"是我猜到的。那小子必有密折上报大汗,取先入为主之策,混淆视听,陷害我。"

皇太极冷笑道:"把猜的当成真的,无怪乎二哥如此行事了。只是,密折宁完我等人倒是真的送来了,可二哥怕什么呢?常言道:'不做亏心事,不怕鬼来拿。'二哥与五哥讲了,在永平的所作所为,理皆在二哥,倒是宁完我等人'不轨''通敌'。既如此,怕他何来?"

阿敏接着道:"为防大汗偏听宁完我那小子的,我不敢进城,这是一。二是大汗不由分说调兵前来,正黄旗、镶黄旗、正红旗、镶红旗,数万人马封住了我去京城之路,叫我如何率军回城?"

阿敏还要向下讲,皇太极打断了他,道:"二哥莫要混淆。我派兵前来在先,还是二哥在此安营扎寨在先?这种混淆只能够迷惑得了五哥,弄得他连先后因果都闹不明白了!"

阿敏只好狡辩道:"先是打算在此屯驻休整,接着就要率军回京的。后来大汗派大兵前来,就无法回去了。"

皇太极笑了笑,做了一个手势,让阿敏接着讲。

阿敏继续道:"讲到'缉捕朝廷大臣',大汗实在是错怪了当哥哥的。宁完我等人通敌证据确凿,如此大臣,不予缉捕,天理难容。扣押钦差,更是无从谈起。我向五弟讲了,豪格并没有讲明自己是钦差,只是说进营来劝诫我。当时,我初患眩晕之症……"讲到这里,阿敏忽然想到自己是在"病中",于是停下来,又做眩晕之状,如此半天才道,"没有立即去见他。五弟后来讲明了,二哥才晓得他是钦差。至于汗命罢兵息事,实非刀兵之事,哪里谈得到'罢兵'云云?说要大汗亲自来,是听我的教训,这更是冤死了二哥我……"

皇太极并不劝解,道:"我说是兵变,二哥说不是兵变,咱们各讲各的,是与不是,最后便有分晓……"

阿敏继续分辩道:"各说各的,可你是大汗,一言九鼎。你判我兵变,那就是死罪,无活路了。"

这时皇太极才笑了一笑,道:"这一话题暂且放下。五哥要我前来,说二哥有话要讲,现在请当面讲来。"

阿敏将之前跟莽古尔泰说的一番话又重复了一遍,末了道:"凡此种种,望大汗明察。如若不然,且看……"说着,阿敏向外喊,"篇古!"

篇古进来后,阿敏向他做了一个扭头的动作。篇古会意退出,不多时,几十名镶蓝旗牛录章京进帐。帐外同时传来喊闹之声,接着喊声越来越响,气氛立即紧张了起来。

皇太极连看都没有看闯进来的牛录章京们,他站起来凑近阿敏,准备一有不测就冲上去,将阿敏按在榻上制服。

阿敏并不晓得外面发生了什么事,忙命篇古道:"去看看发生了什么事。"

走进来的几十名牛录章京见没人向他们发话,站在那里一动不动。

阿敏坐在榻上,也一动不动。

不多时,篇古进来回禀道:"阿巴泰贝勒、硕托贝勒率领本部牛录章京与大汗带来的随从一起在寺外求见。"

皇太极转过身来,双目盯着阿敏。阿敏半天没有讲什么。皇太极依然盯着他,他只得解释道:"镶蓝旗牛录章京进来别无他意,只是向大汗表达他们的愿望而已。"

这时皇太极才对篇古道:"你去外面召黄旗的随便什么人进来。"

篇古出帐将一名正黄旗护卫召进帐中,皇太极对那护卫道:"你和篇古出寺去告诉阿巴泰、硕托和众虎贲,我在这里正与二哥讲话,让他们不要喧哗。"

护卫与篇古退出了,不一会儿,外面静了下来。篇古返回后,阿敏向站在那里的镶蓝旗牛录章京道:"大汗在此,你们有话便跟大汗奏明。"

镶蓝旗牛录章京们跪下齐道:"我等忠于朝廷,信赖二贝勒,要求大汗严惩通敌小人!"

皇太极听后道:"永平之事,我必以事实为据判断之,尔等先且退下。"

众人看着阿敏不肯退去,阿敏不动声色。皇太极看出众人是在等阿敏发话,于是直接对他道:"二哥还要他们讲什么话吗?"

阿敏这才道:"不是我要他们讲话……"

皇太极随即打断他,又对众人道:"尔等既然无话,就退下去!"

众牛录章京这才退去。

这时,皇太极道:"事情就这样了。二哥要我来,我来了;二哥该讲的都讲了。我还是那句话,二哥要罢兵息事,放豪格、宁完我和索尼回城;二哥也要回城,有何话回去尽管讲明。永平之事并不难辨明,二哥与宁完我、索尼等谁是谁非,将以事实为据。二哥,你看这样可好?"

阿敏半天没有讲话,虽然皇太极来了,但他什么也没有得到。不仅如此,他还得顺着皇太极指的路走下去。不成,当然不成!但如何回答皇太极呢?

他正不知如何是好,就听皇太极道:"这样好了,二哥一时拿不定主意,可慢慢想着。"说罢,起身向帐外走去。

皇太极走到帐门,又回头道:"明日是二哥诞辰,寿诞当照过,我将有贺礼送过来。"说罢便出帐走了。

皇太极愤怒了,他再也无法忍受阿敏对汗权的蔑视,再也无法忍受阿敏那拙劣的欺诈行径,再也不想看到阿敏那张令人厌恶的癞蛤蟆脸。他三步并作两步走到帐外,仰头看着湛蓝的蓝天,喘出两口大气,然后走出了寺院,三十名正黄旗护卫跟了出来。阿巴泰、硕托正在寺外焦急地等着,见皇太极走出,急忙迎了上去,跪倒在地,所领众牛录章京也都跪了下去。

皇太极让他们平身,自己拨马走上了回去的路。阿巴泰、硕托上马跟了上来,其余的人也随后跟上。

皇太极无话,在马上缓缓而行,想着自己的心事。

一个刘兴祚,一个白养粹,还有一个商叔牙,这些忠贞贤能之士,一个个都断送在阿敏之手!一个汉城,现又出了个永平,成千上万无辜之人死在阿敏之手！想到刘兴祚的死,想到白养粹的死,想到商叔牙的死,想到汉城、永平百姓的惨死,皇太极暗暗叹道:"如此忠贞、贤能之士毁在了我们的手里,让我如何向世人交代！永平无辜百姓的惨死让我如何向世人交代！更何况,我曾反复明谕,将五城建成汉民之福壤,以昭告天下我大金国乃仁义之邦。我着所留满官汉将同心协力、共守共治、勿侵扰百姓、严禁搜刮威逼抢掠,可结果是什么呢！更何况,阿敏的罪行岂止这些！"

是非必须澄清,烂肉必须割除！皇太极再次下了决心。铲除毒瘤的计谋已经想好,他决定照计而行。他便向身边的阿巴泰和硕托做了个手势,让他们凑上前来。阿巴泰和硕托会意,拨动坐骑一边一个,与皇太极并辔而行。

皇太极道:"明日是他的生日,我会送来两担寿礼。届时他们有人会找你们,你们要照他们传达之意行事。成功与否,大金命运所系,切勿大意。"

此后皇太极又无话,阿巴泰等将皇太极送出营门,多尔衮、岳托等急忙迎了过来。没等多尔衮、岳托等讲什么,皇太极猛抽一鞭,马儿一阵风地向三官庙奔去。

皇太极回到三官庙,下了马就问范文程到了没有。范文程被找来后,皇太极迫不及待地问道:"与那人接头的情况如何？"

范文程道:"一切都已经谈妥。她知道刘兴祚惨死于阿敏之手,复仇之心益坚。听大汗用她,越发愿意效死。"

皇太极听罢甚为兴奋,道:"我已经与阿巴泰、硕托打了招呼,既如此,就照计而行。"

皇太极所讲的"那人",或范文程所讲的"她",指的就是达姬。

达姬在此出现是怎么一回事？皇太极他们怎么想到了她？

原来在永平,皇太极再次让刘兴祚归降无果后,君臣谈起刘兴祚叛逃原因,范文程、宁完我向皇太极讲了他们合计保达姬,最后达姬被掳去阿敏府上之事。这次回来,阿敏拥兵起事,制服阿敏的问题就被提上了日程。皇太极决定来白马寺后,便找范文程提到了动用达姬的事。

达姬与范文程接上头之后,知道刘兴祚被阿敏杀死,便决心报仇雪恨。后听说皇太极用她,她决心实施皇太极除阿敏之计,虽死不辞。

当日,范文程赶回与达姬再次接头,授除阿敏之计。达姬心领神会,决心豁上一条性命，也要置阿敏于死地。

阿敏的大福晋那拉氏在两天前就接到了阿敏要她准备若干物品，到寿诞那天进营，把所要的东西带过去的通知。按阿敏的要求，那拉氏精心进行着准备。诞辰的前一天，一切东西都已齐备。

那拉氏与阿敏成婚已经几十年，阿敏的事自然让那拉氏牵肠挂肚。基小小第一次暗中回府，她就要求过去。基小小回报后，阿敏没有准许。如何才能让自己的男人摆脱困境，这不是她能够做得到的事。但现在连给自己的丈夫一些精神上的安慰、生活上的照顾都不能了，因此她十分不安。

基小小暗中回来过几趟，那拉氏了解了阿敏所面临形势的严峻。府内上上下下大概均已听到了风声，每个人都表现得心神不宁，这种状态那拉氏看得清清楚楚。皇太极去了大营的事，当日府中众人都知道了。大家交头接耳、议论纷纷，有的说是皇太极主动前去的；有的说皇太极是被阿敏叫去的；有的说这将是一场武斗，阿敏会在大帐之中埋伏刀斧手，皇太极或被杀，或被捉，从此京城大乱，八旗相互残杀，沈阳城将血流成河；还有的说，这将是一场文斗，各提各的要求，各讲各的理，谈拢谈不拢，阿敏都不会动手，皇太极回来后会发兵进剿……总而言之，在当前的情势之下，皇太极的白马寺之行非同寻常，阿敏的命运，或者说皇太极的命运如何，可能就要见分晓。晚间，家人纷传，皇太极出了大营，住在三官庙，没有回城。皇太极去干什么？谈了些什么？结果如何？那拉氏脑子里的问号一大堆，一时不知如何是好。

就在这时，侍女向她报告，说达姬姑娘求见。

那拉氏听了一愣，眼下她会有什么话讲？不一会儿，达姬过来了，请安后道："奴婢听家人纷纷议论，说贝勒爷有难，不能回城了。奴婢不知真假，心中疑惑，特过来请福晋指点。"

达姬讲的是满语。她来沈阳已经三年多，被圈到阿敏府后终日无事可干，便跟侍奉她的侍女学习满语。聪明的达姬学起语言来自然轻松自如，无论是听是说，早已不存在任何障碍。

阿敏好色，把标致的女人弄进府来已是家常便饭。那拉氏惧怕阿敏，对此从不讲什么。达姬被弄进府来，那拉氏是知道的，也知道达姬一直不顺从。现在她见达姬特来问阿敏那边的情况，心里一动，想这丫头要是在此时愿意顺从，对贝勒爷倒是一种安慰。于是,她向达姬简要讲明了情况,看她有什么反应。

达姬听罢深思了半天才道:"实在是险了!好可怜的贝勒爷!"

那拉氏一听忙道:"是啊,再说明日就是爷的生日……"

达姬听了打断那拉氏道:"府内上上下下都在忙活,原来是为贝勒爷准备做寿之物。"

那拉氏道:"正是呢,明天我就带着去大营……"

达姬听后又沉思了,眼中还滴下了泪来,道:"蒙贝勒爷不杀之恩,两年来,奴婢非但没有给贝勒爷带来愉快,却添了心烦……"

那拉氏见状忙道:"如姑娘不辞辛劳,可跟我一同进营去。"

达姬摇摇头道:"今贝勒爷被困,奴婢还有何颜面去见贝勒爷呢!"

那拉氏道:"怕是爷巴不得见见姑娘哩!"

达姬见那拉氏讲得如此恳切,不再推辞,答应与她一同进营。

次日清早,那拉氏与达姬各乘了一辆车,另用大车拉着所用物品离开沈阳,奔向白马寺阿敏大营。

皇太极离开后,阿敏细细地回想两人见面的全过程。起初,他认为自己什么也没有得到。但随后他想到,自己还要想得到什么呢?毕竟皇太极来了,这说明我阿敏在此驻扎,皇太极对此不能不正视。让皇太极来,讲出自家的一番道理,便能干扰皇太极的决心,为下一步行动铺路就够了。

那么,阿敏下一步的行动是什么呢?

皇太极来,阿敏有武力解决问题的打算吗?对此,他不是没有考虑过,但思考的结果是放弃了那种想法。阿敏分析过,皇太极进入大营,不会带多少人马,力量方面自己占有绝对优势。但是劫持皇太极之后怎么办?阿敏了解皇太极,他的性格是宁死也不会屈从。皇太极已经在白马寺大营前部署了两黄旗、两红旗的精锐,无论人数上还是气势上都占优势。皇太极被执而不屈服,双方就要对峙下去。自己这一方是悬兵而驻,无法得到粮草供应,到头来吃什么喝什么?到了那时,屈服的将只能是他自己。

当然,到时可以以杀掉皇太极相威胁,可皇太极不讲一个"准"字,那边的人不管答应什么,都是枉然的。那怎么办?真的把皇太极杀掉?而杀掉了皇太极,就无异于做出了同归于尽的选择。那时杀向白马寺的,就不止营外与镶蓝旗对峙的两黄旗、两红旗了。

杀出重围,绝望之中找到一条生路,这才是阿敏的选择。

眼下,阿敏就找到了一条生路。皇太极在多种场合都讲了,要以事实为据。事实是什么?事实就是证据,我把你所需的一切证据统统毁掉,看你拿什么样的事实治我!

证据在哪里?在基小小那里,在他的几个亲兵那里,把他们除掉了,所有的证据也就统统不存在了!

如果阿敏及时将基小小等人除掉了,皇太极所设想的要让阿敏的罪恶暴露于光天化日之下的计划,可就真的不容易实现了。问题是,阿敏没能做到这步。

阿敏认为基小小等人是囊中之物,杀掉他们是随手之事;次日是自己的寿诞,诞辰之日连要数命,总是不吉。他想寿诞一过就下手,到时他们会上天人地不成!

晚上,阿敏觉得自己应该见一见豪格,便命基小小把他找了来。

豪格被圈,心中又怨恨又害怕。他怨恨父亲把这样一个差使派给了他,想到自己作为人质被握于阿敏之手,定然凶多吉少。他关心事态的发展,担心双方谈不拢。但是,外面发生的事他一概不知。他忍受着精神上的折磨,在帐中用种种幻想打发时光。基小小过来找他时,他正想着自己被阿敏抓在手里,那只铁臂劈头打了下来……

"贝勒爷一向可好?"基小小的呼唤声打破了他的幻境。

豪格认出是基小小,便像碰见了救星一般,连忙叫了起来:"是你……是你……快快领我去见二贝勒!"

基小小来的路上正琢磨,见了豪格是用"叫",还是用"请"?这回连字眼也用不着抠了,直接道:"现在奴才就可领贝勒爷去。"

"好,现在就领我前去。"

豪格想唤自己的亲兵,可亲兵另外被圈着,哪里叫得动他们?基小小回头道:"出不了事的,爷!没几步,奴才引领着爷,迷不了路的……"

豪格被领着到了白马寺前。到了门口,他不想往里走了,问:"这是什么地方?你要带我去这里边做什么?"

基小小笑道:"我的爷,您不进这里面,怎么能见得到二贝勒呢?"

豪格虽心存疑惑,但还是跟基小小进入寺院,到前院才看见一个大帐——稍感放心。

基小小自己进了帐,不一会儿又出帐,把豪格引进帐中。

豪格觉得尽管自己被圈了几天,毕竟还是一名钦差,应该不辱使命。于是,他进帐后大声喊道:"二贝勒接旨!"

话音刚落,就听到了阿敏的笑声,随后传来豺嗥一般的喊声:"得了吧,大侄子,你是老皇历了……"说着便出了后帐。

案前有两把椅子,阿敏先坐了,然后指着另一把椅子让豪格坐。

豪格正犹豫之时,阿敏又道:"坐吧,坐了好讲话。"

豪格没有吭声,坐了下来。阿敏说道:"你来之后,三贝勒来过了,大汗也亲自来过了,你现在还传哪一家的旨?"

豪格惊了一下,父汗亲自来过了?他不太相信,警惕着阿敏要搞什么名堂,因此沉默不语。

阿敏不想跟豪格纠缠,于是又道:"大汗亲自进营仔仔细细地听了二伯对永平诸事的陈述。八弟不愧为英明的大汗,一听便意识到了宁完我那小子讲的是不实之词,当即表示他将以事实为据判断永平诸事,让我回城。我说连日行军,被人诬陷,心情不佳,身心疲惫,又赶上明日是生辰,想在此清清静静地歇两日——大汗准许了……"

豪格并没有想到阿敏要过生日,只得道:"侄儿祝贺二伯华诞之喜。"

阿敏客气了一句,继续道:"大侄子可在此与二伯同乐,过两天消停日子。"

豪格一听忙道:"自然愿意遵命陪二伯,可汗命不可不复……"

"又来了!大汗都亲自来过了,事情已经过去,你还有什么汗命可复呢!就这样了!"阿敏狞笑起来。

豪格退出了,没有再讲什么,当然也没有提放他回去的要求。

入夜后,阿敏翻来覆去难以入睡,四更时才迷糊了一会儿,天便放了亮。阿敏早早地起了床,基小小第一个向他道了万福。阿敏出帐,独自一个人在寺院里踱步。太阳渐渐升起,天空碧蓝,万里无云。过生日的人看到如此的艳阳天,内心自然是高兴的。

如此过了很长的时间，阿敏才回到大帐。他刚刚坐下来，就听外面报告，说大福晋进了大营。

基小小没等阿敏吩咐，就出帐去迎大福晋。迎上车队后，基小小给大福晋请了安，然后上马在前面引领。大福晋在寺外下车，将基小小唤到跟前，悄悄告诉他达姬姑娘一同来了，命他先不要跟二贝勒讲，而是先给达姬找个空闲的帐篷歇了，而后听她的吩咐。基小小晓得其中的奥秘，便吩咐身边的亲兵去收拾。达姬没有下车，基小小搀扶大福晋先进了寺院。

阿敏已经在大帐门口等着。两人见面后，都向对方奔去。

基小小一直撩着门帘儿，伺候着这对老夫妻进帐。等他们进帐后，基小小关照大福晋在案前的一把椅子上坐下，并献上了茶，这才退出。

大福晋刚给阿敏拜了寿，固山额真篇古进帐报告，说大汗及诸贝勒送礼品的车队到了大营门口。阿敏想了一下，问道："什么人押送？"

篇古回道："贝子爷瓦克达。"

"车辆不要放入，派人去将礼箱抬进来，只放瓦克达和几名亲兵进来，并对他严加监视……"

篇古领命去了。

这边大福晋问起了阿敏的情况，阿敏没有对大福晋隐瞒自己的处境。大福晋讲了不少安慰的话后道："今天是爷的华诞，爷所要的东西全部带来了。除此之外，还带了爷最最想要而没让我带的东西，爷猜一猜……"

这吊起了阿敏的胃口，他猜了几次，大福晋都摇头。最后，大福晋召基小小进帐，向外扬了扬头。基小小会意，笑了笑，退去了。

阿敏注视着帐门，不多时门帘儿一动，一个天仙般的美人儿站在了帐门口。她双目含笑，两腮桃红，一身鲜艳无比的朝鲜服装。

"达姬！"阿敏大叫了一声。

达姬走近了，双手在膝前重叠，微微躬身，甜甜蜜蜜地道："给贝勒爷拜寿！"

大福晋真的带来了意想不到的生日贺礼！阿敏心花怒放，喃喃道："姑娘少礼……"

基小小也精神了起来。一桌酒菜摆在了帐中，阿敏坐了上位，大福晋坐于侧面,达姬把盏。大福晋先敬了阿敏,然后自饮。阿敏让达姬喝了一杯,接着,阿敏自己连饮数杯。

达姬的琵琶也带了来——自从进入阿敏府中,达姬就再也没有拨一下琴弦。达姬让阿敏指定曲目,阿敏点了《贺新郎》。达姬定调儿拨弦,倾情弹奏;阿敏和着节拍,摇头晃脑。曲终,阿敏让大福晋点一个,大福晋点了《点绛唇》,达姬依旧是倾情弹奏。曲终,阿敏让达姬自选一曲,达姬说弹《陈桥鹊唱》。这《陈桥鹊唱》是歌唱赵匡胤陈桥兵变之事,阿敏自然喜欢,达姬没弹便先鼓起掌来。一曲弹尽,阿敏几杯入肚,便有些醉意了。

这时,篇古持礼单入帐呈递给阿敏,阿敏拣出皇太极的礼单看了一眼,便把它们丢在了案上,而后问道:"瓦克达安置了?没有让他乱跑吧?"

篇古回道:"安置了。进营后,硕托贝勒正好巡营碰上他,兄弟俩讲了几句话,再也没有让他见到别的人。"

听到硕托见了瓦克达,阿敏立即警觉起来,追问道:"硕托见他了?他们讲了什么你可听到了?"

篇古回道:"他们并辔而行,讲的什么,臣并没有听清。"

阿敏一听对篇古甚为生气,但并没有发作,又问:"没有传递物品吗?"

篇古已经发现阿敏不悦,回道:"这绝对没有。"

阿敏不耐烦地向篇古挥了挥手,篇古怏怏离去。

大福晋见阿敏有了醉意,便说昨晚睡得迟,又加一路颠簸,要歇一会儿。基小小听到动静,赶进帐来扶着大福晋出了帐。

出帐后,大福晋向基小小努了一下嘴,悄悄道:"留意伺候……"

基小小会意,笑了笑,又转回来在帐外伺候着。

阿敏现出了醉意,但他一点都没有醉。对达姬在如此情况之下表现出的"回心转意",他心中疑虑重重。达姬搀扶阿敏进入后帐,阿敏一直警惕着,以防她猛然抽出身藏的利器向他刺来。到了榻前,阿敏上了榻,一把剑就藏在枕下,只要达姬有什么不轨之举,他可以抽出那把剑将达姬挥为两段。其实,就是他不动家伙,靠那只右臂也会让眼前这位柔弱的女子魂飞九天。直到眼下,达姬并没有什么异常举动。达姬退出三步,先是解开裙子,又脱去了上衣,身上只有一条蝉翼一样透明的长袍——一切均已暴露,并没什么暗器藏身。达姬向前走了两步,举手拔下了头上的一根簪子,随后云鬓垂下,展示了几个舞姿。阿敏欲火随之猛烈燃起,跃起身来搂抱达姬;可随之浑身瘫软,侧卧在榻上一动不动了。

原来,达姬的头发中藏了范文程带给她的一段鹅管,里面装着一管离魂散。那支簪子连着鹅管的塞子,一拔那簪子,离魂散随即急速散发。达姬故意停下来展示舞姿,为的是让那离魂散有足够的时间传到阿敏那边去。达姬事先已经服了解药,阿敏离了魂,她却安然无事。

达姬已经看到了阿敏枕旁的那把剑,她恨不能抄起那把剑刺向仇人。但她答应了范文程,要照预先设计好的计划去做。她转过身去,免得再看到阿敏那张令人厌恶的癞蛤蟆脸。她稍稍站了一会儿,让自己镇定下来,以免让人看出破绽坏了大事。

达姬重新穿上了衣裙,向外喊道:"传基小小进帐!"

基小小按照大福晋的吩咐在大帐外转悠着,一旦帐中有什么情况,随时进帐伺候。听到帐中有人喊他,他便进帐听候吩咐。进入前帐,他就听出里面是达姬的声音:"贝勒爷有话,吩咐护军将大汗及诸大臣的贺礼抬入帐中。"

基小小道了声"是",便退了出去,命护军们把装贺礼的箱子抬入帐中。

这时,里面又传出达姬的声音:"众人退出,帐外伺候。"

基小小与护军一起退到帐外。他心中疑惑,此刻贝勒爷要这些贺礼做甚?他在一个小窗前悄悄观察帐中动静,就见后帐的门帘儿一动,达姬姑娘走了出来,云鬓散落,衣裙不整。基小小正在疑惑之际,就见达姬拿起阿敏置于案上的礼单,进入后帐去了。

这是贝勒爷要查看礼单,核对礼品。可基小小又想,在这样的时刻核对这个有什么用?他胡思乱想了一阵,就又听里面传出达姬的声音:"传基小小……"

基小小重新进帐,道:"奴才在此伺候。"

这次达姬出了后帐,面对基小小道:"贝勒爷问话,为什么不见阿巴泰贝勒、硕托贝勒的礼单?贝勒爷道,如他们没有送来,就去传他们来见!"

基小小清楚,阿巴泰和硕托还都没有礼单送来,于是道:"奴才这就去唤二位贝勒爷。"基小小一向怨恨阿巴泰和硕托,心想大汗和在京大臣的礼物都到了,你们近在咫尺却迟迟不送礼过来,这回惹恼了贝勒爷,叫你们吃不了兜着走了！

　　基小小心急地直奔阿巴泰和硕托大帐。他出寺后瞧见阿巴泰和硕托正好带着护军抬着礼品箱等在寺外。阿巴泰和硕托齐道："向里通报，我等敬贺二贝勒华诞，有薄礼敬献……"说着递上了礼单。

　　基小小并没有接那礼单，道："快进去自己呈吧，贝勒爷正召二位爷呢！"

　　阿巴泰和硕托相互对视了一眼，命护军停下，再忙让基小小引路进入寺中。他们是头一次到阿敏大帐前。基小小请阿巴泰和硕托停下，自己走到大帐门前喊道："二位贝勒爷到！"

　　稍等了片刻，传出达姬的声音："贝勒爷有话，要他们进帐问话。"

　　基小小听了甚是开心，向阿巴泰和硕托挤了挤眼儿，道："请吧，二位爷！"

　　阿巴泰和硕托进入帐中。

　　不一会儿，硕托出帐对基小小道："劳你大驾，到寺外向我与七贝勒爷抬箱子的护军讲一声，贝勒爷有话，让他们把箱子径直抬入帐中。另劳驾嘱咐他们一声千万在意，过门槛儿时莫碰了箱子，毁了里边的器物。"

　　基小小听了心中好不烦躁，什么贵重的东西，唠唠叨叨讲了这一通！他扭头去了。阿巴泰和硕托的护军们在基小小的引领下抬着箱子进入寺院，进入大帐。

　　好大的贺礼！两条铁链，几把铁锁。不由分说，在阿巴泰和硕托的命令下，护军们七手八脚就将阿敏锁了。

　　硕托再次出帐，道："召固山额真篇古进帐！"

　　基小小愣在那里，不晓得出了什么事。

　　硕托见基小小不动，大声喝道："聋了不成？没听见我的话？"

　　硕托一向温和，这次发作令基小小大吃一惊，他不得不从命。不多时，篇古便赶到了，硕托引他进入后帐。他看到阿敏被锁，魂飞天外，本能地就要退出。这时，阿巴泰大声道："篇古接旨！"

　　篇古只好跪下，道："臣篇古听旨。"

　　阿巴泰拿出汗旨，宣道：

乱臣贼子阿敏，负罪回京，拥兵自重，不率军入城，扣押汗派钦差；

汗命"罢兵息事"，他非但不听，反要挟汗亲自来听他的教训；汗顾及大局，念手足之情，前来好言相劝，令他释放所拘大臣、钦差，他却我行我素，坚持兵变，罪不容诛。尔为固山额真，对其不义之行，不加规劝，却为虎作伥，其罪非轻。念尔有盲从、被迫之因，念尔往日功绩，赦尔死罪；尔当幡然悔改，立功赎罪。令：一、立即拘捕从犯基小小等十人，交由朝廷审讯；二、立召镶蓝旗牛录章京以上将领集中于寺前，听宣汗旨。钦此。

篇古接旨，与硕托一起出帐，命护军将基小小等拘捕。基小小不晓得发生了什么事，吵着闹着被带走了。篇古又下令镶蓝旗牛录章京以上将领去寺前集中。众将同样不晓得发生了什么事，寺前气氛变得十分紧张。众将到齐后，阿巴泰出寺，大声向众将喊道："众将听旨！"

篇古第一个又跪了下去，众将纷纷跪倒。阿巴泰宣道：

乱臣贼子阿敏，负罪回京，拥兵自重，不率军入城，却扣押汗派钦差；汗命"罢兵息事"，他非但不听，反要挟汗亲自来听他的教训；汗顾及大局，念手足之情，前来好言相劝，令他释放所拘大臣、钦差，他却我行我素，坚持兵变，罪不容诛。朝廷已将此贼拘捕，择日审讯发落。贼子阿敏背叛朝廷，图谋已久，向来把镶蓝旗当作自家私产，妄图变尔等为图谋之器，其意狠毒，自不待言。尔等诸将，仍为朝廷将校，非其私利可图者。尔等听旨后，各莅其位，各尽其职，永远效力于大金，忠于朝廷；往日受阿敏迫使所做种种不利朝廷之举，一律不予追究。但凡执迷不悟、继续为虎作伥者，定严惩不贷。钦此。

宣罢，篇古喊道："我等永远效命大金，忠于朝廷！"
众将跟着齐声高呼："我等永远效命大金，忠于朝廷！"
众将散去。阿巴泰、硕托接管了大营军权，释放豪格、宁完我、索尼等人。阿敏还未醒来，被置入囚车运往沈阳。
阿巴泰命人进白马寺照料达姬姑娘，但去的人回报，说达姬姑娘已经自缢而死。原来，达姬趁众人将阿敏抬出寺院装入囚车之际，自缢身亡。阿巴泰等人闻报,叹息不已。

随后,由硕托看守大营,阿巴泰去三官庙向皇太极奏报。豪格、宁完我、索尼一同前往。

皇太极怀着复杂的心情听了阿巴泰的奏报。对使计成功,兵变如此了结,他是高兴的。只是采用这样的方式,他并不情愿。因此,听完阿巴泰的奏报,众人都兴高采烈,皇太极却没有讲什么。

当阿巴泰讲到达姬自缢身死时,皇太极心中暗暗钦佩她是一个有情有义的姑娘,当场嘱咐阿巴泰将达姬的遗体运回沈阳厚葬,并命范文程、宁完我撰写祭文,届时祭奠。

瓦克达在正黄旗固山额真楞额礼的陪同下,率领三百正黄旗骑兵押解着尚未醒来的阿敏向沈阳急驰。进入西门,他们越发加快了速度。前头的骑兵一边抽打着坐骑,一边高声喊叫:"闪开了!闪开了!"

街上的百姓迅速躲向两旁,让出了大路。

进西门如此狂奔了不一会儿,阿敏醒来了。他感到浑身酸软,并觉得耳边有急风暴雨之声。接着,他睁开了双眼。

这是怎么啦?

他渐渐清醒了。看清自己的手臂被铁链与腰锁在了一起,动弹不得,脚也被铁链锁了起来,他瞬间明白了。

他大吼了一声,强使自己站起来;但刚刚站起,就被剧烈颠簸的囚车震倒了。他又一次强行站起来,并用他那被锁了的右手抓住一根木栏,大吼道:"皇太极,你不讲信义!你这个小人!你不得好死!你……"所有难听的话,他都骂了出来。

瓦克达看见了,也听到了,他任凭阿敏吼着,命令马队加快了速度。

由于剧烈的颠簸,阿敏又被摔在了车中。他再次爬起来,大声吼叫着。

站在街道两旁的百姓听到了囚车中的怒吼,又听清楚了骂的是大汗皇太极,无不惊愕。

大家都在传二贝勒阿敏正在与大汗顶牛儿,兵扎白马寺,沈阳将有血光之灾。眼前看到的这一幕,和这有关系吗?

第十六章 罪恶昭彰,大金国公审阿敏

皇太极做出了决定,阿敏一案由豪格主审。

本来,论才能和品德,由多尔衮或济尔哈朗作为主审最为合适,但他们都有"避嫌"的问题:由于大妃生殉的事,阿敏与多尔衮之间有过节,而济尔哈朗与阿敏是亲兄弟,所以让他们干这件事都不合适。最后,皇太极决定把这副担子放在儿子豪格的肩上,一来想到豪格素日与阿敏瓜葛不多,可以做到避嫌;二来想借这件事使儿子得到历练;三来也是对儿子能力、品德的一次查验。

豪格听说要把主审阿敏的案子交给他,自然兴奋异常。此事如果办好,立功受奖、加官晋爵……就都来了。他晓得基小小等人的口供是这次审案的关键,上任的当天,他就检查了关押基小小等人的牢房,并做了妥善的安排。

且说牢中的阿敏像一头被抓的豹子,心里是难忍的屈辱、歇斯底里的愤怒、无可挽回的绝望。当这一切过去之后,他渐渐地平静下来,在笼子里不停地转着圈儿,仔细观察着。

他要求大福晋那拉氏探监,说要吃她做的饭,得到了允许。他从那拉氏那里知道豪格为主审时,一下子萌生了生的希望。他如此这般悄悄向那拉氏面授机宜,那拉氏心领神会,照阿敏的布置,一板一眼地去做了。

且说豪格的小儿子蝈蝈生痘,他的福晋那拉氏自己还没有生过,怕被传染,不得不把伺候的重任交给别人。外人伺候她又放心不下,于是便将自己的姐姐、已经生过痘的岳托的大福晋那拉氏请进府来照料。孩子原来甚是危险,后来病情好转,家里人都十分高兴。岳托的大福晋有一个侍女名唤什菁菁,也

是生过痘的。她与福晋一起照料蝈蝈,劳苦功高,无论是豪格的大福晋那拉氏,还是岳托的大福晋那拉氏,都十分感激她。这且不必细表,单说这什菁菁平日经常受主人差遣到豪格的府上来。这什菁菁模样好,脾气也好,因此,府中上上下下都喜欢她。这豪格府中有一男仆名唤团崽,与什菁菁早就对了眼儿。这次什菁菁来常住,二人接触机会增加,彼此爱慕之情也跟着增强,两人均生幽会之念。只是由于这什菁菁伺候蝈蝈,又有主人在身边,一时找不到机会。

蝈蝈的病情稳定了,主人又高兴,便放宽了对什菁菁的要求。什菁菁有了闲暇,便与团崽谋划幽会。某日日落黄昏后,什菁菁抓紧做完了应做之事,便溜进了后花园。

后花园的角落里有一座土山,上面有一个小亭子,小土山后面有一块巨大的太湖石。两个情人早就了解清楚。由于小山的亭子上曾经有一个女仆上吊死了,天一黑,便没有一个人敢到这里来。团崽和什菁菁不信这一套,认为这里是二人幽会的理想之地。什菁菁到时,团崽正在等她。暮色与羞容共融,月光与欢容同辉,两人缠缠绵绵、卿卿我我自不待说。而在他们穿衣系带、恋恋不舍准备离开时,土山的亭子那边却有了动静。

两人连忙屏气消声,不敢再动一动。

"要不要四处看一下,看看有没有人偷听?"这是府上大福晋的姑妈、二贝勒阿敏的大福晋那拉氏的声音。

"没事的,这里是整个府上最安全的地方。"是府上大福晋的声音,"那件事,爷让我告诉姑妈……说除掉一两个,尚且可以办到;要全部除掉,那是难以办到的。"

"一个也不能留……"这又是二贝勒阿敏的大福晋那拉氏的声音。

过了很长的时间,府上大福晋才道:"那我就再劝劝他好了。"

等一点声音都听不到了,团崽向什菁菁示意勿动,自己毫无声息地站起来,猫着腰轻手轻脚地走到太湖石前,看清楚那两个人确已出了后花园,这才回到什菁菁的身边,把她拉起来。

团崽是一个有头脑的后生,他从两位福晋的谈话中意识到了问题的严重性。除掉什么人?而且"一个也不留"?什菁菁在贝勒府待了多年,对政事并不是浑然不觉的,两位福晋泄露的信息的严重性她是晓得的,绝对不能等闲视之。团崽虽是豪格府上的人,却站到了什菁菁这一边。什菁菁立即回去将两位福晋的谈话向主人做了禀报——但因何自己会听到谈话,她自然讲了假话。事情紧急,岳托的大福晋那拉氏思考了片刻,觉得必须把事情报告给丈夫,让他定夺。但她不能亲自回去,以免引起怀疑,于是便把什菁菁打发回家,去向岳托禀报。

岳托听后不敢怠慢,立即奏报给皇太极。皇太极绝对想不到会出这等事,连忙命岳托将基小小等人另行关押,并到阿敏的牢房去做出安排,更换看守,以免发生意外。

皇太极还决定让萨哈林代替豪格为主审,但又立即召萨哈林进宫,将主审阿敏的差使交给了萨哈林。但没有向他讲明变动的缘由,只是告诉他,阿敏的安全,基小小等人的安全,一定要保证。

起初,基小小死也不肯讲出内情。后来,萨哈林让人带他进入关押阿敏的监牢,悄悄让他看了被锁的阿敏。基小小见阿敏大势已去,这才开了口。攻下了基小小,阿敏在永平胡作非为的证据均已掌握,阿敏往日的罪行也找到了有力的证据。

随后,各贝勒、贝子、台吉、宗室成年者、其他文武大臣、各旗固山额真、副将、参将、牛录章京,还有镶蓝旗备御一级的将领,共几百人集中于大政殿前。除了出兵祭旗,这种集会在大金史上也是空前的。

大政殿的门前平台上放有四把椅子,大贝勒代善、三贝勒莽古尔泰坐在自己的位子上,另外两把椅子平日是皇太极和阿敏坐的,空着。平台下面有一张桌案,案前坐着萨哈林。离桌案几步远有一把椅子,空着。其余的人都面北席地而坐,知道是要当众审讯阿敏,气氛紧张异常。

辰时整,萨哈林高声宣道:"带罪人阿敏!"

众人的目光集中到了西侧的通道上,大家先听到了铁链的碰撞声,随后,阿敏出现了。他的发辫梳理得整整齐齐,前脸儿剃得精光,手脚被铁链锁着。一看眼前的场面,阿敏就明白到这里来是为了什么。因此一进东院,他便高昂地喊:"久违了,诸位!"

人群之中顿时发出一阵嘲笑声。

护军引阿敏走到案前的那把椅子上坐了,阿敏做出一副视死如归的样子。

坐下之后,他仰头挺胸,并不时地动着手脚,故意弄出铁链的响声。

等阿敏坐定,萨哈林又高声宣道:"今日,本贝勒奉旨公审罪人阿敏杀害忠良、屠杀平民、丧失永平五城一案……"

这时,阿敏大叫道:"错!吾之所杀,绝非忠良;吾之所屠,绝非顺民;丧失永平五城,实由尔辈所曰忠良实为明国奸细之流及永平刁民与明军合谋、里应外合所致。本贝勒在永平谨奉汗命,勤于职守,拒敌锄奸;汉民鼠辈宁完我等丧尽天良,全不顾平日大汗之恩,认敌为友、通敌资敌,致使永平不保,罪行累累;反诬我杀害忠良、屠杀平民、丧失永平五城。大汗不听我言,听信小人,并用卑劣手段将我捕捉,今日又弄出什么'公审',残害忠良,杀戮手足,其昏聩也冥冥,其凶残也昭昭。此暴政之始也,跟着必是忠贞之士人头落地、不屈之臣血溅圣堂。我死并不足惜,可惜我大金江山,毁于乱臣暴君之手……"

人群之中一片怒吼,有人大声喊叫:"不许恶人阿敏肆意诅咒朝廷、咒骂大汗。"接着,喊声响成一片。

萨哈林让众人静下来,道:"本贝勒领有汗旨,阿敏有话尽管让他讲来。公堂对证,是非自明,谎言惑众者,罪加一等。本贝勒遵旨行事,给阿敏申辩之权。初留阿敏为镇守永平五城之主帅时,大汗曾有旨约束,并说知法故犯,必严惩不赦。本贝勒查明,阿敏在永平期间,违背汗命,罪恶昭著。巡抚白养粹乃忠贞之士,悉心为国效力,政绩卓著,而阿敏残杀之,其罪一也。劫持州佐商叔牙未婚之妻纪玉瀲并霸占之,其罪二也。州佐商叔牙心爱之人被霸占,仍悉心为国效力,阿敏威逼致死,其罪三也。封记钱庄庄主封盛萱,以其财力助巡抚安民兴业、筹措粮饷官资,实为难得,然阿敏杀之,诛其全家,其罪四也。永平民众,感于我朝教化,各安其业,皆顺民也,阿敏屠之,其罪五也。敌军来袭,巡抚白养粹献'舍二保三'之策,不听;敌军袭来,调配失当,且为保己旗之利,一矢未发而溃逃,致使五城皆丧,其罪六也。为逃罪责,嫁祸于人,缉拿宁完我等朝廷大臣,其罪七也。兵败回京,军屯郊野,酿成兵变,其罪八也。汗遣钦差,阿敏拘之,其罪九也。汗命阿敏'息事罢兵',速速回城,阿敏反以势要挟汗往,其罪十也。汗至而不拜,其罪十一也。召诸将入帐威逼,冒犯汗威,其罪十二也。汗令而不归,其罪十三也。负罪遭捕,恶意咒骂朝廷,其罪十四也。阿敏所说与本贝勒所指之罪大相径庭。既然如此,那你就当众向本贝勒讲明,你是如何'勤于职守,拒敌锄奸'的,又是如何判定'汉民鼠辈'宁完我等'认敌为友,通敌资敌',并使永平五城沦丧的。你有什么话,也尽管讲来。"

萨哈林话音刚落,阿敏便道:"想不到你们还给我一个当众申辩的机会。既如此,我自然有话要讲!先说永平诸事真情。你们口口声声说白养粹是什么'忠贞之士',实际上他是一个地地道道的奸细。他借助大汗对他的信任,以巡抚之名大售其奸,凡事为汉民谋利,损满益汉;暗中则与京中明官勾结,递送我军情报,最后招致明军来袭。明军袭来,他又伙同其爪牙商叔牙提出什么'舍二保三'之策,妄图使我不战而丢失遵化、迁西这两个门户,幸亏我未曾上当。后来明军大兵压境之时,他奸细面目暴露无遗,立即煽动永平民众反叛,与明军里应外合。在此情势之下,除此恶贼如算作残害忠良,吾实不知其可也。再说那个商叔牙,原本他就是白养粹的同伙,被弄进州衙,第一件事就是到窑子里弄出一个婊子来。萨哈林,这就是你讲的另一个'忠贞之士'之所为。而仅限于此也就罢了,可谁知他同样是一个奸细!进衙之后,他与白养粹沉瀣一气、狼狈为奸,共同干着损满益汉之事,并哗众取宠,取得我方不少糊涂人的信赖,宁完我、索尼之流更是宝贝儿一般供着他。等明军杀来之时,商叔牙的奸细嘴脸同样暴露无遗,'舍二保三'之策就是他最先提出来的。一计未成,又生一计,明军杀到城下,他又怂恿宁完我等人拉拢我军将领,对抗我的将令。最后见黔驴技穷,便在宁完我的帮助之下逃之夭夭,下落不明。说他被我威逼而死,今天算是听到了件新鲜事。不错,我还杀了当地封记钱庄庄主封盛萱。此人与白养粹、商叔牙同为明朝奸细,他平日以资助我军政为名,行敛财资明之实,饱食民脂民膏。这还不算,最可恨的是,他以商人的身份四处流窜,成为白养粹他们与明军联络的人员。白养粹的一切情报都是通过他送到明军手里的;而明军的指令,也通过他传给了白养粹。明军逼近永平时,他怕我军搜查,自己开始烧毁他们与明军之间来往信件和交接银两凭据,我下令前去他的府邸搜查。可惜的是,到时大半已被他销毁,剩余的带回了我府中;离开永平时,我对身边人千叮咛万嘱咐,不得忘记带上这些凭证,到头来,亲兵们还是忘记了。既有通敌凭证,我就把那封盛萱杀掉了。没承想,这也算是我的大罪一宗!最可恨的是宁完我,真是知人知面不知心,平常看上去忠心耿耿,可境况一变,便露出其真面貌,他竟和白养粹等串通一气,干尽了损满益汉之事,最终走上了纵敌通敌之路。他向大汗写密折告我，实是反咬一口、血口喷人。如此大臣，不予拘捕治罪，天理难容。至于所列'兵败回京，军屯郊野，酿成兵变；汗遣钦差，阿敏拘之；以势要挟汗往；汗至而不拜，汗令而不归'诸罪，更是颠倒黑白，肆意网罗。水有源，事有因，军屯郊野，一是为防大汗信听宁完我小人谗言，不敢进城；二是大汗不由分说，调数万人马封住了我去京城之路，致使我军无法回城。'扣押钦差'，更是欲加之罪、何患无辞！豪格进营，并没有讲明自己是钦差，只是说进营来劝诫我。当时，我初患眩晕之症，没有立即见他。后来五弟莽古尔泰来讲明了，才晓得他是钦差，立即见他，请他回城，他说没有想好如何回城复命，自己要求留了下来。至于'罢兵息事'，实非刀兵之事，何谈'罢兵'云云？以势要挟汗往，这也绝非实情。五弟到达大营，劝我回城，我讲了要大汗亲自听我申辩的愿望，并没有要求大汗来大营。'汗至而不拜'，实因当时身患眩晕之症，不能下榻半步。'汗令而不归'这就越发颠倒黑白了。大汗到大营，提出让我回城要求，明告，让我好生思考，不忙做出决定，并说次日是我的生辰，他还会送贺礼过来。谁知，就在我寿诞之日，他便使出奸计，将我捕捉，现却定了我一个'汗令而不归'的大罪。光天化日，大谎弥天，如此这般，真是我纵有巧嘴千张，也自量难辩矣！"说罢，阿敏大笑不止。

现场除去阿敏的狂笑声，再没有了其他的声音。无须说，在场的人中，了解事实真相、坚信皇太极不会有错的为数不少；虽不了解真相，但坚信皇太极不会有错的也大有其人。这两种人对阿敏入场后的种种表演，都取嘲笑的态度，知道这个恶人不管施展怎样的花招，他的末日已到。因此，他们的情绪一直是稳定的。

但是，在场还有另外一些人，一方面，在他们心里，大汗的威严不可置疑；另一方面，有关永平诸事，各式各样的议论他们听了不少，究竟哪些是真的哪些是假的，他们的心里存在着疑问。当他们想到平日阿敏就有狡诈、残忍、狠毒的恶名，这次皇太极将他捕捉时，便认为阿敏肯定是犯了大罪，特别是萨哈林列出了阿敏的罪状，他们自然都是相信的，心中原有的那些问号渐渐消除。

尽管人人皆知狼是凶残的，可当一只狼披上羊皮的时候，人们未必能够把它认出来。萨哈林历数了阿敏的罪状之后，阿敏又讲出了自己的一套，这些人的判断便又出现了反复，对于是非曲直再次产生了怀疑。到底谁是谁非，这些人一时难以分辨。

萨哈林晓得皇太极公审阿敏的用意，看到这种场面，心中暗暗钦佩皇太极，想到他以理服人、以事实为据的决策是何等英明。

萨哈林并没有制止阿敏的狂笑。等阿敏再也没有了劲头儿，他才冲阿敏笑了笑道："常言道：'口说无凭，人物为证。'现在就你所言，逐一明辨。我来问你，你道那白养粹是明朝奸细，他借助大汗的信任，以巡抚之名，凡事为汉民谋利、损满益汉；还暗中与明官勾结，递送我军情报，最后招致明军来袭，有何凭据？你还道，明军大兵压境之时，他煽动永平民众反叛，与明军里应外合，这又有何凭据？"

阿敏的现场对策早已拟定。

被捉之后，他先是暴怒，接下来是怨恨，怨恨自己被女色所误，让皇太极钻了空子。后来他渐渐平静了下来，开始寻求脱身之术。当他听到豪格为案子的主审时，曾看到了一线生的希望。他要除掉皇太极所需要的证人，尤其第一个要除掉基小小，遂指使福晋去找豪格的福晋。起初，事情有些进展，他的希望陡增。可当自己的福晋第二次进豪格府后，事情发生了突变，不但再也没有了豪格那边的消息，连自己的福晋他也见不到了。他猜想是豪格出了事，但不晓得，基小小等人是否已经被除掉了。这期间，他不止一次地后悔当初为什么没有把基小小等人干掉，结果留下了大患。

他并不晓得皇太极所讲"谁是谁非，以事实为据"的话将以何种形式实施。但当他进入东院，看到大政殿前那张案前坐着的是萨哈林而不是豪格时，他关于豪格出了事的猜测得到了证实。而且，既然皇太极敢于组织这样一次公审，十有八成基小小等人还在他的手上。他便迅速决定了对策，要把编造的有关白养粹、商叔牙、封盛萱是奸细等一系列的事当众讲了；等基小小等人出来作证，他就来一个闭口不言，适时讲上一两句反咬一口的话。因此回道："你们审我，给我定了十几条大罪，自然应当手中握有证据。今天当着众位将领的面，就看看你们的举世无双的本领，看看你们如何用莫须有之辞，弄出一桩世间少有的冤案来……"

萨哈林见阿敏如此，笑了一笑，宣道："请梅勒章京宁完我作证！"

宁完我站出来，首先向大家讲了白养粹、商叔牙的卓越政绩，讲了封盛萱为帮白养粹所立下的种种功绩，讲了永平之民感于大金教化、服从治理、安于农耕百业的状况，而后道："这样一些忠良，这样一些好人何以使阿敏对他们大杀大戮呢？追其缘由，便是出自阿敏对汉民固有的仇视和偏见，出于他本人对白养粹、商叔牙和封盛萱的个人怨恨。"随后，宁完我便讲了阿敏因住宅之事、纪玉皦之事，尤其因白养粹怒笞基小小之事与白养粹、商叔牙和封盛萱结怨，必欲置之死地而后快的事。

宁完我讲完，阿敏大骂道："无耻小儿，血口喷人！"又对萨哈林喊道，"叫一个通敌之人来这里信口雌黄，着实可悲！"

经宁完我的讲述，许多心存疑问的人渐渐明白过来。因此，在阿敏狡辩时，从他们之中再次发出了怒吼。阿敏见了有些慌神儿，但随后镇定了下来，斥道："黄口小儿的一面之词，焉可轻信？"

萨哈林觉得到时候了，便又宣道："带证人！"

话音刚落，通西院的大门开启，有二十余人被带入。阿敏早已看清，为首的便是基小小。

等基小小等人站定后，萨哈林道："今日本贝勒奉汗命审阿敏一案。"随后，他冲基小小喊了一声，"基小小！"

基小小连忙应声。

萨哈林继续道："你曾是阿敏的贴身随从，也是阿敏罪恶行径的直接参与人，阿敏在永平的所作所为你都清楚。今日，本贝勒要你当堂对证，你要把阿敏从遵化迁往永平之后杀害巡抚白养粹、封记钱庄庄主封盛萱，劫持并霸占州佐商叔牙未婚妻，逼迫商叔牙致死，屠杀永平平民，丧失永平五城诸事，当众从实讲来！"

基小小回道："奴才自然实话实说，不敢有半点儿的隐瞒。要说明白二贝勒到永平之后做的那些缺德事，还得从他要占巡抚府邸和封盛萱的宅子讲起。"接下来，基小小讲了阿敏欲占巡抚府邸和封盛萱的宅子的详细过程，随后，又开始讲劫持纪玉皦之事。

萨哈林认为现时必须对事实做出澄清。于是，他打断基小小问道："那纪玉皦的身世，当时你可知晓？"

基小小回道："奴才略知一二，全是白养粹的随从何碧给我讲的。"

"讲来听听。"

下面基小小便把在上星楼何碧给他讲的话又讲了一遍。萨哈林随后问道："纪玉皦的这种身世，你可给阿敏讲了？"

基小小回道："何碧所讲，奴才一字不漏地给贝勒爷讲过。"

萨哈林道："接着讲。"

随后，基小小讲了劫持的经过，讲了在州衙碰见鸨儿、被白养粹毒打的经过，道："宅子的事，二贝勒窝了一肚子的火，已经有了除掉白养粹和封盛萱的打算。奴才打听到白养粹遵化的祖坟有明朝高官的题勒，便向二贝勒讲了。二贝勒如获至宝，立即命奴才去了一趟遵化。果然，那里有明朝礼部尚书钱象坤题写的匾额，上写'铁骨忠魂'四字。奴才打听到，原来白养粹降我大金之前与钱象坤是忘年交。回来后奴才回了二贝勒，他高兴得不得了，说仅这一条就可把白养粹置于死地了。奴才对他说，可从当地百姓那里得知，白养粹归降之后，并没有再去过他的祖坟。二贝勒说：'那不去管他。'后来，又出了奴才被毒打之事，二贝勒知道白养粹是借题做文章，便下定决心要除掉他们。明军要攻过来时，硕托贝勒向二贝勒讲了商叔牙提出的'舍二保三'之策，二贝勒听后暗地对我讲：'主意倒是好的，可不能照他的办，且到时候还要就此治他的罪……'后来，明军真的攻过来，硕托贝勒找二贝勒要实施'舍二保三'之策了，二贝勒假装从没有听过，便说商叔牙是有意让他丧失二城，给敌军打开门户。撤离的前一天，二贝勒召固山额真篇古做了布置，吩咐篇古大人找靠得住的本旗士卒，次日一早，兵分几路。一路去烧了粮仓一路去封盛萱的宅第砍杀封盛萱本人及其全家，然后放火烧屋；一路去封盛萱的钱庄，把里面的银钱统统收了，然后放火烧店铺；要篇古大人自带一路去巡抚府，杀白养粹、商叔牙和府中大小人等。当时，篇古大人有些犹豫，问他们都犯了何罪；二贝勒大怒，便把篇古大人大骂了一顿……"

萨哈林让基小小停下，要在场的篇古站出来作证。

篇古出来回道："回贝勒爷，贝勒确有这样的布置，臣按照他的吩咐做了。那日，兵分几路去执行命令。其中牛录章京阿单挑了三十人去封宅，基廷木儿挑了三十人去钱庄，臣自带亲兵去巡抚府……"

阿单和基廷木儿都在证人行列之中，萨哈林让篇古停下来，要他们作证。

阿单先道："臣遵照固山额真大人的吩咐挑好了人,等待将令。次日将令一下,臣便带领士卒们赶到封宅,先将封盛萱和他的全家杀掉,又烧了他的宅子。火起之后,许多百姓赶来救火,被我们挡在了院外……"

萨哈林打断阿单,问篇古道："去封宅除杀人放火之外,阿敏可曾布置干别的什么事?"

篇古回道："没有布置别的事。臣向阿单布置的也是照二贝勒的将令办的,没有让他另外干什么事。"

萨哈林又问阿单："你们是照将令做的吗?"

阿单回道："是。"

萨哈林又问："你们在封宅可见到了账册、信函等物,并把它们收回交给了阿敏?"

阿单回道："我们没有接到查找物器的将令,故而没有查找任何东西,也就没有任何东西带回来上交。"

萨哈林又让基廷木儿出来作证。

基廷木儿回道："当日臣带领士卒们到达钱庄,冲进去之后翻箱倒柜,把那里所有银两运回,并烧掉了那钱庄……"

萨哈林问："除此之外,还得到了别的将令没有?"

基廷木儿回道："没有。"

萨哈林又问："可曾带回账册、信函等物?"

基廷木儿回道："没有,没有什么人吩咐我们这样做。"

随后,萨哈林又让篇古继续讲。

篇古道："臣得到的将令是杀白养粹和商叔牙,而后烧掉巡抚府。臣率领士卒赶到时,既没找到白养粹,也没找到商叔牙。当时,封宅方向和钱庄方向已经火起,臣从衙内衙役那里知道,白养粹不久前出了巡抚府,一群百姓跟随着他,不知去了哪里。白养粹离开时商叔牙还在,后来不知去向……"

接着,萨哈林要当时在阿敏府警戒的牛录章京浒末儿出来作证,讲述当日阿敏杀白养粹的情况。

浒末儿说道："当日臣在府门前,见一人骑着马,后面跟着一群人奔这边来,臣以为是来冲府的,便赶紧命士卒列队,挡住了他们的去路。在前面乘马的那人道：'我是白巡抚，自此路过，请士卒放行。'当时，后面跟着的百姓们赶到了，一起喊道：'要见贝勒爷，听听焚烧官仓、火烧封宅且不让前去救火有什么说头！'这样，臣问白养粹道：'既说路过，怎的又要见贝勒爷？'没等白养粹说话，众人就又喊：'要见贝勒爷！要见贝勒爷！'臣赶快禀了进去。二贝勒爷令只放白养粹一人进去。后来，臣回到门口把守，里面的事便不知了。"

之后，萨哈林让基小小接着讲，基小小开始讲阿敏残杀白养粹的经过。

这时，萨哈林又让基小小停下，向阿敏发问道："你讲白养粹、商叔牙、封盛萱都是奸细，那我来问你，你的凭据是什么？你是派什么人搜集了他们做奸细的证据？或者说，是什么人向你报告了他们做奸细的证据的？"

阿敏晓得这是要害问题，而自己并没有任何证据在手上。作为应对，他采取了沉默。

"谅你会如此。"萨哈林见状一笑，转向基小小道，"基小小，你来数一数站在你身边的这些人，看看当时在阿敏身边的，今天可少了什么人没有？"

基小小认真地数了一遍，回道："全在，一个不少。"

萨哈林见状大声道："那好，你们听好了，刚才本贝勒问阿敏的话你们都听明白了，现本贝勒问你们，你们要如实回答。你们之中，有谁得到过阿敏的吩咐，要你们收集白养粹、商叔牙、封盛萱做奸细的证据？或者说，有谁向阿敏报告过他们做奸细的证据？"

众人听罢，个个摇头，说没有发生过这回事。

萨哈林又问了一遍，众人依然是摇着头。

萨哈林这才道："白养粹、商叔牙、封盛萱是不是奸细，事实已明！"

这时，下面爆发了"处死阿敏"的吼声。

接着，萨哈林让基小小讲完阿敏残杀白养粹和封盛萱的经过，宁完我和金丸儿则讲述了商叔牙和纪玉皦双双赴火自尽的经过。

此刻，下面的人们已经看明白了事理，想到阿敏的狠毒，想象白养粹被杀那惨不忍睹的场景，无不为他的死感到惋惜，"处死阿敏"的声浪此起彼伏。

这吼声重重地触动了阿敏那一向坚强的神经，他不觉惊了一下。

接下来，由浒末儿继续作证道："等在外面的百姓异常着急，情绪越来越激动，有人便冲了过来。我们从来没有见识过如此激昂的人群，一时没有挡住。众人一窝蜂冲进了院子。臣知道自己闯了祸,赶紧随着这股人流冲进院子,保护贝勒。就在这时,便传来了吼声:'杀'!一个'杀'字出口,下面的事就用不着讲了。"

接下来,由硕托作证讲述丢弃五城的事,道:"'舍二保三'之策是白养粹最先提出的。方才,阿敏在自辩中歪曲了这一方略。白养粹'舍二保三'的原意是,明军来攻,我军要舍弃遵化、迁西,将人马集中到永平、迁安、滦州三城;三城成掎角之势,相互策应;初以守为主,攻守兼备,以时耗敌之力;待敌疲敌惫之时,请蒙古一部出兵,插至敌之后方,两面夹击,驱敌于境外,最终收复遵化、迁西。遵化和迁西远离永平等三城,敌人打来,不主动舍弃,永平这边无法策应支援,守之必造成被动。而永平、迁安、滦州自成掎角之势,极易相互策应。当时,我们曾经盘算过,放弃遵化、迁西后,三城的粮草可供四个月之需,要实施'舍二保三'方案,与敌周旋三四个月是可能的。明廷多变,三个月拿不下永平三城,明军必生变故,给我军可乘之机。当初我们向阿敏讲'舍二保三'之策,他并没有说什么;后来明军真的袭来,阿敏便有了自己的小算盘,斥责我们实施'舍二保三'之策是被一个书生所摆布——刚才又说白养粹是奸细,'舍二保三'之策是资敌!既不实行'舍二保三'之策,他有何良策呢?请大家看看他的调度:他派我去了遵化,派索尼去了迁西。遵化只有守军三千人,他下的命令是严防死守。敌军两万人,以三千人踞一孤城,让我们如何严防死守?迁西那边人马更少,只有两千人,也注定城池必失。我们与敌军奋战,向阿敏求援,却不见一兵一卒来救。最后两城皆失,丧我数千名儿郎。这还不算,我们这边吃了亏,可我军精锐在永平,我们退出之后,倘若大军集于永平、迁安、滦州,仍可保住三城。可阿敏却决定放弃,不让我们回永平,而是让我们撤向冷口。他所率领的永平之军未见敌军影子,便撤了出来。"

在场的多是多年领兵的将领,硕托的陈述很容易地让他们明了当时的战局和作战方略的得失。

接下来,萨哈林问阿敏可有话讲。阿敏只好拿出最后的一招儿,道:"此所谓'欲加之罪,何患无辞'。他们都在你们手里,你们要什么,他们还不就讲什么。"

此刻,阿敏的嘴脸已经暴露无遗,无论他讲些什么,再也无法蒙瞒众人。于是，"处死阿敏"的怒吼声又起，且是一浪高过一浪。

宁完我、索尼通敌的罪名，用给白养粹等人正名的同样手法得到了澄清：在场的证人中，没有一个人得到过阿敏的吩咐，要他们搜集宁完我、索尼所谓"通敌资敌"的证据，也没有谁向阿敏报告过他们的这种证据。

这样，萨哈林所列前十项大罪均已成立。而后，阿敏兵败回京，军屯郊野，欲酿兵变；拘捕汗遣钦差；汗命"息事罢兵"，反以势要挟汗往；汗至而不拜；召诸将入帐逼汗；汗令不归；负罪遭捕，恶意咒骂朝廷等项罪名已然铁板钉钉。

现实的罪行已经审定，历史的罪恶自然也不会放过。

第一项便是阴谋助莽古尔泰谋取汗位，歪曲老汗遗言，施奸计逼迫大妃生殉。但此事涉及莽古尔泰，为重点打击阿敏，保持朝局稳定，皇太极经与阿济格、多尔衮、多铎兄弟商定，公审时不宜涉及。

第二项是阿敏伐朝的罪行。首先，由萨哈林对阿敏在朝的罪行逐一列举，而后让基小小作证。

基小小便讲了阿敏如何违背汗令，私自派人去与朝鲜国王交涉，要在朝鲜驻军，以便实施"外藩独居"的阴谋；又由于朝鲜国王不允，如何要废掉朝鲜国王，阴谋立朝鲜世子为王，要挟世子答应；世子亦不允，阿敏如何恼羞成怒，下令屠杀了汉城平民。基小小把诸事从头至尾讲了一遍，末了道："二贝勒知道'外藩独居'之事难以实现，又怕这些事败露，便嘱咐知情者不许向任何人讲与朝鲜国王交涉、要在朝鲜驻军和威逼世子的事。派去与朝鲜国王交涉的使者是刘兴祚，威逼朝鲜世子时做翻译的也是刘兴祚，二贝勒多次向刘兴祚嘱咐此事。后来不得不照汗旨与朝鲜国王签约，条款中有'以世子为质'的内容，二贝勒怕朝鲜世子到沈阳为质讲出威逼他同意驻军之事，便命奴才将世子杀掉了……"讲到这里，下面发出一阵嗡嗡的惊叹之声。

等下面稍稍平静，基小小继续道："去与朝鲜国王交涉驻军的事，强令世子同意驻军的事，除奴才之外，就刘兴祚一个人知道。为堵刘兴祚的嘴，二贝勒不断地向刘兴祚施压……"随后，基小小讲了阿敏一系列向刘兴祚施压之事。这使众人明明白白地看到，刘兴祚实际上是被阿敏给逼走的。

基小小接着对萨哈林道："贝勒爷，杀死朝鲜世子的事，是奴才一个人干的，天底下不会再有第二个人知道。可奴才向贝勒发誓，奴才所讲句句是实，不敢有半点的编造。"

萨哈林听了笑道："谅你也不敢编造！"随后，他向证人列中喊道，"莽萨、贡豸，你们讲讲当时你们所看到的一切。"

这让基小小吓了一跳，心想当时的情景难道他们看到了？

不错，就听莽萨道："当日臣与贡豸一起巡营，专管二贝勒大帐周围地域。到二贝勒大帐后时，我们二人看见基小小正在左边的一个帐前与侗侗耳语。我们知道，侗侗正在被临时指定看守朝鲜世子。我们都有经验，大凡基小小与人叽叽咕咕，一定没有什么好事。当时我们站住了，基小小并没有发现我们。不一会儿，基小小让侗侗进帐去了，他自己先是在帐门口转悠。我们躲了，当时我受好奇心驱使，便拉贡豸到了侗侗进入的那个帐篷后面，从一个破洞中观看帐中的动静，要看看侗侗到底要干什么。接下来的事情让我们惊呆了，侗侗进帐之后趁朝鲜世子不备，一刀砍向世子，世子顿时倒在血泊之中。这时基小小进了帐，见世子已死，便命侗侗收尸。下面，更让人吃惊的事情发生了，基小小趁侗侗转身之际，拔出自己的腰刀，猛地向侗侗后心刺去。侗侗倒在地上，挣扎了一阵也死去了。大概侗侗死不瞑目，基小小曾走上去，用手抹了侗侗的眼皮，嘴里还念叨着：'我知道你死得冤，事后我会亲自葬了你；逢年过节，我还会给你烧香。'"

讲到这里，萨哈林让莽萨停下来，问基小小道："他们讲的可是真情？"

基小小回道："句句真情，我也确实对死不瞑目的侗侗讲了那番话。贝勒爷，这真是，要想人不知，除非己莫为。我以为当时只有我一人在场，任何人都不会知道。今日还向爷说了大话，讲什么'天底下不会再有第二个人知道'。谁承想，这天底下不但有第二个人知道，知道的，竟还有第三个人呢！"

莽萨接着道："我们并不晓得为什么会发生这种事，但我们晓得，这定是基小小奉命干的一件机密之事，且事关重大。我们跟随二贝勒多年，知道这类事，凡知道底细的，二贝勒绝对不会留下——也许基小小除外。因此，我非常懊悔，恨自己起初为什么好奇看到了这一切，还拉上了一个贡豸！既晓得利害，我与贡豸商定，这事对任何人也不再提起。我们这样做了，但仍然是提心吊胆地过日子，一直到今天才讲了出来……"

莽萨讲后，基小小接着讲了阿敏下令屠杀汉城平民的事，道："下令屠杀汉城平民,实为二贝勒恼怒所致,事后他却说是为了逼迫朝鲜国王尽快签约。"

这时,"处死阿敏"的声浪再一次掀起。

按照事情发生的先后顺序,接下来本应审讯阿敏抓住汉民借满民之牛耕田之事促成"助耕换田"、阴谋破坏汉民单独编庄的罪行。公审前,萨哈林已经将此事的来龙去脉查清楚,但由于此事涉及莽古尔泰兄弟,皇太极决定公审时略去了。

攻打锦州败回之后阿敏煽动镶蓝旗的人闹事,借此阴谋逼迫皇太极退位的事也涉及莽古尔泰。萨哈林查清后报给皇太极,皇太极指令萨哈林在公审时避开莽古尔泰参与的实情,专对阿敏问罪。萨哈林忠实地照办了,由于他巧妙的发问,基小小等人作证时,也没有涉及莽古尔泰。

事到此时,凡涉及的问题均已定案。

最后,阿敏被带出,他心已成灰,可表面上还是一条好汉,走时昂头挺胸、仰天大笑。

当场,诸贝勒、贝子、台吉、宗室成年者议定:阿敏罪行累累、罪恶滔天,当斩。

萨哈林又取出皇太极手谕,宣道:阿敏罪行累累,罄竹难书,按律当斩。念及兄弟情义,留他一条性命,拘于高墙之内,永不赦免。

众人听罢,连称大汗"仁德之至",而后各自散去。

最后,阿敏的家产连同所辖牛录都断予济尔哈朗,家人也判与济尔哈朗收养。阿敏则被囚,一直到崇德五年在狱中死去。

基小小为虎作伥、助桀为虐,本当死罪,念其在押期间揭露阿敏罪行,于公审阿敏有利,也留得一条性命,投入监牢,永不赦免。

公审阿敏起到了极好的效果,大家明辨了是非,拥护皇太极的越发坚定了信念;动摇的,渐渐地靠拢;反对的在分化,不少人不再坚持反对立场。皇太极的权威得到进一步巩固。

第十七章 南面独尊，金朝廷废止议政

孙宝的媳妇李氏正在房中做针线活，孙童儿奔进来叫道："娘，我爹回来了！"

李氏自然以为儿子在说疯话，因为几年前她就被告知自己的丈夫孙宝已死。一来孙宝是为国而死，二来是贝勒爷念孙宝生前的好处，便将她母子二人接到府里养了起来。一个死了的人，如何就"回来了"？

可是儿子说得有鼻子有眼儿："谁还蒙你不成？爹爹进门时我正在门口与呼尔格一起玩耍，爹爹喊了我一声，我也被吓了一跳。可爹爹向我笑着，要我回来告诉娘。呼尔格也看到了。呼布图大伯听有人说话，从门房里走出来，也愣了大半天。爹爹见他那样，便喊了他一声。大伯又愣了半天，才上去抓住爹爹的胳膊，说：'你还活着？'爹爹说：'从不曾死呀！'爹爹问大伯：'贝勒爷可在府上？'大伯说在府上，就拉着爹爹见贝勒爷去了。大伯还回头喊我：'快去告诉你娘！'"

孙童儿是从不说谎的，这一番话由不得李氏不相信。可事情实在是太离奇了！一时间，李氏心中恍恍惚惚，喜也不是，悲也不是，但那泪水已经涌出了双目。

孙童儿走了，去贝勒爷那边等他的爹爹。李氏手中的活计已经放下，她独自坐在那里，透过那满目的泪水，从窗子里望着天，一动不动。

不一会儿，就听房外有了欢笑声——是几个人的欢笑声。随后，门帘一动，一个人进屋来了。李氏一看，站在自己面前的果然是孙宝。

大清王朝

李氏一下子下了炕,然后站在孙宝的面前。孙宝上前紧走了几步,便将她揽在了怀里。

"你怎的就一句话不留……"这是李氏埋怨的话,也是在倾吐郁积于胸中的苦水。

"这是贝勒爷的吩咐——我走的事,除贝勒爷和我,府上再没有旁人知晓。"孙宝解释道,"回来见到贝勒爷还没来得及回正事,贝勒爷就叫我回家来见你们……"

这时,孙童儿、呼布图、呼尔格都已经进了屋。

"呼老爷,恕奴才走时不能说明。"孙宝见呼布图进屋,便连忙给他跪了。

呼布图是多尔衮的管家,在府里是半个主子,对下人来讲,他的身份比主子还要紧。孙宝与呼布图虽然要好,暗地里呼布图还称孙宝为"兄弟",但对孙宝来讲,礼数上难以越矩。呼布图这时来,他便要给呼布图下跪。

多尔衮与孙宝谈话时,呼布图曾在一旁听着,他已经知道了孙宝假死的原因。因此,他一面拉孙宝起身一面道:"我怎么会怪你?"

孙宝感激道:"这些日子多蒙老爷关照,童儿娘儿俩才有今天。"

呼布图回道:"这都是见外的话,倒是贝勒爷的恩典咱们要终生不忘。"

孙宝附和道:"这是自然的。"

呼布图拉过呼尔格道:"快见过孙叔。"

呼尔格上前见礼,孙宝拉着他的手道:"两年多不见,出息成了大孩子。"

孙童儿在一旁道:"我们还识了许多的字呢。"

孙宝高兴道:"你是怎么学的?"

孙童儿道:"和府上别的孩子一起,跟先生学的。"

李氏这时才解释道:"你走后,是贝勒爷发话,让孙童儿与呼尔格少爷和府中别的少爷一起进了学堂。"

孙宝听罢道:"贝勒爷多大的恩典哪!"

呼尔格道:"我们念完了《百家姓》赵钱孙李,周吴郑王……老叔的姓摆在了第三呢。可我读到底儿也没有找到我们的那拉,爱新觉罗也没有。"

呼布图闻言笑了起来,道:"一直忘不了这事。"

孙宝笑问道:"你就没问一问先生是怎么回事?"

呼尔格回道："问过。"

"那先生怎么说？"

呼尔格回道："他说《百家姓》是汉民编的。我就问他，我们为啥不自己编一个，偏读他们的？"

孙宝又问："先生又怎么说？"

呼尔格道："他说了，可我听不明白。"

众人听罢，都笑了起来。

孙童儿道："我们在读《三字经》……"

孙宝打断孙童儿，对呼尔格道："奴才还没有给贝勒爷回话，咱们的话以后再讲吧。"

当日，孙宝给多尔衮讲了他在宁锦的情况，他在那边的表现受到了多尔衮的高度褒奖。他向多尔衮提出，当天就去炮械营报到。多尔衮让孙宝在家休息三日，但孙宝在家只待了一天，然后就去了炮械营。

宁完我上疏皇太极令诸贝勒大臣进言直谏。皇太极此前已听人道"国人皆有怨言"，遂听宁完我之言，作书分与大贝勒代善、三贝勒莽古尔泰及其他贝勒、贝子、台吉、两班十六大臣，令诸人进言献策。还听从宁完我、范文程等人的建议，设立了文馆，主管秘书、国史等事宜。宁完我、范文程、希福等皆为馆中笔帖式。

众人见书纷纷进言，有单个献策的，有合名进谏的，内容所涉用兵、布阵、官序、袭爵、兴农、助贾、诉讼、审断，一时间弄得皇太极应接不暇。

根据济尔哈朗、德格类、岳托、多尔衮、莽古尔泰、阿巴泰、多铎、杜度、佟养性等进言，颁《设帅诏》《统一守边军令》《恤贫、训农、习射诏》《补服制》《离主条例》《讼断条例》《民事诉讼法条》《令子弟读书诏》《再禁令私建庙宇诏》《功臣袭爵例》，并决定抓紧大炮的制造。

宁完我则有一疏上奏道："自古设官定职，非帝王好为铺张。虑国事无纲纪也，置六部；虑六部有偏私也，置六科；虑君心宜启沃也，置馆臣；虑下情或壅蔽也，置通政。数事相同，缺一不可。"

皇太极接受宁完我的建言，创设六部，为吏部、户部、礼部、兵部、刑部、工部。

此六部各由一名贝勒主管,即命和硕贝勒多尔衮管吏部,和硕贝勒德格类管户部,和硕贝勒萨哈林管礼部,和硕贝勒岳托管兵部,和硕贝勒济尔哈朗管刑部,贝勒阿巴泰管工部。每部下设满承政二人,蒙古、汉承政各一人。承政下设参政十四人,其中满参政八人,蒙古参政四人、汉参政二人。六部各设启心郎一人。又诏令萨哈林组织人员与六部承政一起,加紧制定各部行动条例及有关规制。

随后,宁完我又上疏,说"汉继秦而王,萧何任造律,叔孙通任制礼。彼犹是人也,前无所因,尚能造律制礼,何况我们还有所因袭呢?"曰:

> 我国六部之名,原是照蛮子家立的,其中当举事宜,金官原来不知,汉官承政当看《会典》上事体,某一宗我国行得,某一宗我国且行不得,某一宗可增,某一宗可减,参汉酌金,用心筹思,就今日规模立个《会典》出来。每日教率金官到汗面前,担当讲说,各使去因循之习,渐就中国之制。必如此,庶日后得了蛮子地方,不至于手忙脚乱。

> 然《大明会典》虽是好书,我国今日全照它也行不得。他家天下二三百年;他家疆域,横亘万里;他家财赋,不可计数。况《会典》一书,自洪武到今,不知增减改易了几番,何我今日不敢把《会典》打动它一字!

> 他们必说:律令之事,非圣人不可定,我等何人擅敢更议!此大不通变之言,独不思有一代之君,必有一代制作!

宁完我的主张极投皇太极胃口,皇太极全盘接受,立命萨哈林着手急办。

皇太极继位之后,"八王议政"体制影响了权力的集中,六部设立不久,体制上的矛盾很快地凸显出来:六部首领由大汗指派,对大汗负责。六部主管贝勒也由大汗指派,对大汗负责。那涉及六部之事,是由大汗决断,还是提交八王议定?

实际上不少人已经注意到了这一点,范文程、宁完我正酝酿一项重大改制上奏皇太极,以便结束这一极不顺当的局面,将金国的政权建设再推向一个新的高度。

金国第一批大炮铸造成功。

皇太极亲临炮械营看了新铸成的大炮,并偕诸贝勒大臣至演兵场观看了新炮的试射。

佟养性甚为露脸,炮手靶靶命中,而且将皇太极临时指定的目标打了一个正着。

皇太极极为高兴,吩咐佟养性道:"把那几位铸炮手和炮手请过来。"

众人注意到,皇太极不但用了一个"位"字,而且还用了一个"请"字。

佟养性一听,便亲自前去将几个人召到了皇太极座前。

被召诸人给皇太极叩头,并各自报了姓名。那些人中就有督造官游击丁启明、备御祝世荫、铸匠王天相、铸匠窦守位、铸匠金世昌、铁匠刘计平、铁匠孙宝、炮手朱奎。

皇太极高兴地说道:"你们终日辛劳,不避艰险,潜心钻研,遂有我大金今日之炮。你们功绩卓著,今日朕将亲为你们披红挂花,以示表彰。"

众人复又拜倒在地,口呼万岁。

皇太极让他们站起来,亲手把红缎给他们披上,把红花给他们戴到了胸前。顿时,全场欢声雷动,鼓乐喧天。

过了片刻,皇太极把孙宝召到座前问道:"你就是老十四府上的那位孙宝?"

孙宝垂手而立,回道:"是奴才。"

皇太极高兴地问道:"听说你与十四爷搞的那桩'假死案',那刘兴祚看出了三处的破绽?"

孙宝回道:"是他给奴才讲的。"

皇太极转向多尔衮道:"十四弟,若碰到一个真怀二心的,你所设的计谋怕是险了。"说罢,皇太极和众人一起笑了起来。

皇太极又对孙宝道:"听说他看出破绽后有一句话:'人道小智王智,这次竟叫一名铁匠给瞒过了。'"

孙宝回道:"这句话他未对奴才讲过。是他对奴才在那边一个任千总之职、名叫铁首的师兄讲后,师兄告诉奴才的。"

皇太极听后又笑道："看来,尽管人称他'神思奇窍',看来他还是斗不过我们的'小智王'。"

众人听了,又乐了一阵。

皇太极又问孙宝："听说当日刘兴祚坐镇锦州北城塔上摆那'火龙阵'时,眼见到朕与十四爷陷入埋伏,后竟让朕等逃去。为了这,明军将领吵了起来,有人说那刘兴祚是成心放了朕等。你在现场,究竟是怎么一回事?"

孙宝闻言,认真回道："奴才听师兄铁首说,明军总兵赵率教确曾责问刘兴祚,见大汗与贝勒爷陷入阵中为啥不发炮点火,是不是故意放了。当时,袁崇焕救了场。他说,他在北门看得清楚,是刘兴祚认为大汗和贝勒爷在阵中已成'鱼游沸鼎、巢悬飞帘'之势,贪大功,要让更多的人进入阵中,从而误了战机。这样,赵率教就没有再追问下去。奴才虽当时在刘兴祚身边,但一见大汗与贝勒爷陷入火阵,就吓得昏了过去,因此并没有看到当时究竟是怎样一回事。刘兴祚后来问奴才为啥惊倒,还惊呼了一声'贝勒爷'之事。奴才不知道是不是真的在醒来时叫了声'贝勒爷',反正只说贝勒爷对我有恩,才在他危难之时叫了起来。刘兴祚倒信了奴才的话,最后还说了一句'可喜天下还有一个没有忘恩负义的'。"

皇太极听罢想了想,道："难为他讲出了这样的一句话!好了,不要让他扫咱们的兴。你在那边吃了苦,可学到了绝技。你与金世昌那种无蜡铸造法大大加快了铸制,有大功于国,今后朕要特别奖你们。"

孙宝谢恩退回原位。

皇太极又召朱奎近前,道："你是不是在攻沈阳时被俘、李永芳亲解绑绳归顺了的?"

朱奎回道："正是臣。"

皇太极道："朕听你一报,就记起了那个名字。"

朱奎赞道："大汗好记性。"

皇太极笑道："你大名鼎鼎啊!"

朱奎叩了一首道："臣不敢当。"

皇太极又问道："方才一炮就打中那标房,是你掌的炮?"

朱奎答道："是。"

皇太极喜道："神威不减当年。往日咱没炮，英雄无用武之地，窝囊了你这么多年。现在好了，我们有了自家的炮，你尽可大展宏图、大显身手了！"

朱奎道："托大汗的洪福。"

皇太极又道："往日是有炮手没炮；今后，我们有了炮，可缺了炮手。日后，除你自己钻研技艺之外，还要多带出些徒弟来。我们的炮会越来越多，这就要有几十个、上百个，甚至几百个像你这样的神射手。"

朱奎保证道："请大汗放心，臣不敢说什么大话，只照汗谕竭尽全力就是。"

皇太极又感慨道："在此我也要为那李永芳说上几句好话。他作为降金汉将，虽最终叛我被诛，生前却办了不少的好事。在千万俘虏之中识得朱奎，并亲释其绑，保得他的性命，给我大金留了一名神炮手，就是大功一桩。对他，对所有有功于大金之人，活着的也好，已没的也好，一直建功于朝、忠贞不贰的也好，后虽获罪被贬、被诛但曾有功于朝者也好，我等都不可忘记。方才提到那个刘兴祚，后虽叛我而去，且由于他还枉死了我一名忠良，然而，他曾有功于我。倘若所传是真，他有意让朕等逃脱从而迟发了发炮军令，那么朕亦说声'谢了'，以慰其在天之灵。"

众人听罢无不赞叹。

皇太极高兴，遂叫过佟养性、丁启明、祝世荫等人嘱咐道："今日是天聪五年春正月初八日，我大金始有火器，当记之于青史。佟养性、丁启明、祝世荫、王天相、窦守位、刘计平、金世昌、孙宝、朱奎以及其他所有为我大金火器创建有功之人，亦当记之于青史。尔等恪尽职守，有善始，亦当有善终。朕谢你们了！大金国谢你们了！"说着，皇太极起身拱手环视。

佟养性等人急忙跪地，齐呼万岁，并道："敢不肝脑涂地！"

皇太极又道："火炮，克敌制胜之利器也。自今而后，它们将在战场猛发神威，故而钦赐'天佑助威大将军'之名号，亦载于史。"

众人再次齐呼万岁。

不久，孙宝不但被解除了奴隶身份，而且一步登天，被授予备御之职。此后，多尔衮让他离开了府邸，单独立了门户。

孙宝的儿子孙童儿已经长到了十三岁。经孙宝请求，孙童儿留了下来，做了多尔衮的侍卫。其时老管家呼布图已死，其子呼尔格也被多尔衮收为侍卫。

范文程与宁完我关于政权体制问题的思考终于成熟并且将结果向皇太极提了出来,明确提出终止"八王议政"。

实际上,皇太极也一直在思考这个问题。一经范文程、宁完我等提出,他便坚定了终止"八王议政"的决心。

可问题是,这个问题如何处理才好?

"八王议政"是老汗留下来的"大政"。终止这项"大政",涉及改变祖制这样的大事,必须妥善处理,以免引起不必要的麻烦。

废止这项大政,涉及方方面面的利益,尤其涉及大贝勒代善、三贝勒莽古尔泰的利益。处理过程中,取得"八王"中绝大多数人的理解和赞同,便可减少阻力、减轻震荡。

为此,范文程、宁完我二人已经想出了不少的点子。但皇太极并不赞成他们的主意。

范、宁二人的点子大多具有"策略"的性质,是故意绕开实质问题,兜很大的圈子,无形之中让众人就范。但皇太极对现实进行了深入的分析,最终得出结论,只要如实讲明情况、阐明道理,现在"七王"当中,绝大多数会赞同废止"八王议政"。唯独感到不快、不赞成的,可能是三贝勒莽古尔泰。但他也仅仅会感到不快而已,尚不至于为此闹出事来。

事情有必要去办,而且一定要办。既如此,就无须为了一个人而对大多数人绕弯子、兜圈子。至于对莽古尔泰,要么实打实地把情况讲清楚;要么可不讲明情况,用一两句话带过,干了再说。

皇太极找了除莽古尔泰之外的其他五人。令他高兴的是,他的估计没有错。对于废止"八王议政",五个人都表示了理解和支持。随后,皇太极找了代善与莽古尔泰两个大贝勒说道:"六部已经设定,主管六部的贝勒已经指定,'八王议政'与此制不协,致使办事费时拖沓,诸大臣上疏进言废止此制。我欲采纳此议,今召二兄议定。"

代善心里明白召他和莽古尔泰的用意,听罢立刻诺诺应承。

阿敏被囚之后,莽古尔泰感到凡事没有了主心骨,现听说废止"八王议政",心中甚为不快,但也想不出什么主意应对。特别见代善如此,想到自己如今单丝难以成线，就他一个人出来反对也无济于事，因此不便讲什么，说了声"听大汗安排"，便辞去了。

这说明皇太极对莽古尔泰的估计也没有错。但莽古尔泰心里实实地难以平静。

不久，皇太极要派部分人马前往义州。莽古尔泰想离开沈阳，到外面去待上一段时间。他提出要求，皇太极同意了。于是，莽古尔泰带着一肚子的怨气离开沈阳，带兵去了义州。

原来在五月，皇太极得报明军复筑所弃之大凌河城。

皇太极要派部分人马去义州驻扎，一面打探实情，一面牵制敌军。莽古尔泰、多铎分别率正蓝旗、正白旗各三千人到了义州。

两旗到达义州后，打探到明军果在修筑大凌河城，遂报与皇太极。

明督孙承宗在任时已开始修筑大凌河及右屯二城。后高第接任，二城被弃。再后，邱禾嘉任辽东巡抚，又议论是否将大凌河城停下的工程捡起来。此议得到了离了职的孙承宗的大力声援，并得到了朝中兵部尚书梁廷栋的支持。这样几经周折，终于于五月重新动了工。邱禾嘉发班军一万四千人、土工一万人紧急修筑大凌河城，命总兵祖大寿、副总兵何可纲监修。

祖大寿在皇太极袭击京畿时为金军所败，奔回山海关，后回到锦州。他在大殿不告而退，后又丢掉了人马，崇祯本欲治罪，后听大臣谏劝，只给他降了一级。不久又给他复了职，现在调用监修大凌河城。

皇太极自然绝不允许明军将大凌河城建好，于是决定兴兵征讨。

七月二十七日，皇太极于沈阳祭旗誓师。

八月一日，蒙古科尔沁、阿鲁、扎鲁特、巴林、敖汉、奈曼、喀喇沁、土默特等部共两万骑来会，随即亦晓谕前令，不得违反。

八月二日，金军兵马两路并进，一路由德格类、岳托、阿济格等与原在义州的莽古尔泰、多铎部共两万人由义州进发，屯于锦州、大凌河之间；一路由皇太极亲领，出白土场，趋广宁大道。

六日，两军会于大凌河城下，皇太极对金军围城做了部署——

命正黄旗固山额真楞额礼率本旗人马围北面之西，镶黄旗固山额真额驸达尔哈率本旗人马围北面之东,阿巴泰率护军在后策应;正蓝旗固山额真觉罗色勒率本旗人马围正南面,莽古尔泰、德格类率护军在后策应;镶蓝旗固山额真宗室篇古率本旗人马围南面之西,济尔哈朗率护军在后策应;蒙古固山额真吴纳格率本旗人马围南面之东;正白旗固山额真喀克笃礼率本旗人马围东面之北,多铎率护军在后策应;镶白旗固山额真伊尔登率本旗人马围东面之南,多尔衮率护军在后策应;正红旗固山额真额驸和硕图率本旗人马围西面之北,代善率护军在后策应;镶红旗固山额真叶臣率本旗人马围西面之南,岳托率护军在后策应;蒙古诸部贝勒各率所部人马围其隙处;总兵官额驸佟养性率汉兵载红衣炮、将军炮,当锦州大道而营。

同时,诏谕众将攻城恐士卒被伤,不若掘壕筑墙以困之。彼兵若出,我则与战,外援若至,我则迎击,于计为便。诸将各固守汛地,勿纵一人出城。遂令各营挖壕筑墙。

在城外三里处挖壕,周长达三十里。壕深一丈,宽一丈。壕外筑墙,高一丈,墙上筑有垛口。墙外五丈又掘壕,宽五尺,深七尺,覆以秫秸,上面覆土,营帐扎在壕外。满山遍野共扎大小营盘四十五处,营内有马槽、碾盘、辘轴,还有打造兵器的铁炉。如此,金军将大凌河城围了个水泄不通。困于城中之人不能出,城外之人不能入。

围城部署完毕,皇太极命佟养性炮击城外守卫各台堡,限三日将各台堡清除。

大凌河城初建之时,明军以为金军没有多少火器,于城外一里纵深建了百余个台堡。这些台堡大小不一,最大的于子章台,堡中可容百余人。这些台堡散于要害之地,互为犄角之势,是大凌河城防的重要组成部分。

新建的佟养性炮兵是第一次在战场上使用自制的"天佑助威大将军"。这些大炮没有辜负皇太极的期望,"天佑助威大将军"发了威。第一个打的是位于城东南离金营最近的一墩台。一炮打去,穿其雉堞,守台一士卒被炸死,守台士兵俱惧,张白旗示降。又轰旁边的第二台,一炮打去,台毁,死六人,其余守军遁去。接着,集中红衣炮六尊、将军炮十四尊,共向于子章台轰击。一阵轰鸣之后,于子章台隐于浓烟之中。墙垛被击数处,登时有五十余人死于非命。不到半日,守台军大部被炸死,余者亦张白旗示降。此后,东南诸台均张白旗示降,远的,闻讯遁去。这之后,又相继将东城、北城、西城各台清除,用时不到三日。

大凌河的重新修筑是邱禾嘉督祖大寿、何可纲进行的。可筑城没有多久,朝中支持他筑城的兵部尚书梁廷栋便获罪去职。接着,对手就又借筑大凌河城向梁廷栋问罪,说大凌河荒远,筑城非当。崇祯准奏,责令抚、镇"矫举"。当时大凌河城筑城尚未完工,城墙墙体与周边的台堡筑成了,但城上雉堞尚未建好。邱禾嘉只好停了下来,并撤走了全部土木工人员,留祖大寿、何可纲等率班军一万人驻守。城中尚有商民两万余人。被皇太极围于城内的,就剩下了这三万多人。

皇太极料祖大寿必期盼援军到达,然后率军出城夹击金军。于是,他让一部分金军在城外十里处发炮树帜,跃马扬尘,做明军援军至状,自己亲率大军入山埋伏。祖大寿果然中计,以为明军援兵到达,率军越过道道沟壕突围。皇太极伏兵骤起,祖大寿自知中计,急收兵入城。这一仗,明军损失了近千人。

此后明军先后从宁远、松山、锦州出动几起救兵,祖大寿始终闭城不动,不敢出城一步。金军却演出了他们围城打援的拿手戏。

八月十六日,明军两千人由总兵吴襄率领前来救援,行至松山,与在此监视明军动静的阿济格、硕托部遭遇。

吴襄得邱禾嘉"勿恋战"的将令,旨在打探金军虚实。

时阿山在军。阿山,伊尔根觉罗氏,其父阿尔塔什往时率阿山及另子阿达海归附努尔哈赤,属贝勒代善。代善置闲散,阿山等人叛金投明,金将穆克谭追射之,阿山斫穆克谭,穆克谭坠马几死,阿山遂夺马逃往明边,后复自归。努尔哈赤问其逃故,对曰:"举族相投,矢志效命疆场,岂置充厮役乎?"努尔哈赤恕其罪,乃置诸左右,命改隶正蓝旗,授二等参将。天聪元年晋三等副将。天聪三年秋,又投明,及边而返,请罪。皇太极又宥之,使复职。攻永平时有战功。

此次随军,阿山请战道:"请拨三百骑从。"

阿济格迟疑道:"敌军两千人,以三百骑击之,岂不以卵击石?"

阿山回道:"我有奇耻大辱,而此必以奇功洗之!"

阿济格有皇太极"重在侦察虚实,勿与纠缠"的将令,不好出更多的人马动眼前之军。阿山既如此请战,让他试试也好,遂拨三百骑与他。

阿山大呼一声,声如暴雷,领三百骑冲入敌阵。明军无备,见金军杀来,不知多寡,便一阵慌乱。阿山率三百骑横冲直撞,犹入无人之境。阿济格站于一高坡之上,静观阿山与明军的厮杀。

如此有一顿饭的光景,敌军退去。阿山引兵退回,斩敌百余级,所率三百骑竟无一人伤亡。

此战报与皇太极得知,皇太极大喜道:"终究是员骁将!"

皇太极明白明军此次出动有试探的性质,断定此后明朝大部援军必然相继而来。于是,他一方面加紧了向宁锦纵深处的侦察,另一方面则加快了打击明军援军的作战部署。

二十五日,令皇太极感到兴奋的消息到了:明监军张春,都督张洪谟,总兵吴襄、钟纬率副将、参将、游击、千总百余人,步马军四万人马前来增援,已渡小凌河。

皇太极立即针对实情调整了部署。

张春等人渡过小凌河后,即采用严阵徐进之策,且战且守,步步为营。

二十七日,两军在大凌河旁列阵,皇太极与代善一起率两万人马列于明军对面。

战斗一开始,皇太极自领一万骑分作两翼突向敌营。先是万箭齐发,金军的大炮同时向明军阵地纵深发射。

明军缩作一团,他们的步兵在前,以其盾挡住流矢。弓箭手奉命放箭,所携枪炮亦向金军开火。

双方形成对射,一时间声震天地,铅子如雹,矢如雨霰。

金军左翼骑兵突击,但无论如何纵横驰突,都无法突破敌阵。

皇太极自领右翼,骑山中雷一马当先,挺枪冲入敌阵。固山额真楞额礼挥刀紧随,并大声呐喊带动后续人马向前冲击。明军左翼遂被金军击破。

时天气突变,黑云起天际,狂风自西来。明军居上风,趁势纵火,火焰炽烈,袭向金军阵列。皇太极见势不妙,正待思考是否回师,忽天降大雨,恶风转向,烈焰卷向明军。

明军顿时大乱,失去原来阵形,皇太极趁势攻入明军队中。明军大败,金军追杀三十余里。监军张春,都督张洪谟,副将姜新、杨华征、薛大湖以及参将、游击、千总等三十三人被生擒,副将张吉甫、满库、王之敬战死,吴襄、钟纬遁逃,四万人马全军覆没。此后,援军再也不见踪影。

又过数日,皇太极致书祖大寿,命降将姜新等入城劝他归降。

自从皇太极废止"八王议政"后,莽古尔泰的状态一直不好。在义州前线,他也是浑浑噩噩,此刻尚在梦中。

他梦见母亲在他的前面赌着气走着,无论他如何哀求,都不加理睬。最后,他发现母亲竟然在跑。前面是万丈悬崖,莽古尔泰就快赶上了,可还是眼看着母亲从那万丈悬崖之上跌了下去。接着,是一阵山崩地裂的巨大声响。

莽古尔泰一下子惊醒过来了。从头旁的案上传过来酒香,一只猫从帐篷底下奔了出去。原来是猫捉老鼠,将案上的酒瓶打翻在地发出的响声。

渐渐地,他的脑海中已不再是梦景,而是对往事的追忆。一幕幕场景在他眼前反复闪现,挥之不去,折磨着他的神经。

他母亲大哭着,嘴里不断地重复着:"死了倒痛快!死了倒痛快!"他在后面紧紧地追着。他母亲到了水井边,难道是要跳井?他见母亲回过了头来。这时,他听到了隆隆的炮声,那是校场演兵开始的号令。就在他扭头向那校场方向望了一眼再转回头的时候,母亲不见了。他哭着奔了过去,井水在猛烈地翻动,就像他当时的心潮。母亲的那一回头,是他见到母亲的最后一面。

这是天命五年时发生的一幕。

莽古尔泰的母亲富察氏,先于皇太极的母亲那拉氏嫁给努尔哈赤,生下儿子莽古尔泰、德格类和女儿莽古济。原为努尔哈赤所幸,后因罪失宠,遂生妒意,越发不为努尔哈赤所喜。

此事牵连着莽古尔泰。先是努尔哈赤爱屋及乌,幸富察氏,也就喜欢莽古尔泰。由于富察氏失宠,加之莽古尔泰在许多方面与她站在一起,莽古尔泰在努尔哈赤心中的地位就急剧下降,先是疏远,接着便是处处看不上、处处用不上。

一段时间过后,莽古尔泰发现这一现实是他无法接受的。他爱母亲,但更崇敬父亲,而且强烈的虚荣心不住地冲击着他的神经,她开始疏远母亲。儿子的一举一动自然瞒不过母亲的眼睛,富察氏很是伤心,跟儿子摊了牌。儿子无法承认自己是由于讨好父亲而有意疏远母亲,只是之后的一段时间,他疏远母亲的行为有所收敛。有道是江山易改、本性难移,眼看着其他兄弟疆场杀敌立功,自己一身本领却无施展之地,他哪里心甘?最终他横下心,要夺回失去的地位和荣誉。

而那一幕,就是他的行为引起的结果。

此事发生之后,各种各样的议论便传到了莽古尔泰的耳朵里,其中最不能让他容忍的就是"弑母"一说。他听后恼怒异常。但议论就是议论,没有一个人就此当面对他进行过指责,因此他无从申辩。

而在这种情况下,来自父亲的关爱却在增多。或许是父亲见富察氏寻了短见,觉得自己愧对妻子,便在儿子身上做出补偿;或许是富察氏已死,儿子再不受其影响,从而去除了妨碍父亲疼爱儿子的外加因素,恢复了对儿子的亲情。但不管是什么原因,反正自从富察氏死后,努尔哈赤开始重视和重用莽古尔泰,先是派他带兵参加重大战事,随后给他加官晋爵,使他成为议政四大贝勒之一。

但他"弑母"的骂名非但没有被洗掉,反而由于母亲的死使他才得以飞黄腾达,"弑母"之事被更多的人信以为真。

莽古尔泰得到了名,得到了利,得到了荣,得到了禄,自然也得到了愉悦与幸福。但在饱尝愉悦、幸福之际,巨大的痛苦和内疚,一刻也没有离开他。

当日夜里,莽古尔泰又想起母亲跳井的那一幕,因为当日是他母亲的忌日。他取了一瓶酒,将酒洒在地上,算是对母亲的祭奠。后来他睡了,之后就做了那个梦,又很快从梦中惊醒,就再没有睡意了。时间还早,他披上衣服,走到帐外。

天空一片繁星。他仰面冲天,泪水从眼眶中滚出。

阿娘,哪颗星是您呢?他站了很长时间,一直仰望着天空出神。回到帐中之后,他坐在床头独斟独饮,不觉将一瓶酒很快就给喝光了。他倒下了,是醉了,还是睡了?

莽古尔泰再次被唤醒了。这已是当日他第三次被唤醒。头两次被唤醒后,他睁了睁眼,又睡了过去。

这一次,他被唤醒之后依然要睡,但身旁喊叫者的一句话惊醒了他:"图赖大人伤了……"

莽古尔泰听了惊坐起来,问道:"你说什么?"

"图赖大人受了伤,孟坦大人战死……"

莽古尔泰睁大眼睛又问了一句:"你说……什么?"

对方又重复了一遍。这回莽古尔泰听明白了,遂又问道:"这到底是怎么回事?"

"听说是敌军引诱我军出击,我军中计了。"

"就……这些?"莽古尔泰还想往下听,但回禀者就此打住了。

"详情臣并不晓得。"

莽古尔泰问周围道:"哪个……晓得?"

众人回道:"臣等均在爷身边侍奉着等爷醒来,并没有去那边。"

莽古尔泰问:"觉……罗色勒呢?"

众人回道:"被大汗召去了。"

莽古尔泰仍然闹不清楚到底发生了什么事,又问:"十爷呢?"

"十爷去了图赖大人的大营,临行前吩咐臣等叫醒爷。"

莽古尔泰怒道:"没用的东西,一问三不知。那边就……没人前来禀报吗?"

一名亲兵回道:"来过两次。是臣的不是,没有叫醒爷——然后他们去了十爷那边。"

莽古尔泰生气地问道:"他们就……没有留下什么话?"

亲兵均道:"他们急急忙忙,留下的就是那几句话,说'敌军引诱我军出击,我军中计,图赖大人受了伤,孟坦大人战死'。"

莽古尔泰越发恼怒了:"蠢材,蠢材!他们不……细讲,你们不……细问,就放他们走了?还讲什么'急急忙忙'!急……什么?忙……什么?赶着回去发丧?"

众人不再言语。

莽古尔泰又道:"图赖伤势如何?不用说……你们这些蠢材依然是详情并不……晓得了?"

众人你看我我看你,无言以对。

莽古尔泰爬起身来,道:"走吧,跟我去图赖大营看个究竟、问个明……白好了。"

来到图赖营帐,德格类在场。众人正围着图赖,看着两名郎中给他治疗。

众人见莽古尔泰到了,便给他让出一条路。莽古尔泰走了上去,见图赖仍处于昏迷之中,他的颈、背均呈黑色,颈上、背上满是伤口。

莽古尔泰叹道:"伤得这样重!"又问郎中,"可⋯有碍吗?"

一位郎中回道:"查过了,伤处虽多,只有肩下一处重些,可也未伤及腔内脏器。看来是图赖大人被敌一股弹丸击中。"

莽古尔泰又问:"既伤⋯⋯势不重,为何还在昏迷?"

郎中回道:"虽伤不算重,可多处受伤,又加被炮火烧灼,必疼痛难忍,故而昏厥。"

"为何颈、背均⋯⋯成了黑色?"

郎中想了想回道:"想必是图赖大人离弹爆之处近的缘故。"

莽古尔泰看了一阵,便退出问德格类道:"究⋯⋯竟出了什么事?"

德格类道:"我也不清楚到底是怎么回事。午前,大汗在营中召各旗贝勒议事。喊你不醒,我独自去了。议事之时便听到南城炮声连天,大汗忙差人前来打探,并放诸贝勒各自回营待命。我回来之后,方知是咱正蓝旗出了事。我正欲向色勒询问详情,便接到汗令,要色勒前去回话。我只听跟随图赖的亲兵讲,中了明军诱敌之计;我军损伤惨重,图赖重伤,副将孟坦战死,革职请立功赎罪的原副将屯布禄战死,备御多贝战死,侍卫戈里战死⋯⋯"

莽古尔泰听罢十分恼怒,心想皇太极三令五申,要死守阵地,不得贸然出击。这回违背此令,又出了如此大事,偏偏是我正蓝旗。这下皇太极一准有话好讲了。遂命召随图赖的亲兵再问详情。

正在这时,有快马传令,说大汗召莽古尔泰、德格类去镶红旗大营回话。

莽古尔泰与德格类相互看了一眼。

莽古尔泰原就带了一肚子气来到了义州。到大凌河后,他怒气未消,一直躲着皇太极,不愿与他见面。今天,正蓝旗出了这么大的事,皇太极一定会抓他的这个把柄。这时听皇太极传他去"回话",这种怨情、恨情便猛烈地爆炸了。他先是骂了一句,然后道:"摆⋯⋯什么臭架子!我不去,看你如何!"

德格类晓得哥哥原就有气,听了"回话"二字便发作了。但,召而不往事情就闹大了。于是,他好劝歹劝,最后还是把莽古尔泰劝动了。

但莽古尔泰说道:"去可以。可急……什么?事情的原委尚不清楚,到了那里一问三不知,不……又惹他不高兴?"

可是找了半天,跟随图赖的亲兵竟一个也找不到。四名跟班亲兵中,三个已经战死;另一个受了重伤,亦在昏迷之中;其余不跟班者不知详情。

莽古尔泰越发恼怒了,他令人去找色勒的亲兵。

总算找来了一个明白的。那亲兵道:"午前辰末,色勒大人与图赖大人在壕内巡营,忽见明军南城城门大开,随即杀出一股明军。色勒大人与图赖大人登上壕墙,观察敌军动向。二位大人见明军步马大队鱼贯而出,浩浩荡荡,便断定敌军要实施突围。二位大人一面急忙派人去向贝勒爷报告,一面部署迎击敌军。敌军来势凶猛,很快便奔到了我壕墙之下,后面的明军还源源不断而来。这样,二位大人下令全线出击——战不多时,敌军后撤,二位大人遂下令追击。追至城下,敌军尚有几百人未曾入城,随即关闭了城门,城上羽镞、大炮齐发,射向我军——未入城的几百名明军一齐遭了殃。最为狠毒的是,敌军的炮火封住了我军退路,我军见退路被切断,便自行大乱。幸好在紧急之时,我正蓝旗右翼的蒙古旗军、镶白旗军,左翼的镶蓝旗军、镶红旗军一齐出动,佯作攻城,分散了敌军的炮火,我正蓝旗才撤了回来。"

莽古尔泰听罢愤怒已极,怨道:"混蛋!大白天敌军会突围?突……围不选间隙,而正对我军大营?这简直昏……了头!"

正在此时,皇太极又差人来催,道:"大汗问为何这半天还不见人。"

莽古尔泰听罢没好气儿地道:"催命吗?死不……了自会到的。"

皇太极正在岳托帐中,他的火气烧得比莽古尔泰更为强烈。

他在城北大营正与诸贝勒商议下一步劝降祖大寿事,南城这边响起了炮声。他命各贝勒回营待命,便先去了岳托大营。

到了岳托大营,他才知道是正蓝旗这边出了事。不知怎么搞的,正蓝旗全军越出了战壕,从城边到壕沟拉成了一线,全线正遭受到敌军的猛烈炮击,情况万分紧急。

皇太极不晓得正蓝旗是如何会突出营地攻到城下、中敌诡计的。他一面急切盼望正蓝旗来人奏报实情,一面派出快马向镶白旗、吴纳格蒙古旗、镶蓝旗、镶红旗传令,要他们立即出击佯攻。

等了半天不见人来,他便想到德格类刚刚从北城赶回,需要找人了解情况,而后才能派人前来。如此一来,还不知等到何年何月。这样,皇太极便派出快马去召图赖或色勒前来回话。

色勒到了,他向皇太极奏报了事情的经过。

皇太极听罢立即气炸了肺:"到何年何月你们才能学会打仗?敌军事先毫无突围迹象,大白天又没有部署任何策应就冲了出来,如何就判定他们是突围?就算判定他们是突围吧,他们退去了,你们为什么就追杀过去?"

色勒听了,急忙跪倒在地道:"臣当时昏了头,以为可以趁势攻进城去。"

皇太极怒道:"是哪家军令让你们攻进城去?"

色勒低头不语。

皇太极怒道:"我问你哪,是哪家军令让你们攻进城去?"

色勒道:"臣该死!"

"我看你是活够了。还有那个图赖,他伤势如何?"停了一下,皇太极又问,"你说孟坦死了,牛录以上死了的还有谁?"

色勒回道:"他伤得不轻,臣来时他还昏迷未醒。牛录以上死了的还有屯布礼、多贝、戈里。"

皇太极又问:"一共死了多少,伤多少?"

色勒回道:"臣来时尚不知准数,死伤各几百人。"

皇太极停下了,他心如刀割。几百人啦!全因主将不遵将令,莽撞所致!

皇太极又命岳托道:"派人去请蓝旗那两位爷!"

岳托一听觉得不是味儿,赶快出帐派快马前往正蓝旗大营请莽古尔泰和德格类。

岳托出帐前就听皇太极补了一句:"就说让他们快快前来回话!"

这时战斗已经停了,皇太极走出大帐,在帐外踱步,他心如潮涌。使他气愤难当的是,这样的事之所以发生,是因为将领们鲁莽,且各行其是、不遵将令。在这方面,尤以正蓝旗为甚,而且这种错大有一而再再而三之势。在征讨多罗特部时,就是由于正蓝旗不遵将令,出了错,给当时的征战带来极大的被动。什么原因?他不能不想到莽古尔泰。那一次,莽古尔泰有直接责任。这一次又是正蓝旗出了情况,莽古尔泰有何责任情况不明。但正蓝旗一再地出现不遵将令之事,与这位主旗的大贝勒总是不无关系的。

距派人前去请莽古尔泰与德格类已经有了一段时间,被派去的快马已经赶回,但仍不见莽古尔泰及德格类的人影儿。

皇太极憋着一肚子的怒气,便再次派出了快马去请,并对传令兵道:"就问为何这半天还不见人?"

莽古尔泰没有去北城大营参加会议。当时,皇太极问德格类为何不见莽古尔泰。德格类回答得支支吾吾,说"随后会来"。皇太极问到底是怎么啦,是不是病了。德格类说"好好儿的"。可一直到最后,并不见莽古尔泰的踪影。色勒回禀时提到,他们见敌军杀出后,曾"一面急忙派人去向贝勒爷报告,一面部署迎击敌军",并没有讲向莽古尔泰报告后他有什么反应。那他在干什么呢?

第十八章 假借天命,白喇嘛降住莽汉

莽古尔泰、德格类进了帐。岳托在皇太极身旁,色勒也站在皇太极身旁,哭丧着脸。

两人刚一进帐,皇太极便问德格类道:"散时我曾有话,出事之旗要速到这里来报告情况。——现在是什么时候了,而且还是两次叫了你们!"

德格类回道:"情况未能闹得清楚,故而……"

皇太极又追问道:"弄清情况会这么难?"

德格类低下头去。

按以往的性情,德格类一个莽汉,皇太极如此逼问,他一准就发作了。可为什么现时却如此克制?原来,那日对阿敏的公审,使他思想上有了一些变化。他是个粗人,也有些浑,但他并不是一个完全不明事理的人。往日,他与莽古尔泰跟着阿敏跑,主要是因为与阿敏有共同利益,但对阿敏的狡诈、凶残,他并不是没有看法。那日公审,阿敏的罪行暴露于光天化日之下,其狡诈狠毒,令人发指。德格类感到了震惊,内心受到极大的震撼。他开始认识到皇太极所做的一切,都是为了大金国,而错在阿敏,错在他的哥哥莽古尔泰和他自己。公审时他曾担心莽古尔泰和他与阿敏一起干的坏事给抖搂出来。事后听说,是皇太极不想伤害莽古尔泰才让萨哈林有意不涉及的。自那以后,他对皇太极的思想感情发生了变化,开始敬重皇太极。故而皇太极逼问他,他并没有发脾气。

皇太极听德格类讲后,沉吟了片刻道:"请五哥、十弟前来,是想知道那边的事如何竟到了这一步……"

莽古尔泰还想着那"回话"二字,心中有气。现在皇太极又不问明迟延的原因便劈头盖脸给了德格类一顿训,莽古尔泰越发有了气,因此,便不想开口。

德格类一看莽古尔泰不吭声,便接过话头回道:"据跟随色勒的亲兵讲,事情是这样的。午前辰末,色勒与图赖在壕内巡营,忽见南城城门大开,有一股明军杀出。明军步马大队鱼贯而出,浩浩荡荡。色勒、图赖便断定敌军要实施突围,遂部署迎击敌军。敌军来势凶猛,他二人便下令全线出击——战不多时,敌军后撤。二人不知是计,遂下令追击。追至城下,敌军随即关闭了城门,城上羽镞、大炮齐发,射向我军……"

皇太极见德格类如此说,便打断道:"我问的是图赖、色勒如何敢置军令于不顾,无令贸然出击的?"

色勒一听垂下头去,德格类也一时语塞。

皇太极直接问莽古尔泰道:"五哥,德格类当时不在营中,你在。图赖等违令出击,五哥在做什么?为何不加阻拦?"

莽古尔泰以为皇太极已经从色勒的口中晓得了他当时沉醉未醒,现在见皇太极如此问他,以为皇太极是在难为他。因此,他心中的怒火便一下子燃了起来,大声回道:"我醉了,在睡觉!如何拦他?"

皇太极一见莽古尔泰如此,愣住了。

帐中一下子安静下来。如此过了片刻,皇太极又问道:"五哥是要赌气吗?"

莽古尔泰又顶了一句:"大家有……气,赌一赌又有何妨?"

皇太极又停了片刻,再问道:"我却不知道,五哥的气又从何来?"

莽古尔泰哼道:"气从何来?从……天上掉了下来,从地里冒了出来!"

皇太极闻言反问道:"想不到五哥还会有这么大的气,难道是别的旗给正蓝旗惹了祸不成?"

莽古尔泰一听越发气了,道:"是蓝旗给别的旗惹……了祸!给你惹了祸!既如此,把他们一个不剩地杀……光不就干净了!"

皇太极再也忍耐不住了,大怒道:"你如此大方,正蓝旗是你的?难怪这一旗一再出事,原来你把它当成了私产……"

莽古尔泰也不想让步,打断皇太极道:"不是我的,不是德格类的,也不是任何人的,是你的好不好?你可……借机把它收入你的帐下,这样不好吗?"

皇太极没想到莽古尔泰会有如此程度的发作,因此没有做任何精神准备。到此,他倒冷静了下来,因此停住了。

德格类见莽古尔泰如此,连忙劝道:"五哥,住口吧!"

岳托也在一旁劝道:"五叔少说两句……"

莽古尔泰却没完没了了,他打断岳托的话道:"如今叫我少说几句!我憋了多年了,憋……了半辈子了,如今想讲一讲、讲个痛快,却要让我闭……嘴!这嘴是通到肚子里的,肚子里憋得慌……"

皇太极本不想再与莽古尔泰理论,但听莽古尔泰如此一说,便道:"既如此,那就请五哥讲下去吧。有气出气,有怨诉怨,有仇报仇!"

岳托见状忙道:"有话改日再讲……都在气头上……"

莽古尔泰不让岳托讲下去,道:"道我无气、无怨吗?父汗归天,大……家举了你,你坐上了汗位。自那以后,我正蓝旗就没有过过一天的好日子。苦活儿、累活儿、险活儿全……是它的,功劳却是别人的。就这样,你还是处处看不上它、容不下它!你……"

德格类听了如芒在背,赶快打断莽古尔泰道:"五哥,你说这样的话!还未醒酒……"

莽古尔泰已亢奋异常,打断德格类的话道:"你给我住嘴!你怕,我不怕!有话今日不……讲,更待何时……"

岳托也再次劝他:"五叔,没有的事,讲有何益……"

莽古尔泰一听越发起劲儿起来:"你说什么?没有的事?你小子是不是说我在此瞎编乱造、胡说八道?那咱就一五一十在此摆上一摆,看看是我瞎编乱造、胡说八道呢,还是……"

德格类无论如何都不能让莽古尔泰继续讲下去,他上来就抓住莽古尔泰的袖子往外拉道:"五哥,你还没醒过酒来,走吧,回去……"

莽古尔泰甩开他道:"不,我清醒……得很!我要讲,我……"

德格类又拉他,岳托也上来拉他。

莽古尔泰一边挣扎着,一边向皇太极这边猛冲了过来,却被德格类和岳托按倒在地。

皇太极认为,让莽古尔泰如此闹下去,可能会出现预想不到的恶果。于是,他站起来，向大帐门口走去。

莽古尔泰见皇太极要走，嚷道："皇太极！有种就别走！在此听……我一五一十讲个明白！"

皇太极本已将火气压了下去，以免局面继续恶化，无法收场。莽古尔泰直呼名字，一下子又把他的火气勾了起来。他走至莽古尔泰面前，怒道："五哥到底要怎样？"

莽古尔泰猛地冲了起来，又逼近皇太极道："要……怎样？要出气！要申冤！你不是讲了，有气出气，有怨诉怨。"

皇太极赌气道："我还讲了'有仇报仇'！"

这时，莽古尔泰已再一次被德格类与岳托按住。他挣扎着道："这仇可是你讲的，说不定你皇太极心里记……了我的仇呢！"

皇太极听罢气得一时语塞，他不再与莽古尔泰纠缠，又往帐门那边走去。

莽古尔泰气得眼睛里流出了泪水，喊道："皇太极！你有种就别逃！你……"他的嘴被德格类的一只手捂住了。

这时，皇太极又下令道："今日正蓝旗之事并无终结。咎由责者取之，罚由责者当之。至于图赖，违令冒失轻进，使全军受损，其咎罚后必清算。今已身负重伤，然严令诸将，勿往视探。"

莽古尔泰一听，肺都气炸了。他猛地从德格类与岳托的手中挣脱出来，冲向皇太极道："皇太极，你好狠心哪！图赖要死了，你却不……允众人去看他一眼？还说什么'咎由责者取之，罚由责者当之'！还等什么，今日咱就拼……"

皇太极站定，四名侍卫迅捷地站到了皇太极的身前。德格类赶上来死死地将莽古尔泰抱定，岳托也上来拉住了莽古尔泰。莽古尔泰挣扎着，又被德格类及岳托按倒在地。

随后，莽古尔泰一个鲤鱼打挺，摆脱德格类与岳托，右手去拔腰刀，嘴里还喊叫着："今日咱……就拼个你死我活！"

莽古尔泰再一次被德格类与岳托按倒在地，皇太极的侍卫也拔出了腰刀。

皇太极一动没动，看着眼前的一幕。如此待了片刻，皇太极合上了双目，泪水夺眶而出，愤、痛、悲、怨……七情涌动。站了一会儿，他离开了。

莽古尔泰还在声嘶力竭地喊叫着："皇太极！皇太极！有种你别走……"

事情的严重性已经超出了界限。随着莽古尔泰逐渐清醒,他的怨情、他的恨情却又逐渐增强。但也怕了起来。他知道,今日之事虽是在他特定状态之下发生的,然而他也明白,今日之事的出现又绝非偶然。别说他并无杀汗之心,就是确有此意,他也绝对不应该在那样的场合干出那种荒唐事。他记得,在他拔出腰刀冲向皇太极的时候,是他的弟弟德格类和岳托将他按倒在地。他问自己,要是当时没有德格类他们在,他会如何?

他必须去向皇太极致歉、赔罪。他与德格类乘马出营,向皇太极大营奔去。进营之后,两人直奔皇太极大帐。来到帐前,两人下马,叫护军进营通报。不一会儿,护军出来回道:"大汗在帐中小睡,不便打扰。"

两人听罢,站于帐前等候。

过了一炷香时间,护军又进帐,出来道:"大汗仍未醒。"

两人再等。

又过了一炷香时间,护军再次入帐,出来道:"大汗仍未醒。"

两人再等。

又过了一炷香时间,护军再次入帐,出来传话道:"知道五爷、十爷来了。身体不适,不想见面谈话。请五爷、十爷回营。"

两人听罢,只好返回。

一路两人无话,先到德格类营。德格类问是否陪莽古尔泰一起回营。莽古尔泰说了一声"回去歇了吧",便引护军辞别德格类自去。

到营门口时,莽古尔泰命众护军道:"你们入营歇了,爷自去转转。"

众护军知莽古尔泰心烦,不敢违命,便自进营内去了。

莽古尔泰心如刀绞。

就在汗帐外站着等候、护军几次入内通报之时,莽古尔泰的心绪和认识剧烈地发生着变化。他是抱着内疚、惧怕和负罪感来到皇太极大营的,可现在他已是怨气冲天,接着便愤怒不止了。

十分明显,皇太极不原谅他,因此拒绝他的道歉。

一个臣子做了错事,侵犯、伤害了君王,后悔了、知错了,怀着内疚和负罪感去向君王请罪。如果不能得到君王的谅解,他所产生的那种内疚和负罪感能够在心中维持几时？

一个哥哥做了错事，侵犯、伤害了弟弟，后悔了、知错了，怀着内疚和负罪感去向弟弟道歉。如果不能得到弟弟的谅解，他所产生的那种内疚和负罪感能够在心中维持几时？

一个孩子做了错事，侵犯、伤害了双亲，后悔了、知错了，怀着内疚和负罪感去向父母请罪。如果不能得到父母的谅解，他所产生的那种内疚和负罪感能够在心中维持几时？

孩子尚且如此，何况一个臣子、一个哥哥？

莽古尔泰既是一个臣子，又是一个哥哥。

而莽古尔泰又是怎样的一个臣子、怎样的一个哥哥呀？

从自身来讲，他背有"弑母"的罪名。在某些人的眼睛里，他的飞黄腾达简直就由"弑母"得来的。正因为如此，莽古尔泰几乎将自己的一切，成功也好，失败也好，无不与那抹不去、洗不掉的"弑母"罪名挂上了钩。他"御前抽刀"与这种思想状态直接关联着，而当他做了那事之后，后悔了、知错了，并怀着内疚和负罪感去给皇太极道歉。结果，他未能得到谅解。这样，他所产生的那种内疚和负罪感会留在他的心中不发生变化吗？

从他与皇太极的关系看，在努尔哈赤当政之时，他与皇太极平起平坐；在朝中，他是三贝勒。虽然四大贝勒的排序并不是由地位的高下决定的，而是以年龄的长幼决定的；然而在家族之中，他是哥哥，处于尊长的地位，使莽古尔泰无形之中占有优势的位置。后来努尔哈赤殒命，莽古尔泰与皇太极之间出现了争位的问题。结果，皇太极继了汗位，莽古尔泰俯首称臣。它对双方的影响力，无论是实际上、还是心理上，都将是很大很大的。

事实正是如此。

当莽古尔泰在帐外苦等不见内里音信时，他就又想起当年的幕幕情景，心中的怨念骤然而起。

"你有什么了不起，竟然如此慢……待于我？如若当年不是你，而是我继了位，你岂敢如此？"

当初，阿敏从永平四城败回时，他们之间曾有一次长谈。当时，阿敏曾告诉他，与宁完我曾有一次对话，最后以阿敏自嘲"爷再尊再大，上面还有一个汗哩"而结束。

是啊！这就是事情的症结所在！老八之所以以言立法，是因为他是大汗！他是大汗，是非就可由他来定。阿敏杀了人，烧了城，败下来，成了无赦的大罪。换一换，阿敏不是臣，而是大汗，杀了人，可说成"谋反当屠"；烧了城，可说成"不留粮草与屋舍与敌"；败回，可说成"不敌而撤"。事情之所以不能如此，就是因为上面有一个大汗，有一个管着的，有一个以言立法、是非由他而定之人。

现在他是大汗，他是万人之上者！

可，他、他，叫我这个哥哥站在帐外，苦苦等待，他于心何忍！可气呀，可气！

他先是气，接着便是怒，随后就要发疯。好在德格类还在面前，他需要自控。这样，当时他才没有发作。

众护军进营后，他先是骑在马上慢慢任马所至。接着，策马任其前行。随后，一鞭一鞭向那坐骑打下。那马放开四足，奔驰起来。如此奔跑了近半个时辰，莽古尔泰觉得心中平静了许多。

他勒马停下。这是到了哪里？他向四周看了看，身处大营之南——这从西沉的太阳便可以断定。但身处营南多远？他不能判断，但离营已经很远很远了。

自己单骑至此，倘若碰上一股敌军，那将如何是好？他正如此想着，要拨马回头之时，就听到不远处传过了一声马嘶。

莽古尔泰惊了一下，他向马鸣传来的方向望去。

呀！敌军。

他看到，大约有十骑明军正站在一个高冈之上监视着他。

糟糕！去皇太极大营时，由于午前出了抽刀之事，所以，莽古尔泰没像平日那样挂有腰刀。他离营到这边来，也并没有带兵器。

如是平时，莽古尔泰带有兵器，就是一口腰刀也好，眼前这十来个敌兵，他根本不会放在眼里。可现在他手无寸铁，且远离营盘。

不能与他们纠缠。莽古尔泰拨马向北，猛然加鞭，坐骑飞也似的向北奔去。明军自后面追来。

一开始，莽古尔泰与明军的速度不相上下。后来，莽古尔泰的坐骑越跑越快，渐渐地与大多数明军骑手拉开了距离，但仍有两三骑穷追不舍。

城南一马平川。时已深秋，由于有战事，百姓不敢前来收割，地上的庄稼还在,但大多枯黄、倒伏,已难做遮挡。

奔了一阵,莽古尔泰见前面有一片树林,便向那奔去。树林极大,进去后便有了遮挡。奔至一道小溪前,莽古尔泰的坐骑停了下来。他低头一看,见镫下一人闪过。再看,马便是那人勒住的。莽古尔泰急不可耐,要扬鞭抽那勒马之人。

刚欲动手,莽古尔泰看清了,那是一名喇嘛。

莽古尔泰正惊之时,就听那喇嘛道:"贝勒爷快些下马,随贫僧入寺躲避。"

莽古尔泰听后又是一惊,他如何知道我是贝勒?接着看时,就让他惊呆了——竟是白喇嘛。

莽古尔泰急忙下了马。白喇嘛冲那马猛击一掌,那马便飞也似的奔走了。

莽古尔泰急问道:"佛师如何会在这里?"

白喇嘛并不回答他,拉着他向右方转去。这时,他才看到一片高大的寺院在丛林中显现。

白喇嘛引莽古尔泰到了山门,莽古尔泰看到山门之上勒有"白马寺"三字。透过山门再往里瞧,只见寺中庙宇十分破旧,就像被弃了多年一般。

白喇嘛引莽古尔泰入门,再往里过了几个院子,便到了正殿。

进殿后,白喇嘛正要与莽古尔泰讲什么,就听到寺外马嘶人喧。

白喇嘛急急地向莽古尔泰指了指香案之后的如来佛塑像,便听到院中有人在喊:"定是进了这院中——守好山门,不得让他逃了。"

"瓮中捉鳖,他插翅难逃了。"

有几个明军进了殿,并看见了白喇嘛,便问道:"师父,可见一个东房的将军?"

白喇嘛双手合十道了一声"无量佛",然后道:"佛门净地,不养什么将军。"

"刚刚逃入的,没看见吗?"

白喇嘛道:"贫僧刚刚出殿,不曾见什么人进来。"

这时已有六七人到了院中。有人道:"和尚向来藏匿逃者,不用与他废话,我们分头搜起来便了。"

"对,搜!"便有三五个人冲进了大殿。

白喇嘛转身,又念了声"无量佛",站着不动。

殿内既无帷帐,又无神龛,四壁空荡,梁柱光秃。北面一高坛,上面有三尊佛像，佛像之前是一张歪七扭八的香案，香案连个帷帘都没有。东西两侧原有佛像，可能是年久失修，或遭人破坏，佛像已经坍塌伏倒，高高的坛座尚在，那倒塌的佛像已被清除。这般光景，其实是用不着成心搜它，一眼望去，也就一目了然了。倘若有些秘密，也就在那三尊大佛的身上。所以，几个明军士卒的目光都集于那三尊大佛。

有一名士卒攀上了那神坛，他先是一个挨一个地围着佛像转了一圈儿，然后伸出巴掌将那三尊佛像挨个儿拍了一遍。接着，又用刀背将那三尊佛像挨个儿击打。众人都听到，无论是掌击、刀敲，每个佛像均发着金石之声。

那人每次击打，白喇嘛都闭目合掌，口中念着："罪过呀，罪过。"

那人下了神坛，与其他士卒一起又在殿中转悠了一圈，便出殿去了。

白喇嘛也跟了出来，站在廊下看着士卒们在院中翻腾。

院中大体上也可用一目了然来形容：若干株白皮松，几丛低矮的孤零零的灌木，路侧齐膝的衰草，殿门两旁各有一口水缸，其中一口还是破了的。院子的一角有一堆柴草，那也许是院中唯一可以藏人之处。

士卒们先是过去瞅了瞅那口没有破的大缸，然后便走到那堆柴草处。

柴草被翻了一遍。这之后士卒们又去别的院子搜寻。别的院子，院落也好，殿宇也好，大体与这里相似。

白喇嘛的住处士卒们也光顾过了，但翻了个底儿朝天，并没有见到任何藏匿之迹。

众人又到殿中看了一遍。一人对白喇嘛道："和尚，藏匿敌国将领是要掉脑袋的。你若见了，赶紧把他交出来。不然，要我等查出来，可不是玩的。"

白喇嘛道："贫僧出家人，向佛报真心，向人讲真话，并不论是敌是友。军爷们里里外外翻了一个个儿，且不顾亵渎神灵；现在又向贫僧讲这话，既不自怨自艾，那不就自嘲自讽嘛！"

这话把那人说恼了，遂破口骂道："好一个死硬秃驴！你当老子好欺负吗？不用说你有窝藏敌魁的嫌疑，就是平白无故老子宰了你，你向哪里讲理去？"

白喇嘛道："出家人身许佛祖，生死二字已置之度外，只要死得其所。倘被愚人所诛，正可启迪之——也值得了。"

那人还想强辩，其他几个士卒阻道："何必在这里与他费唇舌，快去别处查寻……"说着拉那人去了。

白喇嘛走到院内，站了一会儿，返回殿中。

神像后面一动。白喇嘛道："贝勒勿动，再忍耐片刻，他们还会回来的。"

且说那几名明军士卒走出寺去，又在附近搜寻了一阵，仍不见所寻目标的踪影。其中一个道："怪，眼见他奔进了树林，怎的就不见了呢？"

另一个道："我一直说他穿过树林逃走了，你们却说他进了寺院。结果如何？"

又有一个道："兴许是……连人带马都不见了踪影。他若进了寺内藏了，那马也藏了不成？"

说"怪"的那人猛然想起，道："打起仗来回马枪最为厉害，咱们杀他个回马枪，到时有与没有就见分晓了。"

众人无不称道。大家下了马，轻手轻脚摸近白马寺。

神不知鬼不觉，他们进了门。院内静悄悄，他们直奔正殿。进殿后，见接待他们的那喇嘛正在香案之前原摆着的那蒲墩之上打坐。见此光景，众人没再进殿，只是聚在殿门，向殿内四处张望了一番。

白喇嘛的住处自然是他们查看的重点所在，那里仍如他们乱翻一通之后离开时的原样。他们出了寺院，寻到自家的马匹，奔出了树林。

白喇嘛站起身来，说了声"贝勒请出"，莽古尔泰便从中间的那如来佛身后转了出来。

"好……悬！"莽古尔泰道。

"好怪！"白喇嘛道。

莽古尔泰走下神坛，问道："佛师为什么说好怪？"

白喇嘛没有立即回莽古尔泰的话，而是爬上神坛，探身去观察如来佛像身后的情景。看了半天，白喇嘛仍摇头道："怪，怪，怪！"

莽古尔泰不明白白喇嘛所说怪在何处，又问道："佛师为……什么说怪？"

白喇嘛不答反问："贝勒初进这佛身时，可曾看到了这上面暗门的缝隙？"

莽古尔泰道："那是自然。要不，我哪里会晓得这里有一个暗门？"

白喇嘛道："是啊，可那位明军士卒眼睛瞎了不成？他如何就没有看到这门缝，从而发现这佛身之内的藏身之处呢？"

这样一说,莽古尔泰亦疑惑起来。

白喇嘛又以手敲击佛身,随即发出的是一阵佛身空洞的嗡嗡声。

白喇嘛又道:"怪!怪!怪!"

莽古尔泰又问:"佛师为……何又说怪?"

白喇嘛反问莽古尔泰:"明军士卒搜寻时,曾敲击佛身,贝勒在里听见否?"

莽古尔泰道:"自然听得清清楚楚……当时我以……为要被他们发现了。"

白喇嘛问:"贝勒可记得那是怎样的声响?"

莽古尔泰想了想道:"不曾注……意到。"

"当时,分明发出的是金石之声!嗡嗡之声表明佛身空洞,金石之声表明佛身为实心儿——明军士卒断定为实心儿才不再在此寻觅,贝勒也因此躲过了。难道……"白喇嘛说着便打开了那暗门,对莽古尔泰道,"贫僧进入之后,贝勒在外面敲敲看。"

白喇嘛钻入门中,自内掩好。莽古尔泰复又爬上神坛,用掌击了几下,发出的乃嗡嗡之声。白喇嘛出,再击之,为嗡嗡之声;再入,击之,仍为嗡嗡之声。如此几番如故。

又请莽古尔泰入内,击之,出铃铃之声。唤莽古尔泰出,击之,为嗡嗡之声。再使入,击之,出铃铃之声。

莽古尔泰出来后,白喇嘛惊道:"玄机!玄机!"说完,白喇嘛又开了那暗门,查看内里的结构。

内腔并无新奇之处,向上望去,见有一小点亮光。那是一个小孔,供通气用的。他要将那门关上时,发现内腔的一角像有一堆东西。白喇嘛凑过去看清楚了,那是一堆木板,形似兵符。再看,上面似有字迹。白喇嘛捡起一块,见上面满是尘土,说明它在这里已经安安稳稳地放了多年。他掸去浮土一看,那文字并不认得。此时,站在一旁的莽古尔泰惊道:"怎……么?是……"

他接在手里,那吃惊的样子都令白喇嘛吃惊了。

白喇嘛问:"是满文?写的是什么?"

"是……满文。写的是……"莽古尔泰愣了半天,他都不敢读出来。

白喇嘛再次追问:"写着什么?"

莽古尔泰道:"大……金皇帝。"

白喇嘛越发惊了,他低下身去,将那些印牌一股脑地捡了出来。这一捡不要紧,却带了一张符出来。

白喇嘛放下手中的印牌,拿起那张纸符。

那是一张发了黄的毛边纸,上面亦是布满灰尘。他抖了抖,展开,见上面写着——这一次该白喇嘛来认了——几句梵文。

白喇嘛看着看着,脸上喜色渐展、华容绽放,接着一下子便跪到了莽古尔泰的面前。

莽古尔泰不明白发生了什么事,便急问道:"这……是怎的啦?"

白喇嘛道:"有道是吉人自有天相,贵人便有天启。看了这印符就知贝勒爷绝非一般人,难怪就如此逢凶化吉了呢。"

"起来讲,起来讲,你越说我是越糊涂了。"莽古尔泰上来拉他。

白喇嘛站了起来,道:"这符是用梵文写就的,只不过是佛祖的几句提示。"

莽古尔泰看上去有些不耐烦了:"快讲,上……面写的是什么?"

白喇嘛道:"上面是四句禅语:'斜阳追身,冬尽是春。及早归巢,青枝染金。'"

莽古尔泰不解,问道:"这……怎的就引出了你如此多的话说,还没来……头地拜了起来?"

白喇嘛道:"贝勒爷,把这种种迹象放到一块儿,尤其是把这印、这符放到一块儿,难道贫僧所讲的不当讲、贫僧所做的不当做吗?"

莽古尔泰一听,把事情前前后后串将起来想了一想,确实觉得有些怪。阴差阳错,离开营地最后成了他一个人。又由于心情不好,策马而行,结果远离营盘碰上了明军。他要逃脱,不知怎的冒出了白喇嘛。在一个破烂的大雄宝殿居然躲过了追捕,而且从方才白喇嘛所讲、所试看,这如来佛身确有不少蹊跷之处。后又出来这印牌——真是令人难解,这刻有"大金皇帝"的印牌可不是一般的器物,是怎么放置于这荒远破烂的寺院里?

再琢磨琢磨符上那文字,觉得倒也有些深意。头两句并不难以理解,讲的是环境,并借时令的终始暗喻一种结果。第三句费解些,含早日回家的意思。可家又何所指?第四句,他想到了一解,但一往那方向想,他就不敢再想下去。可是,与第二句关联想去,就是那个意思。他想把自己所理解的与白喇嘛所理解的做一番印证,打算先行试探一番。于是他道:"这四句禅语,看上去是讲时令变化引起物……与意念的变化而已,也并……不见有什么深意。"

白喇嘛道:"贝勒爷是要考贫僧吗?"

莽古尔泰忙道:"哪能。只是难解深意。"

白喇嘛听后笑道:"那就由贫僧讲明好了。四句禅语的第一句自然是一起句,讲的是一景,实借景寓意。时令是黄昏之前,启人惜时格物。这又与贝勒被逐暗合——被敌军所逐,已见矣。不知贝勒在营中情况如何,是否亦有失意乃至被逐之事?"

听到这里,莽古尔泰浑身颤了一下。

白喇嘛继续讲道:"第二句是讲季节的自然变化,冬去春来,意思最明白不过。然而,这句大白话却最有深意,须与后两句连着看。第三句是一种指示,告诉贝勒有了此一句的行动,便会有后一句的结果。这后一句是点睛之笔,四句的重量均在这里。可表面看,它讲的只是一种现象:鸟儿归巢,夕阳西下,将那巢边的青枝染成了金色。贝勒爷所领蓝旗之军,青即蓝,蓝即青。先汗所领黄旗之军,黄即金,金即黄。此句意在更旗之色耳。先汗殒后,阿济格、多尔衮、多铎三位贝勒继承黄旗军。现汗原领白旗军,继位之后两旗易色,现汗之旗易为黄色,阿济格、多尔衮、多铎三位贝勒之旗易为白色。'青枝染金'者,蓝旗与黄旗将易色矣。"

这一番话说下来,莽古尔泰已浸出一身汗水。

白喇嘛继续道:"昔日陈桥兵变,宋太祖黄袍加身……"

莽古尔泰觉得挺不住了,做手势命白喇嘛不要再说下去。他们在坛上又待了片刻,莽古尔泰领白喇嘛下了神坛。

就在此时,外面人喊马嘶,乱作了一团。两人侧耳细听后,莽古尔泰道:"这回无须惊慌,是我军到了。"莽古尔泰又想了一下,对白喇嘛道,"想必是我的坐骑被你拍……了那一掌之后,奔回营去,领众人赶……到了这里。"说罢,他又指着那牌、符道,"这些东西你且收了,晚间我再来叙话。你且留……在这里,无须露面。"说完,他便出了殿门,向山门走去。

来人果是莽古尔泰的护军。莽古尔泰的坐骑跑回营去,护军们见马儿独自回来,大惊。便一面叫人报与德格类得知,一面让莽古尔泰的马匹引路奔了过来。

众人见莽古尔泰自寺中走出,大喜,忙跪倒在地迎接。

莽古尔泰挥挥手道:"何必大惊小怪!我漫……步至此,入寺观瞻,马匹便留在了山门之外。我与寺……内佛师晤谈,竟忘了时间。可能是坐……骑见我久久不出,以为出了事,便独自奔回找你们去了。"

这时,德格类也率护军赶到了。莽古尔泰以同样的话与德格类答对了,便与众人一同策马而去。

"御前抽刀"是大金建国以来最严重的一次事件,自然引起各个方面的关注。事发之后,诸将均到皇太极大帐表明态度,严厉谴责莽古尔泰无法无天的举动,要求严加惩处。

莽古尔泰当晚则去找了白喇嘛,两人谈到了半夜。白喇嘛教莽古尔泰采取"韬晦"之策,莽古尔泰茫然不知所措。韬晦也罢,不韬晦也罢,他眼下不得不到皇太极这边来承认错误,表示接受惩处。

莽古尔泰与德格类又一次来到皇太极大营,莽古尔泰跪在地上道:"臣……前夜心闷,空腹喝酒过了量,人醒酒未醒,做……出了犯上之事,请大汗治罪。"

皇太极将莽古尔泰扶起道:"此事发生甚为突然,我想静一静,对此事进行一番思考。"

当场,皇太极告诉莽古尔泰,正蓝旗由他所带来的三千人马与多铎所率正白旗三千人马离开沈阳已经半年多,按规定应该回去休整,与留守的杜度、豪格所部对调,两人亦随军回去;德格类所率与大队一起来的两千正蓝旗人马留驻。安排好这件事之后,最后道:"如此,你我也均可各自好生反省。"

莽古尔泰听罢甚为吃惊,他立即想起了"及早归巢"的话。他心里想着,嘴上诺诺而退。

次日夜,正蓝旗、正白旗撤出大营,所腾出的空缺暂由相邻各部填充。

城中的祖大寿借皇太极派人劝降、疏于防备之际,搞了一次诱敌行动,获得了成功。

皇太极知道这是祖大寿的垂死挣扎,因此并未动摇其劝降的决心。莽古尔泰离去后,皇太极继续对祖大寿进行劝降,他召姜新问明进城招降的情况。

姜新道："祖大寿见大汗招降书后，态度狐疑，众将怕诱骗而遭屠戮，不从者居多。祖大寿遂告诉我：'尔不必再来，我等宁死守城，绝不受降。'"

皇太极问道："听说他派了一名副将随你到了大营？"

姜新回道："此副将名叫韩栋。"

"他人在哪里？回城了？"

姜新回道："尚未回城，由宁完我大人领他在各营行走。"

皇太极听罢想了一想道："宁完我做得对。现彼外无救兵、内无刍秣，粮绝薪尽、兵民相食，不由得他不降。只是看来他尚未最后下定决心，故嘴里喊着'宁死守城，绝不受降'，却又派韩栋前来打探虚实。"

皇太极遂又写一书，仍交姜新与三年前所收祖大寿兄之子祖泽涵携书与韩栋一起至城中见祖大寿。

同姜新同来的祖泽涵一进大厅就被祖大寿认了出来。祖大寿问道："你可是泽涵？"

祖泽涵回道："正是小侄。"

祖大寿下座向祖泽涵急奔了过来，祖泽涵亦向祖大寿奔去。两人拉手后，祖泽涵跪在地上，放声大哭不止。

片刻，祖大寿道："自听说你被掳后，再无音信，怎么今天就到了这里？"

祖泽涵回道："侄儿一直住在沈阳，且不时地听到叔父的消息。只是两军交战，未便与叔父联系。这次大汗发兵来大凌河时便带侄儿前来，今日才得以与叔相见。"

不一会儿，祖大寿归座，又请姜新、祖泽涵落座。祖大寿遂对姜新道："再次辛苦了。"

姜新劝说道："金汗英明之主，今受汗托，再来劝将军。"

"谢了。"祖大寿又对韩栋道，"韩将军去金军大营，可有观感？"

韩栋道："回大人，末将去后，金官中有一个叫宁完我的带末将去各营转了一圈。末将所见，金军兵精粮足、斗志高昂，营寨篷帐井井有条、布防严密。末将料我守城之军难有一人得脱了。"

祖大寿听罢苦笑了一下，道："这个宁完我果然厉害，多留了你几日，你就可替他劝降了。"

韩栋拱手回道："末将所报句句实情。现在当断得断之时，望大人莫再迟疑。"

此时，祖泽涵起身跪倒在地，哭诉道："叔父大人，并不是小侄执意要为金汗当说客。小侄在沈阳住了三年，金国上下对小侄如亲人一般待承。这且不说。金汗英明贤能，爱民如子；上下一心，谋图共进；攻无不克，战无不胜，这些都是小侄亲眼见了的。对于汉民，新汗继位以来，亦是与满人一视同仁——这些也都不必说它，就是看在金汗收小侄三年这一项，叔父也当……"祖泽涵呜咽着，再也讲不下去。

祖大寿自然更为激动，他打开了皇太极的书信。上面是这样写的：

姜新将军还，言尔等恐我杀降，故招之不从。夫我国用兵，宜诛者诛之，宜宥者宥之，酌用恩威，岂能悉以告尔等？今日明告：一经归顺，即加恩养。今大凌城被困，非我不能攻取、非我不能久驻而招尔等。只为思山海关以东，智勇之士皆在此城，伤之违天，损之悖情，且无利于金也。招之，菏天眷佑，俾众将军助我也。故以胆膈之言，屡屡相劝。倘实欲与我共事，可遣人前来，我当对天盟誓，我亦遣人至尔处立盟。

祖大寿看罢，道："为城中万名生灵计，我降金意决。"

此后，祖大寿归降之事进展顺利。将领之中仅何可纲一人表示不降，被祖大寿处斩。皇太极派宁完我等入城谈受降之事，祖大寿致书以誓，皇太极亦致书以誓，曰：

明朝总兵祖大寿，副将祖可法、祖泽洪、张存仁、韩大勋、裴国珍、邓邦选、邓长春等十五人，参将游击祖泽远、祖邦武等二十四人，今以大凌河城降。凡此将吏兵民罔或诛夷，将吏兵民亦罔或诈虞。有违此盟，天必谴之。

双方誓毕，皇太极招祖大寿，祖大寿出城谒见皇太极。皇太极与祖大寿相见默契投机。临行，皇太极对祖大寿多有赐赏。

就在皇太极见了祖大寿的当天,意想不到的事情发生了。皇太极突然鼻血如涌,一时难以止住。而且伴随着出血,身上还烧了起来。随军御医想尽了办法,虽暂时止住了鼻血,但烧没有办法退下来。而且鼻血虽然止住了,但还是时不时地在流。

如此过了一日,情况不见好转,众将急得心如火燎。受降正在进行之中,立即撤军是不可能的。可皇太极在军中治疗已无效果,这如何是好?

皇太极决定坚持几天看一看情况再做决定。又过了两天,情况依然如故。皇太极不得不做出决定:大军留驻,他回沈阳。

时正蓝旗、正白旗已离开十余日,杜度、豪格率部已经到达。皇太极下令由代善为主帅,多尔衮、岳托副之,统领全军继续围城,并以大汗之名义全权处理祖大寿受降诸事。

皇太极由五百名正黄旗骑兵护卫返回沈阳。陪同皇太极返回的有正黄旗固山额真㴏额礼。

皇太极离去是秘密进行的,代善等人临时领军只有固山额真以上的文武官员知晓。

祖大寿自然不晓得皇太极已经离去,他自城中遣副将韩栋问道:"我的妻室俱在锦州,大汗有无妙策使得我与她们相见?"

有司报与代善,代善使宁完我入城问祖大寿有何良策。

祖大寿道:"可率从者诈逃入锦州,再伺机献城。"

宁完我回报,代善与多尔衮、岳托议定,遂派岳托入城与祖大寿密商入锦之计。

晚间,岳托又问祖大寿道:"大凌河城早已空虚,我等以为公等将降。可迟迟至此,是什么缘故?"

祖大寿道:"我等所疑的是降后被杀,惧怕复蹈辽东、永平军民之辙。"

岳托听罢想了想道:"看来我们估计得并不错,足见公等并不明了其中实情。杀掉辽东所降军民,那是以前的事。那时,我等不明道义,不知惜民。如今想起那时之所为,亦悔恨不已,倘有二身,愿杀一身;倘有二头,愿碎一头。故新汗继位后,幡然悔悟,革除恶政,重修道义,尽心养民惜兵……"

祖大寿不解道:"可屠永平军民,倒是近来之事。"

岳托又解释道："这正是我要讲给将军的。对于永平、滦州等五城所降军民，大汗三令五申，谕我守城金军善待之、善养之、严禁侵扰、杀戮。为此，曾多有章规下达。后来大汗听到永平之民被掠、被杀，震惊不已，也悲愤难忍，遂对肇事主犯、二贝勒阿敏进行了严厉制裁，说'此等误国贝勒，罪在不赦，本当明正典刑，恐碍亲亲之义，今革去爵号，抄没家私，送高墙禁锢，永不叙用'。之后大汗又道，'多年来，我对罪人阿敏的毛病不是没有察觉，只是先是同时臣事先汗，阿敏功高、有才能，好嫉贤妒能，对他的毛病，未能向父汗及时奏启，致使他的毛病受不到扼制，恶性膨胀，才有了后来的种种劣迹。此处的教训，尔等当深深记取，凡见同僚人等有什么差错，便给他指出，就像发现人们的病情及时给他指出的一样。我继位之后，由于大家都晓得的原因，我们之间多有芥蒂，又为避执权报复之嫌，对他的种种不轨行径多有迁就——当然，也有避免加剧矛盾之意。事到如今，我与他毕竟是兄弟，且曾千百次地一起冲锋陷阵，每每想起往事，愧疚之感油然而生……'我讲了这些，将军可解疑乎？"

祖大寿闻言感慨道："我等管中窥豹，大汗真乃仁义之主也。"

岳托与祖大寿相约，次日由阿巴泰率四千金军扮作明军，跟随祖大寿取锦州城。

次日天降大雾，伸手不见五指，阿巴泰未能起行。又次日，雾仍不散。怕事情有变，代善等命祖大寿先行入锦州城，别作良图。祖大寿遂率从子祖泽远等二十六人入锦州。后数日，祖大寿自锦州传言，说从者人少，抚按防御甚严，不得举事。

祖大寿入锦州多日，诈取锦州之计难施。代善暗派人员入锦州见祖大寿，诫祖大寿毋忘前约，遂毁大凌河城，班师回沈阳。

大凌河城原有军民三万人，祖大寿出降时，城中军民只剩下了一万一千六百人。马匹被人宰杀充饥，仅剩下三十二匹。此战对金军来说，最大的收获是得到了数量可观的炮械：大小炮三千五百尊，另有大量的鸟枪、火药、铅子。

八旗人马回到沈阳，已是当年十一月了。

第十九章　大海捞针，李承政心细如发

莽古尔泰听到皇太极要他跟随正蓝旗返回沈阳的那句话后，就一直处于高度的兴奋之中。当晚，他便找到了白喇嘛。白喇嘛听了莽古尔泰的讲述后，那兴奋劲儿来得比莽古尔泰还要强烈些。

在莽古尔泰随军到达沈阳后两日，白喇嘛一身喇嘛打扮也进入了沈阳。当夜，他从莽古尔泰府邸的后门神不知鬼不觉地进去了。那里有一座小院，莽古尔泰早已命人收拾一新。白喇嘛被引入小院，在那里住了下来。

白喇嘛入府的当夜，莽古尔泰来见白喇嘛。开始两人心照不宣，谁也没有谈日后的事。最后还是莽古尔泰沉不住气了，问道："如今'回了巢'，我们该怎么办？"

白喇嘛听后沉思了片刻，道："天必有其启，你我等待便是了。"

莽古尔泰闻言将信将疑，回去睡了。

近来，他每天都会做梦。前几天，他总是会梦见父亲、母亲。有时，皇太极还出现在他的梦境之中。

前一天，他又梦见了母亲。与往日所不同的是，这次母亲一直在笑，还对他道："儿啊，你我母子出头的日子到了……"

话还没说完，皇太极也进入了他的梦境。开始时是隐隐约约，到后来影像清晰了起来。皇太极在向他发怒，他甚是害怕。当他真的怕了之后，皇太极便又冲他笑了，笑得是那样坦诚。他又感到惭愧起来。

接着场景又变了。不知怎的，又是在父亲努尔哈赤的寝宫里。只见父汗对

他怒目而视,嘴里还在责骂道:"你干这种事,不得好死!"

他吓得给父汗跪了,哭诉道:"是天……叫儿臣这样做的……"

接下来,又是与皇太极在一起。皇太极对他道:"五哥,这汗位小弟让与你了,千万不要推辞。"

接下来,是他坐在了汗位上,但下面一个人都没有。他有些愤怒了,大吼了一声:"你们都不保……我吗?"

这一吼,整个崇政殿颤抖了起来,他在御椅之上也东倒西歪。接着,大殿腾空而起,越升越高,像一片树叶那样飘忽不定。莽古尔泰吓得魂不附体。

这时,他看到白喇嘛出现在一朵祥云上,身披袈裟,腕戴念珠。

莽古尔泰大叫道:"佛师救我!"

只见白喇嘛在胸前伸开手掌,五指向前,便有一道扇形金光徐徐向他这边展过。那扇形金光将大殿托了,崇政殿在上面稳稳落定。

接着是莽古尔泰端坐崇政殿的御椅之上,下面,群臣肃然站在两厢。莽古尔泰逐个看清了他们的脸——

大贝勒代善、贝勒德格类、贝勒墨尔根代青多尔衮、贝勒额尔克楚呼尔多铎、贝勒济尔哈朗、贝勒岳托、贝勒豪格、贝勒阿巴泰、贝勒阿济格、贝勒硕托、贝勒杜度、贝子尼堪、固山额真楞额礼、固山额真额驸达尔哈、固山额真觉罗色勒、固山额真篇古、固山额真喀克笃礼、固山额真伊尔登、固山额真额驸和硕图、固山额真叶臣、六部诸承政、文馆诸大学士、八旗十六庶务大臣、八旗十六军务大臣。

白喇嘛则站于众臣之首,只听他道:"众臣叩见陛下,祈祝我主万岁万岁万万岁!"

众臣一齐跪伏在地,山呼万岁。

莽古尔泰一惊,醒来了。他回味着梦中的每一个场景。他回想起最后的几幕时,心想这是不是"天启"呢?要不要把这一切告诉白喇嘛?

多铎是与莽古尔泰同日进入沈阳的。

围大凌河城并未使多铎感到疲劳,因为后半段多是待在营中,并无多少仗打。可返回时几日的行军倒使多铎感到疲惫不堪。因此,他回府之后,管家前来给他禀报府务诸事,他推掉了,一睡就是三天。

第四天他饿醒来了,于是又大吃特吃起来。军营中条件太差,吃起来都是马马虎虎。他最喜欢吃烤羊腿,可那东西在营中已经吃腻。他眼下最想吃的第一是松鸡,接下来便是鱼翅……

就在他要大吃大嚼的时候,有件事倒了他的胃口。

去义州前一段时间,多铎正宠幸名妓路小品。这路小品曾被派去专门服侍过明朝使团的白喇嘛。使团走后,路小品被巴克什范文程看上,又曾长期与范文程交好。后来路小品被多铎看中,多铎与那路小品每每颠鸾倒凤,倍感销魂。范文程知道后,遂不再来找这路小品。鸨儿从多铎处得利甚多,又加知晓多铎是朝中要人,也便不再让路小品接待其他的客人。可对多铎来讲,秘密出入于青楼总不是个办法,日久天长,难免叫人认出。虽然宗室达官进青楼的并不只他多铎一个,但作为贝勒爷,名声不能不顾。而且此事如果传到大汗的耳朵里,就越发不是玩儿的。于是,他便想在府院附近找处院子将路小品接出,做金屋藏娇的风流种。年前,他特意交代一名贴身家奴寻找合适的院落。但寻了多日,并没有合适的。他便命那名家奴在府院的后街名唤"叫绝巷"的东首选了一地买下,拆掉原有房屋,重建新舍。在他临去义州前,那里早已动工。

他回来后,临睡前找来临走时特命交办之人问操办的情况。

家奴告诉他,房子已经建成,装修也已停当,单等他亲临查验。

多铎十分高兴。但当时疲惫压过了欲火,反正人跑不掉,房子挪不动,几个月熬了,不在这一时半会儿,他便睡去了。

可醒来之后,房子倒没人挪动,人却不见了——路小品遭人劫了。

"狗胆!"多铎听到家人报告后的第一反应是震怒。什么人吃了豹子胆,竟敢劫持他的爱姬?但震怒也罢,惊疑也罢,路小品被劫了,得想办法找到才是。

出事的第二天,多铎亲自问了鸨儿。鸨儿所知道的情况十分简单:前一天晚上戌初时分,楼里众姐妹接客正忙,突然有四个蒙面人闯入,直奔路小品住室,将她用一条口袋蒙了头,拥着下楼就走。院内护院者闻讯赶来,追出院门,可劫持者连同路小品已不知去向。

上哪里去查劫持人?当时,刑部承政是李云。天聪三年,京畿奔袭战中金军袭击祖大寿部时,其部将李云被擒降金。六部初设,李云被任命为刑部承政。

多铎将李云请到府内,向他讲了案情,并且要他认真查访,务将歹人擒拿归案,救出被劫人。末了又吩咐道:"爷让查的事,你知我知便了。"

多铎与路小品之间的事,李云早有风闻。现在见多铎如此嘱咐,心里自然明白,便领命退去了。

一天过去,没查出任何线索;又一天过去,仍然没有查出任何线索;第三天过去,还是没有查出任何线索。李云便来多铎府向他报告情况。

有什么办法？只好继续查下去。

萨哈林奉命留守,一直是在负首责。杜度、豪格奉命去大凌河城换回莽古尔泰与多铎的调令到来时,同时收到汗命,说莽古尔泰与多铎在前线辛劳,返回后以歇息为主。故留守仍由萨哈林负首责。

莽古尔泰回到沈阳的当日,萨哈林便立即到府中拜见了他。

莽古尔泰是大贝勒,又是长辈,萨哈林便请教道:"大汗说两位叔父在前线辛劳,返回后以歇息为要,故留守仍由小侄负首责。可小侄年轻无知,敬请叔父多加指教。"

莽古尔泰听后支吾了两句,岔了过去,最后说道:"为叔曾一时糊涂,有犯上之举,悔之莫及了。"

萨哈林听了摸不着头脑,可也不便多问,便告退了。

萨哈林又到了多铎府,家人道"爷在大睡",萨哈林便离去了。一连三日,萨哈林都没能见到多铎。

第四日,萨哈林又来了,多铎要留他吃饭。

谈话中,萨哈林讲了与莽古尔泰所讲的同样的话,还问道:"去见五叔,五叔说'曾一时糊涂,有犯上之举',不知讲的是何事？"

多铎遂将莽古尔泰的"御前抽刀"之事从头到尾讲了一遍。

萨哈林听罢大惊,心想这回大金难得太平了,嘴上却道:"确实糊涂。"

当时,路小品被劫持之事已出,萨哈林已经听到了这桩劫持案。他对多铎与路小品之间的关系亦有耳闻,但见多铎并未提起这件事,他也就缄口未谈。

莽古尔泰一直苦苦地等待着"天启"。就在他回沈阳后的第十日,一则消息传来,简直惊得他难以置信。他被告知,皇太极因病将要回到沈阳。

当他把这一消息告诉白喇嘛时，白喇嘛高兴得跳了起来，并一连大叫三声:"天意！天意！天意！"

怎么办？要在皇太极一进沈阳就下手吗？事情实在太重大了，得三思而后行。虽说天赐之机不能失却，但天赐之机亦不可妄行。白喇嘛想起了莽古尔泰告诉他的那个梦，梦中有皇太极生病禅让的内容。现在皇太极果然因病回了沈阳，如果说成天启，那禅让之说就是告知不要武力解决。这样，他否决了立即下手的想法。

还会有"天启"的。他在思考莽古尔泰梦中崇政殿悬起是何含义。

莽古尔泰告诉他时只说了崇政殿的悬起，并没有告诉他大殿摇晃、请他搭救等内容。可他无论如何都想不出大殿的悬起预示着什么。

皇太极到达沈阳已是戌末时分。

快马预告的汗谕中讲，他因"有小疾"回城休养，众臣工不要出城相迎；回城之后，也不要入宫探视。意思很清楚，免去了出城相迎，也就免去了繁文缛节带来的不便；免去入宫探视，也就免去了众人的蜂拥而至、七嘴八舌所造成的心烦意乱。

萨哈林在大清门迎接了皇太极。他对皇太极的病情十分担忧，他知道大汗是不会轻易离开战场的。往日外出作战也好，狩猎也好，有点小病小灾，大汗总是坚持留在军中。此次既然因病回来了，说明大汗的病情不轻。但见到皇太极之后，萨哈林的担心已经释去了一半——皇太极身体并无病态，气色很好。

他护送皇太极入宫，并问了病情。皇太极将自己得病的经过向萨哈林讲了一遍，说他在路上鼻血就止住了、烧也退了，看来是前段时间过于劳累；回来路上歇下来，也就好了起来。

萨哈林听后便完全放了心，又问是否要听他留守诸事的奏报。

皇太极问知并无紧急之事需要处理，便说"改日再说好了"。

皇太极并未主动提起莽古尔泰的问题。但此事重大，萨哈林还是开口道："五叔犯上之事，实令臣侄震惊。祈大汗宽心对待，养好身体。"

皇太极听罢问道："是事情已经传到了沈阳，还是他们回来后告诉你的？"

萨哈林回道："五叔初回时，臣侄去请安，五叔讲'曾一时糊涂，有犯上之举,悔之莫及'。臣侄不知何事,遂从十五叔处问明了。"

皇太极听后想了想,道:"事情已经过去,不必重新提起。大军很快就要回来,趁这个空我要去本溪休息数日。大军返回之前,留守事不再更动,这就仍辛苦你了。"

萨哈林叩头告辞道:"大汗只管专心休养,如有大事,臣侄再行奏闻。"

莽古尔泰收到皇太极因病返回沈阳的汗谕,立即告诉了白喇嘛。与萨哈林一样,莽古尔泰知道,一般的病痛皇太极是不会离开战场的。他们对"不要出城相迎""不要入宫探视"的汗谕,也琢磨了半日:既不让出迎,又不让探视,是病得见不得人了,还是别有居心?

两人商定由莽古尔泰入宫探听虚实,皇太极便在清宁宫见了莽古尔泰。

莽古尔泰见到皇太极后,跪下去道:"臣一直放不下大凌河之事,再次请罪……"

皇太极将莽古尔泰扶起道:"往事休再提起。"

莽古尔泰站起身来,上下看了看皇太极,道:"气色倒还不错……怎么就病了呢?"

皇太极将在大凌河时的病情讲了一遍,然后道:"回来的路上就见好,现在烧也退去了,只是觉得疲倦些,想来并无大碍。"

莽古尔泰喃喃道:"这就好。看来是劳累过……甚,早就该好生歇上几日。"

皇太极道:"五哥说得是。"

莽古尔泰已无话可讲,于是说了句"大汗歇着",就告辞出了宫。

一路之上,莽古尔泰用心琢磨皇太极的每一个动作、每一句话,尤其对皇太极那句"往事休再提起"的话琢磨再三。这是什么意思?是事情已过去不再追究,还是怕病中添病,此时不想提起?还是……

当日,正黄旗固山额真楞额礼进宫问安,皇太极问他道:"你可曾去探视了图赖?"

楞额礼回道:"大汗有禁令,臣岂敢违反?明日他的儿子办喜事,臣连贺礼都没敢送呢!"

皇太极听罢笑道:"那是哪一辈子的事?现在还禁什么?听说他的伤情日渐

好转,既然你还没见到他,今可陪朕去他那里一趟。既然赶上他儿子的喜事,咱们也各自备些贺礼带去。"

楞额礼与图赖是好友。图赖受伤后,楞额礼非常惦记。但大汗有禁令,他一直没有去看图赖,只遣下人去代他问候,也捎些东西过去。今日听皇太极解除了禁令,又见皇太极要亲自去看图赖,并送贺礼祝贺他儿子的喜事,心中十分高兴,连连道:"他不晓得会有多高兴呢!要不要臣先行一步,通报他接驾?"

皇太极道:"去是为了看人家,通报了,又是打扫庭院,又是燃香熏室,闹得那里鸡犬不宁。到了那里前呼后拥,闹得我们也不自在,何苦来哉!"

皇太极让人备了贺礼,也让楞额礼回去备了贺礼。两人只带了抬贺礼的几个随从,便去了图赖府。

到了门口,楞额礼又问:"要不要通报呢?"

皇太极道:"自然要通报。不通报就不晓得他在干什么,毫无准备,弄得他手忙脚乱,咱们还得等着……"

楞额礼听罢便对门房道:"通报进去,大汗亲躬探视,并祝贺喜事……"

"已经进了府了。"皇太极说着,抬腿进了府门,向院中走去。守门人一见,飞也似的先行奔了进去。

皇太极未曾来过,楞额礼却路熟,急忙在前面引路。走进二门,就见图赖从厅内迎了出来。见到皇太极之后,他立即跪了下去。

皇太极紧走几步,连忙将图赖搀起道:"行动已无碍了?"

"已无碍了。听人道,大汗身体欠安,臣心中十分焦急,多次想进宫去请安,只怕惹得大汗生气,影响大汗的休养。大汗的身体如何了?"图赖说完,流下了泪来。

皇太极见状说道:"我也并无大碍。鼻血不流了,烧早退了。"

图赖又见了楞额礼,把皇太极让进厅中,将他请在中间的椅子上坐了。

皇太极道:"你们也坐了。我来看看你;又听说贵公子办喜事,我与楞额礼都备了薄礼,以示祝贺。"

图赖又跪下谢了恩,而后谢了楞额礼,又让楞额礼在旁边的一把椅子上落座。他自在楞额礼旁另一把椅子上坐后道:"臣好得快,也是多蒙大汗的厚恩,有御医一直关照着……"

皇太极笑道："他别的医术稀松,治疗创伤倒是数得着的。"

"果有奇术。"图赖又道,"只怨臣该死,损伤了那么多的人,闹得大汗生了那么大的气,还……引出了三贝勒爷的犯上之举……"

"打住。见了你们,我刚有了些兴致。"皇太极一听用手做了截停的动作。

图赖忙道："听说前线战事又有新的进展,祖大寿去了锦州,要诓城……"

"不知能否成功……即使不成,我们也是胜定了。"一提起战事,皇太极的脸上立即泛起了兴奋的光芒。

他们又说了些有关战事的话题,皇太极便回宫去了。走时,皇太极对楞额礼道："你留下,我走了。"

楞额礼与图赖长时间没有见面了,心里自然愿意留下来。可陪皇太极同来,如何能叫皇太极自去?他自然回道："臣要保驾,陪大汗回去……臣等有话可改日再来。"

皇太极道："保什么驾?有那么多护卫,前呼后拥的,还怕被人劫了去?"

楞额礼坚持不从。

"拗什么拗?"皇太极说着自去了。

次日,皇太极在楞额礼的陪同下去了本溪。

刑部承政李云接到报告,说在天宁街一处室内发现两具死尸。李云赶到那里察看了现场,人是夜里刚刚被杀的,一男一女。

是邻里报的案,说晚间曾听到这里有吵闹之声,以为是小两口儿拌嘴。天亮后,日头一竿子高了也不见这边的动静,来看门掩着,叫人无人应,推门一瞧,便吓死了人。

很快,李云便从一位邻人那里搞清楚了,这里住着一个叫忽尔胡的年轻人,在三贝勒府当差。经这邻人辨认,死者中男的却不是忽尔胡,女的并不认识。经过搜查,发现有一颗精美的玉石章上面有篆书"路小品"三字。同时还发现一绢绣,上面绣有"红颜知己"四字,并有那印盖上的章。

牵涉三贝勒府,李云不敢独断,便将案情报告给了留守贝勒萨哈林,并将搜到的那颗印章与绢绣呈上。既然印是路小品的,那这印如何到了天宁街那所房子里?萨哈林命李云尽快查清死者的身份。

路小品是逸仙楼的妓女,或许这死去的女子与逸仙楼有关?李云便叫鸨儿认尸。经辨认,女子果然是逸仙楼的妓女,名叫花小妩,在时与路小品要好,几个月前被一个叫忽尔胡的人赎出,从良了。

李云拿出那颗印章让鸨儿辨认,鸨儿说没有见过。

死去的男人身份没有弄清楚,但女的毕竟查清了。萨哈林决定亲自到多铎府去,并要李云去三贝勒府,看看那边的情况。

见多铎后,萨哈林把天宁街发现死尸、搜到刻有"路小品"三字印章和绢绣的事给多铎讲了。对此,多铎茫然无所知。最后,他不好意思地说道:"这事你去问问范文程那个呆子看看。"

李云到了三贝勒府门,递上了名帖,说有公务要拜见三贝勒爷。

门房见是承政,便一边有人将李云带入客厅,一边有人去回莽古尔泰。

不多时,莽古尔泰到了客厅。

李云请了安,莽古尔泰让李云仍然坐了。家人早就献了茶,莽古尔泰指了指茶杯,意思叫李云用茶。

李云谢道:"回爷,在天宁街发现了两具死尸,一男一女,验查说明系夜间被杀致死。邻里们说,那房子是在贝勒爷府上当差的忽尔胡住的。臣前来讨爷的示下。"

莽古尔泰一听,先是一惊,很快就镇定了下来,道:"像是有……忽尔胡这么个人。只是,差不多半年……前,他偷了府中的东西,畏罪……潜逃了,至今没有音信。"

李云听完,只得告辞出来,向萨哈林回禀。

李云又打听到这忽尔胡有一个姐姐,在哈达公主府内当差,名唤冷僧机的便是他的姐夫。李云便命人在天宁街忽尔胡住处周围和冷僧机住处一带蹲守,看那忽尔胡是不是会在这些地方露面。

就在当日下午,李云又听人报,说天宁街有案情。

又是天宁街!

是天宁街"天宁阁"当铺的窦老板报的案,说一人拿了一块玉佩出当。那玉佩是一件珍物,出当者却只要了十两银子,看来来路不正。老板讲,那出当者取银后,他便命人盯上了那人,现正在附近一酒铺吃酒。

"天宁阁"有了情况,李云连忙派了人去。

那当玉佩的人不知底细,以为拿到了银子就大功告成,还在那里哼着小曲儿,美美地吃着酒。一群人扑上来,拧胳膊的拧胳膊,上绳子的上绳子,不由分说,绑了就走。

经审,那玉佩确不是正经得的。这人姓慕,名叫文魁,名字不错,却是一个地痞无赖。前日夜里,他正在街上游逛,碰上一个女子迎面走来。开始他并未起歹心,因为一个女流夜里单身出来,必无贵重物品随身。他慕文魁虽不着调,可两个铜板还不值得他动手。

那女子与他擦肩而过时并没有表现出怎样的紧张,可一过了慕文魁,她便一阵风般跑了。

这动作倒引起了慕文魁的注意。她跑的什么劲儿?我一没有凶相,二没有表露杀机,还放过了她,她怕什么怕?我倒要追上去看个究竟。

没追多远,那女子便成了他的俘虏。她叫喊着,但有什么用?周围连个人毛儿都没有。

慕文魁搜遍那女的全身,翻出一个玉佩。除此之外,再没有别的贵重之物。一个玉佩也好,明日拿去当了,再不济也当它几两银子,几天的酒菜就有了。

一开始,那女人拼死拼活保护那块玉,并央求放了她。她还讲了一句,说那玉不是她的。她是受人之托,给人传一件信物。慕文魁倒觉得女孩子太傻,随便说了一句:"你就说已经送到不就结了!"

这话像是提醒了那女子,她听罢不再央求,飞快地逃走了。

次日,他就当出了玉佩。

审讯中,慕文魁毫无隐瞒,将自己劫得玉佩的经过一五一十都讲了出来。

这并不是一件命案,玉佩也并未丢失。无赖得的十两银子,只花了一壶酒钱、一碟小菜儿钱,其余都让当铺收回了。

那女子所说即使是真的,上哪里去找她?

毫无头绪。

可接下来,此案又有了新的线索。

当日夜,当铺窦老板一老友来找他,无事闲聊,自然谈起日间那玉佩的事。老友是一位古董店的老板,姓谷,他的古玩店即为"谷味轩"。他听后问那玉佩的形状、成色,当铺窦老板一一做了描述。谷老板听完后道:"这件东西怕是有些来路了。"

窦老板忙问:"它有什么来路?"

谷老板道:"若我想得不错的话,那玉佩便是贝勒爷多铎府上的东西。"

窦老板听了一边思考着,一边道:"要那样可真算有些来头,或许人们能编出一出戏文来!你想想,多铎府中的东西如何到了一个无赖的手中?人们都晓得,多铎是一位花花贝勒,那玉佩的样子与成色正好是赵飞燕、杨玉环一干人物所喜之物……"

谷老板笑道:"别人还没着手,你倒先杜撰了起来。咱在这里瞎耽误工夫,何不去找李云,让他拿出那玉佩看一看?"

窦老板道:"言之有理,咱们说走便走。"

两人来找李云。

原来,这李云也喜爱古玩,也经常挑些心爱的买下,天长日久,便认识了古玩店的谷老板。这谷老板也是一位古玩鉴赏家,李云从别处购得古玩,也请这谷老板进行鉴赏。这样一来,他们便熟了起来,成了朋友。

当铺本与刑部有些瓜葛,又加当铺经常进些古董,经谷老板的介绍,当铺的窦老板也认识了李云,彼此成了朋友。

两人到了刑部衙门后,直入后院。李云迎出来,便将两人让进了房内。

两人拱手赞道:"人道李公模范承政,不错,不错。放眼沈阳城,如此晚了还在衙内苦守,六部之中怕大人是独一无二了。"

李云听罢苦笑了一笑,道:"八字不济,没摊上个好差使。没几天,已搁着两宗无头案了。"

窦老板道:"谷兄这里倒理出了大人一宗案子的新线索来。"

李云一听忙道:"哦?我说你们怎么深更半夜的来这里呢!快讲讲。"

谷老板道:"还得先请大人把那无赖劫的玉佩拿出来看一看。"

李云听罢,唤人将玉佩取来。

那玉佩还没有递到谷老板的手上,谷老板就叫了起来:"是那玉!就是那玉!"见李云仍无动于衷,谷老板又道,"有道是贵人多忘事,大人怎么就没有认出这块玉呢?"

经谷老板这么一说,李云恍然大悟道:"真的,我怎么就没想起来呢?我看到这玉佩的第一刻起,就觉得它似曾相识,但就是想不起在哪里见到过。经你这一说,我也就想起来了……"

原来,这玉佩是一年前多铎从"谷味轩"买走的。它清如蛋清,雕工上乘,且年代久远。当时谷老板认定是件珍品,买进花了五百两银子。这玉佩到手不久,曾请李云看过。李云非常喜欢,正要购入时,被多铎看上买了去。

这下了不得了,竟是贝勒府之物!线索倒是新的,可这内里会有怎样的曲折呢?

李云遂道:"你们给我提供的是一个怎样的线索啊!"

两位老板相互看了一眼,苦笑道:"不耽误大人办这桩公差……"遂告辞。

李云让人备马,立即携了那玉佩赶到萨哈林府禀报。萨哈林意识到事关重大,立即让李云去了多铎府。

通报后见到多铎,请了安,多铎问道:"那事可有些头绪了?"

"臣获得一物,请贝勒爷过目。不知与那案是否有牵连?"李云遂将玉佩取出。

多铎一看惊呆了,遂问道:"它怎么到了你手里?"

李云遂将捉到那慕文魁的经过说了一遍。

多铎听罢道:"这正是爷送给那路小品随身戴的。这样一说,这玉是她特意送出来报信的。只可恨那慕什么魁,劫了玉,放走了那女子,也就截断了线——那送玉的女子就找不到了?"

李云摇摇头道:"钢针入了大海……"

多铎道:"再没有了别的线索?"

李云尚未把玉佩的事与天宁街的凶杀案联系起来,因此道:"到如今还没有,也许明天会又出来一个。今日白天还不知这玉的来历,可晚间那两位掌柜就送了一个来。"

这时,多铎想起他曾提醒萨哈林去问范文程关于那印章和绢绣的事,遂问道:"那印章和绢绣的事可查实了?是不是路小品之物?"

李云还不晓得萨哈林找范文程之事,回答道:"尚未查实。"

正说着,有人进厅对多铎道:"衙内来人急见李大人。"

多铎一听笑道："又来了一个供线索的,叫他进来。"

李云听罢苦笑了一下。

原来是萨哈林贝勒急召李云。李云辞别多铎,赶到了萨哈林府。

确实是一条新线索,而且它重得让李云感到难以承受。

且说范文程被萨哈林召去看了那颗玉印,认定那是他亲手为路小品所刻;但那绣有"红颜知己"的绢绣之事,他不清楚。那印章路小品曾爱惜如命,如今却不知为何流落。自己的心肝儿成了人家的宝贝儿,信物竟成凶杀证物,往事悠悠,令他感慨万分。从萨哈林府出来,只有府中的两个小厮步行跟着他。他任马所至,从一条街到另一条街,毫无目标地徐徐而行。

时已进冬季,天气寒冷,街上行人不多。

到了一条街时,隐隐约约,像是从哪里飘过了一阵琴声。他勒住马细细听来,可停下之后,那琴声又没有了。他想可能是自己的错觉,或是自己的心声。他又向前行进,可那声音再次传了过来。他又勒马停下细听,是琴声。他听着听着,心猛烈地跳了起来。这不是《小桃红》吗?再细听,果然不错,是那《小桃红》。他的心越发跳得猛烈了,难道是她?

范文程想起了路小品。

这《小桃红》是《董西厢》的套曲之一。十几年前,范文程曾得了一本《董西厢套曲曲谱总成》,他深谙音律,宝贝儿般收着,从不示人。与此同时,他对那曲牌的乐谱进行了整理,竟理出了整套的《董西厢套曲曲谱琴曲》,既可用琵琶弹奏,又可用古筝弹奏。

这些琴曲他从不示人,但有一人他是传了的,那就是路小品。他宠幸路小品时,就把那琴曲给她看了。就是说世上除路小品外,再没有第二个人会弹那《小桃红》。

范文程催马向那琴声传出的方向奔去,两名小厮也快步跟了上来。到了一处高墙下,范文程停了下来,琴声就是从那院中传出的。范文程问那两个小厮:"这是哪里?"

两个小厮齐声答道:"三贝勒府的后院。"

范文程听罢倒吸了一口凉气,心想怎么办?

曾有那么一刻,范文程在想是不是把他的发现瞒了——他不讲出来,神不知鬼不觉,哪个会清楚他发现了什么?

而使他产生这一想法的是当时朝政的复杂性。

三贝勒莽古尔泰与皇太极较劲,已不是秘密。而当前令人感到心悸的是,在大凌河前线,出了莽古尔泰"御前抽刀"一案。皇太极会如何处理这事,人们正拭目以待。在这样的背景下,他把他的发现讲出来,会有怎样的结果?

但范文程骨子里并不是一个多一事不如少一事的人。他想隐瞒自己的发现,那只不过是一闪念而已。他立即奔回萨哈林府,将自己的发现一五一十讲给了他。

李云此刻也在,他听后,把慕文魁劫玉以及窦、谷两老板认玉之事又给范文程讲了一遍,并向两人讲了多铎认玉的经过,最后道:"属下心中有了一幅影像。"

萨哈林与范文程都道:"说说看。"

李云琢磨了一下才道:"属下判定送玉的那女子是路小品悄然派出的。"

"往下讲。"

"审讯中,那慕文魁曾说一开始那女子拼死拼活保护那块玉,并央求放了她,别动那块玉。她还讲了一句,说那玉不是她的,她是受人之托,给人传一件信物。后来,慕文魁觉得女孩儿有些傻,随便说了一句'你就说已经送到不就结了'。这之后,那女孩不再央求,保了性命,走掉了。想必是那女孩回去时,果然对路小品说'送到了',了了那事。路小品后来一定在纳闷,既送到了,为何不见动静呢?这一切不就完完全全地对上了?"

萨哈林与范文程听罢都道:"有理,有理。"

印章和两幅绢绣之事没有发现与劫持路小品案有直接关系,但萨哈林也好,范文程也好,李云也好,似乎看到了这事与路小品劫持事件相连的一些蛛丝马迹,只是现时还没有谁能够把这种联系讲清楚。萨哈林最后决定道:"先不管印章的事了,路小品在三贝勒府这事非同小可,我要去本溪一趟,听听大汗的旨意。路小品在三贝勒府之事,一定不要传出去,特别不能传到十五贝勒爷的耳朵里。"

第二十章 箭在弦上，莽贝勒终下决心

那路小品的确在三贝勒府。

白喇嘛到后第二天便提出了要路小品侍奉的要求。

这使莽古尔泰为了难。他知道路小品当时已受到多铎的宠爱，多铎还在外面给她建了一处房子，不日就会将她接出。在此情况下，别说他们将要干一番秘密大业、极不该节外生枝，就是没有这事，把多铎的心肝儿宝贝抢了来，这难道是好玩儿的？

白喇嘛却并不认为这是什么难事，他向莽古尔泰保证，一切都由他做出安排，事干完了，保管密不透风。

按照白喇嘛的要求，莽古尔泰选了四名靠得住的府上差役。四人按白喇嘛的吩咐，先是对路小品的住处环境进行了侦察，然后遂如此这般将路小品劫进了府。

萨哈林与李云也没有想错，杀了天宁街那两个男女的，正是忽尔胡。

公审阿敏后，皇太极留下阿敏的一条性命，这却引发了暗杀阿敏的行动。

当日公审阿敏时，莽古尔泰一直惴惴不安。多年来，他与阿敏一直沆瀣一气、狼狈为奸，阿敏的种种罪行，差不多都有他的一份儿。正因为如此，他在平台之上坐着，众目睽睽之下如坐针毡。他最为担心的是问罪阿敏之时突然出现自己的名字，自己与阿敏暗中进行的卑鄙勾当被大白于天下，因此与阿敏一起获罪。只是，他所担心的事情到末了也没有发生。他一方面庆幸，另一方面依然是惴惴不安。

他知道公审时不涉及他,是由皇太极决定的,他断定皇太极是在耍手段。耍什么手段呢?他不知道。但皇太极这样做,是在暗示自己主动去找他,向他坦白交代。自己去坦白吗?这一想法一直困扰着他:坦白了会是什么结果?皇太极会饶恕自己吗?

或许……莽古尔泰又开始了幻想,或许皇太极手中根本就没有掌握什么证据,阿敏虽坏,却是一条硬汉子,他不会轻易地把我给供出来;基小小是乖觉的,他见阿敏完了,便把他的事一五一十端了出来,我还在大贝勒的位子上,平日我一直善待于他,没有仇没有恨,他何苦一定把我给咬出来?

但是,当皇太极宣布不将阿敏处死,而是将他永远监禁之后,莽古尔泰的想法发生了变化。留下阿敏就是留下他莽古尔泰的罪证。特别是阿敏狡诈、狠毒成性,他没被处死,就必然想东山再起;而为了东山再起,他便会无所不用其极,到时很有可能把他给供出来。想到这里,他怕了起来。一个主意便在他的脑海里产生,何不将阿敏除掉,以免后患?

随后,他招了几名高手,决定深夜潜入囚禁阿敏之处,放火烧杀阿敏。

可当夜同时派人放火烧杀阿敏的并不只有莽古尔泰一人,多铎也派了人。

公审时不涉及莽古尔泰,因此略去了阿敏阴谋令大妃生殉的事,这是事先皇太极与阿济格、多尔衮、多铎兄弟商定了的。当时,多铎勉强同意了。但他绝对想不到皇太极不杀阿敏。他以为阿敏得死,一口恶气出了也就成了。没承想皇太极没有杀这个恶人。这样,多铎待不住了。逼死额娘的恶人还留了下来,是可忍,孰不可忍!于是,他也派人潜入囚禁阿敏之处,放火烧杀阿敏。

阿敏被囚禁在大东门外一个很大的院子里,皇太极命正黄旗参将阿木率领几十名士卒在这里看守。

当夜,两拨高手几乎同时潜入,他们各自行动,但干的是同一件事。火放了,但两拨人没有哪一拨发现阿敏。阿木听到动静后,入袭者没有与阿木的人交手,见找不到阿敏就撤退了。

但还是有一个入袭者落入了阿木之手。阿木对那人进行了审讯,但那人死也不吐一个字。阿木在那人怀中发现一个荷包,里面装着一个巴掌大的白绢,上面绣有一个美人儿——当朝的服饰,却坐在莲花座中,呈菩萨模样。再仔细看去,下面右角上有一印记——路小品。

那荷包中的绣品被发现时,那入袭者曾拼命把它抢在手中,差一点儿就被吞入口中。看守他的人手快,才夺下了。

路小品是沈阳名妓,当时不少人荷包里藏有以她为模型的春图。但这幅绢绣,阿木看不出什么名堂。他将所有情况向皇太极做了禀报。自然,发现杀手荷包里的东西也向皇太极奏报了。

皇太极却看出了那件东西的破绽,从而把事情想到了多铎的身上。他知道,袁崇焕派使团来沈阳时,这路小品曾被请到驿馆侍奉随团的白喇嘛。后来,听说她受到范文程的宠幸,而最近,她又受到多铎的独宠。

本来,皇太极知道对阿敏改判囚禁,会引起一些人的不满,便把他转移了。他原来是怀疑莽古尔泰可能会有什么动作,可绝对没有想到多铎会插了一杠子。而这事情发生后皇太极一想,多铎干出这种事也并不奇怪。

另外,由于阿木并没有弄清楚潜入禁地刺杀阿敏的不是一伙人,因此,他向皇太极奏报后,皇太极也只有一伙人潜入的概念。正因为如此,他想到干这事的只有多铎。

次日,皇太极召贝勒、贝子、台吉和文武大臣到崇政殿讲了阿敏囚禁之处被烧之事,并道:"烧园子,是为杀阿敏。事先,我已将阿敏转移到另外的地方,阿敏安然无恙。此事我向大家通报,并声明不再追究,请大家体谅我的苦衷。我已降旨赦阿敏不死,幸亏我早有预防,不然,阿敏被杀,外界定然骂我两面三刀,明一套,暗一套,表面赦他不死,暗地里又杀掉他。我申明之后,望各贝勒大臣铭记之。"

听到这里,多铎坐不住了,站起来道:"事是我指使人干的。原没想到这么多,只想到这个恶人罪孽深重,还逼死了我额娘,不杀他难解我心头之恨。在此,臣弟请罪,听从大汗的处置。"

皇太极听后笑了一笑道:"我讲过了,此事不再追究。凡事当以社稷为重,摒弃个人恩怨才是……"

事情就这样过去了,当时,莽古尔泰没有吭声。

而被忽尔胡杀死的那个女人,姓花,原名叫莺儿,曾是忽尔胡的一个邻居,后来被父母卖入青楼。这花莺儿有几分姿色,聪明伶俐,十来岁时与忽尔胡就已经交了朋友。被卖时,忽尔胡尚未成人,眼巴巴看着自己的心上人进了妓院逸仙楼。进入逸仙楼后,花莺儿有了另外一个名字花小奴,这名字便是路小品给她起的。花莺儿进入妓院时还小,路小品正红,鸨儿见花莺儿模样好,性情也好,便叫她在路小品身边伺候。意思是跟着路小品耳濡目染,说不定能再造就出一个路小品来。路小品原想给她起一个侍书、荷锄一类的名字,后来想到鸨儿的苦衷,便给她起名花小奴,自有讨鸨儿喜欢的意思。这花小奴甚是乖觉,不但甜言蜜语,哄得鸨儿高高兴兴的,而且对路小品着意伺候,也成了路小品最可心的小朋友。后来花小奴长大成人,开怀接客,确有路小品之风。忽尔胡早有将花莺儿赎出的打算,怎奈手中没有银子,只得望楼兴叹。但忽尔胡并没有因此而消沉,他决心学就一身本领,出人头地。他没有走学文那一条路,而是习了武,练就了一身的好武功。后来,忽尔胡在贝勒府当了差。

忽尔胡是一个自尊心极强的人,自家长了本事,便不堪忍受心上人让别人染指,遂决心将花小奴赎出。当差后,他省吃俭用,攒了不少的银子。他的行动感动了他的姐姐,姐姐便给他凑了数目可观的银两。那花小奴自然也愿意从良,由于她信得过路小品,忽尔胡积攒银两赎她的计划,她并没有瞒着路小品。路小品与花小奴多年来朝夕共处,建立了姊妹般的感情,知道这事后决心成全这对有情人,也拿出相当数量的银子来。这样,花小奴被赎出,忽尔胡在天宁街找了一所院子金屋藏娇,两个人卿卿我我过起了日子。临别时,花小奴要向路小品讨东西作为纪念——一件须是路小品亲手制作之物,一件须是路小品心爱不忍割舍之物。这第一件东西就叫路小品犯了愁。给花莺儿做一件什么为好?当时,她刚刚放下范文程给她留下的那颗章。她的内心告诉她,在她接触过的所有男人中,真正让她萌发了情爱的,唯独范文程;而唯独感到相互为知己的,也是范文程。她常把自己比作玉堂春,把范文程比作王金龙,幻想自己与范文程有苏三和王公子那样的结局。可她的幻想最终还是破灭了。悠悠往事,只是喟然而叹而已。这忽尔胡与花莺儿可谓青梅竹马,花莺儿入逸仙楼后,忽尔胡又多年追求,最后两个人终又结合,实属不易。想到这里,路小品便在一块白绢上亲手绣了"红颜知己"四字,并盖上了范文程给她刻的印章,送给了花莺儿。

花莺儿知道这印的来历,也晓得它在路小品心中的地位,哪里肯受?但路小品决心已下，花莺儿只好收着。路小品也知道花莺儿生性风流，又染上了一些不良习气，生怕她辜负了忽尔胡，便对她嘱咐了一番，要她珍视得来的幸福，两个人好好过日子。花莺儿自然一一应承。

忽尔胡本就倾慕路小品，现在又得了她的资助才将花莺儿赎出来，倾慕之中又加了感激之情。他安置下来之后，便让花莺儿按照路小品的形象绣了一幅菩萨形的绢像，又加了路小品赠给花莺儿的那章，装入一个荷包随身带着。

忽尔胡干事不喜欢张扬，安置花小妮是不动声色进行的。忽尔胡本人早出晚归，花小妮不出院门，邻人们甚至弄不清这个宅子里究竟住下了什么人。

一天，忽尔胡出大门时被一个人认了出来——那人叫霍霍，也曾在三贝勒府当差，因为年老，几年前就告退了。当年忽尔胡虽还没有进三贝勒府当差，但他的姐夫经常带着他出入三贝勒府，因此，霍霍认得他。现在两人成了邻居，霍霍过来问话，两个人聊了几句。忽尔胡赶着去当值，对霍霍讲了句"改日再聊"便辞去了。既然成了邻居，忽尔胡就打算空下来时把霍霍请到家里坐坐，让花小妮也认识一下。但就在那天，忽尔胡被指派刺杀阿敏，而且从被指定的那一刻起，便被告知不得与外界发生任何联系。忽尔胡连回来见花小妮一面都不得，更不用说应酬邻人了。

那天他随身带的绢绣被搜出，他还想到忠于职守，怕上面有路小品的印章，由此查出他的身份，坏了贝勒爷的大事，曾拼命抢过来吞掉只是未果。后来，他一直被关着。他明白，干这类事被捉，不是死，就是在狱中待一辈子了。在狱中熬日子，他自然无时不想到花莺儿。另外，他也不放心——不是花莺儿的吃穿令他担忧，家里有的是银子；他不放心的，是那花莺儿对他的坚贞。

忽尔胡这样想不是凭空多疑，他知道这花莺儿虽然自幼就对他好，可她喜欢的人不止他忽尔胡一个。他虽然把她赎出来安了家，两个人卿卿我我，一段小日子过得不错；可他一离开，谁知道她能不能忍得住寂寞？

他绝对没有想到自己会被放出来，自然欣喜若狂。他觉得先去找花莺儿要紧，当日不辞而别，花莺儿不知他去了哪里。但是，去找花莺儿，让官府知道了，极有可能通过花莺儿找到路小品或逸仙楼的鸨儿，从而查清他的身份，坏了三贝勒的大事。因为赎花莺儿，他用的是真名实姓。但任它去吧！查得出查不出，哪能管得了许多！

时已黄昏，忽尔胡到了天宁街自己的家门。院门关着，里面还有动静。忽尔胡心中暗暗高兴——花莺儿还在。忽尔胡推门后，里面便静了下来。忽尔胡又轻轻敲了两下，又听到了里面一阵响声，随后听到花莺儿的声音："是哪个？"

是她还在！忽尔胡心花怒放，在门外应道："是我。"

门开了，花莺儿一见是忽尔胡，不免一阵紧张。忽尔胡认为自己多日不归、突然出现，花莺儿紧张是自然的。他不由分说，便把花莺儿一把揽过抱在怀里，拼命地亲了起来。随后，忽尔胡携着花莺儿的手进屋。

"奴家本已睡下，听人敲门，想不到是你，不敢应声。"然后，花莺儿才问，"这些日子你去了哪里？怎的就不回来？"

忽尔胡闻言有些诧异，不先问我去了哪里，却对迟迟不开门做出解释，是何道理？再细想，刚才在门口亲热时，不见花莺儿的热情，却见她精神恍惚；进屋后她左顾右盼，看上去再也不是原来那个热情奔放、聪明伶俐的花莺儿。忽尔胡心中更起疑惑，原本的热情顿时冷了下来，道："被派了一项秘密差使，贝勒爷不让回来辞别，这些日子辛苦了娘子。"

花莺儿这才道："怕死了奴家，也想死了奴家……"

忽尔胡道："这不就回来了……"

花莺儿听罢只是淡淡一笑。

忽尔胡既然生疑，便对花莺儿道："内衣多日不换已然发臭，我找一套先换了。"说着，便起身向放在门边的一个大衣橱走过去。

花莺儿一听急忙起身，挡在了忽尔胡的身前，娇滴滴地说道："急啥呢？先睡了，明儿一早我给你备好。"

忽尔胡摇摇头道："都臭气熏天了。"

花莺儿便建议道："那就先洗洗身子。"

忽尔胡停下道："有理。快去烧水。"

花莺儿又道："有劳夫君到棚子里取些柴来，奴家来弄水。"

忽尔胡应了一声，推门出了屋。到了棚子那边，他故意大声道："瞧这个乱劲儿！才去几日就弄得这样，还需我回来收拾！"

他刚说罢，就听花莺儿回道："明日奴家整理就是了。"

忽尔胡边听边迅速出了棚子，转到后院窗前。他正想用唾沫润出一小洞观察屋内情景,就见那窗子忽地被推开了,还听到了花莺儿的声音:"快些从这里逃出去……"

原来,花莺儿幼年与忽尔胡相好的同时,就跟她名叫香哥儿的表哥也相好,两个人的关系一直没断。忽尔胡把花莺儿赎出后,慑于忽尔胡有坚强的靠山和一身本领,香哥儿没有敢接近花莺儿。后来忽尔胡多日不归,没了音信,香哥儿便找了来。这天,他正在屋内与花莺儿亲热,听有人敲门。那香哥儿只好暂躲入屋里大橱之内,待来人离开时再出来。

忽尔胡既怀疑花莺儿,知道是要支他出屋。于是将计就计,假装取柴,便绕到后院来看个究竟。不想,正好撞上。那一个人从屋内跳上窗子,正要跳下,就被忽尔胡一把抓了。

忽尔胡猛地将那人推回,自己也跳进了屋内。

"好贱人!"忽尔胡一把抓住了惊恐万状的花莺儿的前襟,将她按倒在地。

就在这时,忽尔胡听到身后有动静。猛回头一看,见那男人正一棒向他的头部挥来。他一闪,没打上他的后脑,背上却重重地挨了一棒。

"娘的,你倒先动起手来!"忽尔胡放开花莺儿,冲向那人。那人又一棒打来,忽尔胡闪过了。在闪躲的同时,忽尔胡来了一个扫堂腿。那人躲闪不及,摔倒在地,手中的棒子也掉落了。

忽尔胡跳过去将那人按住,拾起棒子,朝那人头上便打。就在这时,他背上又挨了一剪子。

原来,花莺儿见香哥儿被打,心中着急,随手从炕上抄起一把剪子,要前来解救。她并不想真的刺杀忽儿胡,只是因为着急,有点手足无措,便一剪子刺到了忽尔胡的身上。

忽尔胡见花莺儿下此毒手,大怒,跃起身来向花莺儿猛击一棒。那棒不偏不倚,正好打在额前。那花莺儿好不可怜,顿时脑浆迸裂,便呜呼哀哉了。

那香哥儿见状,吓得魂不附体,起身寻门便往外逃。忽尔胡赶上去,冲他那撅起的屁股猛地一脚。香哥儿跌向前去,前额正好撞到门框上,结果也脑浆迸裂,一命呜呼。

一进家门便连伤二命,这是忽尔胡不曾想到的。他傻了眼,不知如何是好。他思考再三,想到了一个"走"字。三十六计,走为上计。

自从忽尔胡被派出没有回来那一天起,他便成了莽古尔泰的一块心病。莽古尔泰担心忽尔胡被捉住了,顶不住拷问讲出实情,那事情就闹大了。那些天,他一直提心吊胆、惴惴不安地熬着日子。那次,皇太极召大家去,说有人烧园子、刺杀阿敏,莽古尔泰吓得魂不附体,以为事情败露了。谁知中途杀出了一个多铎,承认自己派去了杀手,事情竟然过去了,真可谓有惊无险。这事说明,那天派去杀阿敏的,不止他莽古尔泰一个;就算忽尔胡被捉了,也还没有把他给供出来,要不,皇太极不会轻易饶了他。

只是自那以后,莽古尔泰心里一直没有踏实下来,如果忽尔胡被捉了,人攥在皇太极的手里,总不是闹着玩的。他也曾千方百计打听实情,只是那边密不透风,他一直没有弄清楚,那忽尔胡究竟是被捉了,还是出了别的什么事,躲了起来。

"御前抽刀"事件发生后,他的精力集中在了与白喇嘛策划的谋反上。可李云的突然造访,让莽古尔泰那根松弛下来的神经立即再次绷紧。

怎么回事?不早不迟,在这时忽尔胡是从哪里跳出来的?他的出现与白喇嘛策划的事有无关系?是不是皇太极发觉了他的谋反意图,借忽尔胡投石问路?如此等等,莽古尔泰的脑子里满是问号,一时不知所措。

打发走李云之后,莽古尔泰立即把情况告诉了白喇嘛。

白喇嘛问清楚了派忽尔胡刺杀阿敏前后的情况,与莽古尔泰冷静地进行了分析。

莽古尔泰知道忽尔胡在天宁街有一处宅子,他被派去刺杀阿敏之前,将逸仙楼一个妓女赎出养在那里。李云所言忽尔胡的住处发现两具尸体,那女的大概就是那妓女。就算事情是这样,问题的严重性也是明显的,因为至少刑部已经盯上了他,并且知道了他与三贝勒府的关系。在此情况下,忽尔胡一旦落入皇太极之手,那后果不堪设想。

白喇嘛迅速决断,一定要抢在刑部前头将忽尔胡干掉。于是,他让莽古尔泰立即挑选三十多名家丁,分头奔向八个城门,并叮嘱道:"忽尔胡犯了重罪,但见忽尔胡露面,立即杀死,然后回来复命。"另外,他还要莽古尔泰派人到天宁街忽尔胡的住处附近打探情况。

莽古尔泰又跟白喇嘛介绍,说这忽尔胡是冷僧机的小舅子,冷僧机则是他妹妹莽古济的一名心腹。

既是如此,白喇嘛又让莽古尔泰派杀手去冷僧机家附近蹲守,一见忽尔胡露面,便不由分说杀死。又说既然冷僧机是莽古济的心腹,可将情况说与莽古济,让她强令冷僧机帮忙找到忽尔胡,除掉之。

莽古尔泰照办了,并且找来了莽古济。

莽古济早年下嫁蒙古哈达部贝勒孟格布禄之子吴尔古岱,生有两个女儿,长女嫁贝勒岳托,次女嫁贝勒豪格。天命九年,吴尔古岱病逝,莽古济寡居。天聪二年,蒙古敖汉部琐诺木丧亲归金,皇太极主婚,将莽古济下嫁琐诺木。

当时,琐诺木与莽古济都住在沈阳。

莽古济到后,莽古尔泰先把如何遇到白喇嘛,白喇嘛如何进了沈阳,今后要"起事"以及白喇嘛来后劫持路小品,刑部怀疑忽尔胡杀人等实情通通告诉了这位妹妹。

莽古济听罢后问道:"如何起事?"

莽古尔泰道:"皇太极临走时告诉我,他回来后要邀我到先汗陵前有话讲。白喇嘛的意思是那天在那里起事。"

听后,莽古济半天没有讲什么。她对形势、双方力量、起事的方式、时机等迅速进行了综合的分析,最后她说道:"干!且既然要干,就干到底!"

她还说回去将把情况告诉琐诺木,晚间他们要一起过来,与那个白喇嘛好生商议一下。

至于让冷僧机捕捉忽尔胡一事,在她看来,那简直易如反掌。

"用不着在那里蹲什么守——我去告诉冷僧机,要是那个……什么来着?"

"忽尔胡。"

莽古济继续道:"忽尔胡去了他家,叫他绑了送过来就是了!"

莽古尔泰听罢十分欣喜,道:"事情全靠贤妹撑着……"

莽古济听后不满道:"既让我撑着,怎么事情过了这么多天才告诉我?"

莽古尔泰回道:"就像你说的,我一直在犹……疑不定,事来了,却没有……了主意,终日像七魂……走了六个,怕事不成,告诉你,反而连累了你……"

莽古济道:"罢了,还是那句话,既然要干,就干到底!"

莽古尔泰兴奋起来:"对!既然要干,就……干到底!"

莽古济回到了府中,一进府门,她就唤来了冷僧机。

这冷僧机是莽古济当初从哈达带回来的。初见莽古济时,这冷僧机还小,是孟格布禄府上一个包衣的儿子。他聪明伶俐,深得莽古济的喜爱,她一直把他带在身边。在莽古济的调教下,他出息得很快。

来沈阳后,冷僧机见了世面,在新的环境中成长得更快。他参加了举人考试,并以头名中举。按皇太极颁布的汗令,包衣考中了举人便可解除奴隶身份,成为自由人,并可得到一官半职。冷僧机中了举,不但实际上获得了独立,还因此得到了护军备御一职。

他成了家,媳妇是莽古济给他找的;他的小舅子忽尔胡在三贝勒府的差使也是靠莽古济的一句话得到的。

成亲之后,冷僧机被莽古济"赶出了门"。

"赶出了门"这话是莽古济讲的,她说小鸟儿的翅膀硬了,该出巢了。可她警告冷僧机,倘若他有一丁点儿不忠不敬,她就会收回她给的一切。

冷僧机被唤来后,莽古济只是简单地说道:"你那小舅子在三贝勒那里犯了大错逃走了,这你知道。现在刑部找到三贝勒,三贝勒一定要拿他。要是他到了你那里,你就立马将他送回府去听候发落。"

冷僧机听了诺诺而退。他骑在马上,细细回味莽古济的那几句话,一下子就理出了以下几点:一、半年前失踪一直没有音信的忽尔胡出现了;二、忽尔胡被怀疑杀了人;三、忽尔胡仍在逃;四、三贝勒急着要人。

冷僧机立刻想到,他出府时就见有两个叫花子在离门口不远的一处蹲着,后来他出出进进,那两个人一直在那里。先前,他并没有特别注意到他们。现在看来,那应是三贝勒府或刑部的坐探。

冷僧机想了想,拨马奔向抚近门,远远就看见有一群人正在看城门口墙上贴的一张告示。他下马走近一看,众人看的是刑部贴出的缉拿忽尔胡的榜文,还画有忽尔胡的人像。

冷僧机心想,八门必都有此榜文,忽尔胡走不出城去。他上了马奔回府邸,那两个叫花子仍在原处。他把莽古济的话向福晋讲了一遍,福晋没听完就大哭了起来。

冷僧机安慰了一番,道:"我先出去看一看。若他来了,你立即将他领到后院,不能再让他见任何人了。"

福晋应了声,问:"你去哪里能找到他?"

冷僧机只道了句"试试好了",便辞了出去。

他叫过府内心腹小厮木木噶,吩咐道:"你准备好十匹马、十名家丁,穿上当值衣帽在院中候着。另准备一身当值衣帽包了,天黑下来后你跟我一起出府。"

木木噶领命去了,冷僧机自在书房静坐思索着。

天黑下来,马匹和人员已经在院中待命,冷僧机领木木噶带着那包有衣帽的小包袱出了府门。那两个叫花子还蹲在那里。冷僧机与木木噶在周围转悠起来。

冷僧机想,这忽尔胡该出现了。在一个拐角处,冷僧机果然听到有人在轻轻地喊他:"姐夫!"

是忽尔胡!冷僧机没有讲什么,赶紧让木木噶打开包袱让忽尔胡换了,并对木木噶道:"你立即回府去,进门时在那两个叫花子身边插过,且要大摇大摆地进去。回府后,立即叫那十人火速一起骑马出府到前街'客如归'旅店门首待命。你不必再出来,与福晋速做安排。"

听罢,木木噶把那包袱带着离去了。

冷僧机在前领忽尔胡向"客如归"旅店那边走去。他们到时,那十骑也正好到达。冷僧机命其中一人下马,让忽尔胡乘上去,立即吩咐为首者道:"即刻回府,一起进入。可听明白了?"

为首者应了一声,十匹马便一起动了。

冷僧机与留下的那人进店去待了一会儿,然后一起回府。他们故意从那两个叫花子身边走过,还让与他一起回来的那人在两人身旁各丢了一把铜钱。那两个叫花子抬起头来仔细地盯着冷僧机二人,并不着急去捡地上的那些铜板。

第二天早晨,这两个"叫花子"分头在四周转了转。在对着冷僧机府门的一条街的中央,他们发现一块砖头下压了一张纸,纸上有一行小字——

送进对过儿府去,可讨银五十两。

打开一看,里面写着:

姐姐、姐夫:

　　小弟一时莽撞铸成大错,谅难见到你们了。见字如见面,我去了。不必苦心寻我尸首,只可怜小弟无葬身处了。

　　　　　　　　　　　　　　　　　　　　　　　　　忽尔胡

不错,这两名"叫花子"乃刑部坐探。
刑部又获得了有关双尸案的最新线索——忽尔胡露面了,且要寻死。

莽古尔泰放心不下,叫人前去刑部唤李云。李云不敢怠慢,立即来到了三贝勒府。李云向莽古尔泰报告,说那忽尔胡未曾抓到。

莽古尔泰便道:"把城门把得严严的,按图像加……紧缉查。现已查出,他半年前逃走时带……走了府中一只玉佩。"

李云一听惊了一下,又是一块玉佩!心想,难道那忽尔胡与那玉佩也有关联吗?便问:"是怎样的一只玉佩?"

莽古尔泰道:"是先汗……所赐之物,出于中原,有些年……头儿了……"

李云又问:"怎样的成色?"

莽古尔泰道:"自然是玉中之极品……"

李云又问:"什么颜色?"

莽古尔泰道:"橙色。"

李云松了一口气,明白莽古尔泰无非是拖延,因此道:"臣一定用心查访,倘能完璧归赵,自是爷的福分,臣也好喘出一口大气来了。一有线索,臣便禀报贝勒爷,爷可派人同审。"

莽古尔泰这才道:"用心办好了这桩案子,爷忘不了你的好处。"

"全靠爷的提携。"李云说罢,便退去了。

莽古济和琐诺木到了三贝勒府。
在家时,琐诺木听了莽古济一番叙说后,内心斗争异常激烈,态度一直犹豫不定。皇太极一直待他不薄,知恩不报、反干出谋害恩人的勾当,于心何忍?但他也明白,他并没有退路。如果他敢向莽古济讲一个不字,那他的小命就立即玩完了。如果自己老婆的亲哥哥成了金国大汗,而且汗位是他的老婆与他一起帮他夺到手的,那今后在朝中的地位自然是现今无法相比的。

可能不能成呢?要不成,搭进去的那就不只是一些财力了,那可是满门抄斩的大罪!他们开始商谈下一步的行动计划。琐诺木又提出了那个问题,能成吗?

自然,在这样的场合,这个问题他是这样提出来的:"要有胜算,这几个障碍如何清除?"

莽古尔泰听了道:"今日议的,正是这个题目。"

白喇嘛首先看出了问题的实质,问琐诺木道:"额驸摆一摆这些障碍看。"

琐诺木便问道:"第一个障碍是守陵的都是正黄旗的护军,皇太极到时必然还带云宫廷侍卫,这些人如何对付?"

莽古尔泰一听便要讲什么,白喇嘛止住道:"贝勒爷请等额驸把问题说完。"

琐诺木续问道:"萨哈林现在留守负责,京城的兵权在他手里,这如何对付?多铎亦在京城,弹指之间他就会拉出一支人马,这又如何对付?方案是逼皇太极就范,并不伤他性命;若他宁死不肯,我等如何处置?现在八旗中有六旗尚在大凌河前线,这自然是我等起事的绝好时机。如一切都顺利,皇太极最终也会交权。可那六旗一旦知道皇太极大权旁落,如何会善罢甘休?他们杀过来,又如何对付?最令人担心的是,如此重大的事不是一两个人可以干成的。而此事又机密异常,万一某一个环节出了纰漏,就会带来全盘皆输的恶果,这一层可曾想到?"

正在这时,下人报图赖大人求见。白喇嘛与莽古尔泰彼此看了一眼,莽古尔泰便离去了。

白喇嘛暂且放下话题,谈起了别的。一袋烟的工夫,莽古尔泰回来了。白喇嘛问道:"如何?"

莽古尔泰道:"很是顺利。"

白喇嘛笑道:"那就讲出来让额驸听听。额驸的最忧虑的问题,看来是接近解决了。"

莽古尔泰也笑了笑道："额驸第一担……心的,是届时兵权是……不是握在我们手……里。事情当是这……样,到那时,我们所要……的只是现场几……个关键处所的兵权,掌握现场兵权,是事情成……败的关键。因此从一开始,此事就成了我们行事诸环……节的重中之重。而正……是这一重中之重的大事,现在已然有了眉目。不,从今晚图……赖所报情况看,已经是接……近解……决,或者说是已经解……决了!"莽古尔泰越讲越兴奋,"图赖说,他本……打算去本溪找那楞额……礼,又怕目标太大,引起人们的注意。可巧——竟有如此多的可……巧,此不是天……意吗?下午,楞额……礼回来办差,图赖便与他摊了牌。起初,图赖好说歹……说,他执意不从,并要图赖罢……手。说就此罢……手,你知我……知,太平无事;若不罢……手,便不要道他楞额礼不……够朋友。后图赖翻……了脸,说了一大堆掏心窝子的话,终于说得楞额礼动……了心。他最后提出,参与行事可……以,但要答应他三个条……件。图赖来,就是为了此……事。"

白喇嘛问道："三个什么样的条件?"

莽古尔泰道："第一,无论如……何要保住皇太极的一条……性命,不要伤害他,并使他有一个较……好的归宿。楞额礼道,虽说人不为己,天……诛地灭,做这事是为了自己,可也不能丧……了良心。皇太极对他楞额礼毕……竟有些好处,杀之不忍。"

白喇嘛回道："这一条应了。"

莽古尔泰续道："第二,他掌正……黄旗多年,眼下不能只……顾自己。事成之后,必然易……帜。待那时,正黄旗现有的地位不要受……到影响。如果此点亦……适于镶……黄旗,那就更……好。"

白喇嘛笑道："这条也可依了他。"

莽古尔泰道："自然要依……他。第三,他提出此次行动他……出力大,风险也大。因此,必要一个与此相……应的爵位。"

白喇嘛问道："他自己可提了?"

莽古尔泰摇头道："他要听了我等的说……法之后再最终决定。"

白喇嘛道："眼下,就是答应给他半壁江山也是行的。"

莽古尔泰听罢笑道:"佛师之言有……理。因此方才我才说,额驸所最为关……心之事,已经解……决。"

琐诺木听后在一旁想说点什么,但话到嘴边又停了下来。

白喇嘛一直注意着琐诺木,看到了他欲言又止的神情,便问道:"额驸似有话要讲?"

莽古济不高兴起来,道:"哪来的这多话要讲?"

白喇嘛道:"公主休急。我等起大事,不但当同心同德,而且还当心心相印。若存疑虑,还是说出来的好。"

莽古济见状不说话了。

琐诺木便又问道:"那图赖是不是可靠的?"

白喇嘛听罢看了莽古尔泰一眼。

莽古尔泰道:"事情的成……败皆系于此,我等岂……可把如此的重任寄托于一个不堪……信任之人!"

琐诺木道:"只要是贝勒爷心中有数就成。"

莽古尔泰又强调道:"此点大……可不必怀疑。有了他们两……人,可以说,现场兵权的问题就迎刃而解了。而且事情还不止……于此。有了他们两人,届时城中关……键之所,比如萨哈林府、多铎府,就均置于我们的监……控之下了。至于余下的问题,可请佛……师做些讲解。"

于是,白喇嘛接过话头道:"有一句俗语说:'唯其欲而劳其体,可使盈而静其身。'图赖也好,楞额礼也好,为什么会为三贝勒卖命效力?唯其欲而劳其体,欲利使然也,这是欲利驱其动。同样的道理,欲利也可使他们不动——可使盈而静其身。让他们得到他们所希望得到的,他们就会安静下来。顺利地从皇太极手中得到汗位,这是关键。这一步实现了,三贝勒就有了前线那些人所要的东西。他们得到的,与图赖、楞额礼所得到的不同些。给图赖他们的那些东西,在事成之前是预支的。就是说,对他们来说,在一段时间之内并得不到那些东西,而且是有风险的。而前线那些人就大不相同。他们会一下子得到他们想要得到的东西,且没有任何的风险。这样,他们所要的东西送到了手上,还会有什么人愿意出头造反呢?自然,话也不必讲满,或许会有一两个不识时务的跳将出来。那也无妨大局,平定他们就是了。话再讲回来,要安定他们,对皇太极的处置方式至关重要。我们的原则是逼他和平交权,不伤害他的性命。之后,把他置于我们的控制之下,让他颐养天年。对前线那些人来讲,皇太极的结局他们能够接受,也是他们所要得到的东西之一。就是从他们脸面上讲,平和地处理皇太极也是必要的,这样他们就心安理得了。楞额礼提出三个条件,其中的头两条就都说明了他们的这种心态。自己得到好处,不要以过分地损伤故友旧亲为代价。这样,好东西吃起来才不至于倒了胃口。自然,我们必须想到这样的一点,那就是万一皇太极宁死不从怎么办。如有这种情况出现,也并没有什么难办的——强行推行就是。表面上还要做成和平交权的样子,然后将他圈起来,终生不让他与外面接触。"说到这里,白喇嘛问琐诺木,"贫僧所言,额驸以为如何?"

"你们想得周全,如此方可成事的。"琐诺木想了一下又问莽古尔泰,"请问贝勒爷,对楞额礼所提第三条是如何对图赖讲的?"

莽古尔泰道:"我告诉图赖,让他转……告楞额礼,事成他们有大……功于朝,我绝……不会亏待了他,爵位、官职,绝不吝惜——他与图赖一样,将是我大……金绝无仅有的宗室之外的和……硕贝勒!"

琐诺木听后问:"贝勒爷真的一即位就宣布他们的爵位吗?"

莽古尔泰一听道:"我莽古尔泰绝不是口……是心非说话不算数之人!"

琐诺木一见莽古尔泰如此激动,忙道:"贝勒爷,我的话不是这个意思。我是说,从稳定大局来讲,这样做恐怕不利。"

莽古尔泰道:"讲讲你……的意思。"

琐诺木道:"方才佛师所言考察众人心态,以此考虑我们的行动方案,这一点十分重要。权力的和平交接并不是出于慈悲,而在于稳住那些曾经拥护他的人。为了相同的目的,贝勒爷不应当一即位就宣布图赖他们的爵位。那样一来,两人平步青云,那些曾经拥护皇太极的人就会想到,这两个握有两旗军权之人肯定在此事件之中立下了不同寻常的功劳,从而会怀疑和平交权的真实性,因此引起不必要的风波。另外,原来两个不起眼儿的人物一下子与那些人平起平坐起来,他们也会难以接受,从而难免惹出众多麻烦来,闹得新得的江山不太平。以我之见,莫若不让他们一步到位,而是加快晋升的步伐,但还是一步一步。这样,在众人不知不觉的情况之下,完成对他们的封赏。"

莽古尔泰听罢高兴起来,道:"还是额……驸想得细。好主意!好主意!这一说也提……醒了我,对其他……出力的人,特别是今日在座的,也取……这种办法。只有一件,你们可沉住气,别着急,爵位、官职我是一定要给……的。今日当着你们的面……向天发誓,倘我莽古尔泰食……言,天谴之,且折……我寿算!"

众人听罢皆道:"贝勒爷何必如此!贝勒爷为人我等谁个不知?我等必竭力尽忠,共成使命。"

后来的事情进展很快,次日四人又一起议了最重要的一件事,撰写禅让诏书。

这次,府中巴克什海费在场。他的任务是记下要点,而后完成诏书的起草。

这海费是莽古尔泰的心腹,文字水平不高。再说,他哪里写过什么诏书?他鼓弄了一日,还是不敢把那稿子拿出来。

莽古尔泰催他,他无奈才把那底稿交出。莽古尔泰看了不满意,白喇嘛看了更不满意。

晚间莽古济与琐诺木又来,看了那稿子,也觉得实在不像什么诏书,难以出手。

这时,莽古济的脑子里立即闪出一个人来,对莽古尔泰道:"我那里有一人定能写出一道漂亮的诏书来。"

莽古尔泰迷惑地问:"哪个?"

"冷僧机。"

莽古尔泰一听道:"对,他成!"

冷僧机这个名字白喇嘛听到过,本想问这人可信任吗。可转念一想,这莽古济性情暴躁,如这样问出来,她一定满肚子的不高兴,还不知讲出什么不中听的话来。再说,她也不是不知道利害,不至于推举一个不可信的人。于是,话到嘴边便又收了回去。

这样,冷僧机便进了三贝勒府。

第二十一章　功亏一篑，冷僧机暗递消息

几天前,冷僧机因别的事来过三贝勒府,当时他就感到府中的气氛有些异常。他从在府中当差的朋友那里打听到,有个喇嘛住在后院;但不知喇嘛的真实身份,而外间传言失踪的路小品就是这个喇嘛弄进府的。

一个喇嘛弄一个女人,花和尚无疑了。可令冷僧机大惑不解的是,弄一个女人就弄一个女人好了,为什么一定要弄那路小品呢?

路小品是沈阳城名妓。远了不说,近几年就先受范文程的宠爱,后来又被多铎看上,并一直独占着她。那喇嘛为什么别人不选,一定要那路小品?三贝勒为什么听任一个喇嘛胡作非为?事情一旦泄露,多铎会善罢甘休?这喇嘛是一个怎样的人,竟对三贝勒如此地重要,以致能够让三贝勒干出如此越出常轨之事?他们在一起要干什么?

莽古济曾对他讲,皇太极初继位时,明朝辽东巡抚袁崇焕派了一个使团来沈阳,名为吊唁老汗逝世、祝贺新汗的继位,实为前来探听虚实、别做后图。莽古济还特别向他说,使团中有一个喇嘛姓白,人们叫他白喇嘛。他原来在辽东一带活动,结识了贝勒萨哈林。皇太极要利用使团做些事,便给了使团高规格的待遇。当时管接待的是巴克什范文程,他看出使团虽有正副首领,而实际主事的却是那个喇嘛。因此,要利用使团干点儿事,必须招待好这个喇嘛。他从萨哈林那里晓得这白喇嘛好色,便命人选了一个有姿色的妓女给了他,并在驿馆专为那喇嘛辟了一个小院……

也许这路小品就由于那段驿馆生活而出了名。想到这一层时,冷僧机便想

到，难道那潜入三贝勒府的和尚是当年那白喇嘛，他不忘旧情，把那路小品劫进了府？如果那和尚是那白喇嘛的话，他们是如何搞在一起的？

莽古尔泰与皇太极不睦由来已久，这在大金朝中已不是秘密。冷僧机从莽古济的言谈之中早已觉察到，她本人对皇太极也一直不满，莽古尔泰对皇太极有怨恨。大凌河前线的"御前抽刀"案，冷僧机听到了一些风声。对这一耸人听闻的事件，冷僧机并不感到意外，他认为这是莽古尔泰内心长期不满的总爆发。这也促冷僧机想到，从莽古尔泰方面看来，事情既然已经到了这样的地步，与其等着被处置，倒不如一不做二不休。

从种种迹象看，只能如此解释才是合理的。

被召进府来后，冷僧机睁大了双眼，竖起了双耳，那胸中的七窍也同时打开，准备应对面临的一切。

他先见了莽古尔泰。

莽古尔泰说道："召你来，是要你起……草几道诏书——这将由白……喇嘛向你做出交……代。"

冷僧机一下子便捕捉到了两个重大信息，其一是"起草诏书"。这意味着什么，冷僧机心中一清二楚。其二是"白喇嘛"！果然是他，冷僧机被带到后院见了白喇嘛，莽古尔泰向白喇嘛介绍了他。

在给冷僧机介绍白喇嘛时，莽古尔泰是这样讲的："今后数……日，你便听佛师吩咐。事关重大，当好……自为之。"说罢，又与白喇嘛讲了些别的，便退去了。

冷僧机看着自己眼前的这位喇嘛，看上去四十岁不到，头光着，身上穿了一件灰色的僧袍，周身白皙，而且出奇地润泽；两只黑黑的大眼睛在白白的面门上显得异常突出，脸上泛着过度自信的神情，像是在告诫他放老实些，不要玩心眼儿。

冷僧机发现喇嘛也在观察着自己，那本想洞察一切的目光毫不掩饰。

"你就是那忽尔胡的姐夫？"白喇嘛首先开口了。

冷僧机回道："是。"

白喇嘛道："你说他现在在哪里呢？"

冷僧机道："我想他要么在逃，要么就是被刑部抓获了。"

白喇嘛道:"我倒断定他是藏了。"

冷僧机惊问道:"藏了?佛师怎会如此判定呢?"

白喇嘛道:"贫僧不仅判定他藏了,且知道他藏于何处。"

冷僧机道:"既如此,何不叫三贝勒派人将他捉回来?"

白喇嘛道:"他藏在那里,比起捉回来放在府里更妥当些。"

冷僧机又问道:"敢问佛师,他的这种藏身之所是哪里呢?"

白喇嘛道:"贵府。"

从莽古尔泰刚才跟他交代的话中,特别是那句"要你起草几道诏书"的话,冷僧机已经意识到了莽古尔泰与这位白喇嘛干的是一番怎样的事业了。这样,忽尔胡的存在对莽古尔泰的威胁有多么大,那就可想而知了。冷僧机判定,忽尔胡在他家藏着的事,莽古尔泰等并没有掌握,否则,他们就不会叫他来起草什么诏书,而莽古济则会直接问他要人了。这白喇嘛如此无非是诈他、考验他。想到这里,冷僧机正色道:"佛师且闭尊口。小的并不知道佛师与三贝勒是一种怎样的关系。可小的与三贝勒、与格格的关系谅佛师略知一二。小的前来是遵格格之命,为三贝勒完成一项使命。佛师已经听到,三贝勒刚才也这样讲了。小的唯三贝勒、格格之命是从。三贝勒方才说要我'听佛师吩咐',小的亦唯此命而是从。可佛师没来由讲出这样的话,已置小的于死地。这样,没有别的办法,小的只有向三贝勒、格格请罪一途了。如他们也是这种意见,小的就听候发落,再无什么完成使命可言……"说着,冷僧机便站起身来,要往外走。

白喇嘛一见,起身止住他道:"备御少安毋躁。贫僧这样讲并不是说备御藏匿了那忽尔胡。那忽尔胡是贵福晋的亲弟弟,走投无路便会到贵府找他的姐姐寻求避难——贵福晋收了他,亦在情理之中。福晋怕事情败露,自然瞒了备御……"

好一个白喇嘛,如此仍抓住不肯放过!冷僧机本想再讲些厉害的词语顶他回去,可转念一想,还是把事情扭过来为好,于是道:"这样说,佛师又是妄猜了。岂知我家福晋与格格的关系非同一般。别的不敢讲,要讲关键之时的取舍,最不能舍的,没有什么人能比得过格格。因此,别说那忽尔胡不会前去找她,就是去找了她,她也不会留他。"

白喇嘛听后便道:"那就是贫僧妄猜了。这样说,那忽尔胡是在逃了。"

冷僧机见第一回合白喇嘛收了兵,便顺水推舟道:"进府之前,我就看到了城门上贴有刑部捉拿他的告示,这说明他是在逃。我觉得他并没有机会出城,但他不能再回三贝勒府,也不能去找他的姐姐……"

白喇嘛打断道:"方才你讲过这一层意思了。"

冷僧机道:"是,我讲了,他知道自己与格格相比孰轻孰重。另一层,忽尔胡性情虽然暴烈,可有情有义。他知道奔了姐姐那里去,会给姐姐造成多大的难处,不忍让姐姐作难。他是条汉子,一人做事一人当。因此,他不能去找他的姐姐。第三层,他是个聪明人,知道自己即使去找姐姐也不会安全,却只会自投罗网。因为他明白,姐姐府门前后必有刑部人员在日夜蹲守。"

白喇嘛听后没再讲什么。

冷僧机见状又道:"三贝勒可找了刑部,从那里得了点什么消息?"

白喇嘛道:"刑部只讲尚未捉到……"

冷僧机问:"什么时候的消息?"

白喇嘛道:"今日。"

冷僧机问:"午前还是午后?"

白喇嘛道:"午前。"

冷僧机听罢心中一愣,然后道:"或许有了新的情况——午前小的出入,还见门前有些不三不四的人在那里;可午后小的出来,那些人便不见了……"

白喇嘛听罢说了句"由它去",就再没有就此议题讲什么,而是问道:"你信天命吗?"

冷僧机道:"人既畏天,必信之。小的岂可例外?"

白喇嘛又问:"来前格格可曾向你讲了贫僧与贝勒爷在大凌河的巧遇?"

冷僧机道:"只字未谈,只讲了'去三贝勒府完成一项使命'。方才,三贝勒才道'召你来,是要你起草几道诏书'。这佛师已经听到了,小的遵嘱听从佛师的安排。"

白喇嘛听后沉吟了一下,然后又道:"是一项应天之命而去干的使命,贫僧也是一样。"

冷僧机道:"唯佛师之命是从。"

随后,白喇嘛向冷僧机讲了诏书的要点。

早预备了纸张笔墨在这里,冷僧机将白喇嘛所授要点一一记了。

而后，冷僧机被安排在一间房内。房子就在喇嘛房间的隔壁，内有书桌一张、椅子两把、书柜一个。

书桌之上放置着笔墨砚瓦、一沓纸，室内生了一盆火。

一个小厮一直跟着冷僧机，说道："奴才奉命侍候爷，给爷研墨展纸。"

冷僧机道："你便在一旁站了。爷恰有一个习惯，非自研的墨写不好字，非自展的纸写不成好文。"

小厮一听笑了笑，便搬了把椅子在门口坐了，道："爷有什么吩咐便喊奴才。"

冷僧机坐下，他研墨润笔，展开纸张先写了《禅让诏》这个题目，随后写了第一句：

天聪五年冬十一月某日，大金天聪汗皇太极与和硕贝勒莽古尔泰共誓于福陵皇考墓前。

冷僧机停下笔，这第一句几乎是白喇嘛的原话。从这一句便断定了行事的地点，行事的方式也看出了端倪，行事的时间就在本月，日子却空了。白喇嘛口授时就说了"某日"。

接着，冷僧机又写了第一小节：

臣子天聪汗皇太极因身负重疾，体躯日衰，精力竭尽，难支继业垂统之大任，今誓于天，昭告皇考及列祖列宗：为我皇考所创基业得以继续，不至于中途而废；为天赐我爱新觉罗氏之地域、人口得以保眷，不至于无果而终。今愿禅让大位，祈请吾兄和硕贝勒莽古尔泰继之。

这是按照白喇嘛口授的意思写出来的。接着他就运笔疾书，将两篇诏书挥洒而就：

和硕贝勒莽古尔泰自量无才无德，难继大统，着八弟皇太极劝让再三，无以推辞，勉为其难，今誓于天，昭告皇考及列祖列宗：

既有贤弟之请,有上帝之召,子臣莽古尔泰敢不应天之召、受弟之请,而践天汗之位、履天汗之责,以使我皇考所创基业得以继续,不至于中途而废;使天所赐我爱新觉罗氏之地域、人口得以保眷,不至于无果而终。

于此践位之始,子臣大金神启天佑汗莽古尔泰另誓于天,昭告皇考及列祖列宗:

上敬诸兄,下爱子弟,国政必勤理,赏罚必悉当,爱养百姓,举行善政。若不敬兄长,不爱子弟,不行正道,明知非义之事而故为之,兄弟子侄微有过怨便削夺皇考所予户口,或贬或诛,则天地鉴谴,夺我寿算。

子臣新汗莽古尔泰,涕零感激吾弟皇太极继皇考之位以来,日操夜继,不辞辛劳,扩土增民,固基社稷,成就卓著,万民翘仰。不幸天不佑我大金,致使吾弟操劳成疾,不得领我等继续继业开基。思之,吾等亦无不涕零也。子臣誓于天,祈吾弟退位后,好生疗养身心,颐养天年。子臣则请减寿算以益之。

我诸贝勒、贝子、台吉及宗室人等当顺天应命,恪尽职守,共助新汗,致我爱新觉罗氏兴旺发达、江山永固。

文武百官,各守其职,各尽其责,致我大金国泰民安,蒸蒸日上。

天下子民,守法遵纪,各安其业。

大赦天下,以使触刑者幡然悔悟,改过自新;良善者百竿日进,正气益彰。

息兵三载,以使域内黔首休养生聚。

天聪五年
神启天佑元年 冬十一月

封亲诏

子臣神启天佑汗莽古尔泰告于天并列祖列宗:不才应原汗弟皇太极之请既践汗位,便承汗责。环视朝廷,即见贤良充于坛庭,人才济济,好不令人欣喜也。然宗庙继嗣,长幼有序;社稷永固,用人唯亲。加我兄、弟、子、侄,皇考在世之时,戎马倥偬,功勋卓著;弟汗皇太极时,出生入死,绩著史册;子臣不肖,亦依赖之。故颁封亲诏。

在汗下、四大贝勒之上设赞政贝勒,参知政事,委吾弟德格类任之。

兄代善,仍就大贝勒之位,

另补吾弟多尔衮为二贝勒,

另补吾侄岳托为三贝勒,

另补吾侄豪格为四贝勒,

吾弟阿济格仍为议政贝勒,

吾弟济尔哈朗仍为议政贝勒,

另补吾兄阿巴泰为议政贝勒,

另补吾弟杜度为议政贝勒,

……

冷僧机合卷,心中整理着稿子中的要点,逐一进行了分析。

用心可谓良苦! 尤其是这逼迫禅让的方式,不能不说是一妙算。如要调度得当,或许就可成功了!

白喇嘛口授第二道诏书时,一个接一个地讲了得到晋升的人,冷僧机从名字当中判断出某人会在此事件中起到何等作用。但是,白喇嘛所讲名单俱是现在前线未回之人。显然,晋升他们是取"给而不掠"之策。一旦大权在握,可稳住众人,保他们不反,以安汗位。

自然,这也是高妙的一招。

冷僧机当时以为还有第三道诏书,从那里面或许能看出一些名堂。可最后并没有第三道诏书,这样,冷僧机便想不出莽古尔泰等人依仗什么逼迫皇太极就范。要知道,无论全城还是福陵的防务是统统掌握在皇太极手里的。

中午他被叫出去吃了饭,下午又来到了这里,那小厮依旧在门前坐着打着瞌睡。其实他已无事可干,但他不想让白喇嘛知道他已经如此快地写就了诏书。在书写时冷僧机就已经注意到,那沓纸上都是编了顺序号的,他自然明白它的含义。晚饭前,他交了卷儿。

当他离开那间小屋时,他把诏书稿和剩余的纸张整理得整整齐齐,纸没少一张,就连他记录白喇嘛口授要点的那几张纸都留了下来。

那小厮向他点了点头,送他走了。

冷僧机被带着出了后院。出院后向右一拐,便是一个夹道。他被带到夹道的尽头,便进了一间很大的屋子。屋子里有一个很大的炕,还有一些桌椅板凳。在屋内的一角有一架巨大的木梯,上面是一个方洞。进屋前,冷僧机曾看到夹道里摆了一些放兵器的架子。

冷僧机来三贝勒府多次,但还从来没有到过这个地方。他看得出,这里原是家丁值更放哨之所,临时安排给他住了。

炕烧了火,所以房子虽大,但并不觉得凉。那送他的家丁把他引到房里道了句"爷歇着",便离去了。

冷僧机上了那架梯子。原来,上面是一间小阁楼。他发现,冲北、冲东的小窗子被堵了。看得出,是刚刚堵好的。

冷僧机走到西窗前,从这里可以看到,这已是府院的西界。外面有一条道路,南北向。再往西是一片空地,几十步开外才又有了人家。

冷僧机又到南窗口,向外看了看,便下了阁楼。他有些疲倦了,于是在被子上仰面躺了下来,他思考着。不多时,就听到门外有讲话声。随后,门动了。原来是莽古尔泰、莽古济和琐诺木。

冷僧机起身给他们请了安。

三人进屋后四处看了一遍,莽古尔泰道:"叫你委屈几日了。"

冷僧机听罢苦笑了一下,没有讲什么。

又是莽古尔泰道:"看了你草拟的诏书,很好!白喇嘛也大加赞赏。好自为之吧!"

冷僧机听了又点了点头。

莽古尔泰说完,就向木梯那边走去,并上了那梯子。

想必是他还从未到过这里,感到新奇,要上去看个究竟。莽古济也跟了过去。琐诺木没有跟过去,他似乎心事重重。

冷僧机悄声对琐诺木道:"爷得空自来一趟,臣有话与爷讲。"

琐诺木听罢看了冷僧机一眼,点了点头,也上那梯子去了。

三人下梯后又讲了些闲话,便一起离去了。晚饭是送过来的。不用过去看,那夹道尽头的拐角处,一定有人在那里把守。

冷僧机心想,自己成了一个囚徒。

就在冷僧机坐在小屋里疾书诏书之时,李云再一次被召进了三贝勒府,莽古尔泰是听白喇嘛讲了冷僧机所言后召了李云的。李云已从萨哈林那里得到训示,可将忽尔胡的那张小条交给三贝勒。

一见莽古尔泰,李云便道:"正要来见爷,不想爷便去唤了……"

莽古尔泰一听,问:"哦? 有了什么情况?"

李云遂将那纸条拿出道:"爷看看这个……"

莽古尔泰展开纸条看了一遍,脸上顿时泛起笑容,问:"怎么得到的?"

李云回道:"属下一直派人在忽尔胡姐姐家门前蹲守,是他们今日凌晨在冲大门的街上发现的。"

莽古尔泰想了一下,便唤人来吩咐道:"去让与忽尔胡相熟的人辨一辨,这是否为忽尔胡的字迹。"

去不多时,那人回道:"确实是忽尔胡的字迹。"

莽古尔泰对李云道:"可去找了尸体?"

李云回道:"已派人去各处找了。"

莽古尔泰道:"找到后别忘了我那块玉。"

"这事属下一直记在心间。"李云说罢,辞去了。

次日,琐诺木独来。两人判定无人窃听后,冷僧机先问道:"臣敢问杜稜,此事胜算占到几成?"

琐诺木回道:"原我疑惧非常,后听白喇嘛讲解,疑惧似乎释去了。可心中仍然感到不甚踏实。"

冷僧机摇摇头道:"臣经过细细分析,倒觉得此举必败无疑!"

琐诺木听后惊道:"为什么?"

冷僧机道:"机密大事举事不密,可谓漏洞百出,秘密多处可泄。只要有一两处泄露,整个事也就完了。这是一……"

琐诺木瞪大眼睛道："你可看出了哪些漏洞？"

冷僧机冷笑道："对臣的使用便是一例。他们为防臣倒是做了一些手脚，可留给臣做手脚的机会比比皆是。另外，为一个白喇嘛，就不知会有多少东西泄露出去。他自己做花和尚就罢了，为什么一定把那路小品弄进来？弄进来就罢了，为什么要她弹那古筝？臣原本就听说那路小品在三贝勒府，进府后听筝声自后花园传出，一听那曲子便知是路小品，因为她弹的那曲子在京中再无别人能够弹得来。我听得出，她弹奏时有怨艾之调。说轻了，这是她在倾诉怨艾之情；说重了，她是在向外传递信息，告诉路过之人，她在这里。"

琐诺木恍然道："我来时也听到了琴声，也曾有过此种思考——讲下去。"

冷僧机继续道："现又出了忽尔胡杀人的事……"

琐诺木道："好在他死了。"

冷僧机又问："怎见得他是死了？"

李云送来条子的事，莽古尔泰给莽古济讲了，莽古济又告诉了琐诺木，琐诺木把知道的情况讲了一遍。

冷僧机笑了笑，道："谁晓得不是刑部搞的迷魂阵呢！"

琐诺木听后呆了半天，道："你是说，那忽尔胡可能在刑部手里？"

冷僧机道："未为可知。"

琐诺木沉默了。

冷僧机接着道："臣讲的这是一个方面，还有另外的一个方面……"

琐诺木道："快讲，快讲。"

冷僧机道："臣起草诏书，从中看到了事件的两步棋。可整盘棋当有三步，三步棋一步靠一步。就是说，只有上一步棋走好了才能走下一步。臣所看到的，只是三步之中的第二步和第三步。不错，只看这两步，三贝勒便有八成的胜算。但是，第一步如何？就是说，设计了怎样的手段能够确保皇太极会把大汗的位子让出来，从而走到第二步？这个杜棱可知吗？"

琐诺木遂把第一次见白喇嘛时他如何把疑虑讲出、白喇嘛如何解答了他的疑虑简述了一遍，自然重点讲了争取图赖与楞额礼的事。

争取图赖和楞额礼的事，冷僧机并不晓得。听琐诺木讲了之后，他思索了片刻，遂问道："杜棱的疑虑被解了？"

琐诺木点点头道:"方才的疑惧似乎释去了,可心中仍然感到不甚踏实。"

冷僧机道:"事险了!"

琐诺木惊道:"快讲讲道理。"

冷僧机道:"白喇嘛讲'唯其欲而劳其体,可使盈而静其身',这话很有些道理。可臣问杜稜,就关系而言,图赖、楞额礼是与三贝勒近呢,还是与大汗近?"

琐诺木回道:"自然是与大汗近。可……"

冷僧机打断琐诺木道:"杜稜一准想告诉臣,三贝勒能给图赖与楞额礼他们所要的东西……"

琐诺木道:"正是。'唯其欲而劳其体,可使盈而静其身。'"

冷僧机问道:"这正是杜稜别着劲儿,想不明白之处。——杜稜不能再往前想一步吗?"

琐诺木反问道:"如何叫'再往前想一步'?"

冷僧机道:"图赖也好,楞额礼也好,只要他们再向前迈一步,三贝勒能给他们的东西,他们都可以从大汗那里得到……"

这时,琐诺木恍然大悟道:"我怎么就没想到这一点呢!"

冷僧机补充道:"更何况三贝勒与他们的关系远远比不上大汗呢!"

琐诺木站了起来,慌乱道:"这便如何是好?"

冷僧机没有讲什么。琐诺木想了一阵道:"要不要把这一切去告诉三贝勒,让他立即停下来……"

冷僧机道:"杜稜且住。事到如今,前面未见悬崖三贝勒岂肯勒马?即使他要勒马,到了白喇嘛那里,三言两语还不又是拍马前行?那样,你我的性命休矣。人道是,身处险恶处,便当各顾己。望杜稜三思而后行。"

琐诺木道:"只是眼见他坠入悬崖,于心不忍……"

冷僧机问道:"是杜稜让他去的吗?"

琐诺木道:"也只好以此自慰了。那我立即回去与格格商讨对策……"

冷僧机摆摆手道:"这也使不得。"

琐诺木不解,道:"难道也让我舍了格格自保不成?"

冷僧机道:"那也不是。臣只是判定,倘若事先告诉给了格格,那就等于告诉给了三贝勒……"

琐诺木道:"那怎么办？快讲出你的办法。"

这时,冷僧机脱了鞋子,从里面取出一方手帕递与琐诺木。

琐诺木一看,那上面写满了东西,再细看,惊道:"这不是那诏书吗？"

冷僧机回道:"正是。"

琐诺木惊道:"他们看得那样紧,你是如何抄下来的？"

冷僧机答道:"倒不是抄来的。刚才臣讲过了,他们做了许多的手脚防臣,可还是给臣留了许多做手脚的机会。那天中午,臣被领出吃饭,趁人不在意便将一个小碟儿绾在了袖中。下午多多地研了墨,临回这里之前,趁那看我的小厮瞌睡,将一些墨汁装入盘中,藏在袖中带到了这里。有了墨,就不愁找不到代笔之物了。"

琐诺木晓得冷僧机有过目不忘的本领,他心中对冷僧机的心机暗暗称服,随后又问:"有了这如何行事呢？"

冷僧机道:"杜稜拿了它,想办法脱身,独自去见萨哈林贝勒,只说是杜稜与格格共同决定如此。这就大功告成了。"

琐诺木想了想,甚以为是。

冷僧机又道:"杜稜万万不可悔而不作,那样就要害死臣了。"

琐诺木道:"我意已决,绝不反悔。"

这时,冷僧机撩开袍襟,在内襟上露出一片密密麻麻的小字,细看,又是诏书的抄本。

冷僧机又道:"杜稜那天看了,阁楼的窗外便是院外。臣选定时日,会寻机撕裂这床单做绳子,从阁楼的窗子那里坠出去报告。若杜稜犹疑不决,到时就别怪臣不义了。"

琐诺木一听立刻道:"说干必干,绝不反悔！"

冷僧机又道:"杜稜请留意这幅手帕的价值,若起事前一刻交到大汗的手里,它值一等昂邦章京的价钱;若起事前一天交到大汗的手里,它值一等梅勒章京的价钱;倘若在起事前三天就到了大汗的手里,那它就只值一个三等甲喇章京了。"

琐诺木想了想道:"你的意思是只要赶在起事之前,却是越迟交越好？"

冷僧机点了点头。

第二十二章 黄粱一梦,三贝勒自寻短见

近几日冷僧机每天早起,他都到阁楼上来观察外面的动静。

外面忽然传来一阵车轱辘的滚动声。他紧蹬几步,便赶到了西窗前。一辆青篷轿车正好走到了窗下。

冷僧机仔细观察着那辆车,只有一匹马驾车,车篷前坐着一个赶车人。那车停在了北面的一处墙脚下,赶车人下了车,手里握着缰绳蹲在了墙脚下。这之后,车子那边就再也没有了动静。冷僧机思索了起来,他知道往北不远处便是后花园的一个小门。这车子停在那里,显然是准备接园中什么人出去的。会是什么人要备一辆篷车呢?

冷僧机不敢离开窗口了,他必须看个究竟。

那边的情形冷僧机看得很是熟悉了。那些建筑看上去虽然鳞次栉比,但细细看去,看得出它们分成了若干个院落,各个院落之间都留有相当大的空隙。从几个空隙中还可以看到,那建筑群中也有一条与脚下这条路平行的大道。

冷僧机又向那边看了一眼,他看到了一匹马。一匹战马,上面有一名武士,着正黄旗盔甲。一晃,又是一匹;又是一匹;那是一支马队。冷僧机心惊肉跳起来,难道今天就是起事的日子?

正黄旗的将士,是大汗发觉了莽古尔泰的计划,将三贝勒府包围了?

他走到南窗之下,从那里能看到三贝勒府南半部中的情形。三贝勒府中倒不见异常。他又回到了西窗下,那辆车还在。

看来,三贝勒府真的被包围了。

冷僧机等待着。一袋烟的工夫过去了,一顿饭的时间过去了,不见动静。是围而攻,还是尚未部署完毕?

突然,篷车那边有了动静——那车夫站了起来。

再往北看,有两个人出了后花园的门——一个是女人的身段,穿了一身青,包着头。一个是一个男人,戴了一顶很大的帽子,穿了一件长袍。那两个人迅速上了车,车子疾速向北驶去。随后,令冷僧机惊心动魄的场面出现了,几十骑不知从哪里窜了出来,立即将那车子围了个水泄不通。

就在这时,冷僧机又看到了一个令他无比惊愕的场面——车前,围车的人马长长一线,连人带马倒了下去,车上飞出那名男子,踏着那倒下的人马冲了出去。

冷僧机下了梯,踏梯时露出了他抄写在大襟上的那些密密麻麻的小字。他自鸣得意,十分欣赏自己所设计的"扬而不发"的计策。果然琐诺木已将那誊写了诏书的手帕送到了大汗手里。

莽古济醒来不见了琐诺木,就预感到大事不好。随后,她又听琐诺木的一名随从进屋对她说"杜稜留话,公主留在府中哪里都不要去",就越发证实事情不妙。

她连梳洗都顾不得了,立即随便穿了衣服,拉了一匹马出了门。

她先是奔到了三贝勒府,街上已看到了正黄旗的骑兵。她不顾他们的拦截拍马到了府门口。在马上,她大声问府门的家丁:"三贝勒可在?"

家丁回道:"半个时辰前已去福陵了。"

莽古济一听掉转马头,向东奔去。她疯狂地抽打着坐骑,奔出大清门,向福陵急驰。那马也变得疯狂了,像旋风一般一路飞驰,不多时便到了石嘴山脚下。

把守陵门的是正黄旗的队伍。莽古济没有下马,趁守门的队伍还没有闹清楚是怎么回事,便冲进了陵园。骑兵们从后面赶了来,莽古济在前拼命加鞭。奔到一百零八蹬之下,莽古济急促下马,一刻不停地快步攀了上去。后面的正黄旗将士虽是些男子汉,却无论如何也赶不上她。前面就是方城了,莽古济被守城的士卒拦住了。

士兵有好几层,莽古济无论如何也冲不过去了。

就在这时，莽古济看到方城之内莽古尔泰正从东配殿出来，在一群正黄旗士兵的簇拥下走向西配殿。莽古济看清楚了，正黄旗士卒为首者是楞额礼。莽古济大叫道："哥哥！哥哥……"

莽古尔泰向这边看了看，便进那西配殿去了。

当日莽古尔泰起得很早，他心情兴奋、情绪激动，跃跃欲试的冲动让他坐卧不宁。他起床后先到了白喇嘛那里，白喇嘛也显得兴奋异常。

前一日，他们得到了报告，皇太极已经返回了沈阳。

寅末，他们得到了图赖与楞额礼派人送来的当日行动的第一份报告——福陵正黄旗的换岗已经顺利完成。

随后，他们又接到了图赖与楞额礼的第二份报告——三千名正蓝旗将士已在抚近门外屯驻待命；包围汗宫、萨哈林贝勒府、多铎贝勒府等地的正蓝旗将士已经选定，正在待命，一旦皇太极出城，便按原定计划出动。

时间尚早，但莽古尔泰已经按捺不住。他携了诏书，比原定时间提前差不多半个时辰去了福陵。图赖与楞额礼已在陵门迎候，他们向莽古尔泰报告一切顺利。

莽古尔泰在图赖与楞额礼的陪同之下到了东配殿。殿中已有二十余名正黄旗武士持戟站定，莽古尔泰逐个看了他们。殿中生了几盆火，温暖如春。可莽古尔泰感到过热，便命人撤去了两盆。待了一会儿，楞额礼说了声"到前面去看看"，便离开了大殿。

福陵植有三万棵松树。朔风吹来，树枝瑟瑟抖动，整个陵园沉浸在万顷松涛之中。

莽古尔泰不时地走出殿来观察外面的动静，他毫不掩饰自己的兴奋和不安。图赖一直跟着他，寸步不离。

如此过了半个时辰，便有两名正黄旗牛录章京前来报告，道："楞额礼大人让臣前来禀报，说已见大汗的人马，让贝勒爷这边准备着。楞额礼大人留在那里，到时引大汗前来。"

莽古尔泰听罢越发兴奋起来。他干脆出了殿，在殿外站定，等候关键时刻的到来。

"爷还是进殿去——这里风大，也冷，免得伤了身子。"

图赖的劝说,莽古尔泰像是没有听到。

如此又过了一炷香的时间,方城门口那边有了动静。几十名正黄旗士卒先进了门,分列两边。接着,皇太极露了面。

但是,令莽古尔泰不解的是,皇太极进入方城之后,并没有按原定安排走向东配殿来,而是在楞额礼的陪同下径直向西配殿走去了,连看都没有向这边看一眼。

莽古尔泰感到奇怪,遂问图赖道:"没……向他们讲清楚吗?如……何不来这里?"

图赖回道:"讲得清清楚楚,不知怎的就去了那里。待臣过去看看。"

莽古尔泰一点也没有想到大事不好。不多时,图赖便与楞额礼一起出殿向这边走来。

"怎……么回事?"莽古尔泰没等他们走近,就远远地问了一声。

图赖与楞额礼并不立即答话,而是继续向这边走来,待走近后才道:"爷,大汗命您过去一趟。"

莽古尔泰仍然没有品过味儿来,怒问道:"让……我去见他?"

两人异口同声道:"是的,命爷去见。"

莽古尔泰这才觉得有些不对味儿,问道:"说……什么?"

两人重复了一遍:"命爷去见。"

莽古尔泰忙问:"怎么回事?"

两人回道:"去后便知。"

莽古尔泰急道:"到底出了什么事?你们老老实实告诉爷……"

两人听后彼此望了一眼,笑了笑,道:"去后便知。"

莽古尔泰越发急了,道:"怎……么回事?你们……你们反水了?"

两人又道:"一切事情,爷去了顷刻便知。"

莽古尔泰这时才彻底明白大事不妙。霎时间,他觉得像是五雷轰顶,被击得差一点儿倒了下去。他强打精神抽身回殿,对殿中那二十余名正黄旗士兵道:"你们听爷指挥,把图赖、楞额礼给……爷拿了!"

谁知,那二十余名正黄旗士兵个个木头人般,站在那里一动不动,也一句话不讲。

这时,图赖、楞额礼进殿劝诫道:"爷放明白些,还是跟臣等去见大汗。"

莽古尔泰怒不可遏,向两人吼道:"不知廉耻的东西!要爷去……见他?爷死在这里也不去!"

两人劝道:"爷息怒。事到如今,不必再逞强了。"

莽古尔泰仍然大骂不止。

两人又道:"劝爷过去一趟,不然,臣不好交代。"

莽古尔泰骂得更凶了:"交代?向谁交代?狗奴才!你们自去向他交代。爷死在这里,哪里也不去!"

两人见莽古尔泰如此,一边向前一边道:"爷放聪明些才好,省得让臣做出什么无礼之举。"

莽古尔泰大吼:"你们要……干什么?看谁敢动一动爷!"

两人停下道:"爷,事到如今,何苦来哉!常言道,好汉做事好汉当,又何必如此难为臣呢?"

莽古尔泰又闹了一阵,见如此下去无法收场,遂道:"去就去,看他会如何!"他遂大踏步迈出大殿,向西配殿走去。路上,他听到了莽古济的喊声,心如刀割。

进殿后,莽古尔泰见皇太极站在那里,便怒道:"要杀……便杀,要剐……便剐。"

皇太极满脸阴沉,道:"五哥,你是错怪了小弟才走到了这样一步。今天小弟依然是一不杀你,二不剐你,先给你一件东西看……"说着,递过一块手帕来。

莽古尔泰接了一看,见上面写的是他让冷僧机起草的那两道诏书。莽古尔泰心中一惊,想那诏书藏得好好的,如何被他抄了来?

莽古尔泰把那手帕摔在了地上。皇太极道:"小弟并无嘲弄之意。只是要让五哥晓得,五哥要做的事,小弟早就统统知道了。"

莽古尔泰无话。皇太极又道:"知道五哥要起事,小弟本是不想过来的,可又想,事情不让五哥干到底,五哥终不会悔悟……"

"你也不会最……终拿到整死我……的证据,是也不是?"莽古尔泰狠狠地说了一句。

皇太极听后停了一下，轻轻地摇着头道："五哥又错怪了小弟。"说罢，把那块手帕捡起，又对莽古尔泰道，"五哥可把身上那两道诏书拿出来，咱们当面把它们烧掉。"

莽古尔泰一听先是愣了一下，接着道："这又有何……用？事不还是发生了？"

皇太极叹道："总算表达小弟的一番诚意吧！"

莽古尔泰又看了看皇太极，半天才从怀中将那两道诏书取出。

皇太极上前接了，走到香案前，在蜡烛上将诏书和手帕一起烧掉，然后道："咱们一起回城去。"莽古尔泰又是一惊。皇太极先出了大殿。

莽古尔泰将信将疑，跟了出来。皇太极出殿等了莽古尔泰一会儿，见他跟了上来，便出了方城。这时，传来了莽古济的叫喊声："皇太极！皇太极！这次便宜了你！"

皇太极一听是莽古济，转眼望去，见她正被正黄旗士兵抓住，便道："放开。"

士兵们放开了。莽古济向皇太极冲了过来，被皇太极身边的楞额礼拦住了。这时，莽古尔泰道："妹妹，事已至此，这样闹又有……何益？"

"还求什么'益'不'益'？但求一死而已！"

莽古济叫喊着，被人推进方城去了。皇太极没有讲什么，看了莽古尔泰一眼，便向一百零八蹬那边走去。

发现路小品确在三贝勒府中后，萨哈林离开沈阳去向皇太极紧急奏报了实情。几个重大线索把皇太极的目光集中到了莽古尔泰府上，他再也不能等闲视之。除继续对几条线进行侦察外，他让萨哈林派人对三贝勒府实行秘密监控。这样，在三贝勒府出出进进的人都进入了萨哈林的视线。

图赖的儿子办喜事，莽古尔泰给了图赖两万两银子。这是当天皇太极探望图赖之后莽古尔泰亲手把银票交给图赖的。

自然，从往日的一些过程看，莽古尔泰有对不住图赖之处，像征多罗特部时莽古尔泰不听图赖的劝告、违了汗令，致使两人做了俘虏、受了辱，后还受了罚，似乎这两万两银子可被看作补偿。

但是，图赖也做了些事，使莽古尔泰受了累，如在大凌河前线自己违令冒进，不但使正蓝旗受了损，而且加剧了莽古尔泰与皇太极的冲突，导致莽古尔泰做出了欺君犯上之举。

当晚，图赖悄悄找到了楞额礼，向他讲了自己的想法。楞额礼亦觉得其中大有文章。他们想了许多，考虑到了各种可能性。其中，他们自然想到了最坏的方面——莽古尔泰是不是铤而走险，先下手为强，要拉人谋反？

图赖提出要见皇太极，觉得自己再也担不起另一步错棋了。楞额礼并不反对，问题是见了皇太极如何讲。

总不能像朋友之间那样，无话不谈，说说而已。万一判断有误，那岂不是火上浇油，加剧他们骨肉之间的紧张关系，干出缺德之事？

一旦错怪了莽古尔泰，大汗那里却信以为真，就会造成落井下石的后果，加重莽古尔泰的罪孽，使他受到不应有的惩处。

最后，两人商定还是看看再说。如若莽古尔泰别有图谋，那他就必然很快找上门来。可过了一天不见动静。楞额礼便陪皇太极已经去了本溪。图赖悄悄跟了过去，与楞额礼商量了一番。他们商定，图赖先去见莽古尔泰。

图赖去了，再次谢过三贝勒的贺礼，并且明讲道："如有用得着臣之处，赴汤蹈火，在所不辞。"

这样一句表示效忠的话，若搁在平常，并不见得有什么深意……任何一个人受到了任何一个主子的恩惠，都能讲出这样的一句话来，甚至于可以被看作一句应酬语。可令图赖吃惊的是，莽古尔泰做出了强烈的反应。

莽古尔泰告诉图赖，眼下正有一件大事等他去做，只是要看图赖有没有做那事的胆量。

图赖立即道："臣是一个知恩图报之人，爷的知遇之恩重如泰山，正无以为报。但等爷一声令下，前面就是刀山火海，臣也会扑上去，绝不后退一步。"

莽古尔泰听罢兴奋异常，道："晚间你再过来，爷要与你讲一讲那比泰山还要重的大事……"

图赖辞别莽古尔泰后立即赶回了家。出三贝勒府不远，他曾看到两个人出了府门。他还注意到，那两个人一路之上都在暗地里跟着他。

回家之后，他立即给楞额礼写了一封信。为了避免信落入莽古尔泰派出的密探之手,他派出十余骑快马出府,让送信之人混在其中。楞额礼见信后心中嗵嗵直跳,原来图赖主张应立即把情况向皇太极报告,以便从大汗那里讨得示下,晚间去见莽古尔泰时好做应对。楞额礼回了信,说为慎重起见,还是先去见萨哈林贝勒为好。

图赖想了想觉得有道理,便去见了萨哈林。

这时,萨哈林已从本溪返回,按照皇太极的布置对三贝勒府进行了监控。图赖第二次进入三贝勒府,萨哈林已经掌握,但不知去是为了何事。图赖讲后,萨哈林觉得一阵心悸,觉得这下触到了事情的核心。他暗暗称赞图赖做得对;并对他讲,去后一切事情均可先应了,然后看看情况再说。萨哈林还对图赖讲,三贝勒真要起事并要图赖参与,必对他的行踪进行监视。因此,前来报告须格外留意,不要让三贝勒看出破绽。与楞额礼书信往来更是危险,今后有事可直接向他报告,不要再去与楞额礼联络。

掌握了这一情况,萨哈林立即去本溪向皇太极奏报了实情。

晚间,图赖则去了三贝勒府。

但是,莽古尔泰并没有把事情讲出来。他对图赖讲,事关重大,他又有了新的考虑,等考虑成熟后再找他。

图赖心中明白,这是莽古尔泰要继续考验他,便道:"但等爷的吩咐。"

莽古尔泰道:"今后几日,不要再出……府门,我会随时召你。"

图赖辞去后又直接回了家。他断定宅子的四周,包括后门一带,一准布有莽古尔泰派来的密探。

为防止引起莽古尔泰的怀疑,图赖干脆待在家里不再出门,同时减少家人外出。必须办的事情,要避开一些敏感地区,如汗宫、萨哈林贝勒府、多铎贝勒府,如此等等。过了两天仍不见动静,图赖决定再火上浇点油。他派了十余人,脸上裹得严严的,陆续出门,且奔向不同的方向。宅子四周的密探以为他混在其中出了门。

报回去后,果然没过多久,莽古尔泰就派了人来。

来人原来是海费,他见到图赖道:"传三贝勒爷的话,今日不要出门,贝勒爷抽出空来就召爷过去,有事相商。"

图赖听罢暗暗发笑,道:"请回去回贝勒爷,图赖随召随到。"

海费去了,一天没有动静。傍晚,图赖府出入人员增多。图赖想海费又要来了。果不其然,海费到了,说贝勒爷上午有事外出,让他来告诉一声,有事恐怕得明日再说了。

图赖又讲了早起那话:"随召随到。"

海费又去了。可过了不到半个时辰,海费又来了。他来召图赖,说三贝勒赶回来了。莽古尔泰终于向图赖摊了牌,图赖再次表态效忠。

莽古尔泰告诉他,他的使命就是掌握好正蓝旗的兵权,届时调用。莽古尔泰还告诉图赖,他还有一项任务,就是说服楞额礼参与起事。

对第一项使命,图赖义不容辞,满口答应,保证完成。可说到第二项,图赖表示出了为难之色,道:"楞额礼虽是臣的挚友,可他是皇太极的心腹,对皇太极怕是比臣更亲些。此事非同小可,臣办不成事,脸上无光事小,坏了爷的大事事大。因此,此事还是交别人去办为妥。"

莽古尔泰闻言点了点头道:"你如此说,说明你晓得这事的分量,这是好……的。爷既选了……你,就料定你不但临事不惧,而且还好谋以成。放手去……做吧! 爷相信你办得到、做得来,不愧爷的开……国勋臣。"

回府之后,图赖越发谨慎起来。他料定,对他的真正考查开始了。

其实,从此之后,莽古尔泰却对图赖放了手。

实际上,对图赖究竟可靠不可靠的问题,莽古尔泰心中也是一直在打着鼓。在这之前,他对图赖进行了一些监控,考察他是否忠诚。他没有发现什么问题。这之后,图赖晓得了起事大计,其忠诚与否决定事情的成败,莽古尔泰如何会不想对图赖进行进一步的监控?

但是,他缺乏手段。他思考过不少的办法,但终觉要么不妥,易引起图赖的怀疑,反把事情弄糟;要么觉得无效,费了半天劲,收不到任何效果。

这样,一不做,二不休,听天由命好了,做这样的事情就得冒险。

莽古尔泰干脆放手的另一个原因是他对白喇嘛产生的怨怼。好一个自在和尚,你坐在暖暖的炕头上,听着路小品弹奏的小曲,优哉游哉,今天布置要干个这,明天布置要干个那,俨然运筹帷幄的统帅。而他三大贝勒爷,未来的金国大汗,却成了跑腿儿的小伙计! 真是岂有此理!

按照皇太极的设计,楞额礼回了一趟沈阳,并与图赖见了面。这是故意做给莽古尔泰看的。当晚,图赖便进了三贝勒府。当时,白喇嘛正在给琐诺木解惑释疑。图赖给莽古尔泰讲了他见楞额礼的事,转达了楞额礼提出的三个条件,莽古尔泰当场答应。

且说莽古尔泰既不设防,图赖向萨哈林报告未遇到任何障碍,皇太极则及时地掌握了一切。莽古济、琐诺木、冷僧机进出三贝勒府,也都在萨哈林的监控之下。

皇太极的基本想法是不要把事情闹大。但他也考虑了这样一个问题,让莽古尔泰如此一次次闹下去,不知何时是终点。因此,他这次要给莽古尔泰一个深刻的教训,使他能够幡然悔悟。

后来,皇太极从图赖、楞额礼那里晓得了莽古尔泰的行动方案,遂进行了相应的部署。

为防止莽古尔泰暗中监视,起事的当日,图赖当真组织了三千正蓝旗将士屯驻在了抚近门外;但并不像莽古尔泰设计的那样,到时会开进城去。

福陵也在当日的凌晨完成了换防。皇太极按时出了宫,他的身边只有十几名宫廷护卫。临行之前他就得到报告,说一切顺利。

他还得到报告,莽古尔泰已早早地去了福陵。

按照事前的商定,莽古尔泰出府后,便将三贝勒府围起。

莽古济、琐诺木近来频繁出入三贝勒府,大有参与谋反的嫌疑。因此,当日要将公主府监控起来。

没想到,莽古尔泰出府时间很早。要按原计划,早早地将三贝勒府围起来很可能被其同谋发觉,反而坏了事。

莽古尔泰出府后,萨哈林没有立刻对他的府邸实行包围,而是在四处进行了监控。这是由萨哈林临时决定的,他晓得皇太极对整个事件处理的总体设想:既不打断他们的行动,又尽可能地把影响缩小。

就在萨哈林做出这一决定不久,琐诺木找上了门来。萨哈林边听琐诺木的讲述,边看那两道"诏书"。他看完之后,立即围起三贝勒府,并下令捉拿白喇嘛。随后,他带领琐诺木飞奔福陵。

皇太极在路上看到了那两道"诏书",这时才明白莽古尔泰的行事方式。心想还得感激他留我一条性命。他得知白喇嘛果然在三贝勒府,便问萨哈林:"可布置将他捉了？"

萨哈林回了。皇太极便道："你们回去，我这里自有主张。"到达福陵后，楞额礼早已等在了方城门口。

皇太极没有去东配殿，而是去了西配殿，并对楞额礼道："把他召到这里来。"

皇太极与莽古尔泰并辔而行，楞额礼等人引其余人马在一箭之地后跟随着。莽古尔泰已经稍稍清醒了些，但心中七上八下。

这时，就听皇太极道："大汗这个位子，众人看到了它的权力，看到了它的尊贵，觉得体面得很，也威风得很；小弟却看重它的责任。登上这个位子之后，小弟自然享用了它的尊贵，它的威风。可是，小弟又体味到了它的苦滋味儿。小弟无一日不兢兢业业，唯恐失德损了我爱新觉罗的名声，失察误了举贤、失策伤了国体。先汗辞世之时，我就愿意像辅佐父汗那样辅佐新汗，尽我的为臣之道；登上汗位之后，我也随时准备让贤，愿意像辅佐父汗那样辅佐他，尽我的为臣之道，免除日夜的担心与辛劳。可让与哪个呢？毋庸讳言，五哥觊觎汗位已久。可恕小弟直言，大汗这个位子，却无论如何不能让与五哥。今小弟实言相告，小弟难以禅让与五哥者，一是认为五哥没有为大汗的本领，二是认为五哥难以服众。"

莽古尔泰闻言，心中惊了一下。

就在此时，萨哈林从远方奔了过来。皇太极做了一个手势，让他待在马上，遂问城里情况如何。萨哈林掉转马头，回道："一切均在掌握之中，唯有白喇嘛跑掉了。"

萨哈林遂把如何围捕白喇嘛，白喇嘛如何逃掉的经过讲了一遍。听罢，皇太极问道："就是说，那白喇嘛是先已在外备下了车子？"

萨哈林回道："是这样。"

莽古尔泰一听，心中怒骂。

皇太极道："五哥看到了，事端一起，他自己先躲了。倘若成功，他可以再出来；要是败了，他就溜之乎也。"

莽古尔泰不言，心中却又骂道："误我之徒！要捉了，不剐了你，难解我心头之恨！"

皇太极又道："五哥，还是接着刚才那话。这一切说明，五哥既不具驱羊入圈的本事，也缺乏识别豺狼的能耐。另外，五哥也没有服众的威严。图赖、楞额礼没有听你的，不是你许愿给他们的官职小、爵位低，而是他们根本就不服你，不认为五哥你是一个为汗之材。他们如此，何况前线那些将士？你以为他们加了官、晋了爵，回来就能听你的？就认同你这个新汗？有的得了好处，跟你走了。可小弟相信，他们中的大多数会不服你，因此必会联合起来将你扳倒。"

莽古尔泰听了心中又骂起图赖、楞额礼来。

皇太极最后道："你我回去，就当什么事也没有发生。但有一件，五哥从今而后当安分些。你我手足携起手来，以兴我大金为己任。"说罢拍马前行。

莽古尔泰心中茫然，但也拍马跟了上来。

白喇嘛逃了，他倒不是不相信"天启"和"天意"。莽古尔泰行事过程中留下种种破绽，这使他有了警惕。行事的当日清早，他备了一辆车，要与路小品暂避一时，看看事态发展如何。事成，他便回来；事败，他便与路小品一起逃往他处。

他不能早走，这是显而易见的；可迟了也有风险。白喇嘛临阵使用"夺路镖"的绝技逃走了，路小品被留了下来。

事后，路小品回到了妓院中。随后，被多铎悄悄接了出来不提。

且说当日莽古尔泰回府之前，冷僧机便回到了家里。他随即亲自将忽尔胡绑了，送到了刑部。

开始，福晋不明白冷僧机的意思，哭着闹着阻止道："到这会儿了，反把他送出去，那岂不是羊羔子投狼——一去不回？"

冷僧机道："你哪里知道，现时送去，他不但不死，反有了出头之日；如现不交出，就永无出头之日了。"

刑部暂将忽尔胡押了。忽尔胡不但有人命，还涉嫌谋反大案。李云要看大汗对整个事件如何处理，再行定夺。

冷僧机回府后等待着大汗的召见。果然，次日就有宫中的护军前来传旨令他进宫。

从福陵回来的当日夜里,皇太极召琐诺木问了事件的详情,从中晓得了冷僧机在整个事件中所起的作用。

冷僧机几乎不把任何人放在眼里,唯独对皇太极抱有敬畏之感。他这是第一次面对面与皇太极进行对话,所以他从来没有如此惶恐过。他内心的东西从不示人,但看着皇太极,却感到自己的内心已被皇太极看透。

这样,虽然他内心一直诚惶诚恐,但表面上还是靠往日形成的根深蒂固的习性,应对着眼前的一切。

皇太极先是赞扬他两道"诏书"写得好,尤其是第一道,而后道:"只可惜临时看得匆忙,只觉得那是好文章,未能深深品味。听杜稜讲,你那里还留了一份在袍子的大襟上。"

冷僧机早就料到皇太极要提诏书的事,所以,当日便穿了那袍子进宫。现在见皇太极如此说,便撩起大襟道:"就在这里,待臣将它割下来献给大汗。"

皇太极笑道:"看来朕得赏你一件蟒袍了。"

冷僧机听罢苦笑了一下,将袍子脱了。

皇太极接过袍子,细看那诏书。

"果然好!"皇太极赞了一声,"听说你是凭记忆抄的。凭你的本领与功劳,晋你个三等副将。"

"谢大汗隆恩!"冷僧机立即跪了下去,内心高兴异常——一下子升了三级!

皇太极又笑着道:"倘若你不是在前两日,而是在起事的当日把那手帕送给杜稜,今日你就是一等昂邦章京了。"

浑!连这都讲了出来!冷僧机听罢心中骂了琐诺木一句,连忙又磕下头去:"臣罪该万死……"

"起来吧,朕不会怪你。待时而动,待价而沽,人之常情!"皇太极依然笑着,又问道,"你算是摸准了那个琐诺木!我来问你,不是你那种……你叫它什么?你吓他说自己要坠楼送出这份诏书……琐诺木会报案吗?"

冷僧机道:"回大汗,臣叫那'扬而不发'之策。不如此,他也会的。因为一来他不忘大汗的恩典,二来经臣讲后,他看到了必败之势。因此,有了这'扬而不发'之策,他就越发无处可退了。"

皇太极又道:"对这件事,朕的想法是息事宁人;可公主破罐破摔,一直闹个不停。以你之见,朕当如何处置?"

冷僧机道:"大汗初得开原之地,以臣之见,封赏杜棱之后,可赐开原与他,公主自然随往。如此待上一段时间,公主自然就会平静下来。"

皇太极闻言大喜,连连道:"好主意!好主意!"

直到临走之时,冷僧机那惴惴不安的心情才平静下来。

皇太极果然依冷僧机之意,给琐诺木以济农之号,赐开原之地。琐诺木有了自家的领地,心中高兴异常,不日便去了开原。开始莽古济闹着不去,后经人解劝,也就随丈夫去了。

对平息莽古尔泰叛乱其他有功人员,皇太极也进行了封赏。楞额礼由三等昂帮章京晋升为一等昂帮章京,图赖调任巴牙喇纛章京,成了京城包括汗宫在内的护军总首领。

前线的大军回来了。

常言道:"好事不出门,坏事传千里。"对莽古尔泰谋反之事,虽然皇太极尽可能把影响局限于最小范围内,可事情的原委还是很快被将领们打听到了。

众人做出了各种各样的反应,豪格的反应最为特殊。他将自己的福晋,即莽古济的女儿囚禁了起来,并扬言要杀掉她。

这一举动首先惊动了岳托。他一听豪格囚禁了福晋还要杀她,便上门来劝说豪格不要干蠢事。

豪格不听,两人争辩起来。豪格不但坚持己见,还要岳托回去也把福晋杀了,说:"我与谋反杀父的仇人不共戴天,你怎的就好与这种人和睦相处?"

岳托明白,豪格嘴上这样讲,实际上由于知道审阿敏时,豪格的福晋与阿敏的福晋密谈被岳托的福晋听到并奏报给了皇太极,豪格嫉恨起他的福晋,便在此时借题发挥,狠毒地要让他将福晋除掉。岳托吃了一肚子气,离开了豪格府。

皇太极从图赖处知道豪格禁锢了福晋之事,立即召他进宫。开门见山地问道:"你真有囚禁福晋并扬言要将她杀掉吗?"

豪格回道:"儿臣已经把她杀掉了。"

"你为什么这么做？"皇太极听罢大惊失色，半天没能说出一句话。

豪格道："儿臣难以与这样一个女人一起过活！"

皇太极又是半天没有讲出什么，最后骂道："没人性的东西！她母亲干的事她晓得吗？她何罪之有？你就一点也不觉得她可怜？"

豪格仍嘟嘟囔囔。

皇太极实在难忍了，骂道："滚！"

豪格以为是岳托告了状，从此越发嫉恨起岳托来。

莽古尔泰一连三个月没出府门一步，他的精神接近崩溃了。

皇太极知道他苦闷异常，来看过他两次。皇太极专门为他组织了一次射猎，可莽古尔泰称病谢绝了，皇太极只好取消了那次活动。

莽古尔泰也闭门谢客，只有德格类能到他府上说上几句话。

这期间，大凌河之战有功将领、大凌河降将俱受到了封赏。庆功会、晋升将领彼此之间的祝贺、答谢宴会相继不绝。欢声笑语，马来车往，整个沈阳城长时间处于激奋、欢快的氛围之中。

京城尽华盖，斯人独憔悴。莽古尔泰被人遗忘了。

天聪六年四月，皇太极兴兵再征察哈尔林丹汗。皇太极亲自到三贝勒府去动员莽古尔泰，请他随军出征。莽古尔泰答应了。

皇太极即位后，蒙古各部均陆续降服，唯独察哈尔部不仅不示臣服，反而蚕食蒙古诸部，袭击各部牧民，与金国对抗。这样，察哈尔部成了皇太极的心腹大患，必欲除之而后心安。

这次，皇太极以金兵为主，会师十万众出征林丹汗。目的是捣毁林丹汗的老巢，俘获林丹汗本人。

征伐果然焕发了莽古尔泰的精神。大军进入大漠之中，一路之上，千辛万苦，莽古尔泰却找到了乐趣，提起了精神。粮曾尽，适逢野牛遍地，大军杀数万而食之；水曾绝，以一羊易杯水而饮。

六月，大军驻张家口外，列营四十里。莽古尔泰夜立营门四望，星火交辉，心旷神怡。当日，他过了一个少有的无梦之夜。

此次出征，豪格作战英勇，经众将推荐，皇太极在战地封他为和硕贝勒。莽古尔泰多日来第一次为了别人而感到了高兴。

此时,佟养性卒于军。莽古尔泰想起佟养性往日的好处,悲痛异常,又度过了一个近期以来少有的为别人而动情的日子。

莽古尔泰精神日趋正常,他希望战事继续下去。但是林丹汗西遁,不得擒。大军进入西域已逾三个月,皇太极不得不回师了。

七月,皇太极班师。回军的路上,皇太极常与莽古尔泰待在一起,有说有笑。可谁也没有想到,大军接近大凌河时,莽古尔泰的精神一下子紧张起来,不堪回首的往事重新带回了他的痛苦。

身边的人看得出,刚刚恢复少许的莽古尔泰老毛病又犯了:他可以在一个地方站定,不言不语独自待上一个时辰;他吃东西变得甚为机械,给他端上什么就吃什么;躺下去多时不能入睡,睡着了不时醒来,醒后还长时间地发呆。

有人把他的这种状态报到皇太极那里。皇太极一下子想到可能是大军路过大凌河战场,莽古尔泰触景生情所致,便令众将立即拔营向东进发。可是,越接近沈阳,莽古尔泰的病状却越厉害。

回到沈阳之后,莽古尔泰再度闭门谢客。这回,连德格类他都不见了。家人无不忧心忡忡。

一日,莽古尔泰猛然清醒过来,对家人讲当天是他母亲去世十一年的忌日。他要家人准备祭品,要祭祀母亲。

海费特别尽心,备好了富察氏生前所有喜欢吃的东西,请莽古尔泰过了目。莽古尔泰看了甚为高兴,并吩咐海费安排祭奠仪式。

就在这之后,人们却看到了莽古尔泰的异常之举。他先是脸上笑开了花,嘴里讲道:"你终于原谅了做儿子的!"接着,他恭恭敬敬、笑容可掬地讲了许多话,看那样子母亲就在他对面,他们母子正在拉家常。他边说着边往外走,众人跟了过来。莽古尔泰发怒道:"你们跟……着做什么?我们母子好……不容易说说心里话,你们也凑……过来!滚回去!"

众人愕然,只好停了下来。

莽古尔泰保持着原有姿势走向后花园。到了门口,莽古尔泰又问:"园中有人吗?统统出去,我母子在这里说……阵子悄悄话,你们在这里干什么?"

众人出了园子。

莽古尔泰又吩咐道:"把门关了!"

哪一个敢不从?

待了片刻,先是海费惊叫了一声,爬墙过去开了门。园内后墙下有一口井,海费直奔到井边。他往井里一看,便大叫了起来:"三贝勒!三贝勒!三贝勒!"

众福晋、众阿哥跟了过来,哭叫成了一团:"贝勒爷!贝勒爷!贝勒爷!"

莽古尔泰谋反,皇太极没有治他的罪,反而善待之,以为可以感化他,从而营造兄弟、君臣和睦相处、共创大业的局面。不想,他的用心最终未被莽古尔泰所理解。莽古尔泰精神受到刺激,寻了短见。